北宋词史 上

陶尔夫 诸葛忆兵 著

北方文艺出版社

图书在版编目（CIP）数据

北宋词史 / 陶尔夫，诸葛忆兵著. —— 哈尔滨：北方文艺出版社，2019.3（2020.8 重印）

ISBN 978-7-5317-3912-8

Ⅰ.①北… Ⅱ.①陶…②诸… Ⅲ.①宋词 – 词曲史 – 中国 – 北宋 Ⅳ.①I207.23

中国版本图书馆 CIP 数据核字（2017）第 149290 号

北宋词史
Beisong Cishi

作　者 / 陶尔夫　诸葛忆兵

责任编辑 / 宋玉成　刘想想　　　　封面设计 / 韩　冰

出版发行 / 北方文艺出版社　　　　邮　编 / 150008
发行电话 /（0451）86825533　　　经　销 / 新华书店
地　址 / 哈尔滨市南岗区宣庆小区 1 号楼　　网　址 / www.bfwy.com

印　刷 / 三河市嵩川印刷有限公司　　开　本 / 880mm×1230mm　1/32
字　数 / 538 千　　　　　　　　　　印　张 / 22
版　次 / 2019 年 3 月第 1 版　　　　印　次 / 2020 年 8 月第 2 次印刷
书　号 / ISBN 978-7-5317-3912-8　　定　价 / 88.00 元（上下册）

修订说明

1999年，与刘师敬圻商定，由我来完成《北宋词史》。刚开始，我有一定的畏难情绪。主要是出版时间有限定，而我对北宋词史许多方面没有专门研究，大致只能做到人云亦云。刘师敬圻鼓励我说：任何一部文学史，不可能所有的章节都精彩，只要总体具有独特性，其间某些章节比较出彩，就可以在学术界立足。《北宋词史》出版后，我一直对自己所关心的词史重点问题保持浓厚的兴趣，陆续有论文发表。《北宋词史》更换出版社，再度出版，我曾做过两点修订：其一，性爱心理与词体的兴起[①]，试图解释词体兴盛最重要的条件和原因。其二，"采莲"题材[②]，明确宋词中"采莲"话题乃是"采莲"歌舞场景的描写。

这次再版，我又在以下几个方面做了比较大的修订：

首先，以往北宋词史大致是从晏欧时期开始讨论。晏欧之前，北宋有近八十年的历史，总是被简单敷衍过去。南宋初年王灼已经对这段词史的发展过程不能理解，提出疑问。我试图勾勒出这段词史的大致面目，回答王灼等的疑问，并对其做出为什么

[①] 《性爱心理与词体的兴起》，《文学评论》2004年第3期。
[②] 《"采莲"杂考——兼谈"采莲"类题材唐宋诗词的阅读理解》，《文学遗产》2003年第5期。

是这样的说明①。其次,"以诗为词"是词史上最为重要的创作现象之一,也是聚讼纷纭的问题。我在前两版《北宋词史》的叙说中,大致是抓枝节而不见纲领。这次重版,我力图阐述诗词之辨实质在于教化与娱乐。诗言志,其功能目的为政治教化;词言情,其功能目的为声色娱乐②。性爱心理与词体的兴起,北宋初期词坛概貌,"以诗为词"之辨,三个问题的讨论中,解决问题的学术立场是一致的,贯穿着相同的学术观点。此外,还有诸多的小修订。如对北宋后期被词史基本忽略的重要作家曹组的研究③,对苏轼生平经历与性格形成的论述等等。

《北宋词史》出版之后,个人学术兴趣有了不断的转移,如前几年一直醉心于范仲淹研究,出版了《范仲淹研究》和《范仲淹传》;近几年一直关注宋代科举与文学创作互动关系研究,发表了多篇论文。此外,也是由于个人学术能力的限制和时而疏懒等原因,北宋词史诸多问题研究,并没有得到太多的推进。我期待《北宋词史》对自己来说是一个开放的学术空间,在今后的重版中有持续的修订和不断的提高。

2013年7月于山东威海

诸葛忆兵

---

① 《宋初词坛萧条探因》,《文学遗产》2009年第2期;《论范仲淹承前启后的词史地位》,《河北学刊》2010年第4期。
② 《"以诗为词"辨》,《北京大学学报》,2011年第1期。
③ 《论曹组生平及其词作》,《兰州大学学报》,2010年第6期。

目录

引言 \ 1

第一章　晏欧词风与令词创作群体

第一节　北宋初期词坛 \ 9

第二节　北宋词初祖——晏殊 \ 37

第三节　个性张扬的作家——欧阳修 \ 66

第四节　令词的优秀作家张先及其他 \ 95

第五节　小令的最后一位专业作家——晏几道 \ 113

第二章　柳永词风与慢词兴盛

第一节　慢词的兴起及其发展 \ 157

第二节　柳永词风及其词史地位 \ 173

第三节　"婉约之宗"——秦观 \ 222

第四节　成绩斐然的其他慢词作家 \ 248

第三章　苏轼词风与苏门创作群体

第一节　词风的革新家苏轼 \ 267

第二节　苏门创作群体 \ 330

第三节　"诗化"革新的深化者——贺铸 \ 371

第四章　清真词风与大晟创作群体

第一节　清真词风 \ 409

第二节　大晟词人创作群体 \ 443

第三节　御用词人与北宋后期的俗词创作 \ 490

第五章　李清照及北宋后期其他词人

第一节　李清照的个性与成因 \ 515

第二节　李清照前期词作 \ 529

第三节　压倒须眉的《词论》\ 560

第四节　北宋后期其他词人 \ 566

结　语 \ 579

《北宋词史》书后 \ 593

引言

引 言

在源远流长的中国古代文学河流里，追溯本源，诗歌恐怕是最古老的文学样式。鲁迅在《门外文谈》中假设原始人"抬木头，都觉得吃力，却想不到发表，其中有一个叫道'杭育杭育'，那么，这就是创作。"如果将这种"杭育杭育"的节奏，配上有意义的文字，作为一种号子来喊叫，那就是原始诗歌。流传至今的上古诗《弹歌》，两个字一节拍，就是这种伴随劳动过程的产物。

到了春秋时代，作诗、言诗蔚然成风。经过系统整理，汇集成第一部诗歌总集——《诗经》。庙堂祭祀、外交应对、亲朋酬答，都离不开诗歌的创作和应用。在长江中下游地区之古老的楚国，楚辞作为一种别具地方语言特色的诗歌体式也在悄悄萌芽、发生、发展。屈原和他的巨作《离骚》的出现，宣告楚辞体式的完全成熟，并走向鼎盛。从此，《诗经》和《楚辞》就成为中国古代诗歌的两大文学源头。

中国古代诗歌，不仅有悠远绵长的历史，而且，历代都有出类拔萃的诗人或诗篇涌现。《诗经》《楚辞》之后，有汉代的乐府、汉代的文人五言诗、魏晋的拟古乐府、南北朝的民歌、南朝的新体诗等等。从诗歌形式上来说，变四言为五言、七言，且辅之以杂言；变随意而发为讲究声律音韵，且趋于格律化，纷繁复杂，五彩缤纷。唐代，则是中国古代诗歌的全盛时期：李白、杜甫、王维、白居易、李贺等等，群星闪烁，光彩耀人；古体诗、格律诗，诸体俱备；山水诗、田园诗、边塞诗，诗境全面拓展；诗风或飘逸奔放，或沉郁顿挫，或秾丽凄清，或绵邈绮艳，或奇崛险怪，百花齐放，争奇斗艳。清人编纂的《全唐诗》，共收录2200余位作家的诗歌48900多首。古代中国堪称泱泱诗歌大国。

在这一片灿烂辉煌的诗的百花园里，宋词是一朵鲜艳夺目的奇葩。它悄悄在民间萌芽生成，于花前月下汲取着芬芳的养分，日益滋润成熟，终于成为一种可以与唐诗分庭抗礼的新抒情格律诗体。它从一开始就把注意力侧重于个人的享乐私生活，突出表现抒情主体享受人生过程中的细腻感官感受、幽隐心灵体验、曲折情感历程，形成"言情"与"侧艳"的文学特征。其间，又不乏天才作家"满心而发，肆口而成"的随意挥洒淋漓。他们可以咏叹历史古迹，寓意深邃；可以感慨现实人生，视野开阔；可以关切国家命运，慷慨激昂。宋词的抒情功能在他们手中有了极致的表现和复杂的变化。词的风格表现更是多姿多彩，琳琅满目，美不胜收。如晏殊的温润秀洁、柳永的靡曼谐俗、苏轼的清雄旷逸、周邦彦的精美典丽、李清照的清新流畅、姜夔的清空骚雅、辛弃疾的沉郁顿挫、吴文英的密丽幽邃、王沂孙的晦隐缠绵等等，名花异卉，绚丽缤纷。历代有无数读者为之折腰倾倒，"堕情者醉其芬馨，飞想者赏其神骏"（沈增植《菌阁琐谈》），各取所爱，各得其所。唐圭章先生编纂的《全宋词》共辑录两宋词人1330余家，作品约20000首。孔凡礼先生又编得《全宋词补辑》，增收词人100余家，作品430余首。

从全部中国词史的发展过程来看，大体上经历了兴起期（唐五代北宋)、高峰期(南宋)、衰落期(元明)、复兴期(清)四个不同历史阶段。北宋词正处于词之兴起的重要阶段，歌词之丰富多样的体式句式、声韵格律、风格题材，都酝酿乃至成熟于这一阶段，它为南宋词之创作高峰期的到来做好了充分的准备。

在进入北宋词的讨论以前，首先对词与音乐之关系、词的起源、词的审美风貌之演化以及词在北宋以前的发展情况，做一个必要的介绍。

一、词是音乐文学

词，是音乐文学，是一种句式长短不齐的用以配乐歌唱的抒情诗。其特点是每首词都有固定的词调，而且"调有定句，句有定字，字有定声"，不能随意增减变换。词的格律变化繁复而严格。词与传统的诗歌体式有鲜明的区别。

1. 词的诸多名称

"青史应同久，芳名万古闻。"词，作为新兴的诗体形式，她的出现，迄今至少已有一千三四百年之久了。作为一种诗体，她也跟人一样，具有健旺的生命活力；跟人一样，代代相传，永不衰歇。词的历史，可以称得上是十分久远了。在这漫长的历史发展过程中，由于词的性质、特点与传统诗歌有明显区别，因此更为社会各阶层人民所喜爱，她的"芳名"，比之诗更多也更为复杂。在进入词史的正式论述以前，深感有必要对之进行介绍与分析。《管子·正第》说："守慎正名，伪诈自止。"《旧唐书·韦凑传》说："师古之道，必也正名；名之与实，故当相符。"通过正名，使词史的内容与名称相符，是词史逻辑展开的必要准备。

词的诸多名称，或因其音乐特征或因其独特形式而获得，诸如曲子词、乐府、长短句、诗余等等。词的每一种"芳名"的讨论，都是对词的性质与特征的各个侧面的体认过程。

曲子词：曲子，是词的最早名称，与今时所说的"词""歌词"意义相同。但在唐五代却很少使用"词"这一称谓。例如在敦煌藏经洞里发现最早的民间词集，其名称是《云谣集杂曲子》（共30首），一些单篇则称之为曲子《浣溪沙》、曲子《捣练子》、曲子《感皇恩》等。"曲子"，即指依谱所填之歌词而言。王重民在《敦煌曲子词集·叙录》中说："是今所谓词，古原称曲子。按曲子原出乐府，郭茂倩曲子所由脱变之乐府为'杂曲歌辞'，或'近代曲辞'。……是五七言乐府原称词（即辞字），或称曲，而长短句则称曲子也。特曲子既成为文士摛藻之一体，久而久之，遂称自所造作为词，目俗制为曲子，于是词高而曲子卑矣。"唐五代之所以把这种配乐歌词称之为"曲子"，任半塘认为："其含义的主导部分是音乐性、艺术性、民间性、历史性，都较词所有为强。"① 直至宋代，人们还习惯于称词为"曲子"。如张舜民《画墁集》卷一所载：柳永进见晏殊。"晏公曰：'贤俊作曲子么？'三变曰：'只如相公亦作曲子。'"宋神宗熙宁间杨绘编了一册被视之为"最古之词话"的书籍，书名是《时贤本事曲子集》。南宋王灼论词之起源时说："盖隋以来，今之所谓'曲子'者渐兴，至唐稍盛。"（《碧鸡漫志》卷一）朱熹在《朱子语类》中也说过"长短句今曲子便是"之类的话。可见"曲子"之称，影响深远。称"曲子"为"词"，是文人词出现以后的事。五代欧阳炯在《花间集叙》中最先提出"曲

---

① 《关于唐曲子问题商榷》，《文学遗产》1980年第2期。

子词"这一名称:"因集近来诗客曲子词500首,分为十卷。"与欧阳炯同时的孙光宪在《北梦琐言》卷六中说:"晋相和凝,少年时好为曲子词。"至宋,"词"才逐渐取"曲子"而代之。顾随说:"词之一名,至宋代而始确立。其在有唐,只曰'曲子'。……'子'者,小义,如今言'儿'。故曰:曲子者,所以别于大曲也。奚以别乎?曰:大小之分而已。又,'曲'者,'谱'义,指声,'词''辞'通,指文字。是故,曲子词者,谓依某一乐章之谱所制之辞。"(《释曲子词寄玉言》)在现存250余种宋词之别集中,以"词"名集者有165家(包括词作甚少近人广为搜集命名在内)。其著名者如潘阆《逍遥词》、晏殊《珠玉词》、张先《张子野词》、晏几道《小山词》、毛滂《东堂词》、陈与义《无住词》、李清照《漱玉词》、张元幹《芦川词》、张孝祥《于湖词》、陈亮《龙川词》、史达祖《梅溪词》、刘过《龙洲词》、吴文英《梦窗词》、朱淑真《断肠词》、卢祖皋《蒲江词》、戴复古《石屏词》、张炎《山中白云词》、刘辰翁《须溪词》、汪元量《水云词》、蒋捷《竹山词》等等。如果剔除"词高曲子卑"的偏见与"词领导曲子"的误解,按约定俗成的惯例把"敦煌曲子"称为"敦煌曲子词""敦煌民间词""敦煌词"都是可以的。也正是在这个意义上,我们才把这部书称之为《北宋词史》。

乐府:原指汉武帝所设置的音乐机构,其所搜集创制合乐歌唱的诗称之为"乐府歌辞",或称"曲辞"。后世则简称"乐府"。因乐府机构的主要任务是创制乐谱、训练乐工、采集歌辞、受命演出,所以自汉及唐,凡郊祀、燕射、鼓吹、清商、舞曲、琴曲等均在乐府机关管辖范围之内。因之,汉魏六朝可以入乐的歌诗,包括后来袭用乐府旧题或摹仿乐府体裁而创作的新题乐府一般均称之为"乐府"。而词被称之为"乐府"则与上述情况有所不同，它主要是用"乐府"这一名称表述其可以入乐歌唱这一特点，是填词以配乐的抒情诗。所以不少词人的别集用"乐府"来命名。如苏轼的《东坡乐府》、周紫芝的《竹坡居士乐府》、徐伸《青山乐府》、赵长卿《惜香乐府》、康与之《顺庵乐府》、曹勋《松隐乐府》、姚宽《西溪居士乐府》、杨万里《诚斋乐府》、赵以夫《虚斋乐府》等等。有的词集为了强调并突出其音乐与作品的时代性，还另创"近体乐府""寓声乐府"之称。如周必大《平园近体乐府》、贺铸《东山寓声乐府》等。

长短句：本指诗歌之杂言，与词之长短句有别，但前人则有用以代指词的创作。汪森在《词综序》中说："自有诗而长短句即寓焉，《南风》之操，《五子》之歌是已。周之《颂》31篇，长短句居十八；汉《郊祀歌》19篇，长短句居其五；至《短箫铙歌》18篇，皆长短句，谓非词之源乎？"汪森只从词的字句长短错落这一方面与古代诗歌相类比，并由此而探词之本源，自然会流于形式表面而失其根本。故王昶在《国朝词综序》中对此做了补充："汪氏晋贤叙竹垞太史《词综》，谓长短句本于'三百篇'并汉之乐府，其见卓矣，而犹未尽也。盖词实继古诗而作，而诗本乎乐，乐本乎音，音有清浊、高下、轻重、抑扬之别，乃为五音十二律以著之，非句有长短，无以宣其气而达其音。"从音乐乐谱的旋律高下、抑扬变化来看词之句式长短，就科学得多了。因为它从是否合乐这一本质上将一般诗歌与入乐歌唱的词明显区分开来。最早的苏轼词集就曾名曰《东坡长短句》（见《西塘耆旧续闻》），另有秦观《淮海居士长短句》、陈师道《后山长短句》、米芾《宝晋长短句》、赵师侠《坦庵长短句》、张纲《华阳长短句》、辛弃疾《稼轩长短句》、刘克庄《后村长短句》等。

诗余：主要用于词集的名称，最早出现于南宋。如最早的词选即以《草堂诗余》命名，毛平仲的《樵隐词》也曾称之为《樵隐诗余》，稍后有王十朋《梅溪诗余》、廖行之《省斋诗余》、韩元吉《南涧诗余》、张镃《南湖诗余》、汪莘《方壶诗余》、黄机《竹斋诗余》、王迈《臒轩诗余》、葛长庚《玉蟾先生诗余》、黎廷瑞《芳洲诗余》、刘将孙《养吾斋诗余》等。直至明代，"诗余"方始作为词的别名使用。最明显的是张綖的词律专著便命名为《诗余图谱》。这里的"诗余"即词的别称。王象晋《诗余图谱序》中说："诗亡而后有乐府，乐府亡后而有诗余。诗余者，乐府之派别，而后世歌曲之开先也。"徐师曾在《文体明辨·诗余》中说："按诗余者，古乐府之流别，而后世歌曲之滥觞也。"但是，因为"诗余"二字含有诗高而词卑的轻视之意在内，所以也有人反对用"诗余"名词。汪森说："古诗之于乐府，近体之于词，分镳并驰，非有先后。谓诗降为词，以词为诗之余，殆非通论矣。"（《词综序》）

此外，词还有其他许多名称，或创用与词集本身特色有关的称谓，实际与"词"的性质逐渐疏离了。如有称"歌曲"者，王安石《临川先生歌曲》、姜夔《白石道人歌曲》便是。有称"琴趣"者，如欧阳修《醉翁琴趣外篇》、黄庭坚《山谷琴趣外篇》、晁补之《琴趣外篇》、晁端礼《闲斋琴趣外篇》。有称"乐章"者，如柳永的《乐章集》、刘一止《苕溪乐章》、洪适《盘洲乐章》、谢懋《静寄居士乐章》。有称"遗音"者，如石孝友《金谷遗音》、陈德武《白雪遗音》、林正大《风雅遗音》。有称"笛谱"者，如周密《蘋洲渔笛谱》、宋自逊《渔樵笛谱》。有称"渔唱"者，如陈允平《日湖渔唱》。有称"樵歌"者，如朱敦儒之《樵歌》。有称"语业"者，如杨炎正之

《西樵语业》。有称"痴语"者，如高观国之《竹屋痴语》。有称"鼓吹"者，如夏元鼎《蓬莱鼓吹》。还有称"绮语债"者，如张辑之《东泽绮语债》。

由上可见，词的"芳名"、别号，纷繁众多，在所有诗体形式之中，没有任何一种诗体像词这样被人们从不同角度来加以概括、掂量与赞许。这一方面说明词体形式之被普遍喜爱，同时也说明，词体形式是一个多面体，与传统文化、中外交流以及时代社会需求的潜移默化密切相关。

2. 燕乐的形成及其发展

如前所述，词的性质既然是用以配乐歌唱的抒情诗，那么词之起源就跟音乐有着难以分离的紧密关系了。"每首词都有固定的词调，而且调有定句，句有定字，字有定声，不能增减变换"，这些特点也都是由音乐乐谱决定的。正是因为词有着上述特点，所以又进一步证明，词的产生是中国诗乐结合进入新阶段的产物。

泱泱诗国，历史悠长，诗乐结合，相得益彰。纵观中国古代诗名，可以看出，诗、乐、舞三者，几乎是不可须臾分离的三姊妹。她们各展所长，相依为伴，共同展示着中国古代文学艺术的风采。"情动于中而形于言，言之不足故嗟叹之，嗟叹之不足故咏歌之，咏歌之不足，不知手之舞之，足之蹈之也。"（《毛诗序》）这段话形象地表达了诗、乐、舞三者之间的姊妹情亲。

中国诗乐结合的传统，大体经历了三个不同历史阶段。沈括在《梦溪笔谈》卷五中说："外国之声，前世自别为四夷乐。自唐天宝十三载，始诏法曲与胡部合奏。自此乐奏全失古法，以先王之乐为雅乐，前世新声为清乐，合胡部者为宴乐。"

第一阶段是秦以前。那时流行的音乐，统称"雅乐"，

《诗经》中的作品就是雅乐流行时期的歌诗。《墨子·公孙篇》说："诵诗三百，弦诗三百，舞诗三百。"可见当时《诗经》中的作品与乐、舞结合十分紧密。《史记·孔子世家》也说："三百五篇，孔子皆弦歌之。"《左传》襄公二十九年（前544）吴国季札到鲁观乐，乐工曾为他歌"周南""召南""邶""鄘""卫""齐""豳"，又歌二"雅"及"颂"，季札对之多有评论。《诗经》中的"风""雅""颂"，就是按不同音乐类型来划分的。《楚辞》也是配乐歌辞，《离骚》是楚乐曲《劳商》的音转。《九歌》是楚地祭神仪式的歌辞。"雅乐"所用的乐器，主要是钟、鼓、琴、瑟。唐宋时所说的"雅乐"，实际上是仿古的拟作，主要用于郊庙祭享，装点门面，已非原来纯正的"雅乐"了。

诗乐结合的第二阶段是清乐。流行于汉魏六朝的音乐习惯上称之为清乐，"乐府诗"就是用清乐配合歌唱的歌词。"清乐"，是"清商曲"的简称，最早是汉魏时期的平调、清调、瑟调，即所谓清商三调（宫调、商调、角调）或相和三调，流行于中原。其后，晋室南渡，六朝出现的吴声、西曲则称之为清商调，流行于江南。《旧唐书·音乐二》："清乐者，南朝旧乐也。永嘉之乱，五都沦覆，遗声旧制，散落江左。宋、梁之间，南朝文物，号为最盛；人谣国俗，亦世有新声。后魏孝文、宣武，用师淮汉，收其所获南音，谓之清商乐。隋平陈，因置清商署，总谓之清乐，遭梁、陈亡乱，所存盖鲜。"仅"四十四曲存焉"。清乐随历史的发展实亦接近消亡。清乐所用的乐器主要是丝竹，即筝、瑟、箫、竽。

上述两个发展阶段，诗乐相配合的关系是先有歌辞而后配乐。郭茂倩《乐府诗集》卷二十六《相和歌辞一》说："当时先诗而后声，诗叙事，声成文，必使志尽于诗，音尽于曲。是以作诗有丰约，制解有多少。"这与配合燕乐而产生的曲子词已大有不同。

　　诗乐结合的第三个阶段是燕乐。燕乐出现于隋唐，是唐代文化艺术全面繁荣的重要标志之一。

　　当历史进入隋唐之际，中国古代音乐出现了一个大融合、大发展与大高涨的历史时期，可以毫不夸张地说，这是中国古代历史上空前绝后的音乐狂飙运动。这一运动，推进了诗歌的发展与文化艺术的全面繁荣。由于隋代结束了200余年南北分裂的历史局面，唐代又在此基础上进一步促进多民族国家的统一和发展，政治空前稳定，经济高度发展，古代称之为"胡乐"的西域音乐，通过友好往来，通过经商、通婚、宗教传播、建立武功等多种渠道，源源不断地进入中原内地，受到内地人民百姓的普遍欢迎，同时还与传统的民间音乐相互交融汇合，形成了全新的音乐类型："燕乐"。这种"燕乐"比之清乐、雅乐具有更大的艺术吸引力，它节奏鲜明，旋律欢快，色调丰富，乐曲演奏手段多彩多姿，善于表情达意，显示出历久不衰的创造力与生命力。这种艺术氛围，吸引了许多民间乐工、歌妓直至文人、词客，他们一时技痒，便开始按谱填词，渐成风俗，日久天长，广泛传唱，最终形成了"词"这一新的诗体形式。

　　然而，燕乐的形成与词的产生是一个历史的动态过程，并非一日之功。就现有文献来看，燕乐是中外文化交流的产物，是一个渐进的历史过程。早在十六国与北朝时期，燕乐就开始进入孕育阶段了。前凉张重华永乐三年（348），天竺就曾送给前凉音乐一部，歌曲有《沙石疆》，舞曲有《天曲》，乐器有凤首箜篌、琵琶、五弦、笛、铜鼓、毛员鼓、都昙鼓、铜钹、贝等九种为一部，另乐工12人（见《隋书·音乐志下》）。公元383年前秦大将吕光受命率7万兵力通西域，385年带回龟兹乐，因受西凉太守阻拦，遂攻下西凉并讨平周边州郡。吕光为武威太守，后于389年自立为"三河王"。吕光不仅带回胡乐，还有乐器筚篥、腰鼓、羯鼓等。

在漫长的丝绸之路上，骆驼一队接着一队，战马连着战马，络绎不绝。单调的驼铃之声，驱走了沙漠上远古的寂寞，随身携带的乐器，倾吐着羁旅乡愁，异国情调的乐曲抚慰着疲惫的心灵，引起了美好的回忆。一种崭新的音乐，就这样慢慢地在丝绸之路上孕育、积累、逐步成长。

西域音乐进入内地，最先在西部边陲碰撞、融合。先是敦煌。敦煌是丝绸之路上的明珠，通往西域的必经之路，地处鸣沙山下，故称沙州城。丝绸之路至此分南北两路，南出阳关，北经玉门关。阳关在敦煌城西南70公里，玉门关在城西北80公里。胡汉乐在此交融形成《敦煌乐》。诗曰："客从远方来，相随歌且笑。自有敦煌乐，不减安陵调。"（见《乐府诗集》卷七十八《杂曲歌辞十八》）次在武威（即凉州）。吕光等据有凉州，胡汉乐在此融合，变龟兹声为之，号"秦汉伎"；后魏太武既平河西后谓之"西凉乐"；至魏、周之际，又称之为"国伎"，在内地广为流传，至唐仍盛行不废。岑参《凉州馆与诸判官夜集》诗云："弯弯月出照城头，城头月出照凉州。凉州七里十万家，胡儿半解弹琵琶。"杜牧《河湟》诗云："唯有凉州歌舞曲，流传天下乐闲人。"北魏宣武帝元恪（499—515）以后，西域音乐再次传入。据《魏书·世宗纪》所载，当时与之有关各国，不断派使臣来朝，西域音乐也不断传入，以曲项琵琶、五弦筚篌、直胡、铜鼓、铜钹等为演奏乐器，对听众有很强的感染力。北齐后主高纬（565—576），给西域乐人曹妙达、安未弱、安马驱等以封王开府的优厚待遇，可见其对胡乐的赏识。北周时，西域诸国尽为突厥所灭。天和三年（568），周武帝宇文邕与突厥通婚，"西域诸国来媵，于是龟兹、疏勒、安国、康国之乐，大聚长安。胡儿令羯人白智通教习，颇杂以新声。"（《旧唐书·音乐二》）西域音乐与民间音乐的融合已进入长安洛阳腹地。这次通婚，还引进了音乐家苏祗婆与五旦七声的乐律。

以上是隋建国前中国北部与西域音乐文化之交流融汇盛况，可视之为燕乐形成的初始期。隋统一后，是燕乐的定型期。

隋建国后，龟兹乐更为盛行，并开始分成三部：西国龟兹、齐朝龟兹、土龟兹。隋文帝对南北音乐进行汇集整理，分别雅俗，于雅乐外置七部乐：一曰西凉伎，二曰清商伎，三曰高丽伎，四曰天竺伎，五曰安国伎，六曰龟兹伎，七曰文康伎。隋炀帝时，又定为九部乐，即：清乐、西凉、龟兹、天竺、康国、疏勒、安国、高丽、礼毕。（见《隋书·音乐下》）

唐代是燕乐的繁盛期。唐建国初期，按隋制置九部乐。太宗贞观十四年（640），太宗平高昌，得高昌乐。又命协律郎张文收造燕乐，去礼毕曲，合为唐十部乐。从太宗至玄宗的百年左右时间，唐以前称之为西域或少数民族的国名，已成大唐帝国的郡县，其势力范围已越过葱岭。通过欧亚大道，唐与中亚、西亚、南亚的经济文化交流已臻于极盛。"胡部新声"再次传入内地，唐代的音乐又出现一个新的繁荣高潮。首先是坐部伎与立部伎的设立。《新唐书·礼乐十二》载："又分乐为二部：堂下立奏，谓之立部伎；堂上坐奏，谓之坐部伎。""坐部伎"演奏的六部乐之第一部就是"燕乐"。其次是教坊的设置。教坊是教授与传习伎艺的场所，隋代实已开始。据《资治通鉴》卷一百八十所载,隋大业十三年十月于洛水之南置十二坊以养"艺户"(即"其家以伎艺名者")。又《隋书·音乐下》载:"大业六年于关中为坊,以置魏、齐、陈乐人子弟。"唐时官中有两教坊之设。《旧唐书·职官志》:"武德(高祖年号)以来,置于禁中,以按雅乐,以宫人充使,则天改为云韶府,神龙(中宗年号)复为教坊。"唐玄宗酷爱俗乐并公开引入宫廷,开元二年(714)另设内外教坊。自此教坊与太常寺并行。太常主郊庙,教坊主宴享。除歌舞外,外教坊还负责排练演出其他俳优杂技,直至唐末。最值得注意的是教坊曲与唐宋流行词调之间的密切关系。据崔令钦《教坊记》所载,开元、天宝年间的教坊曲共324曲(内杂曲278,大曲46),演变为唐五代词调的有79曲,它们是:

  抛球乐 清平乐 贺圣朝 泛龙舟 春光好 凤楼春
长命女
  柳青娘 杨柳枝词 柳含烟 浣溪沙 浪淘沙 纱窗恨
望梅花
  望江南 摘得新 河渎神 醉花间 思帝乡 归国谣
感皇恩
  定风波 木兰花 更漏长 菩萨蛮 临江仙 虞美人
献忠心
  遐方怨 送征衣 扫市舞 凤归云 离别难 定西番
荷叶杯
  感恩多 长相思 西江月 拜新月 上行杯 鹊踏枝
倾杯乐
  谒金门 巫山一段云 望月婆罗门 玉树后庭花 儒士
谒金门

麦秀两歧　相见欢　苏幕遮　黄钟乐　诉衷情　洞仙歌　渔父引

　　喜秋天　梦江南　三台　柘枝引　小秦王　望远行　南歌子

　　渔歌子　风流子　生查子　山花子　竹枝子　天仙子　赤枣子

　　酒泉子　甘州子　破阵子　女冠子　赞浦子　南乡子　拨棹子

　　何满子　水沽子　西溪子　回波乐

还有以五、七言声诗为曲辞的 30 曲：

　　破阵乐　还京乐　想夫怜　乌夜啼　墙头花　皇帝感　忆汉月

　　八拍蛮　怨胡天　征步郎　太平乐　胡渭州　濮阳女　杨下采桑

　　大酺乐　合罗缝　山鹧鸪　醉公子　叹疆场　如意娘　镇西

　　金殿乐　得蓬子　采莲子　穆护子　凉州　伊州　伴侣　突厥三台

　　四会子

　　另有 40 余曲入宋后转为词调。可见教坊曲流传的广泛并具有经久不衰的强大艺术生命力。唐五代词所用词调 180 曲左右，其中出身教坊曲者，几占半数。教坊曲实已成为词调的主要来源。

由上可见，燕乐的形成经历了300年左右漫长的历史时间。燕乐的形成同时也在孕育着词这一新的诗体形式，从选词以配乐到曲乐以定辞，中间又跨越了相当长的历史时空。它要解决的是音乐旋律曲拍与歌辞之间的差异和矛盾。

3. 声诗与乐曲的配合演唱

开始，词与乐曲旋律节拍并非配合得完美无间，天衣无缝。受乐曲决定的长短句歌辞的出现，是较为后来的事。最先，与燕乐杂曲相配歌唱的歌辞多为"声诗"。简而言之，即选择现成五、七言诗来配乐歌唱。元稹在《乐府古题序》中，对此有充分具体的论述：

《诗》讫于周，《离骚》讫于楚。是后诗之流为二十四名：赋、颂、铭、赞、文、诔、箴、诗、行、咏、吟、题、怨、叹、章、篇、操、引、谣、讴、歌、曲、词、调，皆诗人六义之余，而作者之旨。由操而下八名，皆起于郊、祭、军、宾、吉、凶、苦、乐之际。在音声者，因声以度词，审调以节唱。句度短长之数，声韵平上之差，莫不由之准度。而又别其在琴、瑟者为操、引，采民氓者为讴、谣，备曲度者总得谓之歌、曲、词、调。斯皆由乐以定词，非选词以配乐也。由诗而下九名，皆属事而作，虽题号不同，而悉谓之为诗可也。后之审乐者，往往采取其词，度为歌曲。盖选词以配乐，非由乐以定词也。

（《元氏长庆集》卷二十三）

这一大段话对声诗与词作了区分。"声诗"原是"徒诗"（即不入乐的诗），"后之审乐者，往往采取其词，度为歌曲"，这就是"声诗"了。"歌词"本备曲度，"因声以度词，审调以节唱,句度长短之数,声韵平上之差,莫不由之准度","斯皆由乐以定词,非选词以配乐也。"这就是"歌词",即我们所说的"词"。

在唐代,选用"徒诗"配合歌唱,十分流行。薛用弱《集异记》中《王之涣》的故事,就是选择名诗入乐歌唱的典型:

开元中诗人王昌龄、高适、王之涣齐名,时风尘未偶,而游处略同。一日,天寒微雪,三诗人共诣旗亭,贳酒小饮。忽有梨园伶官十数人,登楼会燕。三诗人因避席隈映,拥炉火以观焉。俄有妙妓四辈,寻续而至,奢华艳曳,都冶颇极。旋则奏乐,皆当时之名部也。昌龄等私相约曰:"我辈名擅诗名,不自定其甲乙,今者可以密观诸伶所讴,若诗入歌词之多者,则为优矣。"俄而一伶,拊节而唱曰:"寒雨连江夜入吴,平明送客楚山孤。洛阳亲友如相问,一片冰心在玉壶。"昌龄则引手画壁曰:"一绝句。"寻又一伶讴之曰:"开箧泪沾臆,见君前日书。夜台何寂寞,犹是子云居。"适则引手画壁曰:"一绝句。"寻又一伶讴曰:"奉帚平明金殿开,强将团扇共徘徊。玉颜不及寒鸦色,犹带昭阳日影来。"昌龄则又引手画壁曰:"二绝句。"之涣自以得名已久,因谓诸人曰:"此辈皆潦倒乐官,所唱皆《巴人下里》之词耳,岂《阳春白雪》之曲,俗物敢近哉?"因指诸妓之中最佳者曰:"待此子所唱,如非我诗,吾即终身不敢与子争衡矣。脱是吾诗,子等当须拜床下,奉我为师。"因欢笑而俟之。须臾,次至双鬟发声,则曰:"黄河远上白云间,一片孤城万仞山。羌笛何须怨杨柳,春风不度玉门关。"之涣即揶揄二子曰:"田舍奴,我岂妄哉!"因大谐笑。

本篇应属稗官小说之类，原不可信。但这一故事却从一个侧面反映出盛唐时期选五、七言诗用以配乐歌唱的社会风习，即文中所说之"诗入歌词"。南宋王灼在《碧鸡漫志》卷一中补充说："唐史称李贺乐章数十篇，云韶诸工皆合之弦管。又称，李益诗名与贺相埒，每一篇成，乐工争以赂求取之，被声歌供奉天子。又称，元微之诗，往往播乐府。旧史亦称，武元衡工五言诗，好事者传之，往往被于管弦。又旧说，开元中，诗人王昌龄、高适、王之涣诣旗亭画饮，梨园伶官亦招妓聚燕，……以此知李唐伶妓，取当时名士诗词入歌曲，皆常俗也。"除"旗亭画壁"故事外，王灼还列举李贺、李益、元稹、武元衡等诗人名家作品入乐歌唱事，可见采诗入乐的广泛程度。

然而，字句整齐的五、七言诗入乐，并非与原来流行的乐曲在节奏与旋律上配合得完美、契合无间。有时乐工歌伎为了歌唱，免不了要对原诗进行削足（诗）适履（乐）的改造。以上引薛用弱《王之涣》中所唱之四首诗为例，即可看出这种改造的痕迹。其中所唱之第一首是王昌龄七绝《芙蓉楼送辛渐》，第二首则为高适的五言古诗《哭单父梁九少府》，全诗二十四句，所唱仅开篇头四句而已，其余二十句均被省略。第三首是王昌龄的《长信秋词》，第四首是王之涣的《凉州词》。从这四首诗入乐的过程，已可归纳出解决诗乐之间矛盾的两种方法：一是择诗，即选择适应的名篇入乐，不作更动；二是截诗，即对原诗分解割裂以削足适履，如第二首高适的五古。《王之涣》故事中所唱的四句，同样被选入《凉州》（六首）之中，见《乐府诗集》卷七十九《近代曲辞一》。歌伎所唱疑即此《凉州》之"第三"曲。在同卷《伊州》"第三"与《胡渭州二首》之《戎浑》中又分别截取沈佺期与王维之五律《杂诗三》《观猎》之前四句。还有一种是叠诗,即重复歌唱某些诗句,既可解决乐句多而诗句少的矛盾,同时又增强并突出了诗中的情意。方成培《香研居词麈》卷一说:"唐人所歌,多五、七言绝句,如《阳关》诗,必至三叠而后成音,此自然之理。后来遂谱其散声,以字句实之,而长短句兴焉。"《阳关》即王维之《送元二使安西》。唐人入乐歌唱后又称之为《阳关三叠》。刘禹锡《与歌者何戡》诗云:"旧人唯有何戡在,更与殷勤唱《渭城》。"白居易在《对酒》诗中说:"相逢且莫推辞醉,听唱《阳关》第四声。"白注云:"第四声,'劝君更尽一杯酒,西出阳关无故人'也。"三叠之法有二,一为"渭城朝雨,渭城朝雨浥轻尘,浥轻尘"句式,一为"渭城,渭城朝雨,渭城朝雨浥轻尘"句式。(参见刘永济《宋代歌舞剧曲录要·总论》)

徒诗入乐变成声诗,既满足了听众的需要,又是向诗与乐曲相结合跨出的一大步。但五、七言整齐的句式同参差不齐的乐曲之间的矛盾仍无法根本解决。乐曲愈发展,节奏旋律愈是复杂多变,诗乐之间的矛盾就愈加突出。探索五、七言之外的途径已经提到日程上来,曲辞从五、七言之齐言走向杂言势在必行。从齐言到杂言的演变,有两条路径可以选择:一是从五、七言诗入乐的经验与矛盾中探求出路;二是以依靠乐曲为主,由乐定词,按谱填词。

从五、七言诗入乐的经验与它们之间的矛盾考虑,前人提出了"和声"说、"虚声"说、"泛声"说,还有前面已经提到的"散声"说。

沈括《梦溪笔谈》卷五说:"诗之外又有和声,则所谓曲也。古乐府皆有声有词,连属书之曰'贺贺贺,何何何'之类,皆和声也。今管弦之中缠声,亦其遗法也。唐人乃以词填入曲中，不复用和声。"胡震亨《唐音癸签》卷十五也说："古乐府诗，四言、五言，有一定之句，难以入歌，中间必添和声，然后可歌。如'妃呼豨''伊何那'之类是也。唐初歌曲多用五、七言绝句，律诗亦间有采者，想亦有剩字剩句于其间，方成腔调。其后即以所剩者作为实字，填入曲中歌之，不复别用和声。……此填词所由兴也。"直至清代，况周颐在《蕙风词话》卷一也说："唐人朝成一诗，夕付管弦，往往声希节促，则加入和声。凡和声皆以实字填之，遂成为词。"

其次是"泛声"说。朱熹在《朱子语类·诗文下》中说："古乐府只是诗，中间却添许多泛声，后来人怕失了那泛声，逐一声添个实字，遂成长短句。今曲子便是。"清代谢章铤《赌棋山庄词话》卷七说："《浪淘沙》二十八字绝句耳，李主衍之为五十余字。《阳关曲》亦二十八字绝句耳，元人歌至一百余字。词转于诗，歌诗有泛声，有衬字，并而填之，则调有长短，字有多少，而成词矣。"谢氏在讲"泛声"时，同时又提出"衬字"之说，实二而一之谓也。

第三是"虚声"说。胡仔《苕溪渔隐丛话后集》卷三十九说："唐初歌辞，多是五言诗或七言诗，初无长短句。自中叶以后，至五代渐变成长短句。及本朝，则尽为此体。今所存止《瑞鹧鸪》《小秦王》二阕是七言八句诗并七言绝句而已。《瑞鹧鸪》犹依字易歌，若《小秦王》必杂以虚声，乃可歌耳。"明人徐渭《南词叙录》说："夫古之乐府，皆叶宫调。唐之律诗、绝句，悉可弦咏，如'渭城朝雨'演为三叠是也。至唐末，患其间有虚声难寻，遂实之以字，号长短句，如李太白《忆秦娥》《清平乐》，白乐天《长相思》，已开其端矣。"关于"虚声"，沈雄在《古今词话·词品》中曾作过阐述与界定："《词品》以艳

· 21 ·

在曲之前,与吴声之和,若今之引子;趋与乱在曲之后,与吴声之送,若今之尾声;则是'羊吾夷、伊那何',皆声之余音联贯者。且有声而无字,即借字而无义。然则虚声者,字即有而难泥以方音,义本无而安得有定谱哉?"这段话的前半部,是对杨慎提出"艳在曲之前,趋与乱在曲之后"的补充,后半部则对"虚声"作进一步的阐释。而吴衡照则进而认为"虚声"与"衬字"相关。他说:"唐七言绝歌法,必有衬字,以取便于歌。五言、六言皆然,不独七言也。后并格外字入正格,凡虚声处悉填成辞,不别用衬字,此词所由兴已。"(《莲子居词话》卷一)

此外,还有上引"散声"之说。不论"和声""虚声""泛声",或者"散声"之说,其主要目的都是为了说明整齐的五、七言诗入乐歌唱时,通过何种途径解决声多辞少的矛盾。这在现存唐五代词中确实有一定的根据。如唐皇甫松的《竹枝》:

槟榔花发竹枝鹧鸪啼女儿,雄飞烟瘴竹枝雌亦飞女儿。
木棉花尽竹枝荔枝垂女儿,千花万花竹枝待郎归女儿。

词中的"竹枝""女儿"都是和声,分别插入句中与句后。还有只插入句后者,如皇甫松的《采莲子》:

菡萏香连十顷陂举棹,小姑贪戏采莲迟年少。晚来弄水
船头湿举棹,更脱红裙裹鸭儿年少。

从稍后的某些作品中,还可以看出从"虚声"到"实辞"的过渡。如五代顾敻的《荷叶杯》:

春尽小庭花落,寂寞,凭槛敛双眉。忍教成病忆佳期,

知摩知，知摩知？

　　歌发谁家筵上，寥亮，别恨正悠悠。兰釭背帐月当楼，
愁摩愁，愁摩愁？

"寂寞""寥亮""知摩知""愁摩愁"，均在原来"和声""虚声"之处，前两字句已完全变成实字，后三字句却有明显"虚声"痕迹。但也有"并和声作实字，长短其句以就曲拍"者，如顾敻的《杨柳枝词》：

秋夜香闺思寂寞，漏迢迢。鸳帏罗幌麝烟销，烛光摇。
正忆玉郎游荡去，无寻处。更闻帘外雨萧萧，滴芭蕉。

《杨柳枝词》在中唐时原为七绝，顾敻在每句后增衍三字，结合紧密，已从"虚声"演化为"实字"。

上述诸说与现存唐五代词中所存和声之演进，只能说明唐五代时五、七言诗入乐歌唱的一种艺术手法与技术处理，并非所有五、七言诗入乐时都会遇到这种矛盾。因此上述诸说并非解决乐曲与整齐五、七言之间矛盾的唯一途径，也并非字句长短不齐歌词体式产生的唯一方法。前人据此而得出"此填词所由兴""此词所由兴""以字句实之，而长短句兴焉"的肯定性结论均不免有以偏概全之片面性。真正的长短句歌词是依据当时流行乐曲拍填写而成的。

在五、七言"声诗"入乐的同时，依曲拍为句的长短句歌词曾一并流行。长短句的出现，就词体的演化而言是必然的。音乐，就其本质而言，其实也就是人的生命节奏、客观事物的节奏的外在显示与共鸣。人的生命与客观事物千变万化，构成了音乐

的旋律与节奏，作为配乐歌唱的歌词，整齐的五、七言自然难以反映这种千变万化的旋律节奏。因此，新兴的燕乐必然要求有与之相配合的形式长短不齐的新的诗体。音乐，它催化了词这一新的诗体形式的诞生。

二、词的起源

讨论词的音乐性质，确定词与燕乐的配唱关系，就已经涉及到词的起源问题。关于词的起源问题，前人有众说纷纭的解说。其实，词的众多"芳名"已经体现了对词的起源理解的歧义性。反过来，澄清这个问题，同样能帮助我们更深入地理解词的音乐本质与文体特征。

前人讨论词的起源问题，大约从三个角度入手：诗与词的关系、词的长短句样式之渊源、音乐与词的关系。从时间上往前追溯，前人则分别认为词起源于远古诗歌、《诗经》、汉魏六朝乐府、唐近体诗等等。以下根据诸说上溯年代的远近，分别一一介绍。

1. 起源于远古说

清人汪森等根据词的句式长短参差错落的文体特征，追溯词的起源。他们发现，自从有了诗歌也就有了长短不一的句式，那么，词的源头自然可以推溯到上古。汪森的《词综序》说：

> 自有诗而长短句即寓焉，《南风》之操、《五子》之歌是已。周之《颂》三十一篇，长短句居十八；汉《郊祀歌》十九篇，长短句居其五；至《短箫铙歌》十八篇，篇篇长短句，谓非词之源乎？迄于六代，《江南》《采莲》诸曲，去倚声不远，

其不即变为词者，四声犹未谐畅也。自古诗变为近体，而五、七言绝句传于伶官乐部，长短句无所侬，则不得不更为词。当开元盛日，王之涣、高适、王昌龄诗句流播旗亭，而李白《菩萨蛮》等词亦被之歌曲。古诗之于乐府，近体之于词，分镳并骋，非有先后。

编辑《词综》时与汪森讨论的朱彝尊，词学观点与汪森完全一致。他在《水村琴趣序》中说：

《南风》之诗，《五子之歌》，此长短句之所由昉也。汉《铙歌》《郊祀》之章，其体尚质。迨晋、宋、齐、梁《江南》《采菱》诸调，去填词一间耳。诗不即变为词，殆时未至焉。既而萌于唐，流演于十国，盛于宋。

相传虞舜作五弦琴，歌《南风》。《五子之歌》则出自《尚书·夏书》，后人相传其为夏时的歌曲。朱、汪二人从远古的《南风》《五子》等诗歌开始，又延及《诗经》及以后其他诗歌中的长短句，认为词中长短句的源流既广且长。

朱、汪二人纯粹从句式的长短出发，推溯词的源头，忽略了词的音乐特征，引来其他词论家的批评。清江顺诒《词学集成》卷一引王述庵《词综序》说：

汪氏晋贤，序竹垞太史《词综》，谓长短句本于三百篇，并汉之乐府。其见卓矣，而犹未尽也。盖词实继古诗而作，而诗本于乐。乐本乎音，有清浊、高下、轻重、抑扬之别，乃为五音十二律以著之。非句有长短，无以宣其气而达其音。

故孔颖达《诗正义》谓风、雅、颂有一二字为句，及至八九字为句者，所以和人声而无不均也。三百篇后，楚辞亦以长短为声。至汉郊祀歌、铙吹曲、房中歌，莫不皆然。苏、李画以五言，而唐时优伶所歌，则七言绝句，其余皆不入乐府。李太白、张志和以词续乐府，不知者谓诗之变，而其实诗之正也。由唐而宋，多取词入于乐府，不知者谓乐之变，而其实所以合乐也。

王氏之意，认为讨论词的起源之着重点在合乐而不在句式长短，这无疑是正确的。明人俞彦有同样的观点，他认为"古人凡歌，必比之钟鼓管弦，诗词皆所以歌，故曰乐府……故盈天地间，无非声，无非音，则无非乐。"从诗与词皆可以配乐演唱的特征出发，俞彦也认为词起源于上古，他说："词于不朽之业最为小乘，然溯其源流，咸自鸿蒙上古而来。如亿兆黔首，固皆神圣裔矣。"（皆见《爰园词话》）

2. 起源于《诗经》《楚辞》说

诗三百经孔子删整，被后人奉为经典；楚辞以其忠君意志的一再表达、比兴手法的完整运用，影响后代诗歌创作，形成创作传统。《诗经》与《楚辞》因此也时常被认作古代诗歌的源头。讨论词的起源，许多词学家自然将源头追溯到《诗经》与《楚辞》。

词乃"小道""小技"，为体不尊，向来不受文人士大夫重视。南宋以后，由于苏轼词的影响与词坛风气的转移，词人们开始要求歌词也能寄托更多的社会内容，抒发个人的性情怀抱，即要求以重大题材入词。如此一来，必须提高词的社会地位，为词在正统文坛中争得一席之地，于是，词坛上出现了"尊体"的呼声。最初将词的源头追溯到《诗经》《楚辞》，就是这种"尊体"的一种具体措施。胡寅《题酒边词》说："词曲者，古乐府之末造也。古乐府者，诗之傍行也。诗出于《离骚》《楚词》，而《离骚》者，变风变雅之怨而迫、哀而伤者也。其发乎情则同，而止乎礼义则异。"张镃《题梅溪》说："《关雎》而下三百篇，当时之歌词也。圣师删以为经。后世播诗章于乐府，被之金石管弦，屈、宋、班、马由是乎出。而自变体以来，司花傍辇之嘲，沉香亭北之咏，至与人主相友善，则世之文人才士，游戏笔墨于长短句间。"

"尊体"的呼声，到清代登峰造极。词起源于《诗经》与《楚辞》的说法，更加被人们普遍接受。《四库全书总目》卷一百九十九《碧鸡漫志提要》说："宋词之沿革，盖三百篇之余音，至汉而变为乐府，至唐而变为歌诗。及其中叶，词亦萌芽。至宋而歌诗之法渐绝，词乃大盛。"清成肇麐《唐五代词叙》说："十五国风息而乐府兴，乐府微而歌词作。"清许宗彦《莲子居词话序》说："自周乐亡，一易而为汉之乐章，再易而为魏晋之歌行，三易而为唐之长短句。要皆随音律递变，而作者本旨无不滥觞楚骚，导源风雅，其趣一也。"清江顺诒《词学集成》卷五引郭麐之语云："词家者流，源出于《国风》，其本滥于齐梁。"清丁炜《词苑丛谈序》说："诗与词，均《三百》之遗也。"清田同之《西圃词说》卷一说："词虽名诗余，然去雅颂甚远，拟于国风，庶几近之。然二南之诗，虽多属闺帏，其词正，其音和，又非词家所及。盖诗余之作，其变风之遗乎？"清沈祥龙《论词随笔》说："词者诗之余，当发乎情，止乎礼义。国风好色而不淫，小雅怨悱而不乱，《离骚》之旨，即词旨也。"清秦恩复《词林韵释跋》："词也者，骚之苗裔，而歌行之变体也。胚胎于唐,滥觞于五代,至南北宋而极盛。"清王国维《人间词话》说:"四言敝而有《楚辞》,《楚辞》敝而有五言,五言敝而有七言,古诗敝而有律绝,律绝敝而有词。盖文体通行即久,染指遂多,自成俗套。豪杰之士,亦难于其中自出新意,故遁而作他体,以自解脱。一切文体所以始盛终衰者,皆由于此。"

诸家所论,大约不离这三点:其一,从题材内容方面追溯,词承继了《诗经》与《楚辞》比兴幽隐、寄意深微的创作传统。而其喜写闺帏、吐辞怨悱的作风,更近似于《离骚》,并溯源到变风变雅。其二,从"歌诗之法"的角度理清脉络,亦溯源至《诗》与《骚》。正如前文所言,中国古代诗乐相配的历史经历了三个阶段的变化,先秦《诗经》即可配合"雅乐"演唱,楚辞也是楚地的民歌,乐曲代有新变,合乐歌唱的诗体也随之演变,并伴随着"音律递变",于是便有了"词"。其三,从文体演变的必然性着手。强调推陈出新是一切"豪杰之士"的不懈追求,其结果是文体的代有新变。词这一新的文体,正是由"诗骚"一步步演变而来的。

此外,徐釚《词苑丛谈》卷一所引《药园闲话》,讨论得更为详尽:

屈子《离骚》亦名辞,汉武《秋风》亦名辞。词者,诗之余也。然则词果有合于诗乎?曰:按其调而知之也。《殷雷》之诗曰:"殷其雷,在南山之阳。"此三、五言调也。《鱼丽》之诗曰:"鱼丽于罶,鱨鲨。"此三、四言调也。《还》之诗曰:"遭我乎峱之间兮,并驱从两肩兮。"此六、七言调也。《江汜》之诗曰:"不我以,不我以。"此叠句调也。《东山》之诗曰:"我来自东,零雨其濛。鹳鸣于垤,妇叹于室。"此换韵调也。

《行露》之诗曰:"厌浥行露。"其二章曰:"谁谓雀无角。"此换头调也。凡此烦促相宣,短长互用,以启后人协律之原,岂非三百篇实祖祢哉?

作者从"宗经""尊体"出发,为了改变前人称词为"艳科""小道"之轻蔑,于是从《诗经》中寻找出某些长短句并使之与词之长短句相比附,认为新兴的词体不仅"有合于诗",而且认定诗"三百篇"实际上是词的本源。

上述诸论之偏颇,在于只强调历史的承继性而忽视了历史发展的阶段性,忽视了新兴的燕乐与词的密切关系。但值得重视的是他们提出的"烦促相宣,短长互用,以启后人协律之原"这几句话。它道出了诗歌与词之间的重要关系,认为《诗经》中之长短句使词得到启发,从而成为"后人协律之原"。诗,对于词体乃至词律的形成都是有影响的。这类见解,颇为精当。

3. 起源于汉魏乐府说

词的最显著的特征是合乐歌唱,追溯词的起源,部分词论家充分注意到这一点。汉代设立的乐府,本来是官方的音乐机构,它的任务之一就是采诗入乐或者为诗歌配乐,后人将这些配乐歌唱的诗歌也称之为"乐府"。汉以后,乐府诗十分兴旺发达。南宋以后,推究词的起源,人们有的就从音乐的角度切入,而把目光聚焦在汉魏乐府诗歌上。南宋王炎《双溪诗余自叙》说:"古诗自风雅以除,汉魏间乃有乐府,而曲居其一。今之长短句,盖乐府曲之苗裔也。"明黄河清《续草堂诗余序》说:"词固乐府铙歌之滥觞,李供奉、王右丞开其美,而南唐李氏父子实弘其业,晏、秦、欧、柳、周、苏之徒嗣其响。"清陆鎣《问花楼词话·原始》说:"愚见词虽小道,滥觞乐府,具体齐梁,历三唐五季,至宋乃集其大成。"清谭献《复堂词话·复堂词录叙》说："词为诗余，非徒诗之余，而乐府之余也。"清陈廷焯《白雨斋词话》卷五说："词也者，乐府之变调，风骚之流派也。"

这一派的观点更加注重词的音乐特征，对词的起源之讨论也因此更加接近问题的实质。然而，他们依然没有对音乐体系的演变加以仔细区别，忽视了隋唐之际新兴的"燕乐"的特殊性及其与词体的特殊关系。

4. 起源于六朝杂言说

将词的合乐特征、词调的出现等与词的长短句式结合起来考察，部分词论家就把注意力集中在六朝杂言诗之上。明陈霆《渚山堂词话序》说："北齐兰陵王长恭及周，战而胜，于军中作《兰陵王》曲歌之，今乐府《兰陵王》是也。然则南词始于南北朝，转入隋而著，至唐宋昉制耳。"明杨慎《词品》卷一说："填词起于唐人，而六朝已滥觞矣。"清毛先舒《填词名解略例》说："填词缘起于六朝，显于唐，盛于宋，微于金元。"清江顺诒《词学集成》卷一说："梁武帝《江南弄》云：'群花杂色满上林，舒芳曜采垂轻阴。连手蹀躞舞春心。舞春心，临岁腴。中人望，独踟蹰。'此绝妙词，在《清平调》之先。又沈约《六忆》云：'忆眠时，人眠独未眠。解罗不待劝，就枕不须牵。复恐旁人见，娇羞在烛前。'亦词之滥觞。"

这一观点发生在明代以后，显然，随着对词的起源问题讨论的深入，人们在逐渐接近事实。六朝杂言诗，在形式上确实与词更加相似了，然而，它们仍然不是配合"燕乐"歌唱的。

5. 起源于唐诗说

词，又是一种合乐歌唱的新式格律诗，在平仄声韵方面都有严格的要求。格律诗，至唐朝才正式定型。考虑到这一点，相当多的词论家便主张词起源于唐诗。清张惠言《词选序》说:"词者,盖出于唐之诗人,采乐府之音,以制新律,因系之以词,故曰'词'。"《四库全书总目》卷一百九十九《御定历代诗余提要》说:"诗降而为词,始于唐。若《菩萨蛮》《忆秦娥》《忆江南》《长相思》之属,本是唐人之诗,而句有长短,遂为词家权舆,故谓之诗余。"上文讨论词与音乐之关系时,言及"和声"说、"虚声"说、"泛声"说、"散声"说等等,论者也多数认为词是在唐诗基础上,对"和声""虚声""泛声""散声"的落实演变,并举有许多具体事例,此处不再赘言。

这一流派的观点颇具说服力,它顾及了词入燕乐演唱、须讲究格律、句式长短不一、必有词调等多方面特征。然而,从近代敦煌发现的曲子词来看,曲子词与唐诗并行不悖,这就不能解释为前者起源于后者。唐代声诗确实在配乐演唱的过程中起着种种变化,并且部分演变为词调,前文已有详述。但这种演变很可能是在曲子词的带动与推动之下所完成的,可以称之为一种流变,而不是源头。

6. 起源于五代说

持这一说的人极少,因为这已明显偏离了事实。清先著《词洁发凡》说:"词源于五代,体备于宋人,极盛于宋之末。"唐朝就已经有不少曲子词流传,中唐以后文人也开始模仿写作,所以,这种说法就很少有人苟同了。

上述诸多"起源"说,都是通过不同的侧面,力求接近史实。不过,因为他们没有捕捉到"词乃配合燕乐歌唱之歌辞"这一关键点,所以,讨论问题时往往偏离方向。例如,从抒写性情、比兴寄托的角度将词的起源回溯到《诗经》等,这种讨论过于普泛,同样适用于其他文体起源之讨论,因此也失去了讨论特殊文体起源的意义。清徐釚《词苑丛谈》卷四《品藻》在议论这诸种"起源说"时评价道:"予意所谓情者,人之性情也。上自三百篇,以及汉、魏、三唐乐府、诗歌,无非发自性情。故鲁不可同于卫,卿大夫之作不能同于闾巷歌谣,即陶、谢扬镳,李、杜分轨,各随其性情之所在。古无无性情之诗词,亦无舍性情之外别有可为诗词者。"

真正接触到问题实质的是现代的学者。燕乐研究在清代逐渐成为"显学",凌廷堪《燕乐考原》等专著的问世加深了人们对词与燕乐关系的理解,有关词的起源问题之实质也逐渐凸现出来。今人吴梅就是从这个角度为"词的起源"定位的,他在《词话丛编序》中说:"倚声之学,源于隋之燕乐。三唐导其流,五季扬其波,至宋大盛。"这种说法就已经十分科学。既然词是配合隋唐之际新兴的燕乐演唱的,那么,它的起源就不会早于隋唐。况且,中原人士对外来音乐还有一段适应与熟悉的过程,不可能立即为新乐谱词。结合敦煌石窟保存的早期"曲子词"来分析,大约是入唐以后中原人士才开始为比较成型的燕乐谱写歌辞。因此,词应该是在初唐以后逐渐萌芽生长而成的。

三、性爱心理与词体的兴起

一种新文体的出现乃至兴盛,必定是由诸多复杂交错的内外因素促成。这些因素中,某几项是主要的,是对这种新文体之形成、发展、繁荣发生产生决定性影响的。具体到隋唐之际萌芽、唐末五代得到长足发展、两宋时期走向鼎盛的歌词,其决定性的因素有两项:从词体内在角度分析,新的燕乐体系的形成及其广为传播,使得附丽于燕乐的歌词以全新的面目出现在读者面前;

从词体外部角度分析，人人都无法回避的人之自然本性——性爱心理问题，帮助歌词迅速找到自己的合适位置，使得自身很快就被广泛阶层的作者与读者接受。自从清人开始关注燕乐研究，有关词之音乐本质问题已有许多论著问世，学界也有比较统一的看法。而促成词体兴盛的另外一项因素：性爱心理问题，却始终有意无意地被回避或遗忘。

1. 唐宋词出现之前诗歌创作中的性爱心理表现

在中国古代文学创作中，性爱是一个被压抑被歪曲被遗忘被窒息的话题，是不得逾越的禁区。宋代以前，文人很少涉足男女情欲的描写。只有在民间创作中，才能找到坦率真诚、热烈沉挚、火暴大胆的男女情欲以及性爱之表现。《诗经》中有最健康最开朗最优美的描写男女性爱的爱情诗篇，那还是一个性爱观念相对自由、男女情感交往没有过多受到不通人性的社会伦理道德规范时期的产物。《诗经》以后，爱情诗的创作传统只是保留在民间，从汉代的《上邪》、南朝民歌，一直到唐代的敦煌曲子词《菩萨蛮·枕前发尽千般愿》，都是如此。

孔子说："《诗》三百，一言以蔽之，曰：思无邪。"（《论语·为政》）从孔子开始，已经按照自己的伦理价值观念，随心所欲地解释《诗经》。于是，《诗经》中的爱情诗在儒家的阐释中，都有了另外一副面目。如《关雎》篇，儒家学者解释说："周之文王生有圣德，又得圣女姒氏以为之配。宫中之人，于其始至，见其有幽闲贞静之德，故做是诗。"《汉广》篇，他们又别出心裁地解释说："文王之化，自近而远，先及于江汉之间，而有以变其淫乱之俗。故其出游之女，人望而见之，而知其端庄静一，非复前日之可求矣。"这样的勉强歪曲解释，是很难令人信服的。《牡丹亭》中的村老夫子陈最良，面对处于性爱觉醒之中的杜丽娘的追问"窈窕淑女,君子好逑"之意,便左右支吾,无法自圆其说。对一些实在无法解说的爱情诗,儒家学者便直接加以拒斥。如斥《静女》篇为"淫奔期会之诗",《将仲子》篇为"淫奔者之辞",《溱洧》篇为"淫奔者自叙之辞"等等(以上所引,均见朱熹《诗集传》)。无法自圆其说的还是要牵强附会,或者是干脆的呵斥,儒家学派在这里传达出一种非常清晰的信息:不许谈论性爱!在文学创作中不许涉及男女情欲!

至汉代,儒家获得"独尊"的地位。儒家的伦理道德价值观念,对古代所有的知识分子,都产生极其巨大的影响,基本上左右了他们一生的言与行,决定了他们思想的形成与发展。先秦之后宋代之前,在文人的诗歌创作中,爱情或性爱的题材被悄悄挤到了角落或干脆消失。翻检文学史,可以得出这样的结论:中国古代文人诗歌,没有描写爱情或男女性爱的传统,只有偶尔零星之作。

历数宋代以前许多著名诗人,曹操、陶渊明、谢灵运、左思、鲍照,以至唐代诸多大诗人,哪些篇什是写男女情爱的?与男女性爱相关的文人诗篇,真的如凤毛麟角,寥若晨星。

在这个漫长的诗歌发展过程中,诗人的性爱心理也有迂回曲折或难以自我控制的表现,主要表现为以下四种方式:其一,南朝写艳情一类的宫体诗。这与南朝淫靡的世风相适应,是诗人失去政治理想之后的自我放荡,不登大雅之堂。其二,模仿民歌的创作。民间有许多脍炙人口的爱情诗,高雅的文人、达官、贵族也倾心迷恋,他们便以戏谑的态度模仿创作,借以宣泄自己的情欲,如南朝文人喜欢写作《采莲曲》等等①。其三,游子思妇

---

① 参见诸葛忆兵《"采莲"杂考》,《文学遗产》2003年第5期。

或闺妇思边之作。诗人在这类题材的描写中可以比较尽情地抒发男女相思相恋的情感。夫妇睽离，征人服役，有悖人伦，甚至导致社会经济生产衰退、民生凋敝，也可以说是一个严重的社会问题。诗人依然可以用诗歌服务现实或"诗言志"的口号为这类诗歌做遮掩，与儒家"思无邪"的诗教不矛盾。其四，悼亡诗。一旦妻子去世，特别是在依然年轻美丽的时候撒手人寰，失去的才是可贵的，于是就有了一些真挚动人的思念篇什。然而，将这四类作品合计起来，在古代文人诗歌创作中，所占比例依然不大，不是创作的主流，甚至不是重要的创作倾向之一。

而对于一些后人容易将之作为抒写男女情爱的诗歌之具体阅读理解，还需打上一个问号。如王维的《相思》（红豆生南国，秋来发几枝？愿君多采撷，此物最相思），在诗中所说的"君"之性别未认定之前，就很难说这是否是一首写男女情爱的情诗。诗人所思念的，很可能就是同性的朋友。王维另有七绝《送沈子福归江东》说："杨柳渡头行客稀，罟师荡桨向临圻。惟有相思似春色，江南江北送君归。"诗意与《相思》类似，根据诗题却知道是赠送给男性友人的。同理，李商隐的《夜雨寄北》（君问归期未有期，巴山夜雨涨秋池。何当共剪西窗烛？却话巴山夜雨时），也有可能是寄给北方男性友人的。杜甫的《月夜》，用"香雾云鬟湿，清辉玉臂寒"表现了对妻子的牵挂之情，但前面已有"遥怜小儿女，未解忆长安"的诗句，说明这首诗主要是抒发对家人的想念牵挂之情怀，而非专写给妻子的情诗。将这些诗歌一一加以辨别，宋以前能拿得出来的写男女情欲的文人诗，少而又少。

一直到了晚唐李商隐等诗人出现在诗坛的时代，文人的性爱心理才更多地在诗歌中得以表现。李商隐的大量"无题"诗，无论后人对其做何种诠释,然这些诗歌中渗透了诗人的性爱体验,应该是没有疑问的。否则,这些诗歌就无法如此深深地打动后代为情所苦所困的千千万万痴男怨女了。可是,李商隐却不敢明确表达,遮遮掩掩,甚至连题目都不敢取,统统冠之以"无题"。后代读者,便可以用"比兴法"诠释李商隐的"无题"诗,得出政治寓意、身世感伤之类的结论,仿佛诗人没有在诗歌里流露出自己的性爱心理。

凡此种种,都说明在唐宋词出现之前,文人不可能很好地在诗歌中表现自我的性爱心理,即使要表现,也是遮蔽的含糊的晦涩的躲躲闪闪的。

诗歌中很少表达自己的性爱心理,并不意味着古代文人实践中缺乏性爱体验。"食色,性也。"这是连孟老夫子也不敢否认的颠扑不破的道理。魏晋名士风流,"越名教而任自然",言行举止上便有点惊世骇俗,以至出现荀奉倩忘情妻子的故事[①]。荀奉倩的作为,说明古人同样有很深挚的男女情感体验,只不过不允许光明正大地在文学创作中表现而已。优秀的文学创作,是作家真情的自然流露。而人类情感体验中的最重要的一部分却不允许在创作中表现,这对古代作家是多么大的一种外来扭曲、人为压抑!诗人虽然也通过上面归纳的四种方式迂回或零星表达,但是终究不能酣畅淋漓,畅所欲言,舒眉一搏。

唐宋词出现之前,古代文人在文学创作中之性压抑由来已久。

2. 词为艳科:文人性爱心理的表现方式

词,在文学史上又被称之为"艳词"。"词为艳科""诗言志词言情",这些定义人们耳熟能详。唐宋词的题材集中在伤

[①] 《世说新语·惑溺》载:"荀奉倩与妇至笃。冬月,妇病热,乃出中庭自取冷,还,以身熨之。妇亡,奉倩后少时亦卒。"

春悲秋、离愁别绪、风花雪月、男欢女爱等方面，与"艳情"有着直接或间接的关系。即使是在词的题材开拓方面做出相当大贡献的苏轼，留存至今350余首作品中，与艳情相关的近310首，仍然是其作品中的绝大多数。张炎说："簸弄风月，陶写性情，词婉于诗。盖声出于莺吭燕舌间，稍近乎情可也。"（《词源》卷下）隋唐之际，人们在歌舞酒宴娱乐之时，厌倦了旧的音乐，对新传入中原的各种新鲜活泼的外来音乐发生浓厚兴趣，于是纷纷带着一种娱情、享乐的心理期待转向这些新的音乐，听"十七八女孩儿，执红牙板"，曼声细唱，莺娇燕柔。那么，在这样灯红酒绿、歌舞寻欢的娱乐场所，让歌妓舞女们演唱一些什么样内容的歌曲呢？是否可以让这些歌儿舞女板着面孔唱"朱门酒肉臭，路有冻死骨"？或者让她们扯开喉咙唱"天生我才必有用，千金散尽还复来"？这一切显然都是与眼前寻欢作乐的歌舞场面不谐调的，是大煞风景的。于是，歌唱一些男女相恋相思的"艳词"，歌妓们装做出娇媚慵懒的情态，那是最吻合眼前情景的。"艳词"的内容取向是由其流传的场所和所发挥的娱乐功能决定的。

后人或以为敦煌发现的"曲子词"，题材更为广泛，不专写艳情。但是，人们同样应注意到另外一点，即在敦煌曲子词中，言闺情花柳乃是最为频繁的。如果将《敦煌曲子词集》做一次分类归纳，就能发现言闺情花柳的作品占三分之一以上，所占比例最大。这类作品在敦煌曲子词中也写得最为生动活泼，艺术成就最高。如《抛球乐》（珠泪纷纷湿罗绮，少年公子负恩多。当初姊妹分明道，莫把真心过于他。子细思量着，淡薄知闻解好么）、《望江南》（天上月，遥望似一团银。夜久更阑风渐紧，为奴吹散月边云,照见负心人)之类,深受后人喜爱。至《云谣集》,创作主体已经转移为乐工歌伎,作品的题材也就集中到"艳情"之上。"除了第二十四首《拜新月》(国泰时清晏)系歌颂唐王朝海内升平天子万岁,第十三首《喜秋天》感慨人生短促、大自然更替无情之外,余二十八首词都与女性有关,或者出于女性之口吻,或者直接以女性为描写对象。"① 这些"艳情"之作大体有三种类型:"征妇之怨""女性姿色""求欢与失恋"②。

到了"花间派"手中,男女艳情几乎成为唯一的话题。"春梦正关情,镜中蝉鬓轻""门外草萋萋,送君闻马嘶"(温庭筠《菩萨蛮》)之送别相思,"深夜归来长酩酊,扶入流苏犹未醒"(韦庄《天仙子》),"眼看惟恐化,魂荡欲相随"(牛峤《女冠子》)之宿妓放荡,几乎构成一部《花间集》。词中女子在性爱方面甚至大胆到"妾拟将身嫁与、一生休。纵被无情弃,不能羞"(韦庄《思帝乡》)的地步。而后,"艳词"永远是歌词创作的主流,苏轼、辛弃疾等等的开拓,只能算作歌词创作的支流,数量上远远不能与艳词抗衡。学者归纳说:唐宋词"在作品的题材内容方面,非但不忌讳'艳事''艳情',而且反以它们作为自己所津津乐道和乐而不疲的咏写对象";"在作品的风容色泽方面,又努力追求一种与其题材内容相协调的香艳味。"③

一旦辨明"艳词"是歌词创作的主流,就已经接触到性爱心理与词体兴起之本题了。也就是说,文人们备受压抑不得公开表

---

① 萧鹏《群体的选择——唐宋人选词与词选通论》第71页,台湾文津出版社1992年12月版。
② 同前。
③ 杨海明《试论唐宋词的"以艳为美"及其香艳味》,《齐鲁学刊》1996年第5期。

达的性爱体验、无法言说的性爱心理,终于在歌词中找到合适的宣泄机会。歌舞色情娱乐场所,逢场作戏,文人们尽可放下平日"治国平天下"的严肃面孔,纵情欢乐。心神迷醉、兴高采烈之余,自己也不妨当场填写艳词,付歌儿舞女,博宴前一笑。

大量艳词的创作,文人肆无忌惮地在歌词中言说自己的性爱体验,不仅仅是题材方面的重大突破,也冲击着人们以往的道德价值观念。对道德价值观念的冲击,才是更为艰苦卓绝的努力,这需要寻找合适的时机与社会环境。只有在一个社会享乐成风、道德价值体系相对崩溃的时代,歌词才能找到适宜的土壤,迅速滋生、繁衍。学者们一直忽略这样一个问题:盛唐时期燕乐已经走向繁荣,却没有带动歌词创作,歌词一直无声无息流转于民间,一直到晚唐五代才第一次显示出其勃勃生机。燕乐的繁荣与歌词创作高潮的到来之间为什么存在着一个"时间差"?这个"时间差"的出现,就非常有说服力地证明,燕乐不是词体兴起的唯一重要因素。只有等到一个纸醉金迷的社会环境形成,文人可以相对自由地暴露自己的性爱心理,歌词才会迎来真正的创作高潮。

上层社会、文人士大夫的生活享乐,在唐代各个时期都普遍存在,但这不会成为他们的主要生存方式。而且,他们受到社会道德价值观念的束缚,也不敢在创作中敞开心扉。中唐以来文人的寥寥的几首歌词创作,多数歌唱风光、隐逸,如韦应物的《调笑》、白居易的《忆江南》、张志和的《渔歌子》等等,民歌风味十足,却与艳情无关。

然而,中唐自宪宗暴卒之后,帝王的废立之权掌握在宦官的手中,穆、敬、文、武、宣、懿、僖、昭八帝,都是经宦官拥立而继帝位的。宦官为了控制帝王和朝政,故意拥立平庸者继承帝位，并且引导他们嬉戏游乐，纵情享受。唐穆宗就是因为与宦官击马球游戏，惊吓得病去世。其子敬宗在位三年，同样游戏无度，狎昵群小，最后，因与宦官刘克明、击球将军苏佐明等饮酒，酒酣被弑。唐武宗则"数幸教坊作乐，优倡杂进，酒酣作技，谐谑如民间宴席。上甚悦。"（《唐语林》卷三）唐宣宗也"妙于音律。每赐宴前，必制新曲，俾宫婢习之。"（《唐语林》卷七）生活更加骄奢无度的是唐懿宗，史言"李氏之亡，于兹决矣。"懿宗喜欢音乐宴游，"殿前供奉乐工常近五百人，每月宴设不减十余，水陆皆备，听乐观优，不知厌倦，赐与动及千缗。"（《资治通鉴》卷二百五十）懿宗少子继位，为僖宗，在宦官田令孜的引诱下，于音律、赌博无所不精，又好蹴鞠、斗鸡、击球，他甚至对优伶石野猪说："朕若应击球进士举，须为状元。"（《资治通鉴》卷二百五十三）

　　帝王和朝廷的自我放纵，诱导着社会风气的转移。从中央到地方，追逐声色宴饮已经成为一种普遍的行为。同时，随着唐帝国的没落，广大知识分子政治理想幻灭，他们看不到仕途上的前景，"夕阳无限好，只是近黄昏"，文人群体笼罩在世纪末的绝望哀伤之中。这就进一步促使他们退缩到自我生活的狭小圈子中，及时行乐，自我陶醉，以醇酒美女消磨时光。如温庭筠"初从乡里举，客游江淮间，扬子留后姚勖厚遗之。庭筠少年，其所得钱帛，所为狭邪所费。"[1]"杜牧少登第，恃才，喜酒色。初辟淮南牛僧孺幕，夜即游妓舍，厢虞候不敢禁。"（《唐语林》卷七）"落魄江湖载酒行，楚腰纤细掌中轻。十年一觉扬州梦，赢得青楼薄幸名。"（杜牧《遣怀》）是当时文人的典型生活方

---

[1] 《太平广记》四八九·杂录六"温庭筠"条，中华书局1961年版。

式。"正是在这种都市享乐文化的肥厚土壤里,通过艳丽女性——歌妓演唱的以女性、女色为中心内容的曲子词,恰好充分地适应和满足了广大接受者的消费需要。创作者——都市各阶层文人需要通过描写女色来麻醉自己和宣泄内心的性要求,接受者——都市广大市民更需要欣赏女音女色来满足自己的享乐之欲。"[1]

所以,晚唐诗风趋于秾丽凄艳,表现出与晚唐词近似的艺术风格。与李商隐并称的著名诗人温庭筠同时又是香艳"花间词"的开山鼻祖。这一系列具有时代特征性的审美现象,都与中晚唐以来的社会环境的变更密切相关。也就是说,中晚唐以来骄奢华靡的世风,为"曲子词"的创作高潮的到来提供了大好时机,并最终促使词的委婉言情的文体特征的形成。

五代十国,"你方唱罢我登场"。在这乱哄哄的历史闹剧中,各个短命小朝廷的君主大都目光短浅,无政治远见,在狠斗勇战之余,只图声色感官享受,沉湎于歌舞酒色。后唐庄宗宠幸宫廷伶官,乃至粉墨登场,最后落得身败名裂的结局。前蜀后主王衍与后蜀后主孟昶,都是历史上有名的荒淫无耻、昏庸无能的帝王,王衍有《醉妆词》津津夸耀自己酒色无度的生活,说:"者边走,那边走,只是寻花柳。那边走,者边走,莫厌金杯酒。"另外一位在词的发展史上做出突出贡献的十国小君主李煜,登基时南唐国势已日趋衰微,风雨飘摇。李煜不思振作,日夜沉醉于醇酒美女的温柔乡中,以声色自我麻痹。他的词也透露出一股华丽糜烂的生活气息,《浣溪沙》说:"红日已高三丈透,金炉次第添香兽。红锦地衣随步皱。　佳人舞点金钗溜,酒恶时拈花蕊嗅。别殿遥闻箫鼓奏。"《玉楼春》说:"晚妆初

---

[1] 刘扬忠《北宋时期的文化冲突与词人的审美选择》,《湖北大学学报》1998年第3期。

了明肌雪,春殿嫔娥鱼贯列。笙箫吹断水云间,重按《霓裳》歌遍彻。　　临春谁更飘香屑?醉拍阑干情味切。归时休放烛花红,待踏马蹄清夜月。"这些醉生梦死的小帝王已经将他们的文学创作与纵欲生活紧密地连为一体。

而且,唐末五代的诸多帝王,毫无道德廉耻感。篡唐自立的后梁太祖朱全忠,政治上先背叛黄巢,再颠覆唐朝,朝三暮四,唯利是图。生活上,与多名儿媳乱伦淫乱,恬不知耻。其他五代小朝廷帝王,作风也相类似。前蜀高祖王建,也曾强占手下宰相韦庄"姿质艳丽"的宠姬,据说韦庄的《荷叶杯·绝代佳人难得》《小重山·一闭昭阳春又春》《谒金门·空相忆》等,都为此女子而作[①]。富可比国的帝王,供其淫乱的女子还少吗?却要与儿媳行苟且之事或强占臣下宠姬,无耻荒淫,无以复加。上梁不正下梁歪,社会道德之败坏,可想而知。

上述的社会享乐、道德价值体系崩溃这两个方面条件,在晚唐五代都已经具备。文人们在纵情享乐之时,又解除了道德规范的束缚,艳词创作,如雨后春笋,遍地生长,艳词迎来了第一个黄金创作期。"自南朝之宫体,扇北里之倡风",词人们在这种全新的文体中尽情叙说自己的性爱体验,表露自己的性爱欲望,"花间"创作风气,弥漫了整个时代。在这种淫乐放纵风气弥漫的社会里,文人们还有一种从众心理,大家都在逢场作戏,都填写香艳小词,那就谁也不必对谁进行道德谴责。

3. 宋词表现性爱心理的文化背景

宋代,是歌词创作的黄金时代。与男女情欲相关的一切话题,在宋人手中都有酣畅淋漓的表现。那么,宋代又为歌词之创

[①] 详见叶申芗《本事词》卷上,《词话丛编》第三册第2301页,中华书局1986年1月版。

作提供了怎样的环境?

　　入宋以后,社会道德价值体系得以重建,但是,享乐之风依然盛行。宋王朝在建立了自己的政权以后,汲取唐代藩镇割据、臣僚结党、君权式微的经验教训,努力确立君主集权,削弱臣下势力。宋太祖赵匡胤不愿意通过杀戮功臣、激化矛盾的残暴手段来达到集权的目的,而是通过一种类似于金帛赎买的缓和手段,换取臣下手中的权力。宋太祖曾与石守信等军中重要将帅夜宴,劝他们自动解除兵权,"多积金帛田宅以遗子孙,歌儿舞女以终天年。"(《宋史·石守信传》)这就是历史上著名的"杯酒释兵权"故事。所以,赵宋统治者不但不抑制反而鼓励臣下追逐声色、宴饮寻乐的奢靡生活。对待文臣,皇帝也采取类似手段,待遇格外优厚。仅就官俸而言,据考证,宋代比汉代增加近十倍,比清代仍高出二到六倍(详见彭信威《中国货币史》)。生活环境的优越,就使得这些文人士大夫有了充裕的追逐声色享受的经济实力。与历代相比,宋人是最公开讲究生活享受的。文武大臣家养声伎,婢妾成群,已经成为社会风气。甚至在官场中、在上下级之间,也并不避讳。据《邵氏闻见录》卷八载:钱惟演留守西京,欧阳修等皆为其属僚。一日,欧阳修等游嵩山,薄暮时分才回到龙门香山,天已经开始下雪,钱惟演特地送来厨师与歌妓,并传话说:"山行良劳,当少留龙门赏雪,府事简,勿遽归也。"这种享乐的风气,就是宋词滋生繁衍的温床。

　　而且,为了通过娱乐来消弭被解除兵权的贵族官僚的反抗,赵宋帝王主动把五代十国留下来的歌伎乐工集中到汴京,并注意搜求流散在民间的"俗乐",甚至自制"新声"。据《宋史·乐志》载:"太宗(赵炅,即赵光义)洞晓音律,前后亲制大小曲及因旧制创新声者三百九十。"又说:"仁宗(赵祯)洞晓音律,每禁中度曲,以赐教坊。"当时,许多达官显贵,或流连坊曲,或竞蓄声伎,在宴会及其他场合竞相填写新词。一时间,君臣上下均以能词为荣。宋人记载里以能词而得官爵、以能词而受赏赐的佳话,比比皆是,广为流传。如宋祁因在街上看见宫中车队内一女子,写了一首《鹧鸪天》,宋仁宗知道他曾与宫女相遇之事,便有内人之赐(详见《唐宋诸贤绝妙词选》卷三)。又,宋神宗时蔡挺在平凉写了一首《喜迁莺》,其中有这样几句:"谁念玉关人老。太平也,且欢娱,莫惜金樽倾倒。"神宗(赵顼)读此词后,批曰:"玉关人老,朕甚念之。枢管有缺,留以待汝。"不久,调蔡为枢密副使(详见《挥麈余话》卷一)。

就是说,到了宋代,道德价值体系虽然得以重建,但是唐末五代以来以歌词写艳情的创作传统已经形成,千百年来文人被压抑被扭曲的性爱心理在这里找到比较自由的表现天地。缺口一经打开,便是"青山遮不住,毕竟东流去。"宋代社会的享乐风气,继续为歌词的繁荣提供适宜的环境。虽然部分词人成名之后要"自扫其迹",以为表现性爱为主的小词终究玷污了自己的名声。但是,多数文人已经不太在乎这一点。他们公然享受醇酒美女,公然描述自己的性爱体验,公然宣泄自己的性爱心理。连始终板着面孔做人正经得不能再正经的理学家程颐,听到晏几道《鹧鸪天》"梦魂惯得无拘检,又踏杨花过谢桥",也"笑曰:'鬼语也!'意亦赏之。"[1]翻检两宋词,"执手相看泪眼,竟无语凝噎"(柳永《雨霖铃》)之送别,"弄笔偎人久,描花试手初"(欧阳修《南歌子》)之相聚,"两情若是久长时,又岂在朝朝暮暮"(秦观《鹊桥仙》)之誓言,"锦幄初温,兽香不

---

[1] 邵博《邵氏闻见后录》卷十九,中华书局1983年8月版。

断,相对坐调笙"(周邦彦《少年游》)之寻欢,"花自飘零水自流,一种相思,两处闲愁"(李清照《一剪梅》)之思念,"韦郎去也,怎忘得、玉环分付"(姜夔《长亭怨慢》)之嘱托,触目皆是,成为歌词创作的主流倾向。

而后,元曲、明清小说等等文体,也就承接唐宋词之后,公然表现男女情欲。所以,唐宋词体的兴起,不仅仅是文坛上出现了一种全新抒情诗体式,而且还为表现人们的性爱心理拓展出一片新天地。从这个角度来说,唐宋词对陈腐呆板的封建礼教,是一次猛烈的撞击。学者因此认定:"'以艳为美'乃是唐宋词所提供给读者的一种最摄人心魂的最沁人心脾的审美新感受"①。词体的独特魅力,以及对古代抒情诗所做出的全新贡献,也体现在这里。

四、宗教与词体的兴起

"锦城丝管日纷纷,半入江风半入云。此曲只应天上有,人间能得几回闻。"我们暂且把杜甫这首《赠花卿》的思想内容放置一边,目的只是想借它来说明唐代音乐的广泛普及与空前繁盛。杜甫写这首诗的时候,已经是"安史之乱"以后,地点是他漂泊西南一隅的"锦城"(成都),那里刚刚结束了一次地方军阀叛乱。试想,在此情势下,成都市上空膨胀的歌舞之声,仍然整日遏云逐风,那么"开天盛世"的京都与中原地区,其歌舞的繁盛也就可想而知了。词,作为配乐歌唱的新兴抒情诗体形式,就是在唐代文化空前繁荣高涨这一时代氛围中逐渐生成的。其赖

---

① 杨海明《试论唐宋词的"以艳为美"及其香艳味》,《齐鲁学刊》1996年第5期。

以生成的母体,是唐代空前壮大的音乐狂飙运动。由此而产生的抒情歌词,也就自然而然地具有音乐文学这一性质。

唐代音乐,是隋、唐以来民族大融合与文化大融合的产物,它从一个侧面,反映出中华多民族的吸附力、凝聚力、想象力与巨大创造力。鲁迅说:"遥想汉人多少闳放,新来的动植物,毫不拘忌,来充装饰的花纹。唐人也还不算弱。……长安的昭陵上,却刻着带箭的骏马,还有一匹鸵鸟,则办法简直前无古人。……汉唐虽然也有边患,但魄力毕竟雄大,人民具有不至于为异族奴隶的自信心,或者竟毫未想到,凡取用外来事物的时候,就如将彼俘来一样,自由驱使,绝不介怀。"同样,对于新来的各民族音乐,魄力雄大的唐人,自然也绝不介怀。唐代音乐的大融合、大发展、大高涨,充分反映了这种民族自信心。

唐代以传统汉族音乐为核心的融合、发展、高涨,主要是由四种不同人文社会环境及其相互融通渗透共同完成的:一是宫廷行为,二是文人雅集,三是民间传播,四是寺庙梵唱。这四个不同层面便是词这一新的诗体形式赖以产生的文化大市场。前三个层面,在研究燕乐与词之起源时,已有较为充分的论述,而由宗教寺庙梵音法曲所形成的这一特殊的文化市场以及它们在词体兴起方面的作用,却尚未引起足够重视。以下拟从寺院梵唱、道调法曲、佛道调名与境心禅韵等四个方面对此展开论述。

1. 寺院梵唱:词体兴起的一个重要温床

"南朝四百八十寺,多少楼台烟雨中。"这是杜牧《江南春》中的名句,字面上讲的是"南朝",其实,他描写的却是隋、唐两代寺庙林立,僧道众多,信徒十分普及这一历史现实。仅隋文帝在位的24年间就度僧23万人(唐释道宣《续高僧传》卷十《靖嵩传》载开皇十年即度僧五十余万),造佛像60余万尊,寺塔5000余所,建寺院3790余所。迫至晚唐武宗灭佛时,一举便拆毁大寺院4600余所,小寺4万余,还俗僧尼26万余人,解放奴婢15余万人,收回民田数千万顷。可见隋、唐两代寺庙僧尼之多。在当时丝管齐奏,歌响入云的时代大合唱中,寺庙音乐是一个极富特色而又不可忽视的重要声部。

首先,"佛曲梵音"成为支撑隋、唐庞大燕乐殿堂的重要支柱。广义上的"燕乐",包括了隋代的七部乐、九部乐以及唐太宗时的十部乐。在这分布面很广的"部乐"之中,西域传入的音乐占有多数,其中宗教色彩极浓的佛曲也占相当数量。依据宋郭茂倩《乐府诗集》卷七十九叙述的"燕乐"种类大致有:西凉、清商、高丽、天竺、安国、龟兹、康国、疏勒、高昌等等。其中,"天竺"是佛教发祥地之印度,其音乐浓厚的佛教色彩已无庸赘言。"龟兹",是中原通往印度的重要通道,受佛教之影响很深,并且出现过鸠摩罗什这样著名的佛教大师。"龟兹乐"中之《善善摩尼》《婆伽儿》《小天》《疏勒盐》诸曲,仅从曲名上看,即带有明显宗教色彩。"西凉乐"中之《于阗佛曲》已不必再论,康国、安国、疏勒、高昌等国之某些乐曲,也均有明显佛教色彩(见《隋书·音乐志下》)。

其实,"天竺"音乐,很早就已传入中国。前凉张重华永乐三年(348),天竺就赠其音乐一部,其中歌曲有《沙石疆》,舞曲有《天曲》等,均为佛曲性质。此后,"吕光之破龟兹,得其名称,多亦佛曲百余成。"(唐崔令钦《教坊记·序》)《乐府诗集》卷六十一在《杂曲歌辞》题解中详细列举"杂曲"内容时,还特别强调了"或缘于佛教,或出自夷房"这一重要方面。卷七十八所载《舍利弗》《摩多楼子》《法寿乐》《阿那瓖》等四曲,在宋郑樵《通志》卷四十九《乐略》中又被称之为《梵竺四曲》。《隋书·音乐志上》载：梁武帝萧衍"笃敬佛法，又制《善哉》《大乐》《大欢》《天道》《仙道》《神王》《龙王》《灭过恶》《除爱水》《断苦转》等十篇，名为正乐，皆述佛法。又有法乐童子伎、童子倚歌梵呗。"此外，唐南卓《羯鼓录》所载"诸佛曲调"亦有十曲。宋陈旸《乐书》还进一步指出："李唐乐府曲调"中，有"普光佛曲、弥勒佛曲、日光明佛曲、大威德佛曲、如来藏佛曲、乐师琉璃光佛曲、无威感德佛曲、龟兹佛曲，并入婆陀调也。"以下又列举"释迦牟尼佛曲"等多种"佛曲"。仅从以上所引少数"佛曲"，即可看出佛教音乐在隋、唐整个音乐体系中之重要位置。这一位置及其所散布开来的网络，无疑，为其他乐曲的创作开拓了道路，积累了经验，为词体的兴起与词调（词牌）的选择提供了广阔空间。

其次，"经呗新声"的本土化丰富了传统音乐体系。上面重点讲的是"佛曲"，这里还要讲一讲"梵音"，也就是上引《隋书》中所说的"倚歌梵呗"，亦即"经呗新声"。《南齐书》卷四十《竟陵文宣王子良传》说：萧子良曾"招致名僧，讲论佛法，造经呗新声"。"经呗"，乃是佛徒们一种唱经的特殊方法。梁释慧皎《高僧传》卷三论及"歌""赞"之异同时说："东土之歌也，则结韵以成咏；西方之赞也，则作偈以和声。虽复歌赞为殊，而并以协谐音律，符靡宫商，方乃奥妙。故奏歌于金石，则谓之以为乐；赞法于管弦，则谓之以为呗。"因为佛教音乐是伴随佛教这一主体从印度经西域传入中国内地的，不论是从语系上看，或者是从音乐体系上看，都与中国地区的语言及音乐体系有明显不同。为了宣扬教义，解决两种语系及两种音乐传统之间的矛盾并使之逐渐本土化，佛徒们一方面将汉语译文尽力填入原有佛曲，另一方面则采用宫廷乐曲、民间乐曲，或者对传入的佛曲加以改造，配之以宣扬教义的歌词，于是便形成了具有中国民族特色的中国佛教音乐。所谓"新声"，即指此而言。佛教及其音乐传入中国后，实际演化为两种方式，一种是"转读"，即佛教经文的一般性唪诵，基本不离"读"字之宗；另一种被称之为"经呗""梵呗"，重点在一"呗"字。"呗"，原为梵语pāthaka（呗匿）译音之略。意为"止息""赞叹"。在印度语中意思是以短偈形式赞唱宗教颂歌。《高僧传·经师论》："天竺方俗，凡是歌咏法言，皆称为呗。至于此土咏经则称为转读，歌赞则号为梵呗。""转读"与"梵呗"之明确区分，是佛教在"此土"生根的产物。这种逐渐生根与民族化的过程，曾影响中国诗歌之发展。陈寅恪在《四声三问》中说："中国文士依据及摹拟当日转读佛经之声，分别定为平上去之三声。合入声共计之，适成四声。于是创为四声之说，并撰作声谱，借转读佛经之声调，应用于中国之美化文。"此指对"永明体"诗歌产生之影响（此说虽广为流行但尚有不同意见）。而"梵呗"，则对后来词体的诞生有某些启发和借鉴作用。这种悦耳动听的"梵呗"，不仅以其新颖的艺术魅力吸引广大听众，同时还激活了具有音乐特长的佛徒僧众和音乐家们的创作热情，他们在"梵呗"的本土化，在乐曲创作与歌词创作等诸多方面都做出了贡献。

相传最早做出这一贡献的是曹植。晋刘敬述《异苑》卷五中说：曹植"尝登鱼山，闻岩岫有诵经声，即效而则之。今之梵唱，皆植依拟所造"。《高僧传》卷十三重复这一传说并增重其贡献之分量，强调曹植"深爱声律，属意经曲，既通般遮之瑞响，又感鱼山之神制，于是删治《瑞应本起》，以为学者之宗。传声则三千有余，在契则四十有二"。此说可能出于附会，却反映了"梵唱"本土化这一历史现实。因此,陈寅恪才认为这一传说"含有一善声沙门与审音文士合作之暗示"。(《四声三问》)曹植以后,这类史实更是所在多有,上引梁武帝所制十曲便是一个明显的例证,其实,这十曲都是可以配词演唱的。《高僧传》中介绍晋、宋之间出现的帛法桥、支昙龠、释法平、释僧饶等名僧,也均以转读、唱导而名著一时。迨至唐代中期,这种本土化的创造已达登峰造极之高水平。德宗贞元年间之名僧少康最为突出:"所述偈赞,皆附会郑卫之声变体而作。非哀非乐,不怨不怒,得处中曲韵。譬犹善医,以饴蜜涂逆口之药,诱婴儿之入口耳。"(宋释赞宁《宋高僧传》卷二十五《少康传》)可见,引进的佛曲梵音与传统的民间音乐、传统诗体形式正逐步结合并不断丰富已有的音乐体系和本土的文化内涵。其中特别值得注意的是"附会郑卫之声"一句,因为从这里还可以看出,这种"变体"对词体"香软"与"侧艳"之风的某种影响,它还为以后"选词以配乐",为词体的生成提供了某些可资借鉴的经验。

再次,寺庙法会及其世俗化扩大了文化市场的占有。"世俗化",决定于文化市场的需求,也是佛教音乐"本土化"的基础。离开"世俗化",引进的佛教便很难在异国的土地上生根,宣讲教义光靠清晰的讲解是不够的,它还需要一定的艺术感染来锦上添花,助力生威,吸引更多的善男信女,扩大宗教的覆盖面。在这方面,宗教音乐与寺庙梵唱相当成功。当然,仅仅依靠这一个方面的努力还不能持久地争取群众。于是,僧徒们利用佛教庆节与寺院法会等重大集会,在"转读"与"梵呗"之外,同时演出俗曲小唱、伎艺杂耍等,以更多地招徕听众。

本来,佛家为了达致宗教最高理想境界而要求门人严守清规戒律,"八戒"中之重要一戒便是"歌舞观听戒",即不许佛徒僧众听歌观舞。但是，为了投合听众的欣赏兴趣，又不得不在宣扬教义的同时加演一些听众感兴趣的通俗节目，唱出了与宗教教义相悖的不谐和音。一方面给味道单调寡淡的教义宣讲添加一些花椒面之类的"作料"，另一方面却又使僧徒们被压抑的人性得到某种程度的释放与满足。因为不论哪一类市场，归根结底都是由人性在那里驱动着，文化市场更是如此。庄严的寺院被人性的驱动敲开了山门，宗教庆节与寺院法会变成了闹市，一时间，万头攒动，热闹非凡。早在北魏杨衒之《洛阳伽蓝记》中，就对此有过生动的描写："梵乐法音，聒动天地，百戏腾骧，所在骈比。"这是洛阳景明寺八月节的盛况。而景乐寺的盛况是："歌声绕梁，舞袖绵转，丝管嘹亮，谐妙入神。"唐代这同样的盛况几乎一直持续到武宗大举灭佛时为止。赵璘在《因话录》卷四中对此有生动记载："有文溆僧者，公为聚众谭说，假托经论，所言无非淫秽鄙亵之事。不逞之徒，转相鼓扇扶树，愚夫冶妇，乐闻其说，听者填咽，寺舍瞻礼崇奉呼为和尚。教坊效其声调，以为歌曲。"这段话有两点值得注意：一是"谭说"通俗化所取得的轰动效应；二是因其"声调"优美而被纳入"教坊"，成为传习楷模。"教坊"，原是教习音乐歌舞伎艺之机构。隋代已开始创设。唐高祖武德时置于禁中，武则天改为"云韶府"，中宗神龙时复为"教坊"。唐玄宗酷爱俗曲并将其引入宫廷，在太常寺之外另设内外教坊。太常是政府官署，主郊庙；教坊是宫廷乐团，主宴享。除歌舞外，外教坊还训练演出俳优杂伎。崔令钦《教坊记》所列教坊曲，其中绝大多数是唐玄宗时广为流行的曲名。文溆僧"声调"所进入的"教坊"，已经是《教坊记》结撰以后八十年左右的事情了，与玄宗时的"教坊"已有所不同。因为"晚唐此项教坊在宫外，故伎艺接近民间"。所谓"效其声调，以为歌曲"，讲的就是依据文溆僧的"声调"来填写"歌曲"，亦即依曲填词使之继续传播。当然，寺院其他僧众也都在设法满足听众要求，积极参与歌舞演出，道场实际已经变成戏场。通过他们自创和演出的曲名，通过文溆僧获得的轰动效应，还可以看出，词这一新的抒情诗体样式，一开始便与男欢女爱、恋情相思这一题材紧密结合在一起，并由此形成了"香软""侧艳"的风格。"以婉约为正"之说并不仅仅来自歌楼舞榭、酒席筵边。因为这种变化出自同一社会根源，即人性的驱动与市场的选择，而乐曲与歌词本身的特性又与之相互适应。有了这些因素，不论是佛门清规，还是官廷约束，都无法有效地扭转这一市场行为，扭转这一社会风气了。

最后，寺庙在保存僧徒歌词创作以及与词体兴起有关资料方面做出了不可磨灭的贡献。敦煌石窟的发现，使埋没千年的敦煌曲子词以及敦煌曲谱等其他许多宝贵资料得以重见天光，填补了词之起源以及其他众多学术领域研究资料的空白。从现存经卷中，已经发现并整理出许多有关词体兴起的重要信息与资料。如《别仙子·此时模样》《菩萨蛮·枕前发尽千般愿》，还有《酒泉子》数句，都是由"龙兴寺僧"所抄写（卷子编号为S4332）。另《望江南》3首（即任二北《敦煌曲校录》所收《曹公德》《龙沙塞》《边塞苦》）写于《妙法莲华经·普门品》小册子上，题曰"弟子令狐幸深写书"（卷号S5556）。编号S1441之长卷背后，抄录"《云谣集》杂曲子共30首"（实存为前18首，即《凤归云》4首，《天仙子》2首，《竹枝子》2首，《洞仙歌》2首，《破阵子》4首，《浣溪沙》2首，《柳青娘》2首）。这些资料提供了歌词创作的时间和在民间传播的具体情况。此外，还有一些资料有效地证明了寺院佛徒们也是最先进入通俗歌词创作队伍的一个方面军。例如，任二北《敦煌曲校录》所收的以《归去来》为词调的《出家乐赞》《归西方赞》，均疑为僧法照所作。另编号 P3554 卷子有悟真所撰《五更转》兼《十二时》17 首。编号 P2054 卷子有智严所作《十二时》长卷等。

综上所述，可以说明宗教寺庙是唐代文化高度繁荣的一个窗口，是词体兴起的一个重要温床。

2. 道调法曲：佛道音乐的融会与词调的生成

在佛教音乐高度繁荣的唐代，道教音乐也获得空前巨大发展，并且出现了与佛教音乐融会渗透的趋势。从佛教音乐方面讲，这种融会渗透是其本土化的一个重要方面；从道教音乐方面讲，这种融会又使其自身原来显得有些土气的音乐增添了新的艺术生机和无限活力。有了这种"生机"和"活力"，才使得道教音乐创作出现了一个高潮。后来许多转为词调的道教乐曲，就是这一高潮的产物。

本土的道教，其生也晚，始于东汉，盛于南北朝。入唐，高祖、太宗因李姓而附会老子为道教始祖。这种宫廷行为，不仅促使道教由此大兴，道教音乐也因此堂而皇之地进入宫廷并得以宏扬光大。它一方面吸收佛教音乐来丰富自己，一方面与燕乐融合，不断创制"道调""道曲"以壮大自身。崔令钦《教坊记·序》："我国家玄玄之允，未闻颂德，高宗乃命白明达造道曲、道调。"又《新唐书·礼乐志十一》："高宗自以李氏老子之后也，于是命乐工制道调。"《新唐书·礼乐志十二》："帝（玄宗）方浸喜神仙之事，诏道士司马承祯制《玄真道曲》，茅山道士李会元制《大罗天曲》，工部侍郎贺知章制《紫清上圣道曲》。太清宫成，太常卿韦绦制《景云》《九真》《紫极》《小长寿》《承天》《顺天乐》六曲，又制商调《群臣相遇乐》

曲。"不仅如此,"道调"一时间竟由此变成了流行的宫调名。宋王溥《唐会要·诸乐》:"林钟宫,时号道调、道曲、垂拱乐、万国欢。"从道调、道曲的创作动机和乐曲曲名来看,这些道曲是不折不扣的宫廷行为,是宫廷统摄扶植的产物,带有明显的颂圣内蕴。但是,因为它还具有鲜明的宗教意识与本土色彩,所以仍是唐代音乐发展的一个重要方面。

不仅如此,唐玄宗还特别喜欢"法曲",并由此而促使"法曲"大兴。"法曲",在东晋南北朝时称之为"法乐",因用于佛教法会而得名。原为含有外来音乐成分的西域各族音乐,后与汉族清商乐结合并逐渐成为隋朝的法曲。迨至唐朝又因与道曲相互融合而发展到极盛阶段。这当然与唐玄宗的大力提倡密切相关。《新唐书·礼乐志十二》:"玄宗既知音律,又酷爱法曲,选坐部伎子弟三百教于梨园,声有误者,帝必觉而正之,号'皇帝梨园弟子'。宫女数百,亦为梨园弟子,居宜春北院。梨园法部,更置小部音声三十余人。"足见当时法曲的地位已十分显赫。唐代的"燕乐",如《梦溪笔谈》所说,其重要的一点是"法曲与胡部合奏",并由此而使"乐奏全失古法"。法曲艺术的时代性是非常鲜明的。白居易和元稹对此有十分形象的描绘。白居易在《江南遇天宝乐叟》中写道:"能弹琵琶和法曲,多在华清随至尊。"又在《法曲》中说:"法曲法曲歌霓裳,政和世理音洋洋,开元之人乐且康。"这些诗句既烘托出"开元盛世"法曲的盛行,又反映出中唐百姓对盛唐时代的向往。元稹在《法曲》一诗中也说:"明皇度曲多新态,婉转浸淫易沉着;赤白桃李取花名,霓裳羽衣号天乐。"诗中歌颂了唐玄宗善于度曲的艺术才能,又介绍了《赤白桃李花》与《霓裳羽衣曲》等著名法曲。"法曲",正是唐代民族大融合、文化大融合、音乐大融合的产物,是上面已经提到的音乐狂飙运动的具体表征。丘琼荪在《法曲》一文中写道:"法曲包含的内容非常广泛:有汉、晋、六朝的旧曲,有隋、唐两代的新声,有相和歌及吴声西曲,……把这些性质不同、内容不同、旋律不同、感情不同、风调不同的种种乐曲,用法曲的乐器去演奏它,用法曲特有的风格去演奏它,这样便形成了唐代如火如荼的法曲。我们的诗人,常歌颂它为'天乐',为'仙音',它的丰富多采,在我国古代音乐中可称出类拔萃了。"这段话讲的已不仅仅局限于法曲自身,而是对唐代音乐高度繁荣的概括,是对唐代音乐狂飙运动的最好形容。

佛、道两教音乐之间的融合,宗教音乐与传统音乐、宫廷音乐、民间音乐以及外族音乐之间的这种融合,并不意味着宗教音乐与宗教意识的淡化或消泯,而是在更深的层次上与更广的范围里沉潜下来,影响着群众的生活方式、价值尺度与人生追求。

虽然唐代的法曲高度繁荣,但保留下来的曲名已经不多了。其可考者有25曲,即:《王昭君》《思归乐》《倾杯乐》《破阵乐》《圣明乐》《五更转》《玉树后庭花》《泛龙舟》《万岁长生乐》《饮酒乐》《斗百草》《云韶乐》《大定乐》《赤白桃李花》《堂堂》《望瀛》《霓裳羽衣》《献仙音》《献天花》《火凤》《春莺啭》《雨淋铃》《荔枝香》《听龙吟》《碧天雁》等(见丘琼荪《法曲》之详考)。从上述某些曲名里(如《献仙音》《献天花》《望瀛》《听龙吟》《云韶乐》等)还可以看出它们原有的宗教性质及佛、道音乐之间融合的痕迹。

从曲调转为词调,是音乐艺术与文学艺术相互依存与完美结合的过程。过程,即是选择,是对这一乐曲艺术的肯定与第二次张扬,其中还包含有取舍、创造与提高。美丽的乐曲吸引着歌词的创作,感人的歌词又扩大了乐曲的传播。一首乐曲有了好的歌词，就像插了一双翅膀，可以任意翱翔。"夫词，乃乐之文也。"（孔尚任《蘅皋词序》）"词即曲之词，曲即词之曲。"（刘熙载《艺概》卷四）词调与曲调的区别，决定于是否有人依谱填词。有词者便转为词调，无词者则只是"有声无辞""虚谱无辞"的普通乐曲。上述25法曲中转为词调者，有《倾杯乐》《破阵乐》《五更转》《斗百草》《霓裳羽衣》《献仙音》《雨淋铃》《春莺啭》《荔枝香》等。《倾杯乐》入唐教坊曲，常为舞席劝酒之词。宋柳永《乐章集》中有《倾杯乐》七首，《古倾杯》一首。"法曲"之中的《破阵乐》应为张文收创作的燕乐之属，其乐曲本体当来自贞观元年开始演奏的大型舞曲《秦王破阵乐》。此曲演出规模宏大，"百二十人披甲持戟，甲以银饰之，发扬蹈厉，声韵慷慨，享宴奏之，天子避位，坐宴者皆兴。"（见《旧唐书》卷二十九）后截取其中之一段填入歌词。宋张先有《破阵乐》，是133字的长调，题为"钱塘"。同时还有调名为《破阵子》的令词，"子"者，言其短小也。在现存敦煌《云谣杂曲子》中，即有四首之多。北宋晏殊有《破阵子》之作。《五更转》是唐代流行俗曲，现存敦煌词中有《五更转》六套，其中多数宣扬佛家（特别是南宗）教义，至宋亦有续作。《玉树后庭花》原为南朝陈后主所作。宋张先有《玉树后庭花》二首。《斗百草》原为隋曲，敦煌词中有《斗百草》，词分四遍，作大曲形式，有和声。《霓裳羽衣》为大曲，原名《婆罗门》，当是印度舞曲，经凉州节度使杨敬述进献唐玄宗，再经玄宗润饰，易以美名曰《霓裳羽衣》，属梨园法部。宋王灼《碧鸡漫志》卷三对此考证颇详。因有明皇游月宫闻此曲默记其声归来作《霓裳羽衣曲》之传说，所以此曲的宗教色彩十分浓厚。《新唐书》卷二十二说此曲有"十二遍"之多，节奏与旋律之繁复已可想而知。教坊曲"大曲"类有《霓裳》，"杂曲"类有《望月婆罗门》。敦煌词中有《婆罗门》四首，起句均有"望月"二字，似与唐玄宗游月宫传说密切相关，疑即《望月婆罗门》。《霓裳羽衣》的产生与发展过程已充分说明佛教与道教之间的融合。姜夔《白石道人歌曲集》中有《霓裳中序第一》，小序交代了自度词曲与此相关的原委。《献仙音》在柳永《乐章集》中增改为《法曲献仙音》，突出了"法曲"二字。《春莺啭》，明胡震亨《唐音癸签》卷十三说："帝（高宗）晓音律，晨坐闻莺声，命乐工白明达写为曲。"《全唐诗·乐府注》云："《大春莺啭》，又有《小春莺啭》，并商调曲。"唐张祜作为七言四句。《雨淋铃》入教坊曲，玄宗时张野狐作。唐段安节《乐府杂录》说："因唐明皇驾回骆谷，闻雨淋鸾铃，因令张野狐撰为曲名。"柳永《乐章集》中的《雨霖铃》入双调。有关《荔枝香》乐曲的来历，《明皇杂录·逸文》载："上（玄宗）幸华清宫，是（杨）贵妃生日，上命小部音乐。小部者，梨园法部所置，凡三十人，皆十五岁以下。于长生殿奏新曲，未名，会南海进荔支，因名《荔支香》。"吴曾《能改斋漫录》卷五载张舜民元丰中至衡山谒岳祠，亲见祠中开元乐曲，"器服音调，与今不同"。宋沈作喆《寓简》卷八则云："衡山南岳祠官，旧多遗迹。徽宗政和间新作燕乐，搜访古曲遗声。闻官庙有唐时乐曲，自昔秘藏，诏使上之，得《黄帝盐》《荔枝香》二谱。《黄帝盐》本交趾来献，其声古朴，弃不用。而《荔枝香》音节韶美，遂入燕乐。施用此曲，盖明皇为太真妃生日，乐成，命梨园小部奏之长生殿。会南方进荔枝，因以为名者也。中原破后，此声不复存矣。"大晟府的搜集，使这些"古曲异声"重放光彩。大晟府之前，只有柳永的一首《荔枝香》，周邦彦则连填二首《荔枝香近》。《全宋词》存录的《荔枝香》与《荔枝香近》共13首。

以上介绍之法曲,并非全部也非纯粹的宗教音乐,但其中却融入了佛曲和道曲,并用法曲的乐器去演奏它们,因而具有很大的艺术感染力,吸引词人为其中某些曲子填词,由此而转为词调。

唐代教坊曲中也有一些来自佛曲与道曲的曲名。任半塘把它们归结为"人事·宗教"类,共20曲。其中又分"释""道""祆""神"四门。属于"释"者,有《献天花》《菩萨蛮》《南天竺》《毗沙子》《胡僧破》《达摩》《五天》等7首。属于"道"者,有《众仙乐》《太白星》《临江仙》《五云仙》《洞仙歌》《女冠子》《罗步底》等7首。属于"神"者,有《河渎神》《二郎神》《大郎神》《迷神子》《羊头神》等5首。属于"祆"者有《穆护子》一首。其中,《献天花》《菩萨蛮》《临江仙》《洞仙歌》《女冠子》《河渎神》《二郎神》《迷神子》等,都已转为词调。《穆护子》曾配入七言声诗歌唱。《献天花》入宋为《散天花》,舒亶曾用以赠送"师能"。《菩萨蛮》,是唐以后使用频率最高的词调,历代佳作,不绝如缕。李白、温庭筠、韦庄等均有名篇。《临江仙》《洞仙歌》《女冠子》等词调,五代词人用者亦多,北宋柳永、张先等也均有词篇传世。《二郎神》《迷神引》,柳永也有词作。《河渎神》一调,五代孙光宪即有两首。此外,还有一些原本带有宗教意蕴的教坊曲名被划入其他门类,如"自然·月"类中之《望月婆罗门》《看月宫》《西江月》,"人事·恋情"门的《巫山女》《巫山一段云》《天仙子》《迎仙客》等,其中也多有转为词调者。

除法曲、教坊曲以外,还有一些词调的调名与宗教内容仍有某种关系。如《步虚词》《望仙门》《瑶池宴》《解佩令》《凤凰台上忆吹箫》《华胥引》《金人捧露盘》《鹊桥仙》《潇湘神》《月宫春》《惜分飞》等。《步虚词》是典型的道教文学,并与音乐、舞蹈结合在一起,要求念唱、步法、道具之和谐统一。唐吴兢《乐府古题要解》说:"《步虚词》,道家曲也,备言众仙缥缈轻举之美。"最早出现在魏晋南北朝的《步虚词》,多为五言,或四句、八句、十二句不等。北朝庾信有《步虚词》十首。唐刘禹锡二首,七言四句;陈陶所写为七言八句。万树《词律》卷六说:"《西江月》又名《步虚词》。"柳永、张先均名《西江月》,南宋程珌却又名《步虚词》。其他与宗教有关的词调,如《瑶池宴》,取名西王母宴周穆王于瑶池的故事。《华胥引》,用黄帝昼寝梦游华胥国故事。《鹊桥仙》用七夕喜鹊银河搭桥让牛郎织女相会故事。《凤凰台上忆吹箫》,用王乔吹箫引凤故事。《解佩令》用江妃二女解佩赠郑交甫故事。《金人捧露盘》,用汉武帝幻想成仙铸金人捧盘承甘露故事。以上这些词调几乎都与道家或道教密切相关。扩而言之,凡词调中有"仙""神""佛"之类词字者,大体均与宗教有某种关系。由上可见,与宗教有关的乐曲已经是词调形成的一个重要方面。

3. 佛道调名:乐曲歌词的相互辉映与疏离

音乐艺术的巨大感染力是无可怀疑的。孔子就有过切实的感受:"子在齐闻韶,三月不知肉味,曰'不图为乐之至于斯也。'"(《论语·述而》)汉斯立克论及音乐的艺术表现时也说:"乐曲是被塑造的,演奏是被我们体验的。音乐在再现中表现了情感的流露和激动的一面,它把闪电似的火花从神秘的深处招引出来,使之飞跃到听众的心上。"关于汉斯立克"音乐的内容就是音乐的运动形式"的命题,我们暂置而不论,他形容音乐演奏艺术效果的这段话却是十分生动的。同样,音乐的教化作用也从来不曾被人忽略。"子谓韶,'尽美矣,又尽善也。'"(《论语·八佾》)"美"与"善"就是孔子评价音乐的最高标准,并已成为后代儒家论乐(包括其他艺术)的经典。班固说:"乐者,圣人之所乐也,而以善民心。其感人深,其移风俗易,故先王著其教焉。"(《汉书·礼乐志》)当然,宗教音乐的目的更离不开"教"这一宗旨。托尔斯泰在论述宗教时曾说:"往往是音乐,像闪电一般把所有这些人联合起来,于是所有这些人不再像以前那样各不相干,或者甚至敌视,他们感受到大家的团结和相互的友爱。"无论是音乐,还是"梵唱",其终极目的也离不开这一宗旨,这一核心。所以,最早填入歌词的宗教乐曲和引进寺院的其他乐曲,其所唱歌词的内容总是离不开宗教这一核心。现存最早的敦煌曲子词中就有"佛子之赞颂"这一重要内容,最明显的如《五更转》中之《太子入山修道赞》《南宗赞》与《十二时》中之《禅门十二时》《法体十二时》等。早期词作另一特点是词调与歌词内容密切相关或大体相符。从文化发展角度来看,则是"感于哀乐,缘事而发"(《汉书·艺术志》)这一乐府诗歌传统的继承与发展,带有"即事名篇"的特点。从乐曲与歌词生成环境来看,又是宗教寺庙自身宗旨对歌词内容的约束。但是广大听众、歌伎乐工直至文人学士,并不满足于宗教乐曲只能填写宗教歌词这一狭小范围,引进其他内容与选择其他乐曲以开拓广阔天地,已成历史必然。这便是词体兴起、发展、壮大的历史动因之一。正如在母巢里成长的雏鹰一样,迟早有一天要远走高飞。

张志和是唐代最早填词并有较大影响的词人之一,他经历过"安史之乱"这一时代巨变,其出世思想在五首《渔父》词中表现颇为突出:"西塞山前白鹭飞,桃花流水鳜鱼肥。青箬笠,绿蓑衣,斜风细雨不须归。"以下几首继续发挥这一思想:"能纵棹,惯乘流,长江白浪不曾忧。""钓车子,橛头船,乐在风波不用仙。"他自号"玄真子",并以"仙"自喻,其道家思想已不言自明。这几首词,特别是第一首,词调与内容完全相符,再衬之以美好的自然山水,境高韵远,很有艺术魅力,因此广为传诵。晚唐释德成39首《渔父拨棹子》中,有36首句式格律全依张志和《渔父》,"皆咏渔人生活而寓以释道玄理"。[a]"世知吾懒懒原真,宇宙船中不管身。烈香饮,落花茵,祖师原是个闲人。"还有"静不须禅动即禅""都大无心罔象间""苍苔滑净坐忘机""动静由来本两空""外却形骸放却情"等词句,明显含有道家思想,不是一般退隐江湖的"渔父"可以包容得了的。此后,和凝、欧阳炯、李珣、李煜所作《渔父》,内容大同小异。李珣《渔父》云:"轻爵禄,慕玄虚,莫道渔人只为鱼。"鱼外的追求已讲得很清楚了。欧阳炯《渔父》讲得更明白:"摆脱尘机上钓船,免教荣辱有流年。无系绊,没愁煎,须信船中有散仙。""渔父"在词人笔下,已不再是以打鱼为生的普通渔翁,也不是一般的隐士,而是道家的"散仙"了。从这一点上来讲,词题与内容已不尽相符了。正如黄升在《花庵词选》中所说:"唐词多缘题所赋,《河渎神》之咏祠庙,亦其一也。"虽然"缘题所赋"与"即事名篇"强调的重点有别,但在指出篇名与内容相符这一点上,其性质是相同的。现存《河渎神》最早的作者是"花间鼻祖"温庭筠,共三首。第一首起拍便直写祠庙:"河上望丛祠,庙前春雨来时。"前"祠"、

---

① 施蛰存《船子和尚拨棹歌》,《词学》第二辑,华东师范大学出版社1988年版。

后"庙",故作强调。第二首依然如此:"孤庙对寒潮,西陵风雨萧萧。"第三首起句虽不再有"祠""庙"二字,却在续写祭祀活动而加以开拓:"铜鼓赛神来,满庭幡盖徘徊。"《女冠子》也是早期词人喜欢选用的词调之一。唐五代有11位词人共填《女冠子》22首,其中多则4首,少则1首。内容又多与女道士生活相关。温庭筠《女冠子》二首之一写道:"霞帔云发,钿镜仙容似雪。画愁眉。遮语回轻扇,含羞下绣帏。"下片结拍却不离题旨:"早晚乘鸾去,莫相遗。"另首结拍云:"寄语青娥伴,早求仙。"词中虽有"乘鸾""求仙"之语,但整体描写却活象一个充满相思之情的妙龄少女。所以沈际飞评曰:"郎子风流,艳词发之。"(《草堂诗余别集》卷一)其他词人所作此调也大体相类,有偏于道情,有偏于艳情。薛昭蕴《女冠子》侧重于道情的烘托:"求仙去也,翠钿金篦尽舍。入嵒峦。雾卷黄罗帔,云凋白玉冠。 野烟溪洞冷,林月石桥寒。静夜松风下,礼天坛。"李珣的《女冠子》,通过"醮坛""金磬""珠幢"与"步虚声",缥兮缈兮地通向了"蓬莱"。牛希济《临江仙》的宗教气氛也很浓,如"当时丹灶,一粒化黄金"等。孙光宪的《河渎神》也不离"庙门""琼轮""香火"之类的词句。正如汉代的乐府诗一样,开始时是"缘题而发",而后才离题去远,这是历史发展的必然。如韦庄的《女冠子》二道,已不见道情的踪影,变成了纯情的恋歌:"四月十七,正是去年今日。别君时。忍泪佯低面,含羞半敛眉。不知魂已断,空有梦相随。除却天边月,没人知。"其二曰:"昨夜夜半,枕上分明梦见。"结拍云:"觉来知是梦,不胜悲。"鹿虔扆《临江仙》不仅与"仙"无涉,且用以抒写亡国的哀叹:"暗伤亡国,清露泣香红。"由上可见,经过历史的演化,同宗教密切相关的词调逐渐纳入了广角的世俗生活画面。但是，画面的演变并不意味着宗教内容的淡化、疏离或完全消泯，而是使这一内蕴向着与宗教无关的词调与貌似与宗教无关这一生活层面的深度与广度弥漫、扩散、增生。纵向的继续发展与横向的弥漫开拓，几乎贯穿唐五代北宋整个历史时期。

入宋以后，特别是早期，调名有时与宗教无关，但词作的宗教意识仍然十分明显，例如苏易简的《越江吟》，开篇便说："神仙神仙瑶池宴。"对此，当然不应只看作是一般的形容。潘阆十首《酒泉子》，其中七首不同程度地带有宗教色彩。其二云："长忆钱塘，临水傍山三百寺。僧房携杖遍曾游，闲话觉忘忧。　旃檀楼阁云霞畔，钟梵清宵彻天汉。别来遥礼只焚香，便恐是西方。"其六云："长忆西山，灵隐寺前三竺后。冷泉亭上旧曾游，三伏似清秋。　白猿时见攀高树，长啸一声何处去？别来几向画阑看，终是欠峰峦。"词以杭州西山飞来峰为中心，将灵隐寺创建者慧理有关呼猿洞内白猿的传说纳入词境，宗教的神秘色彩很浓。其七写飞升之想："举头咫尺疑天汉，星斗分明在身畔。别来无翼可飞腾，何日得重登。"其八写伍子胥庙。其九写日月宫及采食灵芝等奇闻逸事。在北宋词人中，潘阆是涉及宗教内容最多的词人之一。

柳永写了许多通俗恋歌，对词体的兴起有过重大贡献，但他并不缺少涉及宗教的作品。他有五首《巫山一段云》，写的全是道教方面的内容。如："六六真游洞，三三物外天""昨夜麻姑陪宴，又话蓬莱清浅""上清真籍总神仙，朝拜五云间""羽轮飙驾赴层城，高会尽仙卿"另有五首《玉楼春》，全面描绘宫廷举办道家"醮会"的盛大场面与浓厚的宗教气氛："昭华夜醮连清曙，金殿霓旌笼瑞雾""醮台清夜洞天严，公宴凌晨箫鼓沸""阆风歧路连银阙,曾许金桃容易窃"。晏殊有三首《望仙门》,就词调本身加以生发,并有"会仙乡""望仙门"之句。

王安石存词近30首,参禅悟道之作约有14首,占全部作品约二分之一。此类作品还可分为三类:一是泛论佛法,二是净性自悟,三是灭除妄念。这三者又时常交织在一起。泛化佛法者,如《雨霖铃》:"孜孜矻矻,向无明里,强作窠窟。浮名浮利何济?堪留恋处,轮回仓猝。幸有明空妙觉,可弹指超出。缘底事抛了全潮,认一浮沤作瀛渤?"下片换头立即点出"本源自性天真佛"这一要害。净性自悟者,如《望江南·归依三宝赞》:"归依佛,弹指越三祇。愿我速登无上觉,还如佛坐道场时。能智又能悲。"灭除妄念者,如《望江南》:"愿我六根常寂静,心如宝月映琉璃。了法更无疑。"王安石是反映佛家思想与佛徒生活最多的词人之一,他和晏殊都曾身为宰相,他们填写这一内容的词篇,非常值得重视。佛教经唐武宗有效的排斥打击已明显衰落,宋初也未能很好恢复。经过晏殊、王安石的努力之后,苏轼、黄庭坚等均有续作,范围又有所发展,终于形成了宗教与词不可分离的血肉关系。然而,宗教与词的关系并非到此为止,宗教意识还在进一步向词人心灵与艺术审美这一深层次继续扩展。

4. 境心禅韵:方外与尘世的相互眷恋

纵观宗教与词体形成的关系,大约经历了四个不同历史时期,即:孕育期、初始期、成型期与成熟期。孕育期,如前所述,主要表现为在赞呗与讲经的同时夹杂一些俗曲与其他伎艺的演出,为歌词与宗教乐曲的结合提供某些经验或从中得到某种启发。初始期,已经开始运用俗曲演唱经卷内容,试探选取某些宗教乐曲填入宗教经义、描述法会活动过程并开始涉及宗教以外的生活情事。成型期,大量选用宗教乐曲或与宗教无关的乐曲作为词调，填入内容与宗教有关或与宗教无关的歌词，在宗教信徒、乐工艺人之外，文人学士也逐渐加入了这支创作队伍，促进了词体形式的稳定、作品内容的充实、艺术技法的提高。成熟期，一方面是选择宗教乐曲或其他多种乐曲作为词调，填入与宗教内容有关或无关的歌词并已得心应手，十分成熟；另一方面则是通过融化于思维之中的境心禅韵对客观现实进行审美观照，从而表现出一种迥异于其他作品的特殊韵味。

这种音乐味，在著名词人的作品中有成功的表现，在方外僧徒里出现的词人，表现也十分突出。王安石中年后倾心佛教，晚年舍宅为寺，十几首宣扬阐释佛家教义的词篇，几乎都出现在这一时期。应当说，这些词里也不乏佳作，但形式与内容毕竟有些游离，比之那些融入某些宗教意识而又能情景相符的作品，其艺术感染力就相形见绌了。文学史中的无数事实说明，凡是作家出于某种功利目的而选取一定诗体形式来进行教义的直接宣讲时，他的作品就难免干瘪而又缺乏血肉。王安石这样的高手，也不例外。他那首高瞻远瞩，感慨深沉，浑涵苍莽，情景相生的《桂枝香·金陵怀古》，就远远超过他那些论道谈禅的作品，因为其中既有历史针砭，又有哲理感悟，"道"与"禅"也渗透于字里行间。

另一值得注意的历史现象是，在词人描绘宗教活动面向尘外世界作超脱之想时，某些方外填词的僧徒却在作品中表现出对尘世的眷恋。这是宗教意识逐步深入并向人文环境与艺术范畴逐步渗透的过程。这类作品在词体形成的孕育期、初始期、成型期中，都是比较少见的。进入成熟期以后，那些具有诗人气质的方外之士，反而热衷于对尘世进行审美的艺术观照，其作品中深隐的宗教意识却很少为人所注意。这是站在寺院宝塔的最高层对

"尘世"进行"善"与"美"的观照,是从寺院里传出的对"凡世"的讴歌。视角不同,涵蕴深隐,旋律优美,音韵悠扬,别具妙趣。其中,北宋僧仲殊表现最为突出,也最有特点。

仲殊,俗姓张,名挥,曾举进士,后出家为僧,住苏州承天寺、杭州吴山宝月寺。有《宝月集》,存词近50首。苏轼与仲殊相友善。《东坡志林》卷二说:"此僧胸中无一毫发事,故与之游。"他的词之所以别有一番情趣,就在于他能从融会于艺术思维之中的宗教意识和境心禅韵这一方面,对客观现实进行静穆而又深入的观照。然而,又不同于唐代大诗人王维的冷寂。如他的《诉衷情·宝月山作》:

清波门外拥轻衣,杨花相送飞。西湖又还春晚,水树乱莺啼。　闲院宇,小帘帏,晚初归。钟声已过,篆香才点,月到门时。

即使我们不曾到过也不曾在宝月山住过,但是,只要读过这首词,便不约而同地会认为这是天生的好言语,读之使人有身临其境般的亲切感受。词中的语言没有明确的情感指向性,没有直抒胸臆,只见静谧的庭院,小小的帷帘,晚霞照拂着归途,钟声在耳边飘逝远去,篆香刚刚点燃,月光照射着寺院的山门。还有什么?没有了。表面上,词中的情感很淡,不过是客观景物的描绘而已。但实际并不这么简单,词人对宝月山,对整个西湖及其周边所有一切都充满深深的爱恋,只是经过佛家排拒"执着"这一修养的过滤,因而在令人神往的美好境界中呈现出一种少有的澄爽空灵。另一首《诉衷情》(长桥春水拍堤沙)也有相似的特点。再看一首描写景中有人的作品,其情形似略有不同。如另首

《诉衷情》：

> 涌金门外小瀛洲，寒食更风流。红船满湖歌吹，花外有高楼。　晴日暖，淡烟浮，恣嬉游。三千粉黛，十二阑干，一片云头。

词题曰"寒食"。写的是杭州西湖寒食节游湖盛况，虽是静观的描画，但通过"更"字、"恣"字，其情感已有所外露，并非不食人间烟火之人。其另外一些作品则毫不掩饰地融入俗世之艳情了。如《踏莎行》："浓润侵衣，暗香飘砌。雨中花色添憔悴。凤鞋湿透立多时，不言不语恹恹地。　眉上新愁，手中文字，因何不倩鳞鸿寄。想伊只诉薄情人，官中谁管闲公事。"前人说"僧仲殊好作艳词"（明陈霆《渚山堂词话》卷二），即指此而言。实际上，这与唐代寺庙僧众（如文溆僧等）填写演唱恋歌艳曲是一脉相承的。其他方外词人也均有艳词传世，这已是一种司空见惯的社会文化现象，如祖可、惠洪等。

身在红尘的词人描绘尘外世界，或者宣扬某种宗教意识，而方外僧道却又在眷恋着凡世，歌咏着凡世的恋情。两方面似乎都在探索或向着自身所缺少与不曾经历过的那另外一个方面。这两者实际上都与宗教的影响有千丝万缕的联系。前者因尘世纷扰而暗生厌倦之情，期盼宗教会给自己带来某种超越和解脱；后者则因经历方外的考验、磨砺，对人世有了新的理解并掌握了重新观照的坐标，于是，他们所写的尘世生活便有了另一种破除"执着"的超越。仲殊《诉衷情·宝月山作》之所以感人，就在于它有一般词人难以具备的艺术直观，有一种其他词人难以具备的境心禅韵。

这里所说的境心禅韵，也就是文艺批评中经常提到的"境""意境"或"境界"。最早运用"境"字作为审美价值取向的是唐代诗僧皎然。他在《诗式》及其他佚文中曾多次提到"境"字，其中对于"取境"则特加发挥。《诗式》卷一说"缘境不尽曰情""取境之时，须至难至险，始见奇句"。同时还讲到"取境偏高"与"取境偏低"的问题。作为佛徒的皎然，他所用的"境"字显然来自佛经。既然"境"字出自佛教用语，所以我们又扩展为"境心禅韵"这四个字。皎然的"境"字与后来王国维提出的"境界"说，是一脉相承的同一概念。"境界"一词，虽也曾有土地"疆界"之意（《诗·大雅·江汉》："于疆于理。"郑玄笺曰："召公于有叛戾之国，则往正其境界，修其分理。"），但佛经中的"境界"却与这不同。梵语原作Visaya，意谓自家势力所及之境土。《无量寿经》卷上说："比丘白佛，斯义弘深，非我境界。"当然，这里所说的"势力"，并非指政治、经济、军事方面的巨大控制力量，而是指人类对客观事物的感觉、认知与感受能力。这里所说的"境土"，当然不是指具体的疆界和领土，而是指被人类诸种感官所能感受认知的所有客观事物。不过，由于人的经历、地位、学识、修养、生活惯性与思维方式各有不同，对于客观事物的感受自然也就千差万别。身在佛门而又有浓厚宗教意识的词人，他们对客观事物的审美感受与艺术反映，自然与凡夫俗子有所不同了。一般而言，他们有时是冷眼静观暗藏机锋，有时又以禅入词而净心自悟。前举仲殊诸词，就有这两方面的特点。《踏莎行·浓润侵衣》虽然被后人认作"艳词"，但上片"凤鞋湿透立多时，不言不语恹恹地"与下片"想伊只诉薄情人，官中谁管闲公事"等句，如果从破除"执着"这一角度来看，不是也有冷眼静观与暗藏戏谑机锋之意在内吗?

"执着",原为佛教用语,指对某一事物坚持不放,不能超脱而自寻其苦。对我的"执着",称"我执"。这是佛家要极力破除的。因为"执"是人世受苦主要根源之一。佛家概括出的"八苦"之中,其中重要的一苦是"五取蕴苦",又称"五蕴盛苦"或"五盛蕴苦",是一切痛苦的汇合点。"五蕴"与"取"相遇便生贪欲,称"五取蕴"。"取",是"执着"的关键。从人的一生包括生理发育过程来看,进入青年阶段,对于外界事物就会由感受进而产生渴望与贪欲,其修行的主要内容之一便是对于"执着"的破除。仔细品味仲殊的《踏莎行》,还是不难发觉其暗藏机锋与戏谑之意味的,即使这意味很淡。

惠洪的《浪淘沙》似乎就有了这种破除后的超脱。

城里久偷闲,尘浣云衫。此身已是再眠蚕。隔岸有山归去好,万壑千岩。 霜晓更凭阑,减尽晴岚。微云生处是茅庵。试问此生谁作伴,弥勒同龛。

虽然这首词已经有了明显的超脱,毕竟还留有一些痕迹。修养到家的超脱应当是了无痕迹的,他的另首《浪淘沙》就比较接近了:

山径晚樵还,深壑屏颜。孙山背后泊船看。手把遗编披白皴,剩却清闲。 篱落竹丛寒,渔业凋残。水痕无底照秋宽。好在夕阳凝睇处,数笔秋山。

联系惠洪其人,这首词应当说已具备境心禅韵了。王国维说:"词以境界为最上。有境界自成高格,自有名句。五代北宋之词所以独绝者在此。"(《人间词话》)这首词和上举仲殊《诉衷情》诸词之所以有境界,并非只是因为他们身处北宋,而是因为他们身为佛徒,有着一般词人不易获得的"境心禅韵"而已。虽然王国维在他的《人间词话》里,也曾用"境界"二字评论过古代诗歌,但更多的是用来评词,因为词这一新兴的诗体形式是最忌讳发议论和讲道理的。于是,"境界"(或"意境")便成为词话广泛使用的文艺批评术语。

以上便是从寺庙里发出的对"凡世"的歌唱。这种"凡唱",正如离巢的鹰隼翱翔于万里晴空,但它却无法摆脱在鹰巢里就已经融入体内的遗传基因。"梵唱"与"凡唱",同时在词人的耳际盘旋,于是他的歌声里也就始终离不开这两种基本声调。

从开篇的"梵唱"到这最后的"凡唱",从"梵"到"凡",一字之易,标志着宗教对词体兴起的影响经历四个时期之后已基本完结,"梵唱"对词体兴起所起的作用都已融入社会的"凡唱"之中。词这一新的诗体形式发展至此,形式、体制、格调都已基本定型,已经争得了与传统诗歌平起平坐的历史地位,"寺庙梵唱"也完成了词体兴起重要温床的历史使命。此后,中国诗史掀开的已是诗与词这二者分镳并辔的历史新篇章。

五、宋词的"雅化"进程

从内部的审美风格演进方面加以考察,北宋词明显存在着一条"雅化"的轨迹可供寻觅。北宋词这种"雅化"的发展趋势,最终为南宋风雅词的出现做了充分准备。

1. "以雅相尚"观念的形成

"以雅相尚",是宋代词人创作中的共同审美追求。在理论上明确揭示"雅"的创作标准,是从南宋作家开始。王灼《碧鸡漫志》卷一说:"或问雅郑所分,曰:中正则雅,多哇则郑。"张炎《词源》卷下说:"词欲雅而正,志之所之。一为情所役,则失其雅正之音。"宋末元初的陆辅之作《词旨》,明确归纳出"以雅相尚"的创作标准,说:"雅正为尚,仍诗之支流。不雅正,不足言词。"并说:"凡观词须先识古今体制雅俗。"可见,到了南宋以后,"以雅相尚"已经成为词人特有的一种审美心态,表现为一种特有的创作倾向。这种审美观念绵延于以后的整个词作流变过程之中,直至清代,词论家还反复强调。刘熙载《艺概》卷四说:"词尚风流雅正。"陈廷焯《白雨斋词话》卷七说:"入门之始,先辨雅俗。"王国维《人间词话》说:"词之雅郑,在神不在貌。"而"以雅相尚"的创作演变以及观念的形成,则大致完成于唐末五代北宋之整个过程之中。

宋词创作中"以雅相尚"审美观念的形成及演化,有着其特定的历史和社会背景,及特定的审美渊源。

从文学创作和审美传统来看,"以雅相尚""去俗复雅"是汉民族一种特定的审美意识表现。"风雅""骚雅""雅正",其实一也。其渊源可以推溯到《诗经》之"风"与"雅",以及"楚辞"之《离骚》。"风"与"雅"原来只是一种音乐划分标准,"风"大致为先秦诸侯国的土风歌谣,"雅"大致为周王朝京畿地区的音乐。儒家学派的创始者孔子,曾经对《诗经》做过一番整理,说:"吾自卫返鲁,然后乐正,雅、颂各得其所。"(《论语·子罕》)孔子的审美立场是屏斥"国风"中淫俗的"郑声",将《诗经》中风雅篇什解释为:"《关雎》乐而不淫，哀而不伤。"（《论语·八佾》）孔子是以"中庸"作为审美尺度，要求文学创作对声色之美的追求与社会伦理道德的规范互相吻合。所以，孔子又归纳说："诗三百，一言以蔽之，曰：思无邪。"（《论语·为政》）儒家的"雅正"审美观念，就是从孔子的思想发展而来。主张文学创作应该具有"兴、观、群、怨"的社会效用，同时在表现上又必须含而不露、委婉得体。《礼记·经解》将这种创作审美追求归结为"温柔敦厚"的"诗教"。孔颖达《礼记正义》疏云："温，谓颜色温润；柔，谓性情和柔。诗依违讽谏，不指切事情，故曰温柔敦厚。"因此，合乎儒家"雅正"审美理想之文学创作标准，便具有两方面的内涵：其一，是作品的内容必须具有一定的社会效用，表现一定的社会伦理道德，所谓"尽善"；其二，文学表现时须含蓄委婉、中和得体，所谓"尽美"。这种"尚雅"精神，积淀成儒家传统的审美意识，在古代文学创作中占据主导地位，逐渐发展成为一种普泛的民族审美需求。

《离骚》作为古代诗歌史上第一首个人宏篇巨制，其创作追求十分吻合儒家的审美理想。一方面，《离骚》激情迸发地表达了报国的理想志向以及对这种理想志向锲而不舍的苦苦追求，另一方面，《离骚》又运用"善鸟香草以配忠贞，恶禽臭物以比谗佞，灵修美人以媲于君，宓妃佚女以譬贤臣，虬龙鸾凤以托君子，飘风云霓以为小人"的比兴手法，曲折婉转。所以，这种"骚雅"的作风被后代文人视为"雅正"的典范，标举为创作时学习的榜样。

后代文人，言必"雅正"，就是儒家的这种审美意识与《离骚》的这种创作传统的一脉相传。刘勰《文心雕龙·体性》论文，标举"八体"，首推"典雅"，要求作文从"雅制"正途入手,以免堕入"淫俗"之道,"器成彩定,难可翻移"。得其风雅,便可"会通八体",所以,勤勤嘱咐说:"童子雕琢,必先雅制,沿根讨叶,思转自圆。"初唐陈子昂倡导诗风革新,其出发点就是"思古人,常恐逶迤颓靡,风雅不作,以耿耿也"。(《与东方左史虬修竹篇序》)李白作诗,有"大雅久不作,吾衰竟谁陈"(《古风》之一)之忧虑,杜甫则旗帜鲜明地号召"别裁伪体亲风雅"(《戏为六绝句》)。至《二十四诗品》,更以比兴手法,对"典雅"风貌做形象描述,说:"玉壶买春,赏雨茅屋。坐中佳士,左右修竹。白雪初晴,幽鸟相逐。眠琴绿阴,上有飞瀑;落花无言,人淡如菊。书之岁华,人曰可读。"凡此种种,都说明唐末五代北宋以前,已经形成以雅为美的创作与审美传统,因此沉淀为唐末五代北宋词人的一种创作心理需求,表现为去俗复雅之不懈努力及雅正传统之最终确立。

比之不同朝代的其他文体,歌词创作中"复雅"之呼声更为迫切、更为强烈,贯彻得亦最为彻底,以至形成"雅词"这样一个特殊概念。其间必定有歌词创作特定的社会和历史背景。对此,可以做两个方面的考察。

其一,"曲子词"源自民间,俚俗粗鄙乃是其天然倾向。由于敦煌石窟中大量的"曲子词"被重新发现,词源于民间俗文学的观点已得到广泛承认。隋唐之际发生、形成的曲子词,原是配合一种全新的音乐——"燕乐"歌唱的。"燕"通"宴",燕乐即酒宴间流行的助兴音乐,演奏和歌唱者皆为文化素质不高的下层乐工、歌妓。且燕乐曲调之来源,主要途径有二:一是来自边地或外域的少数民族。唐时西域音乐大量流入,被称为"胡部",其中部分乐曲后被改为汉名,如天宝十三年(754)改太常曲中54个胡名乐为汉名。《羯鼓录》载131曲,其中十之六七是外来曲。后被用作词调的,许多据调名就可以断定其为外来乐,如《望月婆罗门》原是印度乐曲,《苏幕遮》本是龟兹乐曲,《赞浦子》又是吐蕃乐曲等等。《胡捣练》《胡渭州》等调,则明白冠以"胡"字。部分曲调来自南疆,如《菩萨蛮》《八拍蛮》等等。部分曲调直接以边地为名,表明其曲调来自边地。《新唐书·五行志》说:"天宝后各曲,多以边地为名,如《伊州》《甘州》《凉州》等。"洪迈《容斋随笔》卷十四也说:"今乐府所传大曲,皆出于唐,而以州名者五:伊、凉、熙、石、渭也。"伊州为今新疆哈密市,甘州为今甘肃张掖,凉州为今甘肃武威,熙州为今甘肃临洮,石州为今山西离石,渭州为今甘肃陇西,这些都是唐代的西北边州。燕乐构成的主体部分,就是这些外来音乐。二是来自民间的土风歌谣。唐代曲子很多原来是民歌,任二北先生的《教坊记笺订》对教坊曲中那些来自民间的曲子,逐一做过考察。如《竹枝》原是川湘民歌,唐刘禹锡《竹枝词序》说:"余来建平(今四川巫山),里中儿联歌《竹枝》,吹短笛击鼓以赴节。歌者扬袂睢舞,以曲多为贤。聆其音,中黄钟之羽,卒章激讦如吴声。"又如《麦秀两歧》,《太平广记》卷二百五十七引《王氏见闻录》言五代朱梁时,"长吹《麦秀两歧》于殿前,施芟麦之具,引数十辈贫儿褴褛衣裳,携男抱女,挈筐笼而拾麦,仍和声唱,其词凄楚,及其贫苦之意。"宋代民间曲子之创作仍然十分旺盛,《宋史·乐志》言北宋时"民间作新声者甚众",如《孤雁儿》《韵令》等等。

燕乐曲调的两种主要来源,奠定了燕乐及其配合其演唱歌辞的俚俗浅易的文学特征。歌词在演唱、流传过程中,以及发挥其娱乐性功能时,皆更加稳固了这一文学创作特征。歌词所具有的先天性的俚俗特征,与正统的以雅正为依归的审美传统大相径庭。广大歌词作家所接受的传统教育,历史和社会潜移默化之赋予他们的审美观念,皆在他们欣赏、创作歌词时,发挥自觉或不自觉的作用。努力摆脱俚俗粗鄙、复归于风雅之正途,便成了词人们急迫而不懈的追求。

其二,宋词以描写艳情为主。张炎说:"簸弄风月,陶写性情,词婉于诗。盖声出于莺吭燕舌间,稍近乎情可也。"(《词源》卷下)就是对这方面特征的一个总结。宋词是中国文学发展史上第一个抒写艳思恋情的专门文体,宋词的题材集中在伤春悲秋、离愁别绪、风花雪月、男欢女爱等方面,与"艳情"有着直接或间接的关系。被后人推尊为"豪放词"开山祖的苏轼,其绝大多数词仍属"艳科"范围。即使是"艳情"之外的题材,也要受到主流倾向的渗透,或多或少地沾带着"艳"的情味。举二首词为例:

> 古庙依青嶂,行宫枕碧流。水声山色锁妆楼,往事思悠悠。
> 云雨朝还暮,烟花春复秋。啼猿何必近孤舟,行客自多愁。
>
> 李珣《巫山一段云》

> 东风夜放花千树。更吹落,星如雨。宝马雕车香满路。凤箫声动,玉壶光转,一夜鱼龙舞。 蛾儿雪柳黄金缕,笑语盈盈暗香去。众里寻它千百度。蓦然回首,那人却在,灯火阑珊处。
>
> 辛弃疾《青玉案》

《巫山一段云》为怀古词,由眼前景物联想起"悠悠往事",引发出深沉的历史慨叹。然字里行间则隐藏着楚王梦游高唐、与神女朝云暮雨的一段风流旖旎之香艳往事。《青玉案》为咏节序词,借元宵灯节繁华喧闹的场面,抒写自我超脱世俗、不肯同流合污的高尚品格。然词人却借一位自甘寂寞、孤芳自赏的美人以明志。所以,沈义父《乐府指迷》概括说:"作词与诗不同,纵是花卉之类,亦须略用情意,或要入闺房之意。然多流淫艳之语,当自斟酌。如只直咏花卉,而不着些艳语,又不似词家体例,所以为难。"

宋词这种创作主流倾向的形成,与其产生和流传于花前月下、由伶人歌妓来演唱、用以娱宾遣兴之消费密切相关。同时,也是人们追寻快乐享受的一种本能宣泄。从《诗经》以来,诗文所承受的社会责任越来越沉重。诗文,必须承担起"正得失、动天地、感鬼神"的重任,具有"经夫妇、成孝敬、厚人伦、美教化、移风俗"(《毛诗序》)的社会效用。文人于诗文创作时,自然应该绷紧神经,严肃面孔,以诗明志,传之后代,以成就"经国之大业、不朽之盛事"(曹丕《典论·论文》)。于是,文学的娱乐功能被轻易抹杀,文艺创作被戴上违背人性本能的枷锁。虽然个别天才作家时有新创,一些不甘寂寞的作家也以"无题"的方式迂回突破,但是,以诗文写艳情,总是不那么得心应手,不那么光明正大。此时,曲子词应运而生。由妙龄女子,"举纤纤之玉指,拍按香檀",于浅斟细酌之际,娇声曼唱艳曲小调。人们对声色之追求,享乐本能之满足,皆于此找到一番新天地。于是,艳曲小调成为严肃诗文的必然补充。此风泛滥,词的创作主流倾向也就被逐步确定下来。清李东琪说:"诗庄词媚,其体原别。"(王又华《古今词论》引)类似的概括,比比皆是。清田同之说:"诗贵庄而词不嫌佻,诗贵厚而词不嫌薄,诗贵含蓄而词不嫌流露,之三者不可不知。"又引魏塘曹学士之

言说:"词之为体如美人,而诗壮士也。"(《西圃词说》)

宋词创作的主流倾向,正属于被孔子摒弃的淫靡的"郑卫"之声一流,与风雅篇什背道而驰。它只有表层上的享乐生活追求,绝没有深层的意蕴供回味。所以,宋词人们一面沉湎于声色的快乐享受,另一面又自我掩饰,自我辩解,"自扫其迹"。后人"为尊者讳耻,为贤者讳过",也为其曲意解释。贪图享受,人所难免,兴发情动,形诸歌咏。事后又觉得不合雅趣,有失颜面。这种矛盾普遍存在于歌词的创作之中。如能将艳情的表述含蓄化、朦胧化,似有兴寄,让接受者产生无限言外托喻之想。且将字面、句子、声韵皆加以锻炼,使其具有典丽高雅之风貌,岂不是两全其美?基于这样的立场,"去俗复雅"作为宋词创作的主要努力方向,从不自觉到自觉,从零星的努力到形成创作流派,从创作的实践到出现较完整的理论概括,都是一种必然趋势。

2. 唐宋词的"雅化"进程

从词史的角度观察,"去俗复雅"似一条红线贯穿始终。从敦煌民间词之俚俗粗鄙,至唐五代词人之渐窥风雅面目,发展到北宋初小令词家之闲雅舒徐及北宋末大晟词人之精工典丽,最终形成南宋雅词作家群,蔚为大观。在这样一个词的"雅化"进程中,可以对"雅化"的内涵做宽狭两种意义的理解。从宽泛的意义上理解:词之创作逐渐摆脱鄙俗的语言和风貌,从"无复正声"的民间词和作为艳科、多为代言体的花间尊前之宴乐文学,渐渐演变为充满士大夫文人风雅情趣的精致的阳春白雪,这一整个过程都可称之为"雅化"进程。从狭窄的意义上理解:专指北宋后期由大晟词人周邦彦开创的、至南宋时蔚然成风的典雅醇正的词风,取代其他风格之文人词,成为词坛创作主流倾向的进程。后者是在前者基础上的点的突破和提高。前者至后者的过渡，关键的起承转合过程是由大晟词人完成的。

上述宽狭两种意义上的"雅化"演变过程，大致都是在唐五代北宋期间完成。从词风大的转移角度入手，唐五代北宋词的"雅化"进程大约经历了三个阶段。

第一，从敦煌民间词至"花间"代言词。

1900年，敦煌鸣沙山第288石窟（藏经洞）被打开，里面发现了几百首抄写的民间词，使研究者对词的发生、发展有了全新的认识。敦煌曲子词的特殊价值，在于它提供了歌词这种新兴的抒情诗体式的民间和初始状态。其中虽然杂有文人篇什，但是多数作者出于民间下层。作为词的初期形态，敦煌曲子词也明显不同于后来成型的歌词。它的初期形态的特征，吴熊和先生《唐宋词通论》归纳为六点：有衬字、字数不定、平仄不拘、叶韵不定、咏调名本意者多、曲体曲式丰富多样。同时在艺术表现上，许多作品还过于粗糙生硬。

中唐以来，一些与社会下层接触较多、文学观念比较开放的上层文人，对歌词发生兴趣，亦尝试着创作，如白居易的《忆江南》，刘禹锡自言的"依曲拍为句"等等。这一时期文人词的创作，都是向民歌学习的结果。所以，依然保持着民歌风韵天然、明白如话的特征。

文人开始大量创作歌词，是唐末五代之事，后蜀赵崇祚编集西蜀词人的作品为《花间集》。此前文人填词，不过偶一染指。文人词的传统，是从"花间"词开始的。词从此自巷陌新声向文人士大夫之雅曲转变。"花间词人"大都有其"狭邪狂游"的生活经历，"花间词"内容上多述青楼恋情相思，形式上多采用代言体，以下层歌妓为抒情主人公，是"南朝宫体"与"北里倡风"的结合。所以，"花间词"虽然从语言风貌上对敦煌曲子词有了决定性的改变，然而实质上不脱鄙俗之气，而且浸染上一层浓浓的"侧艳"之风。如温庭筠的多篇《菩萨蛮》都是写闺情，孙光宪《北梦琐言》卷四推崇其"才思艳丽"，自为"花间"鼻祖。再以顾夐《诉衷情》为例，词云："永夜抛人何处去？绝来音，香阁掩。眉敛，月将沉，争忍不相寻。怨孤衾。换我心为你心，始知相忆深。"全词是对情人失约不来的怨语，人物的种种忧思悬念和寂苦难堪，统统化作怨恨和嗔怪，是出自肺腑的声音。词人写闺怨，用白描手法，作情极语，又不乏含蓄。所以，既有民歌的风味，又有文人词的细腻华美。

"花间词人"中，韦庄的少量词已由代言体转为直抒胸臆，如《菩萨蛮》说："人人尽说江南好，游人只合江南老。春水碧于天，画船听雨眠。　炉边人似月，皓腕凝霜雪。未老莫还乡，还乡须断肠。"与温词的朦胧深隐判然有别，然数量之少，可以忽略不计。

从敦煌曲子词到"花间词"，为词体"雅化"演进之第一阶段。民间词的粗鄙俚俗基本被摒弃，而清新爽直的一面仍有所承继。经文人化改造，文风向着深隐曲折发展。

第二，从"花间"代言词至文人抒情词。

文人抒情词的传统，由南唐词人确立。王国维《人间词话》说："冯正中堂庑特大，与中、后二主词，皆在《花间》范围之外。"南唐词人变"花间"代言体为文人抒情达意的自言体。他们在词中描写自我日常生活，抒发时世危难之艰辛困苦，倾诉濒临绝境之郁闷苦痛。词体由卑渐尊，本质上有了新变。李清照充分肯定南唐词人这方面的成就，说：五代"斯文道熄，独江南李氏君臣尚文雅。"（《词论》）这种转变始于冯延巳，其《阳春集》"俯仰身世，所怀万端"（冯煦《阳春集序》）；完成于

· 79 ·

李后主,终"变伶工之词而为士大夫之词"(王国维《人间词话》)。尤其是李后主,经历了破国亡家之极惨痛的变故,于是他便以其纯真任纵之心灵,体悟且沉湎于整个人世间的无常之悲慨,洗净宫体与倡风,将词引入歌咏人生的宽广途径,其巨大的艺术感染力也远胜冯延巳和中主,成为南唐词坛之空谷足音,"俨然有释迦、基督担荷人类罪恶之意。"(王国维《人间词话》)

宋初杰出词人晏殊、欧阳修等,皆承继南唐词风,于小词中抒情达意,伤离念远。刘攽《中山诗话》说:"晏元献尤喜江南冯延巳歌词,其所自作,亦不减延巳。"刘熙载《艺概》卷四说:"冯延巳词,晏同叔得其俊,欧阳永叔得其深。"冯煦《宋六十家词选例言》说:"文忠家庐陵,而元献家临川,词家遂有西江一派。其词与元献同出于南唐,而深致则过之。"冯延巳、晏殊、欧阳修三家词多相互混杂,历来为词籍校勘者视为难题,可见三人之间的一脉相承。晏、欧所写,同样带有鲜明的主观情感,唯宋初社会环境大大不同于唐末五代,宋初词人大都高官厚禄,生活舒适。他们没有唐末五代文人的家国濒临困境之压抑和绝望。所以,宋初小令别具一种雍容富贵的气度,平缓舒徐的节奏,雅致文丽的语言。如晏殊在亭台楼阁之间"一曲新词酒一杯"地观赏景色,虽有"无可奈何花落去"之丝丝缕缕的闲愁,终不掩"太平宰相"雍容华贵之气度。欧阳修则能在"狼藉残红"的暮春季节,发现大自然另一种清新寂静之美。晏欧仍有部分代言体的小词,显示了"花间"的影响,但不占主导地位,且不掩高雅的文人气质。宋初小令词人的努力,使歌词又向典雅净洁的方向迈进一步。晏殊之高远、欧阳修之疏俊,皆为后辈雅词作家所景仰和承继。

苏轼是文人抒情词传统的最终奠定者。陈师道用"以诗为词"评价苏词,道中苏词革新的本质。从整体上观照,词的"雅化"进程,某种意义上也是词逐渐向诗靠拢的一个过程,努力跨越"言志"与"言情"界限的过程,所以,陆辅之才说:"雅正为尚,仍诗之支流。不雅正,不足言词。"苏轼以前,这个过程是渐进的,至苏轼却是一种突飞猛进的演变。首先,苏轼词扩大了词境。苏轼之性情、襟怀、学问悉见之于诗,也同样融之于词。刘辰翁《辛稼轩词序》说:"词至东坡,倾荡磊落,如诗如文,如天地奇观。"他外出打猎,便豪情满怀地说:"会挽雕弓如满月,西北望,射天狼。"(《江城子》)他望月思念弟弟,便因此悟出人生哲理:"人有悲欢离合,月有阴晴圆缺,此事古难全。"(《水调歌头》)他登临古迹,便慨叹:"大江东去,浪淘尽、千古风流人物。"(《念奴娇》)五彩纷呈,令人目不暇接。刘熙载《艺概》卷四概括说:"东坡词颇似老杜诗,以其无意不可入,无事不可言也。"其次,苏轼词提高了词品。苏轼的"以诗入词",把词家的"缘情"与诗人的"言志"很好结合起来,文章道德与儿女私情并见乎词,在词中树堂堂之阵,立正正之旗。即使写闺情,品格也特高。《贺新郎》中那位"待浮花浪蕊都尽,伴君幽独"的美人,可与杜甫《佳人》"天寒翠袖薄,日暮倚修竹"之格调比高。胡寅《酒边词序》因此盛称苏词"一洗绮罗香泽之态,摆脱绸缪宛转之度,使人登高望远,举首高歌,而逸怀豪气超乎尘埃之外。"词至东坡,其体始尊。再次,苏轼改造了词风。出现在苏轼词中的往往是清奇阔大的景色,词人的旷达胸襟也徐徐展露在其中。传统区分宋词风格,有"婉约""豪放"之说,苏轼便是"豪放"词风的开创者。凡此种种"诗化"革新,都迅速地改变着词的内质,况周颐因此肯定说:"熙丰间,词学称极盛,苏长公提倡风雅,为一代山斗。"

(《蕙风词话》卷二)刘熙载转换一个角度评价说:"太白《忆秦娥》,声情悲壮,晚唐、五代,惟趋婉丽,至东坡始能复古。"(《艺概》卷四)东坡的复古,正是词向诗的靠拢,突出"志之所之",也是向唐诗的高远古雅复归。至此,词之"雅化"也取得了本质性的突破。

从南唐词到苏轼词,为词体"雅化"演进之第二阶段。至此,广义的"雅化"嬗变过程已基本上完成,词体所等待的将是一种纵深的"雅化"演进。

第三,从文人抒情词至大晟典雅词。

北宋前期和中期,词在承继南唐绪风之同时,内部正起着多种的嬗变演化,呈现出百花斗艳、五彩缤纷之繁荣盛景。雅俗之争,此起彼伏,迂回曲折,贯穿其间。柳永的步入词坛,对词风的转变有着决定性的影响。

柳永在词史上的贡献主要表现在两个方面:创立俚俗词派和大量填写慢词。柳永之前,词人们皆在不自觉地进行去俗复雅的努力,至宋初大致确立起闲雅舒徐的文人抒情词传统。柳永的出现,冲断了词的"雅化"进程,有意识地向民间词之俚俗与"花间"之代言回归。柳永的作为,从反面刺激了歌词"雅化"的进程。以柳词为批评的靶子,众多词人第一次从创作上自觉意识到"雅化"的必要性。晏殊就当面对柳永说:"殊虽作曲子,不曾道'彩线慵拈伴伊坐'。"(张舜民《画墁集》卷一)苏轼则极其不满他的学生秦观别后"却学柳七作词"。(黄升《花庵词选》卷二)李清照《词论》评价柳词说:"虽协音律,而词语尘下。"这也是宋词发展史上第一次集体自觉的"复雅"呼声,自此,"去俗复雅"成为更加自觉化、理论化的创作行为。

北宋中期以后的众多词人,各以自己的方式对柳词的俚俗加以修正。周济评秦观词说："将身世之感，打并入艳情。"（《宋四家词选》）其实，这是北宋词人对柳词艳俗内容进行变革时所采用的一个基本方法。他们并不否定词的"香软"性质，却在内容上悄悄做的改变。秦观词虽然仍囿于传统范围之内，但已不是纯粹应歌娱乐消遣之作，部分作品在凄艳的外壳背后，乃是伤心人别有怀抱。"春去也，飞红万点愁如海"（《千秋岁》）；"郴江幸自绕郴山，为谁流下潇湘去"（《踏莎行》），皆呕心沥血之作，饱含着身世的痛苦感伤。北宋后期的贺铸则以比兴入词，使词真正有了喻托之意，提高了词的品质。其《芳心苦》咏荷花，"断无蜂蝶慕幽香，红衣脱尽芳心苦"，又是在写自己洁身自好、不慕容华、清苦自任、独持节操的品格。到了这一阶段，词的高雅气质和风貌已渐渐形成。

在北宋词"雅化"进程中贡献最大、成就最高的是大晟词人，尤其是集大成的词家周邦彦。大晟词人的"雅化"努力，具体表现为四个方面：其一，融化前人诗句以求博雅。北宋自苏轼以来，越来越自觉地融化前人诗语入词，以改变词的面貌和气质。前贤的雅丽篇章或高雅情趣融入歌词，自然脱落了来自民间的"俚俗气"，成为"雅化"的标志之一。大晟词人喜化用前人诗语，已形成自觉的创作风气。沈义父归纳清真词的特点说"往往自唐宋诸贤诗句中来，而不用经史中生硬字面，此所以为冠绝也。"（《乐府指迷》）沈义父又将这一条总结为"雅词"创作的"字面"审美要求，说："要求字面，当看温飞卿、李长吉、李商隐及唐人诸家诗句中字面好而不俗者，采摘用之。"（《乐府指迷》）其二，推敲章法结构以求精雅。词的文人化气质越浓，对章法结构的推敲就越精细，这也是北宋词内部结构发展的一种走势。大晟词人对歌词章法结构的追求，已经达到了一个新的高度，近人夏敬观比较说："耆卿多平铺直叙，清真特变其法，一篇之中，回环往复，一唱三叹。"（《手评乐章集》）大致说来，大晟词人在章法结构安排上多用"逆挽"手法，倒叙、插叙相结合，收纵自如，回环往复，且辅之以多种技巧的变化，使整个结构变得肌肤丰满、缤纷多彩，如顿挫、递进、勾勒、点染、对比、虚实、设想、夸张、用典、拟人、化用、对偶、细节描绘等等手法，保证歌词不断翻出新意，不落陈套。其三，追求韵外之旨以示风雅。词"雅化"的一条根本性要求是对题材内容提出的，张炎说："词欲雅而正，志之所之"（《词源》卷下）。大晟词人因此对传统的艳情题材加以改造，追求表达的含蓄化、深沉化。时而"将身世之感打并入艳情"，触动墨客骚人江湖流落、仕途不遇的愁苦之情，使歌词仿佛若有寄托，别具象外之意、韵外之旨。大晟词人追求韵外之旨最具代表性的作品是咏物词，万俟咏流传至今的就有七首之多，占传今词作的四分之一。周邦彦《大酺》咏春雨、《兰陵王》咏柳，王灼将它们上比《离骚》。其四，注重音韵声律以示醇雅。沈曾植《全拙庵温故录》讨论词的格律说："以协大晟音律为雅也。"这一点后人已有定评，大晟词人甚至被归纳为"格律派"。夏承焘先生的《唐宋词字声之演变》和龙榆生先生的《词曲概论》对大晟词的声韵格律之美，有详尽的分析。

从苏轼词到大晟词，为词体"雅化"演进之第三阶段，也是广义的"雅化"向狭义的"雅化"纵深发展的转变过程。大晟词人在前辈作家努力的基础上，将精力集中于歌词字面、句法、布局、修辞、音韵等诸多技巧方面的精雕细琢、"深加锻炼"之上；他们广泛地吸取了前辈婉约词人的种种长处，促使宋词朝着精致工整的醇雅方向发展；他们将北宋词人创作以自然感发为主,转变为"以思索安排为写作之推动力"(叶嘉莹《灵谿词说·论周邦彦词》),为南宋雅词作家确立"家法"。从唐代到北宋末众多词人的"雅化"努力,已经为南宋风雅词创作之风起云涌做好了充分的准备。

六、唐五代北宋词概说

唐五代北宋是词的萌芽与成长的兴起时期。从大量的民间创作,到文人的模仿学习"依曲拍为句",一直到成为文坛的一种主要抒情诗创作形式,词的发生、发展经历了一个文雅化、精致化的成熟过程。以下分阶段叙述。

1. **敦煌曲子词**

词,作为一种新兴的诗体,它最初广泛流传于民间。可以肯定,当时流传在民间的词一定是很多的。遗憾的是,由于种种原因,民间词绝大多数都已亡佚了。1900年,一个偶然的机会,在敦煌鸣沙山第288石窟(藏经洞)里发现了几百首抄写的民间词,为研究词曲的发展提供了极其珍贵的资料。敦煌曲子词已整理成集者有:王重民的《敦煌曲子词集》,辑词164首;饶宗颐的《敦煌曲》,辑词318首;任二北初编《敦煌曲校录》,兼及《五更转》等俗曲佛曲,扩大到545首;任二北后又编定《敦煌歌辞集》,扩大到凡入乐者一概采录,计1200余首。但一般论敦煌曲子词者,仍以具有调名、合乎词体的为主,即以王重民收集的曲子词为研究对象,以便与乐府歌辞及其他俗曲歌辞区别开来。就现在发现的敦煌民间词来看,其内容是相当广阔的。其中"有边客游子之呻吟,忠臣义士之壮语,隐君子之怡情悦志,少年学子之热望与失望,以及佛子之赞颂,医生之歌诀,莫不入调。其言闺情与花柳者，尚不及半。"（见王重民《敦煌曲子词集·叙录》）其中最突出的是歌颂爱国统一这一内容的作品。如《菩萨蛮·敦煌古往出神将》《献忠心·生死大唐好》等。这些词表达了"安史之乱"以后边地人民所遭受的苦难以及热诚盼望国家强盛使大唐帝国再获统一这一强烈愿望。此外，有的民间词还反映了商人游子的旅况与艰辛，反映歌儿舞女的恋情生活及对幸福生活的渴望，有的词还抒发了征夫思妇对不义之战的厌倦情绪等等。现存的敦煌曲子词，不仅题材广阔，内容丰富，同时在艺术上也保留了民间作品那种质朴与清新的特点，风格也较为多样。正是这种流传于民间的词哺育了文人，促进了文人词的创作和发展。同时，在敦煌发现的曲子词里，还保存了一些在现存唐代文人词中很少见的长调。

值得注意的是，在敦煌曲子词中写得最好、最多的依然是言男女情爱的作品。配合公私宴饮等娱乐场所中流行之燕乐歌唱的曲子词，必然会受到创作环境、氛围的影响，表现出一个大概的创作倾向，即多言男女艳情以侑酒助乐。可以想象，在花前月下酒宴歌舞的环境里，唱小曲劝酒助兴的妙龄歌女突然高唱"天生我才必有用，千金散尽还复来"，或者沉重端庄地缓歌"致君尧舜上，再使风俗淳"，与周围的气氛是多么地不协调，一定会大煞风景。这时，如果唱艳曲小调以助酒兴，则与气氛非常和谐。所以，在敦煌曲子词中，言闺情花柳的虽不及半，却是被表现得最为频繁的。如果将《敦煌曲子词集》做一次分类归纳，就能发现言闺情花柳的作品占三分之一以上，所占比例最大。市民阶层喜欢谈论俗艳的话题，敦煌曲子词从一开始就显露出来的多言男女艳情相思的创作倾向，便迎合了他们的欣赏口味与审美习惯，这类作品也写得最为生动活泼，艺术成就最高。试举二首词为例：

珠泪纷纷湿罗绮，少年公子负恩多。当初姊妹分明道，莫把真心过于他。子细思量着，淡薄知闻解好么？

《抛球乐》

天上月，遥望似一团银。夜久更阑风渐紧，为奴吹散月边云，照见负心人。

《望江南》

《抛球乐》是一篇青楼歌妓的"忏悔录"，写一女子被玩弄、被抛弃的遭遇以及因此带来的内心痛苦与事后的追悔。她懊恨自己的真情付出，悔不该不听从姊妹们当初好意的劝戒，沉挚深切，动人心扉。其感受之真、体味之切、语意之痛，惟有此中人才有这般诉说。《望江南》也是闺中怨歌，想起"负心人"，就抑制不住内心的苦恨。"多情女子负心汉"，是古代民间的一个常见性主题。这首词构思的新颖别致，增加了抒情的艺术表现力，这就是民歌的风韵。

作为词的初期形态，敦煌曲子词也明显不同于后来成型的歌词。它的初期形态的特征，吴熊和先生《唐宋词通论》归纳为六点：有衬字、字数不定、平仄不拘、叶韵不定、咏调名本意者多、曲体曲式丰富多样。同时在艺术表现上，许多作品还过于俚俗粗糙，往往令人不堪卒读。曲子词这颗明珠，还掩埋在沙土之中，需要文人去挖掘、揩拭、磨光。

2. 中唐文人词

词在民间流传过程中，它活泼的形式，鲜明的节奏以及丰富多彩的音乐性，不仅为广大下层人民所喜爱，同时，也必然会引起广大文人的重视。文人倚声填词可能很早。现存最早的文人词,有人认为是李白的《菩萨蛮·平林漠漠烟如织》和《忆秦娥·箫声咽》。宋代黄升在《唐宋诸贤绝妙词选》中认为这两首词是"百代词曲之祖"。但多数人认为这两首词是伪作,迄今尚无定论。下这样一个结论:初、盛唐时期,民间与文人都已经开始了"曲子词"的创作,这是可以被学术界接受的。

中唐时期,填词的文人逐渐多了起来。其中著名的有张志和、韦应物、刘禹锡、白居易等。张志和的《渔歌子》("西塞山前白鹭飞,桃花流水鳜鱼肥。青箬笠,绿蓑衣,斜风细雨不须归。")有较大影响。它词语清丽,描写生动,很有民歌风味。词中渔父的形象和情趣,实际上是逃避龌龊官场的隐士,因此,这首词被文士所激赏。韦应物的《调笑》("胡马,胡马,远放燕支山下。跑沙跑雪独嘶,东望西望路迷。迷路,迷路,边草无穷日暮。")写西北草原风光,气象开阔,雄浑如画,风格遒劲,与当时一般词风有所不同。白居易和刘禹锡是中唐时期填词比较多的大诗人。白居易的《忆江南》("江南好,风景旧曾谙。日出江花红胜火,春来江水绿如蓝。能不忆江南?")描绘江南美丽迷人的自然风光,表现了他对祖国河山的热爱,风格清新明快,流传甚广。刘禹锡在洛阳时也以《忆江南》词调相唱和,并自注云:"和乐天春词,依《忆江南》曲拍为句。""依曲拍为句"的提出,总结了唐代配乐填词的经验,把词的写作自觉地提高到倚声填词的新阶段。晚唐五代词的创作之所以有一个大发展也正是中唐时期词创作经验积累和"依曲拍为句"这一理论提出的必然结果。

这一时期文人词的创作,都是向民歌学习的结果。所以,依然保持着民歌风韵天然、明白如话的特征。从初、盛唐到中唐,相对而言，"曲子词"的创作局面仍然比较沉寂。中唐以来白居易、刘禹锡等人的"依曲拍为句"，响应者寥寥无几。一方面，这时候唐诗的创作正走向鼎盛，在文坛上独领风骚；另一方面，从初、盛唐以来盛行的文人士大夫积极用世之意志，与"曲子词"婉娈低靡的格调还不太协调，一种适宜"曲子词"生长的社会环境还没有出现。

3. 晚唐五代文人词

晚唐五代是我国词史上出现的第一个歌词创作的高潮。林大椿编辑的《唐五代词》，收词1147首；张璋等先生编著的《全唐五代词》，收录作品2500余首；曾昭岷等先生编著的《全唐五代词》，收录作品2641首（正编1963首、副编678首），其中正编部分五代词就有689首之多。可以说明唐末五代以来歌词创作的兴盛。

晚唐五代是社会大变乱时期，军阀割据，战乱频仍，广大中原地区陷于水深火热之中。然而，另一方面，统治者又过着极其奢侈糜烂的生活。帝王和朝廷的自我放纵，诱导着社会风气的转移。从中央到地方，追逐声色宴饮已经成为一种普遍的行为。同时，随着唐帝国的没落，广大知识分子政治理想幻灭，他们看不到仕途上的前景，这就进一步促使他们退缩到自我生活的狭小圈子中，及时行乐，自我陶醉，以醇酒美女消磨时光。晚唐诗风趋于秾丽凄艳，表现出与晚唐词近似的艺术风格。与李商隐并称的著名诗人温庭筠同时又是香艳"花间词"的开山鼻祖。这一系列具有时代特征性的审美现象，都与中晚唐以来的社会环境的变更密切相关。也就是说，中晚唐以来骄奢华靡的世风，为"曲子词"的成熟提供了大好时机，并最终促使词的委婉言情的文体特征的形成。

五代十国时期世风的华靡浮艳继续为词的发展提供最为有利的环境。这个阶段，由于地理上分割的原因，逐渐形成两个词人创作群体：西蜀花间词人和南唐词人。由于西蜀、南唐在当时保持着相对稳定的政治局面，经济生活甚至还呈现出一时的繁荣，这就为词的发展提供了有利的条件。西蜀地势险要，素有"一夫当关，万夫莫开"之称。与中原广大地区相比较，局势相对稳定，较少战争祸乱，一大批文人避难西蜀，形成创作群。《花间集》是文学史上最早的词的总集之一，它是后蜀赵崇祚编成的，成书于广政三年（公元940），共收18家词人的500首词。欧阳炯（五代词人，先事前蜀，为中书舍人，后事孟知祥，官至宰相，最后降宋）曾为《花间集》作序，曰："镂金雕琼，拟化工而回巧；裁花剪叶，夺春艳以争鲜。""则有绮筵公子，绣幌佳人，递叶叶之花笺，文抽丽锦；举纤纤之玉指，拍按香檀。不无清绝之词，用助娇娆之态。自南朝之宫体，扇北里之娼风，何止言之不文，所谓秀而不实。"这两段话充分说明《花间集》选录作品的特点以及这些作品产生的过程。可见《花间集》中描写恋情相思与男欢女爱的作品占有相当比重，绝非偶然。当然，集中也还有一些反映当时社会面貌的作品，如孙光宪的《定西番·鸡禄山前游骑》、毛文锡的《甘州遍·秋风紧》反映了边塞生活；鹿虔扆的《临江仙·金锁重门荒苑静》反映了亡国的哀痛；李珣《巫山一段云·古庙依青嶂》写舟子行客的离愁；而《南乡子》十首则描绘了南国风光，其中写岭南生活的作品尤有鲜明特色与独到之处。

在"花间词人"当中，影响最大的是温庭筠和韦庄。

温庭筠是晚唐著名的诗人和词人，本不属"花间"范围，但却被后人称之为"花间"鼻祖。《花间集》选录他的词有66首之多。他是中国词史上第一个大词人,有独特的艺术风格。他的词含蓄委曲,言尽而意不尽。后代对他的词评价也颇有分歧。之所以如此,是因为他的词感情比较深隐,意境比较朦胧,不大好懂。如《菩萨蛮》:"小山重叠金明灭,鬓云欲度香腮雪。懒起画娥眉,弄妆梳洗迟。 照花前后镜,花面交相映。新帖绣罗襦,双双金鹧鸪。"又:"水晶帘里玻璃枕,暖香惹梦鸳鸯锦。江上柳如烟,雁飞残月天。 藕丝秋色浅,人胜参差剪。双鬓隔香红,玉钗头上风。"便具有这样的特点,前人的解释出入很大。温词之所以朦胧深隐,这是因为他的词主要借助于标举名物和客观形象的罗列,如前首词中的"小山""鬓云""香腮""娥眉""花镜""绣罗襦""金鹧鸪"等等,而不是靠主观感情的直接抒发。他的词画面密集,跳跃性很强,加之词语华丽,这就构成了一种深婉隐曲与华美秾艳的艺术风格。当然,温词也并非都是朦胧隐曲之作,他也有一些清疏明朗的词,如《梦江南》:"梳洗罢,独倚望江楼。过尽千帆皆不是,斜晖脉脉水悠悠,肠断白蘋洲。"但是,代表温词风格与特点的却不是后者,而是前面提到的那些词。温庭筠表现在词中之感受都是感官的,表层次的,仅仅是其享乐生活的一种表现,但其罗列精美名物的做法与所抒写的闺阁情思,"往往与中国古典诗歌中以女子为托喻之传统有暗合之处"[①]。这既为后人的多种理解提供了空间,又为词的发展暗示出一条可供选择的道路。温庭筠在词的发展史上有着不可磨灭的历史功绩。这主要表现在:一、通过他的创作,扩大了词的影响,提高了词的文学地位,使词开始成为新的诗体形式

---

① 叶嘉莹《灵谿词说·论温庭筠词》,上海古籍出版社1987年11月版。

之一；二、开拓了词的创作道路，形成了婉约词派，对后世有深远影响。

韦庄生活于唐末与五代这一变乱时期，他59岁中进士，66岁入蜀，72岁时前蜀王建称帝，他当了宰相，75岁就死了。韦庄不仅是晚唐著名的诗人，也是五代著名的词人。在词史上温、韦并称，有人还把他们归为一派。其实，温、韦二人的词是有明显不同的。韦庄词的特点是以热烈的主观抒情见长，表现出一种率直劲切与清疏淡远的风格。如《思帝乡》（"春日游，杏花吹满头。陌上谁家年少，足风流，妾拟将身嫁与，一生休。纵被无情弃，不能羞。"）和《女冠子》（"四月十七，正是去年今日，别君时。忍泪佯低面，含羞半敛眉。"）等。他著名的五首《菩萨蛮》也都具有率直显露的特点，其二说："人人尽说江南好，游人只合江南老。春水碧于天，画船听雨眠。　炉边人似月，皓腕凝霜雪。未老莫还乡，还乡须断肠。"韦庄变温庭筠代闺中女子婉转言情而为直抒胸臆，与温词的朦胧深隐判然有别。韦庄词对李煜、苏轼、辛弃疾有较大影响。

五代词除西蜀以外，另一创作中心便是南唐。南唐拥有35个州，在当时号称大国。它凭借长江天险，与中原战乱保持一段距离。在中原各小国相互征伐的战乱时期，南唐没有遭受过战争的过多破坏，经济反而有所发展。在此环境中，君臣宴乐，各有创作，形成南唐词人创作群。南唐词人的作品，多数仍然是歌舞宴集环境中的产物。北宋陈世修为冯延巳《阳春集》作序，描述当时的创作环境说："公以金陵盛时，内外无事，朋僚亲旧，或当宴集，多运藻思为乐府新词，俾歌者倚丝竹而歌之，所以娱宾而遣兴也。"在酒宴期间为"娱宾遣兴"而创作的歌词，内容一定是私人化的、享乐化的，格调一定是轻松的。但是，面对后周的强大，继之又面对赵宋王朝的兴起，南唐国势倾危，君臣预感到国家必然灭亡的末日一天天临近，却又无力自振，心理上有摆脱不了的沉重没落感。于是他们便在歌舞酒宴之中寻求精神的寄托和暂时的逃避，那种沉重的没落感也渗透到词的创作之中，明显超出了"花间"的范围。南唐与西蜀的情况有所不同，南唐无人把词加以整理结集，因此保留下来的作品不多，有影响的只有李璟、冯延巳和李煜等少数几个词人。西蜀的词人，多数是清客文人，而南唐词的作者却主要是皇帝和权臣，所以，南唐词人也就更加关注国家的命运，哪怕是潜意识的。

李璟是南唐中主，他在28岁时（943年）继位登基，在位19年。初期，他还能承乃父余威，扩境拓土，将原来的28个州拓展到35个。但自大保十三年（955）后就不同了，他奉表称臣于周；中兴元年（958）又去帝号，以国为周之附庸。最后的六年，他的处境十分危苦。李璟多才艺，好读书，身边聚集着一批文学之臣。可惜他的作品流传至今的太少，词只有四首，尤以二首《摊破浣溪沙》著名。其二云："菡萏香销翠叶残，西风愁起绿波间。还与韶光共憔悴，不堪看！　细雨梦回鸡塞远，小楼吹彻玉笙寒。多少泪珠无限恨，倚阑干。"将秋日的萧瑟凋零与闺中的思远念别联系起来，感慨无端，蕴涵深沉，王国维称其"大有众芳芜秽、美人迟暮之感"（《人间词话》）。

冯延巳曾经是一个身居相位的词人，但他笔下的词却很少有欢乐的歌唱。他的作品往往抑制不住地流露出一种淡淡的哀愁甚至是深情的叹惋。他善于以清丽的笔墨抒写时代的悲凉，他应该已意识到国家必将灭亡但又无法摆脱覆亡的悲剧命运。从艺术上看，冯延巳词既有温庭筠那种色彩丰富的客观形象的描绘，同时又有韦庄词中那种内心情感的直接抒写。不过，由于他所抒写的已不仅仅是一己之情的恋歌,而是揉进了家国兴亡的慨叹,所以,他的词具有更多的综合性与概括性。如《鹊踏枝》:"谁道闲情抛掷久,每到春来,惆怅还依旧。日日花前常病酒,不辞镜里朱颜瘦。 河畔青芜堤上柳,为问新愁,何事年年有?独立小桥风满袖,平林新月人归后。"可以看出,这样的词已与前面的温庭筠、韦庄有所不同了。这标志着五代词继温、韦之后在意境上和艺术手法上已大大向前跨进了一步,冯延巳对宋代的晏殊、欧阳修等词人有较大影响。王国维说:"冯正中虽不失五代风格,而堂庑特大,开北宋一代风气。"(《人间词话》)

李煜是南唐中主李璟的第六子,是南唐最后一个小皇帝。在李煜嗣位的前一年,赵匡胤已在中原建立了宋政权。李煜在位的15年中继续执行其父李璟的政策,对宋纳贡称臣,妄图维持苟安局面。当然,这是必然要破灭的残梦。宋太祖开宝八年(975),宋灭南唐,李煜亡国被俘,在汴京过了三年囚徒生活,后被毒死。李煜早期的词多描写耽溺于享乐的宫廷生活,调子是香艳的。但其中部分作品已经掩饰不住内心的悲凉与沉重,《清平乐》说:"别来春半,触目愁肠断。砌下落梅如雪乱,拂了一身还满。 雁来音信无凭,路遥归梦难成。离恨恰如春草,更行更远还生。"这些词的格调与冯延巳近似,带有一种无可挽回的没落感。亡国之后,由于小皇帝沦为阶下囚,安危不能自保,感情陷于极度悲痛之中,调子是悲苦沉痛的。在现实生活中,他要戴上面具应付外部世界,在艺术世界里,他却是无比地真挚。生活巨变太大,内心的落差也就很大,所体会的痛苦也就极其深沉。当这种个人痛苦与国破家亡的经历联系在一起时,就别具一种动人心魄的艺术魅力。所以,李煜后期作品,意境阔大,感慨深沉,力量充沛,具有很强的感染力。举二首词为例:

春花秋月何时了，往事知多少？小楼昨夜又东风，故国不堪回首月明中。

　　雕阑玉砌应犹在，只是朱颜改。问君能有几多愁，恰似一江春水向东流！

《虞美人》

　　帘外雨潺潺，春意阑珊。罗衾不耐五更寒。梦里不知身是客，一晌贪欢。

　　独自暮凭阑，无限江山。别时容易见时难。流水落花春去也，天上人间。

《浪淘沙》

　　李煜的词，风貌天然，能以常人的感情去体验、观察和反映他所感受到的生活，故而能引起广大读者的共鸣。他的词，清词丽句，锦心绣口，用语娴熟，纯净凝练，擅长白描手法，不雕琢，不粉饰，恰到好处地反映了词人的本色。李煜在词史上有很大影响。虽然，前人认为李煜词不出婉约的藩篱，但是，他的词的意境，他那坦率的抒情，他那俊逸神飞、任纵奔放的风格，却又不是"婉约"二字所能局限得了的。他对后世的影响已不光是婉约词人，连被称为豪放词人的作家，如苏轼、辛弃疾也都程度不同地受到李煜的影响。

　　从温庭筠到李煜，词的创作从感情的深隐转到直接抒写亡国之痛，词的内容丰富多彩了，手法也多姿多样了，艺术上也臻于成熟了。所以，唐五代词不仅为宋词的发展创造了条件，做好了艺术上的准备，同时，也赢得了后世读者的喜爱和高度评价。

4. 北宋文人士大夫词

两宋是词的全盛期。词之所以独盛于宋，除唐五代词为宋词的发展做好了准备以外，主要是和当时政治稳定，经济、文化、艺术的全面繁荣联系在一起的。公元960年，赵匡胤代周而崛起，建立了赵宋王朝，结束了自安史之乱以来长达二百余年之久的战乱与分裂局面，进入了170余年国家统一与政治上相对稳定的历史时期。这一时期，经济发展，都市繁荣，人口增加，市民阶层在不断壮大。北宋都城汴京是当时政治、经济、文化艺术的中心，它自然成为"新声"（即"曲子词"）创作的总汇之地。孟元老在《东京梦华录》中全面记述了当时汴京的繁荣景象，并说："新声巧笑于柳陌花衢，按管调弦于茶坊酒肆。"《宋史·乐志》中也说："宋初置教坊，得江南乐，已汰其坐部不用。自后因旧曲创新声，转加流丽。"上面这些文字，形象地描绘了宋代"新声"的发展和繁荣过程。

宋王朝在建立了自己的政权以后，汲取唐代藩镇割据、臣僚结党、君权式微的经验教训，努力确立君主集权，削弱臣下势力。宋太祖赵匡胤不愿意通过杀戮功臣、激化矛盾的残暴手段来达到集权的目的，而是通过一种类似于金帛赎买的缓和手段，换取臣下手中的权力。宋太祖曾与石守信等军中重要将帅夜宴，劝他们自动解除兵权，"多积金帛田宅以遗子孙，歌儿舞女以终天年。"（《宋史·石守信传》）所以，赵宋统治者不但不抑制反而鼓励臣下追逐声色、宴饮寻乐的奢靡生活。对待文臣，皇帝也采取类似手段，待遇格外优厚。

为了通过娱乐来消弭被解除兵权的贵族官僚的反抗，主动把五代十国留下来的歌伎乐工集中到汴京，并注意搜求流散在民间的"俗乐"，最高统治者乐此不疲，甚至自制"新声"。据《宋史·乐志》载:"太宗(赵炅,即赵光义)洞晓音律,前后亲制大小曲及因旧制创新声者三百九十。"又说:"仁宗(赵祯)洞晓音律,每禁中度曲,以赐教坊。"当时,许多达官显贵,或流连坊曲,或竞蓄声伎,在宴会及其他场合竞相填写新词。一时间,君臣上下均以能词为荣。宋人记载里以能词而得官爵、以能词而受赏赐的佳话,比比皆是,广为流传。如宋祁因在街上看见宫中车队内一女子,写了一首《鹧鸪天》,宋仁宗知道他曾与宫女相遇之事,便有内人之赐(详见《唐宋诸贤绝妙词选》卷三)。又,宋神宗时蔡挺在平凉写了一首《喜迁莺》,其中有这样几句:"谁念玉关人老。太平也,且欢娱,莫惜金樽倾倒。"神宗(赵顼)读此词后,批曰:"玉关人老,朕甚念之。枢管有缺,留以待汝。"不久,调蔡为枢密副使(详见《挥麈余话》卷一)。又如,《大宋宣和遗事》载,正月十五观灯时,一民间女子与家人失散,在赐酒时,她把金杯揣在怀里,被士卫发现,逮至御前。她即席填《鹧鸪天》词一首,说明窃杯的原委:"天渐晓,感皇恩,传宣赐酒脸生春。归家只恐公婆责,乞赐金杯作照凭。"这位女子当场得到金杯的赏赐。这说明,词这一新兴的诗体形式,已经普及到一般妇女群众中去了。

此外,有些词人还因有名篇佳句传名而成为词林佳话。如宋祁因《玉楼春》中有"红杏枝头春意闹"而被称为"红杏枝头春意闹尚书";张先因在三首不同的词里分别用过"影"字而被人称为"张三影郎中";秦观因《满庭芳》中有"山抹微云"而被称为"山抹微云秦学士";贺铸在《青玉案》中有"梅子黄时雨"而被人称为"贺梅子"。这些都说明,词在当时是如何深受士子平民的喜爱和重视。宋词的创作比起唐五代来已有更大的群众性。如果没有这样的大普及,没有这样广泛的群众性,词的繁荣便不会出现。

　　当然，宋词的发展和繁荣是有个过程的。它的发展、繁荣和宋代的政治、历史、时代风尚、思想感情以及美学情趣的变化密切相关，并由此而形成不同时期的不同特点。

　　就北宋词发展过程来看，依据创作模式的转移与词风的嬗变，大体可以分为四个创作时期。即晏欧词风盛行的小令繁荣期；柳永词风崛起的慢词兴起期；苏轼词风崭露头角的豪放词创制期；清真词风风靡一时的词律规范期。经过这四个阶段词体、词风、词品的演进，歌词的诸多慢令近引长短形式、婉转或奔放的创作风格、美人江山等丰富多样的题材内容，已经大致具备。这就为南宋词的创作高峰期的到来，做好了充分的准备。然而，这种划分方法并不是绝对的，而是就一个时期的主要创作特点（不管是内容方面，还是形式方面）而言的，其中有许多相互交错的复杂情况，并不是短短几个字可以完全概括得了的。此外，还有别具一格的李清照创作，不是哪一种创作倾向可以简单归纳得了的。

　　下面就准备按照上述四个阶段对北宋词的发展过程和重要作家作品进行必要的分析和阐述，以梳理和描绘出北宋词史发展的基本轨迹和轮廓。

第一章 晏欧词风与令词创作群体

燕乐作为一种新兴的音乐体系，人们对其必须有一个熟悉的过程。尤其是燕乐中相当部分来自外域，即所谓的"胡乐"，与中原文人的创作也有一个逐渐适应配合的过程。在这初始的熟悉、适应阶段，文人的创作也遵循着从易到难的原则，最先引起人们注意并得到广泛喜爱的是那些篇幅短小、精练含蓄的小词，就是"小令"体式。

小令首先获得广泛喜爱，还与它的特殊创作环境有密切关系。据夏承焘先生考证：唐代小令出于酒令。作为酒宴之中演唱的歌辞韵语之特殊称呼的"小令"，最早见于白居易的诗《就花枝》："醉翻衫袖抛小令，笑掷骰盘呼大采。"这句诗涉及两种酒令形式：抛打令与骰盘令，再加上律令，这是唐代酒令的三种基本形式。酒令是用来侑酒助觞的，酒令的语辞内容如果陈陈相因，失去新鲜感，就不能很好地发挥作用。所以，为了酒宴之间的助兴取乐，文人们往往喜欢各显才能，争奇斗艳，不断地为旧的酒令形式填写新的内容。文人的这些即席创作当然要交给歌舞乐妓当宴表演，才能获取预料中的侑酒助觞之效果。而这种创作趋势的出现是在"安史之乱"以后，当时宫廷的教坊歌舞声乐逐渐被各类官家与私人的宴席妓乐所代替，在这种酒宴游戏之中文人的即席创作与乐妓的即席歌舞演唱相结合，就促使普泛的酒令向专门化的小令演变。酒令的目的既然落实在"侑酒助觞"之上,因此必须选择"短歌悦耳,无致人厌"(清张荩《彷园酒评·酒德》)的篇幅短小的歌舞形式,于是,酒令中具有喧腾急促音乐风格的酒令形式首先获得文人的青睐,如《回波乐》《倾杯乐》《三台》《抛球乐》《荷叶杯》《上行杯》《酒泉子》等等,这就奠定了小令精练含蓄的形式特征。曲子词的兴盛,最重要的一个原因就是适应了人们对生活享乐的追求。由酒宴上游戏之作的酒令演变而来的小令,当然首先引起文人的注意,很快在文人中寻觅到众多的知音。

北宋前期,百废待兴,内忧外患交织。太祖朝,既要平定国家内部后周遗留势力与跋扈军人的不满与反叛,又要抗击契丹入侵、消灭割据势力、统一全国。太宗朝,国家将主要精力转向对付外族契丹,太宗企图凭借武力收复五代时候割让给契丹的失地,多次发生大规模战争,却以宋廷的大败告终。太宗朝对契丹的战争,改变了宋、辽之间军事力量的强弱之势,真宗朝前期北宋就始终处于契丹的军事威胁之下。一直到真宗景德元年(1004),宋辽订立"澶渊之盟",北宋才相对获得国际与国内的安定平静的社会环境。所以,在北宋建国长达半个多世纪的时间内,达官贵人、文人士大夫还没有充裕的时间、闲暇的精力,去彻底享受生活,从容领略醇酒、美女、歌舞。况且,新王朝的建立也意味着道德评价体系的重建，文人们更多了一些道德上的约束。这一时期，词坛上的创作也是相对孤寂的，只有个别作家的零星创作。

然而，赵宋王朝的建立，结束了唐末五代以来长期动荡混乱的政治局面，全国除西、北部分地区外，实现了统一，封建社会进入了一个相对稳定的历史发展时期。在这一历史时期里，社会生产得到迅速的恢复和发展，农业、手工业，特别是矿业、造船业、煮盐业以及采茶、酿酒业日益兴盛，商业经济空前兴隆，大城市也随之兴起，市民阶层也因之不断壮大。这些，都是宋词发展不可缺少的条件。也就是说，北宋前期社会财富的积累与"太平盛世"社会局面的逐渐形成，为宋词的兴盛做好了准备。当宋词全面的繁荣局面到来时，已经是仁宗（1023-1063）朝的事情了。仁宗在位期间，励精图强，致力于国家内部的各种矛盾之治理，社会的繁荣因此也达到了一个新的高度。仁宗在位42年，"号为本朝至平极盛之世"（叶适《水心别集》卷十一《财总论》）。就是在这样一种"太平盛世"的社会环境中，流行于酒宴之间的小令再次受到广泛阶层的关注，引起文人士大夫的浓厚创作兴趣，北宋词创作的第一个春天也就来到了。

由于时代动乱、改朝换代对词的创作形成冲击的缘故，北宋初期相当长的时间内并没有更多地积累多少词的创作经验，对北宋前期词人来说，依然存在着一个熟悉燕乐、熟悉长短句形式、努力做好音乐与歌辞相配合的过程，所以，他们最初选择并喜爱上的也就仍然是短小精悍、易于驾驭的小令形式。就内容与风格看，这一时期的词人词作，大体上是继承"花间"、南唐二主和冯延巳的词风。其中，受冯延巳的影响更为明显。他们所写的，仍不外是春恨秋愁，伤离念远，恋情相思或咏物酬唱，但是，比起唐五代词来，已有很大的发展。北宋前期的文人士大夫大都高官厚禄，生活舒适，如寇准、晏殊官至宰相，范仲淹、欧阳修官至参知政事（副宰相）等等。他们没有唐末五代文人之家国濒临困境的压抑和绝望，而是以一种朝气蓬勃、乐观向上的精神对待现实生活。政事闲暇，则又从容不迫、理所当然地享受生活。所以，北宋前期小令就没有了唐末五代的及时行乐、唯恐时日无多的急迫感和看不到国家与个人出路时的绝望感，而别具一种雍容富贵的气度、平缓舒徐的节奏、雅致文丽的语言。这一时期的小令创作尽管在内容上和唐五代小令相比没有大的突破，但词的风貌、词的艺术手法已与唐五代有所不同，尤其是两者在气质上呈现出显然不同的风貌。北宋前期的小令作家，社会地位不同、个性互有差异、爱好各自异趣，他们的创作也表现得千差万别，词坛上呈现出百花争妍的繁荣局面。小令创作在此一时期已达到完全成熟的阶段，在小令创作方面给后人留下典范性的启示，在艺术上为宋词的高度繁荣做了充分准备。

这一时期小令作者为数众多，主要有王禹偁、潘阆、林逋、宋祁、范仲淹、晏殊、欧阳修、张先等等。晏几道的创作时代较晚，但他的成绩依然是在小令方面，与北宋前期的小令创作联系密切，所以也将他的创作集中到这一章节里面讨论。这一时期小令创作方面影响最大的当属晏殊和欧阳修，他们的作品比较多地反映了这一时期的创作倾向和艺术风格。从某一个角度来说，"晏欧词风"是这一时期的小令创作的典范性代表。

第一节　北宋初期词坛

以往学术界所讨论的北宋初期词，都是指以晏殊、欧阳修等词人为代表的诸多作家创作出来的系列词作。晏欧等词人创作的高潮期都是在宋仁宗年间，从宋代历史分期的角度来说，这一时期已属北宋中期。在这之前，北宋还经历了太祖、太宗、真宗三朝，合计60多年。这60多年时间，是史学分期意义上的北宋初期。如果转换到宋词发展的角度考虑问题，宋仁宗亲政前的词坛创作依然是比较冷清的。将这一时间段再合计进去，北宋开国80多年时间，作家和作品极少。所以，往往被研究者所忽略，或者仅仅是点到几位作家，有个别零星的阐述。北宋只有160多年的历史。在北宋将近一半的历史时段中，歌词创作跌落到最低谷。词坛上这一段特殊现象值得人们思考。将这一时段词家作品综合起来研究，有利于理清词史的系列问题，比较确切地描绘出歌词创作演变的轨迹。

一、"乐章顿衰于前日"

歌词创作经历了唐末五代的兴盛，"花间"、南唐两大词人创作群体相互辉映，到宋仁宗中叶再度走向创作繁荣，其间相隔大约百年时间。在这两个创作高潮期的中间时段，歌词创作一度衰落。尤其是北宋初期这 80 余年的时间里，歌词创作萧条到令人不可思议的地步。翻检《全宋词》，这一时段有作品留存的词人一共 11 位，保留至今的词作共 34 首，分别为：和岘（3首）、王禹偁（1首）、苏易简（1首）、寇准（4首）、钱惟演（2首）、潘阆（11首）、丁谓（2首）、林逋（3首）、杨亿（1首）、陈亚（4首）、李遵勖（2首）。作家的总数居然远远少于"花间词人"群体，作品数量也不到温庭筠留存词作的一半[①]。即使将五代入宋的部分词人的作品累计进去，数量也是非常有限的。对歌词创作唐末五代曾经辉煌又在北宋前期走向极度衰落的现象，宋人就觉得不可理解。南宋初年最具词学研究眼光的王灼说："国初平一宇内，法度礼乐，浸复全盛。而士大夫乐章顿衰于前日，此尤可怪。"[②]

对"此尤可怪"问题的解答，首先要对北宋初期词作的内容和风格做一番梳理，方能得出比较令人信服的科学结论。从创作题材的角度梳理这一时段的数十首词作，内容涉及仕途感慨、景物描写、游乐宴席、离别相思、感伤时光流逝、颂圣等等，风格分别表现为清丽沉挚、壮阔雄浑、清新洒脱、富丽工整、缠绵委婉等等。

其一，写仕途感慨，或抒发志向，或仅仅是牢骚。

北宋初年第一首引人注目的歌词是王禹偁的《点绛唇》，词云：

>雨恨云愁，江南依旧称佳丽。水村渔市，一缕孤烟

[①] 据曾昭岷等编纂的《全唐五代词》（中华书局1999年版）统计，温庭筠今存词作69首。

[②] 王灼：《碧鸡漫志》，卷二"唐末五代乐章可喜"条，唐圭璋编《词话丛编》，中华书局1986年版，第82页。

细。　　天际征鸿，遥认行如缀。平生事，此时凝睇，谁会凭栏意？

　　这首词为言志之作。品词中之味，应该作于贬谪期间。王禹偁（945-1001），字元之，巨野（今山东巨野）人。"世为农家，九岁能文"。（《宋史·王禹偁传》）据说少年时得济州从事毕士安的赏识，"留于子弟中讲学"。济州太守在某次筵席上出上句"鹦鹉能言争似凤"，坐中无人能对，毕士安"写之屏间"，苦思对句，王禹偁某日书其下说："蜘蛛虽巧不如蚕"，毕士安因此称赞他有"经纶之才也"。（详见邵博《邵氏闻见后录》卷十七）宋太宗太平兴国八年（983）登进士第，授成武县主簿，次年移知长洲。端拱元年（988）被召赴京，任右拾遗、直史馆。王禹偁年轻得志，对赵宋王朝充满感激之情。他的报国方式就是直言敢谏，先后向太宗献《端拱箴》和《御戎十策》，得太宗赞赏，迁左司谏、知制诰。然而，王禹偁终因直言敢谏而屡屡得罪君王与执政大臣，曾三度遭贬谪，两次在太宗朝、一次在真宗朝。王禹偁特此作《三黜赋》以明志，表明态度说："屈于身兮不屈其道，任百谪而何亏！"咸平四年（1001）徙知蕲州，到任后未逾月去世。王禹偁一生创作十分丰富，现存《小畜集》30卷，后来曾孙王汾又收集其逸文遗篇，编为《小畜外集》13卷。两集共存诗500余首，文200余篇。

　　王禹偁三度被贬，第一次贬为商州（今属陕西）团练副使，第二次出知滁州、改知扬州，第三次出知黄州（今属湖北）。宋代设"江南东西路"，辖境相当于今江苏、安徽二省，滁州、扬州皆在其辖境之内。况且，古人诗文中有以"江南"泛指长江中下游地区。所以，这首词最有可能作于第二次贬官期间。宋代文人士大夫甚得皇帝尊宠，待遇优厚，政治环境宽松。像王禹偁这样出身贫寒、门第卑微的知识分子能够进入领导阶层，完全依靠朝廷的大力提拔，因此他们对宋王室感恩戴德、誓死效忠，即使仕途屡遭挫折，也此心不变。何况，宽松的环境使他们敢于有所作为，皇帝的尊宠使他们勇于有所作为。这就使得北宋被贬谪的文人士大夫的心境与前代类似处境的墨客骚人有很大的不同。他们虽有贬谪的困苦、失意的牢骚，却轻易不沮丧、不悲观、不沉沦，仍然试图舒眉一搏，对前途保持着乐观的向往。宋代士大夫贬居期间的这种特殊心态，是王禹偁作此词时的特定心理背景。因此，即使被贬出京，词人依然对生活保持着浓厚的兴趣。

这首词反映了作者积极用世的政治抱负，具有清新旷远的风格，与五代剪红刻翠、遣兴娱宾的作品截然不同。词的上片借细雨浓云来抒写离愁别恨，既描画出江南多雨多云的特点，又写出了词人对水乡的喜悦之情。词一开始就捕捉住江南水乡的特异风光，突出了多云多雨这一地区性和季节性特点。尽管这"雨"使人添"恨"，这"云"使人生"愁"，但在作者眼里却仍然感到这一切都有迷人的魅力。所以，下面禁不住用赞美的语气写道："江南依旧称佳丽"。"佳丽"，讲的是风景优美宜人。南齐诗人谢朓《入朝曲》中有"江南佳丽地，金陵帝王州"之句。那么，这"佳丽"，表现在什么地方呢？下面"水村渔市，一缕孤烟细"，对此做了形象的补充和描绘。"孤烟"一句，很容易使人联想到王维的"大漠孤烟直"（《使至塞上》）。作者把王维的诗句略加改造，并使之与遍布江南的"水村渔市"相结合，江南水乡的特异风光便跃然纸上了。当然，作者并不只着眼于"水村渔市"的刻画，他内心想的是更加远大的事情。所以，下片宕开一笔，以"征鸿"做旁衬，暗写滞留异乡不能振翼高飞的感慨。当"征鸿"从"天际"掠过之时,作者便止不住产生了振翼搏斗的遐想。《史记·陈涉世家》载:"陈涉太息曰:'嗟乎,燕雀安知鸿鹄之志哉!'"作者以鸿雁奋飞来跟自己"平生事"相对照,于是便"凝睇"注视,免不了发出世无知音,"谁会凭栏意"的深长慨叹。总之,在烟雨云雾迷蒙之中,词人却欣赏起"江南"的佳丽风光。那散落的"水村渔市",袅袅升起的一缕"孤烟",既给人以宁静恬淡的感受,又充满了欣欣的生活气息。但是,"雨恨云愁"的环境,已经展示了词人内心世界的另一面,即遭受贬谪的心情不快。词人羡慕"天际征鸿"的高飞远举,愤慨无人理解自己此刻"凭栏凝睇"的内心志向。词人终究是乐观的,这首词在抒发"世无知音"的苦闷时,其基调是对鸿雁振翼的遐想,词的格调因此也不会显得悲苦沉闷,而有一种向上的引发力。

　　王禹偁此词即事即目,登览抒怀,寓情于景,格调深沉,雄浑有力,艺术上完全臻至成熟,在宋初小令中是别开生面的。具体地说,这首词在宋初词坛的贡献集中在两个方面:在秋丽的氛围中以清丽取胜,在狭窄的词境中以开阔见长。过去,人们一般只注意范仲淹的《渔家傲·塞下秋来风景异》。其实,不论就思想内容,还是就艺术风格讲,这首词都很具特色,从柳永的《雪梅香·景萧索》、辛弃疾的《水龙吟·楚天千里清秋》和姜夔的《点绛唇·燕雁无心》等诸名作中,均可看出受王禹偁这首词影响的某种痕迹。因此,王禹偁这首《点绛唇》应当被视为掀开两宋词坛帷幕的重要词篇。王弈清称赞此词"清丽可爱",并因此推崇王禹偁"岂止以诗擅名"(《历代词话》卷四转引)。王禹偁是开北宋词坛创作风气的重要作家。

　　这一时段,词人会通过小词来宣泄仕途不得意的牢骚愤懑。

陈亚真宗咸平五年（1002）进士出身，擅以药名入诗词。陈亚有《生查子》词献宰臣章得象，云：

> 朝廷数擢贤，旋占凌霄路。自是郁陶人，险难无移处。　也知没药疗饥寒，食薄何相误。大幅纸连粘，甘草归田赋。

吴处厚《青箱杂记》卷一记载说："亚与章郇公同年友善，郇公当轴，将用之，而为言者所抑。亚作药名《生查子》陈情献之。"[①]词作内容是比较单一的失意牢骚，"归田"云云，只是牢骚语，不可当真。

其二，描写自然风光，表现词人寄情湖光山色的洒脱情怀。

北宋初期此类词作以潘阆的一组《酒泉子》而给人们留下深刻印象，这组词留存至今的有10首。其十咏钱塘江潮说：

> 长忆观潮，满郭人争江上望。来疑沧海尽成空，万面鼓声中。　弄潮儿向涛头立，手把红旗旗不湿。别来几向梦中看，梦觉尚心寒。

潘阆（？—1009），字逍遥，或谓自号逍遥子，大名（今河北大名）人。早年在京师卖药为生，宋太宗至道元年（995）经宦官王继恩推荐，赐进士及第，授国子四门助教。继恩犯罪下狱，潘阆受牵连逃匿中条山。真宗后来释其罪，除滁州参军。晚年潘阆遨游大江南北，"放怀湖山，随意吟咏"（《咸淳临安志》卷六十五），过着逍遥自在的隐逸生活。存《逍遥集》一卷。

潘阆生活在太宗、真宗年间，晚年遨游大江南北，过着逍遥

---

① 吴处厚：《青箱杂记》，中华书局1997年版，第5页。

自在的隐逸生活。这首词描写钱塘江潮水雄伟壮丽的景色与弄潮儿英勇善泅的无畏气概。词上片用"满郭人争江上望"来描绘倾城出动、万人空巷的宏伟场面，为潮水的到来烘托环境，制造气氛，做好铺垫。后两句摹写潮水到来时的巨大声势和无穷威力。"来疑沧海尽成空"，是何等壮观！潮水奔腾澎湃，汹涌而至。这时，映入观潮者眼帘的是：万丈怒潮卷起无数冰峰雪壁，直向岸边扑来；又仿佛是把东海之水尽皆卷起，直向岸边抖落，一泻而光。这是写所见。"万面鼓声中"则是所闻，由于声速大大落后于光速，所以当人们眼见潮水奔腾跳跃而来之后才能听见那有如"万面鼓声"的轰然巨响。写潮水奔腾澎湃、汹涌而至的气势，无不使人目夺神骇，心惊骨折。下片写弄潮儿劈潮斩浪、英勇善泅的无畏气概。词人顺应观潮者目睹耳闻的自然进程，采取由远至近、由大及小的手法，逐次写来，终于把笔墨集中在挺立的"弄潮儿"身上。由于"弄潮儿"经过很好的训练，游泳的技艺十分高强，他们摸清了潮水的规律，所以，即使潮水汹涌，声势逼人，也休想把"弄潮儿"吞没。他们挺立潮头，如履平地，手中红旗招展。这磅礴的气势与宏伟的场面之中，有动有静，有声有色，色彩鲜明，对比强烈。结尾写梦中的回忆与感受，又是潮水的巨大声势和无穷威力的继续和延伸，是全词主题的进一步深化。

钱塘江潮是世界著名三大涌潮之一。古代记录钱塘江潮的散文和歌咏钱塘江潮水的诗词为数甚多。白居易《忆江南》中就有"郡亭枕上看潮头"之句。柳永《望海潮》中"怒涛卷霜雪，天堑无涯"写得很有气势。苏轼《八月十五日看潮五绝》也有"万人鼓噪慑吴侬"与"吴儿生长狎涛渊""冒利轻生不自怜"诸句。当然，上引诸诗词虽均各有自己的特点，但比较起来却不如潘阆此词笔墨集中而气势磅礴。这首词字句不多，词语有限，但能大笔浓墨，挥洒淋漓，把钱塘江潮水写得有声有色，使读者有亲临其境之感。

这首词的主要特点是恰当地运用了夸张的艺术手法。艺术夸张运用得适当，不仅可以充分反映客观事物的真实面貌，而且还可以使读者深刻感受到作者对客观事物的感情和态度，从而更好地发挥文学作品的艺术感染力。黑格尔在《美学》第三卷上册229页中说："在这类艺术作品中形成内容核心的，毕竟不是题材本身，而是艺术家主体方面的构思和创作加工所灌注的生气和灵魂，是反映在作品里的艺术家的心灵，这个心灵所提供的不仅是外在事物的复写，而是他自己和他的内心生活。"诗歌创作以夸张而著名的作品甚多，但是在词里，潘阆以前使用夸张手法特别出名的作品并不多见。这首《酒泉子》成功地使用了夸张手法，把潮水描绘得栩栩如生，给人留下难以磨灭的印象。例如："满郭人争江上望"是从气氛上进行夸张；"来疑沧海尽成空，万面鼓声中"是从气势、场面和声响诸方面来加以夸张；"弄潮儿向涛头立，手把红旗旗不湿"是从"弄潮儿"的英雄气概方面加以夸张；"别来几向梦中看，梦觉尚心寒"是从潮水的影响与震撼人心的力量这方面来夸张的。而这一切都是写人，写"弄潮儿"与他自己。由于有以上这一系列夸张手法的使用，这就很容易使人想到李白在自然山水诗中所使用的夸张手法。在北宋早期小令当中，这首词是颇具浪漫特色的，同时也是不可多得的佳作。据说钱易非常喜欢这首词，曾亲书于玉堂后壁，石曼卿则让画师为之绘图。

潘阆另一首《酒泉子》描写杭州西湖，也深得读者喜爱，词云：

长忆西湖,尽日凭栏楼上望:三三两两钓鱼舟,岛屿正清秋。　笛声依约芦花里,白鸟成行忽惊起。别来闲整钓鱼竿,思入水云寒。

　　这首词是通过回忆的手法来写西湖美景的。回忆,在艺术表现上有一个很大的优点,这就是经过时间的冲刷和记忆的筛选,把过去所历所见中的无关紧要的细微末节冲刷并筛选掉了,而那些感人最深的事物,却因此显得更加清晰、集中,同时也更加突出了。诗人感受最深的东西,一般说来,只要艺术表现得好,读者也自然会受到感染。这首词集中描绘了四个画面:一是湖面上来往垂钓的小船;二是岛屿上的秋光;三是芦苇丛;四是成群的惊飞而起的白鸟。这后两个画面又是和笛声交织在一起的。全词有完整的构思,而不是画面的机械罗列。其中"别来闲整钓鱼竿,思入水云寒"是串起全词的关键句,反映了作者对西湖的向往与爱恋。全词纯用白描,不饰彩绘,清幽而又淡远,是一幅淡墨勾勒的山水画。

　　潘阆虽然曾经一度出仕,但他的生活方式、生活态度以及相当一部分生活经历,使他的身份更加类似于一位处士或隐士。在日常生活中潘阆追求逍遥自在的境界,在文学创作中也处处体现他的随意、淡泊、超脱。流传的这一组《酒泉子》,是他的生活方式、态度、经历的一种表现。他善于去发现湖山景色之美,除上述二词外,还有:"僧房四面向湖开,轻棹去还来""白猿时见攀高树,长啸一声何处去""举头咫尺疑天汉,星斗分明在身畔""庙前江水怒为涛,千古恨犹高"等等。这样的词的确给人一种清新明快的感受,在宋初词坛上仿佛是吹进一股新鲜的晨风,情调是优美的、健康的,说明宋初令词创作在意境上、题材上的扩大和演进。

其三，感伤时光流逝，对美好的事物充满眷恋。

词人在歌舞酒宴之间创作歌词，享受生活，时而会对身旁的美好事物、富贵生活产生眷恋之情，不愿时光流逝而带走自己现在所拥有的。尤其是身居高位、拥有太多的生活中美好时光或事物时，更是如此。被称之为"北宋倚声家初祖"的晏殊，就在词中频频表现这种情感而给读者留下深刻印象。在晏殊之前，寇准在词中也有类似情感的表达。

寇准（961—1023），字平仲，华州下邽（今陕西渭南）人。宋太宗太平兴国五年（980）进士，授大理评事、知巴东县。累迁枢密院直学士，判吏部东铨。真宗时官至宰相。因耿直敢言，个性张扬，多次触怒皇帝，外放为地方官。又因其出色的政治才干和对赵宋王朝的忠心耿耿而两次再度入相。似寇准如此三度入相的，在宋代只有几位颇得恩宠的大臣才享有此殊荣。天禧三年（1019）封莱国公，次年遭政敌丁谓等诬陷，被贬官到相州、安州、道州和雷州，天圣元年（1023）卒于贬所，仁宗时谥忠愍。寇准是一位杰出的政治家，擅长处理中央政府繁剧的政务事务。景德初曾力劝真宗亲征以阻止契丹（辽国）的入侵。以后对付契丹的整个战争过程，以至签订"澶渊之盟"，都是在寇准的调度、领导之下完成的。所以，寇准遭贬谪后，当时京城民谣说："欲得天下好，无如召寇老。"著有《寇莱公集》七卷，《全宋词》录其词四首，《全宋词补辑》另从《诗渊》辑得一首。

寇准居相位，起居"尚华侈"。欧阳修《归田录》卷一载：寇准"尤好夜宴剧饮，虽寝室亦燃烛达旦。每罢官去后，人至官舍，见厕溷间烛泪在地，往往成堆。"[1] 其《甘草子》云：

> 春早，柳丝无力，低拂青门道。暖日笼啼鸟，初坼桃花小。　　遥望碧天净如扫，曳一缕、轻烟缥缈。堪惜流年谢芳草，任玉壶倾倒。

此为词人早春宴客之作。词人欣赏早春景致之妩媚婀娜，暖日溶溶，柳丝低拂，桃花初开，碧空净静，轻烟缥缈，随之产生的情感是"堪惜流年谢芳草"。因担心时光流逝而带走这一切，词人便抓紧时间享受早春的美丽，"任玉壶倾倒"。在富贵生活中产生的淡淡愁思，如"一缕轻烟"，拂之不去。

钱惟演（977—1034），字希圣，钱塘（今杭州市）人。为吴越王钱俶次子，随父归宋，授右屯卫将军。真宗召试学士院，改太仆少卿，命直秘阁，预修《册府元龟》，除知制诰。仁宗时官至枢密使。攀附垂帘的太后，仁宗亲政后遭贬，谪居汉东。卒谥文僖。著有《金坡遗事》《玉堂逢辰录》等，《全宋词》录其词二首。钱惟演是"西昆体"的重要作家，在宋初诗坛上举足轻重，诗风趋于清丽。其词风与诗风相近。其脍炙人口的《木兰花》词，同样流露出对美好事物的留恋之意。词云：

> 城上风光莺语乱，城下烟波春拍岸。绿杨芳草几时休？泪眼愁肠先已断。　　情怀渐变成衰晚，鸾鉴朱颜惊暗换。昔年多病厌芳尊，今日芳尊惟恐浅。

词人晚年情怀，衰颓困苦。钱惟演对仕途有浓厚的兴趣，一生以未为宰相而遗憾。他的阿谀奉上，其效果适得其反。太后听政时，钱惟演就因与太后攀亲备受舆论攻击，被赶出朝廷，仁

---

[1] 欧阳修：《欧阳修全集》，中华书局2001年版，第1922页。

宗亲政后更是屡受打击。难怪词人晚年心气不顺畅。这首词就是在这样心境之下的创作，是仕途挫折时内心困苦愁怨的抒发。词人在春天时节，面对"城上风光莺语乱，城下烟波春拍岸"的美好景色，所产生的竟然是愁苦意绪。春天来临之后鸟语花香、春意盎然的景色，都仿佛在搅乱词人的心绪、牵引出词人的愁怨。人生得意之际，面对明媚春光，意气风发，那是一种情景。这一切词人以往曾经欣赏和享受过，同时也失去过。当词人再度拥有春天美景时，就担忧"绿杨芳草几时休"，这种担忧竟导致"泪眼愁肠先已断"。换言之，人生不得意之际的春色只能牵引出对往日的回忆与留恋，当然就增加了眼前的痛苦。情急之下，词人不禁无理地责问"绿杨芳草"何时了结，也就是说恼人春天什么时候才能过去，这一问也就问出了内心愁苦的深度。下片解释愁苦的缘由。词人将一切的根源都推托到岁月的流逝、容颜的衰老上。每次览镜，都要为此惊叹。剩下唯一的解脱方式就是频频高举"芳尊"，借酒消愁。然而，只恐"举杯浇愁愁更愁"。依据词人眼前的心境，这是可以推想而知的。于是，语尽意未尽，绵绵愁意溢于言外。词人所写之愁，其深度要远远超过寇准词，其间应该渗透了词人仕途颠簸的感受。这首词与王禹偁的作品同样显示出向"言志"靠拢的创作倾向。词人虽写愁苦之意，但与五代十国词人还是有很大的不同，词中没有那种绝望哀痛的没落感与沉重感，钱惟演只是平常叙述而来，毕竟词人生活在一个平和的年代。

其四，写友人之间的送别情谊。

设歌舞酒宴，送别朋友，在宋代是十分寻常的。酒宴间因此有所创作，寇准《阳关引》云：

塞草烟光阔，渭水波声咽。春朝雨霁轻尘歇。征鞍发。指青青杨柳，又是轻攀折。动黯然，知有后会甚时节？
　　更尽一杯酒，歌一阕。叹人生，最难欢聚易离别。且莫辞沉醉，听取阳关彻。念故人，千里自此共明月。

这首词用王维《送元二使安西》诗意，但词人结合自身体验，将情景打并在一起，宛同己出。开篇把视线引向"故人"远去的边塞，并通过"渭水波声咽"从侧面加以烘托。中间改写王维诗语，错落起伏，跌宕有致。最后又用"共明月"一句，把相隔两地的真挚友情绾结在一起，构思较新颖，境界也较豪放开阔。词人以友人为思念的对象，情调凄悲但不哀艳。《苕溪渔隐丛话》后集卷九称此词"语豪壮，送别之曲，当为第一"。就是因为送别思念的对象不同带来的词风转移。经寇准的改写，王维的诗歌以长短句的形式出现，更易于合拍歌唱。此外，这首词不作代言体，直抒胸臆，近似南唐风格。

　　其五，写男女相恋艳情。或酒宴间送别，依依不舍；或别后思念，牵肠挂肚。

　　这类在"花间词人"手中得到集中表现的题材，在北宋初期聊聊的几首词作中，也有比较集中的体现。寇准、林逋、陈亚诸位词人，在这方面都有较好的词作传世。寇准《踏莎行》云：

　　春色将阑，莺声渐老，红英落尽青梅小。画堂人静雨蒙蒙，屏山半掩余香袅。　　密约沉沉，离情杳杳，菱花尘满慵将照。倚楼无语欲销魂，长空黯淡连芳草。

　　这是一首代言体，代闺中寂寞女子言情。在春末时节，春天的美丽即将过去，闺外渐趋寂静。闺中则独自一人，离别已久,"离情杳杳";音信全无,"密约沉沉",每日里叫人思恋不已。闺人因此长期无心梳妆,"菱花尘满";终日"倚楼"凝望,惟见"长空黯淡连芳草"。词中所写是典型的"花间"题材:寂寞思妇,无心梳妆,终日倚楼。与温庭筠词相比,少了一些朦胧与精致,多了一分流畅与随意。

林逋的《长相思》是北宋初期写男女离情最出色的作品,词云:

吴山青,越山青。两岸青山相对迎,谁知离别情?
君泪盈,妾泪盈。罗带同心结未成,江边潮已平。

林逋(967—1028),字君复,钱塘(今杭州市)人。少孤力学,恬淡好古,不慕荣华富贵。他曾在江淮一带漫游,后隐居西湖孤山二十年,足不到城市。转运使陈尧佐以其名闻,真宗诏赐粟帛,长吏随时劳问。他终身未婚娶,喜欢种梅养鹤,人们说他"梅妻鹤子"。死后,宋仁宗赠给他谥号为"和靖先生"。存《林和靖诗集》四卷,《补遗》一卷,《全宋词》辑录其词三首。他的诗清淡高远,以《山园小梅》之咏梅最为有名,其中"疏影横斜水清浅,暗香浮动月黄昏"是家喻户晓的名句。这首七律还被当作《瑞鹧鸪》词来传唱。

林逋终身未婚并不意味着他没有经历过男女情爱,这首词体验之真切、构思之新颖,确实是有感而发。词写两情相悦的男女双方难舍难分的送别以及别后的刻骨相思。上片写行人坐船离去,一程又一程,两岸青青山色在迎接着离人,它们哪里知道这对情人内心的离别之情呢?敦煌曲子词中有《浪淘沙》写别情说:"看山恰似走来迎,子细看山山不动,是船行。"此词的构思从中脱胎而出,却更加含蓄精练,气质文雅。下片写分别时刻终于来到了,两人再也忍不住咽下无数次的泪水。"罗带同心结未成",写美满的情感终于落了空。罗带,是丝织的带子;同心结,指罗带打成结,象征定情,结成婚姻。潮平,指潮水涨满,正待开船,暗示不得不从此分别。词以抒情为主,词中的山水在词里只起比兴与暗示作用,并不是作者着意刻画的对象。词中叠句的节奏、比兴手法的运用、构思的巧妙,都汲取了民歌的风韵。这样的作品,在格调上与中唐以来文人学习民间所填写的小令相近,而与"花间"香软作风异趣。白居易也有一首传播人口的《长相思》,词云:"汴水流,泗水流,流到瓜洲古渡头,吴山点点愁。 思悠悠,恨悠悠,恨到归时方始休,月明人倚楼。"两相对比,可以清楚看出二者之间的一脉相承关系。

陈亚还是以自己擅长的手法写艳情,即巧妙地以药名入词,使歌词多了一丝谐趣。他以药名写闺情保留至今的有三首《生查子》,其一云:

相思意已深,白纸书难足。字字苦参商,故要槟郎读。 分明记得约当归,远至樱桃熟。何时菊花时,尤未回乡曲。

采用谐音等方式,词中涉及的药名有:相思子、薏苡、白芷、苦参、狼毒、当归、远志、菊花、茴香等,内容方面不见新意,写作上别具一格。据记载,陈亚"性好谐谑",他写相思闺情,就向俚俗作风靠拢。如云"拟续断朱弦,待这冤家看"等。

其余的,还有颂圣如"南阙万人瞻羽葆,后天祝圣天难老"(丁谓《凤栖梧》)、咏物如"黄菊一丛临砌,颗颗露珠装缀"(李遵勖《望汉月》)等题材词作。

二、"此尤可怪"之解读

对北宋初期十多位词人的 30 多首词做了大致梳理以后，就可以进一步探求该时期歌词创作极度萧条的原因了。

"词为艳科"，最初，词是为了配合歌舞酒宴间流行音乐之演唱而创作的。由"十七八女孩儿"，执"红牙板"，柔声歌唱。题材集中在伤春悲秋、离愁别绪、风花雪月、男欢女爱等方面，与"艳情"有着直接或间接的关系。宋人云："词主乎淫，谓不淫非词也。"（方莘《方壶诗余自序》）词的主流创作倾向，与儒家的文学创作理念背道而驰，故备受压抑打击。只有在一个享乐成风、儒家道德评价体系不被人们所看重的社会环境里，词人才能寻找到充分施展才能的空间和机会。这是唐末五代词兴盛的最为重要的原因之一[①]。换一句话说，北宋初期社会环境的改变，导致歌词创作的萧条衰落。

"学而优则仕"，已经成为古代知识分子体现个人价值、实现个人理想的唯一途径。除非时代极度混乱、国家政权濒临颠覆或更替频繁的时候，知识分子不知"仕"于何朝何地，才会群体性地放纵享乐、得过且过。大一统国家政权一旦重新建立，封建社会次序得以恢复，知识分子群体当然会惯性地回到"学而优则仕"的轨道上来，以儒家的伦理道德标准规范自己，重新约束个人的言行，力求在新的朝代新的政权中有所作为。这是赵宋政权建立以后知识分子群体的必然反应。

唐末五代，士风败坏。世人寡廉鲜耻，唯利益之所趋，少道义之所存。欧阳修对此感慨良多，云："当此之时，臣弑其君，子弑其父，而搢绅之士安其禄而立其朝，充然无复廉耻之

[①] 诸葛忆兵：《性爱心理与词体的兴起》，《文学评论》2004 年第 3 期。

色者皆是也。吾以谓自古忠臣义士多出于乱世，而怪当时可道者何少也？"① 五代割据军阀，鄙视教育和文化，甚至取消了科举取士制度，代之以恩荫制度，倒退到南朝门阀时代。范仲淹说："钱氏为国百年，士用补荫，不设贡举，吴越间儒风几息。"② 江浙地区，五代之时"儒风几息"，边缘地区，可想而知。北宋初年，承五代旧习，士风衰弊。赵宋代周而起，除了军事统一南北、恢复国内经济、重建国家制度等要务以外，弘扬士德，改变士风，也是当务之急。宋代帝王"与士大夫治天下"③，士风盛衰，直接关系到国家的前途命运。所以，宋代从君王到士大夫都致力于士风的建设。

朝廷的措施之一就是大力弘扬儒家伦理道德准则，通过学校、科举等多种途径推广儒家思想教育，建立新一代的士风。《续资治通鉴长编》卷三载："周世宗之二年，始营国子监，置学舍。上既受禅，即诏有司增葺祠宇，塑绘先圣、先贤、先儒之像。上自赞孔、颜，命宰臣、两制以下分撰余赞，车驾一再临幸焉。"④ 其时，士大夫亦在这方面多有努力。范仲淹《田公墓志铭》载田锡事迹，云："至桐庐郡，以吴越之邦归朝廷未久，人阻礼教，邈如也。公下车，建孔子庙，教之诗书，天子赐《九经》以佑之。自是睦人举孝秀、登搢绅者比比焉。"范仲淹《贾公墓志铭》载贾昌龄事迹，云："时天下学校未兴，公修本邑孔子庙，起学舍，俾邑之秀民群居焉，公旦暮往劝导之。"统治阶

---

① 欧阳修：《新五代史》，卷三十四，中华书局1974年版。
② 范仲淹：《胡公墓志铭》，《范仲淹全集》，凤凰出版社2004年版，第285页。
③ 诸葛忆兵：《宋代士大夫的境遇与士大夫精神》，《宋代文史考论》，中华书局2002年版。
④ 李焘：《续资治通鉴长编》，中华书局1979年版，第68页。

层和士阶层的共同努力,使北宋初年的士风很快有了较大转变,王禹偁总结说:"国家乘五代之末,接千岁之统,创业守文,垂三十载,圣人之化成矣,君子之儒兴矣。"(《小畜集》卷十九《送孙何序》)

士风的转变直接影响到文风的转移。北宋初年文人"以写作'古文'相号召,主张文由道出,想重建儒家的'道统'和'文统',以矫舍本逐末之弊。"[①]这种努力颇见成效,姚铉自豪地说:"我宋勃兴,始以道德仁义根乎政,次以诗书礼乐源乎化,三圣继作,晔然文明。……天下之人始知文有江而学有海,识于人而际于天,撰述纂录,悉有依据。"[②]戴复古也有类似的总结:"风骚凡几变,晚唐诸子出。本朝师古学,六经为世用。诸公相羽翼,文章还正统。"[③]

北宋初年士风、文风的改变,"文章还正统"之创作风气的逐渐形成,非常不利于"主乎淫"之歌词创作。文人们自然地摒弃淫乐享受之表述,追求言志咏怀之表达,在创作中形成新的潮流。以留存下来的十几位词人的三十余首词作而言,写艳情的只有八首,大约占存今作品的四分之一。即使有部分作品因通过"自扫其迹"等手段销毁而失传,词作数量还是少得可怜。这与"花间词"一边倒的艳情创作倾向形成鲜明对比,反而与中唐张志和、白居易等人的创作情况近似。中唐词人,或写隐逸之志,或写江南风光,避开艳情话题,又不适宜酒宴之间歌女演唱,词的创作就无法繁荣,词人数量和作品数量都极少。北宋建国以后

---

① 张毅:《宋代文学思想史》,中华书局2006年版,第23页。
② 姚铉:《唐文粹序》,《中华大典·文学典·宋辽金元文学分典一》,江苏古籍出版社1999年版,第129页。
③ 戴复古:《谢东倅包宏父三首癸卯夏》,傅璇琮等主编《全宋诗》,北京大学出版社1998年版,第33460页。

八十余年,歌词创作已经倒退为中唐的水平。这时段的词人,在写宴游之乐时,有时也特地躲避情色话题,表现出与"花间词"以及后来的北宋词迥异的风貌。李遵勖《滴滴金》云:

> 帝城五更宴游歇,残灯外、看残月。都人犹在醉乡中,听更漏初彻。　行乐已成闲话说,如春梦、觉时节。大家同约探春行,问甚花先发。

北宋初期文人士大夫,"以声妓自乐",已形成社会风气。这首词所描写的"宴游",一直寻欢作乐到"五更",酒宴间恐怕也有声妓相伴。这首词写残灯残月、都城更漏、春梦初觉、同约探春,就是不写歌舞女乐,表现出北宋初年词坛的创作走向。将歌词与歌舞酒宴、声妓女乐剥离,就绝对不可能繁荣,中唐和北宋初期歌词创作实践都证明了这一点。

这时段寇准、林逋、陈亚创作了几首相思艳情歌曲,有个人的一些特殊原因。寇准"少英迈""性刚自任",为人极其自信。而且"少年富贵,性豪侈,喜剧饮。"(所引均见《宋史》本传)林逋为人恬淡,一生不入仕途,与同时代士人作为异趣。陈亚喜谑戏,创作不避俚俗,"盖近世滑稽之雄也"[①]。寇准诗歌也有写男女离别相思艳情者,《古别意》云:"水荧光淡晓色寒,庭除索寞星河残。清樽酒尽艳歌阕,离人欲去肝肠绝。露荷香散西风惊,征车渐远闻鸡鸣。深闺从此泣秋扇,梦魂长在辽阳城。"翻检《全宋诗》,这一时段以此题材入诗者极为罕见,显示出寇准不同时人的创作态度。不过,这几位词人"艳情"之作数量非常有限,仍然受到那个时段创作大氛围的制约,与后来柳永、欧阳修、晏几道等人放开写作之姿态大相径庭。

---

① 吴处厚:《青箱杂记》,中华书局1997年版,第5页。

仁宗前期登上词坛的部分作者，其作品开始向"言情"靠拢。他们或直接写艳情，即使不直接写艳情，其抒发的情感也类似于艳情。他们的作品，显示出承前启后的过渡性，昭示着歌词创作新高潮的即将来临。范仲淹是这类词人的典型代表。

范仲淹（989—1052），字希文，吴县（今江苏苏州）人。生二岁而孤，母亲改嫁朱氏，从其姓。真宗大中祥符八年（1015）登进士第，授广德军司理参军，次年复范姓。仁宗朝以龙图阁直学士与韩琦并为陕西经略安抚副使，带兵同拒西夏，保证了国家西北边疆的安宁。庆历三年（1043）又与韩琦同时被召回朝廷，拜枢密副使，改任参知政事。范仲淹因此提出过许多改革政治的措施，主持了著名的"庆历新政"变革。后迅即被排斥出朝廷，历任各地方官。卒于徐州，谥文正。有《范文正公集》二十卷，《全宋词》录其词五首。范仲淹传今词作，首首脍炙人口，读者已有定评。尤其是对其中的《渔家傲》《苏幕遮》《御街行》三首，更是点评、赏析之作层出不穷。然而，前人往往是比较孤立地品评范仲淹词作，没有将范仲淹词放到歌词发展背景中去认识，没有比较确切地勾勒出范仲淹词在词史上承前启后的重要地位。

范仲淹是北宋最为杰出的政治家之一，兼通文武，这在当时文人士大夫中极为罕见。尤其是范仲淹以名节自励，倡导"先天下之忧而忧，后天下之乐而乐"的以天下为己任的精神，成为宋代士大夫精神风貌的一种新写照。他不辞艰险困苦，在西北边地抵御西夏入侵先后达四年之久，就是他这种"先忧后乐"精神的具体体现。因此，范仲淹就对边地生活有了亲身体验与真实感受，他治军也很有成效，当地民谣说："军中有一范，西贼闻之惊破胆"。这段军旅生活，进入了他的长短句创作，留下了千古名篇《渔家傲》：

> 塞下秋来风景异，衡阳雁去无留意。四面边声连角起，千嶂里，长烟落日孤城闭。　浊酒一杯家万里，燕然未勒归无计。羌管悠悠霜满地，人不寐，将军白发征夫泪。

词中反映了边塞生活的艰苦和作者坚持反对入侵、巩固边防的决心和意愿，同时还表现出外患未除、功业未建、久戍边地、士兵思乡等复杂矛盾的心情。上片写边地风光，以边地的景象之荒凉烘托守边之艰辛。首句通过一个"异"字领起全篇，点出"塞下"地域性特征，为思乡怀归之情埋下伏笔。"衡阳雁去"是"塞下秋来"的客观现实，"无留意"也是北雁南飞的季节性自然规律，然而，词人却已经将守边将士思乡怀归的愁绪寄寓其中。雁归而人不得归，其情何以堪！在这些有着浓郁思乡情绪的将士们眼中，周围塞外之景色也就失去了宽广的气魄、欢愉的气氛，听到的是凄凉的边声四起，牧马悲吟；看到的是千山耸立，孤城紧闭，荒僻萧条之景象历历在目，画面上笼罩着一种旷远雄浑、苍凉悲壮的气氛。上片以写景为主，人物的主观情绪隐含其中。下片转而直接写将士厌战思归的心情。"浊酒一杯"，无法排遣思乡的愁苦；"燕然未勒"，归家更是遥遥无期。在白霜满地与"羌管悠悠"声中，将军与士兵都难以入眠，在边塞熬白黑发、滴尽思乡泪，却又不能抛开国事不顾。就是在这样的悲苦声中结束了全文。

范仲淹虽然守边颇见成效，然而，北宋长期"积弱""积贫"，不是一两个人能扭转如此大局。当时在北宋与西夏的军事力量对比上，北宋处于下风，只能保持守势。范仲淹守边的全部功绩都体现在"能够维持住守势"这样一个局面上，时而还有疲于奔命之感。这对有远大政治志向的范仲淹来说肯定是不能满足的，但又是十分无奈的。所以，体现在词中的格调就不会是昂扬慷慨的，与唐人边塞诗"万里不惜死，一朝得成功"（高适《塞下曲》）的豪迈气概与乐观精神迥然有别。在范仲淹以前，很少有人用词这一新的诗体形式来写边塞生活。唐代韦应物的《调笑》虽有"边草无穷日暮"之句，但没有展开，且缺少真实的生活基础。所以，范仲淹这首词，实际上是边塞词的首创。不仅如此，这首词的内容和风格还直接影响到宋代豪放词与爱国词的创作。魏泰《东轩笔录》卷十一说："范文正公守边日，作《渔家傲》乐歌数阕，皆以'塞下秋来'为首句，颇述边镇之劳苦。欧阳公（欧阳修）尝呼为穷塞主之词。及王尚书素出守平凉，文忠亦作《渔家傲》一词以送之，其断章曰：'战胜归来飞捷奏，倾贺酒，玉阶遥献南山寿。'顾谓王曰：'此真元帅之事也。'"遗憾的是范仲淹的边塞词均已散佚，只剩下这一首。

再读范仲淹《剔银灯·与欧阳公席上分题》一词：

　　昨夜因看《蜀志》，笑曹操孙权刘备。用尽机关，徒劳心力，只得三分天地。屈指细寻思，争如共刘伶一醉。

　　人世都无百岁，少痴呆，老成尪悴。只有中间，些子少年，忍把浮名牵系。一品与千金，问白发如何回避？

这是一首咏史词，主题是感慨人生短暂、寻求及时作乐，这样的思想在范仲淹作品中比较少见。欧阳修是范仲淹志同道合的好友，终身服膺范仲淹。在好友的酒宴上，饮酒松弛之际，范仲淹难免有些牢骚话。他嘲笑曹操等人纷争不已，在"徒劳心力"中虚耗时光，比不上刘伶在醉乡中逍遥度日。下阕范仲淹更是用算术方式告诉人们时光的可贵：人无百岁，老年衰疲憔悴，年幼懵懂无知，剩下青壮年时光就非常短暂。如果这段可贵的时光再被"浮名牵系"，钻营奔走，一生就没有快乐时光了。众所周知，范仲淹有异常坚定的入世志向，晚年退居邓州时尚且表示："进亦忧，退亦忧"。这首词所表达的情绪和思想，仅仅是酒宴间的一时牢骚，是对自己政治志向不得实现的不平之语，由此可见范仲淹寻常人生的一个侧面。可惜欧阳修及其他参加这次酒宴的"分题"作者的歌词已经失传，无法更多地还原当时的情景。这首词通俗畅达，不避口语，与其他四首歌词风格不同。欧阳修有大量的俗词创作，或许范仲淹此时受到欧阳修的感染。同时也展现出范仲淹文学风格的多样性。宋人填词，都是休闲娱乐的行为，是游戏之作，与创作诗文的态度完全不一样。在这样的文体中，比较容易流露出不合主流倾向的一些情感，遣词造句也比较随意。读者可以从这样的角度理解范仲淹这首词。

庆历六年（1046），58岁的范仲淹退出政治中心舞台，移知邓州，居闲休养。在邓州期间，范仲淹修缮亭台楼阁，以作游览消遣之地。邓州城东南的"百花洲"，经范仲淹重新修建，成为范仲淹经常流连忘返的场所。范仲淹有《定风波》词，即咏写游览百花洲的情景，词云：

> 罗绮满城春欲暮，百花洲上寻芳去。浦映□花花映浦，无尽处，恍然身入桃源路。　莫怪山翁聊逸豫，功名得丧归时数。莺解新声蝶解舞，天赋与，争教我辈无欢绪。

春暮风光灿烂的时节，到百花洲寻芳探胜。花水影映，莺歌蝶舞，如入桃源仙境。范仲淹陶醉在美景之中，似乎忘却了"功名得丧"给他带来的困扰和苦恼。范仲淹在诗歌中也反复咏写百花洲的景致,《依韵答王源叔忆百花洲见寄》说:"芳洲名冠古南都,最惜尘埃一点无。楼阁春深来海燕,池塘人静下仙凫。花情柳意凭谁问,月彩波光岂易图?汉上山公发新咏,许昌何必诧西湖?"范仲淹经历了"庆历革新"的是是非非,此时特意借百花洲景色抚慰自己,在此类诗词创作中就力求洒脱,告诫旁人"莫怪山翁聊逸豫"。但是,结尾"争教我辈无欢绪"的努力中,透露出对现实失意的无法真正释怀。正是这种心态作用,这一阶段才有《岳阳楼记》如此伟大的创作问世。

上述三首词,咏边塞、读史、风景,题材宽泛,与艳情无关,与北宋前期词坛的创作风气合拍,表现了从晚唐五代至北宋前期词坛衰变的一个过程。"诗言志",脱离艳情,以诗抒情更加便捷畅达,所以,范仲淹留存到今天的诗歌还有300余首。

如果仅仅只有上述三首词传世,范仲淹在词坛的地位就要大打折扣。关键是范仲淹的另外两首词,描绘出词坛演变的轨迹,预示着北宋词坛春天的来到。在生活方面,范仲淹与宋代其他士大夫一样,出入歌楼妓馆,偎红倚翠。姚宽《西溪丛话》卷下载:"范文正守鄱阳,喜乐籍,未几召还,作诗寄后政云:'庆朔堂前花自栽,为移官去未曾开。年年忆著成离恨,只托春风管领来。'到京,以绵胭脂寄其人,题诗云:'江南有美人,别后长相忆。何以慰相思,赠汝好颜色。'至今,墨迹在鄱阳士大夫家。"莫君陈《月河所闻集》载:"饶州女乐之首,年六十余,乃名妓也。范希文瞩昐,有诗'千里寄颜色'之句,或时寄朱粉赐之。"这种经历,使范仲淹对男女的相思恋情有了十分深入细腻的体会,所以,范仲淹写相思的作品也特别真挚动人。《苏幕遮》说:

碧云天，黄叶地。秋色连波，波上寒烟翠。山映斜阳天接水，芳草无情，更在斜阳外。　黯乡魂，追旅思。夜夜除非，好梦留人睡。明月楼高休独倚，酒入愁肠，化作相思泪。

词写旅次乡愁与儿女之情、相思之恨。上片写景。开篇"碧云天，黄叶地"上下辉映，写出了秋日的天高气爽，渲染了澄碧的秋色。以如此广袤无垠的天地作为秋思乡愁的背景在宋词中比较少见，宽大深远的境界中所烘托出来的情感也显得格外深沉浑厚。《西厢记》"长亭送别"中"碧云天，黄花地"一段，明显地由此脱胎而来。秋色的渲染，已经融入了"悲秋"的情绪。秋色渗透了天地之间，那浩浩森森的秋水，带着无休无尽的秋意悠悠远去；秋江之上笼罩着一层翠色的"寒烟"，这是秋日特有的景象。词人由上而下、由小到大、由近及远，写出一派俊爽空灵的境界。歇拍宕开一笔：登高视野所及，都是凄凄连绵的"无情芳草"，这"芳草"阻碍了行人的视线、阻挡了游子的归程，铺天盖地，蔓延无边。这句从李煜《清平乐》"离恨恰如春草，更行更远还生"中化出，抒情更加含蓄化。下片言情。过片两句承上启下，"黯乡魂，追旅思"交代了愁情的来源，言相思愁苦都是因为离乡背井所导致的，词人只能依赖"好梦留人睡"了。以下句句用映衬手法："好梦留人睡"，则除酣梦之外，整日为相思别情所困扰；"明月楼高"，则以美好景色反衬眼下的孤寂，所以自我劝告"休独倚"；结尾推进一层，暗用"举杯浇愁愁更愁"诗意。词人从"酒"联想到"泪"，并通过"愁肠"将二者做巧妙转化，构思新颖别致。这种"相思泪"中，一位佳人的倩影呼之欲出。《西厢记》"长亭送别"之"暖溶溶玉醅，白泠泠似水，多半是相思泪"曲词，就是从这里再度化出。该词格调绵丽细密，通篇即景生情，融情入景，并以丰富的联想烘托离愁别况，有时化用前人诗句却不露痕迹，是宋人写别情的名篇。

然而，词人铭心刻骨的思恋之情是因为故乡而发，词中有明确的点题之笔。另一方面，留给读者的印象总觉得不仅仅限于乡思，更像是恋人之间缠绵纠葛的别情。处于北宋前期词坛，范仲淹还不习惯于公然写作男女艳情，便借乡思为题，写出男女牵肠挂肚的别情。

范仲淹另一首《御街行》写相思别情，旨意却明白了许多。词云：

纷纷坠叶飘香砌，夜寂静，寒声碎。真珠帘卷玉楼空，天淡银河垂地。年年今夜，月华如练，长是人千里。

愁肠已断无由醉，酒未到，先成泪。残灯明灭枕头欹，谙尽孤眠滋味。都来此事，眉间心上，无计相回避。

这首词写秋夜怀人，秋日里的落叶、银河、月光，构成一幅凄清、冷落、衰飒的画面，无不引起对千里之外那个人的思念。"年年今夜"，从现在出发将相思时间推向无限；"人千里"，又将空间无限拓展。在如此巨大的时空阻隔中，注定相见无日，相思永远。范仲淹胸襟宽大，他的相思词总是写出一种宏大的时空背景，这与同时代其他词人"小园香径""庭院深深"的狭深环境不同。无论是醉中还是睡中，这种相思之情都无法摆脱。"酒未到，先成泪"，是词人经过多少次"酒入愁肠，化作相思泪"之后所获得的铭心刻骨的经验。末尾三句秉笔直书，用平易浅近的口语诉说深婉曲折的恋情相思，具体而形象。李清照《一剪梅》"此情无计可消除，才下眉头，却上心头。"明显受此词影响。词中"真珠帘卷",点明这首词所抒发的是一位闺中孤独女子的思念情感;"谙尽孤眠滋味",点破"艳情"主题,是男女恋情相思。就此可以加深对前一首《苏幕遮》的理解。这首词代闺中抒情,抒写女子思念的恋人的情感,已经是典型的"花间"题材。

灯红酒绿之际,让十七八岁女孩儿曼声演唱相思小调,才是歌词创作的主流倾向。回归到艳情创作上来,才有歌词创作的一次又一次高潮。范仲淹艳情之作虽少,然沉挚真切,婉丽动人,对词坛产生深刻影响。赵宋王朝从决策上和经济上鼓励大臣享乐,鼓励大臣多养"歌儿舞女"自娱,范仲淹是宋代比较早的将这种生活情态写入歌词的作家。范仲淹的作为能够起到一种典范的作用。范仲淹的道德人品,在当时和后来都得到比较一致的极高的评价,好友韩琦评价范仲淹说:"竭忠尽瘁,知无不为。……天下正人之路,始公辟之。"① 这是范仲淹身后人们对他的定评。以范仲淹这样一位道德领袖人物,写作婉丽缠绵的艳情词,必定会极大地改变时人的文学创作观念。由此,吴处厚《青箱杂记》卷八云:"文章纯古,不害其为邪;文章艳丽,亦不害其为正。然世或见人文章铺陈仁义道德,便谓之正人君子;若言及花草月露,便谓之邪人,兹亦不尽也。"以下所举例子中,就有范仲淹。且言"以范公而不能免",可见范仲淹此类创作给时人的示范意义。于是,宋人在不知不觉中会将偎红倚翠的风流生活和深情委婉的艳情小曲作为生活常态接受,在文学创作领域放宽对艳情词的道德评判,或者根本不予道德评判。文学创作观念的改变,才是歌词创作走向再度繁荣的深层原因。因此,范仲淹在词

---

① 韩琦:《文正范公奏议集序》,《安阳集》卷二十二,四库全书文渊阁本。

史上不仅是一位承前启后过渡性的重要作家,而且引导着词坛创作风气的转移,为宋词创作的繁盛导夫先路。

北宋词重归花前月下,以艳情为主要创作话题,有其时代的必然性。简言之,宋代帝王自"杯酒释兵权"后,鼓励臣下追逐声色、宴饮寻乐。太祖、太宗两朝,各地的割据政权基本上被消灭;真宗朝又与契丹订立和平盟约,北宋社会从此进入内外无事的太平发展时期。至仁宗年间,赵宋帝王所倡导的生活享乐也渐成风气,宋人开始享受生活。社会风尚的转变为歌词创作带来新的契机,这方面原因我曾有另文详细讨论[①],此处不赘。

[①] 诸葛忆兵:《性爱心理与词体的兴起》,《文学评论》2004年第3期。

第二节 北宋词初祖——晏殊

晏殊（991—1055），字同叔，抚州临川（今江西临川）人。幼孤，7岁能文，乡里号为"神童"。真宗景德元年（1004）14岁时张知白以神童荐入试，赐同进士出身。擢秘书省正字。次年召试中书，迁太常寺奉礼郎。真宗卒，晏殊建言太后刘氏垂帘听政，得太后欢心，天圣三年（1025）35岁时自翰林学士、礼部侍郎拜枢密副使，自此进入二府。二年后因论事忤太后旨，出知宋州，改应天府。明道元年（1032）再入二府，为参知政事。康定元年（1040）迁知枢密院事。庆历三年（1043）拜相。次年九月罢相，出知颍州、陈州、许州、河南府等，封临淄公。以疾归京师，至和二年（1055）卒，谥元献，世称晏元献。有《珠玉词》三卷，存词130余首，几乎都是短小的令词。

作者以"珠玉"名其词集是恰如其分的。"珠玉"，就其形体而言，似乎接近渺小了，但因它有一种耀眼的辉光，结果却显得很大，并由此而引起世人的广泛瞩目。孟子说："充实而有光辉之谓大。"（《孟子·尽心下》）晏殊《珠玉词》的性质就有些与此相近。晏殊词既没有关乎家国兴亡之重大题材，又没有心系黎民疾苦的深长叹惋。他的词大部分是描写男欢女爱、轻歌曼舞的生活；或写春愁秋恨，离情相思；或感叹人生短暂，时不再来。然而，却闪耀出一种诗意的生命之光，从这一角度来看，《珠玉词》是充实的。

一、生命在日常生活中闪现光彩

人的生命只有短暂一次，它展现在生与死的途程之中。由于人生短暂而且必有一死，面对生死这一二律背反，前人早已有过精辟的见解。陶渊明说："盛年不重来，一日难再晨。及时当勉励，岁月不待人。"（《杂诗十二首》）这是一种意气风发、锐意进取的主动精神。西方一位浪漫主义美学家，面对日益物欲化的人生，具体提出："人，诗意地栖居于世界"这样的口号。这是一种占有生活，把握生命的审美观照。

早在九百多年前，当时只有七岁的晏殊就已经被乡里目之为"神童"了，他思维的敏感、感受的细腻已可想而知。随着年齿与阅历的增长，词人对于生命的思考，似乎已经兼有这两个重要方面。他的《珠玉词》，就其主要倾向而言，可以毫不含糊地说，就是对生命价值进行"诗意"思考的最高结晶，很多词篇都可以说明这个问题。例如，他的《浣溪沙》就是在较深层次上对人生、对生命进行"诗意"的探讨，并由此而广为人知：

一曲新词酒一杯，去年天气旧亭台。夕阳西下几时回？　无可奈何花落去，似曾相识燕归来。小园香径独徘徊。

这是一首生命的哀歌，它是从光阴流逝这一角度来写的。虽然这是古诗词中屡见不鲜的主题，但因作品的内涵丰厚，构思新颖，属对工巧，终于成为千古传诵的名篇。开头两句，似乎只重描述而没有明显的情感色彩，其实这两句用笔极重。因为"新词"不止"一曲"，"酒"也不止"一杯"，这一系列具有特征的动作，正好说明作者在深层次上痛感生命于不知觉之间的消失。"去年天气旧亭台"，是从客观事物之不变者这一角度来写的。季节如昨，亭台依旧，但其中的潜台词却是：物是人非，人生几何？作者以有限的生命来体察无穷的宇宙，把人生放到时空这一广大范畴中来进行思考，于是，这首词便具有某种厚重的哲理韵味了。"夕阳西下几时回"，是承上所作的补笔。字面上，它写的是"夕阳"万古常新，去而复"回"，然而作者恰恰是从人们视而不见的"变"字这一角度来补充的。因为在"几时回"这一设问之中，已包含有今日的"夕阳"已非昨日的"夕阳"之意在内，暗示着"夕阳"纵然美好，但毕竟要"西下"，要落去。譬诸人生，一去便永无回归之日。可见，上片三句貌似淡淡写来，其中却蕴涵着时间永恒而人生短暂的深长叹惋。

　　下片通过最有特征的具体事物和生活细节来深化上片勾画的意境："无可奈何花落去，似曾相识燕归来。"这是人们心中所有却是笔底所无的一种"诗意"的感受。这两句分别由两个不同部分组成："无可奈何"，是作者的感受和感叹；"花落去"，是不以人们意志为转移的客观规律。作者面对"花落去"这一现实，止不住产生一种惋惜之情。然而，作者对此既然无能为力，便只能徒唤"无可奈何"了。下句"似曾相识"，也是作者的感受和感叹。燕子秋去春来，不违时节。每当新春来临，它们便差池剪羽，贴地争飞，呢喃对语，由于体态相同，往来飘忽，人们很难辨认出它们确否是旧巢双燕，故在"相识"之前冠以"似曾"二字。"燕归来"，也是不以人们意志为转移的客观规律。"花落去"与"燕归来"这二者每交替一次，便过了一年，而人生正是在这无穷的交替之中逐渐衰老直至死亡。旧的面孔已经永远消失，新的面孔又出现在你的面前。历史便是在这种新旧交替之中默默向前延伸。面对这一现实，作者便止不住要在铺满落花的小径上徘徊沉思了。作者对上面的问题和思考并没有正面回答，只是提供了一个宏阔的艺术框架，让读者跟随作者一起去徘徊思考而已。正因为框架宏阔，评家对此词的解释也多有出入，但具体坐实又缺少根据，故仍以通过惜春来抒写关于生命的思考以及关于存在与虚无的思考这种解释为佳。这从与下片首二句相关的一则广为流传的故事中也可看得出来。据胡仔《苕溪渔隐丛话》后集卷二十引《复斋漫录》载：晏殊"召（王琪）至同饭，饭已，又同步池上。时春晚，已有落花。晏云：'每得句，书墙壁间，或弥年未尝强对。且如"无可奈何花落去"，至今未能对也。'王应声曰：'似曾相识燕归来'"。不管这一则故事是否可信，但从中仍可看出，这两句是"倚声家"的特殊追求，目的是用生动的语言、鲜明的形象来补充"夕阳西下"一句的内涵，它准确地捕捉了生活中的"诗意"。有了这一对句，全词便由此而诗意盎然，光彩照人。"花"红、"燕"紫，色彩斑斓，形成对比。"落去""归来"，变化强烈，动感鲜明。词人充分运用并发挥了律诗中间两联讲究平仄粘对的艺术技巧，读之悦耳，听之悦耳，恰当不过地增强了词之所应有的特殊韵味。前人对此已早有发现。张宗橚在《词林记事》卷三中说：

  元献尚有《示张寺丞王校勘》七律一首："元巳清明假未开，小园幽径独徘徊。春寒不定斑斑雨，宿醉难禁滟滟杯。无可奈何花落去，似曾相识燕归来。游梁赋客多风味，莫惜青钱万选才。"中三句与此词同，只易一字。细玩"无可奈何"一联,情臻缠绵,音调谐婉,的是倚声家语。若作七律,未免软弱矣。

这段话充分说明词中"燕归来"一联,比之纳入诗中更为和谐匀称。王士祯《花草蒙拾》也说:"或问诗词、词曲分界。予曰:'无可奈何花落去,似曾相识燕归来',定非香奁诗;'良辰美景奈何天,赏心乐事谁家院',定非草堂词也。"这里讲的是同样的意思。可见词中并没有表明词人长期苦思冥索的对句是为了伤逝悼亡。这两句写的是关于存在与虚无的思考,其中虽然也可以包括有伤逝悼亡的意蕴在内,但却难以指实为某一具体人物。"燕归来"一句所透露出的某种乐观情绪,似也与悼亡有一定距离。

晏殊虽然位极人臣,但是他无法挽回流逝的时光,只能"无可奈何"地看着岁月的脚步匆匆离去。宦海风波中,晏殊也免不了有沉浮得失。在官场平庸无聊的应酬中,敏感的诗人当然会时时痛切地感受到生命的无意义消耗。这就是词人在舒适生活环境中也不能避免的"闲愁",是摆脱不了的一种淡淡的哀伤。所以,在《珠玉词》中有特别多的对岁月无情的感触,《破阵子》说:"不向尊前同一醉。可奈光阴似水声,迢迢去不停。"《鹊踏枝》说:"门外落花随水逝,相看莫惜尊前醉。"《清平乐》说:"暮去朝来即老,人生不饮何为?""春去秋来,往事知何处?燕子归飞兰泣露,光景千留不住。"《木兰花》说:"长于春梦几多时,散似秋云无觅处。"《踏莎行》说:"绿树归莺,雕梁别燕,春光一去如流电。"《渔家傲》说:"画鼓声中昏又晓,时光只解催人老。"《拂霓裳》说:"星霜催绿鬓,风露损朱颜。"面对广袤的时空,个体的渺小感自然产生。万般无奈之下,词人便频频借助"饮酒"来摆脱愁绪的缠绕。

《珠玉词》还有一些伤逝悼亡的作品,这类作品也多与生命的思考联系在一起。如《木兰花》:

> 池塘水绿风微暖,记得玉真初见面。重头歌韵响铮琮,入破舞腰红乱旋。　　玉钩阑下香阶畔,醉后不知斜日晚。当时共我赏花人,点检如今无一半。

张宗櫹在《词林纪事》卷三中说:"东坡诗'尊前点检几人非',与此词结句同意。往事关心,人生如梦,每读一过,不禁惘然。"张氏的"惘然",就在于"当时共我赏花人"两句,既有具体所指,同时又能在生命意识上引起读者的某种共鸣。因为歌词本身已含有伤逝悼亡的情绪在内,并非读者的引申发挥。所以,这首词与前引《浣溪沙》是有所不同的。另一首《木兰花》,其悼亡之情就更为具体了:"玉楼朱阁横金锁,寒食清明春欲破。窗间斜月两眉愁,帘外落花双泪堕。朝云聚散真无那,百岁相看能几个。别来将为不牵情,万转千回思想过。"悼亡是人类生活中的一个重要侧面,词中表达了作者对待已逝亲人的真挚缠绵的情感态度,是一种诗意的升华。

二、灵感在季节变化里荡动涟漪

人,若想"诗意地栖居"于这个"世界"是十分不易的。虽然人类自称是万物之灵,但在永恒的时间与有限的生命这一二律背反之中,人类(特别是古代人)的挣扎与努力却是极为有限的,甚至连应付小小季节变化都要付出某种代价。正因为如此,季节变化在诗人心灵中引起的反应,便显得分外敏感。对此,前人在理论上曾有许多概括。"春秋代序,阴阳惨舒,物色之动,心亦摇焉。"(刘勰《文心雕龙·物色》)这话讲的就是四季变化在人的心灵上所引起的激荡。钟嵘说的更为具体:"若乃春风春鸟,秋月秋蝉,夏云暑雨,冬月祁寒,斯四时之感诸诗者也。"(《诗品序》)他认为,四季的变化最容易激发诗人的灵感,并由此而写出好的诗篇,美化这"诗意"的世界。晏殊的《珠玉词》对春、秋二季的变化,反映尤其敏感强烈。正如陆机《文赋》所说:"悲落叶于劲秋,喜柔条于芳春。"如《采桑子》:

　　春风不负东君信,遍折群芳。燕子双双,依旧衔泥入杏梁。　　须知一盏花前酒,占得韶光。莫话匆忙,梦里浮生足断肠。

春风吹拂,繁花似锦,双双紫燕,衔泥筑巢,一切都充满了活跃生机。多愁善感的词人又怎能不痛感新春的短暂与青春的可贵?于是便产生了"莫话匆忙"与"占得韶光"这一"人定胜天"的情绪飞跃与主动追求。虽然这一追求十分有限,但其精神却闪耀着光彩,并在读者心底荡起某种情感的涟漪。再看另首《采桑子》:"阳和二月芳菲遍,暖景溶溶。戏蝶游蜂,深入千花粉艳中。"词人从另一侧面描画二月新春的美艳,于是又产生了使青春永驻的遐想:"何人解系天边日,占取春风。免使繁红,一片西飞一片东。"

与此相近的还有名篇《踏莎行》:

　　小径红稀,芳郊绿遍。高台树色阴阴见。春风不解禁杨花,濛濛乱扑行人面。　　翠叶藏莺,朱帘隔燕。

炉香静逐游丝转。一场愁梦酒醒时，斜阳却照深深院。

面对绿遍红稀的芳郊景色，面对蒙蒙扑面四处纷飞的柳絮杨花，内心不免荡起春光消逝的情感之波，尽管这波纹十分细小，但却久久地难以停息。"春风春鸟"在词人心中所荡起的情感之波是十分复杂的。

秋天，自然也是如此。"秋月秋蝉"，同样是《珠玉词》讴歌的一个重要方面。如《诉衷情》：

芙蓉金菊斗馨香，天气欲重阳。远村秋色如画，红树间疏黄。　　流水淡，碧天长。路茫茫。凭高目断，鸿雁来时，无限思量。

全篇写景，境界阔大，笔笔含情，字里行间流溢出一种难以言传的遐思。据夏承焘《二晏年谱》，此词当作于词人48岁外放知陈州任内，有宋庠、宋祁相与唱和之诗题可考。宋祁在《上陈州晏尚书书》中说："比华从事至，具道执事因视政余景，必置酒极欢。图书在前，箫笛参左，剧谈虚疑误往，遒句暮传。"然而，诗酒自娱，风物流连之中却掩盖不住宦海沉浮的失落与怅惘，与常态性的悲秋迥异其趣。

更加不同的是，在词人眼中，落叶纷纷的深秋还另有一番迷人的妩媚。如《少年游》：

重阳过后，西风渐紧，庭树叶纷纷。朱阑向晓，芙蓉妖艳，特地斗芳新。　　霜前月下，斜红淡蕊，明媚欲回春。莫将琼萼等闲分，留赠意中人。

"重阳过后"，已是晚秋。然而，从秋天开放的木芙蓉花上面,词人看到的却是春光的"妖艳"。奇思异彩,想落天外。这是因为词人怀着春天一样的情感去观察和体验秋天里的客观事物,于是那秋天的景物便显现出春天一样的活跃生机,使人感到可爱而又值得留恋了。热爱自然风光,热爱四季景物,也就是对生活和生命的热爱。与此近似的还有《菩萨蛮》:"高梧叶下秋光晚,珍丛化出黄金蕊。还似去年时,傍阑三两枝。"

《珠玉词》中更多的是把季节跟人生联系在一起进行思考,"诗意",也就由此产生了。如《谒金门》:

秋露坠,滴尽楚兰红泪。往事旧欢何限意,思量如梦寐。　人貌老于前岁,风月宛然无异。座有嘉宾尊有桂,莫辞终夕醉。

词中一方面宣泄了浮生如梦、及时行乐的人生态度,一方面又表现出对美好事物与有限生命的更加珍惜。虽然这值得珍惜的一切即将成为过去,而且近在明天。词人认定人生最宝贵、最重要的是把握"今天",把握"嘉宾"带来的友谊,把握"终夕"的欢乐,只有这样才能驱除与生俱来的内在孤独感。"莫辞终夕醉",似应从这一角度去理解。果能如此,则《珠玉词》中那些"有情须殢酒杯深""相看莫惜尊前醉""若有一杯香桂酒,莫辞花下醉芳茵""劝君莫作独醒人,烂醉花间应有数"等词句,也许就比较容易理解了。因为在"娱宾遣兴""及时行乐"的表层背后,潜伏着的是孤独,是艰难时世,是无法把握的人生。

古诗词中,歌咏春、秋两个季节的名篇佳作,几乎俯拾皆是,而写夏、冬两季的词,成功者则极为罕见。《珠玉词》却有所不同。如写初夏风光的《浣溪沙》就别有一番感人的艺术魅力:

> 小阁重帘有燕过,晚花红片落庭莎。曲栏杆影入凉波。　一霎好风生翠幕,几回疏雨滴圆荷。酒醒人散得愁多。

词人同样是用春天般的情感,在极其幽静的庭院里,默默体验着入夏之后周边景物的细微变化,同时,又似乎是"自然在某种程度上是走进了人的血液之中并同他一道吐露自己的情怀"①:小小的楼阁,重重的帘幕,只有燕子匆匆飞过;晚开的红花,缀满枝头,不断向庭院长满莎草的绿茵飘落;曲折的栏杆,倒映入池塘凉爽的柔波。词人似乎全身心都溶入到他所描绘的大自然中去了。池塘里的"凉波",还有从绿树缝隙中吹来的"好风",驱除了盛夏的暑气,从肌肤一直渗透到心灵,使人感到无比爽快。稀疏的雨滴敲打着圆圆荷叶,悦耳的声响一次次传来耳畔,仿佛是美妙的旋律在扣击着恬静的心灵。这一切是多么富有诗意!然而,酒醒人散之后,难以言传的闲愁却不断袭上心头。在体验大自然无限美好的同时,词人更加感到时光的可贵,生命的可贵。另一首《蝶恋花》,对夏季的描写同样细腻传神。它先渲染盛夏的气氛:"玉碗冰寒消暑气,碧簟纱橱,向午朦胧睡。"下片接写醒后的细微感受:"无端画扇惊飞起,雨后初凉生水际。人面荷花,的的遥相似。眼看红芳犹抱蕊,丛中已结新莲子。"从"人面荷花"到结出新的"莲子",其中曾有过多少情感的经历,但词人并未予以明说。此外,描写冬季的作品也为数不少,如《秋蕊香·向晓雪花呈瑞》《滴滴金·梅花漏泄春消息》《瑞鹧鸪·江南残腊欲归时》等。

---

① [法]雅克·马利坦:《艺术与诗中的创造性直觉》,三联书店1991年版,第17页。

陆机曾说:"遵四时以叹逝,瞻万物而思纷。"(《文赋》)《珠玉词》亦复如此。对季节变换的敏感在《珠玉词》中随处可见,"重阳过后,西风凄紧,庭树叶纷纷"(《少年游》);"春花秋草,只是催人老"(《清平乐》)等等。"四时"的变化激活词人的灵感,使词人诗思纷披,波澜起伏,虽千汇万状,但均能以简约细腻的词笔使之纳入短小词篇之中。

三、诗意在相思离别时凝聚升华

离情相思是古诗词中一个极其重要的侧面。人类之所以特别重视离别,并不仅仅因为离别会使自己跌入孤独的深渊,重要的是每一次离别都仿佛跟随有死神的幻影。在交通极其不发达的古代,尤其如此。文学艺术作品之所以用很多篇幅来抒写离情相思,恰恰是因为这些作品在深层次上表现了人类跟孤独、跟死神搏斗的过程和勇气。因之,古诗词中离别相思的名篇佳制几乎俯拾皆是。晏殊一生到过许多地方,他也曾不断地品尝到"离别常多会面难,此情须问天"(《破阵子》)的痛苦滋味,《珠玉词》因此多有写离情相思的词。如《玉楼春》:

绿杨芳草长亭路,年少抛人容易去。楼头残梦五更钟,花底离情三月雨。　　无情不似多情苦,一寸还成千万缕。天涯地角有时穷,只有相思无尽处。

恨别出于恋生。只有热爱生命,热爱生活,才能痛伤离别。离别是考量人类情感深度的一个重要标尺。离恨愈久愈长,情感便愈深愈厚,愈加真实。相思离情是来不得半点儿虚假的,要动真情。只有动了真情,写出的作品才能收到感人至深的艺术功效。这首词便是如此。它代女性立言,以闺中少妇的口吻,极写其相思之苦。一起二句,从"绿杨芳草"连及告别的"长亭",连及离人远去之"路",于是,便产生了因年幼无知而把离别看得过于轻易的怨悔之情。"楼头残梦"两句就是这种情感的升华。它形象具体,色彩明艳,音韵铿锵,对句工整,把读者带进了一个如梦如幻的广阔艺术空间。五更时的钟声传来耳际,三月的细雨敲打着花片落向大地,还有倾吐"离恨"的喁喁絮语。下片,紧接着便是这"絮语"的诗化。虽然这"絮语"近似唠叨,但听之悦耳动心,因为所有这一切都出自一个少妇的内心深处。作者善于把一般人心中所有但又难以形诸笔墨的感受和盘托出,同时又蕴藉风流,恰到好处。词中多用对偶,新巧工整,富有画意诗情。然而,这首词面世以后便围绕是否"作妇人语"而展开了争论。《苕溪渔隐丛话》前集卷二十六引《诗眼》云:

> 晏叔原见蒲传正云:"先君平日小词虽多,未尝作妇人语也。"传正云:"'绿杨芳草长亭路,年少抛人容易去。'岂非妇人语乎?"晏曰:"公谓'年少'为何语?"传正曰:"岂不谓其所欢乎?"晏曰:"因公之言,遂晓乐天诗两句云:'欲留年少待富贵,富贵不来年少去。'"传正笑而悟。然如此语,意自高雅尔。

就文意而言,蒲传正的理解无疑是准确的。但晏几道欲为其父讳,故引白居易诗并偷换"年少"之概念,曲解为"青春难以永驻"之意,最后甚至把蒲传正弄得无所适从。事实上,诗词之"高雅"与否,并不决定于是否"作妇人语",而决定于作品的审美体验以及思想深度与情感深度。后来南宋赵与时曾针对这一则文字予以匡正曰:"盖真谓'所欢'者,与乐天'欲留年少待富贵，富贵不来年少去'之句不同，叔原之言失之矣。"（《宾退录》卷一）这首词之所以感人至深，就在于真实地表现出闺中少妇的内心活动。对此，前人评曰："春景春情，句句逼真。"（李攀龙《草堂诗余隽》）讲的就是这个"真"字。"妙在意思忠厚，无怨怼口角。"（黄氏《蓼园词选》）讲的还是"真"字。"真字是词骨，情真、景真，所作必佳。"（况周颐《蕙风词话》卷一）这话也可用以评说这首词。

另外一些抒写离情的作品，也具有同样的特点。如《浣溪沙》：

一向年光有限身，等闲离别易销魂。酒筵歌席莫辞频。　满目山河空念远，落花风雨更伤春。不如怜取眼前人。

这首词创构的是一个大的时空框架，但它所写却是极其深细的离恨相思。框架虽大，使人销魂的"离别"之情却在不断扩充、膨胀，一直弥漫到框架的所有空间，甚至连支撑框架的实体都被这离情所掩盖、吞没，直至实处化虚，整个空间剩下的只有离情了。不过，它并没有虚到一无所有，而是在"满目山河""落花风雨"之中，摆设下一台"酒筵歌席"，在歌声与风雨交织声中再落实到"眼前人"身上，这就证明了现实的存在。这位"眼前人"，评家或理解为具体的女性。实际上，这位"眼前人"，既是女性，又不完全是女性，她的作用主要是虚指或泛指。因为词人已经从一般的离情别绪升华到更高的情感层次，他所"怜取"的是广义的"人"，是整个人生和人的生命，表现出一种敢于向孤独挑战，向短暂的生命挑战，向无限的时空挑战的精神和气派。没有这个"人"字，人所栖居的这个世界还有什么意义？

"怜取眼前人",也就是"怜取"这个世界。词人自己也特别赏识这一句,在其他作品中再度出现,《木兰花》说:"不如怜取眼前人,免更劳魂兼役梦。"

还有一些送别歌词则写得较为超脱。如《踏莎行》:

祖席离歌,长亭别宴。香尘已隔犹回面。居人匹马映林嘶,行人去棹依波转。 画阁魂消,高楼目断。斜阳只送平波远。无穷无尽是离愁,天涯地角寻思遍。

词写送别全程。长亭饯别,离歌哽咽。虽然"行人"的航船已随波远去,却仍站在船头隔着飘飞的尘土不断回头遥望;"居人"的马匹也久久地站在岸边背映丛林在高声嘶叫。正如江淹所说:"黯然销魂者,唯别而已矣。"(《别赋》)不过,这只是"别赋"的一般场景。下片才把离情别恨升华到一个新的高度。画阁中的居者无法忍受离情的折磨,只好登上高楼绝顶纵目远望,但他望见的却只是西去斜阳映射着平静的水波静静地流向远方。唐圭璋说此词"足抵一篇《别赋》"。并非过誉。

《珠玉词》中,还有一些"别赋"写得缠绵悱恻,含思婉折,用笔细腻而境界幽深,气氛又十分浓郁。如《采桑子》:

时光只解催人老,不信多情,长恨离亭,泪滴春衫酒易醒。 梧桐昨夜西风急,淡月胧明,好梦频惊,何处高楼雁一声。

词写相思离情。上片的意境是悲凉的。起拍便从人生这一大的范畴着眼,但通过离情的反复抒写,最终又落墨于小小的"泪滴"之上。下片写秋夜难挨,只有在梦里才能得到片刻的安慰。但好梦难成,心神不定,经常被惊醒过来。这时,耳边传来了大雁的啼叫之声。大雁在词里有两种作用：一是雁足传书，二是季节的象征。当离人从梦中惊醒过来之时，耳边听到"何处高楼雁一声"，便想到会传来盼望已久的家书，想到大雁按时南归，人也该按时回乡了。而这一切，又都融入朦胧的"淡月"、飒飒作响的"梧桐"枯叶与劲厉的"西风"之中。但这一切，作者并未直说，而是要由读者去补充和再创造。这首词情感悲咽，但在悲凉之中透出一种乐观的希望，境界清新明丽，境高韵远，耐人咀嚼。另首《蝶恋花》也广为流传：

    槛菊愁烟兰泣露。罗幕轻寒，燕子双飞去。明月不谙离恨苦，斜光到晓穿朱户。　　昨夜西风凋碧树，独上高楼，望尽天涯路。欲寄彩笺兼尺素，山长水阔知何处。

  写法与《采桑子》略有不同，内容却大体相近。词写深秋怀远，气象阔大。王国维在《人间词话》中说："古今之成大事业、大学问者，必经过三种之境界：'昨夜西风凋碧树，独上高楼，望尽天涯路。'此第一境也。'衣带渐宽终不悔，为伊消得人憔悴。'此第二境也。'众里寻他千百度，蓦然回首，那人却在灯火阑珊处。'此第三境也。"王氏之所以把词中"昨夜西风"等句，当成"古今成大事业者"必经的三种境界之一境界，原因在于这首词本身就具有高远阔大的气魄，可以引发读者联想，激发人们去追求远大理想与美好未来。尽管这理想和未来还在苍茫寥廓的远方，但那无须困惑也用不着悲哀。远大的理想、美好的未来就在前面。这是艺术的一种增值效应，是读者根据词句提供的意境而生发的诗的想象，是一种艺术升华与再创造。与此相近似的还有《清平乐》："红笺小字，说尽平生意。鸿雁在云鱼在水，惆怅此情难寄。　　斜阳独倚西楼，遥山恰对帘钩。

· 51 ·

人面不知何处，绿波依旧东流。"

写得比较别致的是另一首《清平乐》：

　　　　金风细细，叶叶梧桐坠。绿酒初尝人易醉，一枕小窗浓睡。　　紫薇朱槿花残，斜阳却照阑干。双燕欲归时节，银屏昨夜微寒。

这首词与以上所引诸词略有不同，词境含蓄深婉，虽洋溢着一抹淡淡的哀愁，但却难以指实。词人通过色彩鲜明的画面，把细腻的内心活动与诗意的感受朦胧地表现出来，既无伤离怨别的感慨，又无哀老嗟悲的喟叹，读者仿佛也随之一同进入似曾相识而又难以言说的大千世界。作者的审美感受力与艺术表现力，确实令人惊异。《珠玉词》艺术风格的多样化也于此可见一斑。

正因为晏殊离情相思之作丰富而又多样，所以不管其表现是外放直抒还是含蓄内敛，一般而言，都不同程度地具有阔大而又高远的境界。即使有时写得凄厉悲凉，不掩哀伤，最终仍然会呈现出一种词人所特有的那种温润秀洁与圆融平静。正是这种阔大高远、圆融平静闪耀出的诗意的辉光，驱除了孤独与离愁别恨，还心灵以安详。托尔斯泰曾经说过："艺术的感动人心的力量和性能就在于这样把个人从离群和孤单之中解放出来。"

四、人物因顾盼神飞而活灵活现

人，是栖居于这个诗意世界的主人翁。一般而言，篇幅短小的令词是不宜于描写刻画人物形象的，所以，北宋以前刻画人物获得成功的词篇颇为少见，而晏殊在这方面却相当成功。其主要特点便是善于发现人物身上所闪现出的"诗意"并赋予他笔下的人物以鲜活的生命。"美是到处都有的。对于我们的眼睛,不是缺少美,而是缺少发现。"①《珠玉词》中的人物大体有两种类型:一是采桑女,二是歌女。写采桑女的名篇是《破阵子》:

燕子来时新社,梨花落后清明。池上碧苔三四点,叶底黄鹂一两声。日长飞絮轻。　巧笑东邻女伴,采桑径里逢迎:"疑怪昨宵春梦好,元是今朝斗草赢。"笑从双脸生。

词写古代少女生活的一个片段。它抓住斗草获胜后的一个镜头,反映出少女们充满青春活力的精神面貌。笔触生动,格调轻灵,与前几首迥异其趣。开篇用对句点明季节特色。"燕子来时"与"梨花落后",这二者一上一下,一紫一白,一动一静,相映成趣。有此二句,"新社"与"清明"这两个抽象的季节名称也都具有丰富的内容和鲜明的形象性了。"新社"是古代祭祀社神(土地之神)的日子,时间在立春后的第五个戊日。此时,闺中妇女盛行斗草、踏青与荡秋千的游戏。三、四句承此再作发挥,把清明节时的风光描画得有声有色。色者,"池上碧苔三四点";声者,"叶底黄鹂一两声"是也。结尾又加之以"日长飞絮轻"。这就把清新、优美、静谧的初春描画得恰到好处,并为人物出场提供了一个富有诗意的舞台背景。下片,一开始就是人物出场。但这只是一种虚出,因为观众并未见到人物本身,而是少女的笑声最先传来耳际。"巧笑"在古诗中主要是用来描绘妇女的美丽笑容的。《诗经·卫风·硕人》云:"巧笑倩兮,美目盼兮。"但此处的"笑"却是用来形容悦耳的笑声。这笑声划破

---

① [法]罗丹:《罗丹论艺术》,人民美术出版社1978年版,第62页。

了春天田野的寂静，压倒了黄鹂的鸣啭，温馨的生活气息扑面而来。人物在哪里呢？在"采桑径里"。还有，怎么知道是"东邻女伴"的？是从"巧笑"中听出来的。"采桑径"一句不仅交代了"女伴"的身份，还引出了下面的一段对话："疑怪昨宵春梦好，元是今朝斗草赢。"这简短的对话，刻画出少女天真无邪的活泼情态。有此二句，点睛破壁，全篇皆活。不过，这对话仍是在"采桑径"里讲的。直到"笑从双脸生"，观众才见到两个满面笑容的少女走到前台。这最后一句中的"笑"字，才是笑容。这首词不单单是一幅独具特色的农村风景画，也是一幅与古代劳动妇女有关的风俗画。在短小62字的篇幅里，作者发挥了高度概括的艺术才能，不仅描绘出初春的融和景象，而且还刻画出少女们的声容笑貌，真正达到了"此中有人，呼之欲出"的艺术化境。作者善于烘托环境气氛，善于通过表情和对话来反映人物的内心活动，具有浓厚的生活气息。这首词无论从舞台设计，还是从人物刻画方面来讲，均与短小独幕剧颇为近似，在《珠玉词》中是比较别致而又富有创造性的。

　　写歌女的作品也为数不少，风格多彩多姿，其中歌情舞态的描写引人注目。如《破阵子》："求得人间成小会。试把金尊傍菊丛。歌长粉面红。""多少襟怀言不尽，写向蛮笺曲调中。此情千万重。"《凤衔杯》："一曲细丝清脆，倚朱唇。""到处里、斗尖新。"《木兰花》："春葱指甲轻拢捻，五彩条垂双袖卷。雪香浓透紫檀槽，胡语急随红玉腕。当头一曲情无限，入破铮琮金凤战。百分芳酒祝长春，再拜敛容台粉面。"这些词，虽也有自家特色，但整体上还未超出"花间"与南唐同一题材的范围。其中较为特殊的是《山亭柳》，很值得一读：

家住西秦，赌博艺随身。花柳上，斗尖新。偶学念奴声调，有时高遏行云。蜀锦缠头无数，不负辛勤。
　　数年来往咸京道，残杯冷炙谩销魂。衷肠事，托何人？若有知音见采，不辞遍唱《阳春》。一曲当筵落泪，重掩罗巾。

　　词写歌女悲惨的一生，前后呈鲜明对比，反差极大。主题与白居易《琵琶行》相近似。上片通过三个方面写歌女年轻时红得发紫的盛况。一是自幼便学得一身好技艺："家住西秦，赌博艺随身。"二是艺术上的独创与革新："花柳上，斗尖新。偶学念奴声调，有时高遏行云。"三是声名大振，红极一时，收入可观："蜀锦缠头无数。"下片则一落千丈。由于年老色衰，听众锐减，但为糊口仍往来奔波，而得到的却只是"残杯冷炙"的凄凉境遇。她孤身一人，难觅"知音"，每当忆起当年，思虑今后，便止不住"当筵落泪"。作者对被侮辱与被损害的歌女寄寓了深切的同情。这是一首带有叙事性的作品，与《珠玉词》中其他词作颇有不同。晏殊其他词作一般均写得温婉秀洁，圆融平静，而这首《山亭柳》却声情激越，感慨悲凉，可以说是晏殊《珠玉词》中的别调。本词似作于以观文殿大学士知永兴军（今陕西西安）时期，时已年届花甲。外放的挫折，几乎与当年白居易贬往九江的情形相似，其中自然不乏"同是天涯沦落人"的深刻涵蕴。

　　此外，晏殊词中有许多篇章写采莲女。宋人歌舞酒宴上，歌妓时时以采莲舞曲劝酒，《渔家傲》是采莲舞曲的主唱歌曲之一。宋代采莲舞曲盛行，就出现了大量以采莲为主题的《渔家傲》词。晏殊一组《渔家傲》共14首，都与采莲主题相关，应

该都是酒宴之间欣赏采莲舞曲时的创作。当然,或许不是一次酒宴上的同时创作。其一云:

> 粉笔丹青描未得,金针彩线功难敌。谁傍暗香轻采摘?风浙浙,船头触散双鸂𪆟。　夜雨染成天水碧,朝阳借出胭脂色。欲落又开人共惜。秋气逼,盘中已见新莲的。

歌妓舞蹈中的化妆,艳丽炫目,给词人留下非常深刻的印象。即使绘画或针绣高手,都无法重现舞者的美丽。在舞蹈中,歌妓们就是荷花,就是荷叶,歌词表层似乎依然在赞美荷花与荷叶。"风浙浙",是舞蹈的效果,是词人的联想。"谁傍暗香轻采摘""船头触散双鸂𪆟"是舞蹈动作。欧阳修《渔家傲》云:"船头阁在沙滩上。"船头也是歌妓舞蹈时的一种装饰。采摘莲子,则是舞蹈的主要表现情节。"夜雨"二句,对仗工整,澄碧与胭脂对映,色彩斑斓炫丽。荷花"欲落又开",莲蓬中已见莲子,都是舞蹈动作带给词人的艺术感受。

再读一首《渔家傲》:

> 越女采莲江北岸,轻桡短棹随风便。人貌与花相斗艳。流水慢,时时照影看妆面。　莲叶层层张绿伞,莲房个个垂金盏。一把藕丝牵不断。红日晚,回头欲去心撩乱。

采莲舞曲中,重点是歌舞者的美艳。再配上环境的香艳,美轮美奂,观赏者目醉心迷。这首词就写采莲歌舞如此的演出效果。"越女"二句是歌妓轻盈的采莲舞蹈表演,歌舞者如花美貌,与花争艳。轻歌曼舞过程中,顾盼生辉,仿佛歌妓也被自己的美貌所陶醉，旁观者更加情不自禁了。下阕"莲叶"二句，是写舞蹈环境布置。"一把藕丝牵不断"，用谐音法，表达自己对歌妓的迷恋之情。离去之后，一定是心缭乱，所有的情思都会牵挂在歌妓身上。

以上这些顾盼神飞、活灵活现的人物形象，不仅反映出词人生活感受的细腻，也是读者了解词人精神世界的一个重要窗口。

五、珠玉经反复磨砺才耀眼生辉

凡是有独创成就的作家，几乎都有自己独到的艺术见解、独到的审美趋向和不懈的追求。晏殊也不例外。遗憾的是他不曾像欧阳修那样有诗话传世，对于词的创作，他也谈论甚少。不过，将其相关的议论加以归纳，仍可以看出他的词学见解。这主要表现在：强调"气象"、追求"闲雅"与精益求精这三个方面。

强调"气象"是晏殊的审美情趣，也是他的艺术追求。吴处厚在《青箱杂记》卷五中记载这么一段故事：

> 晏元献公虽起田里，而文章富贵，出于天然。尝览李庆孙《富贵曲》云："轴装曲谱金书字，树记花名玉篆牌。"公曰："此乃乞儿相，未尝谙富贵者。故余每吟咏富贵，不言金玉锦绣，而惟说其气象。若：'楼台侧畔杨花过，帘幕中间燕子飞'；'梨花院落溶溶月，柳絮池塘淡淡风'之类是也。"故公自以此句语人曰："穷儿家有这景致也无？"

晏殊自己标的诗句，洗净了荣华富贵的庸俗气息。晏殊这里所谈的，已不再是"富贵"这一事实或这一词语的本身，而是在谈论要有怎样的审美情趣与艺术追求，才能发现与捕捉大千世界的画意诗情。富贵荣华本来就是身外之物，是事物的表层现象，是暂时的，转瞬即可失去的东西。晏殊对此是有认识的。一方面，晏殊作为一朝宰相是有条件可以充分地享受生活的，富贵荣华对他来说已经显得十分平常、平淡。他的《珠玉词》就是这种富贵环境中的产物。叶梦得《避暑录话》卷二说：

> 晏元献虽早富贵，而奉养极约。惟喜宾客，未尝一日不燕饮，盘馔皆不预办，客至旋营之。苏丞相颂曾在公幕，见每有佳客必留，但人设一空案一杯。既命酒，果实蔬茹渐至，亦必以歌乐相佐，谈笑杂至。数行之后，案上已粲然矣。稍阑即罢，遣声伎曰："汝曹呈艺已毕，吾亦欲呈艺。"乃具笔札，相与赋诗，率以为常。

在这种优越的生活环境中创作出来的词是脱离不了"富贵气"的。他的《浣溪沙》说："小阁重帘有燕过，晚花红片落庭莎。曲阑干影入凉波。"《望仙门》说："新曲调丝管，新声更飐霓裳。博山炉暖泛浓香。"《玉堂春》说："小槛朱阑回倚，千花浓露香。脆管清弦、欲奏新翻曲，依约林间坐夕阳。"套用晏殊自己的话来追问一句："穷儿家有这景致也无？"同时，"穷儿家"恐怕也没有这等闲情逸致去赏识这样的景物。这种"富贵气"是伴随着"珠玉词"的产生而来的，是词人不必去刻意追求而拥有的一种艺术创作氛围。晏殊位极人臣的位置和极为高雅的审美趣味，使得他根本不留意、不在乎富贵生活的本身。从日常起居角度来说，晏殊对自己要求极严，他的生活十分简朴，《能改斋漫录》卷十二载曾巩元丰年间修官史时为其所作的《传》中语说：晏殊"虽少富贵，自奉若寒士"。《宋史》本传也称他"奉养清俭"。晏殊所强调的"富贵气象",乃是生命内在精神气质的丰富性。从物质生活方面讲,他享受的荣华富贵是其他人难以比拟的,但是,他并不富在"金玉锦绣",而是富在生命与心灵内质上。正因为心灵内质的不断充实,精神气质的无限丰富,晏殊才有可能写出上面那些感人至深的富有"诗意"的作品。富贵荣华并没有遮掩他的"锦心绣口"。他的作品,创造意境,刻画人物,反映生活,在遣辞造句上也力求工整,鲜明准确,不达目的,决不罢休。而这一切,都是为了更完美地表现出他生命内在气质的美好丰富。他的作品并没有"金玉其外"的表层藻饰,也不作徒具夸张的形式追求。他的词虽写富贵气象却不落鄙俗,写艳情亦不落轻佻,感伤之中还流露出一种闲雅的情调,或表现出一种旷达的怀抱,有的词甚至还有一种深沉的理性与明晰的哲思。

晏殊词所追求的"气象"与所蕴涵的深沉哲思,乃是晏殊面对情感的澎湃时能够从容地做理性"冷"处理的结果。晏殊进入词坛并逐渐成为领袖的时期大约是在仁宗年间(真宗去世时晏殊32岁),这一时期,也是晏殊在仕途上走向鼎盛的时期。仁宗年间,北宋社会相对稳定,"外患"的压迫大大减弱,"内忧"的威胁也还没有明显地表露出来,社会整体上呈现出"太平盛世"的景象。晏殊词中也每每提到这一点:"太平无事荷君恩"(《望仙门》)、"见千门万户乐升平""齐唱太平年"(《拂霓裳》)等等。晏殊本人在仕途上虽然也有风波挫折,但是起伏不是太大,总体上显得比较平稳。晏殊的个性也因为过早地进入官场而被磨得八面玲珑。总之,对晏殊来说,有着平稳的年代里产生出来的平稳个性。所以,面对情感激荡的时候,晏殊基本不做"火山爆发式"的喷发,而是要做闲雅得体的含蓄表露。这是

由环境与个性所决定了的审美取向。晏殊曾明确表示对"闲雅"格调的偏爱,张舜民《画墁集》卷一载:

> 柳三变既以词忤仁庙,吏部不放改官,三变不能堪,诣政府。晏公曰:"贤俊作曲子么?"三变曰:"只如相公亦作曲子。"公曰:"殊虽作曲子,不曾道'彩线慵拈伴伊坐。'"柳遂退。

这说明晏殊是很不喜欢柳永填写为市民所广泛喜爱的俚俗歌词的。柳永以慢词的形式大量创作通俗歌词,掀开了中国词史的新篇章,在历史上有不可磨灭的功绩。晏殊之所以讥柳,是他思想保守一面的具体反映,这与他所处的政治地位、文坛领袖位置密切相关,同时也出自他对"闲雅"的美学追求。他讨厌柳永的赤裸裸表白,而刻意追求一种"温润蕴藉"的风格。虽然他的这种偏爱趋于一端,但是他却始终坚持自己的这一追求,并用自己全部精力来从事这种"雅"词的创作,客观上把令词的艺术品位推向了一个新的水平,掀开了宋初令词创作的新篇章。如《蝶恋花》说:

> 梨叶疏红蝉韵歇,银汉风高,玉管声凄切。枕簟乍凉铜漏咽,谁教社燕轻离别。　　草际蛩吟珠露结,宿酒醒来,不记归时节。多少衷肠犹未说,朱帘一夜朦胧月。

词写离别的苦苦思恋,却始终吞吐回敛、欲说还休。上片是环境的描写与气氛的渲染。这是一个天高云淡的秋夜,周围的一切环境无不将抒情主人公诱导到特定的情绪氛围之中:"梨叶"飘零,"蝉韵"息歇,管笛凄切,"铜漏"声咽,"悲秋"意绪越堆积越浓厚。这是强烈的主观情绪渗透的结果,抒情主人公的离情别思几乎已经呼之欲出。但是，词人却故意将这种愁绪转变为对"社燕轻离别"的责怪，将苦恼的根源推卸到"社燕"头上，而将痛苦的真正原因深深地隐藏起来。下片写"人事"。离别之后每逢如此凄苦的秋夜，都是借酒浇愁，以至酩酊大醉，"不记归时节"。被愁苦逼迫到这等境地，仿佛已经抑制不住、不得不说了。因为过度的痛苦是所有的人都难以承受的，有时候倾诉就是情绪的一定解脱。"多少衷肠犹未说"，话已经到了嘴边，然而，词人终于将其咽回去了，笔锋再转，回到景色的描写上："朱帘一夜朦胧月。"朦胧凄暗的夜晚，离人是否一夜辗转难以入眠？对着一轮"朦胧月"离人又寄托了多少相思之情？连上片结尾时那种略带责怪怨苦的情绪也被掩饰了起来，袅袅余音完全凭读者自己回味。《踏莎行》写别情时结尾说："梧桐叶上萧萧雨。"《渔家傲》写春景时结尾说："黄昏更下萧萧雨。"同样以景结情，结得韵味深长。

如此闲雅蕴藉的作品在《珠玉词》中随处可见，《诉衷情》说：

芙蓉金菊斗馨香，天气欲重阳。远村秋色如画，红树间疏黄。　　流水淡，碧天长，路茫茫。凭高目断，鸿雁来时，无限思量。

词人在"凭高"远眺之时，有着"无限思量"，所有的情绪又都寄寓在"秋色如画"的景色之中。晏殊所追求的这种"雅"，就是力求在他所"栖居"的这个世界能够更多地挖掘出一些"诗意"。为此，他更多的是从近体诗（特别是律诗）和南唐词（特别是冯延巳）的传统中汲取经验，王灼在《碧鸡漫志》卷二说："晏元献公、欧阳文忠公，风流蕴藉，一时莫及，而温润秀洁，亦无其匹。"刘熙载在《艺概》卷四说:"冯延巳词,晏同叔得其俊,欧阳永叔得其深。"因为他崇尚"闲雅"而很少接触当时在民间广泛流传的新兴的慢词,所以他的《珠玉词》与柳永的《乐章集》呈现出两种不同的风格。"晏元献不蹈袭人语,而风调闲雅。"(《魏庆之诗话》引晁无咎语)《宋史》本传也称他的诗"闲雅有情思",晏殊的诗与词有着相近的风貌。这就使得他的词怨而不怒,哀而不伤,乐而不淫,于是温润秀洁,圆融和婉便成为《珠玉词》的整体风格。"殊赋性刚峻,而词语殊婉妙。"(《四库全书总目提要·珠玉词提要》)这两句话,讲的也是这个意思。读者在《珠玉词》里,是很难找到纵情声色与词语尘下的作品的。

追求整体词风的"闲雅",就必须讲究遣辞造句、谋篇布局时的精益求精。对词的创作之精益求精,是晏殊毕生的追求。晏殊七岁能文,是历史上有名的"神童",但他在词的写作上却从来不以"神童"自居,而是勤奋刻苦,虚心好学,锐意进取,并大量收罗举荐天下文人学士,共同切磋,终于把《珠玉词》磨砺成珠圆玉润的词中珍宝,其最终的目的也就是要把自己珠玉一般的生命充满诗意地闪现出来。精心构思、反复斟酌的结果,使得《珠玉词》中出现大量对仗工整平稳、语意精策的名句,如"无可奈何花落去,似曾相识燕归来""月好谩成孤枕梦,酒阑空得两眉愁""乍雨乍晴花自落,闲愁闲闷日偏长""满目山河空念远,落花风雨更伤春"(皆见《浣溪沙》);"夜雨染成天水碧,朝阳借出胭脂色"(《渔家傲》);"楼头残梦五更钟,花底离情三月雨"(《玉楼春》)等等。晏殊词语言凝炼自然,形象醇美疏朗,境界浑成圆融,也都显示其精益求精的功力。

欧阳修在《归田录》中说:"晏元献公以文章名誉,少年居富贵,性豪俊,所至延宾客,一时名士,多出其门。"天才如果没有勤奋,必将一事无成。治学如果没有同好相互切磋,也很难日见精进。语云:"玉不琢,不成器。"刮垢磨光,才能使珠玉耀眼生辉。从王琪那里得到"燕归来"一句,正好说明词人对艺术的严肃认真,说明他的心灵在期待着充实。"燕归来"一句入词以后,他又一次纳入七律诗中。词人如获珍宝般的喜悦是完全可以想见的。这才是词人的"富贵感",再多一些"金玉锦绣"也不会有这种充实和喜悦。"宝剑锋从磨砺出""珠玉"也是如此。词人自名其词集曰《珠玉集》,其用心颇为良苦。"珠玉词"的磨砺,同文学史上流传的"苦吟""推敲"虽不完全一样,但是从根本上讲,则都是以生命为诗的具体体现。

但是,从另一个方面来看,当激情汹涌而来时,作者依然能够做冷静"过滤",不急不慢地表达,也是对自我个性遮掩的一种结果。封建官场是最能磨去人的棱角、消融人的个性的场所,尤其是宋代职官制度的设置特别有意识地突出官僚集团之间的相互牵制,强调为官的循规蹈矩,这就使得宋代官僚更加平庸化。晏殊14岁时过早地进入官场,从艺术天赋淋漓尽致发挥的方面来看未尝不是一种损失。作为14岁的少年,从心理学的角度分析有着很多的"可塑性",个性并未定型,将他摁进官场的模子塑造,晏殊因此便练就了玲珑通达、圆滑谨慎的本领,循规蹈矩与谨小慎微成为他性格的鲜明特征。真宗评价晏殊的为人"沉谨,造次不逾矩"(《续资治通鉴长编》卷八十五,以下简称《长编》),说的就是这个意思。平日在官场上,晏殊也善于看风使舵,天禧四年(1020)十一月宰相丁谓因朝廷纷争去相后即复相,时论对丁谓十分不满,"(丁)谓始传诏,召刘筠草复相制,筠不奉诏,乃更召晏殊。筠既自院出,遇殊枢密院南门,殊侧面而过，不敢揖，盖内有所愧也。"（《长编》卷九十六）晏殊做官的最大政绩是"务进贤材""当世知名之士""皆出其门"（《宋史·晏殊传》），如范仲淹、欧阳修、富弼等等。然而，晏殊虽然擅长识别人材、热心奖掖后进，却不敢支持这些北宋政坛上杰出的政治家、思想家的大胆革新与正直言论，反而处处抑制镇压，深怕连累自己。仁宗在位前期，垂帘听政的太后处心积虑地抬高自己，时常违背朝廷规章制度。某次，"仲淹奏以为不可，晏殊大惧，召仲淹，怒责之，以为狂。仲淹正色抗言曰：'仲淹受明公误知，常惧不称，为知己羞，不意今日更以正论得罪于门下。'殊惭无以应。"（司马光《涑水纪闻》卷十）欧阳修则因正直敢言触怒晏殊，终生不得晏殊谅解。富弼更得晏殊赏识，被选作东床快婿。但在某次富弼与宰相吕夷简的廷争中，作为枢密使的晏殊曲意迎合宰相，富弼当仁宗面斥责说："（晏）殊奸邪，党夷简以欺陛下。"（《长编》卷一百三十七）晏殊这种平庸圆滑的个性表现在词的创作方面，就是对有激情的俚俗歌词的拒斥和自我情感表达时的遮掩"冷却"。艺术创造是一种被激情驱使的个体行为，当激情匮乏时，作品的艺术魅力也要相应减弱。所以，与北宋后来的词人相比，晏殊的作品相对缺乏个性。王兆鹏先生做过一组有趣的数字统计[①]，从中可以发现，相对而言，晏殊词比较受冷落。其受关注的程度，甚至远在张先、黄庭坚等词史地位不如自己者之下。这种统计说明，从感性或审美的角度出发，晏殊词更容易被接受者遗漏。

尽管晏殊对民间流行的通俗歌词以及新兴的慢词持有保守态

---

① 王兆鹏：《唐宋词史略》，人民文学出版社2000年版，第93页。

度,他的许多词作也不能避免平庸的毛病,但他在宋初令词的发展上却有不可磨灭的拓展之功。正如冯煦所说:"晏同叔去五代未远,馨烈所扇,得之最先。故左宫右徵,和宛而明丽,为北宋倚声家初祖。"(《宋六十一家词选例言》)晏殊是宋代第一位大量创作歌词的作家,并将小令之创作推到一个圆熟的阶段。他在王禹偁等人掀开北宋词坛帷幕以后,又以《珠玉词》的大量词篇继续拉大宋词发展的帷幕。他"得之最先",首开风气,影响到令词沿着清雅婉丽与追求诗意这一方向发展并继续提高。

综上所述,如果我们把生命的思考、灵魂的激荡、诗意的升华和形象的飞动这四股丝绳拧成一根红线,然后再用这根红线把《珠玉词》穿接起来,那么,《珠玉词》便真正地变成了井然有序而又夺目增辉的珠串了。串接这些珠玉的那根结结实实的红线,实际上就是词人以生命为诗的生命线。况周颐评论北宋早期词人时说:"北宋词人声华藉甚者,十九钜公大僚。钜公大僚之所赏识,至不足恃。"(《蕙风词话》卷一)而晏殊并非如此。虽然《珠玉词》的内容与形式都不够大,但因为词人投入了生命并竭力捕捉他在这个世界上所能发现的全部"诗意",所以他的词又显得十分充实。小小"珠玉"之所以"大",那正是词人的"生命"与"诗意"的相互碰撞所发出的"光辉"在永恒闪现。

第三节 个性张扬的作家——欧阳修

欧阳修（1007—1072），字永叔，号醉翁，晚年又号六一居士，吉州吉水（今江西吉安市）人。欧阳修四岁时父亲去世，家境中落，母亲用芦秆画地教他识字。仁宗天圣八年（1030）登进士第，次年到洛阳任西京留守推官。任职三年期间，与钱惟演、苏舜钦等诗酒唱和，遂以文章名天下。景祐元年（1034）诏试学士院，授宣德郎，试大理评事兼监察御史，充馆阁校勘。二年后，因直言为范仲淹辩护，贬夷陵（今湖北宜昌）县令。康定元年（1040）奉诏复职，庆历三年（1043）知谏院，以右正言知制诰，参与范仲淹等推行的新政变革。因守旧势力攻击，出知滁州（今安徽滁县）。后累得升迁，嘉祐二年（1057）以翰林学士知贡举。五年（1060）官至枢密副使，六年（1061）改任参知政事。神宗时改外任，出知亳州（今安徽亳县）、青州（今山东益都）、蔡州（今河南汝南）等。熙宁四年（1071）以太子太师致仕，居颍州。次年卒，谥文忠。其诗文杂著合为《欧阳文忠公文集》153卷，集中有长短句3卷，别出单行称《近体乐府》，又有《醉翁琴趣外篇》6卷。

欧阳修是北宋著名的政治活动家，诗文革新的倡导者。他曾主编《新唐书》，还用大半生精力完成了一部文字减旧史之半而事迹增添数倍的《新五代史》。他还善于发现人才和提拔后进，宋代的一些大政治家、大散文家、大诗人不少出于他的门下，或相从游，如梅尧臣、苏舜钦、苏轼父子、王安石、曾巩等。欧阳修对北宋诗文的健康发展做出了重要贡献。

欧阳修是北宋散文、诗、词的大家。对他的散文、诗歌评价比较一致，但对他的词的评价却较为分歧。其实，欧阳修是北宋词坛上的重要词人，他的词与他那些说理透辟、言志载道的诗文有所不同，他常常通过词这一新的诗体形式来言情说爱，反映出这位政治家和文坛领袖的另一生活侧面。有人却对欧阳修这类词表示怀疑，甚至认为这类绮词艳语是欧阳修的仇人所伪托。人的感情本来极其复杂，欧阳修的私生活也非道貌岸然，故做矜持。加之，词一开始就是筵席前歌唱的艳词，多半是反映感情生活的，在长期创作过程中不仅形成了写情的传统，而且还积累了相当丰富的艺术技巧和创作经验。所以，欧阳修在他的词里广泛反映了他在散文与诗歌创作中未曾接触过的感情生活，这是不足为怪的。

对欧阳修词不同的评价，首先是由于版本的不同而引起的。欧阳修的词有两种版本。一种是《欧阳文忠公近体乐府》3卷，有南宋庆元年间刊本，郡人罗泌校正。罗泌又有跋言："公性至刚，而与物有情。盖尝致意于诗，为之本义，温柔宽厚，所得深矣。吟咏之余，溢为歌词，有《平山集》盛传于世，曾慥《雅词》不尽收也。今定为三卷，且载乐语于首。"罗泌认为集子中的"浅近者"乃是"伪作""故削之"，所以，这个版本已经难见欧阳修词概貌。《全宋词》考订录入171首，23首未录[①]。另一

[①] 关于《全宋词》对《近体乐府》的取舍以及《醉翁琴趣外篇》所录作品的真伪问题，陈尚君先生另有考辨意见可以参见。详见陈尚君《欧阳修著述考》，《复旦学报》（社科版）1985年第3期。

种是《醉翁琴趣外篇》6卷，元吴师道《吴礼部诗话》首次言及，称集中"鄙亵之语，往往而是，不止一二也"，因此确定为"词之伪"者。这种凭空推测意见不可信，《全宋词》去其与《欧阳文忠公近体乐府》重复及当作他人词者，录入66首。可见，后一个版本所录之词是前一个版本的补充，当代学者基本统一了认识，认为欧阳修有率情一面，同样会有"艳俗"的作品问世。

一、公开讴歌男女情爱

词为"艳科"，以词咏叹描写男女情爱并不足奇，关键是看词人以何种心态对待这一类创作。欧阳修之前的词人，不外乎两种态度：其一，及时行乐、醉生梦死，在温柔乡中忘却人生的苦痛；其二，羞于启齿、遮掩吞吐，既不能摆脱欲望的缠绕，又不敢痛快淋漓地叙说。欧阳修在平庸的宋代士大夫群体中相对而言是一位个性的张扬者，在仕途与私生活两方面都显示出鲜明的个性特征。他对待男女情爱的态度上同样异乎流俗，敢爱敢恨，敢于公然享受醇酒美女，表现自己的自然欲望。《钱氏私志》载：

> 欧阳文忠任河南推官，亲一妓。时先文僖（钱惟演）罢政，为西京留守，梅圣俞、谢希深、尹师鲁同在幕下。惜欧有才无行，共白于公，屡讽而不之恤。一日，宴于后园，客集而欧与妓俱不至，移时方来，在坐相视以目。公责妓曰："末至何也？"妓云："中暑往凉堂睡著，觉失金钗，犹未见。"公曰："若得欧推官一词，当为偿汝。"欧即席云："柳外轻雷池上雨，雨声滴碎荷声。小楼西角断虹明。阑干倚处，待得月华升。　燕子飞来窥画栋，玉钩垂下帘旌。凉波不动簟纹平。水精双枕，

旁有堕钗横。"坐客皆称善。遂命妓满酌觞歌，而令公库偿钗。

这一则创作"本事"凸现了欧阳修不同流俗、不顾人言、我行我素的张扬个性。欧阳修任西京留守推官时才25岁，刚刚踏入仕途，但他却"有才无行"，任性地与自己喜欢的歌妓厮混在一起，并且拒绝听从同事友人的劝说。欧阳修说："纵使花时常病酒，也是风流"（《浪淘沙》），就是他放纵的告白。欧阳修与之双携双飞的"营妓"，或称"官妓"，这是一类由官家豢养以供官场宴席应酬的歌妓。宋人之与营妓，逢场作戏之宴席间的调笑应酬则可以，却不允许产生实质性的相亲相爱或两性关系，官家对此有明确规定。仁宗年间触犯这条规定而遭贬官的屡有其人。《宋史》载：蒋堂知益州，"久之，或以为私官妓，徙河中府，又徙杭州、苏州"。（卷二百九十八《蒋堂传》）又，刘涣"顷官并州，与营妓游，黜通判磁州"。（卷三百二十四《刘涣传》）田汝成《西湖游览志余》卷二十一亦载："宋时阃帅郡守等官，虽得以官妓歌舞佐酒，然不得私侍枕席。熙宁中，祖无择知杭州，坐与官妓薛希涛通，为王安石所执。希涛榜笞至死，不肯承伏。"直到南宋年间，朱熹不喜天台郡守唐仲友，也诬其与营妓严蕊有私，严蕊"系狱月余""备受棰楚"（《齐东野语》卷二十）。也就是说，欧阳修在洛阳的所作所为，是冒着受处分、被贬官的风险的，但是，只要是性情所至，欧阳修并不顾忌。幸亏欧阳修此时遇见的是一位通情达理的、有卓越文才的上司钱惟演，他对欧阳修任纵的行为多有宽容。

以后，历任朝官、地方官期间，有关欧阳修风流游妓的记载多见诸宋人笔记。赵令畤《侯鲭录》卷一载：

欧公闲居汝阴时，一妓甚颖，文忠歌词尽记之。筵上戏约：他年当来作守。后数年，公自淮扬果移汝阴，其人已不复见矣。视事之明日，饮同官湖上，种黄杨树子，有诗留题撷芳亭云："柳絮已将春色去，海棠应恨我来迟。"后三十年东坡作守，见诗笑曰："杜牧之'绿树成荫'之句耶？"

这种恣意享受、无所顾忌的态度表现为歌词之创作，欧阳修便有了大量的描写男女情爱或与歌妓发生种种关联的作品。从词史承袭的角度而言，这一类词沿袭"花间"与南唐的传统，抒写惜春赏花、恋情相思、离愁别恨等等情感。欧阳修的目光专注于钟情的女子时，对伊人的外貌打扮、神情体态、歌舞演技就有了细腻而生动的观察与刻画。如《好女儿令》说：

眼细眉长，宫样梳妆，靸鞋儿走向花下立著。一身锈出，两同心字，浅浅金黄。　早是肌肤轻渺，抱著了、暖仍香。姿姿媚媚端正好，怎教人别后，从头仔细，断得思量。

将笔墨主要集中在伊人外貌体态的描摹之上。《长相思》则道："玉如肌，柳如眉，爱著鹅黄金缕衣。啼妆更为谁？"从"女为悦己者容"的角度透过外表进而探测伊人的心意。《减字木兰花》抓住伊人"宛转《梁州》入破时"之娇媚舞姿，描写道："香生舞袂，楚女腰肢天与细。汗粉重匀，酒后轻寒不著人。"在宴席之间观赏歌妓的舞姿，突出了佳人之腰肢纤细，体态轻盈，粉香扑人。另一首《减字木兰花》写伊人歌喉，说："歌檀敛袂，缭绕雕梁尘暗起。柔润清圆，百啭明珠一线穿。"珠圆玉润的音响效果如在耳际。《浣溪沙》写荡秋千的女子:"云曳香绵彩柱高,绛旗风贴出花梢。一梭红带往来抛。"别有一番情趣。

用这样多情的眼光看待身边的女子,无论是现实的还是传说中的美艳佳人,都能引起词人绵绵的情思。《渔家傲》说:"妾本钱塘苏小妹,芙蓉花共门相对。"词的主人公是一位已故的女鬼,即使女鬼也要思春:"愁倚画楼无计奈,乱红飘过秋塘外。"当然,这是多情词人情感的外移。词人曾说:"燕蝶轻狂,柳丝撩乱,春心多少?"(《洞天春》)真是天下何人不思春?用如此特殊的目光看待女性世界,所获得的就是这样一种特殊的效果。

从相见倾心到投入爱河有一个旖旎动人的缠绵曲折过程,如果中间再加上一些外力的阻隔,就使得这个过程更加扑朔迷离。《醉蓬莱》描述了这样一个相悦、相恋、幽会、坠入爱河的全过程:

见羞容敛翠,嫩脸匀红,素腰袅娜。红药阑边,恼不教伊过。半掩娇羞,语声低颤,问道有人知么?强整罗衫,偷回波眼,佯行佯坐。 更问假如,事还成后,乱了云鬟,被娘猜破。我且归家,你而今休呵。更为娘行,有些针线,诮未曾收啰。却待更阑,庭花影下,重来则个。

词中叙述了一个十分生动曲折的情节过程。佳人"羞容嫩脸""素腰袅娜"之美丽轻盈打动了词人的心扉,两情相悦之后相约在"红药阑边"幽会。初次赴约,佳人"娇羞"异常,"语声低颤"中透露了内心的紧张、新奇、期待、渴望。在幽会的欢悦中双方的情感很快达到了炽热的顶点,决心不顾一切投入爱河。然而,毕竟是女子心细且多顾虑,为了防止"被娘猜破",

便约定各自装作若无其事地回去,而将真正的欢快留待夜半"更阑"时候"庭花影下"的再度相聚。整个过程写得一波三折,跌宕起伏。让读者随之时而揪心,时而会意,时而舒畅。

有的时候,词人仅仅是对所见所闻之美色的渴望,所表现的仅仅是一种偷香窃玉的心境,而不一定被环境许可或转变为真正的行动。这时候就能产生可望不可求的距离美感,别有一番情趣撩拨读者。《渔家傲》说:

> 红粉墙头花几树?落花片片和惊絮。墙外有楼花有主。寻花去,隔墙遥见秋千侣。　　绿索红旗双彩柱,行人只得偷回顾。肠断楼南金锁户。天欲暮,流莺飞到秋千处。

这是"行人"途中的一次偶遇,隔墙遥见飘舞于秋千之上的佳人,便心旌荡漾,心驰神往。无奈名花有主,"寻花"未果,"行人"只有偷偷"回顾",暗自"肠断",心绪将随"流莺"飞到佳人身旁。词人不仅多情,而且敢于大胆地表现多情。苏轼《蝶恋花》下阕"墙里秋千墙外道,墙外行人,墙里佳人笑。笑渐不闻声渐悄,多情却被无情恼",就是从欧阳修此词之境界中化出。

有爱河的曾经沐浴,就有送别的痛苦折磨。《玉楼春》说:

> 春山敛黛低歌扇,暂解吴钩登祖宴。画楼钟动已魂消,何况马嘶芳草岸。　　青门柳色随人远,望欲断时肠已断。洛阳春色待君来,莫到落花飞似霰。

送别的宴席使人黯然魂消。"画楼钟动"在告诉离人时间已经不早了,"芳草岸"的马嘶声似乎在敦促着离人起程,而离人却依然留连于"祖宴",面对敛眉愁苦、歌声低宛的意中人,恋恋不舍。下片为留下来的女子设想,别后的思念将化作望眼欲穿的动作和愁肠寸断的痛苦。有了这种对别后不堪愁苦的设想,就转为结尾二句对离人的勤勤嘱托,嘱咐离人一定要早早归来,赶上大好的"洛阳春色"。也就是说要离人好好珍惜所钟爱的女子的大好青春年华,"花开堪折直须折,莫待无花空折枝。"写得比较深沉的词,还有《玉楼春》:

尊前拟把归期说,未语春容先惨咽。人生自是有情痴,此恨不关风与月。　　离歌且莫翻新阕,一曲能教肠寸结,直须看尽洛城花,始共春风容易别。

本篇是欧阳修离开洛阳时所写的惜别词,是送别词中的佳作。它不是借景抒情,而是侧重于抒写离别时的表情与内心活动,并把离别这一生活中普遍的事物提高到人生与哲理的角度上来加以思考,然后把最深刻、最有典型意义的感受加以概括集中,在诉诸感性之时又夹有理性的提炼。这是欧阳修丰富词的抒情性的鲜明例证。这首词抒情虽然径直真率,而感情却十分沉郁。

真正的痛苦是在离别之后漫漫孤寂煎熬中所品尝到的,所以,欧阳修写别后相思的词也最为动人,名篇迭出。《踏莎行》说:

候馆梅残,溪桥柳细。草薰风暖摇征辔。离愁渐远渐无穷,迢迢不断如春水。　　寸寸柔肠,盈盈粉泪。楼高莫近危栏倚。平芜尽处是春山,行人更在春山外。

这首词是通过离情别恨来写恋情相思的。就内容看,它并没有突破"花间"的樊篱,但构思却比较别致,描写也较深细,它打破了传统词作前景后情的寻常格局,而是上下片分别描写与离别有关的两个场景，并用相思这根线把二者紧密地串连起来，情景交融的艺术手法巧妙地运用于各片之中。上片极写行者的离愁，由景到情，又由情转景，相思之情并不因行程渐远而有所减弱，相反，每前进一步，这情也就增进一层，有如春水一般连绵不断。下片写居者对行人的思念，写法也是由近及远。先写柔肠寸断，以泪洗面；次写登楼远眺，望而不见；再写平芜春山，春山之外。词中交叉使用比拟手法，以春水拟愁，春山况远；眼中景，心中情，相辅相生，颇饶韵味。这类小令虽然继承了"花间"遗风，继承了南唐冯延巳的传统，但它又不是简单的延续，而是有了新的时代特点和作者的艺术个性。正如刘熙载在《艺概·词曲概》中所说，在接受冯延巳影响方面，"晏同叔得其俊，欧阳永叔得其深"。"俊"，是俊爽、俊秀；"深"，是深沉、深细。欧阳修这类词不仅在冯延巳的基础上向深沉、深细方面开掘发展，同时还可以看出，欧词在抒情性与内心刻画上，也有明显的演进。

与情人或丈夫的分别有多种多样的原因，或者是仕途奔波，或者干脆就是被抛弃。处于相同孤独中的女子，同样是思念是痛苦，心理背景却大不相同。欧阳修词可贵的是接触到如此类型不同的女子，并深入到她们的内心世界。《蝶恋花》说：

庭院深深深几许？杨柳堆烟，帘幕无重数。玉勒雕鞍游冶处，楼高不见章台路。　　雨横风狂三月暮，门掩黄昏，无计留春住。泪眼问花花不语，乱红飞过秋千去。

这首词写一个上层妇女的悲哀。她丈夫整天在外寻欢逐乐，恣情游荡，而她自己却被幽囚于深闺之中，独守空闺，一任青春流逝，无法掌握自己的命运。上片写闺中的寂寞与男人在外走马章台、寻欢逐乐的冶游生活。"庭院深深"拘束了少妇,她只能被隔绝在杨柳如烟、帘幕重重的深宅大院,"深几许"的反诘中已经透露出怨苦的情绪。尽管她登楼远望,却无法望见男人寻欢逐乐的场所。闺妇与男子,一苦一乐,一行动不自由一任纵恣意,其中包含了更多的社会内容。下片写伤春自伤的情感。换头点明暮春季节,"雨横风狂"不仅关联结尾的"乱红",而且还暗示青春与爱情遭受到风雨的摧残。"三月暮"象征青春已逝。"门掩黄昏,无计留春住"是篇中的警句。这位少妇以丰富的内心活动赋予"黄昏"与"春天"以人的情感。"门",可以把"黄昏"关在门外,但它却无法把"春天"留在自己身边。结尾两句承此,写少妇的天真与痴情:"泪眼问花花不语,乱红飞过秋千去。""泪眼",足见伤春之深;"问花",足见感情之痴。少妇之所以要"问花",就是从"留春住"这一痴情的目的出发,幻想能与"花"共同设计出一个"留春"的妥善方案。"花不语",是无计可施,故默然相对。"乱红"非但无语,而且"飞过秋千",同样无法掌握自己的命运。人与"花"同病相怜,"问花",也就是自问;伤春,实际是在自伤。其间流露的是少妇感情上的孤寂无依与青春将逝的哀愁。这首词善于通过风景描写、环境气氛的烘托与动作的刻画来展示人物的内心世界,层次分明,笔触细腻,颇为后人所推赞。清代毛先舒对此有过细致的分析。他说:"因花而有泪,此一层意也;因泪而问花,此一层意也;花竟不语,此一层意也;不但不语,且又乱落,飞过秋千,此一层意也。"(见《古今词论》)善于描写妇女内心复杂的思想感情与细腻的心理活动,是这首《蝶恋花》艺术上主要特点之一。这首词语言上也有独到之处。李清照对这首词深得叠字之法大加赞许,她说:"欧阳公作《蝶恋花》,有'深深深几

许'之句，予酷爱之，用其语作'庭院深深'数阕，其声即《临江仙》也。"（《临江仙并序》）

有的词除感情直接抒发以外，必要时还与叙事相结合，具体感人，如《生查子》[①]：

去年元夜时，花市灯如昼。月上柳梢头，人约黄昏后。　　　　今年元夜时，月与灯依旧。不见去年人，泪湿春衫袖。

词以少女口吻写成。上片回忆去年的欢悦，那时是灯好，月明，热恋中约会也因元夜的欢乐而增添光彩。"月上柳梢头"两句具有典型意义。月下，树前，黄昏时的迷人景色，为初恋的情侣增添了许多诗情画意，同时也象征着爱情的美满。因此，这两句流传人口，不胫而走。下片写物是人非，与上片形成鲜明对照。依旧是灯好、月明，但却不再有黄昏后的密约了。触目伤情、悲从中来，怎能不催人泪下。这一切都反映出这位少女的纯真恬美与一往情深。这首词语言通俗明快，对比强烈，具有浓厚的民歌风味。

二、多种题材随意入词

词自唐末五代以来逐渐被定格为"艳科"，多咏风花雪月、儿女私情、相思别离。抒发文人仕途以及其他人生感慨的职责则落实到诗文的头上，所谓"诗言志词言情"。文人只是偶尔在词中抒发"艳情"之外的情感。惟独只有李煜，他亡国之后在词中

[①]《生查子》一说朱淑真作（见《断肠词》）。但南宋初曾慥编《乐府雅词》认为是欧阳修的作品。

倾吐了内心所有的悲苦。在众多词人中，李煜是一位有鲜明个性特征的作者。欧阳修是继李煜之后的另一位个性张扬的词人，在文学创作的领域里，他并不顾约定俗成的规定或附庸流行的审美风格。他在诗文创作领域掀起了一场轰轰烈烈的革新运动，并以辉煌的创作实践将运动推向深入；在词的创作领域，他也时常突破"艳科"的藩篱，率意表现自己的性情怀抱，为苏轼词"诗化"革新导夫先路。所以，欧阳修表现在词中的内容是比较丰富多彩的。

首先，欧阳修抒发了人生不得意的牢骚不平，其中有时光流逝的哀伤、仕途风波的忧患，更有对前景的达观和生命力的昂扬，塑造了极富个性特征的自我形象。如《临江仙》写他的仕途坎坷：

　　记得金銮同唱第，春风上国繁华。如今薄宦老天涯。十年歧路，空负曲江花。　　闻说阆山通阆苑，楼高不见君家。孤城寒日等闲斜。离愁难尽，红树远连霞。

欧阳修一生因坚持自己的政见、积极参与朝廷的政治变革而屡屡遭受贬谪处分，在挫折之中就难免要产生牢骚怨言。北宋帝王信任与依赖文人士大夫，北宋的政治环境十分宽松，这就使得士大夫们有了实现个人政治抱负的憧憬以及实践的勇气；然而，北宋帝王又故意在士大夫中间造成相互牵制的局面，努力使个体平庸化，这就使得有理想、有才华的士大夫备受压抑，屡遭挫折，素志难酬。这是欧阳修一类渴求在仕途上有积极作为的宋代士大夫们的共同悲剧。表现在词中，就是前后的鲜明对比：刚刚进士登第时，春风得意，自以为前途似锦。岂知"薄宦天涯""十年"颠沛、"歧路"蹉跎，至今仍然"离愁难尽"、一事无成。

这首词是因遇见当年一起进士及第的"同年"而引发内心的无限感触所作的。《圣无忧》也叹息说"世路风波险",转而借助"好酒能消光景"。

欧阳修每每在与友人送别或相逢相聚之时便有无限感触,其中包含着友人之间的一片情谊。仕途的奔波使欧阳修与友人有了更多次的分离与重逢,每次的重逢都必将牵动内心的诸多感慨,《玉楼春》说:

两翁相遇逢佳节,正值柳绵飞似雪。便须豪饮敌青春,莫对新花羞白发。　　人生聚散如弦筈,老去风情犹惜别。大家金盏倒垂莲,一任西楼低晓月。

"柳绵"飞雪的春日佳节里再度重逢,"新花"依旧鲜艳,"两翁"却已"白发"苍苍,其中有多少的人事变化。仔细回顾,恐怕令人不堪,不如放怀"豪饮",将"聚散"的苦乐和别后的颠簸抛弃在一边,任"西楼"月沉。这种因送别或重逢友人而引发的内心感触,在词中时有流露。《采桑子》说:"十年一别流光速,白首相逢,莫话衰翁。但斗尊前语笑同。""白首""衰翁"中包含了无限的挫折磨难。遭受挫折时难免有点颓丧,不过,欧阳修总是不愿意消沉下去,同时也以这乐观的态度鼓励友人,"尊前语笑"可以抚平彼此心灵的创伤。另一首《采桑子》在回顾了"忧患凋零"的坎坷历程之后,劝慰友人说:"华鬓虽改心无改。试把金觥,旧曲重听。犹似当年醉里声。"欧阳修不是在以酒色麻醉自己,而是在困境中鼓励自己与友人再度奋起。《宋史·欧阳修传》称其"天资刚劲,见义勇为,虽机井在前,触发之不顾。放逐流离,至于再三,志气自若也",词中所表现的就是这样一种自我形象。

北宋士大夫最可贵的品质之一是在逆境中始终保持乐观的态度与进取的精神。北宋帝王重用、信任文人士大夫，特别有意识地从贫寒阶层选拔人材。①这一大批出身贫寒、门第卑微的知识分子能够进入领导核心阶层，出将入相，真正肩负起"治国平天下"的历史使命，完全依靠朝廷的大力提拔，因此他们对宋王室感恩戴德、誓死效忠，即使仕途屡遭挫折，也此心不变。这是他们乐观态度与进取精神的根源所在。欧阳修初次被贬官到夷陵，生活在"春风疑不到天涯，二月山城未见花"的艰难环境之中，却依然坚定地相信"野芳虽晚不须嗟"（《戏答元珍》）；再次贬官滁州，出现在《丰乐亭记》《醉翁亭记》中的与民同乐的太守欧阳修，仍然是对仕途抱有相当的信心。②自滁州移镇扬州，欧阳修曾据蜀冈筑平山堂。后来欧阳修回到朝廷，友人刘敞出知扬州，欧阳修填写过一首旷达乐观的《朝中措·平山堂》为他送行，充分体现了欧阳修的个人气质，词说：

平山栏槛倚晴空，山色有无中。手种堂前垂柳，别来几度春风。　　文章太守，挥毫万字，一饮千钟。行乐直须年少，尊前看取衰翁。

词中所描述的是自己在扬州任上的豪纵形象。与词人这种开阔澎湃的心胸相适应，是眼前的一览无际的"晴空"，遥望可见的"山色"。"文章太守"的"挥毫万字""一饮千钟"之豪情，是一种极度自信的表现。"衰翁"云云，潜含着不伏老的倔

---

① 诸葛忆兵：《宋代士大夫的境遇与士大夫精神》，《人民大学学报》2001年第1期。

② 《丰乐亭记》《醉翁亭记》都表现了北宋社会的太平气象以及滁州百姓的安居乐业，这一幅政通人和的安定景象正是太守欧阳修地方治理的政绩。欧阳修以津津乐道的口吻叙述出来，就是一种仕途信心的流露。

强意志。表现在词中的个人品格，与《醉翁亭记》气脉相通。后来，苏轼过平山堂，有感而发，写了一首《西江月》，说"欲吊文章太守，仍歌杨柳春风"，对欧阳修的豁达乐观仰慕不已。

其次，欧阳修描写山川景物的小词，以赏心悦目的眼光看待外景，对四时山水景色都保持着浓厚的兴趣，从另一个角度展现了词人生活的乐观态度，颇有独到之处。其中，著名的有《采桑子》十首。这是欧阳修晚年退居颍州（今安徽阜阳）为歌咏当地西湖春夏景色而写，每首均以"西湖好"开头，但各首内容并不重复，自称为"联章体"，也就像我们今天所说的"组诗"。现特选录三首如下：

轻舟短棹西湖好，绿水逶迤，芳草长堤，隐隐笙歌处处随。　　无风水面琉璃滑，不觉船移，微动涟漪，惊起沙禽掠岸飞。

画船载酒西湖好，急管繁弦，玉盏催传，稳泛平波任醉眠。　　行云却在行舟下，空水澄鲜，俯仰流连，疑是湖中别有天。

群芳过后西湖好，狼藉残红，飞絮蒙蒙，垂柳栏干尽日风。　　笙歌散尽游人去，始觉春空，垂下帘栊，双燕归来细雨中。

这些词，大都即事即目，触景生情，信手拈来，不假雕琢，而诗情画意却油然而生。"西湖"的春天是美丽的，"绿水逶迤""芳草长堤""隐隐笙歌"，湖水明净"澄鲜"，白云倒影其中。游人沉醉在这"琉璃"般的世界中，荣辱皆忘，物我浑然一体。即使是"群芳过后"的暮春季节，词人依然兴致盎然。

面对"狼藉残红,飞絮蒙蒙"和"细雨"中归来的"双燕",词人从中另外寻觅到一种清幽静谧的美感。这些词都以优美轻松的笔调写湖上新春或暮春的景象,刻画泛舟湖上时的绮丽风光或游览归去时的恬静景色,色彩清新淡雅,情调流畅欢快。欧阳修在《六一诗话》中引梅尧臣的话说:"状难状之景,如在目前;含不尽之意,见于言外。"这几句话,恰好可以用来评价欧阳修这几首描写自然山水的小词。

以这样美好乐观的心境对待自然,传统的"悲秋"意绪在词人手中也有了改变。《渔家傲》便是对秋日景象的赏识,说:

　　一派潺湲流碧涨,新亭四面山相向。翠竹岭头明月上。迷俯仰,月轮正在泉中漾。　　更待高秋天气爽,菊花香里开新酿。酒美宾嘉真胜赏。红粉唱,山深分外歌声响。

月色明媚、秋高气爽的静夜,"潺湲流碧""翠竹"青青,菊花香溢,环境清幽明丽。何况更有美酒、嘉宾、红粉相伴,寂静的夜因此有了欢快,冷落的秋因此有了热闹,词人依然从大自然中获得了欢欣。中国古代文人中极少有以如此轻松愉悦的笔调来描写秋景的,欧阳修的乐观昂扬的生命意志被充分体现出来。

再次,欧阳修是北宋词人中比较早地将咏古咏史题材引入歌词的。欧阳修同时是一位杰出的史学家,他曾奉诏与宋祁等修《新唐书》,又自撰《新五代史》,在撰写史传之时并对历史发表了许多真知灼见,苏轼称欧阳修"记事似司马迁"(《宋史·欧阳修传》)。咏古咏史时往往涉及到对现实政治的批判,所谓"咏古咏物隐然只是咏怀"(《艺概·词曲概》)。这样的题材内容显然由诗来承担比较合适,所以,咏古咏史在诗歌中已经成为一大门类的题材,在词中却十分罕见。五代时偶有类似创作,如李珣的《巫山一段云》(古庙依青嶂)等等。而欧阳修的史识不仅仅见之于诗文,他的词也较早地接触到咏史的题材,《浪淘沙》说:

> 五岭麦秋残,荔子初丹。绛纱囊里水晶丸,可惜天教生处远,不近长安。　往事忆开元,妃子偏怜。一从魂散马嵬关,只有红尘无驿使,满眼骊山。

咏唐明皇与杨贵妃史实的诗歌已经汗牛充栋,在词中则是第一首。上片叙述了千里飞骑传送荔枝的史实,帝王妃子奢侈纵欲的生活给国家埋下了极大的隐患。这一段史实为人们所熟悉,所以欧阳修只需要略略点明,那一幅幅画面就能在人们的头脑中活现出来。"可惜"一辞轻轻带过,却深寓词人的褒贬情感,对历史的批判、对现实的警策皆在无言之中。下片转为对杨贵妃的同情,同情她"魂散马嵬关"的悲剧下场,并反用杜牧"一骑红尘妃子笑,无人知是荔枝来"(《过华清宫绝句三首》其一)诗意。"安史之乱"的责任如果不在杨贵妃的话,那当然就在唐明皇了,欧阳修批判的矛头因此显露出来。

其四,宋词是歌舞升平中的产物,都市的繁华有时就会作为歌舞的背景在词中出现,从而渲染了社会的太平。这在柳永词的咏唱中已经被人们熟悉,其实,欧阳修也有描摹都市繁荣景象的作品。《御带花》写京城元夕的热闹:

> 青春何处风光好?帝里偏爱元夕。万重缯采,构一屏风岭,半空金碧。宝檠银釭,耀绛幕、龙虎腾掷。沙

堤远，雕轮绣毂，争走五王宅。　雍容熙熙画，会乐府神姬，海洞仙客。曳香摇翠，称执手行歌，锦街天陌。月淡寒轻，渐向晓、漏声寂寂。当年少，狂心未已，不醉怎归得？

北宋汴京元夕的喧闹在宋人的诗文、笔记里屡有详细记载，欧阳修是较早用词的形式来表现这一幅幅繁华场面的。大街上"缯采"铺设，金碧辉煌；花灯银釭，五彩缤纷；"雕轮绣毂"，往来络绎；美女"神姬"，目不暇接，一派"熙熙"的升平欢快景象。逢此盛会，"狂心未已"的"年少"自当尽欢而归。歌咏升平，以后成为宋词的一项重大题材，欧阳修词肇其端。

在北宋前期，欧阳修词的题材最为丰富多彩。受词坛创作主流倾向影响，欧阳修词主要表达的依然是"艳情"相思，但词人张扬的个性也处处留下痕迹，词人并不以某一类题材自我限制，当情感激涌而来时，就随意地在词中做自由抒发。冯煦在《宋六十一家词选·例言》中强调欧阳修词"疏隽开子瞻"，首先是题材开拓方面的积极作为，才有了"疏隽"的气象。所以，在词的创作途径拓展方面，欧阳修更是启发了苏轼。

三、个性张扬的艺术特征

个性越张扬的作家，其作品的艺术特征也就越鲜明，所谓"文如其人"。

北宋前期小令作家"晏欧"并称，不仅仅是因为他们的作品主要是抒写男女恋情，而且还因为他们主要是以委婉曲折的手法来表现这种恋情，符合宋词幽隐深约的传统审美风格。这种作风是承继南唐冯延巳而来的。冯煦还以地域来为他们划分流派，《宋六十一家词选·例言》说："宋初大臣之为词者，寇莱公、晏元献、宋景文、范蜀公与欧阳文忠并有声艺林。然数公或一时兴到之作，未为专诣。独文忠与元献学之既至，为之亦勤，翔双鹄于交衢，驭二龙于天路。且文忠家庐陵，而元献家临川，词家遂有西江一派。"前此冯延巳，罢相后曾出任昭武军抚州节度使，临川等为抚州属县，冯词在当地或流传更多，晏欧或许因此比他人更熟悉冯词，冯、晏、欧三人之作也常常混淆。历代词论家对晏、欧学习冯延巳几乎有一致的看法，《艺概·词曲概》说："冯延巳词，晏同叔得其俊，欧阳永叔得其深。"这是有代表性的观点。前文曾经例举的《踏莎行》（候馆梅残）、《蝶恋花》（庭院深深深几许）都是这类幽隐深约的佳作。

审美风格的相近只是问题的一个方面，换一个角度来看，欧阳修敢于将自己鲜明的个性凸现在所创作的恋情词中，必然会与冯、晏有所区别而自具特色。冯延巳写恋情相思之痛苦，更多的是流露自己身处日益没落的小朝廷之中焦虑惶恐的心情；晏殊写恋情相思之痛苦，吞吐含糊，时而顾及自己大臣的身份地位。所以，冯、晏二人是不会花费太多精力去详细描述被他们所爱恋着的女性的，往往只是一些皮相之说，或者篇幅极少。欧阳修则敢于大胆地去爱某一位特定的对象，并且不忌讳在公开场合下做公开表达。因此，欧阳修对所爱恋的对象之观察更为详细，对女性情感之体验更为深入，在词中之表现也就更为深刻。如《诉衷情》说：

清晨帘幕卷轻霜，呵手试梅妆。都缘自有离恨，故画作远山长。　　思往事，惜流芳，易成伤。拟歌先敛，欲笑还颦，最断人肠。

处在恋爱矛盾纠葛之中的歌妓被描写得惟妙惟肖。歌妓的日常生活就是倚门卖笑、送往迎来，为此职业需要，每日清晨起来的精心梳妆打扮和日夜的酒宴歌舞侑酒是必不可少的。但并不否定她们在阅人千千的生活中爱上某一位特定的异性。《诉衷情》所描写的就是这样一位被卷入恋爱旋涡的歌妓，令她痛苦的是爱恋的对象已经不得已离她而去。清晨起床，依然得梳妆打扮，为一天的职业应酬做好准备。然而，妆饰之间却不自觉地流露出内心的愁苦。"呵手试梅妆"之时还是泛泛地作为，画成"远山眉"之后，方忽然意识到这是对远方恋人的思念所导致的。埋藏在心底的愁苦不时地纠缠着这位女子，这种相思苦恋是刻骨铭心的。以这样的心境去应付客人，强打精神、强颜欢笑、歌舞悦人，对这位歌妓来说是多大的折磨？"拟歌先敛，欲笑还颦"，但毕竟还得"笑"、还得"歌"，这种痛苦也就是"最断人肠"的一种折磨了。这首词突出的特征是透过这位歌妓的外部动作与表情深入写其内心的活动，揭示了她复杂微妙的心理状态，这样的描写就避免了普泛化。

通过人物的动作或外部表情进一步接触到她的心灵世界，是欧阳修词的一大特色。《浣溪沙》抒写"断无消息道归期"的思念之情，结句说"托腮无语翠眉低"，这个"造型"式的动作和表情中包蕴着无限的情思。《蝶恋花》说："楼高不见章台路""登楼眺望"的动作将闺中思妇与外出的丈夫联系起来，这是一个独守空闺的女子不知重复了多少次、延续了多少时的典型动作，其中蕴涵着思妇复杂的心理活动：望而"不见"自然生怨；怨极而恨，口气不免有点悻悻；"章台"又是"烟花"簇拥之地，怨恨中当然夹杂着妒；这一切终归于无奈，在眺望中无奈地排遣愁绪、打发时光。《桃源忆故人》说："小炉独守寒灰烬，忍泪低头画尽。"香印成灰，在"寒灰"上画字，脉脉心事寄寓其间，就这样煎熬了多少光阴？

欧阳修同样擅长通过情景的设置来表达诚挚的情感，《玉楼春》说：

> 别后不知君远近，触目凄凉多少恨？渐行渐远渐无穷，水阔鱼沉何处问？　夜深风竹敲秋韵，万叶千声皆是恨。故欹单枕梦中寻，梦又不成灯又烬。

夜深人静之时就不必再掩饰自我的情感了，对远行的爱人的思恋之情就滔滔不绝地倾泻出来。"渐行渐远渐无穷"的句式中透露出的是深深的无奈，与"离愁渐远渐无穷"是同样的一种表达。于是，"万叶千声"等自然界的一切动静都增加了"悲秋"的气氛并牵动着愁人的心绪。"故欹单枕梦中寻"是强烈的心理愿望，心理愿望过于强烈导致心事过重，心事过重又导致失眠。"梦又不成灯又烬"，强烈的心理愿望落空之后，必将导致更深沉的苦痛。这位女子就是在这样愁苦的反复折磨中日复一日地打发时光。

欧阳修《踏莎行》说："蓦然旧事上心来，无言敛皱翠山眉。"欧阳修的恋情词就是擅长描写人物的"心事"、刻画人物的心理活动，因此深化了抒情的效果。冯延巳词寄寓的是极其容易引起人们身世之感的意外忧伤，冯煦《阳春集序》评价说："俯仰身世，所怀万端；缪悠其辞，若显若晦。"词的隐约含蓄之美由此获得。晏殊词则是将所抒发的激情经过理性"过滤"，情绪的流露点到为止，自我掩饰中获得隐约含蓄的美感。欧阳修词则深入挖掘人物的内心活动,通过心理变化的微妙、不可言说,获得隐约含蓄的审美效果。所以说,冯、晏、欧三家词的总体审美风格相似,实质却有很大的不同。

欧阳修的创作个性同样表现在他接受民间词的影响方面。"概论"中已经描述了宋词"雅化"的轨迹。文人的创作自唐末五代以来离民间词越来越远,文人化的高雅趣味越来越浓厚,但这并不排除个别词人对民间作品的特别喜爱和刻意学习。欧阳修在艺术创作上我行我素,他既喜欢含蓄蕴藉、雍容典雅的文人化歌词,其创作符合宋词"雅化"的大趋势;同时也对清新朴实、活泼生动的民间词情有独钟,深受民间风格影响,其创作表现出"趋俗"的倾向。欧阳修词受民间词之影响,主要体现在以对话构成作品主体、自由大胆地运用口语、采用谐音法获得一语双关的效果、比喻新颖巧妙、联章体的方式等方面。如《南歌子》:

凤髻金泥带,龙纹玉掌梳。走来窗下笑相扶。爱道:"画眉深浅入时无?" 弄笔偎人久,描花试手初。等闲妨了绣工夫。笑问:"双'鸳鸯'字怎生书?"

这首词写新婚的吉祥喜庆和新婚夫妇之间融洽无间的生活情态。上片化用唐朱庆余《近试上张水部》("洞房昨夜停红烛,待晓堂前拜舅姑。妆罢低声问夫婿,画眉深浅入时无")诗意,并把"妆罢"形象化、具体化,写尽新婚夫妇间的蜜意柔情。下片通过描花、刺绣象征爱情的美满,"鸳鸯"两字问得娇憨而富有生趣。词的语言活泼浅近,细腻传神。一个天真、妩媚、活泼、俏丽的新娘子形象被活脱脱勾画而出。词的主体结构则是由两段对话奠定的。化用唐诗意境,显示出接受民间影响的同时做文人"雅化"的努力。

欧阳修词谐音双关往往用在对"采莲"歌女的描绘之时,[①]因为这类作品本来就是民歌中常见的,所以学习起来风格也容易相近。《蝶恋花》说:"折得莲茎丝未放,莲断丝牵,特地成惆怅。""莲"谐"怜",言爱怜之心已断;"丝"谐"思",言内心的思绪却无法真正割断。这两类字的谐音方式也都是南朝民歌中运用得最为普遍的。沐浴过爱河的人都知道这种藕断丝连的痛苦,欧阳修用谐音法来表达。《南乡子》说:"莲子深深隐翠房,意在莲心无问处,难忘。"《蝶恋花》说:"莲子心中,自有深深意。"都同样用谐音法。有时因此生发出巧妙新颖的比喻,《渔家傲》说:"莲子与人长厮类,无好意,年年苦在中心里。"以"莲子"的苦心喻离人内心的苦痛,意味深长。脱离开"莲子"的意象,欧阳修也有出色的比喻作品,《渔家傲》说:

近日门前溪水涨,郎船几度偷相访。船小难开红斗帐。无计向,合欢影里空惆怅。　　愿妾身为红菡萏,年年生在秋江上。重愿郎为花底浪。无隔障,随风逐雨长来往。

男女的自由爱恋受到外界的重重阻隔,这种压力往往直接来自家庭,封建礼教体现为家长的意志,所以又不得明言,不好直斥长辈,只得借口荷花盛开阻隔了恋人"小船"的通道。阻隔的时间越长,女子的心中就越没底。封建社会里,女子缺少保障,在恋爱中最容易受伤害。因此,下片女子借巧妙的比喻,传达自己爱的坚贞及无法摆脱的内心忧虑。她愿自己的爱如同盛开的"菡萏",年年不绝;她更希望心上"郎"的爱情如花底水浪,

---

[①] 唐诗宋词中有关"采莲女"的描写,大都是对歌妓歌舞"采莲"场景的描绘。详见诸葛忆兵《"采莲"杂考》,《文学遗产》2003年第5期。

永远簇拥着"菡萏",决不分离。

又如《望江南》:

> 江南柳,花柳两相柔。花片落时黏酒盏,柳条低处拂人头。各自是风流。　江南月,如镜复如钩。似镜不侵红粉面,似钩不挂画帘头。长是照离愁。

"江南柳"的寓意与"江南月"的比喻,都得民歌风趣。相隔千里的男女双方共此一轮明月,明月也因此最能引起离人的思念之情。"举头望明月,低头思故乡",中国古典诗词中已经有了那么多的借"明月"意象寄相思情意的作品。欧阳修学习民歌,别出心裁,清新自然,给人们以全新的艺术感受。

联章体的方式是民间曲子歌唱的常用形式,指以一组曲子串联共同演唱一个主题,它产生于风俗歌唱中的齐唱、联唱、竞歌、踏歌。联章体是隋唐五代曲子最主要的体制,敦煌曲子辞中的联章齐杂言合计达1030首①。唐代文人学习民间,也有联章体之创作,如张旭"醉后唱《竹枝曲》,反复必至九回而止。"(《云仙杂记》卷四)北宋前期,词曲流行于酒宴之间,成为侑酒的辅助手段,这种场合只曲演唱更有市场,联章体失去了生存的环境而遭到冷落。至欧阳修,深受民歌影响,再度开始创作联章体歌辞,为宋词创作引入了一条新的创作途径。欧阳修一组《采桑子》十首歌唱颍州西湖,已经脍炙人口。组曲之前有"西湖念语",相当于组曲的序言:

> 昔者王子猷爱竹,造门不问于主人;陶渊明之卧舆,

---

① 关于隋唐五代联章体创作的详细情况,见王昆吾《隋唐五代燕乐杂言歌辞研究》第92—98页"篇章体制",中华书局1996年11月版。本文对隋唐五代联章体的简介以及统计数字也从中概括或转引而来。

遇酒便留于道上。况西湖之胜概,擅东颍之佳名。虽美景良辰,固多于高会;而清风明月,幸属于闲人。并游或结于良朋,乘兴有时而独往。鸣蛙暂听,安问属官而属私;曲水临流,自可一觞而一咏。至欢然而会意,亦旁若而无人。乃知偶来常胜于特来,前言可信;所有虽非于己有,其得已多。因翻旧阕之辞,写以新声之调,敢陈薄伎,聊佐清欢。

序言里将创作意图、目的交代得清清楚楚。欧阳修因喜爱、陶醉于颍州西湖,"因翻旧阕",填写了这一组《采桑子》,用以"佐欢"助兴。

联章体有自己的特殊格式,依据敦煌曲子词分类,大约可分成重句联章、定格联章、和声联章三种。重句联章是以固定位置上的相同辞句为重复形式,这十首《采桑子》首句说:"轻舟短棹西湖好""春深雨过西湖好""画船载酒西湖好""群芳过后西湖好""何人解赏西湖好""清明上巳西湖好""荷花开后西湖好""天容水色西湖好""残霞夕照西湖好""平生为爱西湖好",以"西湖好"的重句组成联章。此外,欧阳修还有一组《定风波》四首,皆以"把酒"开篇,为侑酒之辞,也是重句联章。定格联章以时序作为重复形式,时序通常置于每一首唱辞之首。欧阳修有两组《渔家傲》各十二首,分别咏写十二月节令与景物,皆以"正月""二月"等等开篇,就属于定格联章。和声联章以固定位置上的相同和声辞作为重复形式,欧阳修词中没有这一类的联章体。

除了这种严格的联章体形式以外,欧阳修其他歌词创作也深受联章体的影响,表现出类似联章的特征。如欧阳修有一组《长相思》三首专门抒写送别相思之情,有一组《减字木兰花》五首描摹歌妓的容貌、舞态、歌喉、心事,有一组《渔家傲》七首咏采莲歌女的生活等等。这些词都是以同一曲调咏写同一主题,是明显的联章体风格。

向民歌学习的另一种结果必然是不避俚俗。欧阳修同时在大胆地汲取市井语言,有大量的通俗浅近的词作传世。前人为贤者讳,极力为欧阳修辩解,认为这些作品都是"小人"伪托以诬陷欧阳修的。从版本学的角度分析这种说法不能成立。其实,从欧阳修张扬的个性出发认识这个问题,并不是令人费解的。欧阳修不顾世俗之见,将他喜欢的表现手法、能够表达真实情感的活生生语言率意"拿来",为己所用。"拿来"的语言丰富多样,词的风貌也丰姿多彩。这类作品中有许许多多朴实无华、真挚动人的佳作。《玉楼春》说:

> 夜来枕上争闲事,推倒屏山褰绣被。尽人求守不应人,走向碧窗纱下睡。　直到起来由自嚲,向到夜来真个醉。大家恶发大家休,毕竟到头谁不是?

情人之间怄气斗嘴是司空见惯的,大约也是每一位恋爱中的人都曾经品尝过的。一般文人都是舍弃这些曾经令人不愉快的场面,而专门回味咀嚼那些甜蜜消魂的细节。欧阳修却捕捉了这样一个别有情趣的场景,写得活泼真切。情人怄气总是没有什么大不了的事情,都是一些生活细节或琐事引起,一句话不对头或一件事没做妥当。深爱对方于是就越在意对方,对琐碎"闲事"也夸张对待。在气头上又各不相让,以至于"推倒屏山褰绣被"。等到一方软语相求时,另一方反而更加委屈,更加作态,"走向碧窗纱下睡"。到第二天才各自都有些不好意思,只好把吵嘴的原因推托为"夜来真个醉"。两人各让一步,"大家恶发大家休",生活"闲事"又能说清谁是谁非呢?欧阳修通篇用口语、俗语将场面描绘得活灵活现,传神逼真。只要事先不存在一个"雅俗"标准,人人都会喜爱这样的俚俗词。

用这种浅俗的语言描述两情相悦的发展过程,也特别动人心魄。《南乡子》说:

好个人人,深点唇儿淡抹腮。花下相逢,忙走怕人猜。遗下弓弓小绣鞋。　　划袜重来,半嚲乌云金凤钗。行笑行行连抱得,相挨。一向娇痴不下怀。

这是一次"一见钟情"式的恋爱。两人在"花下"初次相见,男的立即迷恋上对方"深点唇儿淡抹腮"的容颜,女子其实也已动心,只因娇羞而匆忙离开,却"遗下弓弓小绣鞋"作为再度相见的理由。事情的发展果然如此,不久女子便"划袜重来""半嚲乌云"可见她来得急迫、来得匆忙,原来她也是同样焦急地牵挂着男方。所以,一旦"抱得""相挨",便粘到情人怀中,"一向娇痴不下怀"了。这情景是多么生动真实啊。

欧阳修的文人气质以及他对民间艺术营养的汲取,决定了其词必然朝着雅俗相融合的方向发展,上面曾经涉及到这个问题。民间口语经过有极高文化修养的欧阳修的提炼过滤,或多或少地向着"雅文化"的方向转化。如《诉衷情》说:

离怀酒病两忡忡,欹枕梦无踪。可怜有人今夜,胆小怯房空。　　杨柳绿,杏梢红,负春风。迢迢别恨,脉脉归心,付与征鸿。

上片偏于口语化,下片转为典雅,两者结合之间没有生硬的痕迹。另一首《诉衷情》说:"酒阑歌罢,一度归时,一度魂消。"《浪淘沙》说:"一重水隔一重山,水阔山高人不见,有泪无言。"皆能于平易流畅中见含蓄雅致。这种雅俗融合的方式对宋代后来词人颇有影响。欧阳修《洞仙歌令》说:"也拼了一生,为伊成病。"周邦彦《解连环》"拼今生、对花对酒,为伊泪落"从中化出;欧阳修《一落索》说:"窗在梧桐叶底,更黄昏雨细。枕前前事上心来,独自个、怎生睡?"李清照《声声慢》"守着窗儿,独自怎生得黑。梧桐更兼细雨,到黄昏,点点滴滴"从中化出;欧阳修《少年游》说:"恼烟撩雾,拼醉倚西风。"朱淑真《清平乐》"恼烟撩露,留我须臾住"从中化出。这样的句例在欧阳修词中比较常见。

欧阳修的俗词也有失败的实例,有时写得过于口语散文化而失去了诗歌的韵味。如《盐角儿》写佳人外貌说:"增之太长,减之太短,出群风格。施朱太赤,施粉太白,倾城颜色。慧多多,娇的的。天付与、教谁怜惜。除非我、偎著抱著,更有何人消得。"直白的色情表现,没有诗意可言。随意的散文句式却与南宋的辛派末流之作相似。

欧阳修创作俚俗词,不是偶尔为之,在现存的近240首词作中俚俗词有70多首,占三分之一。[①]其中除个别作品韵味不足以外,多数词皆大胆泼辣、率真淳朴。这样的一个庞大的创作存在或者被完全否定,或者只被寥寥提及几笔,是十分不合理不正常的。人们的目光全部被稍早于欧阳修或与欧阳修同时的柳永吸引走了,而漠视了欧阳修俗词创作的实践。事实上,欧阳修的这方面创作,与柳永相互呼应,表现了当时词坛的另一种审美

[①] 根据《全宋词》收录统计。《全宋词》所录当有非欧阳修作之词,然同样也有漏收的,忽略两方面因素不计,故仍以《全宋词》所录为参照系。

倾向。同样影响着以后俚俗词的发展。

　　欧阳修在词坛的诸多作为都是具有开拓性的。从题材方面来说，抒情、写景、咏怀、叹古，他几乎无所拘束；从风格方面来说，雅俗兼收并蓄，或精深雅丽，或浅俗泼辣，或雅俗相互融合；从形式方面来说，侧重小令，同时也有慢词创作（详见下章），且只曲、联章齐头并进。欧阳修在词坛的一切作为，几乎是他张扬个性的全面实践。冯煦在《宋六十一家词选·例言》中评价了欧阳修在词史上的地位：欧阳修继承了南唐词的传统，"而深致则过之"，这是他超越前人之处，且对后世也有较大影响："即以词言，亦疏隽开子瞻，深婉开少游。"欧阳修的创作是丰富多彩的，对后人的影响当然也是多方面的。

第四节　令词的优秀作家张先及其他

与晏欧同时还有一批小令作家,他们都以小令为主要创作形式,共同以自己的创作实践繁荣了北宋前期词坛,一起推出词坛上的一个小令创作繁盛期。这批词人中以张先所创作的词数量最多、成就最突出。

一、张先

张先(990—1078),字子野,乌程(今浙江湖州市)人。宋仁宗天圣八年(1030)与欧阳修同年进士。曾任吴江知县、嘉禾判官等。皇祐二年(1050)晏殊知永兴军(今陕西西安),辟为通判,二人常相唱和,酒席之间"往往歌子野所为之词"(《道山清话》)。其后,又曾知渝州、虢州、安陆,人称"张安陆"。嘉祐六年(1061)累官至都官郎中,在汴京与宋祁、欧阳修、王安石、苏轼等均有往来。致仕后优游杭州、湖州之间,放舟垂钓,吟咏自乐,与歌儿舞女为伍。至85岁高龄尚纳一妾,苏轼赠诗说:"诗人老去莺莺在,公子归来燕燕忙。"(《张子野年八十五尚闻买妾,述古今作诗》)张先是一位高寿词人,卒年89岁,葬湖州弁山多宝寺。张先"能诗及乐府,至老不衰"(《石林诗话》卷下)。诗集久佚,词集名《安陆词》,通称

《张子野词》，现存180多首。

张先性格疏放，生活浪漫，为人"善戏谑，有风味"（《东坡题跋》）。他的词也有类似的特点。《东坡题跋》卷三《题张子野诗集后》说："子野诗笔老健，歌词乃其余波耳。"然而，张先最终"以歌词闻于天下"（苏轼《书游垂虹亭》），"俚俗多喜传咏（张）先乐府"（《石林诗话》卷下）。他经历了从晏、欧到柳永、苏轼这一漫长历史时期，他在词的发展史上起过承前启后的作用，促进了慢词的发展。从艺术上看，他的小令超过了慢词，遣词造句，精工新巧，含蓄而有韵味。他的词比较注意于诗意的探求和美学境界的开拓。这方面传播最广的词是《天仙子》：

水调数声持酒听，午醉醒来愁未醒。送春春去几时回？临晚镜，伤流景，往事后期空记省。　　沙上并禽池上暝，云破月来花弄影。重重帘幕密遮灯，风不定，人初静，明日落红应满径。

虽然这首词写的不外是伤春自伤之情，庭园楼阁之景，但是，由于词反映了作者独特的艺术感受，并且通过直接抒情与客观景物的描写，把这种感情表达得细腻传神，独具特色。"云破月来花弄影"是词中名句，尤其能给人以美的享受。

这首词原有一个小序，曰："时为嘉禾小倅，以病眠，不赴府会。"短短的序文，首先交代了写词的时间、地点与作者的身份。当时作者正在嘉禾（今浙江嘉兴市）任通判这一副职（倅cuì，副职）。其次，小序还说明，作者卧病，闲居在家，不想入府，心绪不佳。词中伤春自伤之情均与小序中反映的心情密切相关。上片写伤春之情，可分为两层。开篇两句是第一层，写持酒听歌。相传隋炀帝开凿运河时创制《水调》曲，旋律悲怨激切，其中有"山河满目泪沾衣"这样苍凉悲壮的句子。对酒听歌，目的在于消愁，结果如何呢？所听的却是这种声调凄怨的《水调》曲，这不但不能排遣愁绪，恐怕还要将词人更深沉地拖入愁苦的渊潭，难怪词人"午醉醒来愁未醒"了。从"送春春去"至上片结尾是第二层，写伤春自伤之情。因为春天一去，虽然不知几时回归，但毕竟还有回归之日，而人的青春一去，却永无重返之机了。所以，"几时回"问的不是春天，而是在向自己的青春发问。"流景"之前用一"伤"字，正表明青春早已逝去，留下的只是"伤"痛而已。当作者临镜自照，便痛感年华永逝，于是便产生了往事成空、后期难凭的感叹。词人作此词时已年逾半百，"往事"成空，"后期"渺茫。"往事""后期"对一个垂垂老矣的词人来说，长期铭记在心还有什么意义呢？

下片写景，通过景物来烘托词人伤春亦复自伤的心情。"沙上"二句写目之所见。"并禽"是成双成对的禽鸟，也是爱情和美满的象征。"暝"，指暮色。这一句交代时间的推移，从"午醉"到"池上暝"的场景变换，足见词人为了送春而在园中徘徊了大半天时光。"云破月来花弄影"，是千古传诵的名句。王国维在《人间词话》中说："着一'弄'字而境界全出矣。""弄"字有拟人的特点，富有动作性。但是，还应当指出的是，读者之所以欣赏这一名句，还在于句中有一"影"字。这个"影"字，才是全篇的词眼，是这首词富有美学情趣的关键之所在。这不仅仅在于它字句的秀美精工，更主要的是在于它所描绘出的那种意境，以及这一意境所提供给人们的审美享受。"云破月来"是针对"池上暝"而言的，当暮色笼罩整个池塘之际，天上浮云掩月，突然，微风吹拂，浮云飘散，月光穿出云隙，露出圆圆的笑脸，照射园中的一切。这时，词人终于发现，那即将凋残的春花，把自己的身影投向水面，而且随着春风的吹拂不断摆动自己的腰身，仿佛在搔首弄姿。这一景象引起词人一连串的联想，连残花面对凋谢的前途，面对"春去"的残酷现实，还要珍惜春光，"弄影"自怜，这与"临晚景，伤流景"的词人来讲，不正好形成强烈的对照吗？对此，词人禁不住想到，连即将凋谢的残花，面对春去的现实，还要弄影自怜，这对"往事后期空记省"的词人来说，不更加引起他对春天的留恋，对生活的热爱吗？从"重重帘幕"到篇终是第四层。这一层的关键性词语是"风"字。"风"字贯穿整个下片。由于有风，春寒料峭，沙滩上的禽鸟才依偎得紧紧的；也由于有风，把浮云吹散，才使月亮重现光辉；由于有风，月下的残花才在风中摇摆，使倒映入水的花枝不断地弄影自怜；也由于有风，窗上才遮满重重帘幕。这风，一定会无情地将繁花纷纷吹落，明天园林里的小路上将铺满红色的花瓣……词以惜花作结，与开篇伤春持酒听歌相应。

　　这首词有两个特点。一是感情表现得径直激切，有一种郁结于胸的伤春之情非直接表现出来不可。这一点与晏殊的《浣溪沙·一曲新词》相比较，就可以明显地看得出来。晏殊的《浣溪沙》写得比较客观、冷静，旷达而又富有闲雅情调。而张先这首词的感情表达则是火热的，焦灼的，甚至是坐卧不宁的，面对现实的。此时，词人年逾半百而又官职低微，词中所抒写的那种伤春亦复自伤的情感与少年人的伤春已有很大的不同。词人已经阅尽人间春色，不是"为赋新词强说愁"，而是一种埋藏于心底的深沉的、执着的愁。晏殊仕途得意，故能旷达闲逸。处境不同，心情各别，表达的方式也大相径庭。

　　二是这首词在美学境界上有新的开拓，善于通过"影"字传神。据《苕溪渔隐丛话》《古今词话》等书记载,当时人们曾送给张先一个美称:"张三中""谓能道得心中事,眼中景,意中人也"。张先对此并不甚满意,他自我介绍说:"何不曰'张三影'?'云破月来花弄影''帘压卷花影''堕风絮无影',吾得意句也。"看来,"张三影"这一美称是张先自己叫出来的。张先之所以特别强调"影"字,不是没有来由的。他似乎已经意识到艺术中的形与影,触及特殊的美学情趣的问题。古代诗词中通过"影"字来创造美的意境,已时有所见。但是像张先这样自觉地有目的地捕捉"影"的美学情趣,并通过"影"字传达神韵的诗人却为数不多。在现存的张先词中,一共15处用到"影"字。从这首词来看,"影"字的美学意义至少可以表现在以下三个方面:第一,有助于从自然美上升到艺术美。因为倒映水中的"影"比原来自然界的"形"更集中、更概括、更丰富,甚至具有某种典型性。第二,可以把自然形态的"实"景转化为艺术形态的"虚"境,化实为虚。倒映入水的"影",很接近纳入画幅中的形象,接近摄制完成的照片,它与原来客观现实中的"形"已有明显的距离感。司空图在《与极浦书》中所说的"象外之象,景外之景",严羽《沧浪诗话》中所说的"空中之音,相中之色,水中之月,镜中之象",均透露了个中消息。第三,还可以使原来的静态美过渡到动态美,化静为动。水面上的"形",相对说来是静止的,但投入水中以后经过水的光折作用与微波荡漾,这就使倒映入水的"影"有一种迥异于原"形"的波动感。这首词之所以脍炙人口,其主要原因也在这里。

张先词中以"影"字见长的佳作为数不少,现特补录两首。一首是《木兰花·乙卯吴兴寒食》:

龙头舴艋吴儿竞，笋柱秋千游女并。芳洲拾翠暮忘归，秀野踏青来不定。　　行云去后遥山暝，已放笙歌池院静。中庭月色正清明，无数杨花过无影。

还有一首《青门引·春思》：

乍暖还轻冷，风雨晚来方定。庭轩寂寞近清明，残花中酒，又是去年病。　　楼头画角风吹醒，入夜重门静。那堪更被明月，隔墙送过秋千影。

《木兰花》是一首充满生活热情和散发着清新气息的词篇，它以生动的笔触描绘了吴兴一带寒食前后的风俗习惯，抒写了作者细腻的感受。上片勾勒出四个画面：赛龙舟、荡秋千、采百草（一说采集翠鸟的羽毛）和踏青。这是一些带有强烈动势的画面，词中句句有人，"竞""并"等具有动态的词语，充分反映出青年男女们的活跃生机。下片是另一种深幽的境界：游人归去，笙歌散尽，月色清明，杨花轻飞。初看来，这首词上下片之间似乎不相衔接，但仔细玩味，上片下片，细针密线，结体谨严。换头承前启后，续写寒食之夜。煞尾二句，暗用唐韩翃《寒食》"春城无处不飞花"诗意，题中"寒食"二字贯穿全篇。上、下片境界不同，作用有别。上片写阳光明媚季节里青年男女游春时的热闹场面；下片则着意刻画月色清明、池塘深院的幽静风光，二者形成强烈对照。看起来，作者虽然把游春的场面描绘得丰富而又热闹，但更加神往的却是后者。因此，上片是陪衬，下片是主体，以动衬静，以热闹衬幽寂。"无数杨花过无影"一句不仅表现出词人观察的细腻，同时，也是词中传神之笔，它无疑是作者锐意追求的审美享受与美的境界。难能可贵的是，这首词写于作者86岁高龄,离他辞世只有三年。词人依然对生活保持着浓厚的兴致。

后一首是伤春怀人之作,用笔曲折而又含蓄,与《天仙子》有所不同。作者善于从气候的冷暖、风云的变幻来反映人的内心活动。例如,用乍暖还寒来烘托心绪不宁;用花残人醉、年复一年来形容怀人的强烈而又持久;本来醉意被角声惊醒,却只说"隔墙送过秋千影"。可见,这首词在构思上,表现手法上都较新颖别致,耐人咀嚼。黄蓼园在《蓼园词选》中说:"角声而曰'风吹醒','醒'字极尖刻。"又说:"末句那堪送影,真是描神之笔。"

这两首词虽均有"影"字,但两个"影"字的意境却有所不同。这说明张先从"影"字中所发掘的美感是多种多样的。其他带"影"字的佳句还有"棹影轻于水底云"(《南乡子》)、"隔帘灯影闭门时"(《醉桃源》)、"人在银湟影里"(《鹊桥仙》)等等。

张先还有一首《千秋岁》也别饶诗意:

数声鶗鴂,又报芳菲歇。惜春更选残红折。雨轻风色暴,梅子青时节。永丰柳,无人尽日花飞雪。　莫把幺弦拨,怨极弦能说。天不老,情难绝。心似双丝网,中有千千结。夜过也、东方未白孤灯灭。

这是一首描写恋情相思的词篇,它通过"芳菲"的被摧残来表达诀别之后的哀怨。这首词曲折地表现出爱情的坚贞以及对理想的追求。词以鶗鴂的哀鸣开篇,用《离骚》"恐鶗鴂之先鸣兮,使夫百草为之不芳"诗意,说明季节由春到夏,人世由盛变衰。"芳菲"是春天和爱情的象征。"歇"字一语双关,说明爱情、理想也都如同春天一样去而不返了。"残红"二字紧承"芳菲",是残春的特写镜头。词人之所以折取"残红",不仅仅是"惜春",而且也是对被摧残的爱情表示深情惋惜。"雨轻风色暴"是上片中的关键句,它表面上交代"芳菲歇"的原因,实际却暗示爱情遭受外力的无情摧残。这可憎的"风暴"是在"梅子青时节"肆虐猖狂的,它将断送春天的花苞和爱情的果实。歇拍用白居易《杨柳枝词》"永丰西角荒园里,尽日无人属阿谁"诗意,借柳绵如雪、纷纷扬扬来表达自己复杂的情思。下片通过琴弦来表达相思与怨恨之情。换头与开篇两句上下呼应,"鹧鸪"啼的是伤春,"幺弦"弹的则是相思。"莫把"二字极富感情色彩,词人愈是害怕拨动那根倾诉哀怨的琴弦,就愈能说明这哀怨之情的深沉执着。"天不老,情难绝"是对此所做的补充,表达情深似海、矢志不二的坚贞,是全诗的主题句,它是针对上片"雨轻风色暴"而发的。这两句化用李贺"天若有情天亦老"之句,有"天外飞来,振起全篇"的艺术功效。词中低沉哀怨的音调为之一扫。"心似双丝网,中有千千结",设想奇特,比喻生新。词人用民歌谐音隐语法,以"丝"通"思",使情感的表达显得更为丰满深挚。结尾以鲜明的形象暗示:这强烈的相思之情,夜以继日,永无绝灭之期。这首词在《安陆词》中别具一格,它是一首感情火暴的抒情诗,与作者其他以清丽的语言捕捉到刹那间的艺术形象的词相比,风格上明显不同。

上面几首词基本上可以代表张先令词创作的成就。他的词抒情性有所增强,美学境界的开拓也很见成绩。正如周济在《宋四家词选·序论》中所说:"子野清出处,生脆处,味极隽永。"

与晏欧相比,张先的一生比较平静,起伏波动不大,生活接触面也相对狭窄。况且,在艺术天赋方面张先也远逊晏欧。

所以，张先的词题材较狭隘，绝大多数集中在写与歌妓厮混的生活。在张先宁静平淡的生活中，他与歌妓的来往更多的是诗酒风流、消遣岁月，优游卒岁中少了一份深入与真诚，张先的词同样不能避免表面化和"有句无篇"的毛病。在描写歌妓时，大都停留在服饰、梳妆、外貌等表层次之描述上，如《醉垂鞭》：

　　双蝶绣罗裙。东池宴，初相见。朱粉不深匀，闲花淡淡春。　　细看诸处好。人人道，柳腰身。昨日乱山昏，来时衣上云。

词人以玩赏的目光紧紧盯住"东池宴"上陪酒的女郎，从"绣罗裙"之穿着到"朱粉不深匀"之淡妆，细细端详。"人人道，柳腰身"之酒宴间一致的看法，更招引得词人心猿意马。结句以"衣上云"暗示男女"云雨"之事，已经直接想入非非。词的寓意也仅止于此，因肤浅而显得直白。

张先有捕捉刹那间美感并将其含蓄自如地表现出来的才赋，以"三影"之类名句而自豪，但是往往缺乏诚挚的情感促使题材进一步深化，于是，在谋篇布局方面也就显得不均衡，"有句无篇"的弊病就突出出来了。除了少数词篇能做到结构均衡以外，多数作品都有这方面欠缺。

二、其他小令词人

北宋早期以小令著称的词人还有张昪、宋祁、梅尧臣等等词人，他们大都与晏欧有较密切的交往，尤其是诗酒往来。围绕着"晏欧"之中心，他们的创作群星捧月，共同创造出一个小令繁盛的灿烂春天。另外一些词人虽然时代略晚，但因他们擅长小令，仍准备在此一并介绍，以便能在比较中看到小令发展的全貌。

宋祁（998—1061），字子京，开封雍丘（今河南商丘民权县）人。父宋玘为安州应山令，侨寓安陆（今湖北安陆），遂占籍。宋仁宗天圣二年（1024）与兄宋郊（后更名庠）同举进士，奏名第一。章献太后以为弟不可先兄，乃擢郊为第一，置宋祁第十，时称"大小宋"。历官大理寺丞、国子监直讲、史馆修撰，与欧阳修同修《新唐书》，书成，迁左丞，进工部尚书，拜翰林学士承旨。卒谥景文。有《宋景文集》62卷，存词6首。其中以《玉楼春》最为著名，因词中有"红杏枝头春意闹"而名扬词坛，并被人称为"红杏枝头春意闹尚书"。其词如下：

东城渐觉风光好，縠皱波纹迎客棹。绿杨烟外晓寒轻，红杏枝头春意闹。　　浮生长恨欢娱少，肯爱千金轻一笑，为君持酒劝斜阳，且向花间留晚照。

本词歌咏春天，洋溢着珍惜青春和热爱生活的情感。上片写初春的风景。起句"东城渐觉风光好"，以叙述的语气缓缓写来，表面上似不经意，但"好"字已压抑不住对春天的赞美之情。以下三句就是"风光好"的具体发挥与形象写照。首先是"縠皱波纹迎客棹"，把人们的注意力引向盈盈春水，那一条条漾动着水的波纹，仿佛是在向客人招手表示欢迎。然后又要人们随着他去观赏"绿杨"，"绿杨"句点出"客棹"来临的时光与特色。"晓寒轻"写的是春意，也是作者心头的情意。"波纹""绿杨"都象征着春天。但是，更能象征春天的却是春花，在此前提下，上片最后一句终于咏出了"红杏枝头春意闹"这一绝唱。如果说这一句是画面上的点睛之笔，还不如说是词人心中绽开的感情花朵。"闹"字不仅形容出红杏的众多和纷繁,而且,它把生机勃勃的大好春光全都点染出来了。"闹"字不仅有色,而且似乎有声,王国维在《人间词话》中说:"着一'闹'字而境界全出。"下片再从词人主观情感上对春光美好做进一步的烘托。"浮生长恨欢娱少,肯爱千金轻一笑"二句,是从功名利禄这两个方面来衬托春天的可爱与可贵。词人身居要职,官务缠身,很少有时间或机会从春天里寻取人生的乐趣,故引以为"浮生"之"长恨"。于是,就有了宁弃"千金"而不愿放过从春光中获取短暂"一笑"的感慨。既然春天如此可贵可爱,词人禁不住"为君持酒劝斜阳",明确提出"且向花间留晚照"的强烈主观要求。这要求是"无理"的,因此也是不可能的,却能够充分地表现出词人对春天的珍视,对光阴的爱惜。这种对时光与生命的珍惜,与晏殊在富贵中所产生的"闲愁"同一根源,在宋祁其他词作中也时有流露,如《浪淘沙近》说:"少年不管,流光如箭,因循不觉韶光换。至如今,始惜月满、花满、酒满。"

宋祁另一首《蝶恋花》写男女相思之情,细腻婉转,情深意长:

绣幕茫茫罗帐卷,春睡腾腾,困入娇波慢。隐隐枕痕留玉脸,腻云斜溜钗头燕。 远梦无端欢又散。泪落胭脂,界破蜂黄浅。整了翠鬟匀了面,芳心一寸情何限?

春睡醒来,好梦惊散,无限相思,涌上心头。无论是"腻云斜溜"之无心梳妆,还是"整了翠鬟匀了面"之细心打扮,都无法排除苦苦的思恋之情。

张昇（992—1077），字杲卿，韩城（今陕西韩城）人。大中祥符八年（1015）进士，为楚丘主簿。累官度支员外郎、御史中丞、参知政事兼枢密使，以太子太师致仕。卒年86岁，谥康节。《全宋词》录其词二首，其《离亭燕》颇为流传：

一带江山如画，风物向秋潇洒。水浸碧天何处断？霁色冷光相射。蓼屿荻花洲，掩映竹篱茅舍。　云际客帆高挂，烟外酒旗低亚。多少六朝兴废事，尽入渔樵闲话。怅望倚层楼，寒日无言西下。

这首词描绘六朝故都秋景，抒发吊古伤今的情怀。开篇"一带江山"从大处着眼，境界极其开阔。秋日里的所有的风情景物，都是那么的清疏俊爽，水天相连，澄澈莹碧。长满水蓼与盛开荻花的岛屿、沙洲，在冷落肃杀中带着一份幽雅。上片结句落实到"竹篱茅舍"，衬托出一片隐逸闲散的情怀。因为登临面对的是六朝故都，秋色依旧，往事如烟，荣华富贵终归寂灭，所以只落得一片隐士怀抱。放眼长江，水面上"客帆高挂"，仍然是熙熙攘攘；长江两岸"酒旗低亚"，繁华不减当年。季节的转移与历史的变迁融为一体，给今人留下许多谈资。词人在"倚层楼"之际，思索的却是历史的无常，不知不觉中送一轮"寒日"西下。张昇在地方或中央任职期间，"忠谨清直""指切时事无所避"（皆见《宋史》本传），是一位有作为的士大夫。这首吊古词通过肃杀的色调与季节的变迁，暗喻时代的交替，王朝的兴废，感慨于风景描写之中，隐含着词人对时局、政局的关切。在宋初小令沿袭"花间"余风，在恋情相思、春恨秋愁、伤离念远这类作品充斥词坛之际，像《离亭燕》这样的作品，把人们的视线引向吊古伤今方面来，在扩大题材、扩大词反映生活的容量方面，无疑是一个进展。张昪大欧阳修16岁，小晏殊1岁，他的这首吊古词的创作年月应该早于欧阳修。张昪流传至今的另一首《满江红》推崇"无利无名，无荣无辱，无烦无恼"的隐逸闲居生活，追求"携酒嬲东风，眠芳草"的潇洒自在，直抒胸臆，也在"艳情"之外。

梅尧臣（1002—1060），字圣俞，宣州宣城（今安徽宣城市）人。以从父梅询荫为桐城、河南、河阳主簿，历知德兴、建德、襄城三县。仁宗皇祐三年（1051）召试赐同进士出身，擢国子监直讲，累迁尚书都官员外郎，预修《新唐书》。卒年59岁，世称宛陵先生。欧阳修为撰墓志铭。梅尧臣仕途失意却享有诗名，刘克庄称他为宋诗的开山祖师（见《后村诗话·前集》）。他反对西昆的艳丽晦涩，主张反映现实生活，平淡自然，要有寄托。《全宋词》录其词两首，与他的诗风迥异。如《苏幕遮》：

露堤平，烟墅杳。乱碧萋萋，雨后江天晓。独有庾郎年最少，窣地春袍，嫩色宜相照。　接长亭，迷远道。堪怨王孙，不记归期早。落尽梨花春又了。满地残阳，翠色和烟老。

这是一首咏春草的咏物词，暗用白居易《赋得古原草送别》诗意，歌咏离情，讽刺不记归期的游子。上片以景衬情，烟光草色，迷蒙淡远，"庾郎"今日不知在何方。下片写别久的怨苦，"王孙"无情，"不记归期"，使闺中人空自等待一春又一春。"落尽梨花"一句，言浅意深，"语尽而意不尽，意尽而情不尽"。春天又将逝去，"翠色"老尽，闺中人的青春也将在如此苦苦守候中蹉跎殆尽。即使是"庾郎"归来，届时恐怕也已经没有年少的欢乐。这一切的思恋、怨愁、焦虑、担心，都蕴涵在眼前的景色之中。《能改斋漫录》卷十七称梅尧臣在欧阳修处作此词，欧阳修"击节赏之"。梅尧臣另一首《玉楼春》咏写"天然不比花含粉，约月眉黄春色嫩"的杨柳，细腻传神，然咏物滞于物。

王琪，生卒年不详，字君玉，华阳（今四川成都）人。登进士第，为江都主簿。天圣三年（1025）上时务十事，得仁宗嘉奖，命试学士院，授大理评事、馆阁校勘、集贤校理，历官知制诰，加枢密直学士，以礼部侍郎致仕。晏殊为南郡太守时，王琪曾为幕宾，相处甚为融洽，日夕以饮酒赋诗为乐。据《复斋漫录》载，晏殊曾与王琪同游池上，值晚春有落花，晏殊说："每得句书墙壁间，或弥年未尝强对，且如'无可奈何花落去'，至今未能对也。"王琪应声说："似曾相识燕归来。"晏殊非常满意，于是纳入词中。同时，晏殊还把这两句写入他另一首七律《示张寺丞王校勘》中。王琪也因此成为晏殊的幕宾。《全宋词》录其词11首，其中10首是《望江南》，现读其"江景"一首，以见一斑：

  江南雨，风送满长川。碧瓦烟昏沉柳岸，红绡香润入梅天，飘洒正潇然。 朝与暮，长在楚峰前。寒夜愁敧金带枕，暮江深闭木兰船。烟浪远相联。

描绘江南蒙蒙雨景，在雨丝风片的笼罩中江南所有的景物都显得迷蒙淡远，富有诗意。其中又隐隐包含着闺中孤独思远的凄迷情思，清丽隐幽，朦胧淡约。《能改斋漫录》载："王君玉有《望江南》词十首，自谓谪仙。王荆公（安石）酷爱其'红绡香润入梅天'之句。"

李冠,生卒年不详,字世英,历城(今山东济南市)人。以文学称,举进士不第,得同"三礼"出身,官乾宁主簿。有《东皋集》,不传。《全宋词》录其词五首,以《蝶恋花》著名于世:

> 遥夜亭皋闲信步,才过清明,渐觉伤春暮。数点雨声风约住,朦胧淡月云来去。 桃杏依稀香暗度,谁在秋千,笑里轻轻语。一寸相思千万绪,人间没个安排处。

写暮春季节里的相思情怀。"一寸相思千万绪,人间没个安排处",在平易浅近的叙述中见真情。《后山诗话》引王安石评语说:"张子野'云破月来花弄影',不如李冠'朦胧淡月云来去'也。"其实,淡云遮月,忽明忽暗,朦胧难辨虽也是好景,也是诗的境界,但它毕竟比较单纯,停留在一般现象的感受上,未及张先"弄影"一句更觉细腻而多一层韵味。值得注意的是李冠有两首长调《六州歌头》,均写骊山,是北宋前期较早的咏史词。有人或以为是刘潜所作。

叶清臣(1000—1049),字道卿,乌程(今浙江湖州)人。天圣二年(1024)进士,签书苏州观察判官事。后授光禄寺丞,充集贤校理。历官翰林学士、权三司使,罢为侍读学士、知河阳。卒赠左谏议大夫。《全宋词》录其《贺圣朝》词一首:

> 满斟酥醁留君住,莫匆匆归去。三分春色二分愁,更一分风雨。 花开花谢,都来几许?且高歌休诉。不

知来岁牡丹时，再相逢何处？

词写友人间的送别之情，依依惜别中有一份爽朗。词人善于用数字来增强词的形象，增强感情的深度。"三分春色"两句，设想巧妙，使离愁更加具体形象化，可以使人联想到苏轼《水龙吟》中的"春色三分，二分尘土，一分流水"诸句，苏词明显受此启发。

贾昌朝（998—1065），字子明，真定获鹿（今河北获鹿）人。天禧元年（1017）赐同进士出身，授晋陵县主簿。庆历年间，官至参知政事、枢密使、同中书门下平章事兼枢密使，与晏殊为二府同僚。在相位两年多时间。嘉祐元年（1056）再拜枢密使。后封许国公，进封魏国公。卒谥文元。词存《木兰花令》一首，《唐宋诸贤绝妙词选》卷二说："文元公平生唯赋此一词，极有风味。"词云：

都城水绿嬉游处，仙棹往来人笑语。红随远浪泛桃花，雪散平堤飞柳絮。　东君欲共春归去，一阵狂风和骤雨。碧油红旆锦障泥，斜日画桥芳草路。

词写春日里都城的繁华与景色的秀丽，以及春归的冷落与寂寞。词人善用色彩装点春色，红的"桃花"、白的飘"雪"、绿的"柳絮"和碧水，五彩缤纷。"狂风骤雨"催促春天归去时又是如此的无情，让人为美好的事物不能常留身边而深感痛惜。全词构图极其优美，词人以比较从容的心境赏识着大自然的景色及其变化，与晏殊的作为非常相似。

韩琦（1008—1075），字稚圭，自号赣叟，安阳（今属河南）人。天圣五年（1027）进士。初授将作监丞，历官枢密直学士、陕西经略安抚副使、陕西四路经略安抚招讨使。与范仲淹一起主持西北军政，名重一时，时称"韩范"。庆历三年（1043）以后，二度入朝，为枢密副使、枢密使、同中书门下平章事。在相位将近十年，多有作为，封魏国公。晚年出判相州、大名府等地。卒谥忠献。有《安阳集》50卷。《全宋词》录其词四首，其中歌颂韩琦家乡景物的两首《安阳好》从《能改斋漫录》中辑出，疑为他人所作。另一首《点绛唇》韵味悠然，词说：

病起恹恹，画堂花谢添憔悴。乱红飘砌，滴尽胭脂泪。　惆怅前春，谁向花前醉。愁无际，武陵回睇，人远波空翠。

写春暮闺中相思，以"花谢""乱红"构成凄丽的情景，以景传情，再用"武陵"的典故，将情意表达得格外委婉。《词林纪事》引《词苑》评价说："公经国大手，而小词乃以情韵胜人。"

宋代早期小令是缤纷多彩的。这一时期词人承袭"花间"、南唐余绪，其作品主要都是描写与歌妓有关的"艳情"内容。他们大都是达官贵人，如晏殊、欧阳修、张昇、贾昌朝、韩琦等等皆官至宰辅，他们的词是从容消遣岁月的结果，贯注到词中的愁绪也总是淡淡的，是一种"贵族式"的闲愁。他们在政坛上多有作为，其词也一定程度上挣脱了"艳情"的羁绊，抒写个人情志的作品正在逐渐增加，歌词广有作为的前景渐渐露出端倪。他们发展了小令含蓄隐约言情的特征，由于身居要职、地位显赫等环境的作用，遂使这一特征更趋雍容典雅。然而，这一阶段多数小令词人都是以"余力"写词，或者仅仅是偶尔为之，流传下来的作品甚少。只有晏殊、欧阳修、张先三人花费了更多的精力于小令的创作，他们已经把词作为主要的文学样式加以正式对待，他们的创作也就代表了那一时期小令的最高成就。这一切被后人归纳为"晏欧"作风而发挥普遍的影响，其中欧阳修词个性张扬的方面一段时间内被忽略不计。正因为有了这一大批小令词人，北宋前期词坛才呈现出争妍斗艳的局面。通过这一阶段词人的实践，小令体式完全成熟。不仅如此，小令的创作和艺术积累，还为宋词创作高潮的到来准备了充足的条件。

第五节　小令的最后一位专业作家——晏几道

晏几道（1038—1110），字叔原，号小山，抚州临川（今属江西）人，晏殊第七子。由于出身关系，他十多岁时便得到仁宗的赏识。《花庵词选》卷三晏几道《鹧鸪天》词注说："庆历中，开封府与棘寺同日奏狱空，仁宗于宫中宴乐，宣晏叔原作此，大称上意。"可见，晏几道少年曾春风得意，词名早播。由恩荫入仕，曾任太常寺太祝。熙宁七年（1074）因受郑侠案株连入狱。后出为颍昌府许田镇监官。晚年曾任开封府推官等。《碧鸡漫志》卷二称晏几道"年未至乞身，退居京师赐第"。存《小山词》《全宋词》录其词260首。从时间上划分，晏几道应该生活在北宋的中后期，甚至苏轼及其主要子弟去世之后晏几道依然健在。[①]但是，晏几道深受北宋前期令词创作的影响，其创作的成绩也全部体现在令词方面，所以，安排在这一章的最后讨论，以保持文学史发展的相对完整与连贯性。

一、《小山词》抒情的基本旋律：生活失意后的抑郁和悲哀

宋代官僚体制，既给达官家族以相当的照顾，给予他们的子

[①] 《宋会要辑稿·刑法》四之六八载："徽宗崇宁四年（1105）闰二月六日诏：开封府狱空，……推官晏几道……并转一官，仍赐章服。"

弟以大量的恩荫资格，又在使用上严格控制，防止形成威胁朝政的"势家"。达贵子弟如果不重新通过科举考试，就会始终被抑制在官僚阶级的下层。晏几道的生活道路就是一个典型的例证。与早年富贵公子的生活相比，晏几道出仕后的地位、生活、环境都是一落千丈。加上晏几道性格疏放，孤高自傲，阅世不深，是一个具有浓厚书生气的贵家没落子弟，处境就更加艰难。黄庭坚在《小山词序》中说：

> 余尝论叔原，固人英也，其痴亦自绝人。爱叔原者，皆慍而问其目，曰：仕宦连蹇，而不能一傍贵人之门，是一痴也；论文自有体，而不肯一作新进士语，此又一痴也；费资千百万，家人寒饥，而面有孺子之色，此又一痴也；人百负之而不恨，已信人，终不疑其欺己，此又一痴也。

这四点是晏几道的很好的画像。这样的性格与不幸遭遇，在很大程度上影响到晏几道的创作道路。生活的变化使晏几道对世事多了几分深入的了解，流露在词中就多了些深沉的忧思。他的词大部分为应歌而写，是在酒席筵前让歌女们传唱的。同时，这些词也大都创作于生活巨变之后，他在《小山词跋》中对此有过详细交代，他说："叔原往者浮沉酒中，病世之歌词，不足以析酲解愠，试续南部诸贤绪余，作五、七字语，期以自娱。不独叙其所怀，兼写一时杯酒间闻见，所同游者意中事。尝思感物之情，古今不易。"这说明，晏几道所写的歌词已与"花间"娱宾遣兴之作有所不同了，其中不仅有个人悲今悼昔之所怀，而且还包括闻见所及之事。个人身世的变化在晏几道的创作中具有关键性的作用，他曾在这篇"跋"里叙述了这个变化过程，他说：

"始时沈十二廉叔、陈十君龙家,有莲、鸿、苹、云,品清讴娱客。每得一解,即以草授诸儿。吾三人持酒听之,为一笑乐而已。而君龙疾废卧家,廉叔下世。昔之狂篇醉句,遂与两家歌儿酒使俱流转于人间。"又说:"考其篇中所记,悲欢合离之事,如幻,如电,如昨梦前尘,但能掩卷怃然,感光阴之易迁,叹境缘之无实也。"

通过上引黄氏之序言及作者自己的题跋,再联系晏几道的创作,可以清楚看出,《小山词》的主要内容大都是描写他个人由贵变衰以后的抑郁和失意后的悲哀,对往事的回忆和困顿潦倒的深愁,成为贯穿他词作中的基本旋律。乃父晏殊词中旷达怀抱与闲雅情调已了无痕迹。不过,他在抒写个人浓重的哀愁与深沉的感伤之情时,由于是从自己身世的巨变与个人切肤之痛中概括出来的,所以不仅有其深刻内涵,而且还有其独到之处。黄庭坚说他的词"清壮顿挫,能动摇人心"。王灼说他:"秀气胜韵,得之天然。"(《碧鸡漫志》卷二)冯煦说他:"其淡语皆有味,浅语皆有致。"(《宋六十一家词选·例言》)这些,都是讲晏几道的词是从个人不幸遭遇中提炼概括出来的,貌似浅近平淡,又多为小儿女语,但词中却活跃着内在的生命,千百年后仍能打动人心。过去词评家对小山词所以评价偏高,其原因也在这里。

晏几道的名篇之一是《鹧鸪天》:

彩袖殷勤捧玉钟,当年拚却醉颜红。舞低杨柳楼心月,歌尽桃花扇底风。 从别后,忆相逢,几回魂梦与君同,今宵剩把银釭照,犹恐相逢是梦中。

写作者同一个朝思暮想的歌妓重逢时的惊喜之情。上片回忆过去同这位歌妓一见钟情,相互爱慕,曾有过一段美好的时光。

某次酒宴上偶然相逢，这位女子就对词人格外垂青，"殷勤"劝酒。最难消受美人恩，词人因此也不惜一切地狂饮。更何况这种狂饮是在"舞低杨柳"的绝妙舞伎和"歌尽桃花"的婉转歌喉陪伴下进行的，酒不醉人人自醉。下片写长期分离之后难以割舍的柔情和重逢的惊喜。换头三句是重逢时词人面对恋人尽情的倾诉，由于重逢来得突然，两个人都怀疑这是梦境而不是现实。结尾两句从杜甫《羌村三首》"夜阑更秉烛，相对如梦寐"中化出，加上"剩把""犹恐"等虚词，便化质直为空灵婉转，别饶韵味。这首词的构思比较别致，词人采取逆入顺写的手法。明明是重逢时的惊疑，却从当年相逢时的欢乐写起，层次分明而又多次转折，煞尾才落实到重逢时的情态。"舞低杨柳楼心月，歌尽桃花扇底风"两句，语言华美，对仗工稳，形象性、动作性很强，愈加深化今昔对比之情。

还有一首《临江仙》也很流传：

梦后楼台高锁，酒醒帘幕低垂。去年春恨却来时。落花人独立，微雨燕双飞。　记得小苹初见，两重心字罗衣。琵琶弦上说相思。当时明月在，曾照彩云归。

这是一首感旧怀人之作。词中的"小苹"即前引《小山词跋》中提到的"莲、鸿、苹、云"中的"苹"。在现存晏几道词中，涉及到"小苹"的作品较多。如《玉楼春》："小苹微笑尽妖娆，浅注轻匀长淡净。"小苹似是娴静少女，一颦一笑，尽态极妍，淡妆浓抹却有一笑倾城的魅力："小颦若解愁春暮，一笑留春春也住。"（《木兰花》）但是，由于世事无常，人生多变，当年的好友或病或殁，小苹等人也不免风流云散，沦落他乡。每忆及此，作者又怎能不产生悲今悼昔的情怀？这首词就是通过今昔对比，抒发世事沧桑、欢会无常的感慨。

起笔"梦后"两句，是逆挽手法，回忆去年别时情景，写出一幅人去楼空、笙歌散尽的无人无乐的凄凉情景。"去年春恨"句交代了词人之所以要借酒浇愁、醉入梦乡的原因，以及醉酒后所梦见的内容。"春恨"指一种由春天美景牵引出来的对离散而不再见面的佳人的怀恋情绪与随之而来的愁恨。因为以往春光明媚的时节两人总是在一起寻求欢乐，离别之后孤独面对春景自然会有"物是人非"的愁恨。"去年"可以理解为实指，更可以理解为泛指，泛指离别之后的每一个春天都要经受这么一场愁苦的折磨。"去年春恨"承上，"却来时"启下，引出"落花人独立，微雨燕双飞"，点明春深的特点。花、雨、燕、人虽仍如去年，但人却"独立"于落花之下矣。离愁别恨的"恨"，于行间字里溢出。这对偶句被称为"千古不能有二"（谭献《复堂词话》），实际上出自唐翁宏《春残》诗。翁诗有句无篇，晏词则整体结构、格调谐婉，运用前人成句，如同己出，一种迷惘惆怅的失落感遂笼罩全篇。下片回忆往年欢会与别时最深的感受，词中直呼"小蘋"，足见感情之强烈，印象之深刻。其中忆念最深刻之点有三：首先是装束："两重心字罗衣。"这里表面上写的是服装，实际却在写人的美丽。另一最深的印象是，小蘋有娴熟而又精妙的艺术才能："琵琶弦上说相思"。同时，这里还写出两人彼此爱慕、倾心相知的深情。词人与小蘋一见钟情，却无路可通，只能借乐声传达情意。三是别时情景："当时明月在，曾照彩云归。"结尾两句从李白《宫中行乐词》"只愁歌舞散，化作彩云飞"中化出，与开篇上下呼应，说明眼下作者正在月下怀人。月是当时月，云是当年云，而今人去楼空，怅然独立，孤寂之情，油然而生。这首词构思曲折精巧，词人通过逆挽的手法以及两相对比的手段,把过去的生活与当前的处境交织在一起,显示出感情的波动与思绪的起伏。词语俊爽致密,对仗工整而又流畅自然,感情深婉含蓄。

同样的题材,写法不同,意境也就有很大的差异。如另首《鹧鸪天》:

> 小令尊前见玉箫,银灯一曲太妖娆。歌中醉倒谁能恨,唱罢归来酒未消。　春悄悄,夜迢迢,碧云天共楚宫遥。梦魂惯得无拘检,又踏杨花过谢桥。

上片追忆相见时情景。首句点地、点人,次句写事,由于人与歌同样"妖娆",故而一见钟情。三、四两句写倾心相属,醉罢归来情态。下片写相思情怀。"悄悄",形容孤寂难耐;"迢迢",写漫漫长夜,同时又状两地暌隔,相见无因,于是只有托之梦寐,以求一晤。通过上述安排,充分显示出相见之意切,相思之情深。相传宋代著名道学家程颐竟也非常欣赏结尾两句:"伊川闻诵晏叔原'梦魂惯得无拘检,又踏杨花过谢桥'长短句,笑曰:'鬼语也'!意亦赏之。"(《邵氏闻见后录》卷十九)

晏几道这些恋情词所涉及的女性对象都是歌妓舞女。由于晏几道自身沦落的遭遇处境,《小山词》中有少量描写歌伎舞女生活的作品,从不同侧面反映了她们被侮辱与被损害的不幸遭遇,细致地刻画她们的内心活动,如《浣溪沙》:

> 日日双眉斗画长,行云飞絮共轻狂,不将心嫁冶游郎。　溅酒滴残歌扇字,弄花熏得舞衣香,一春弹泪说凄凉。

词写妓女们的生活和苦闷。起句写妓女们为生活所迫,不得不梳妆打扮,以博得人们的欢心。句中一个"斗"字,说明她们不得不争妍斗艳,而内心却饱含辛酸痛苦。次句写她们被侮辱被损害的不幸遭遇,不论对什么人都要强颜欢笑;"行云""飞絮"可以任意摆布她们,"轻狂"地对待她们。但是,她们却始终有自己的美好愿望与追求:"不将心嫁冶游郎"。"冶游郎",即寻花问柳、轻薄无行的公子哥儿。在送往迎来的卖笑生涯中,妓女接触的大量都是这种公子哥,所以,对他们的本质有透彻的了解。下片头两句写妓女们的日常生活。她们在酒席筵前要为"冶游郎"们歌唱,由于酒渍落到歌扇之上,扇面上的曲名、题字被弄得模糊不堪。她们还要陪同"冶游郎"摘花弄朵,以致舞衣都沾满了花的香气。表面上的强颜欢笑,只能暂时掩盖心底的悲酸。所以当欢笑结束之后,剩下的只是:"一春弹泪说凄凉"了。词人对妓女们的了解很是深刻,字里行间充满了对妓女不幸遭遇的同情。这类作品的出发点是"同是天涯沦落人",是借他人酒杯浇自己块垒,但毕竟词人写出了歌妓生活的另一些侧面。

《小山词》中还有部分直接抒写个人身世的作品,沦落困顿之悲苦意绪更加浓重,如《阮郎归》:

 天边金掌露成霜,云随雁字长。绿杯红袖趁重阳,人情似故乡。　兰佩紫,菊簪黄,殷勤理旧狂。欲将沉醉换悲凉,清歌莫断肠。

开篇用汉武帝铸铜仙人捧承露盘承露的故事,点明深秋季节。接句写北雁南飞,烘托气氛。后二句借重阳饮酒进入个人身世的感慨。作者客居他乡,心灰意冷,本无意于"绿杯红袖",但主人的盛情难却,使人有宾至如归之感,好像是重返故乡。换头三句承此,作者借"佩紫""簪黄",点出重九时的风习,恍如置身故乡。正因如此,免不了又旧病复发:"殷勤理旧狂。"这一句有三层意思:"殷勤"一层,"理"字一层,"旧狂"一层,深刻反映出作者内心的矛盾与情不由己。然而,即使"旧狂"发作,却早已不见当年兴致,结果只能是:"欲将沉醉换悲凉"。"悲凉"二字道出了作者家境中落,身世凄凉的苦况与内心感受。在这万般无奈的处境之中,作者叮嘱自己:"清歌莫断肠。"即不要再犯历史性的"断肠"错误。读这篇小令,再联系黄庭坚的词序,词中的身世之感就比较明显了。

通过上述几首词的分析,可以看出,晏几道集中抒写由贵变衰以及失意之后的凄苦心情。他的词,就内容而言,不是在前人的基础上向水平面的宽广方面发展,而是沿着内心感情的垂直线向狭深的方向开掘,因此,他是北宋有独创成就的纯情词人。小令的艺术技巧,通过晏几道的创作实践,已经达到了炉火纯青的高级阶段。不论是借景抒情,还是融情入景,也不论是融化前人诗句,还是杂近体诗的对偶于长短句之中,均极其灵活自如,臻于化境。

晏几道的遭遇,特别是他内心的创痛,与李煜有某种类似之处,词风也较相近,然其委婉过之而沉痛却不如李煜。在艺术表现上,晏几道具有欧阳修的深细,却不如欧阳修疏朗而有高远的韵致。小晏词具有乃父晏殊的妩媚风流,却不如大晏词的圆融温润,伤感色彩明显超过晏殊。

二、《小山词》情感的抒发模式:在梦境中表达

沉湎于往事与记忆,晏几道就特别喜欢做梦,无论是睡乡

里的酣梦还是醒着时的白日梦，梦，成为《小山词》抒发情感的主要模式。在《小山词》里，"梦"字竟出现60余次。晏几道还直言不讳地说："所记悲欢合离之事，如幻、如电、如昨梦前尘。"从梦境的闪回、梦中的热恋、梦态的抒情以及梦因的透析四个角度剖析小山词，晏几道戛戛独造的艺术匠心就能被凸现出来。

1. 梦境的闪回：与现实截然不同的审美情感世界

应当说，晏几道是一个沉溺在睡梦中的词人。这句话有两层意思：一是他的词内容题材十分狭窄，除极少数作品具有某种社会历史内容外，其余大部作品均未离开恋情相思与别恨离愁范围，他把"自我"封闭在一个脱离当时社会现实的狭小空间；二是他的词执着于梦境描写，热衷于梦境的开拓，他自始至终在编织着缤纷多彩的梦。

梦，是绚丽的，又是虚幻的，但它却给人以自由，许多现实中不可思议、不可想象的事情，在梦中却异乎寻常地变为现实，使人体味到理想实现与愿望得到满足以后那种难以抑制的激动。《小山词》中就有不少篇章闪映着梦中欢乐的场面。如《鹧鸪天·小令尊前见玉箫》一词，其中跳动着欢快的情调。这欢快的情调与奔放的节奏，在《小山词》中是殊为少见的。上片写词人同妖娆的歌女一见钟情，产生了传说中唐韦皋与玉箫两世姻缘般的恋情。下片写词人冲破时空局限，踏过撒满杨花的小桥与恋人在梦中欢会。欢会的具体情景隐而未宣，但从"碧云天共楚宫遥"一句可以想象出，词人得到的是楚王遇巫山神女这类的好梦。

在现实社会中，人总是要受法律的、伦理的、道德的规范与约束，他们的情感不可能自由渲泄，行为不得越轨，否则就要受到礼法制裁与道德审判。但是，人仍有不受约束的内在天地，那就是人的心灵范畴与情感范畴。梦，就是突破一切社会秩序而进入无法无天的绝对自由的新天地，它可以最大限度地超越现实。爱之愈深，思之愈切；压抑愈久，爆发愈烈。这首《鹧鸪天》就是争得心灵自由的欢歌。北宋著名道学家程颐读了这首词的最后两句说："鬼语也。""鬼语"，不就是梦幻之语吗？这种发自人类天性的对爱情的呼唤和追求，连最讲孔孟之道的儒学大家也不得不为之动容："意亦赏之"。"鬼语"的艺术魅力，实在够大的了。"归来独卧逍遥夜，梦里相逢酩酊天。"（《采桑子》）"别后除非，梦里时时见得伊。"（《采桑子》）"行云无定，犹到梦魂中。"（《少年游》）这样的梦，是迷人的，值得追求的。

然而，并非所有的梦都是美丽的，有时连梦中的追求也难实现。所以《小山词》中还有不少伤心的梦，凄凉的梦。如：

梦入江南烟水路，行尽江南，不与离人遇。睡里消魂无说处，觉来惆怅消魂误。

《蝶恋花》

金风玉露初凉夜，秋草窗前，浅醉闲眠，一枕江风梦不圆。

《采桑子》

衾凤冷，枕鸳孤，愁肠待酒舒。梦魂纵有也成虚，那堪和梦无。

《阮郎归》

新春来临,词人在梦中寻访久别的恋人,山一程,水一程,行遍江南,却毫无踪影。当金风送爽,连天上的牛郎织女都要一年一度跨过银河会面,而词人在梦中却难得团圆。进入冬季,甚至连梦也无处可寻了。都说人的欲望永无满足之日,其实,人的要求有时是很有限的。就晏几道的词来看,他要求的不过是真挚的情爱罢了。然而真正的情爱并不属于他。他只能寻求唯一的安慰:梦。谁知如今连梦也不属于词人了。他怎能不悲从中来?

因为词人长期经受好梦难成的折磨,有时奇迹般出现的久别重逢,他甚至会误以为是虚假的、难以置信的梦。《鹧鸪天》之"今宵剩把银釭照,犹恐相逢是梦中"就是这样一种情景的描述。这首词中出现两个"梦"字。"几回梦魂"是真实的"梦",后者是虚无的"梦"。前者是别后相思的梦,后者是久别重逢疑真似假的梦。相思的梦是欢乐的,尽管短暂;相逢的梦是凄凉的,尽管是现实。这两个"梦"上下辉映,前后对比,在更深层次上衬托出词人潜在情感的真淳、强烈、持久。

为了获致更多的好梦,为了能有更多、更长的睡梦时间,词人往往要借助醉酒的力量。在小山词中,"酒"与"醉"常常同"梦"紧密联系在一起,成为孪生姊妹。上引诸词,几乎均有"酒"字或"醉"字,甚至"酒""醉""梦"三者样样齐全。再看《踏莎行》:

绿径穿花,红楼压水。寻芳误到蓬莱地。玉颜人是蕊珠仙,相逢展尽双蛾翠。 梦草闲眠,流觞浅醉,一春总见瀛州事。别来双燕又西飞,无端不寄相思字。

上片全是梦境:词人穿过绿草平铺、红花夹路的小径,登上临水的红楼,与绝色的"蕊珠仙"女不期而遇。从"双蛾""展尽"二词可以看出,这种相逢是十分欢快的。不仅如此,词人整个春天一直沉浸在这美好的梦境之中:"一春总见瀛州事。""瀛州",也就是上片的"蓬莱"仙境。之所以能有如此众多的好梦,原因在于"流觞浅醉"。

"梦"与"醉"已难解难分。"劝君频入梦乡来,此是无愁无恨处。"(《玉楼春》)"醉中同尽一杯欢,醉后各成孤枕梦。"(《玉楼春》)"从来往事都如梦,伤心最是醉归时。"(《踏莎行》)"新酒又添残酒困,今春不减前春恨。"(《蝶恋花》)人睡着时可以比清醒时更少受客观社会现实的约束,他可以借梦境纵情抒发自己的感情。但梦境是虚幻的,难以把捉。有时一觉醒来便忘得一干二净。晏几道却有所不然。他对梦有特别的偏爱,也分外珍惜。他存储的梦实在够多的了。他怕梦境失落,及时让梦境闪回,用诗的语言,把他的梦凝固下来。于是,《小山词》便成为作者的梦的画廊。这画廊里的梦是五光十色的。诸如:"梦中""梦后""梦回""梦觉""梦雨""梦云";还有"春梦""秋梦""夜梦""虚梦""残梦";再加上"鸳屏梦""巫峡梦""桃源梦""蝴蝶梦""高唐梦""阳台梦"等等。这60余个"梦"字已占260首《小山词》的四分之一了。如果再加上"酒"字55次,"醉"字48次("酌""尊""觞"字均未计算在内),共160余次,已超过全词二分之一。假如再把具有暗示意义的"高唐""云雨""朝云"之类与"梦"有关(但并无"梦"字)的词语加在一起,那么这个数字便接近全词的三分之二了。这就是晏几道词的现实,是需要另眼相看的一种心态,一种现象。

晏几道之所以如此热衷于梦境的描写,在于他执着于创造一个与现实社会相对立的另一个审美艺术新天地。他把恋情双方的外在审视，转化为正面的、对象化的内在审视。词人的审美视野已由体态、服饰、环境与自然景物的描写，转向恋情心态的深层开掘。他把潜在的美的必然性，自然而巧妙地转化为物质的现实性。在抒情主人公的性格美与情感执着（包括审美对象的美质）方面，虽不免有某种程度的夸张，但就其整体而言，却已做出了前人不曾有过的贡献，在中国词史上，这种转化也是具有某种开创意义的。

2. 梦中的热恋：睡着的词人在雕塑着清醒的恋人

到底是什么样的女性，值得晏几道如此全心倾注，无比眷恋？晏几道生平资料传世甚少，其恋情本事也知之无多。从他自撰《小山词序》中可以得知，他热恋的不外是沈、陈等朋友家的歌儿舞女而已。沈、陈二人，大约是与词人出身、经历、性格有某些相近的知心好友。莲、鸿、苹、云不仅善于歌唱弹奏，而且人品、风韵也与世俗之辈大不相类，所以词人才能从并非倾心相许而逐渐发展成为生依死恋的极境。《小山词》中关于莲、鸿、苹、云的形象以及她们与词人的恋情关系，均有生动反映。先看《鹧鸪天》：

守得莲开结伴游，约开萍叶上兰舟，来时浦口云随棹，采罢江边月满楼。　花不语，水空流，年年拚得为花愁，明朝万一西风动，争向朱颜不耐秋。

词里出现"莲""萍""云"等字，似乎有意把四位歌女"结伴"在一起。

其他篇章还分别刻画了四位歌女的不同形象。写小莲的有《木兰花》：

小莲未解论心素,狂似钿筝弦底柱。脸边霞散酒初醒,眉上月残人欲去。　旧时家近章台住,尽日东风吹柳絮。生憎繁杏绿阴时,正碍粉墙偷眼觑。

词中对小莲的姿容、体态均有具体描绘。另外一些词还在不断补充,使小莲的形象逐渐丰满。"梅蕊新妆桂叶眉,小莲风韵出瑶池。云随绿水歌声转,雪绕红绡舞袖垂。"(《鹧鸪天》)"柳下笙歌庭院,花间姊妹秋千。记得春楼当时事,写向红窗月夜前。凭谁寄小莲。"(《破阵子》)"浑似阿莲双枕畔,画屏中。"(《愁倚阑令》)

直接刻画小鸿的词不多。《虞美人》:"年年衣袖年年泪,总为今朝意。问谁同是忆花人,赚得小鸿眉黛,也低颦。"有些词虽未直接写小鸿,但同音假借,似也可看成是对小鸿的描写。如《玉楼春》:

红绡学舞腰肢软,旋织舞衣宫样染。织成云外雁行斜,染作江南春水浅。　露桃宫里随歌管,一曲霓裳红日晚。归来双袖酒成痕,小字香笺无意展。

"红绡""红日""雁行"均可使人联想到"鸿"字。

"苹"字在小山词中出现较多,有时作"颦",有时作"萍",似乎就是一个人。《临江仙·梦后楼台高锁》写到"小苹初见"时的第一印象。《玉楼春》则有更为周详的刻画:

琼酥酒面风吹醒,一缕斜阳临晚镜。小颦微笑尽妖娆,浅注轻匀长淡净。　手接梅蕊寻香径,正是佳期期未定。春来还为个般愁,瘦损宫腰罗带剩。

小云出现的场面不多。《虞美人》下片说她："双星旧约年年在，笑尽人情改。有期无定是无期，说与小云新恨，也低眉。"《浣溪沙》词中多次出现的"朝云"，有的似指小云，但又不可一概而论。

此外，词中反复出现的"碧玉""念奴""小琼""玉真""玉箫""阿茸"等，也都似代指四位歌女或特指他最倾心的那一个。

这四位歌女的美貌、风韵、舞姿、歌喉，是那样久久地拨动着词人的心弦。"体态的美丽，亲密的交往、融洽的旨趣"等等促使词人从表层上的愉悦、吸引进而转为灵魂深处的感受。他对这四位歌女的塑造，也大体经历了由浅入深的过程。而这一过程的转捩点便是生离死别的打击。

晏几道是晏殊的暮子。他生于侯门之中，长于妇人之手，经历过一段锦衣玉食的好日子。然而，晏几道的日子正在走下坡路，随着沈、陈二位友人的"疾废""下世"，悲剧发生了。"爱而不得所爱"，这就是《小山词》中贯穿始终的矛盾冲突。对此，一般情况下，可有两种选择：一是坚持信守，坚决抗争，直至不顾生死；一是把恋情珍藏于心底，在孤独时刻作为美好回忆以求得安慰。晏几道这两方面都有一些，但他的行动又与这二者不尽相同。一方面，因为家庭的由盛变衰，他无法改变自己的命运，更无法改变这四位歌女的命运；另一方面又因这种感情具有"超生死，忘物我，通真幻"的巨大力量，这就逼促词人不得不采取行动。当然，他的行动不是直面社会现实，而是使美好情感对象化与物质化，这就是他的歌词创作。在经历了生离死别的摧残与考验以后，他从两方面来进行美的升华：一是通过梦境或激情的自由来塑造自我；一是通过梦幻和虚构来雕塑四个清醒的恋人。

随着家境的中落,政治上的挫折,晏几道从富贵的峰巅跌落。在生活的浪潮之中,他是一个被放逐出来的流浪汉。表面上看,这四位歌女是因生活无着而"流转于人间"的。其实,真正被放逐的不是别人,而是晏几道自己。他无力拯救这四个柔弱的生命,最终被剥夺了相爱的权利而成为失意者。他内心充满了悲痛、自谴与漂泊感。这种感情除了寄托给梦境以外,有时还要做激情的自白:

长相思,长相思,若问相思甚了期,除非相见时。
长相思,长相思,欲把相思说似谁,浅情人不知。

在《小山词》中,《长相思》只有这唯一的一首。陈廷焯说:"此亦小山集中别调。"调名与内容结合紧密,"相思"二字出现六次之多。低回往复,情深意长。这样的自白在《小山词》中比比皆是:

泪弹不尽临窗滴,就砚旋研墨。渐写到别来,此情深处,红笺为无色。

《思远人》

相思处,一纸红笺,无限啼痕。

《两同心》

题破香笺小砑红,诗篇多寄旧相逢。

《鹧鸪天》

凭谁细话当年事,肠断山长水远诗。

《鹧鸪天》

欲写彩笺书别怨，泪痕早已先书满。

《蝶恋花》

书简、诗词都是用泪水和心血写成的。这讲的是词人自己，也讲的是他的恋人。上引诸句，很难分清是用词人自我口吻还是用歌女口吻写成的了。词人还善于将心比心，在睡梦中雕塑恋人的形象：

曲阑干外天如水，昨夜还曾倚。初将明月比佳期，长向月圆时候，望人归。　　罗衣著破前香在，旧意谁教改？一春离恨懒调弦，犹有两行闲泪，宝筝前。

《虞美人》

一醉醒来春又残，野棠梨雨泪阑干。玉笙声里鸾空怨，罗幕香中燕未还。　　终易散，且长闲，莫教离恨损朱颜。谁堪共展鸳鸯锦，同过西楼此夜寒。

《鹧鸪天》

泪痕揾遍鸳鸯枕，重绕回廊，月上东窗，长到如今欲断肠。

《采桑子》

词人热恋着对方，甚至认为对方比自己更多情，更多一重相思的折磨。他把自己的审美意识全部倾注于社会地位低下的歌女身上，用自己的美好感情去创造她们，改造她们，丰富她们。甚至认为她们经历了最悲惨的"流转"以后，仍能保持其出污泥而不染的高尚品德。词人把她们幻想成纯情的少女，幻想成大自然的精灵。她们被塑造得愈完美，同时也就愈加可望而不可即，从而更增添无限深情。罗曼·罗兰说过："只要有一双忠实的眼睛和我们一道流泪的时候，就值得我们为了生命而受苦。"晏几道和他恋人的泪水已汇流到一起了。他是甘心忍受这种折磨的。

晏几道是在睡梦中塑造理想的恋人。他是在同梦境中的恋人谈情说爱。幸亏他没有清醒过来，从而保持了他恋人的完美与崇高。这一切又都与晏几道的"痴"密切相关。晏几道痴情地相信他所爱的人永生永世钟情于他。他的词就是献给恋人的赞美诗。

四位歌女是否像词人想象的那样完美无瑕，无须深究。但有一点似乎可以肯定，即她们是清醒的。不然，怎么能适应"流转于人间"的生活？梦境是美丽的，自由的；但"人间"却是残酷的，悲惨的。面对悲惨的世界，梦是无能为力的。值得庆幸的是词人闭眼睡着，他并不知她们的具体遭遇和变化，从而保持他恋人头上那耀眼的光环，并永远咀嚼那份苦涩的甘甜。

法国著名作曲家柏辽兹年轻时热恋上在巴黎演出《哈姆雷特》的英国演员史密森，但被史密森拒绝。他在失恋中继续编织着热恋之梦，并为此写出一部著名的《幻想交响曲——一个艺术家生活中的情话》。四年后，这部交响曲在巴黎演出获得成功，恰巧史密森也在观众席里，并感知这部交响曲写的就是她。他们结合了。新婚过后，柏辽兹才发现史密森原来是一个极端庸俗、目光短浅、心胸狭窄的英国女人，根本不是什么天使。他后半生被她折磨得才华丧尽。柏辽兹侥幸没有与史密森过早结合，否则便不会有《幻想交响曲》传世了。晏几道始终没有走上柏辽兹的道路，因而保持了他旺盛的艺术生命，使他雕塑成的恋人形象永不凋萎。

3. 梦态的抒情：审美情趣与心灵形态的多向开掘

为了适应梦的艺术形态的创造，为了适应梦境的特殊建构方式，晏几道在词的艺术表现上，相应地有所更新和创造，这就是梦态抒情或称之为醉态抒情。其主要特点是：丰富性与多样性；跳跃性与模糊性；象征性与暗示性；可视性与音乐性。

所谓丰富性与多样性，主要指梦境的缤纷多彩与表现手法的翻新。词人的喜、怒、哀、怨，所有心理感受几乎均可通过梦境的闪回予以重现。有时是线性的延伸，有时是点状的定格或辅之以阶段性的回缩。时间是一线性的流动过程。既可表现为线性的发展，如前引《踏莎行·绿径穿花》《蝶恋花·梦入江南烟水路》；有时还可固定于一个画面，然后围绕此画面做梦境的回缩，包括激情的自白，如《留香令·画屏天畔》《采桑子·无端恼破桃源梦》，有时还可做波浪式的皱叠。这种手法又称顿挫或衬跌，沈祥龙则称之为"透过""翻转""折进""用意深而用笔曲"。如前引《阮郎归》："梦魂纵有也成虚，那堪和梦无。"《木兰花》："欲将恩爱结来生，只恐来生缘又短。"《胡捣练》："异香直到醉香来，醉后还因香醒。"《蝶恋花·梦入江南烟水路》的十句之中竟有四次翻转、折进，极尽波澜起伏，顿挫回环之妙。黄庭坚《小山词序》说小晏词"寓以诗人句法，清壮顿挫，能动摇人心。"即指此而言。梦，在词人心中存储的愈多，其表现形态也愈加色彩纷呈。

跳跃性与模糊性。跳跃性是伴同梦境大幅度空间转换而出现的，它与线性的延伸、回缩不同，它是在二维或多维空间展开的。梦的时空与现实生活中的时空多有不同。梦的时空是虚拟的，其目的不在生活本身，而在于传达作者潜在的心理趋向，它不受现实生活时空形态的制约，显示出充分的自主性与跳跃性。梦的发生、展现无任何规律可循，它来无影，去无踪，意象、画面、情节、人物的出现、发展、过渡、衔接、转换，令人难以把握。加之小令字数有限，不可能把梦的来龙去脉做全景式的展开，因而更加重了词的跳跃与闪动。随之又出现了情境的模糊性。如《临江仙·梦后楼台高锁》起句点"梦"，接句点"酒"，"梦""酒"二字已笼罩全篇。但"梦"却难以落实。何日之"梦"？何时之"酒"？一下难以说清。"楼台"在何处？"帘幕"在何方？甚至连"高锁""低垂"也难确指。第三句又突然回到"去年"，"去年"指一、二两句，还是指三、四两句？下片"记得""当时"，似乎已具备时间的确定性，但联系全篇，把下片解成梦境，甚至梦中之梦亦无不可。时空的跳跃与情境模糊，更浓化了梦的虚无缥缈和神秘气氛，并由此形成隐性抒情。

象征性与暗示性。所谓象征，乃是指词人通过使事用典或嵌入某种传统文化意识、意象以暗示深层心理的骚动。再看上引《临江仙》。如能将首句"梦后楼台高锁"与结句"曾照彩云归"联系起来做整体考察，那么，这首词中的"梦"，已非一般形态的梦。而是楚王梦巫山神女这类性质的梦。"楼台"，即《高唐赋序》中的"高台之观"，"彩云"似即赋中的"朝云"。正如李商隐所说："一自高唐赋成后，楚天云雨尽堪疑。"（《有感》）自宋玉这篇赋出现后，凡是文字作品中出现的"高唐""朝云""阳台""云雨""巫峡""楚梦"等词语，便均暗示男女恋情与欢合。在唐以前，上述词语，一般均不属亵语。在小晏词中，也只是象征恋爱双方决意争取的那一份相亲相爱与完美结合的自由。为了争得这份自由，词中曾反复出现上述词语：

晓枕梦高唐,略话衷肠。

(《浪淘沙》)

疑起朝云,来作高唐梦里人。

(《采桑子》)

朝云信断知何处,应作襄王春梦去。

(《木兰花》)

凭谁问取归云信,今在巫山第几峰?

(《鹧鸪天》)

此后锦书休寄,画楼云雨无凭。

(《清平乐》)

倚枕片时云雨事,已关山。

(《愁倚阑令》)

  从《高唐赋》衍化、积淀逐渐生成的系列意象,在长期流传、运用过程中,吸附了浓厚的感情内容,并逐渐凝固为歌咏爱情炽烈并通向峰颠的主题句。一个简单的抒情主题,通过实境与梦境两个层次的叠合,在相互辉映中使美得以升华。有时还形成实境、梦境、梦中之梦等多维、多层次的立体表现。值得指出的是,有时词人还把原来结合十分紧密的"云雨"一词拆卸开来,以新的方式重新组合。如"坠雨已辞云,流水离南浦""无端轻薄云,暗作廉纤雨"通过拆散、扩展、楔入等方式,把主体包含的内容重新填充，引出一种隐而未宣的亮点，吸引读者参与并进行再创造，由此构成情感内涵十分丰富而且带有神秘色彩的象征世界。黄庭坚最早发现这一特点，他说："至其乐府，可谓狎邪之大雅，豪士之鼓吹，其合者高唐、洛神之流，其下者岂减桃叶、团扇哉？"

可视性与音乐性。在可视性方面，小晏词主要发挥了视觉功能的造型作用。一是使心态动作化。词人特别敏感地捕捉反映人物潜意识的小动作，如"琵琶弦上说相思"。"说"，在此传达出旋律以外的某种情感。"试倚凉风醒酒面""半镜流年春欲破""晓妆呵尽香酥冻"。"倚""破""呵"均表达出潜在复杂心态，而不宜浮面地理解。二是情绪的色彩化。如"彩袖殷勤捧玉钟，当年拚却醉颜红""说着西池满面红""红烛自怜无好计，夜寒空替人垂泪""霞觞熏冷艳，云鬟嫋香枝"。三是情感的意象化。如"两重心字罗衣""恼乱层波横一寸，斜阳只与黄昏近""小字还家，恰应红灯昨夜花""月细风尖垂柳渡，梦魂常在分襟处"。"细""尖"，亦不只一般的意象造型，而是死别生离之情的外现，反映出深层的心理情绪。

所谓音乐性，即充分发挥词体之音乐性节奏的艺术功能。词本属音乐性文学。因音乐旋律之差异，于是便出现了长短不齐的句式与词体。能否发挥其音乐性特长并使之与抒情主题相结合，这已成为词人是否能在艺术上有所创造的关键。小晏词在这方面是成功的。他的词读起来往往具有一种难以言传的音乐感。缪钺先生在分析小晏《鹧鸪天·彩袖殷勤》时说：这首词"上半阕用了许多漂亮的颜色的字面""写得非常绚烂""像一幕电影，在眼前一现，化为乌有"。"下半阕写久别重逢的惊喜""运用声韵配合之美，造成一种迷离惝恍的梦境"。缪先生指出下半阕27

字中，共用16个阳声（字尾带m、n、ng），读起来"仿佛是听一首谐美的乐曲，其中经常有嗡嗡的声音。引入一种似梦非梦的境界"。（《灵谿词说》）这一分析十分精彩。注意运用音响效果创造梦的气氛，还表现在其他词篇之中。如《临江仙》：

斗草阶前初见，穿针楼上曾逢。罗裙香露玉钗风。靓妆眉沁绿，羞脸粉生红。　流水便随春远，行云终与谁同？酒醒长恨锦屏空。相寻梦里路，飞雨落花中。

全词58字，阳声字竟有34字之多："前""见""穿""针""上""曾""逢""裙""香""风""靓""妆""沁""脸""粉""生""红""便""春""远""行""云""终""同""醒""长""恨""锦""屏""空""相""寻""梦""中"。有时一句几乎全是阳声字，如"穿针楼上曾逢""酒醒长恨锦屏空"。这是词中的关键句，比较恰切地表现出梦回酒醒后的迷惘。此种音响效果与梦境相互配合，增添了"天光云影，摇荡绿波，抚玩无斁，追寻已远"的韵味，使读者久久回荡在梦境的抒情气氛之中。

上述三点并非刻意求之，而是出自作者天性。作者以善感善觉之才，遇可感可觉之境，于是触物生情，而发于自觉不自觉的心灵意态，即所谓"秀气胜韵""得之天然，将不可学"。他的艺术技巧不是简单追求起承转合所能达到的。

4. 梦因的透析：一种自觉但并非心甘情愿的选择

晏几道并非一开始就沉溺在梦境之中。早年，他是一个非常清醒的人。《花庵词选》选晏几道的《鹧鸪天》，据夏承焘《二晏年谱》，这年晏几道约十五六岁。他这首词已写得相当不错了：

碧藕花开水殿凉，万年枝外转红阳。升平歌管随天仗，祥瑞封章满玉床。　　金掌露，玉炉香，岁华方共圣恩长。皇州又奏圜扉静，十样宫眉捧寿觞。

透过歌舞升平的词句可以看出，词人所写的乃是一片欣欣向荣的初夏风光，象征着北宋王朝正向它繁荣的峰巅爬升。此时，他自己也满怀希望。他"潜心六艺，玩思百家""文章翰墨，自立规模，持论甚高，未尝以沽世"。

然而，好景不长。随着晏殊去世，家道中落，晏几道沉浮于生活激流之中，后来竟因郑侠反对新法被拘而牵连入狱。入狱、出狱，对一个贵公子来说，不论身、心，均是难以承受的打击。早年，他无论如何不曾想到会有这一步。但他对前途并未失去希望。元丰五年（1082），在他监颍昌许田镇时，曾将新词进呈府帅韩维。《邵氏闻见后录》卷十九说："晏叔原，临淄公晚子。监颍昌府许田镇，手写自作长短句，上府帅韩少师。少师报书：'得新词盈卷，盖才有余而德不足者，愿郎君捐有余之才，补不足之德，不胜门下老吏之望'云。一监镇官敢以杯酒间自作长短句示本道大帅，以大帅之严，犹尽门生忠于郎君之意。在叔原为甚豪，在韩公为甚德也。"晏几道对韩进献新词，是最大的尊敬和信任，然而得到的却是爽直的批评。"才有余""德不足"的士子，更无法求得宦途的伸展了。在多次挫折之后，他自然要转而把自己封闭于狭小天地之中。黄庭坚说他："不能一傍贵人之门""磊隗权奇，疏于顾忌""常欲轩轾人，而不受世之轻重"。孤高耿介，目中无人。这样的文人是无法被当时上层社会圈接受的。从这一点上看，他是个落伍者。

正是在这无可奈何的情境下，他才在沈、陈二位朋友家饮酒、听歌，追求"一笑"之乐："补亡一编，补乐府之亡也。叔原往者浮沉酒中，病世之歌词，不足以析酲解愠，试续南部诸贤绪余，作五、七字语，期以自娱。"他明确表示他的创作走的是"花间"、南唐词的道路。这是一种"自娱"。他同沈、陈家四位歌女之间的恋情，则是他精神世界的最大寄托。然而好景不长。沈、陈二友或病或殁，四位歌女又"流转于人间"。词人唯一的心灵寄托已化为泡影。从政，无门；理财，无能。"四痴"之中，他只剩有两"痴"了：一是"论文自有体，不肯一作新进士语"；一是"人百负之而不恨，已信人终不疑其欺己"。晏几道正是凭借他对四位歌女的信赖与痴情，凭借他那不媚俗，不跟风的笔，才在梦境的创造上，超越了他以前的词人。

据不完全统计，晏几道以前的词集，如《敦煌曲子词集》（王重民）161首词中，"梦"字出现7次；《唐五代词》（林大椿）1140余首词中，"梦"字出现180余次。入宋后的情况是：晏殊，12次；欧阳修（包括《全宋词》附录），20余次；张先，12次。晏几道词中的"梦"，正是晏殊、欧阳修、张先的总和。当然，小晏词的成功并不在量的优势，而决定于他作品的美质。前人对此有很高评价。陈振孙说："叔原词在诸名胜中，独可追逼花间，高处或过之。"（《直斋书录解题》）毛晋说："《小山集》直逼《花间》。字字娉娉袅袅，如揽嫱、施之袂，恨不能起莲、鸿、苹、云按红牙板，唱和一遍。晏氏父子俱足追配李氏父子云。"（《小山词跋》）。周济评价说："晏氏父子，仍步温、韦。小晏精力尤胜。"（《宋四家词选目录序论》）

现实世界把晏几道拒之门外，沉潜于意识深处的梦幻世界收容了他。离现实世界愈远，对"梦"的迷恋愈深。"梦"，成为晏几道难以释解的情结。艺术家就其天性而言，本就适宜于生活在想象和情感构成的审美世界之中。时代摧残了他，又成全了他。

倘一定要问：晏几道"梦"词有什么价值与意义可言？为避免小晏词贬值，似可凑成以下几条。首先是心灵情感方面的价值。在宋代日益膨胀起来的、追逐官能享受的历史条件下，小晏词主要从心灵体验与情感跃动方面进行多侧面、多层次、多维性开掘，揭示出精神活动的极大丰富性。他的词里，很少有低级庸俗的描写。即使梦魂中无遮拦的曝光，也绝少猥亵。不独"梦词"，甚至包括其全部作品，都比较清雅、纯正，艺术质量也较均匀整齐。

其次，在周敦颐、程氏兄弟与邵雍等理学风行一时之际，晏几道借助自己的词作揭示人性与情感的复杂内涵，客观上构成了对"存天理，去人欲"的一个冲击。程颐对"梦魂惯得无拘检"的赞赏，不就是人情味淡化了道学气，人性冲击着天理的明证吗？

第三，从词体自身着眼，小山词还把小令的创作推向一个新台阶，使词更具有它本身的特点。如叶嘉莹先生所说，晏几道的词在历史发展中是"回潮之中的开新"。[①]"回潮"，主要表现在内容与形式两方面。就内容而言，他在柳永词内容开新与苏轼拓展词境的大潮中，却只集中于恋情相思的写作。就形式而言，他在慢词兴起之后而只用小令这一体式进行创作，表现出他观念的保守与对新事物的某种排拒。但他又不是单纯意义上的"回潮"，在"回潮"中又有所"开新"，而且以"开新"为主。他

---

① 叶嘉莹：《灵谿词说·论晏几道词在词史中之地位》，上海古籍出版社1987年11月版。

的"开新"由此而更加艰难了。

晏几道不顾别人怎样生活,怎样写作,而只沿着他情感的垂直线向狭深的内心世界开掘。开掘,终于掘出别的词人不曾特别珍视的东西:无理性却又孕含着人生哲理的"梦"。

三、《小山词》基本的创作心态:失落后的心理补偿

小山词抒写生活巨变之后的失意与抑郁,大都是通过对往事的回忆而完成。进入词人脑海的又往往是昔日与多位歌妓的缠绵多情,当年的灯红酒绿、歌舞寻欢的生活成了一种美好往事的积淀。延续到眼前,晏几道仍然念念不忘从歌儿舞女那里寻求安慰。于是,恋情词成了《小山集》中的主要内容。这类词的抒情方式大致是如此的:描写歌妓对他的多情留恋或两人之间的深情交往,以至分别后难以忘怀、悲伤不已。正如前文所言,晏几道是在梦幻的虚景中构筑自己的情感世界,所以晏几道词所抒写的恋情,与其说是一种真实世界的真实情感,不如说是虚构情景的心理补偿。

1. 爱恋的第一个层次:一见钟情

晏几道是位多情词人,他在友人家饮酒听歌,便对其歌婢侍妾情有所钟;在江湖上落魄飘零,便对偶遇的歌儿舞女念念难忘。这是晏几道爱恋的两类主要对象。他一再坠入爱河,又一再被迫别离,相思苦恋就始终伴随着他。而每一次爱恋的发生总是毫无例外地属于"记得小苹初见"式的一见钟情。词人无论是与友人家的养伎还是与江湖上的歌妓相遇,大都是在歌舞酒宴上,或者他要顾忌在座的友人的心态与面子,不可随意流露情感;或者各地流落,不容词人与某一异性逐渐地、长期地建立起感情

联系。这样的环境决定了词人根本没有从容的时间与对方互道情愫、培养情感，彼此只能匆匆生情，草草了事。晏几道曾经说："狂花顷刻香，晚蝶缠绵意。天与短因缘，聚散常容易。"(《生查子》)聚散匆匆，就不能有感情的牢固建立和发展。

词人与歌妓在文化修养、身份地位诸多方面相去甚远，故在应酬场合偶尔免不了对某歌妓产生一点理解，或抒发一些"天涯沦落人"的感慨，但更多的时候是夸耀对方的穿着打扮、美貌柔情，卖弄今夜饮酒狎妓的艳遇。晏几道许多恋情词，都集中描写歌妓的服饰、容貌、体态、技艺，与"初见"小苹时就记得她"两重心字罗衣"的感受一样。如"娇慵未洗匀妆手，闲印斜红"(《丑奴儿》)、"净揩妆脸浅匀眉，衫子素梅儿"(《诉衷情》)、"远山眉黛娇长，清歌细逐霞裳"(《清平乐》)。他经常回味的是"断云残雨""高唐梦""襄王春梦""归云巫山""借取师师宿"等等。在那个时代，文人士大夫主要将歌妓作为排忧解闷的工具是当然的，晏几道不可能超越。酒宴间逢场作戏时，第一印象就尤其重要。词人总是根据对方的色艺决定取舍。遇上一位容貌出众、技艺超群的歌妓，词人就不免心醉神迷，一见钟情。如《玉楼春》说：

一尊相逢春风里，诗好似君人有几？吴姬十五语如弦，能唱当时楼下水。　　良辰易去如弹指，金盏十分须尽意。明朝三丈日高时，共拚醉头扶不起。

春风宜人，萍水相逢，美女如花，歌喉婉转。词人神魂荡漾，如痴如醉地迷恋上"伊人"，醉宿伊家，日高三丈，犹不愿告别温柔乡。随之而来的又是别离痛苦，相思肠断。词人一生的艳遇大抵如此。因此,词人便在一见钟情与乍离凄苦的情感交替中消磨时光。分手后最值得留恋的仍是初次见面时的第一印象。所谓"斗草阶前初见"(《临江仙》)一类。

古代封建社会严男女礼防,异性之间绝少有相见相近的时间和机会。能与男性自由交往的,就是青楼女子。她们凭色艺事人,一次性地被决定取舍。良家女子偶尔能与陌生男子匆匆一见,更如惊鸿一瞥。所以,中国古代男女之爱恋大都是一见钟情式的。古小说、戏曲中千篇一律的一见钟情故事,就是这种时代文化与社会氛围中的产物,如李娃与荥阳公之子、杜蕊娘与韩辅臣,乃至上层社会的张生与崔莺莺、裴少俊与李千金等等,都是这方面脍炙人口的故事传说。晏几道一见钟情式的爱恋,是以这种社会文化作为创作背景的。

2. 爱恋的第二个层次:自作多情

爱的付出需要回应,尤其是男女之爱。如果单方的付出而得不到相应的反馈,就意味着付出者正在演出生活悲剧。晏几道就是在扮演这样的角色。晏几道在一见钟情式的爱恋游戏中,多数时间是自编自导,自鸣得意,自作多情。这与他人一见钟情式的恋爱就有所不同。仍从晏几道与两类爱恋的对象的关系谈起。

宋人家庭豢养歌儿舞女之风甚盛。北宋初年,太祖"杯酒释兵权",劝石守信等臣下"多积金,市田宅,以遗子孙,歌儿舞女以终天年"。(《宋史》卷二百五十《石守信传》)因此,北宋君主并不限制臣僚的生活享乐。这是君主控制臣下的一种手段,以此化解上下矛盾。得皇上提倡与怂恿,宋代达官贵人、官吏豪绅家都数量不同地拥有私人的歌儿舞女。这些歌儿舞女兼有主人侍妾的身份,如朝云之于东坡。虽然主人兴致所到可将某女子转赠他人,但反过来客人则不能随意与主人侍妾有染。无名氏编的《杂纂》在"反侧"一目下列"犯人家婢妾"为一条(陶宗仪《说郛》卷五),可见这方面的忌讳。友人好意出侍妾"品清讴娱客",晏几道怎么能够见一爱一,脉脉多情,横刀夺爱?果真如此,很难想象友人怎能容此浮浪子弟频频上门。晏几道回忆当年也只是说"每得一解,即以草授诸儿,吾三人听之,为一笑乐",并没有更多的言行。"性爱就其本性来说就是排他的",①性爱一般只能在二人之间发生,决不容第三者介入,不容"多边关系"和睦共存,否则就违背人们的正常性爱心理。这一点古今应该是没有什么差异。南宋刘过填词赠友人吴平仲所喜的歌妓盼儿,盼儿遂属意刘过。吴醋意大发,挟刃刺刘,双双身陷囹圄。(详见周密《浩然斋雅谈》)人同此心,心同此理。小山对友人的歌儿只能是可望而不可即,即使有一番爱意,也须深埋心中。他根本没有机会与莲、鸿、苹、云等互通心意,暗期偷约。他也无从了解对方的真实看法,只好凭一己的忖度、猜测。作为他猜测的主要依据,是女方的神情与歌乐声。如"琵琶弦上说相思""泪粉偷匀、歌罢还颦""小莲未解论心素,狂似钿筝弦底柱"等。这种猜测分析,如果没有其他旁证,只能是晏几道的想入非非、一厢情愿。宋代歌儿舞女在酒宴上唱相思艳曲以娱乐主人、宾客,是十分平常的,大量产生于酒宴之间的宋代艳词是最好的佐证。在演奏、歌唱这些乐曲时,歌妓们配以职业化的表情、动作,显得脉脉多情,动情时乃至潸然泪下,也是很正常的。即使我们今天参加音乐歌唱会,也能发现某些演员表情丰富,或泪光莹莹。这既是职业要求培养起来的职业习惯,也是

---

① [德]马克思 恩格斯:《马克思恩格斯选集》,第4卷,人民出版社1966年版。

表演者艺术体验外化的具体体现。观赏者因此心猿意马，浮想联翩，当然不足为凭，只能是他的自作多情。李商隐暗恋某女，自觉"身无彩凤双飞翼，心有灵犀一点通"，随即有"隔座送钩春酒暖，分曹射覆蜡灯红"的细节补充。小山除了揣想，便一无所有。

与江湖上歌妓交往，比之友人家侍妾，更加自由无拘束。歌妓不但用表情、歌声，也直接用言行向词人传情达意。《点绛唇》说：

妆席相逢，旋将红泪歌金缕。意中曾许，欲共吹花去。　　长爱荷香，柳声殷勤路。留人住，淡烟微雨，好个双栖处。

这首词记叙了又一次的艳遇。这位多情歌妓与词人"妆席相逢"，便脉脉含情，用《金缕曲》传递香艳的幽怨。最后留住词人，双宿双飞。词中有象征、暗示，但两人的关系清晰明朗。浪迹四方，此类艳遇时而有之。词人风流自赏，频频以为夸耀口实："寻芳误到蓬莱地，玉颜人是蕊枝仙，相逢展尽双娥翠。"（《踏莎行》）"芦鞭坠遍杨花陌。晚见珍珍，疑是朝云。来做高唐梦里人。"（《采桑子》）这一连串的艳遇，女方也是主动的。词人常常被对方的体态、神情迷惑，堕入情网。与她们分别后，缠绵的苦痛相思，便"剪不断，理还乱"了。

然而，这仅仅是表面现象。不应该忘记词人所迷恋的对象是歌妓。娇媚依人、慵柔情浓、曼声细语、殷勤留客，这是她们的谋生手段与方式。她们惯用"如弦"的语音，挑选"诗好似君能有几"等投合客人喜好的奉承话，留宿客人。她们中有严蕊那样渴望过正常生活的，但数量有限。大多数已经被环境吞蚀、腐化，习惯于送往迎来、投怀卖笑的生活。南宋高似孙迷恋歌妓洪渠演唱时困懒娇慵的神态，有人便劝他说："卿自用卿法。"高回答说："吾亦爱吾渠。"（详见周密《癸辛杂识》）若相信歌妓的神情、举止、言笑等，便是此类"吾亦爱吾渠"式的自我陶醉。新中国建立后曾大规模地改造旧社会遗留下来的妓女，却遇到了意想不到的抵抗。她们哭天呼地，寻死觅活，花样翻新，怪招百出。这个事实很能说明问题。可见，小山写歌妓多情的词还是一厢情愿，要大打折扣。晏几道与歌妓大都萍水相逢，哪可能真正把握对方心意，产生心灵沟通。《杂纂》在"谩人语"目下首列"说风尘有情"（陶宗仪《说郛》卷五），就是对晏几道之类自作多情的无情揭穿。宋词中"说风尘有情"的描写俯拾皆是，已成为填词时的一种游戏规则。① 只有小山这样的词人才信以为真。这既是不失"赤子之心"，又是自作多情。刘克庄说："易挑锦妇机中字，难得玉人心下事。"（《玉楼春》）这才是当时真实的社会情景。况且，小山后期家境颓唐，歌妓们凭什么迷恋上他？假如说偶有一风尘知己，或许略有可能。要是说每位歌妓都必然地爱上晏几道，显然是自欺欺人。

　　事实上，词人情场失意的时候占多数。他自以为对歌妓付出了情感，便祈求对方同等的反馈。事与愿违之后，无休的怨恨汹涌而来："别来久，浅情未有，锦字寄征鸿。"（《满庭芳》）"懊恼寒花暂时香，与情浅，人相似。"（《留春令》）"可怜人意，薄于云水，佳会更难重。"（《少年游》）有时词人采用代言方式，借歌妓之口倾吐内心痛苦："眼约也成虚，昨夜归来凤枕孤。且据如今情分里，相与。只恐多时不似初。"（《南

---

① 诸葛忆兵：《宋恋情词情感价值的评估》，《中国诗学》第5辑。

乡子》）"怅恨不逢如意酒，寻思难值有钱人。可怜虚度琐窗春。"（《浣溪沙》）或埋怨对方移情别恋，或怅恨世界知音难觅，充满了失落感。这一团感情乱麻，纠缠不休。晏几道甘愿一次又一次地被拖入感情的旋涡，一次又一次地无力挣扎，力求摆脱。他更愿意闭目不看现实，永远生活在自己虚构的世界之中，以梦境满足自己。晏几道的自作多情、多愁善感、懦弱无能，因此得以淋漓尽致地展现。

3. 爱恋的第三个层次：心理补偿

然而，晏几道何苦要忍受如此的感情折磨，何不慧剑斩情丝，从沉沦中挣脱出来，痛痛快快地做人呢？回答是否定的。晏几道的家庭出身、生活经历、性格特征而造就的特殊心理状态，决定他只能沦落下去。这是冥冥中命运的安排。

晏几道出生于一个钟鸣鼎盛的荣华富贵之家，父亲为他留下万贯家私，供他"费资千百万"地挥霍。"《水调》声长歌未了，掌中杯尽东池晓"（《蝶恋花》），是他当年放纵无节制生活的写照。而且，由于家庭背景的原因在少年时还受到皇帝的赏识。《红楼梦》中娇生惯养的贾宝玉，一言一行、一举一动都有婢仆侍侯、清客奉承，晏几道早年的生活就与之类似，其"痴"也相似。早年的经历很好地培养了晏几道生活的自信心和优越感。他总是自负"锦衣才子""少陵诗思"，处处以自我为中心，对前途抱有乐观的向往。同时，这也使得他不通世事，对周围的人与物抱有幼稚天真的看法。黄庭坚说他"痴亦自绝人"，也正是这种生活经历和环境的产物。

生活的需要粗暴地结束了晏几道童年的梦幻。在他未有充分心理准备的时候，将他抛入社会，逼迫他向人生事业转移。说到底，晏几道的家庭环境和生活经历也永远使他不可能有很充分的心理准备去面对现实生活。晏几道带着预先的美好设想踏入社会,马上显得手足无措,处处碰壁。生活和心理危机逐渐形成。后期词人家境日衰,混迹官僚下层,又牵累入狱,历尽仕途风波。昔日亲朋好友或"疾废下世",或弃之而去。"旧粉残香似当初,人情恨不如"(《阮郎归》),世态炎凉伤透了词人的心。茫茫人海,知音难觅。无人赏识其才华,无人理解其痛苦。词人期待"未知谁解赏新音"(《虞美人》),愤慨"竟无人解知心苦"(《蝶恋花》)。在冷酷的现实面前,他被迫提前致仕。前后生活的骤转,带来了内心的巨变。他失去了群星捧月的中心位置,其乐观、向往——幻灭。晏几道性格偏于懦弱,他无力挽回颓境,无法应付现实,无能为自己命运而抗争,因此便从自信跌入自卑,心理失去平衡。有时,他故做狂放,以失态来传达心理失衡。《玉楼春》说:

　　雕鞍好为莺花主,占取东城南陌路。尽教春思乱如云,莫管世情轻似絮。　　古来多被虚名误,宁负虚名身莫负。劝君频入醉乡来,此是无愁无恨处。

　　颓唐自任,及时行乐,蔑视"世情"的变幻,在醉乡里寻求自我陶醉和安慰。然仍无法摆脱"愁"与"恨"。否则,晏几道一生就没有如此多的痛苦,就不会被后人称为"古之伤心人"了。这是另一种一厢情愿、自欺欺人的方式:高呼挣脱"虚名",恰恰是为"虚名"所牢笼。词人的故作姿态正好从反面说明了问题。

　　词人也因此很少回到现实世界。他更擅长在无形的精神世界里获得真正的稳定,为自己编织五彩的爱情梦幻。这些梦幻缓解了他紧张的精神状态,安慰了他因巨变而受伤的心灵,在幻觉中依然支撑着他的优越感和自豪感。使他再度自尊、自爱,并再度感受到他人对自己的高度评价。心理上由是得以补偿,从不平衡过渡到新的平衡。这是晏几道沉溺在"睡梦"中的根本原因。因为只有在梦中方可无拘无束,不受现实的检验,完全服从快乐原则的支配。他的梦魂时常飘忽到"碧纱窗""杨叶楼",与意中人团聚,卿卿我我,"偎人说寸心"(《更漏子》)。在这个世界里,词人才华横溢、光彩夺人,无丝毫落魄憔悴态。他依然是众人瞩目的中心,才貌双绝的佳人脉脉含情地注视着他,全身心地爱着他,牵肠挂肚地思念着他。多么美妙动人的情景!

词人岂止在梦中编织彩幻,即使是白昼他也延续着无意识状态下的美梦。遇异性处处一见钟情,又以为对方同样迷恋上自己的自作多情,就是绝妙的白日梦。佳人的一颦一笑、一举一动,都是在向他传递爱情信息,仿佛有一千位美貌出众的少女微笑着向他走来,争先奉献爱情。他永远是美人心目中的"白马王子"。"姮娥已有殷勤约,留著蟾宫第一枝"(《鹧鸪天》),沉醉在这样的白日梦里,乐此不疲。晏几道美化眷恋异性,就是在间接地美化自我,自抬身价。无力抗争现实,又不能脱落"虚名"的牵累,没有勇气和毅力真正超脱烦恼人生,只得局限于一己之荣辱得失,自我欣赏,自作多情,这是晏几道恋情词的根本成因。他就像一位"自恋者","只是整天孤芳自赏,自命不凡,而并不花费精力为自己争取些什么。这是一种缺乏自爱而产生出来的过度补偿"[①]。莲、鸿、苹、云等已成为他旧日逍遥舒适生活的象征。他的回忆留恋,一边是在重温往日的富贵繁华,一边是在编织新梦欺骗自己。这种白日梦

---

① [英]弗洛姆:《逃避自由》,工人出版社1987年,第157页。

蕴涵着眼前的失落,背后是一种深沉的凄凉悲哀。所以,晏几道即使发现自己一再受骗、歌妓薄情、誓言无凭,却仍然喜欢沉醉在虚构的梦幻中,因为这是他心灵的最大寄慰。奥地利心理学家阿德勒对这种心态有过详尽的分析,他说:"他的目标仍然是'凌驾于困难之上',可是他却不再设法克服障碍,反倒用一种优越感来自我陶醉,或麻木自己。同时,他的自卑感会愈积愈多,因为造成自卑感的情景仍然一成未变,问题也依旧存在。他所采取的每一步骤都会将他导入自欺之中,而他的各种问题也会以日渐增大的压力逼迫着他。"①

晏几道越到后期,越陷入这种心理困境。日益膨胀的自卑将其导入心理异化。元人陆友的《研北杂志》引邵泽民语说:"元祐中,叔原以长短句行,苏子瞻因鲁直欲见之。则谢曰:'今日政事堂中半吾家旧客,亦未暇见也。'"这口气够"酸"的。第一,晏几道拐一个弯,以他家从前的声势为夸耀资本,颇有"老子也曾阔过"的意味。第二,他借此逃避现实,矜持做作,满足虚荣,维持优越感。事实上,"今日政事堂"中恐怕没有人理睬他这落魄子弟了。这种"酸葡萄"态度,恰恰泄露他内心的极度自卑。苏轼在元祐中已名满国中,俨然为文坛领袖。仕途上也因深得垂帘听政的太皇太后的信赖而倍受重用。这与晚景凄凉的晏几道有天壤之别。苏轼可以说是晏殊的再传弟子(苏轼师欧阳修为晏殊门生)。诸多因素刺激了晏几道,变态心理就爆发出来。他不顾"以文会友"的礼节,酸溜溜地拒绝会面,连最起码的待人接物的文雅大方的态度也维持不了。他宁愿与职位、名望较低的黄庭坚结交,也不愿与声名显赫、官运亨通的苏轼见面。设想

---

① [奥]阿弗雷德·阿德勒:《自卑与超越》,作家出版社,第47页。

一下：假如晏几道出身寒微，又因长短句著名，文坛领袖苏轼因此前来拜访，晏几道肯定受宠若惊，感恩戴德，有知音"知遇"的狂喜。宋代不乏身份相差悬殊、以文论交的文坛趣事，如姜夔与范成大、刘过与辛弃疾等。幸亏姜夔、刘过没有一个显赫无比的家庭出身，文坛上才有了这些流传人口的佳话。

叶嘉莹先生论小山词"颇有一点托而逃的寄情于诗酒风流的意味"[1]。这是晏几道抵御外部冷酷世界、维持心态平衡的绝妙武器。他那缠绵悱恻、哀怨欲绝的恋情词因此绵绵不绝地创作出来，词人也因此走向最后的心灵避难所。

---

[1] 叶嘉莹：《论晏几道词在词史中之地位》《灵谿词说》，上海古籍出版社1987年11月版。

第二章 柳永词风与慢词兴盛

慢词是宋词的主要体式之一，它与小令一起成为宋代词人最为常用的曲调样式。慢词的名称从"慢曲子"而来，指依慢曲所填写的调长拍缓的词。《词谱》卷十称慢词"盖调长拍缓，即古曼声之意也"。"慢曲子"是相对于"急曲子"而言的，慢与急是按照乐曲的节奏来区别的。"慢曲子"又称"慢遍"，王建《宫词》说："巡吹慢遍不相和，暗里看谁曲较多。"《词源》卷下说："慢曲不过百余字，中间抑扬高下，丁、抗、掣、曳，有大顿、小顿、大住、小住、打、掯等字。真所谓'上如抗，下如坠，曲如折，止如槁木，倨中矩，句中钩，累累乎端如贯珠'之语，斯为难矣。"显然，由于曲调变长、字句增加、节奏放慢，与小令相比慢词在音乐上的变化更加繁多，悠扬动听。于是，这也就适宜表达更为曲折婉转、复杂变化的个人情感。

这里需要辨明的是"慢词"与"长调"的区别。慢词曲调较长、字数较多，但这并不意味着所有的长调都是慢词。如《胜州令》长达215字，分成4叠，现存宋韩师厚妻郑意娘所填的词一首。反过来，《高丽史·乐志》中所载的《太平年慢》则只有45字，双调。敦煌琵琶谱中的"急曲子"也有不短于"慢曲子"者。词调的"慢"与"急"是依据其音乐节拍的缓慢或急促来区分的，与字数没有必然联系。当然，乐曲的节奏放慢之后一般说来曲调要变长、字数要变多。而长调、中调云云，则是根据各调的字数多寡来区分的，这同样与"慢曲子""急曲子"无关。唐宋时期，没有"长调""中调"之说，至明清时期才出现这类划分，并将其与"慢词""小令"混为一谈，遂造成后人理解上的混乱。明人顾从敬刻《类编草堂诗余》，将分类编排的旧本改为按调编排的新本，将词重新分为长调、中调、小令三类：58字以内为小令，59字至90字为中调，91字以上为长调。清初毛先舒在《填词名解》中肯定了这一分类法，于是，这种分法在清代便甚为流行，而且往往将慢词与长调等同起来。一直到今天，个别学者依旧认同这种分法，王力先生在《汉语诗律学》中说："我们以为词只须分为两类：第一类是62字以内的小令，唐五代词大致以这范围为限；第二类是63字以外的慢词，包括《草堂诗余》所谓中调和长调，它们大致是宋代以后的产品。"（第520页）很明显，这些学者是将字数多寡与乐曲缓急两个不同标准混淆起来了，漠视了宋词本是合乐歌唱的音乐特质。对此分类法，清人已经加以驳斥。万树《词律·凡例》说："所谓定例，有何所据？若以少一字为短，多一字为长，必无是理。如《七娘子》有五十八字者，有六十字者，将名之曰小令乎，抑中调乎？如《雪狮子》有八十九字者，有九十二字者，将名之曰中调乎，抑长调乎？"四库馆臣十分赞同万树的观点，《四库全书总目》卷一百九十九《类编草堂诗余提要》说："词家小令、中调、长调之分自此书始。后来词谱依其字数以为定式，未免稍拘，故为万树《词律》所讥。"今天多数学者已经舍弃了长调、中调、小令的分类法。然而，清人使用这种分类法已经约定俗成，在词论中所言的"长调"往往即指"慢词"，故必须辨明。

词的曲调样式除慢与小令以外，还有近、引两类。《词源》卷下称"美成诸人又复增演慢曲、引、近"。近，是近拍的简称，它是近列于慢曲之后、令曲之前的曲子，如《好事近》《丑奴儿近》之类。近拍的字数大致介于慢曲与小令之间，最短的是袁去华的《卓牌子近》71字，最长的也是袁去华的《剑器近》96字。引，本来是古代乐曲的名称，在大曲中与序的意义相近，为前奏曲、序曲之意，如《千秋引》《天香引》之类。引的字数与近拍相似，最短的是苏轼的《华清引》40字，最长的是向子諲的《梅花引》114字。所以，明清人往往根据字数将近、引归入中调，这仍然是不合理的。近、引的名称在于它们在乐曲中所处的位置，依然应该从音乐的角度去理解。近、引曲调较少，作品数量也不多，故附于此一并介绍。

第一节　慢词的兴起及其发展

慢词的兴起同样可以追溯到唐代，王灼《碧鸡漫志》卷五说："今大石调《念奴娇》，世以为天宝间所制曲，予固疑之。然唐中叶渐有今体慢曲子。"其实，慢词产生的年代可能还早于唐中叶，它与歌词其他体式差不多同时兴起，只不过后来没有获得同步发展而已。

"慢曲子"对应于"急曲子"，在唐代燕乐系统一经形成的时候就作为乐曲的一种基本形式存在。《新唐书·礼乐志》讨论唐时乐曲，有"慢者过节，急者流荡"之说。唐代大曲，其基本结构形式也就是散——慢——快，[1] 可见"慢曲子"与"急曲子"是对应地同时存在的。《碧鸡漫志》卷三说："凡大曲，就本宫调制引、序、慢、近、令，盖度曲者常态。"也就是说，慢曲是大曲的一部分，经过摘遍单行、独立演唱之后再发展起来的。现存的敦煌琵琶谱25曲，注明"慢曲子"的有7调，注明"急曲子"的有4调。在唐写本琵琶谱中，标明"急曲子"的有《胡相问》1曲，标明"慢曲子"的有《西江月》《心事子》2曲。标明"急曲子"和"慢曲子"交互使用的有《倾杯乐》《伊州》。

配合这些"慢曲子"演唱的歌辞，就是后人所说的"慢

---

[1] 见王昆吾《隋唐五代燕乐杂言歌辞研究》第181页，中华书局1996年。

词"。所以,在重新发现的"敦煌曲子词"中就有7首慢词:《洞仙歌》2首,分别为74字与77字;《倾杯乐》2首,分别为109字与110字;《内家娇》2首,分别为96字与106字;《别仙子》1首,71字。这些慢词,"无论句型、句式、领字等形貌,均已奠定了慢词的声律基础。唯用韵方面变化颇大,且有平仄通叶的现象,与宋人的作品不尽相同",因此,黄坤尧先生特意将其称为"唐慢体"。① 此外,同一词调不同作品字数的不等,也说明了初期慢词的不确定性。现举二词为例:

忆昔笄年,未省离閤(合)。生长深闺苑,闲凭着绣床,时拈金针。拟貌舞凤飞鸾,对妆台重整娇姿面。知身貌算料,岂交(教)人见?又被良媒,苦出言词相诱玄。 每道说水济(际)鸳鸯,惟指梁间双燕。被父母将儿匹配,便认多生宿姻眷。一但(旦)娉得狂夫,功(攻)书业、抛妾求名宦。众(纵)然选得一时朝要,荣华争稳便?

《倾杯乐》

丝碧罗冠,搔头坠髻,宝装玉凤金蝉。轻轻浮(傅)粉,深深长画眉绿。雪散胸前,嫩脸红唇,明如刀割,口似珠丹。浑身挂异种罗裳,更薰龙瑙香㷬(烟)。屐子齿高慵移步,两足恐行难。天然有灵性,不娉凡交。招事无不会,解烹水银,练(炼)玉烧金,别尽歌篇。除非却应君王,时人未可趋颜。

《内家娇》

---

① 黄坤尧《唐词长调考》,《词学》第二辑,华东师范大学出版社1983年。

两首词都是写女子的情感世界。《倾杯乐》写一位女子"悔教夫婿觅封侯"的痛苦。独守空房时，忆及待字闺中的憧憬及其出嫁，结果是夫婿为求取功名而轻离别。于是，就把怨恨发泄到媒人的花言巧语之上了。结尾句对荣华富贵的蔑视，表明了古代女子的价值取向完全不同于男子，她们只重视情感的需求，因为这对她们来说就是唯一。《内家娇》则写宫廷女子，基本上是外貌、打扮的描写，完全是南朝宫体诗的作风。两首词都有了充分的展开铺排，有了充裕的空间与时间叙述，语调上也不急不迫，缓缓说来。

唐五代以来，慢词在文人手中的填写，必然会接受唐近体诗的影响，显示出诗与词过渡或融合的诸多痕迹。这种融合的过程，也是慢词发展过程的一部分。唐五代文人所填写的长调，也因此具有了不同于宋代慢词的某些特点。黄坤尧先生反对笼统地将唐五代人的长调称之为慢词，而仔细地将其区分为声诗体、律体、律慢过渡体、唐慢体、宋慢体等五种类型。其中，"律体"的"句拍组织大部分仍不脱五、七言诗律句法的支配，甚而更喜用三言句。用韵颇密，略以平声为多，且见错综变化的现象。韵拍短促，节奏较快"；"律慢过渡体""基本上已摆脱了律体句度的束缚，无论下字用韵，都能适应乐曲的实际需要，尤以偶字句的普遍应用，使节奏减缓"；以及上文提及的"唐慢体"等等，①分类标准都有点过于人为勉强，却能某种程度上揭示近体诗对慢词发展的影响。其间，"声诗体"与"慢体"的区别则是必要的。

首先是声诗体。"引言"中已经详细讨论了"声诗"合乐歌

---

① 详见黄坤尧《唐词长调考》，《词学》第二辑，华东师范大学出版社1983年。

唱的过程。五、七言声诗被谱入曲子，再杂以泛声、和声、散声等等，往往流传一时。由于声诗与乐曲配合初期的不适应性和艰难性，以及诗人与乐工之间也需要一个默契过程，诗人和乐工开始时多数选择篇幅短小的作品去合乐歌唱，然不排除其中也有个别调长字多的作品。黄坤尧先生收集到四首：张说《乐世词》，七言十句排律，六平韵；温庭筠《达摩支》，七言十二句古诗，分别作入、平、上三段换韵；冯延巳《寿山曲》，六言十句排律，五平韵；吉中孚妻张氏《拜新月》，三、五、七杂言，单调，分别作平、去、平、入、平五段换韵。以张氏《拜新月》为例：

拜新月，拜月出堂前。暗魄深笼桂，虚弓未发弦。拜新月，拜月妆楼上。鸾镜未安台，娥眉已相向。拜新月，拜月不胜情。庭前风露清，月临人自老，望月更长生。东家阿母亦拜月，一拜一悲声断绝。昔年拜月逞容仪，如今拜月双泪垂。回看众女拜新月，却忆红闺年少时。

古代民间有"拜新月"的风俗习惯，大都是妇女所为，意在乞巧、乞美、乞遂人事，大约在五月或七月行此礼。唐李端《拜新月》说："开帘见新月，便即下阶拜。细语人不闻，北风吹裙带。"张氏借题发挥，写青春消逝、红颜不再的悲哀。每次"拜月"，必然是时光又悄悄流逝过去一年，张氏将"众女"拜月的欢快与"东家阿母"拜月的悲哀两相对比，突出主题。这首作品虽然不脱五、七言诗律句法，但是已经与词体十分接近，字数也长达101字。"敦煌曲子词"中另有二首《拜新月》，杂言体，双调，分别为84字与86字，黄坤尧先生将其归入"律体"。

其次是唐五代文人创作的"慢体"词。其格律形式有与宋代慢词完全吻合的。如杜牧的《八六子》：

洞房深，画屏灯照，山色凝翠沉沉。听夜雨，冷滴芭蕉，惊断红窗好梦。龙烟细飘绣衾。　辞恩久归长信，凤帐萧疏椒殿，闲扃辇路苔侵。绣帘垂，迟迟漏传丹禁。舜华偷悴，翠鬟羞整。愁坐。望处金舆渐远，何时彩仗重临？正消魂，梧桐又移翠阴。

这是一首宫词，写宫女的寂寞和青春的虚度，她们在等待帝王临幸的过程中渐渐憔悴老去。杜牧将宫女整日整夜愁苦无聊的情景描述得比较详细，从而深入地表现了她们内心的痛苦。这首词双调，90字，6平韵。宋人所作的《八六子》大致与其相似，明显是承袭了杜牧作风的。或以为杜牧的慢词是伪作，这是持"慢词后起"说的观点。从敦煌曲子词所存的慢词情况来看，杜牧的创作完全可能。

到了"花间词人"手中，调长拍缓的词逐渐增多。如尹鹗的《金浮图》，双调，94字，14仄韵，多四言句式；尹鹗的《秋夜月》，双调，84字，10入韵，为二、三、四、六言句式；李珣的《中兴乐》，双调，84字，12平韵，以四言与六言偶字句为主；欧阳炯的《凤楼春》，双调，77字，11平韵，下片以四言句式为主。举二首词为例：

三秋佳节。罥晴空，凝碎露，茱萸千结。菊蕊和烟轻捻。酒浮金屑。微云雨，调丝竹，此时难辍。欢极。一片艳歌声揭。　黄昏慵别。炷沈烟，熏绣被，翠帷同歇。醉并鸳鸯双枕，暖偎春雪。语丁宁，情委曲，论心正切。深夜。窗透数条斜月。

尹鹗《秋夜月》

后庭寂寂日初长，翩翩蝶舞红芳。绣帘垂地，金鸭无香，谁知春思如狂？忆萧郎。等闲一去，程遥信断，五岭三湘。　　休开鸾镜学宫妆，可能更理笙簧。倚屏凝睇，泪落成行，手寻裙带鸳鸯。暗思量，忍孤前约，教人花貌，虚老风光。

李珣《中兴乐》

《秋夜月》写一次歌舞狎妓的过程。"三秋佳节"，酒宴之间，见美人，听"丝竹""艳歌声揭"，主宾尽兴"欢极"。作乐到天黑，便留宿歌妓家，"翠帏同歇"，以至窃窃私语到"深夜"时分。这是一种典型的"花间"题材，整个狎妓过程从容不迫，事情是一步一步发展到"醉并鸳鸯双枕"的，词人叙述的口气也不急不慢。这种情景就适宜于调长拍缓的曲子演唱，全词以四、六言偶字句为主，达到了这种艺术效果。《中兴乐》写闺中思妇对"萧郎"的思恋之情。在"寂寂"漫长的日子里，闺妇百无聊赖、慵懒困顿，任"绣帘垂地，金鸭无香"，没有心情做任何事情。原因就是"萧郎"远去"五岭三湘"，路途遥远，音信断绝。与身体外表的慵懒相比较，闺妇的内心却是思绪翻滚，"春思如狂"。一外一内、一静一动的映衬，将人物的心情意绪表现得淋漓尽致。下片写梳妆、写弹奏、写远望，时时离不开别思的缠绕。尤其教人焦急的是在这空自等待中"虚老风光"，青春流逝。及至再度相见，恐怕就没有少年的情趣与心境了。全词同样以偶字句式为主，将人物的思绪缓缓展现。

北宋真宗以前，人们填写小令尚且十分罕见，更不用说慢词。这一时期，人们依然在逐渐熟悉燕乐这一新的音乐形式，酒宴间奏乐，多数还是选择短小的令词形式。慢词创作几乎进入一段"空白"时期。但是，篇幅较长的"慢曲子"却依然在各种场合被演奏。经常用于宫廷祝祭的乐歌《六州》和《十二时》等都颇具规模。而且，"每春秋圣节三大宴""作《倾杯乐》""作《三台》""合奏大曲""奏鼓吹曲，或用法曲，或用《龟兹》"。此外，"宴契丹使""每上元观灯""余曲宴会、赏花、习射、观稼"，都要"奏乐行酒"。"所奏凡十八调、四十大曲"，其中后来经常被宋代词人"摘遍"所填写的"慢曲子"有：《齐天乐》《万年欢》《大圣乐》《石州》《绿腰》等等。宋太宗"洞晓音律，前后亲制大小曲及因旧曲创新声者，总三百九十。凡制大曲十八，……曲破二十九，……琵琶独弹曲破十五，……因旧曲造新声者五十八"。真宗以后，"慢曲子"创作趋于繁盛，"其急、慢诸曲几千数"（均见《宋史》卷一百四十二《乐志》）。与"慢曲子"配合歌唱的"慢词"也因此出现。人们在酒宴之间不仅听乐曲，也听歌妓演唱。张先《熙州慢》说："持酒更听，红儿肉声长调。"这种歌舞酒宴的目的也就有了一定的改变，以前是为了追逐色情、或送别友人，现在又增加了一项欣赏歌妓曼声演唱、弹奏技艺的目的。

"慢词"由于拍缓调长，演唱一首曲子的时间也就比较长。岑参《秦筝歌送外甥萧志归京》说："怨调慢声如欲语，一曲未终日移午。"白居易《早发赴洞庭舟中》说："出郭已行十五里，惟消一曲慢《霓裳》。"北宋社会经过近六七十年的休养生息，安定繁荣，人们已经有闲暇的时间、从容的心境，从事慢词的创作，聆听慢词的演唱。慢词继小令之后兴起也就是必然的。

慢词之所以在小令繁荣达到高潮之后全面兴起的主要原因有四点：一、"慢曲子"创制的繁盛为慢词创作做好了音乐上的充分准备；二、由于国家统一，社会安定，经济发展，城市繁荣，市民壮大，短小的令词已不能满足人们反映生活和进行文化娱乐活动的需要了，人们欢迎出现更多的时尚流行的歌曲；三、令词创作的繁荣为慢词的发展提供了丰富的经验，在艺术上为慢词的兴起做好了准备；四、一些有音乐修养的词人注意到慢词这一新的事物，并通过自己的创作把慢词推向一个新的历史阶段。比较早地接触到慢词创作的词人有欧阳修、张先、柳永等人，柳永留待以下专门讨论。

欧阳修创作的慢词留存至今大约有6首，即《御带花》（99字）《摸鱼儿》（117字）《醉蓬莱》（98字）《鼓笛慢》（102字）《看花回》（101字）《踏莎行慢》（83字）。举二首为例：

卷绣帘、梧桐秋院落，一霎雨添新绿。对小池闲立残妆浅，向晚水纹如縠。凝远目，恨人去寂寂，凤枕孤难宿。倚阑不足。看燕拂风帘，蝶翻露草，两两长相逐。

双眉促。可惜年华婉娩，西风初弄庭菊。况伊家年少，多情未已难拘束。那堪更趁凉景，追寻甚处垂杨曲。佳期过尽，但不说归来，多应忘了，云屏去时祝。

《摸鱼儿》

独自上孤舟，倚危樯目断。难成暮雨，更朝云散。凉劲残叶乱。新月照、澄波浅，今夜里，厌厌离绪难销遣。　强来就枕，灯残漏永，合相思眼。分明梦见如花面。依前是、旧庭院。新月照，罗幕挂，珠帘卷。渐向晓，脉然睡觉如天远。

《踏莎行慢》

两首词都是写离愁别思。因为用慢词演唱，就能够充分婉转地展现人物的"心绪"。《摸鱼儿》写秋日雨后"对小池闲立"时的思绪及归去时的"凤枕孤难眠"，原因只有一点："恨人去寂寂"。燕、蝶的轻盈翻飞、成双成对，都从反面刺激了思妇。下片怨己怨人。怨己，"伊家年少，多情未已难拘束"，无论如何也不能排遣离别愁思的纠缠；怨人，"佳期过尽""不说归来""忘了云屏去时祝"，以至让闺中人苦苦地徒自等待。这首词在时间安排上也打破通常的顺叙或倒叙的方法："闲立"到"向晚"，回房中"凤枕孤眠"，这是顺叙；孤枕难眠，又思绪万千，回想起白日"倚阑"时的种种见闻，这是倒叙；由此追溯，一直到离别刹那的情景。这种叙述时间的纷繁穿插，将人物内心世界微妙复杂的变化——展露在读者面前。《踏莎行慢》换到"行人"的角度。"独自上孤舟"，天涯漂泊，其苦况也是可想而知的。"行人"何尝不是"倚危樯目断"，心系闺中，"厌厌离绪难销遣"呢？长夜漫漫，"强来就枕"，以期在睡梦中忘却，岂知又是"梦见如花面"，相聚相亲的情景历历如在眼前。贪得梦中片刻欢娱，醒来之后又将如何？离愁别思将更深入一层，那也是不言而喻的。这两首词层层铺排，结构完整，委婉含蓄，韵味悠然，是比较成功的慢词创作。只是因为欧阳修创作的慢词数量较少，作品的著作权有时也有争议，所以没有引起今人的充分注意。

在北宋前期词人中，张先是创作慢词比较多的词人。跟柳永一样，他在慢词的创制发展方面有过一定的贡献。《安陆词》中留存至今的慢词有：《山亭宴慢》（二首）《谢池春慢》《宴春台慢》《归朝欢》《卜算子慢》《喜朝天》《破阵乐》《倾杯》（二首）、《沁园春》《少年游慢》《翦牡丹》《熙州慢》《汎清苔》《劝金船》《汉宫春》《满江红》《塞垣春》等19首,约占张先存今全部词作的10%。而欧阳修的慢词则只约占其存今全部词作2.5%。张先创作的慢词数量确实是明显增加了。作品数量的增加意味着词人对这一歌词体式的重视和所耗费的精力,慢词形式也必将在他手中有长足发展。同样阅读他的两首慢词:

  绕墙重院,时闻有,啼莺到。绣被掩余寒,画阁明新晓。朱槛连空阔,飞絮无多少。径莎平,池水渺。日长风静,花影间相照。　尘香拂马,逢谢女,城南道。秀艳过施粉,多媚生轻笑。斗色鲜衣薄,碾玉双蝉小。欢难偶,春过了。琵琶流怨,都入相思调。

《谢池春慢》

  绿野连空,天青垂水,素色溶漾都净。柔柳摇摇,坠轻絮无影,汀洲日落人归,修巾薄袂,撷香拾翠相竞。如解凌波,泊烟渚春暝。　彩绦朱索新整。宿绣屏,画船风定。金凤响双槽,弹出今古幽思谁省?玉盘大小乱珠迸。酒上妆面,花艳媚相并。重听,尽汉妃一曲,江空月静。

《剪牡丹》

  《绿窗新语》卷上引《古今词话》说:"张子野往玉仙观,中路逢谢媚卿,初未相识,但两相闻名。子野才韵既高,谢亦秀色出世,一见慕悦,目色相授。张领其意,缓辔久之而去。因作《谢池春慢》,以叙一时之遇。"这是一个典型的郎才女貌、一见钟情的故事,但从叙述的过程来看,恐怕更多的是张先的自我感觉良好的事后追叙。作品就写出了这一段自我良好的感觉。起拍从春晓莺声入笔,继之从"掩余寒"的体肤之感转绘目之所见:晴空开阔,飞絮濛濛,莎平水渺,"日长风静",花影掩映。这一幅画面颇得孟浩然"春眠不觉晓,处处闻啼鸟"(《春晓》)之神味。在如此明媚清丽的春日里,遭遇某位让人心动的艳丽女子,仿佛是期待之中或情理之中的事。过片换从嗅觉落墨,引出"谢女",烘托这位女子的香艳诱人。其容颜与神态则是"秀艳施粉""多媚轻笑",其衣着与装饰则是"艳鲜衣薄""碾玉双蝉",一位活脱脱的绝色佳人呼之欲出。篇末以"琵琶流怨"与开篇上呼下应,以听觉开始以听觉结束,余音袅袅。除了一路上的追随以外,两人似乎没有更多的接触,留给词人的是事后的回味与想象,"相思调"中应该包含着许许多多。这种事后的回味与想象,使作品余韵无穷,同时也更像是张先的一厢情愿。这首词上片写景色,下片写艳遇,似两首独立的小令。夏敬观《手批〈张子野词〉》评此词说:"长调中用小令作法,别具一种风味。"其实,张先不是故意"用小令作法",而是还不能熟练地驾驭慢词形式,创作中自然用上了熟悉的"小令作法"。

《剪牡丹》的小标题是"舟中闻双琵琶",主要抒写自己听乐声的感受。上片是写听闻琵琶声的环境,突出周围的清新净丽。绿野、碧水、青天,一片洁净的"素色"。如画的境界中,点缀着"凌波微步"的"撷香拾翠"的佳人,更给画面增加了诗意。中间"柔柳摇摇。坠轻絮无影"是词人自我赏识的"三影"句之一,同样是词人善于捕捉诗情画意才能的展露。上片至此已经构成一个完整的"小令"境界。下片才正式进入主题,写在如此美丽的环境中听闻乐声的感受。词人化用了白居易《琵琶行》

"嘈嘈切切错杂弹，大珠小珠落玉盘"句意，让人们对此琵琶声产生无限的美妙联想。一曲奏罢，"江空月静"，冰清玉洁，表里俱澄澈，身心融入环境，一起得到净化。

这两首词既不缺少诗意，也不缺少佳句，但就慢词长调而言，却缺少铺叙和变化，缺少把全篇串接在一起的内在情思和内在的针线，因此，读起来使人感到有些松散。这就使张先的慢词带有从小令向慢词发展的过渡性。前一首，可以明显看出，作者还没有摆脱近体诗与小令的句法，有句而无篇。后一首与前者相较，虽有明显的进步并初步具有慢词的韵味，但与柳永相比却仍有很大差距。

张先因为更频繁地用慢词的形式进行写作，慢词的题材就有了相当的扩展。《山亭宴慢》作于有美堂，为赠友人之作。《西湖遊覽志余》载："有美堂，在（杭州）凤凰山之顶，左江右湖，举陈目下。"词中主要写与友人宴聚的欢快、西湖景色的宜人、以及分手之后的思念之情。《破阵乐》则描摹杭州城"郡美东南第一"的繁华盛丽，词中一一罗列亭台楼阁、池塘流泉、巷陌街衢、吴歌粉面、西湖风月、宾客游乐等等。结尾"西湖风月，好作千骑行春，画图写取"，与柳永《望海潮》"千骑拥高牙。异日图将好景，归去凤池夸"，有异曲同工之妙。《倾杯》（横塘水静）则写家乡吴兴的风貌，垂虹桥、溪边楼、五亭风景、渔舟夜泛，历历在目。词人思恋不已，就嘱托友人"莫放寻春缓"。《熙州慢》和《塞垣春》为赠友之作，写"潇湘故人未归""犹记竹西庭院"的思念之情。上述种种，都超越了"艳情"的范围，为慢词的创作带来了新的气象。此外，《卜算子慢》写被迫"欲上征鞍"以及旅途困顿时对"弯弯浅黛长长眼"的恋人的思念，从对方角度着笔，通过"静夜无人，月高云远"

环境和"一饷凝思,两袖泪痕"的表情流露,层层揭示人物的内心苦况。全词有了整体的安排与铺叙,更近似成熟的慢词。陈廷焯在《白雨斋词话》卷一概括了张先在词史上的地位,他说:"张子野词,古今一大转移也。前此则为晏、欧,为温、韦,体段虽具,声色未开;后此则为秦、柳,为苏、辛,为美成、白石,发扬蹈厉,气局一新,而古意渐失。子野虽得其中,有含蓄处,亦有发越处。但含蓄不似温、韦,发越亦不似豪苏、腻柳。规模虽隘,气格却近古。自子野后一千余年,温、韦之风不作矣。"这一段话说明,张先处于词史上承前启后的重要历史地位。他的词有发扬前人成就的,也有开启后人创作门路的;他的词既有含蓄的,内敛的,也有开张的,外向的。风格、形式和艺术手法的多样性,都说明张先词具有重要的过渡性的特征。其中,包含小令向慢词的过渡。

调缓拍长的慢词与纯粹生成于酒宴之间的小令相比,在张先手中已经有了更广泛的用途。既然当时宴席上还没有形成普遍的赏听慢词的习惯,那么,慢词就在其他场所寻找到一些发展的机会。慢词曲折多变的音乐节奏也适宜容纳更为复杂的生活内容,慢词因此时而成为词人直抒胸臆的一种手段。张昪所存的二首词,除上面引述的《离亭燕》以外,另一首就是慢词《满江红》,词说:

无利无名,无荣无辱,无烦无恼。夜灯前、独歌独酌,独吟独笑。况值群山初雪满,又兼明月交光好。便假饶百岁拟如何?从他老。　知富贵,谁能保?知功业,何时了?算箪瓢金玉,所争多少?一瞬光阴何足道,但思行乐常不早。待春来携酒赠东风,眠芳草。

吴处厚《青箱杂记》卷八载：张昇晚年"退归阳翟，生计不丰，短毂轻绦，翛然自适。乃结庵于嵩阳紫虚谷，每旦晨起，焚香读《华严》。庵中无长物，荻帘、纸帐、布被、革履而已。年八十余，自撰《满江红》一首，闻者莫不慕其旷达。"词中推崇"无利无名，无荣无辱，无烦无恼"的隐逸闲居生活，追求"携酒殢东风，眠芳草"的潇洒自在，直抒胸臆，完全在"艳情"之外。

这一时期，苏舜钦与尹洙以《水调歌头》相互唱和，这两首词都是直抒胸臆的佳作。苏舜钦的《水调歌头》咏沧浪亭，词说：

潇洒太湖岸，淡伫洞庭山。鱼龙隐处，烟雾深锁渺弥间。方念陶朱张翰，忽有扁舟急桨，撇浪载鲈还。落日暴风雨，归路绕汀湾。　　丈夫志，当盛景，耻疏闲。壮年何事憔悴，华发改朱颜。拟借寒潭垂钓，又恐鸥鸟相猜，不肯傍青纶。刺棹穿荻芦，无语看波澜。

苏舜钦（1008—1049），字子美，开封人，苏易简孙。以父荫补太庙斋郎。景祐元年（1034）登进士第，累迁大理评事。以范仲淹荐，召试，授集贤校理、监进奏院。坐用故纸钱，被劾除名，流寓苏州，买水石作沧浪亭，自号沧浪翁。终湖州长史。42岁去世。有《沧浪集》。苏舜钦以诗歌著名，与欧阳修、梅尧臣并称。词仅存此一首，作于被迫闲居期间。词人壮年被斥退出官场，个人志向不得施展，内心的愤慨可想而知。词的上片写隐逸之乐。在湖山之间潇洒度日，与"鱼龙"为伍，追慕陶朱、张翰之为人，扁舟垂钓，载鲈归来。自然界的风风雨雨都不置心中，它们也不可能像官场中的暴风雨那样伤害词人了。下片才写出被迫过这种生活的痛苦。宋代文人士大夫皆有"先忧后乐"的济世精神,轻易不言退隐。即使言及隐逸,或者是故作姿态,或者是出于无奈。苏舜钦就是出于无奈。所以,过片明确表示:"丈夫志,当盛景,耻疏闲",其真实心声是抗拒、排斥这种生活方式。对"壮年"的追问,充满着愤慨不平之气,词人其实并不"潇洒",并不超脱。故作"垂钓"状,事实上则"又恐鸥鸟相猜",这依然是词人内心进与退矛盾的形象表露。"无语看波澜"的结局,就是一种不甘心的表示。词人后来再度出仕,就说明了一切。

尹洙有唱和苏舜钦之作,词说:

> 万顷太湖上,朝暮浸寒光。吴王去后,台榭千古锁悲凉。谁信蓬山仙子,天与经纶才器,等闲厌名缰。敛翼下霄汉,雅意在沧浪。 晚秋里,烟寂静,雨微凉。危亭好景,佳树修竹绕回塘。不用移身酌酒,自有青山渌水,掩映似潇湘。莫问平生意,别有好思量。

尹洙(1001—1047),字师鲁,河南(今河南洛阳)人。天圣二年(1024)进士。景祐元年(1034),召试馆职,充馆阁校勘,迁太子中允。会范仲淹被贬,尹洙上疏自言与范仲淹义兼师友,同当获罪,遂出监郢州酒税。陕西用兵,起为经略判官,知渭州,兼领泾原路经略公事。世称河南先生。有《河南集》。词仅存一首。尹洙在政治上始终与范仲淹共进退,而苏舜钦的被除名,事实上也与范仲淹政见相同有关。尹洙与苏舜钦,也是同道中人。苏舜钦在苦闷无奈之下作此牢骚满腹的《水调歌头》,尹洙为了宽慰友人,唱和一首为其排解痛苦。词中称许苏舜钦是"天与经纶才器",推赏其"敛翼下霄汉,雅意在沧浪"的隐逸行为。极力渲染"晚秋"季节山水寂静安谧的恬淡舒适,期望友人在山水的怀抱中忘却官场的打击与人生的挫折,用心良苦。

《满江红》《水调歌头》等曲调,声情激越悲慨,适宜抒写抒情主人公的志向抱负。后来"苏辛"流派的词人喜欢用这些词调抒情达意,就有曲调方面内在的原因。从张昪、苏舜钦、尹洙等人的作品中已经可以看出这种倾向。

第二节　柳永词风及其词史地位

在慢词体制的发展过程中影响最大的词人便是柳永。而且，柳永还发展了词的俚俗性特征，使之符合市民阶层的审美口味，开创了"俚俗词派"。柳永是宋词发展转变过程中的关键性人物。正是因为柳永的出现，才使宋词的创作走向更为广阔的道路。他的创作为宋词的发展展示出灿烂的前景。

一、蹉跎困顿的一生

柳永是中国词史上第一个专业词人。他的生卒年很难确定（一说980—1053，又说约为987—1055，又说1004—1054），原名三变，字景庄；后改名永，字耆卿。大约是中年以后改名，因为身体多病的缘故，永即永年，耆即耆老，冀改名以得长寿。行七，故人称"柳七"。祖籍河东（今山西永济），徙居崇安（今福建崇安县）。祖父柳崇，以儒学名。父柳宜，曾仕南唐，为监察御史，入宋后授沂州费县令等，后为国子博士，官终工部侍郎。柳永兄弟三人，柳三复、柳三接与柳三变，三人在当时都有知名度，号"柳氏三绝"。

柳永少年时期曾随父一度生活在汴京，过着歌舞寻欢的浪漫生活。柳永《戚氏》词回忆说："帝里风光好，当年少日，暮宴朝欢。况有狂朋怪侣,遇当歌、对酒竟留连。"柳永主要活跃于宋仁宗时期。仁宗即位后柳永曾来汴京应试。待试期间,多与下层歌妓乐工交往,叶梦得《避暑录话》卷下说柳永"为举子时,多游狭邪,善为歌词。教坊乐工,每得新腔,必求永为辞,始行于世,于是声传一时。"这种生活必然为他进入仕途带来不良影响,甚至因此遭受挫折。宋人享受歌舞酒宴、歌妓舞女,大都是在进入仕途之后,或者事业有所成之际,如晏殊、欧阳修皆如此。他们不可能在苦读应考阶段,便出入妓院,荒废时光,影响科举正业。及至送友人赴举时便勤勤嘱托说:"京师足纷华,慎勿事轻肥。白首有双亲,待子得官归。"[①]柳永的作为,为其在市井之间获得广泛声名,成为当时走红歌词写手,却为统治阶层所厌恶。胡仔《苕溪渔隐丛话》卷二引《艺苑雌黄》记载说:

(柳永)喜作小词,然薄于操行。当时有荐其才者,上曰:"得非填词柳三变乎?"曰:"然。"上曰:"且去填词。"由是不得志。日与儇子纵游倡馆酒楼间,无复检约,自称云:"奉圣旨填词柳三变。"

吴曾《能改斋漫录》卷十六有类似的记载:

仁宗留意儒雅,务本理道,深斥浮艳虚薄之文。初,进士柳三变好为淫冶讴歌之曲,传播四方,尝有《鹤冲天》词云:"忍把浮名,换了浅斟低唱。"及临轩放榜,特落之曰:"且去'浅斟低唱',何要'浮名'?"景祐元年方及第。后改名永,方得磨勘转官。

这两段话中有许多道听途说之言,不可尽信。然而,柳永

---

① 《送粹中赴举》,《全宋诗》第6913页,北京大学出版社1992年版。

确实在《鹤冲天》中说:"黄金榜上,偶失龙头望。"柳永一定是考举数次以后才进士及第的,应考期间有过一段蹉跎艰难的时光。在这一段时间里,柳永更多的是放纵自己,混迹于歌楼妓馆。他的许许多多脍炙人口、传播广泛的俗艳词曲,既为他博得词坛声望,也为他换取了"薄于操行"的名声。在"留意儒雅,务本理道"的仁宗时代,他因此要在仕途上吃亏也是理所当然的。及第前,还曾游历过成都、京兆,遍历荆湖、吴越。及第后,历任睦州团练推官、余杭令、定海晓峰盐场盐官、泗州判官、太常博士,官终屯田员外郎,世称"柳屯田"。如果做一个大致推测,柳永进士及第时大约五十岁,所以,在仕途上已经没有太多可供发展的时间与空间,加上他的声名狼藉,困顿以终也就是必然的事了。张舜民《画墁集》卷一记载说:

  柳三变既以词忤仁庙,吏部不放改官,三变不能堪,诣政府,晏公(晏殊)曰:"贤俊作曲子么?"三变曰:"只如相公亦作曲子。"公曰:"殊虽作曲子,不曾道'彩线慵拈伴伊坐'。"柳遂退。

可见,柳永创制的俗艳词曲,不仅仅遭到了皇帝的摒斥,也不为身居要职的文坛领袖人物所喜欢。在北宋时期,柳永词招来的几乎是一片斥责声。这一切决定了柳永即使是考取进士,也只能沉抑下僚。据说,最终柳永病殁于润州(今江苏镇江),寄柩僧寺。二十余年后才由王安礼出资葬于北固山。

柳永"亦善为他文辞"(《避暑录话》卷下),"为文甚多,皆不传于世"(《清波杂志》卷八)。《古文真宝》录其《劝学文》一篇,并有诗一首传世。《乐章集》存词213首。

二、求新求变的创作

慢词在词的发展史上是新事物，柳永词的特点，也集中体现在这个"新"字之上。"新"，是"新声""新腔"，是新的艺术，新的形式。历代对这一"新"字，有许多记载和精辟的分析、评价。《苕溪渔隐丛话》卷一引《后山诗话》说："柳三变游东都南北二巷，作新乐府，骫骳从俗，天下咏之。"李清照在她的《词论》中说："逮至本朝，礼乐文武大备，又函养百余年，始有柳屯田永者，变旧声，作新声，出《乐章集》，大得声称于世。"清刘体仁《七颂堂词绎》说："柳七最尖颖，时有俳狎。"清宋翔凤在《乐府余论》中说："慢词盖起宋仁宗朝，中原息兵，汴京繁庶，歌台舞席，竞赌新声。耆卿失意无俚，流连坊曲，遂尽收俚俗语言编入词中，以便伎人传习，一时动听，散播四方。其后东坡、少游、山谷辈相继有作，慢词遂盛。"慢词"起仁宗朝"之说有误，但对柳永词的评价大体是得当的。

上面几段话中，都强调了一个"新"字，这个"新"字，即时新、新颖、新鲜的"新"，也就是我们现在所说的流行曲调。不仅如此，连柳永在他的作品里也多次写到"新声"与"新音"。如："风暖繁弦翠管，万家竞奏新声"（《木兰花慢》）；"是处楼台，朱门院落，弦管新声腾沸"（《长寿乐》）；"佳人捧板花钿簇，唱出新声群艳服"（《木兰花》）；"帘下清歌帘外宴，虽爱新声，不见如花面"（《凤栖梧》）；"尽新声，好尊前重理"（《玉山枕》）等。又如："坐久觉，疏弦脆管，时换新音。"（《夏云峰》）这里的"新音"，也就是"新声"。

有了"新声""新音"，自然要有"新词"。所以，柳永词中也多见"新词"二字。如："按新词，流霞共酌"（《尾犯》);"属和新词多俊格"(《惜春郎》);"唱新词,改难令,总知颠倒"(《传花枝》)等。还有一首词把"新声""新词"以及歌伎索取"新词"的情态描画得活灵活现,这首词便是《玉蝴蝶》。词说:

> 误入平康小巷,画檐深处,珠箔微褰。罗绮丛中,偶认旧识婵娟。翠眉开、娇横远岫,绿鬓軃、浓染春烟。忆情牵,粉墙曾恁,窥宋三年。　　迁延。珊瑚席上,亲持犀管,旋叠香笺。要索新词,姗人含笑立尊前。按新声、珠喉渐稳,想旧意、波脸增妍。苦留连。凤衾鸳枕,忍负良天。

这是一次"艳游"的经历。"平康坊"是唐代妓女聚居的地方,用来泛称妓女所居之地。词人今日在妓院偶尔碰上了"旧识婵娟",回忆当年"情牵",双方都有点亲切感。对方便借机"要索新词",并郑重其事地为词人准备好"犀管""香笺"。得到"新词"后,立即当宴"按新声"演唱。歌宴之后又因此留宿词人。词人的众多"新词""新声",就是在这种环境中创作出来的。柳永喜欢与歌妓乐工厮混,对方则不断"要索新词",相互催化之下,"新声"就源源不绝地创制出来。

正因为柳永词注意到这个"新"字,才战胜了陈腔旧调,大大地发展了"新"的慢词的创作,得到了广大群众的赏爱。具体地说,柳永词的"新"主要表现在以下四个方面,即:形式上有新的创造;内容上有新的开拓;艺术上有新的进展;语言上有新的变化。

1. 形式上有新的创造

《乐章集》凡用17个宫调,127种曲调。将柳永所用的词调

与晏殊、欧阳修、张先的做各方面的比较,就能明显看出柳永的创新尝试:

词人	存词总数	所用词调数	词调与存词数比较	与唐五代词调相同之比例
柳永	213	127	1/1.6	21%
晏殊	136	38	1/3.3	45%
欧阳修	232	69	1/3.1	43%
张先	165	95	1/1.7	32%

统计数字显示,柳永所用的词调比晏殊多三倍,比欧阳修多将近两倍,比张先多三分之一。也就是说,晏殊、欧阳修重复使用同一词调的频率要远远高于柳永,张先则接近柳永。如欧阳修填写的《渔家傲》留存至今的还有44首,而在柳永存今的词作中使用频率最高的《木兰花》也不过13首。柳永不满足于熟悉词调的反复使用,总是在不断地尝试新的形式。与民间乐工歌伎的密切交往及其对音乐的精通,使他的这种尝试屡屡获得成功。

即使同一词牌的使用,柳永在字数的多寡、句子的长短等方面仍然常常花样翻新,即所谓的"同调异体"。在柳永使用的127个词调中,同调异体的就达31个之多,约占25%。如《倾杯乐》3首,分属仙吕宫、大石调、散水调,字数各自为106字、116字、104字;《倾杯》4首,分属林钟商、黄钟羽、大石调、散水调,字数各自为110字、108字、107字、104字;《古倾杯》1首,属林钟商,108字。这八首词体制上大致相同,分属不同宫调,彼此之间不断有所变异。而在晏、欧的作品中,同调异体的情况极为罕见。张先使用的同一词牌大多也属同一宫调。

---

① 表格统计转引自梁丽芳《柳永所用词牌之特色》,《南开学报》1982年第4期。引用时有所删改。下一段文字中的数字比较,也多有借用梁文之处。

他们在音乐上都缺乏柳永的创新精神。

现存《乐章集》所用的词调如果按传统的字数划分法，其中91字以上的长调有70多个，不及91字的有30多个。就这些词调的来源来看，大约可分成4类。第一类是吸收了《敦煌曲子词》中的词调（即民间词调）。《敦煌曲子词集》中的词调近80个，见于《乐章集》的有16个，如：《倾杯乐》《凤归云》《内家娇》《斗百花》《玉女摇仙珮》《凤衔杯》《慢卷紬》《征部乐》《洞仙歌》《抛球乐》等等。其中除《倾杯乐》个别词调格式基本相同以外，多数词调都有了不同程度的新创。而《倾杯乐》《凤归云》《内家娇》《洞仙歌》等，则为慢词。第二类是吸收《教坊曲》的调名，或加以改造。《教坊曲》共有调名324个，见于《乐章集》的有67个。其中26个名称完全相同，41个名称略异。如《西江月》《临江仙》《长相思》《定风波》《婆罗门》等等。第三类是"变旧曲，作新声"。如原来顾敻的《甘州令》33字，柳永增为78字；牛峤的《女冠子》41字，柳永增为101字和114字两体；冯延巳的《抛球乐》44字，柳永增为187字；李煜的《浪淘沙》54字，柳永发展成为《浪淘沙慢》133字；晏殊的《雨中花》只有50字，柳永的《雨中花慢》增为100字。第四类则是柳永自创的新声。哪些是柳永创制的"新声"难以确指，依据前人的统计：《词谱》言"创自柳永"者18调，言"无别首可校"者37调；《词律》言"只有柳永有此词，无他词可校"者13调；《词范》言"此词首见《乐章集》"者89调。去其相互之间重复者，合计还有95调。其中，可能是柳永自创的"新声"约26首，如《黄莺儿》《昼夜乐》《柳腰轻》《迎新春》《两同心》《金蕉叶》《鹤冲天》《戚氏》等等。《戚氏》体制宏大，共三叠，长达212字。柳永填写的词调，许多是只有柳永使用而不见他人之作的,所谓"无别首可校"者。《远志斋词衷》说:"僻调之多,以柳屯田为最。"其实,这是因为柳永精通音乐,故能得心应手。由上可见,柳永在词调的运用上,沿袭者少,而创调之功却十分明显。

此外,《乐章集》中令、引、近、慢俱备。除小令与慢词以外,还有《迷仙引》《迷神引》《临江仙引》《诉衷情近》《过涧歇近》《郭郎儿近拍》等。这也从一个角度反映了柳永对流行音乐的熟悉程度和创调才能。

柳永之所以要创制新调,目的就是为了把流行在民间的"新声"通过歌词的创作使它能够推广,并且通过文字使它固定下来。同时,词调由短变长,也是反映社会生活的需要。这种"新声",婉转曲折,曼声多腔,富于变化,为描写景物,抒发感情增加了新的体式。柳永成功地创造并驾驭了这种字数较长的慢词,显示了慢词的强大的生命力,在中国文学史上产生了很大影响。两宋词坛,从柳永以后开始进入了一个以慢词为主的新的历史阶段。

2. 内容上有新的开拓

词与诗分流,"诗言志词言情",这是词人、词论家在创作实践与讨论作品过程中得出的比较一致的看法。词所负担的只是轻松的娱乐功能,不必与"经国之大业,不朽之盛事"连接在一起,文人填写歌词时也就比较放松。词到文人手中,主要是应歌的作品。他们在花前月下,歌舞宴前,即兴填词,抒写深隐于心中的爱情以及由于爱情所引发的内心的微妙的活动,这就填补了诗歌领域中逐渐形成的这一大块空白。但是,开始,文人的作品写起来往往要委婉曲折,不象民歌那样直说,如温庭筠的词。后来,韦庄的词在温词的基础上前进了一步。李煜不仅写爱情,而且还写亡国的悲痛,抒情性更强了。宋初,虽然有不少抒情名篇,如前举王禹偁、范仲淹的作品,但应歌之作仍占主导地位。

柳永的出现,首先是在慢词的创作上,大大发挥了词的抒情功能。他的词有的甚至突破了情景交融的传统手法,直接作内心的表白。这一点最明显地表现在他写了一些轻视功名和反映仕途失意后的牢骚和不满的作品。这样的词,一般均写得大胆而又泼辣。如《鹤冲天》:

黄金榜上,偶失龙头望。明代暂遗贤,如何向?未遂风云便,争不恣狂荡。何须论得丧?才子词人,自是白衣卿相。　烟花巷陌,依约丹青屏障。幸有意中人,堪寻访。且恁偎红翠,风流事,平生畅。青春都一饷,忍把浮名,换了浅斟低唱!

这首词以通俗浅近、明白晓畅的语言,直接抒发词人轻蔑名利、傲视公卿的思想感情。在封建社会的绝大多数时间里,科举考试都存在着营私舞弊、遗落贤才的通病,其中包括科举制度本身的不完善。"明代暂遗贤""未遂风云便"等句,就包含有作者的无限辛酸和对科举制度的讽刺揶揄,它说出了那个时代许多失意知识分子的内心感受,引起了广泛的共鸣。但问题还并不止于此。这首词的深刻和尖锐之处,还在于它表明:词人宁肯在"烟花巷陌"之中去寻找"意中人",宁肯当一辈子"才子词人",宁肯在"浅斟低唱"之中虚掷"青春",也不要那身外的"浮名"。将功名利禄直斥为"浮名",这在统治者看来真有点大逆不道了。封建时代的多数文人,科举落第以后无非是"头悬梁、锥刺股",一心只读圣贤书,以求卷土重来。如此一次又一次地前赴后继,至死不悟。那么,中第与落第者皆紧紧地聚集在统治集团周围，这正是统治者笼络人才、增强朝廷凝聚力所需要的，即唐太宗所谓的"天下英雄入我彀中矣"。落第者即使有牢骚，也大都是骂骂考官无眼之类的，甚至叹息自己时运不济，对科举制度依然充满着热望。北宋前期对科举制度做了大幅度的变革，努力保证"一切以程文为去留"的公平竞争原则的贯彻实施，因此也成功地培养起文人对赵宋朝廷的向心力。然而，恰恰在这个时代背景下，柳永发出如此不和谐的音响，表现出词人对封建道德信条的蔑视，甚至将"风流事""浅斟低唱"都抬举到科举功名之上，这就是统治者决不能容忍的，柳永因此得罪仁宗、招致今后仕途上的无限麻烦也是完全有可能的。

不过，统治者真是误解了柳永，他何尝不是对功名利禄孜孜以求，柳永的到处"打秋风"，最终依赖科举晋身，奔走"政府"之间要求转官等等，都明显地流露出内心的渴望。只不过，柳永生性浪漫，"偎红翠"的生活又确实给他带来了许多快乐，牢骚汹涌时便口无遮拦，触中统治者的忌讳。

《乐章集》中蔑视功名利禄的作品还有：《夏云峰》"名缰利锁，虚费光阴"、《戚氏》"念利名、憔悴长萦绊"、《轮台子》"干名利禄终无益"、《凤归云》"蝇头利禄，蜗角功名，毕竟成何事"、《凤归云》"算浮生事，瞬息光阴，锱铢名宦"、《尾犯》"图利禄，殆非长策"、《过涧歇近》"此际争可，便恁奔名竞利去"等等。《如鱼水》说："富贵岂由人"，柳永并不是不想"富贵"，不要功名，只是无可奈何，身不由己。柳永就是这样一个矛盾的词人，明明是一生的渴求，却又如此牢骚满腹。而这种牢骚在现实中所发挥的客观效应，尤为统治者所不喜欢。矛盾的表现使得柳永在官场上无所作为，官场的失意加深了他的痛苦，摆脱不了的痛苦又成就了他的歌词。

其次，《乐章集》中还有一些直接描写妓女生活情态和反映她们追求稳定生活愿望的作品。柳永无论如何落魄，依然是属于文人士大夫阶层。他与歌儿舞女相处时间再长，也只能是"雾里看花"，终隔一层。所以，柳永大量写歌妓的作品都是停留在外表。如《昼夜乐》上片说："秀香家住桃花径，算神仙、才堪并。曾波细剪明眸，腻玉圆搓素颈。爱把歌喉当筵逞，遏天边，乱云愁凝。言语似娇莺，一声声堪听。"《柳腰轻》为咏题之作，整首词都是围绕"英英妙舞腰肢软"写舞女的美妙舞姿。一组《木兰花》描写"心娘""佳娘""虫娘""酥娘"的舞姿歌喉，为她们的色艺惊艳而神魂荡漾。柳永出入秦楼楚馆就是为了追逐、获得声色享受，他将目光与笔墨集中在歌妓的外在色与艺两方面，为此心醉，是最自然不过的。但是，长期与歌妓厮混在一起，对她们必然会有更深入细腻的观察，对她们的内心愿望也有更多的理解，代歌妓言情时也就更容易"到位"。如《定风波》：

> 自春来，惨绿愁红，芳心是事可可。日上花梢，莺穿柳带，犹压香衾卧。暖酥消，腻云嚲，终日厌厌倦梳裹。无那，恨薄情一去，音书无个。　　早知恁么，悔当初，不把雕鞍锁。向鸡窗，只与蛮笺象管，拘束教吟课。镇相随，莫抛躲，针线闲拈伴伊坐。和我，免使年少光阴虚过。

词以妓女的口吻写成，描写她同恋人分别之后的相思之情，并通过内心活动表现出她对理想爱情的追慕。词中以生动细腻的手法刻画出一个天真无邪的妓女形象。词里揉进了作者长期接触和观察所得的美好印象。开篇三句写春回大地，万紫千红，而这位妓女却并不因此而感到任何欢快,相反,她见"绿"而心情惨淡,见"红"而频添忧愁。次三句写红日高照,燕舞莺歌,是难得的美景良辰,而这位女主人公却怕触景伤情,故而拥衾高卧。不仅如此,她还肌肤瘦损,懒于妆扮。上片末三句揭示真正原因:"恨薄情一去,音书无个。"《诗经·伯兮》说:"自伯之东,首如飞蓬。岂无膏沐,谁适为容?"词中的女主人公的心意与之相同。至此,读者才发现上片用的乃是倒叙手法,结尾不仅解释了上片的三个层次,而且还很自然地引出下片的内心活动和感情的直接抒发。

下片承此,极写这位女主人公内心的悔恨之情和自我构筑的美好生活。她悔恨当初没有把"薄情"锁在家里;她悔恨没有让"薄情"手按"蛮笺象管"成天在窗下做功课;她悔恨光阴虚掷,没有同"薄情"整日形影不离,"针线闲拈伴伊坐"。对歌妓类似的心事,其他词中也有表达。《昼夜乐》说:"算前言,总轻负。早知恁地难拼,悔不当时留住。"与两人的相亲相爱相聚比较,一切的利禄功名都不在话下。堕入情网的歌妓又有什么更多的愿望或幻想呢?难道还能真的盼望"金榜题名时、洞房花烛夜"吗?现实一点,只求"和我,免使年少光阴虚过"也就足够了。这与"丈夫志四方"的男子或具有"停机德"的闺中贤妇截然不同。在古代社会,一个妓女为了情爱,幻想能把所喜欢的人锁在家里,这无疑也是带有叛逆色彩的。这首词所反映的思想感情与前首《鹤冲天》所反映的思想感情有相通之处。

描写歌妓舞女生活的作品还有《迷仙引》:"万里丹霄,何妨携手同归去。"这位妓女盼望有一天能找到知心的男子,与他一生相亲相依,回到家里过一段正常的恩爱生活。《女冠子》:"因循忍便瞢阻,相思不得长相聚。好天良夜,无端惹起,千愁万绪。"还有《慢卷䌷》:"细屈指寻思,旧事前欢,都来未尽,平生深意。到得如今,万般追悔,空只添憔悴。"这些词,从不同的角度不同的侧面设想歌妓们的内心情感以及对生活的追求。当然,柳永毕竟是男子,是文人士大夫,他不可能真正读解歌妓的内心世界。哪位妓女不留客?留客时又哪位不有一两招"绝活"?美丽的言辞所掩盖的难道就是真实的心声吗?这是阅读柳永词时所必须注意的。

此外,柳词中还有一些描写歌妓舞女的歌喉舞态的作品,赞美她们在艺术上的创造精神与炉火纯青的技巧。如《浪淘沙令》写"急舞"姿态:"急锵环佩上华裀,促拍尽随红袖举,风柳腰身。"《少年游》称赞其歌喉言谈:"文谈闲雅,歌喉清丽,举措好精神。"从多重侧面表现歌妓舞女。

柳永词还接触到其他类型的妇女题材。如《斗百花》写宫怨:"无限幽恨,寄情空殢纨扇。应是帝王,当初怪妾辞辇。陡顿今来,宫中第一妖娆,却道昭阳飞燕。"《西施》咏题:"苎萝妖艳世难谐,善媚悦君怀。后庭恃宠,尽使绝嫌猜。正恁朝欢暮宴,情未足,早江上兵来。"《二郎神》为织女感叹:"应是星娥嗟久阻,叙旧约、飙轮欲驾。极目处、微云暗度,耿耿银河高泻。"《甘草子》叙闺妇思边"雁字一行来,还有边庭信。"这些词都带着别离的幽怨,甚至是一种永诀的痛苦。思想感情与柳永的咏妓词、羁旅词相通,或者说是借其他妇女题材写青楼女子的怨恨。

再次,《乐章集》里流传最广泛的作品是反映羁旅行役的词篇。这些词往往和风景描写、恋情相思交织在一起,具有很强的艺术魅力。因此,陈振孙说他的词"尤工于羁旅行役"(《直斋书录解题》)。《远志斋词衷》引毛驰黄语也说:"《乐章集》

多在旗亭北里间，比《片玉词》更宕而尽。"由于柳永仕途失意，四处漂泊，水陆兼程，足迹几遍当时大半个中国。加上柳永出色的艺术表现才能，所以，他笔下的祖国山川写得真切优美，离愁别恨也更加表现得生动感人。同时，柳永又在各地出入歌楼妓馆，纵情声色，失意时将情感转向"同是天涯沦落人"的妓女。柳永的每一次被迫登程，既谙尽旅途的劳苦、孤单、凄凉，又反复地体验离别的痛苦，他在旅途中因此有了缠绵不断的恋情相思。两方面结合，使柳永的羁旅词独标一格。他将汉魏乐府、古诗中的游子思妇题材与晚唐五代以来词中男欢女爱、离愁别恨的描写结合起来。他这种有切身体验、真情实感的直抒胸臆的作品，就胜过以往旁观者对香闺弱质风态的描摹。如《雨霖铃》《夜半乐》《戚氏》《倾杯》《玉蝴蝶》《轮台子》《安公子》《满江红》等等。先以《倾杯》为例：

鹜落霜洲，雁横烟渚，分明画出秋色。暮雨乍歇，小楫夜泊，宿苇村山驿。何人月下临风处，起一声羌笛？离愁万绪，闻岸草、切切蛩吟如织。　为忆芳容别后，水遥山远，何计凭鳞翼？想绣阁深沉，争知憔悴损、天涯行客！楚峡云归，高阳人散，寂寞狂踪迹。望京国，空目断，远峰凝碧。

这首词上片写景，下片言情，把离愁别恨与恋情相思打并入各句各段之中，使全词形成统一的艺术整体。作者紧紧围绕"宿苇村山驿"这一具体环境，把词笔生发开来，充分描画为客子游人添愁增恨的秋色。"鹜"（野鸭）与"雁"，虽是目之所见，却也象征着词人的漂泊无定，它们至傍晚时分也急匆匆于"霜洲""烟渚"等处寻求一个暂时可以栖息的地方。词人乘扁舟飘零,当然也应该歇息了。"暮雨乍歇,小楫夜泊,宿苇村山驿",似乎刚刚获得一点安定感,然而,那突然传来耳畔的"一声羌笛"中有着无限的"离愁",它与"岸草"之间"切切蛩吟"的凄凉声响交织在一起,又怎能不引起游子的万种离愁?身体虽然暂时歇息,心灵却依然飘荡不定。这是长期的羁旅生涯在词人心灵上留下的深深烙印。下片写词人难以割舍的对恋人的相思之情,这就增加了旅途的愁苦意味。自从与"芳容别后","水遥山远"相见无由,即使是"鳞翼"也无由寄达音信,只有目断远峰,遥遥凝望了。词人的苦恋是仕途失意情绪的转移,居住在"绣阁深沉"的佳人,不知能否获悉、理解"天涯行客"的痛苦憔悴?这一层担心使词人更加形只影单,寂寞难耐。事实上,即使在"红翠"丛中也不一定能寻觅到"知音"。"楚峡云归,高阳人散,寂寞狂踪迹",暗示着一段旧恋情的了结,也是对上句揣摩佳人心态的回答。那么,对这段旧情的追忆恐怕仍然不能排解词人内心的愁苦,反而只能增添愁绪。痴情"望京国",所见只有"远峰凝碧"。词人对京城恋恋不舍,这首词显然是写于仕途失意、离开汴京以后。这才是词人羁旅漂泊感产生、且不时地汹涌而来的真实原因,也是他借追忆恋情加以遮掩的背后原因。所以,词中情景又不是一般离愁别绪所能完全包括得了的。

《夜半乐》写得也很有特色:

> 冻云黯淡天气,扁舟一叶,乘兴离江渚。渡万壑千岩,越溪深处。怒涛渐息,樵风乍起。更闻商旅相呼,片帆高举,泛画鹢,翩翩过南浦。 望中酒旆闪闪,一簇烟村,数行霜树。残日下,渔人鸣榔归去。败荷零

落,衰杨掩映。岸边两两三三,浣纱游女,避行客,含羞相笑语。　　到此应念,绣阁轻抛,浪萍难驻。叹后约丁宁竟何据?惨离怀、空恨岁晚归期阻。凝泪眼,杳杳神京路,断鸿声远长天暮。

《夜半乐》是《乐章集》中的长调,全词144字,这是词人用旧曲创新声的成功之作。全词集中描写羁旅漂泊的所历所见和自身的凄苦心境。词中依然有对"绣阁"的怀恋,对"神京"的遥望,创作心态及其流露的情感,几乎与《倾杯》是一样的。词分三片,各片之间有着明显的分工。第一片写途中的经历。起笔写"冻云黯淡"之天气恶劣,衬托心情的压抑。在这样的季节气候中起程,谁又能有好心境呢?"渡万壑千岩"四句,词笔一转,忽又出现"越溪深处"的清幽景象。词人难得遇见"怒涛渐息,樵风乍起"的好时候,仿佛要借浏览沿途风光来排遣愁苦意绪。在此心境的作用下,画面逐渐走向欢闹:"商旅相呼",画船往来,熙熙攘攘,水面上何尝不是一番风光景色?首片之中已经有多次转折。第二片写途中之所见。先勾勒远景:"酒旆闪闪,一簇烟村,数行霜树";再涂抹近景:渔人鸣榔、游女浣纱、败荷零落。这画面有远有近,有色有声,并且全由"望中"二字串起,是第一片览景遣情目的的延续,又巧妙自然地引出第三片。第三片写去国离乡的感叹。词人见此种种景物,不但没有摆脱愁苦的缠绕,反而触景生情,牵引出更多的感伤意绪:他初念抛家漂泊,与"绣阁"轻言离别,以至眼前"浪萍难驻";他继叹"后约"无凭,"丁宁"落空,情感无所寄托;他终恨"离怀"惨淡,"归期"遥远,岁暮而滞留他乡。结尾又缘情入景,以景结情。"断鸿声远长天暮",词人回"神京"的希望不知哪一天才能实现？归期一天不得落实，词中描述的诸种苦痛折磨也将持续下去，且将日益深化。三片融合在一起，成功地烘托出词人凄苦难遣的离愁别恨。第二片则以清丽恬美见长，画面逼真，层次清晰，用笔细腻，色彩分明。"渔人鸣榔""浣纱游女"数语，尤为生动传神。景中含情，融情入景的艺术手法，在作者笔下有新的提高。这一段描写，不仅在《乐章集》里，即使在全部宋词中也很难寻找出能够与之相匹敌的风景与风俗画面了。

羁旅离愁在柳永笔下是多种多样的。旅途中有太多的孤寂和疲倦，尤其是到暮色苍茫的时候，行人更加急于寻找住处，以图歇息，《安公子》说："望处旷野沉沉，暮霭黯黯，行侵夜色，又是急桨投村店。认去程将近，舟子相呼，遥指渔灯一点。"红日西下，暮烟升起，夜色降临之际，长途远航的征帆急于寻找一个暂时停桨、可以栖身的渡口。"又是急桨投村店"一句，通过动作和桨声，把舟子与游子的焦急心情写得如此亲切。下面笔锋一转，既然认定很快便可以找到投宿之处，人们的焦急心情便开始缓和下来了。摇船的人相互安慰，相互打招呼，并且举起摇桨的手，指着远处一点渔灯，脸上不由得露出欣喜的笑容。凡是经过旅途跋涉，坐过航船旅行的人，大约都经历过这种感情的变化。那"渔灯一点"，给游人舟子带来的不仅是光明，而且还有温暖和希望。如果没有长时期羁旅漂流的生活体验，写不出如此形象生动的作品。

词人不仅把水路上的经历描绘得历历如画，陆路上的旅行，他也能写得栩栩如生。如《满江红》："匹马驱驱，摇征辔、溪边谷畔，望斜日夕照，渐沉半山。两两栖禽归去急，对人并声相唤。似笑我，独自向长途，离魂乱。""匹马"与"两两栖禽"相互映衬，更加显示出游子的孤寂。

《乐章集》中的羁旅行役词，大多数都与作者身世沦落和功名失意联系在一起，失意的牢骚在这些羁旅词中同样随处可见。如《满江红》说："游宦区区成底事？平生况有云泉约。归去来，一曲仲宣吟，从军乐。"《安公子》说："游宦成羁旅，短樯吟倚闲凝伫。万水千山迷远近，想乡关何处？"《玉蝴蝶·望处云收雨断》《戚氏》等，词中的生动画面与复杂感受都是前期小令中难以读到的。在描写旅况离愁方面，柳永在前人的基础上，向纵深方向大大前进了一步。

第四，《乐章集》里还有一些描写都市风光与风土民情的作品。作者生活于北宋"承平"时代，为了科举，他在汴京生活过很长一段时间。由于失意，他又四处奔波，到过当时许多著名的城市。于是，他笔下出现的帝京和大城市也都写得逼真而又形象。如《倾杯乐》：

> 禁漏花深，绣工日永，蕙风布暖。变韶景、都门十二，元宵三五，银蟾光满。连云复道凌飞观。耸皇居丽，嘉气瑞烟葱蒨。翠华宵幸，是处层城阆苑。　龙凤烛，交光星汉，对咫尺鳌山开羽扇。会乐府两籍神仙，梨园四部弦管。向晓色、都人未散。盈万井、山呼鳌抃。愿岁岁，天仗里，常瞻凤辇。

这首词从宏观的角度高瞻远瞩地概括汴京的雄伟壮观和非凡的气势。词中有高大的建筑，宽广的城郭，祥瑞的气氛，加之以悦耳的笙歌，缤纷夺目的焰火。总之，词人笔下的汴京富丽堂皇而又繁荣昌盛，充分显示出汴京作为当时中国政治、经济、文化与中外交流中心的宏大气派。词中写元宵佳节的热闹场面，与《东京梦华录》中《元宵》一节、与《大宋宣和遗事·亨集》中元宵观灯的描写，简直是一模一样。在《透碧霄》一词中，作者还特别指出"帝居壮丽，皇家熙盛""太平时，朝野多欢"这一现实，描绘了"遍锦街香陌，钧天歌吹，阆苑神仙"的繁华景象，透露了当时汴京商品经济发达、人民富庶、上层统治集团寻欢逐乐的历史风貌。《满朝欢》追忆"帝里风光烂漫"，记忆最深的是"烟轻昼永，引莺啭上林，鱼游灵沼。巷陌乍晴，香尘染惹，垂杨芳草。"这类词篇不仅是一幅很好的都城风景画，同时也是很有历史价值的风俗画。

需要指出的是，因为作者歌颂的是帝京，描绘的是"太平"景象，所以词里难免有夸大其词之处，在词语的使用上也必然要显得板滞而缺少生气。柳永在汴京度过了风华正茂的少年时期，也有过"论槛买花，盈车载酒，百琲千金邀妓"（《剔银灯》）的冶游生活。但他在汴京所受的打击也是一生中最深重的。尽管他在以后的词里不断回忆汴京，多次表示对"神京"的向往，把汴京当成自己的第二故乡，但这种神往与热爱更多的却是眷恋和回忆在那里结识的歌伎舞女。所以，他对帝京的描绘远不如对杭州、苏州和成都等大都市的描绘那样成功。应当说，柳永描写城市生活的名篇中，当以《望海潮》最为杰出。全词如下：

东南形胜，三吴都会，钱塘自古繁华。烟柳画桥，风帘翠幕，参差十万人家。云树绕堤沙，怒涛卷霜雪，天堑无涯。市列珠玑，户盈罗绮，竞豪奢。　　重湖叠巘清嘉。有三秋桂子，十里荷花。羌管弄晴，菱歌泛夜，嬉嬉钓叟莲娃。千骑拥高牙，乘醉听箫鼓，吟赏烟霞。异日图将好景，归去凤池夸。

柳永在杭州生活过一段时间，对杭州的山水名胜、风土人情不仅有亲身的观赏和体会，而且对杭州还怀有极其深厚的热爱之情。他以激动的诗笔，把杭州描绘得雄伟壮观、清幽秀美而又富丽非凡。在短短117字之中，杭州的形势，钱塘江的涌潮，西湖的荷花，市区的繁荣，上层人士的享乐，下层百姓的生活都一一展现在读者面前。柳永善于抓住具有特征性的事物，用饱蘸激情而又带有夸张的笔调，寥寥数语便笔底生风。上片主要勾画钱塘的"形胜"与"繁华"，大笔浓墨，高屋建瓴，气象万千。写法上由概括到具体，逐次展开，步步深化。开篇三句点出"形胜""都会"与"繁华"，以下紧紧围绕这六个字各安排三句，做形象地铺写，境界立即展开："烟柳画桥"三句写的是"都会"美丽的风景和人烟的茂密；"云树绕堤沙"三句侧重刻画"形胜"，写出钱塘江潮的险峻气势；"市列珠玑"三句突出了杭州城的富庶繁华。下片侧重于描绘西湖的美景与游人的欢乐。写法上着眼于"好景"二字，尤其突出"好景"中的人物。"重湖"三句描绘西湖美景，"三秋桂子，十里荷花"是天生的好语言。"羌管弄晴"三句写湖面上采莲的欢乐，紧张的劳动也成了轻松的游戏。"千骑拥高牙"写的是州郡长官。据说柳永写此词是献给杭州地方长官的，结尾就归结到本意。词里既写出古代劳动人民长期劳动所创造出的物质文明，又写出了优美如画的人间仙境。"上有天堂，下有苏杭"，并非溢美之词。

　　这首词形象地描出杭州天堂般的胜境，艺术感染力是很强的。多年身居高位的范镇对这首词也十分赞赏，他说："仁宗四十二年太平，镇在翰苑十余载，不能出一语歌咏，乃于耆卿词见之。"（祝穆《方舆胜览》卷十一）相传金主完颜亮听唱"三秋桂子，十里荷花"以后，便对杭州垂涎三尺，因而更加膨胀起他侵吞南宋的野心。宋谢驿（处厚）有一首诗写道："莫把杭州曲子讴，荷花十里桂三秋。岂知草木无情物，牵动长江万里愁。"这虽是传说，并不一定可信，但杭州的确优美迷人。特别是经过柳永的艺术加工，把杭州写得更加令人心驰神往。这首《望海潮》，在艺术上几乎超过了前人所有歌颂杭州的诗词。

柳永笔下的苏州也是很美的。他在《木兰花慢》中写道："古繁华茂苑，是当日、帝王州。咏人物鲜明，土风细腻，曾美诗流。寻幽。近香径处，聚莲娃钓叟汀洲。晴景吴波练静，万家绿水朱楼。"词中不仅写到苏州的文明古史，还特别描绘了灵岩山下的采香径。相传当年吴王种香于香山使美人泛舟于溪中采香。从灵岩山下望，采香径笔直如箭，直通太湖，故又名箭径。然而，今天在采香径里泛舟的已不是馆娃宫里的美人，而是平常的"莲娃钓叟"了。在《瑞鹧鸪》一词里，还特别反映出苏州的富庶："吴会风流，人烟好，高下水际山头。瑶台绛阙，依约蓬丘。万井千闾富庶，雄压十三州。触处青蛾画舸，红粉朱楼。"此外，柳永歌咏成都说："地胜异、锦里风流，蚕市繁华，簇簇歌台舞榭。雅俗多游赏，轻裘俊、靓妆艳冶。当春昼，摸石江边，浣花溪畔景如画。"（《一寸金》）《木兰花慢》和《长寿乐》等所咏城市不可确指，也是一片繁华景象。《木兰花慢》说："倾城，尽寻胜去，骤雕鞍绀幰出郊坰。风暖繁弦脆管，万家竞奏新声。"《长寿乐》说："是处楼台，朱门院落，弦管新声腾沸。恣游人、无限驰骤，娇马车如水。竞寻芳选胜，归来向晚，起通衢近远，香尘细细。"在柳永笔下，都市风光一一展露。

第五，《乐章集》中出现的相当数量的谀圣词值得注意。这类词大致夸耀社会太平、百姓安居乐业、都市繁华富庶、君王英明圣贤，以颂扬帝王的政绩，博取上层的青睐，求取仕途的飞黄腾达。柳永事实上是一个比较"俗气"的文人，每一次阿谀奉承的没有结果都不能使他停止这方面的努力。《渑水燕谈录》卷八载：柳永"皇祐中久困选调，入内都知史某爱其才而怜其潦倒。会教坊进新曲《醉蓬莱》，时司天台奏老人星见，史乘仁宗之悦，以耆卿应制。耆卿方冀进用，欣然走笔，甚自得意，词名《醉蓬莱慢》。比进呈，上见首有'渐'字，色若不悦。读至'宸游凤辇何处'，乃与御制真宗挽词暗合，上凄然。又读至'太液波翻'，曰：'何不言波澄？'乃掷之于地。永自此不复进用。"从《乐章集》中留下不少谀圣词而又没有现实效果来看，这类拍马屁拍到马蹄子上去的事情柳永没有少干。《乐章集》中这类题材的作品一共留存了12首：《送征衣·过韶阳》《倾杯乐·禁漏花深》《柳初新·东郊向晓星杓亚》《玉楼春·昭华夜醮连清曙》等五首）《御街行·燔柴烟断星河曙》《永遇乐·薰风解愠》《破阵乐·露花倒影》《醉蓬莱·渐亭皋叶下》。

这类作品内容空泛无物，不值一读。然在词的演进过程中却有相当的意义。首先，进入宋代以后，词成为富贵享乐生活的消遣，与富贵享乐联系在一起的必然是社会的太平富庶，推进一步就是帝王的圣明、地方官的政绩了。所以，以歌词的形式谀圣是顺理成章的，谀圣也必然地会成为宋词的一项重要内容。其次，为帝王歌功颂德在任何一个朝代都是诗文最重大的题材。以小词"末技"的形式负担如此重大的时代内容，这对提高词的地位、推尊词体、使词最终登上大雅之堂具有非常重要的意义。这一点到了北宋末年"大晟词人"手中就变得十分明显。柳永词则肇其始。因此值得专门介绍。

此外，柳永的《看花回·屈指劳生百岁期》写人生无常，要求及时行乐；一组《巫山一段云》五首咏仙，李调元称赞其

"工于游仙,又飘飘有凌云之意"(《雨村词话》卷一);《双声子·晚天萧索》咏史,对"夫差旧国""尽成万古遗愁"深致感慨;《应天长·残蝉渐绝》和《玉蝴蝶·淡荡素商行暮》抒重阳节登高与友人聚饮、览景"杯兴方浓"的豪趣;《望远行·长空降瑞》写"皓鹤夺鲜,白鹇失素,千里广铺寒野"之白茫茫雪景,也显示出柳永的多方面兴趣。

以上,主要从五个方面说明,柳永词在内容上较之前人确有较大开拓。其中,有的是前人词中没有接触过的;有的是作者在前人基础上又做进一步深化,从而具有了全新的意境。内容上的"新",与作者观察细腻,体验深刻有关,同时,也因慢词这一"新"的形式向作者提出了"新"的要求。作者通过这"新"的形式开拓了反映生活内容的新的广阔天地。

3. 艺术上有新的进展

慢词与小令有所不同,慢词一般都是长调,它的旋律与节奏比小令繁复。与之相配合的歌词,字数增多,句式长短跟节拍相吻合,因而使词句更加多寡不等、长短不齐了。这就使慢词更适宜于描绘生活场面,抒写复杂的思想感情,从而为词人提供了发挥其文字才能的广阔天地。五代以来的小令,文字少,篇幅短,它只能捕捉一刹那间的感受,或只描写景物的一个或几个侧面。因此,小令必然要讲求"以含蓄为佳"(贺裳《皱水轩词筌》)。柳永的慢词则与此不同,他做了许多新的改变。他善于向民间汲取营养,学习通俗的语言和铺叙手法,把慢词的层次结构组织得井井有条。同时他还善于把抒情、叙事、写景融成一体。郑振铎说:"'花间'的好处,在于不尽,在于有余韵。耆卿的好处却在于尽,在于'铺叙展衍,备足无余'。""所以五代及北宋初期的词,其特点全在含蓄二字,其词不得不短隽。北宋第二期的词,其特点全在奔放铺叙四字,其词不得不繁词展衍,成为长篇大作。这个端乃开自耆卿。"[1]简言之,柳永慢词艺术的第一个特点便是铺叙展衍。上面引到的许多词,都不同程度地具备这个特点。下面,还想就流传最广的《雨霖铃》来进一步说明这个问题。

寒蝉凄切。对长亭晚,骤雨初歇。都门帐饮无绪,留恋处、兰舟催发。执手相看泪眼,竟无语凝噎。念去去、千里烟波,暮霭沉沉楚天阔。　　多情自古伤离别,更那堪、冷落清秋节。今宵酒醒何处?杨柳岸、晓风残月。此去经年,应是良辰好景虚设。便纵有千种风情,更与何人说?

这里柳永选择的是一个送别的场面。在描写难以割舍的别情时,寄寓了失去知音、远离京师而奔赴他乡的抑郁不平。但是,这首词之所以打动人心,还在于它艺术上的独到之处。这首词跟唐五代以及宋初的小令不同,它不是写离愁别恨的一个侧面,或只借少许景物来抒写自己的某种情怀,然后便戛然而止。因为这是一首慢词,篇幅比小令长,它要求而且允许词人拓展笔墨,充分抒写自己的思想感情或表现一个比较完整的过程。《雨霖铃》正是这样写的。它采取的是由表及里、由浅入深、由近及远、层层推进的艺术手法,使全篇首尾联贯,组织细密,天然浑成,充分显示出作者驾驭长调及善于铺叙的艺术才能。

首三句交代了"寒蝉"凄鸣的秋日季节、"长亭"宴别的地点、拖延至傍"晚"的具体时间与"骤雨初歇"的气候特征。

---

[1]《插图本中国文学史》第三册第487页,人民文学出版社1957年版。

从凄厉的蝉声、苍茫的暮色、急雨过后的空气中，似乎可以嗅到那使人深感压抑的气氛。接三句写分手的地点，帐幕中的饮宴以及船家催促出发时的情景，给人以亲临其境之感。在压抑的气氛中描写"都门帐饮""兰舟催发"之将别未别刹那间心情的复杂变化，更容易打动人们的情感。"都门"三句承前而来，"都门帐饮"具体说明"长亭"之所在，以及画面中人物的活动。"留恋"与"催发"的矛盾前文也有伏笔："骤雨"故"留恋"，"初歇"则"催发"，"晚"字更为"催发"做了时间上的伏笔。离别的酒宴，当然是"无绪"的，但词人宁愿忍受"无绪"离宴的折磨，也不愿轻言分手。于是，词中构成了外部客观"留恋"与"催发"、内部主观"无绪"与"留恋"的两大矛盾。在这样的内心矛盾纠葛、外界矛盾冲突的反复缠绕中，离人承受了心灵上的巨大痛苦。正是在主观愿望与客观形势的矛盾纠缠促使别情达到高峰的时候，"相见时难别亦难"，镜头越推越近，推出"执手相看泪眼，竟无语凝噎"这样一个生动、细腻、真朴的特写动作，使无形的别情得到了具体的落实。开篇六句，交代时间、地点，渲染环境，烘托气氛，这些无疑都有助于内情的表达。但是，仔细玩味，终究比较外在。所以，从"执手相看泪眼"一句，便开始由表及里向内心深处发掘了。作者通过人物的表情和动作，逐层揭示离人的内心世界。情人离别，本应该是"语已多，情未了，回首犹重道"（牛希济《生查子》），但此时的情人反而"无语凝噎"。悲痛已极，有话也说不出来，惟闻哽咽之声而已。况且，千言万语也表达不了相互之间的柔情蜜意与此刻的难舍难分。所以，无须说什么，结果也就只有什么都不说了。只是默默握手，两两相对，泪眼相看，"此时无声胜有声"。及至登舟之后，扬帆举棹，则景物随离别之途程而变换，情感随景物的变换而加深。"烟波"是眼前所见，加上"念去去"，则近景远景连成一片，虚实相应。词人是在写行舟的去处，那"千里烟波"之上是沉沉的"暮霭"，暮霭之上是空阔的"楚天"，远而又远，高而又高。在其对衬下，无边广漠中漂流着一叶小舟，小舟里则是孤单的游子，行舟与游子都是那么的渺小、孤独。从"念去去"开始，转入别后处境的虚拟想象，都是离人在"无语凝噎"时内心翻江倒海似的活动。

离别之事牵动离别之情，离别之情推及离别之理。过片因此说："多情自古伤离别"。词人由一己之愁推广到一般，写出离人的普遍心理状态。这既是对上片的景物描写做总的归纳，同时又引出下片，点明主题。接着，作者用一个季节性的词句"更那堪冷落清秋节"，把上片的时间、地点、环境、气氛加以深化，同时又与过片一句形成映衬和转折，使词的思想感情升华到一个新的深度。明知离人皆不免受情感的困扰，但词人就是不能超脱。他进而推想："今宵酒醒何处"，则"千里烟波""暮霭沉沉"已转化为"杨柳岸、晓风残月"。这句被誉为"千古俊语"，似真似幻，迷离恍惚，清丽凄切。词人抓住晓风、残月、岸柳等有特征性的景物，逼真刻画出离人别后酒醒、在行舟中惟见岸柳残月的怅然若失、落寞凄凉的心理状态，反过来突出临别之际兰舟语咽时醉不成欢的"留恋"难舍，并且，也隐含着对未别之前罗帐灯昏、青楼梦好那"千种风情"的咀嚼回味。然而，这一切又都是想象中的虚拟，因为这样的离别情景和情感柳永体验了无数次，所以想象才会如此逼真。词人进一步从路途的遥远推想及时间的久隔："此去经年"，即有"良辰好景"，也因无人共赏而如同虚设；离别之后，即使有"千种风情"，也因无人共语而倍感痛楚。以虚景、虚情的设想结尾，说明离别后的痛苦将与日俱增。词人由"今宵"想到"经年",由"千里烟波"想到"千种风情",由"无语凝噎"想到"更与何人说",都是对照深入一层。回过来,依然是"执手相看"刹那间的心理活动。片刻之间想得如此之多,可见词人留恋之情深、离别之味苦。词人在离开"都门"时有这么多的痛苦感慨,还是一种人生不得意情绪的转移。周济说:"柳词总以平叙见长,或发端,或结尾,或换头,以一二语钩勒提掇。有千钧之力。"(《宋四家词选》)这一特点在《雨霖铃》词里表现是很明显的。

与铺叙手法相联系的另一艺术特点便是"点染"。"点染",本是中国绘画的传统技法之一,作者将它创造性地运用于词的写作之中,并形成了自己的风格特点。《雨霖铃》曾被前代词评家视为运用"点染"技法成功的范例(刘熙载《艺概·词曲概》)。词(主要是慢词)中的所谓"点染",就是说,根据主题与艺术表现的需要,有的地方应予点明,有的地方则需要加以渲染。点,就是中锋突破;染,就是侧翼包抄。这二者相互配合,里呼外应,便造成强大攻势,给读者留下深刻印象。点染,又很像是议论文中的总说和分说。点,是总提;染,是分说。例如《雨霖铃》上片结句"念去去"三字就是点,点明从此一别,是去而又去,远而又远。当然,这是比较抽象的。"去去"的情况到底如何呢?下面用"千里烟波""暮霭沉沉"和"楚天阔"这三样事物来加以发挥,加以渲染,衬托出"去去"的水远山遥与离情的深沉浓重。这就是染了。光有"点",无法感动别人;光有"染",也很难使景物具有感情的光彩。"点""染"二者的结合,才具有强大的艺术感染力。又如下片"多情自古"两句是"点",点明伤别的时间、季节、气氛。下面,"今宵"三句便是"染",作者用"杨柳岸""晓风""残月"三个具体形象构成幽美而又凄清的意境,借以烘托伤秋伤别的情怀。阅读时,我们如果怀有全局观念,把这两句与开篇几句相联系,与"念去去"几句相联系,再与"此去经年"相联系。那么,不用多说,词中的伤秋伤别之情已达到绵绵无期的程度了。

铺叙与点染手法是慢词这一形式所特有的,因为字数增多,篇幅加长,允许而且应当把思想和意境加以展开来描写,而短小的令词却不具备这样的条件。这一点,与温庭筠的《菩萨蛮》比较一下便可以清楚地看得出来。读温庭筠的词,仿佛走在杭州九溪十八涧的水泥小方墩子上一样,下面有潺潺的溪水流过,游人们需要一跳一跳才能走过去。读柳永的词则有所不同,人们仿佛漫步在十里长堤之上,听他描述路旁绚丽多姿的美景,听他倾吐心里的爱情,滔滔不绝,娓娓动听,引人入胜。

词中点染与铺叙手法相结合,又是化虚为实、寓情于景这一艺术手法的深化。词人描绘的景物,烘托的气氛,渲染的情绪都是经过精心提炼与高度概括的,并非信手拈来,率意为之。

当然,在柳永词中,并不光是《雨霖铃》这首词铺叙得好,点染得好,前面引用过的词,几乎都不同程度地具有这一特点。以《望海潮》来说,发端"东南形胜,三吴都会,钱塘自古繁华"三句就比较抽象。为什么?因为这三句也是点,也就是点到为止,并未具体讲怎么"形胜",怎么"繁华",也没有说出"都会"的特点,因为这不是"点"所能完成的任务。下面九句就是针对发端三句的"点"来加以生发和渲染的。不妨分析一下看。"烟柳画桥,风帘翠幕,参差十万人家"三句,不正是针对"都会"一句、对"三吴都会"加以具体渲染吗?再看"云树绕堤沙,怒涛卷霜雪,天堑无涯",这三句不正是对"东南形胜"一句加以渲染吗?而"市列珠玑。户盈罗绮,竞豪奢"三句,也就是"钱塘自古繁华"的具体写照。这就是在较大范围内的点染了。对此,在阅读欣赏时,也是不能轻易放过的。此外,《戚氏》《夜半乐》等,铺叙、点染手法也都十分成功并有自己的特色。正如冯煦所说:"耆卿词,曲处能直,密处能疏,奡处能平,状难状之景,达难达之情,而出之以自然,自是北宋巨手。"(《宋六十一家词选·例言》)这就是说,柳永词在艺术上有很多独到的地方,他能把过分曲折的意境写得直截了当,过分细密的地方处理得疏朗有致,凸凹不平的地方使人读过之后感到特别舒恬。正因如此,他的词才能写出别人没有描画过的景物,传达出别人没有完全抒发出的内在感情,这一切又显得那样新巧自然。

4. 语言上有新的变化

慢词的出现,使得词在语言方面跟诗歌的语言风格有了明显的差别。在小令占主导地位的唐代和北宋初年,词人们吸收了律诗和绝句的某些手法,并运用律诗和绝句的平仄以及押韵的规律来填词,所以,当时的令词在形式和语言风格上差别并不太大。有的词几乎跟律诗、绝句没有什么差别,如《木兰花》《生查子》等。但是,到了慢词兴起以后,慢词不仅和律诗、绝句在语言、句式与音韵上有明显的不同,慢词和小令之间在语言上也有了显著的差异了。这就使歌词和曲调在声情上结合得更加紧密完美。柳永在这方面也表现出他的创新精神。他在语言和音韵方面适应了歌曲发展的需要,因而大大促进了慢词的推广和流行。

柳永词语言上的变化,首先表现在吸收和使用民间语言这一点上。他能根据词调声情的要求和内容的需要,大胆吸收口语、俗语入词。如前引《定风波》,这是以妓女口吻写成的恋情相思词,语言自然要切合这位主人公的口吻和身份。所以,全篇用语都很通俗,没有书卷气和学究气。其中,"芳心是事可可""终日厌厌倦梳裹""恨薄情一去,音书无个""镇相随,莫抛躲,针线闲拈伴伊坐"等等,不仅通俗浅近,接近口语,有鲜明的个性,而且很符合人物的口吻、性格与心理特征。词中的人物,也因有这样的语言而显得活灵活现,呼之欲出。又如《击梧桐》:"近日书来,寒暄而已,苦没忉忉言语。"是最平常的叙述,却蕴涵着深情。《鹤冲天·黄金榜上》也是采用了浅近而通俗的语言。这些都接近敦煌民间词的特点。柳永即使填写小令,也摆脱了律诗绝句的语言风格影响,有时纯用口语组成:

>一生赢得是凄凉,追前事,暗心伤。好天良夜,深屏绣被,争忍便相忘。　王孙动是经年去,贪迷恋,有何长?万种千般,把伊情分,颠倒尽猜量。

>　　　　　　　　　　　《少年游》

>明月明月明月,争耐乍圆还缺。恰如年少洞房人,暂欢会、依前离别。　小楼凭槛处,正是去年时节。千里清光又依旧,奈夜永、厌厌人绝。

>　　　　　　　　　　　《望汉月》

>薄衾小枕天气,乍觉别离滋味。展转数寒更,起了还重睡。毕竟不成眠,一夜长如岁。也拟待却回征辔,又争奈已成行计。万种思量,多方开解,只恁寂寞厌厌地。系我一生心,负你千行泪。

>　　　　　　　　　　　《忆帝京》

这三首词都是写离别后的愁苦和怨恨,这是柳永词的一个永恒主题。都写得明白如话,却又情真意切,耐人寻味。"万种千般""颠倒尽猜量",写尽离人或思念、或疑虑、或猜测、或埋怨的诸多复杂心态。"明月明月明月,争耐乍圆还缺",极富民歌风味。"系我一生心,负你千行泪",虽然是大白话,却蕴涵着款款深情。

　　接受民间词的影响,是词发展过程中的一个必然趋势。从欧阳修的大量俚俗词中已经可以看出这一点。晏殊、张先也不能"免俗",如晏殊"离别常多会面难,此情须问天"(《破阵子》)、"暮去朝来即老,人生不饮何为"(《清平乐》)等,皆明白如话;张先"这浅情薄倖,千山万水,也须来里"(《八宝装》)、"休休休便休,美底教他且。匹似没伊时,更不思量也"(《生查子》)等,皆浅近俗艳。也就是说,当时向民间词学习,汲取其俚俗浅易的言语,是一种普遍的行为。只不过,晏殊、张先这方面的创作较少,其主要艺术成就并不在此,故影响也不大。欧阳修的创作在数量与质量方面上了一个新的台阶,但是,时人喜欢"为贤者讳",否认这些作品的著作权,于是欧阳修在这方面的影响也不大。只有柳永,生性浪漫,缺乏自我约束力,任凭官能享受与情感支配自己的行为,有时甚至摆出一付"破罐子破摔"的姿态,无所顾忌地汲取、使用市井俗语,浅艳喜人。因此,传播甚广,产生了极其深远的影响。柳永以后,无论是嗜"俗"嗜"艳"的词人,还是追求风雅趣味的作家,其语言都不同程度地受柳永词的影响。周济《宋四家词选目录序论》说:"周(邦彦)、柳(永)、黄(庭坚)、晁(补之),皆喜为俚语,山谷尤甚。"四位词人中,柳永的年代最早,其他词人都是在柳词盛行之后才出世的,前后影响十分明显。柳永这种在北宋词"雅化"进程中的逆向行为，保持了来自民间的"曲子词"的新鲜活跃的生命力，使其避免过早地走向案头化的僵死道路。南宋"雅词"就是在坚决反对柳永等"俗艳"的基础上发展起来的，其最终成为晦涩的案头文学而趋于衰败，原因虽然是多方面的，然抛弃民间的源头是其主要原因之一。这就可以从相反的角度说明柳永词所取得的成绩。

对柳永词的俚俗、直率、大胆，时人几乎持一致的非议态度，因为这与词坛整体"趋雅"的审美倾向完全相违背，与时人的审美期待心理相矛盾。同时代的文坛领袖晏殊的态度十分鲜明。其后，苏轼特意将柳永标举出来，立为反面靶子，努力追求一种不同于柳永的审美风格。俞文豹《吹剑续录》载：

> 东坡在玉堂，有幕士善讴，因问"我词比柳词何如？"对曰："柳郎中词，只好十七八女孩儿，执红牙拍板唱'杨柳岸晓风残月'。学士词，须关西大汉，执铁板唱'大江东去'。"公为之绝倒。

如果从这一段问答中还看不出苏轼时时记挂柳永词的褒贬意图，那么，从苏轼数次批评学生秦观的言辞中就能够明确看出其态度倾向。黄昇《唐宋诸贤绝妙词选》卷二载：

> 秦少游自会稽入京见东坡，坡云："久别当作文甚胜，都下甚唱公'山抹微云'词。"秦逊谢。坡遽云："不意别后公却学柳七作词。"秦答："某虽无识，亦不至是。先生之言，无乃过乎？"坡云："'销魂当此际'，非柳词句法乎？"秦惭服。然已流传，不复可改矣。

从师徒的一问一答之中，第一可以看出时人对柳永词风普遍拒斥的态度,同时也鲜明地表明了晏殊、欧阳修之后的文坛领袖苏轼的取舍态度。

他人的批评就更多了。陈师道批评柳永"骫骳从俗"(《后山诗话》),李清照说他"词语尘下"(《词论》),严有翼说他"闺门淫媟之语"(《艺苑雌黄》),徐度说他"多杂以鄙语"(《却扫篇》)。王灼生活在南宋初年清算柳永等俚俗"流毒"的时代,① 言语更加尖锐,直接斥责为"柳氏野狐涎"。《碧鸡漫志》卷二具体指责柳永词说:

> 惟是浅近卑俗,自成一体,不知书者尤好之。予尝以比都下富儿,虽脱村野,而声态可憎。

而后,张端义言柳永"以俗为病"(《贵耳集》),吴曾说"柳三变好为淫冶讴歌之曲"(《能改斋漫录》卷十六),陈振孙说"柳词格固不高"(《直斋书录解题》卷二十一),沈义父说柳永"有鄙俗气"(《乐府指迷》)。指斥柳永词大体是两宋的公论。

然而,正是这种"俚俗""尘下"和"鄙语",才赋予柳永词以崭新的时代特征;也正是这种"俚俗",才使得他的词在下层人民中间广泛流传,并且受到普遍的欢迎。正如宋翔凤《乐府余论》所说:"柳词曲折委婉,而中具浑沦之气。虽俚语,而高处足冠群流,倚声家当尸而祝之。"两宋时期,尽管文人阶层对柳永俚俗词加以贬斥,而平民百姓却做出了自己的选择。事实上,文人阶层口头上虽然不断对柳词加以指责,创作实践中却或多或少都要接受其影响。在以后讨论各家创作时就会常常接触到

---

① 这种文学清算运动,与北宋覆灭的时代背景密切相关。详见本书第四章所论。

这一话题。

当然，柳词并非全用俚俗的口语入词，根据内容的需要，他还善于提炼书面语言，善于融化前人的诗句入词，使他词的语言具有很高的文学性。据赵令畤《侯鲭录》卷七载，苏轼对柳词说过这样的话："世言柳耆卿曲俗，非也。如《八声甘州》之'霜风凄紧，关河冷落，残照当楼'。此语于诗句，不减唐人高处。"的确，柳永的《八声甘州》，哪怕仅仅从语言这一角度来看，也是词中难得的名作：

对潇潇暮雨洒江天，一番洗清秋。渐霜风凄紧，关河冷落，残照当楼。是处红衰翠减，苒苒物华休。惟有长江水，无语东流。　不忍登高临远，望故乡渺邈，归思难收。叹年来踪迹，何事苦淹留？想佳人、妆楼颙望，误几回、天际识归舟？争知我，倚栏杆处，正恁凝愁。

全词高旷古雅，气象雄阔，笔力苍劲。词语的思想性、抒情性、形象性与文学性达到完美统一。它化用前人诗句入词，却不见痕迹。如"不忍登高临远"等句，实取自《楚辞·九辩》："登山临水兮送将归。"又如"误几回、天际识归舟"，实际来自谢朓《之宣城郡出新林浦向板桥》诗中"天际识归舟，云中辨江树"。又如"是处红衰翠减"，来自李商隐《赠荷花》诗："翠减红衰愁杀人。"这里，对柳永化用前人诗句入词多说两句，目的并不是想说柳永词的语言也是"无一字无来处"，而是要说明，作为一个有独创性成就的词人，不仅要向民间学习生动活泼、通俗浅近的语言，使自己作品的语言具有时代性和群众性，同时，还要继承我国古代诗歌的优秀传统，使词的语言具有鲜明的民族性和文学性。柳永词的语言正是这样丰富多彩。郑文焯说柳永："高浑处不减清真，长调尤能以沉雄之魄，清劲之气，写绮丽之情，作挥绰之声。"（《郑大鹤先生论词手简》）指的就是这一类慢词。

词是音乐文学。柳永是洞晓音律的音乐家。他在创作过程中，很注意词与曲之间的声情相宜与声调谐美。做到了这两点，不仅曲词的内容与曲调的旋律配合得完美，而且字正腔圆，易唱易懂，流美动听，甚至由此而交口流传。柳词之所以能不胫而走，在很大程度上是因为他发挥了既是音乐家同时又是一个词人这一优势。唐五代时的小令，不仅仄声不分上去入，单字处（如第一、三、五字），也可平可仄。柳永则有所不同，他很注意字声与曲调旋律的配合，注意到四声的运用，使他的词和曲声情并茂，甚至能拨动人们的心弦。首先，根据旋律的变化，在有些词中，他很注意于双声叠韵的运用，这并非只是从修辞方面着眼的，而是从词调的声情出发，使词的字音与曲律的配合更加完美。如《雨霖铃》中的"寒蝉"是叠韵，"凄切"是双声。这四个字连起来读，特别是连起来唱，就给人以突兀而拗怒的感觉。它的音响效果，似乎能产生一种惊心动魄的作用，人们听了以后，立刻被这奇异的音声吸引住，并迫使你不能不一直读到结尾，听到曲终。其次，柳永词中还特别注意去声和上声的连用。如《雨霖铃》中的"骤雨""纵有""更与"等。去声字在词中有着特殊的地位和作用。前人对此已十分重视。沈义父在《乐府指迷》中说："但看句中用去声字最为紧要。"万树在《词律·发凡》中还特别强调去声字和上声字的连用。他说："上声舒徐和软，其腔低。去声激厉劲远，其腔高。相配用之，方能抑扬有致。"柳永通过实践，对此有深刻的体会，所以从他开始便严守四声了。他的词,不仅去上连用,有的还能做到四声(平上去入)兼备。如"多情自古伤离别","多"是阴平,"情"是阳平,"自"是去声,"古"是上声,"伤"是阴平,"离"是阳平,"别"是入声,不仅四声兼备,而且还使阴声阳声交错使用,音韵丰富而又多变化。

还有一个值得注意的特点便是领字的运用。就现有资料看,大量运用领字,也始于柳永。领字是和慢词共命运的。领字的作用是为了加强语气,使较长的慢词在内容上显得更加完整、紧凑,易于引起读者的注意。领字往往有领起或逗衬起一句、几句甚至一大节的作用。如《八声甘州》中的"对""渐""望""叹""误"等,都是领字,而且多为去声。领字的作用,很有些像今天现代诗歌里起感叹作用的"啊"字。通过柳永的创作,领字在慢词里已成为重要的语言组成部分,到周邦彦时,领字的作用又有进一步的发挥。

慢词语言上的另一特点便是双音节的词增多了。古代诗歌,一般以五、七言为主,小令因受诗歌的影响较重,故也多五、七言句。五、七言句一般均以单音节结尾,而慢词的音节结构则与此不同。慢诗中虽也有五、七言句,但代表慢词语言特色的却是双音节节奏与双音节结尾。双音节的节奏吟唱起来和徐舒缓,符合慢词调长拍缓的音乐特征,在慢词中自然逐渐替代了单音节的词语或句式。如"渐霜风凄紧,关河冷落,残照当楼""有三秋桂子,十里荷花。羌管弄晴,菱歌泛夜,嬉嬉钓叟莲娃"。句中的"渐""有"均是领字,应当读断,所以上举两例中都是双音节词。这样的语言结构和特点,就不仅使慢词和诗有了明显的不同,同时也使慢词和小令在语言的结构和组织上有了鲜明的差异,具有了不同的语言风格。

以上，我们从四个方面论述了柳永慢词的创新成果，其中也涉及到小令的创作成就。柳永也有部分小令含蓄与倾诉融合得恰到好处的，在汲取民间词影响的基础上也接受了"文人化"作品的影响。如《凤栖梧》：

伫倚危楼风细细，望极春愁，黯黯生天际。草色烟光残照里，无言谁会凭栏意？　拟把疏狂图一醉，对酒当歌，强乐还无味。衣带渐宽终不悔，为伊消得人憔悴。

词虽然写的仍不外是伤春怀远之情，但技巧上却较为新颖。上片写"伫倚危楼"眺望远方、盼望离人归来时内心的思潮翻滚。"黯黯"天际，不见思念的人归来，"春愁"因此绵绵不绝地涌上心头。"草色烟光"两句颇耐人寻味，词人并不多作叙说，只是以"无言"一笔带过，"无言"中的复杂情感任由人们想象、回味。其蕴藉典雅，不输晏、欧。下片风格一变，既是凭楼远眺时情绪逐渐郁积到一定程度的自然喷发，也是接受民间词影响的结果。结尾两句直抒胸臆，率直而火爆。王国维在《人间词话》中曾引申"衣带渐宽"两句说，凡是要成就大学问、大事业的人，必须具备这种执着而不顾惜一切的紧毅精神，否则是不会有什么成功的。可见，这首词具有很高的概括性。通过这样一种精神状态，读者可以产生许多不同的联想。这种雅俗熔为一炉的作风，在柳词中颇为常见。《白雨斋词话》卷六说："柳耆卿《戚氏》云：'红楼十里笙歌起，渐平沙落日衔残照。'意境甚深，有乐极悲来、时不我待之感。而下忽接云：'不妨且系青骢，漫结同心，来寻苏小。'荒谩无度，遂使上二句变成淫词，岂不可惜！"这不过是陈廷焯的偏见，其实这里依然是雅俗相融的范例。

三、恋情词所蕴含的情感价值评估

在上述介绍的诸多作品中，柳永当然是以善写歌妓词而著称，这类作品成就也最高。即使是羁旅词等等其他题材的作品，也有歌儿舞女侧身其间。那么，对柳永的歌妓词所抒发的情感做一番"历史还原"的评估也就是十分必要的。并且可以通过柳永词作为切入点，对宋人同类作品所表达的情感有一个历史的认识。

如何评估柳永恋情词所抒发的情感，关键视词人对歌妓的态度而定。在那个以男性为中心的男尊女卑的封建社会里，以常情常理揆度，面对的又是妇女阶层中最卑贱的歌妓，男性词人高高居上，丝毫不将对方作为一个人来看待，是十分正常的，也是极其普遍的。宋代正是理学形成并走向昌盛的时代，思想趋于全面禁锢。所以，柳永恋情词中情感传递之男女双方，并不处于同一层面，女性只是男性泄欲、玩弄的对象。柳永大量的词都是以"狭邪"的目光注视着青楼女子，赏玩她们的形貌体态。《合欢带》说："身材儿最是妖娆，算风措，实难描。一个肌肤浑似玉，更都来、占了千娇。妍歌燕舞，莺惭巧舌，柳妒纤腰。"《小镇西》说："意中有个人，芳颜二八。天然俏，自来奸颉黠。最奇绝，是笑时，媚靥深深，百态千娇。再三偎著，再三香滑。"柳永浪迹江湖，随处留情，视歌妓为消愁解闷的玩物。他向往"是处王孙，几多游妓，往往携素手"（《笛家弄》）的艳冶生活，期待"更阑烛影花阴下，少年人、往往奇遇"（《迎新春》）的意外艳遇，总是以江湖浪子"狭邪"的目光炯炯地盯着众多女性。其《斗百花》说：

满搦宫腰纤细，年纪方当笄岁。刚被风流沾惹，与
合垂杨双髻。初学严妆，如描似削身材，怯雨羞云情意。
举措多娇媚。　　争耐心性，未会先怜佳婿。长是夜深，
不肯便入鸳被。与解罗裳，盈盈背立银釭，却道你但先睡。

　　柳永此度赏玩的是一位"年纪方当笄岁，刚被风流沾惹"的雏妓。她宫腰纤细，双髻下垂，初学严妆，娇媚羞涩，一身的风流。词人的目光是带着淫亵味的，他已经自然联想到男女"云雨"的美事。这样既解风情、又不失清新的雏妓，最得狎客欢心。从上阕的叙述描写中就知道词人已酥了半身。下阕词人用似怨实怜的语气，所表达的仅仅是急于发泄的性欲。偏偏这样一位可心佳人"不肯便入鸳被"，柳永无所顾忌地用俚言俗语将自己的"猴急"心态赤裸裸地表现出来。这种狎妓病态心理在当时的病态社会里，反而显得十分正常，被众人乃至社会文化所认可。民间流传了众多柳永狎妓的故事，都是用津津乐道、羡慕不已的口吻叙述着的。"众名姬春风吊柳七"，故事里甚至将这种病态心理与幻觉延续到柳永辞世之后。

　　柳永在偎红依翠的特定环境中，因对方的色艺俱佳而兴奋，他受欲望的刺激而迸发出来的创作激情，就不能简单视之为"真挚情感"。往往是脱离了这种特定环境，情绪就随之消失；改变了这种特定环境，情感就随之转移。因此，柳永恋情词所抒发的都是"蝶恋花"式的多情爱恋，见一个爱一个，处处留情，主宰其情感的主要是一种逢场作戏的娱乐之情。《醉翁谈录》丙集卷二载柳永一首《西江月》，最能说明柳永这种"洒向人间都是爱"的多情：

师师生得艳冶,香香于我多情,安安那更久比和,四个打成一个。　幸自苍皇未款,新词写处多磨。几回扯了又重按,奸字中心著我。

三位歌妓照单并收,多情就是无情,事实上是没有对其中的任何一位投入真感情。结尾词人竟以此沾沾自喜,夸耀于人。繁体"奸"字写作"姦",柳永以此夸耀自己同时与三位歌妓厮混,游戏欢场的态度是十分明显的。《清平山堂话本》将柳永这些玩弄歌妓的"风流韵事"演义成《柳耆卿诗酒玩江楼记》,其中就引用了这首《西江月》。[①] 故事写柳永为了将拒绝他的歌妓周月仙骗上手,唆使舟子强奸了周月仙。这虽然是"小说家者言",也倒符合柳永对待歌妓的大概态度,并不冤枉柳永。历代文人对柳永这些"韵事"是非常赏识的,《清平山堂话本》就以津津乐道的口吻叙说着这一切。这些文人与柳永的出身阶级、身份地位都相似,也可以从他们的眼光反过来分析柳永的心态。

如果认真将柳永的恋情词加以归纳分析,就会发现其在游戏创作中大约遵循着一定的游戏规则:即夸耀歌妓的容貌艳丽与伎艺出众,以及这位色艺双绝之女子对自己的温柔多情。隐藏于这种游戏规则背后的心理成因则是:以幻觉的己身在众多女性心目中的崇高地位来反证自己的才学与地位,从而获得心灵上的自我抚慰。柳永根据环境、人物之不同,以熟练的伎巧将类似的内容加以变化组合,作品中流动着的是词人刹那间由对方容貌或技艺

---

① 《清平山堂话本》卷一所载的《西江月》字句略有不同,说:"师师媚容艳质,香香与我情多,冬冬与我煞脾和,独自窝盘三个。撰字苍王未肯,权将'好'字停那。如今意下待如何? 奸字中间着我。"

刺激而引发的激情，以至分手多年后仍然难以忘怀。归根结底，这里所抒发的是一种享乐乃至淫乐之情，缺乏生命意义上的独立自主的个性追求，与现代性爱相距甚远，无论如何也不能将其上升到"爱情"的位置而对其大唱赞歌。上面引用的柳永词几乎都吻合这条创作规则。又，《玉女摇仙佩》说："自古至今，佳人才子，少得当年双美。未消得、怜我多才多艺。愿奶奶、兰心蕙性，枕前言下，表余深意。为盟誓，今生断不孤鸳被。"在柳永的自我感觉中，他的每一次与歌妓缠绵留连，当然都是"佳人才子"式的"双美"并举。《玉蝴蝶》说："美人才子，合是相知。"表述的就是这个意思。

古人诗词中的这种以为天下异性都愿意对他投怀送抱的自我良好感觉，很少有可信的成分在里面。唐李商隐之《杂纂》叙古代人情世态，特将"说风尘有情"立为"谩人语"，就是对文人士大夫这种感觉良好、以自我为叙述中心的摧毁。柳永这类恋情，与晏几道一样也只能是"一见钟情"式的。《少年游》说："墙头马上初相见，不准拟、恁多情。"更多的时候，只是柳永的一种猜测之辞，《瘞人娇》说："当日相逢，便有怜才深意。"《尉迟杯》说："每相逢，月夕花朝，自有怜才深意。"词人的这种猜测有多少可信成分呢？依据常情也可以推想出否定的答案。风月场中的送往迎来，多数有何情可言？至多是词人的自作多情。

绝大多数柳永恋情词，都摆脱不了这种创作心态和叙述模式，都遵循上述的"游戏规则"。依照"游戏规则"，进入词人视野的歌妓都是那么美丽，如果对方不美丽，词人还有什么面子？自我感觉良好的"自恋"幻觉又如何维系？这些女子不仅美丽，而且同样都是多情的。相聚时，"锦帐里低语偏浓""许伊偕老"（《两同心》）；分别时，"执手相看泪眼，竟无语凝噎"（《雨霖铃》）；分手后，"衣带渐宽终不悔，为伊消得人憔悴"（《蝶恋花》）。这样一种程序，已经成为填词的"俗套"。

但是，一种幻觉持续不断，往往使幻觉者误入歧途，信以为真。以此眼光观察女性世界，便处处留下男性视角的痕迹。仕途的奔波飘零中，离多聚少，男性词人理所当然地推断："想佳人、妆楼颙望，误几回、天际识归舟"（《八声甘州》）；"佳人应怪我，别后寡信轻诺"（《尾犯》）；"想鸳衾今夜，共他谁暖？惟有枕前相思泪，背灯弹了依前满"（《满江红》）。这种腐旧的男性中心的全景视角，是柳永恋情词的基调。周作人在《妾的故事》中曾辛辣地讽刺说："旧时读书人凭借富贵，其次是才学，自己陶醉，以为女人皆愿为夫子妾。"柳永恋情词中，这样的意识表现得十分突出。秦楼楚馆偶然相逢，歌舞酒宴蓦然相见，便认为一切女子必然地要为自己的才学、风度、气质、地位、富贵所倾倒，争先恐后地做出爱与性的奉献。于是，歌妓职业性的一笑一颦，一举手一投足，都为文人提供了无限绮丽遐想之细节依据："琵琶闲抱，爱品相思调，声声似把芳心告"（《隔帘听》）；"娇波艳冶，巧笑依然，有意相迎"（《长相思》）；"明眸回美盼，同心绾"（《洞仙歌》）等等。

在男性词人看来，他们永远是女性心目中的白马王子。仕途失意、江湖落魄时，更需要在幻觉中维系自己"白马王子"的形象，以女性的奉献来证明自身存在的价值，以摆脱人生价值幻灭的失落，保持心理上的平衡。这是一种典型的"自恋"情结。所以，与恋情词有关的另一大类是特定的环境中而别有寓意者。"学而优则仕"是中国古代文人唯一追求的人生价值。柳永既然一生都处于仕途失意、价值幻灭的境况之中，便不惜放纵声色，以醇酒美女自慰，也以此来发泄愤恨和牢骚。所以，他落第后高唱："烟花巷陌，依约丹青屏幛。幸有意中人，堪寻访。且恁偎红翠，风流事，平生畅，青春都一饷。忍把浮名，换了浅斟低唱。"（《鹤冲天》）这时候，柳永把更多的注意力投向歌儿舞女，有时也发出一些"同是天涯沦落人"的感慨。其意图是借他人之酒杯，浇自己之块垒。词人的失意于是自觉或不自觉地渗透到恋情词中，借歌妓之种种表现，以发泄内心的怨气。《凤栖梧》说：

帘下清歌帘外宴。虽爱新声，不见如花面。牙板数敲珠一串，梁尘暗落琉璃盏。　桐树花深孤凤怨，渐逼遥天，不放行云散。坐上少年听不惯，玉山未倒肠先断。

"坐上少年"善辨乐声，听出歌妓演奏的乐声中有怨愁之意，为之肠断，听者与演奏者获得一种心灵上的共识。然而，宋代歌妓在酒宴间演奏相思艳曲，诉说离愁别怨，以娱宾遣兴，是很常见的。"坐上少年"之所以能够牵动悲怀，其真正原因恐怕就是由于自身的遭遇所导致。当词人处于痛苦之中时，周围的一切都能牵引出他的愁绪，无论是"萧萧落木"之秋日，还是"惨绿愁红"之春季，"一切景语皆情语"。所有的景物都为词人的情感而设置，歌妓的缠绵之情或坎坷生涯也是触动词人悲怀的一项环境因素。《夏云峰》写"宴堂"聚会之时,有"越娥兰态蕙心,逞妖艳、昵欢邀宠难禁"。柳永正在纵情酒色之际,忽然发出感慨:"向此免、名韁利锁,虚费光阴。"这事实上还是仕途不得志的反语。在作品中歌妓的作用,与其他外景外物一样,是用来衬托词人的失意的,仅此而已。

这种情绪更多地流露在羁旅相思之作中。词人或为生计所迫,或因仕途挫折,长年累月奔波于旅途,滞留于他乡,劳顿困苦,风尘仆仆。于是,曾经拥有过的相对安定的生活就值得反复回忆、留恋,用来反衬眼前的颠沛流离,强化抒情效果。美好的时光,往往由回味隽永的事件点缀、联结而成。词人的一度风流艳遇,或与某歌妓的一段旖旎往事,最令人心驰神往,追慕不已。旅途中当然会时时想起,咀嚼品味,以慰孤寂。在这种遐想中,会随着词人处境的愈益艰难,而不断地增加虚构安慰自己的幻觉成分。况且,在旅途之中,词人较深入地体验了人生的痛苦,不得志的苦闷与离别的相思相融合,所以,其抒发的情感显得十分真挚,名篇迭出。这也是柳永"工于羁旅行役"的根本原因。

但是,词人所抒发的情感仍紧紧围绕着自我中心,对某一次艳遇或某一位歌妓的留恋,深层原因是不得志的转移与宣泄,哪怕是一种无意识的渗透。周济《宋四家词选》评秦观词说:"将身世之感,打并入艳情,又是一法。"其实,这种方法的运用,在柳永恋情词中也是极为常见,尤其是写羁旅行役之别离相思的作品之中。这种作风,南唐冯延巳已肇其始,其《鹊踏枝》说:"几日行云何处去?忘了归来,不道春将暮。百草千花寒食路,香车系在谁家树?""屏上罗衣闲绣缕。一晌关情,忆遍江南路。夜夜梦魂休谩语,已知前事无寻处。"冯煦《阳春集序》评价说:"俯仰身世,所怀万端;缪悠其辞,若显若晦。"在这些作品中,"身世之感"是主要情绪,或者可以称之为情绪的心理背景,"艳情"则是表层次的描写。可以设想,假如词人再度春风得意,身世苦痛随之消失,又有新的美酒娇娃相伴,必定是"一日看尽长安花"之得意忘形,而不会对一段旧情眷眷不已。

此外,柳永失意时所作的少量恋情词,直接倾诉歌妓的心声,向来备受称道,是"平等"说的主要依据。如果结合词人的遭遇和歌词的上下文,仍然能品味出词人的"别有用心"。柳永《迷仙引》下阕说:"已受君恩顾,好与花为主。万里丹霄,何妨携手归去。永弃却,烟花伴侣。免教人见妾,朝云暮雨。""万里丹霄"以下辞句,被学者反复征引,柳永因此获得一片称誉声。回到原文就能明白,这段心事表白是由"已受君恩顾,好与花为主"引发出来的,仍然是用来烘托男性主人公,就是词人科举落第时所痛苦叫喊的"幸有意中人,堪寻访",思维和叙述方式都是属于"周公"式的。又,《集贤宾》说:"争似和鸣偕老,免教敛翠啼红。"这也是被今人认可的能说出歌妓心事的好词。然而,词的上片告诉读者:词人是在"小楼深巷狂游遍,罗绮成丛"的狎妓过程中,发现了"有画难描雅态,无花可比芳容"之容貌体态最为诱人的"虫虫",两人一起度过了许多"鸳衾暖、凤枕香浓"的双宿双飞生活。过片说"近来云雨忽西东",词人被迫离开了"虫虫",离别后心有不甘,才有了以上代佳人的想象表述。事实上依然是词人对歌妓体态容貌迷恋不愿离去的换一种说法。

四、柳永词的影响与地位

柳永在词史上的影响是巨大而又深远的。柳永词由于三点原因而受到当时社会各阶层普遍的喜爱：其一，语言俚俗浅近，易于被接受。《碧鸡漫志》卷二称柳词"浅近卑俗，自成一体，不知书者尤好之。"《后山诗话》称柳词"作新乐府，骪骨皮从俗，天下咏之。遂传禁中，仁宗颇好其词，每对酒，必使侍妓歌之再三。"徐度在《却扫篇》中说："故流俗人尤喜道之。"宋翔凤《乐府余论》说："耆卿失意无俚，流连坊曲，遂尽收俚俗语言，编入词中，以便伎人传习，一时动听，散播四方。"柳永词首先被民间下层以及边疆汉文化修养层次较低的少数民族所喜闻乐见是不容置疑的，《避暑录话》卷下称："凡有井水饮处，皆能歌柳词"，就说明了其受欢迎的普遍程度。胡寅在《酒边词序》中也说：柳词"好之者以为无以复加。"即使是具有较高文化修养的文人士大夫和社会上层，虽然口头上和理智上表示反对，现实中也掩饰不住对柳词的喜爱。仁宗在人前人后的两套作为，以及晏殊、苏轼等事实上是熟读了柳词却加以贬斥的事实，充分说明了这一点。其二，大量创制新调，符合了人们的审美需求。李清照《词论》说：柳永"变旧声作新声，大得声称于世。"在艺术欣赏方面，人们的审美心理永远是"喜新厌旧"的。最动听迷人、流行一时的乐曲也要逐渐被新兴的音乐所替代，柳永"新声"的出现，正好给人们带来全新的艺术享受。其三，"艳冶"的话题，迎合了人们的性心理。《艺苑雌黄》说："柳之《乐章》，人多称之。然大概非羁旅穷愁之词，则闺门淫媟之语。"张端义《贵耳集》说："盖词本管弦冶荡之音，而永所作旖旎近情，故使人易入。虽颇以俗为病，然好之者终不绝也。"男女性爱是出自人的自然本性的，因此也成为文学的永恒主题，这类题材的作品便受到了无论哪个阶层、哪个时代的读者的普遍欢迎。尤其是宋代都市经济繁荣之后，出现了一个古代的"市民阶层"，他们由中下层官员及家属与仆人、衙门吏卒、商人、手工业者、艺人、城市贫民等等组成，他们在工作闲暇、茶余饭后需要精神调剂，需要娱乐享受，而这个阶层平日最大最多的娱乐方式就是赤裸裸地谈论"性"话题。柳永词因此深得他们的喜爱，趋之若鹜。

德国著名音乐家舒曼曾经说过这么一句话："要尊重前人的遗产，也要一片真诚地对待新事物。"柳永正是这样做的。他全面继承了我国古代诗歌的艺术传统并直接继承唐、五代词的创作经验，其中，他接受"花间"词人，特别是接受韦庄和李煜的影响更为明显。贺裳在《皱水轩词筌》中说："小词以含蓄为佳，亦有作决绝语而妙者，如韦庄'陌上谁家年少足风流，妾拟将身嫁与，一生休，纵被无情弃，不能羞'之类是也。牛峤'须作一生拚，尽君今日欢'抑亦其次。柳耆卿'衣带渐宽终不悔，为伊消得人憔悴'亦即韦意，而气加婉矣。"这里所说，虽然是指柳永的小令，但其率直真切，以抒情见长的特点却是贯穿于柳词整个创作之中的。

然而，更值得注意的却是柳永能一片真诚地对待新事物。柳永长期生活于歌伎舞女之间，他一面继承敦煌曲子词的传统，一面从民间的"新声"中汲取丰富营养，从而在形式、内容、手法以及语言上有了新的突破和新的创造，并由此而获得很高声誉。柳永在词史上的地位也集中体现在这两个方面：慢词形式的大量创制和运用，从而使其成熟并得到推广，成为两宋词坛的主要创作形式；民间文学与语言的汲取，以及俚俗词派的创立。在词史上，作品在当时能有如此巨大的影响，除柳永以外，恐怕很难找到第二个了。而且，柳永词不仅在国内广泛流传，当时就传播到西夏、高丽，在国际上也有一定影响。

柳永以毕生精力从事词的创作，在词的创作上，他是个全才。他既有创意之才，又有创调之才，在创意与创调两方面都充分表现出他的创新精神。后代词人几乎没有不在这两方面接受他的影响的。很明显，如果没有柳永的出现，词的创作还很难摆脱小令的影响。正是因为柳永大量填写慢词并取得很大成功，"东坡、少游辈继起，慢词遂盛"（宋翔凤《乐府余论》）。这说明，像苏轼这样的大词人和秦观这样的"婉约之宗"，也都是在柳永的影响下大量从事慢词写作的。周邦彦受柳永的影响更为明显。《柯亭词论》说："周词渊源，全自柳出，其写情用赋笔，纯是屯田法。"不过，在接受柳永的影响方面，各有不同，有的在创意方面接受的多些，有的在创调方面接受的多些。而在创意、创调两个方面同时接受柳永影响的词人就很少了。苏轼开创了豪放词的创作，把词推向了一个新的历史阶段，但他在创调方面却没有像柳永那样做出大的贡献。又如周邦彦，他在词调、词律的规范化方面做出了很大贡献，但在创意方面的进展却微乎其微。可见，在中国词史上能够像柳永那样在创意与创调两个方面同时做出贡献的词人，在北宋以后的词坛上几乎是绝无仅有的了。王灼承认柳永词"序事闲暇，有首有尾，亦间出佳语，又能择声律谐美者用之。"陈振孙则推许柳词"音律谐婉，语意妥帖"（所引皆同上）。

元明以来，柳永作品广受欢迎，而有关他的故事流传也很广泛，话本小说、杂剧戏曲中都有人写过柳永的故事。话本上文提到了《柳耆卿诗酒玩江楼记》和《众名姬春风吊柳七》，杂剧中则有《钱大尹智宠谢天香》《风流冢》，院本有《变柳七》等等。

第三节 "婉约之宗"——秦观

秦观的文学创作活动离柳永已有数十年时间,但他深受柳永词风影响,沿着柳永开辟的创作道路前进,其慢词创作也成绩斐然。作为继柳永之后的慢词大家,这一节做重点介绍。

一、秦观的生平与个性

秦观(1049—1100),初字太虚,后改字少游,别号邗沟居士,扬州高邮(今属江苏)人。早年豪隽,喜读兵书,慷慨有报国之志,欲为国家平定辽、夏边忧而献策献力。熙宁十年(1077)去徐州谒见苏轼,次年为作《黄楼赋》,苏轼称赞他"有屈、宋才"。其后,苏轼特地写信给王安石介绍秦观的诗歌,王安石回信称许其诗"清新妩丽,鲍、谢似之",并说:"公奇秦君,口之而不置;我得其诗,手之而不释。"(《淮海集》卷首)元丰元年(1078)和元丰五年(1082)曾两度参加科举考试,皆不中。在苏轼的鼓励下,元丰八年(1085)第三次参加科举考试,登进士第。授定海主薄,调蔡州教授。元祐初年,旧党得势,苏轼被召回朝廷,得到重用,次年便立即"以贤良方正"向朝廷推荐秦观,因疾归卧蔡州。三年,秦观应"贤良方正"试,进《策论》50篇,未授,再归蔡州。直到五年五月,才再度入京,除宣教郎、太学博士，校正秘书省书籍。后迁秘书省正字，兼国史院编修官，预修《神宗实录》。时黄庭坚、晁补之、张耒同在京城，与秦观共游苏轼门下，人称"苏门四学士"。绍圣元年（1094），哲宗亲政，新党复得重用，苏轼及其门下皆作元祐党人被贬，秦观受到株连出为杭州通判。复"以御史刘拯论其增损《实录》"，再贬监处州（今浙江丽水境内）酒税。此后，言者"承风望指，候伺过失"，三年又因"写佛书为罪"，削秩徙郴州（今湖南郴县），明年编管横州（今广西横县境内），最后竟被贬逐到祖国南端雷州（今广东海康县）。徽宗即位，迁臣内移，秦观复宣德郎，放还途中卒于藤州（今广西藤县）。终年52岁。

　　秦观是苏门四学士之一，与苏轼情兼师友，关系密切，政治上的挫折把他们牵连在一起，秦观因此而终生不幸。但是苏轼、秦观两人的性格与词风却截然不同。苏轼面对挫折，乐天知命，旷达不羁，对生活、对未来仍充满信心，他虽也产生过消极思想，但并未颓唐不振。秦观则有所不同。他年轻时虽然也曾一度"强志盛气，好大而见奇"，但是从他所写作的诗与词来看，性格偏于柔弱。如其诗云："一夕轻雷落万丝，霁光浮瓦碧参差。有情芍药含春泪，无力蔷薇卧晚枝。"（《春雨》）格调与婉约词接近。敖陶孙《臞翁诗评》说："秦少游如时女步春，终伤婉弱。"《后山诗话》引流传的"世语"也说："秦少游诗如词。"他在屡遭打击之后，由于缺少苏轼那样广阔的胸襟和坚定的信念，深重的哀愁长期包围着他而难以解脱。其歌词中也时常流露出一种绝望的哀伤。因此，在词的创作上，他走着与苏轼不同的道路。他更多地接受了晏殊、欧阳修和柳永的影响，创作忧伤哀怨、缠绵悱恻的言情词他格外得心应手，并擅长写出一种纤细幽微的情感境界。在委婉隐约之词境开拓方面，他的创作艺术技巧已经进入一个新的阶段，并由此而成为婉约派集大成的词人。秦观有《淮海集》3卷，存词72首，近人又从清人王敬之翻刻本和《花草粹编》中补辑得28首。所存词中，依然以小令居多数，而且篇篇美奂美轮，精致动人。秦观留存的慢词的数量虽然远远不能与柳永相比，但是，在委婉言情、铺叙展衍方面还是达到了一个新的高度。讨论秦观的词，就需要将其慢词与小令的成就综合起来。

二、"将身世之感，打并入艳情"

秦观一生，大致是在不得意中度过。晚年屡遭贬逐，经常在各地漂流，处境凄切，前途黯淡。即使是元祐年间旧党得势时期，他的处境也并不妙。他屡经挫折才在京城混得一官半职，却不断被卷入旧党之间的所谓"洛""蜀""朔"的派别之争，被视为苏轼的"铁杆"而频频受到政敌的攻击。他喜欢与歌妓来往，创作大量的艳情词，这一切成为政敌攻击他的主要把柄。元祐五年五月，秦观刚刚得到朝廷任命，苏轼的死对头右谏议大夫朱光庭即向朝廷奏言："新除太学博士秦观，素号薄徒，恶行非一"（《长编》卷四百十二）屡屡在"党争"的夹缝中受气，仕途上始终不得舒眉一搏，使秦观在大多数时间里都显得抑郁寡欢，忧伤悲苦的情调成为其歌词的主旋律。他的词比较真实地反映了他身处逆境的各种感受。其中仍以描写离愁的作品为最多，感伤的情绪贯串始终。这种忧郁悲伤的格调在前后期词的表现中毕竟还是有程度上的差别。前期虽然不得意，但毕竟年轻，还洋溢着一股朝气；毕竟仕途上也没有绝望，总是有获得升迁、重用的希望在召唤着他。所以，被贬前的作品写得比较缠绵婉转，还保留着一种朝气和对生活的追求，语意婉丽而不失清新。抒离别之情也只是一种淡淡的哀伤，一种可以随时摆脱得了的愁苦，可以随时另觅新欢以取代的情感。绍圣年间一经贬谪之后，心境就完全不一样了。一方面年事已高，不可能再有太多的时间与机会供其选择；另一方面也看够了仕途的风风雨雨，对自己的前景完全失去信心，因此陷入一种绝望的悲伤之中。他对外界有了一种莫名的恐惧感，"可无时霎闲风雨"（《蝶恋花》）就是这种心态的最好表露。他晚期的作品所抒发的哀苦也因此有所不同，沉重的打击、不幸的遭遇沉甸甸地压在他的心头，几乎难以喘息，由此而产生的深愁也就难以摆脱了，这是一种越陷越深、沉沦不可自拔的悲苦和绝望，词的格调也转为凄丽哀婉。

秦观前期写离愁的名篇是《满庭芳》：

山抹微云，天粘衰草，画角声断谯门。暂停征棹，聊共引离尊。多少蓬莱旧事，空回首，烟霭纷纷。斜阳外，寒鸦数点，流水绕孤村。　　销魂。当此际，香囊暗解，罗带轻分。谩赢得青楼薄幸名存。此去何时见也？襟袖上空惹啼痕。伤情处，高城望断，灯火已黄昏。

词写同歌妓的恋情，同时又融入自己的身世之感。正如周济在《宋四家词选》中所说："将身世之感，打并入艳情，又是一法。"当时，秦观的诗词创作已蜚声文坛，但政治上却未得进展。词中"谩赢得青楼薄幸名存"，就含有这种感慨。不过，贯穿全词的基调却是伤别，"身世之感"并不十分突出。

开篇三句写别时景物，是所见所闻，一向为人所乐道。作者大处着眼，细处落墨。"山抹"与"天粘"两句，炼词铸句，极见功力。"抹"字新颖而且别致,向远处即将离别登程的路途眺望,那一片片微云仿佛被什么人涂抹到山峰上一样。这一幅画面看似恬静,其实饱含动感,因为"抹"是需要施动者的,一般用于绘画。"粘"字也是如此,极目所至的天边与衰草胶着在一起,静止的画面中也隐含着动作。"抹"与"粘"两字生动描画出"微云"和"衰草"的神态,写出了季节与黄昏的特点,动中有静,词人此刻的离情也有了"抹"与"粘"的效果,摔脱不了。于是,见闻的景物就与恋恋不舍的离情紧密结合在一起,烘托出词人放眼远方时的难舍难分的情感。"画角声断"一句,以凄厉的音响叩击着词人的心灵。此情此景,怎能不令人肠断!角声在古代诗词中多用来烘托苍凉和伤感的情景,如李贺《雁门太守行》"角声满天秋色里"、范仲淹《渔家傲》"四面边声连角起"、陆游《沈园》"城上斜阳画角哀"、姜夔《扬州慢》"渐黄昏,清角吹寒,都在空城"等等。所以,在词人听来,这角声无疑是在吹奏惜别的哀音。"谯门",即"醮楼",是古代建筑在城门上的高楼,用来了望敌情。这就把全词引入分别的具体地点。这三句在借景抒情,融情入景方面,表现出高超的技巧并获得很大的成功。短短十四字内,既交代了季节,时间,气候特点,又写出了远景、近景,同时还从画面、色彩与音响诸方面烘托气氛。所以,开篇三句,并不能简单地认为"抹""粘"二字妥贴工巧而了事。

  中间五句,写正待航船将要出发之际,作者热恋的歌女匆匆赶来送别。但这一过程却全是虚写,作者只用"暂停征棹,聊共引离尊"两句匆匆交代过去。送行免不了要设宴饯别,这情景与柳永《雨霖铃》"都门帐饮无绪"是一致的,所不同的是柳永直接点明了"无绪",秦观则写得更加含蓄而已。同样,在"共引离尊"时，免不了要回忆往事，但作者也只用"空回首，烟霭纷纷"两句敷衍过去，而并未加任何具体说明。此地一别，往事如烟，回首有茫然之慨。然而，正是这种写法，才深一层地表现出作者对"蓬莱旧事"难以忘情。"旧事""烟霭"般朦胧纷扰，理不出什么端绪，又梦境一般轻柔空幻，仿佛不曾实际发生过似的。而无情的离别却确确实实摆在面前。此刻，他们几乎不敢相互凝视，只得把视线移向远处，遥望天际：只见斜阳照射几点寒鸦，闪光的河水紧绕着孤零零的荒村。"斜阳外"三句即景生情，联想断肠人在天涯之苦况，却以景语出之，不予说破。在广阔无垠的空间里，"寒鸦"与"孤村"，都是极其渺小的存在。那么，在茫茫人海之中，游人和客子不同样是渺小而又孤单的么？上片结尾三句虽用隋炀帝"寒鸦千万点，流水绕孤村"诗意，但因作者把整齐的五言改成参差错落的词的语言，加之与伤秋伤别之情交织在一起，并与开篇三句相呼应，这就使它成为全词有机的组成部分。状深秋晚景，如在目前；渲染离情别绪，感同身受。正如《诗人玉屑》卷二十一中引晁补之评这几句词时所说的："虽不识字人，亦知是天生好言语。"

下片用"销魂"二字暗点别情，申明一篇题旨。江淹在《别赋》中说："黯然销魂者，唯别而已矣！"所以，"销魂"二字的内涵是很丰富的。"当此际，香囊暗解，罗带轻分"。作者用两个细节和两个动作，对此做了形象的说明。解下贴身佩带的"香囊"赠送离人，暗示两人之间的呢喃儿女私情。"轻"字又暗示分别的轻易，由此引出下句。这里用杜牧诗意，把这一切都归结为："谩赢得青楼薄幸名存"。这两句一方面写自己负人之深，同时还反映出词人功名失意、不得不奔波离别的怨恨。所以，这场离别实在并非因自己"薄幸"，下面由此补足一句：

"此去何时见也"。毫无疑问，这是对"薄幸"的一种否定。另一方面，这又是明知故问，双方心里明明白白地知道：此地一别，相会无期。下文很自然地用"襟袖上空惹啼痕"对此作了回答。这一段里有若干次感情的起伏，而每一次起伏都渗透了作者身世飘零的感慨。最后三句用唐欧阳詹《初发太原途中寄太原所思》"高城已不见，况复城中人"诗意，以景结情。"高城望断，灯火已黄昏"，这是船行江中之所见，并暗示着时间的推移，与开篇两句相呼应，又见离别之速。最终完满表达出作者别后的凄凉处境与依依难舍之情。

这是一首广泛传诵的名篇，曾得到苏轼的赞赏。他一面称秦观为"山抹微云秦学士"，另方面又批评这首词的基调过分低沉。说他："不意别后，公却学柳七作词。"对秦观学柳永有所不满。秦观分辩说："某虽无学，亦不如是。"东坡曰："'销魂，当此际'，非柳七语乎？"（见《词林纪事》引《高斋诗话》）

其实，秦观词虽受柳永影响，但秦观毕竟是一个纯情的词人，是艺术上有独创性的词人。就这首词而言，作者激情澎湃，而气度却沉着安详，从容不迫；遣词造句，意新语工，但又寓工丽于自然，婉转而又含蓄，与柳永词风有明显差别。《铁围山丛谈》卷四载：秦观女婿范温在某贵人宴席间默默无闻，酒宴间有侍儿"善歌秦少游长短句"，问"此郎何人也？"范温自答说："某乃'山抹微云'女婿也。"这可以说明这首词在当时流传的普遍性。

还有一首《八六子》，也是描写离情的。这首词写得清丽缠绵，深婉细腻，也是秦观词中具有代表性的作品：

倚危亭,恨如芳草,萋萋刬尽还生。念柳外青骢别后,水边红袂分时,怆然暗惊。　　无端天与娉婷,夜月一帘幽梦,春风十里柔情。怎奈向、欢娱渐随流水,素弦声断,翠绡香减,那堪片片飞花弄晚,蒙蒙残雨笼晴。正销凝,黄鹂又啼数声。

  这首词开篇便点明"恨"字,而"恨"的内容并不明确。但是因为词人在这里点明此"恨"乃是"倚危亭"眺望远方时所产生的,而且还用了直喻的手法:"恨如芳草",这就使人很快地联想到李煜的"离恨恰如春草,更行更远还生"(《清平乐》)和范仲淹的"山映斜阳天接水,芳草无情,更在斜阳外"(《苏幕遮》)。不仅如此,以下三句还出现了"青骢别后"和"红袂分时"这样的词句,其中"分""别"二字把话讲得再明白不过了。鲜丽的色泽对比中包含着一段旖旎的恋情。"怆然暗惊",依然在写突然遭此别离打击的心理感受。这是一种什么样的别情,上片仍然没有讲透。所以,下片换头劈面便是一句:"无端天与娉婷"。"无端",即不料,等于说事出意外。"娉婷",形容女子姿容秀美。原来,这句是说,老天有意安排下一个绝色佳人,料不到却很快出现"青骢别后""红袂分时"。接二句:"夜月一帘幽梦,春风十里柔情",写相聚之短暂而又幸福的时刻:花月良宵,柔情似水,佳期如梦。而这梦境很快就醒过来了,留给眼前"倚危亭"时无限的凄然回味。眼下是多么残酷的现实!词人用"怎奈向"三字呼起,接下运用一连串的形象与"幽梦""柔情"形成强烈对照:眼下没有"欢愉",没有"弦声",再加上"翠绡香减",整日"片片飞花""蒙蒙残雨"。这一切集中起来,便组成了伤春伤别的大合唱。更有甚者,恰值此时,"黄鹂又啼数声"!外景外情似乎是在有意将词人拖入更深沉的悲苦之中。通过上述分析,可以看出,秦观不但善于融化前人诗句入词,他还善于通过一系列景物描写来烘托自己的心境。即不止用一两件客观事物,而是用一连串客观事物进行多层次艺术烘托。这首词计算起来大约用了六七种事物,其中有流水、素弦、翠绡、香减、飞花、残雨,之后又加入黄鹂的哀啼。伤别之中又有欢娱的回忆,情感上波澜泛起,给人留下一丝期待和渴望。这就是秦观前期所写的抒发离别情感的歌词。

在秦观的前期恋情词里,还能发现乐观与高亢的音响,这就是脍炙人口的《鹊桥仙》。这与词人前期情绪的不低沉和不失豪情是相一致的,词云:

纤云弄巧,飞星传恨,银汉迢迢暗渡。金风玉露一相逢,便胜却人间无数。 柔情似水,佳期如梦,忍顾鹊桥归路。两情若是久长时,又岂在朝朝暮暮!

这是一首咏题之作,它紧紧围绕着牛郎织女的神话传说,创造出一个美丽动人的艺术境界,表现出被迫分居两地的牛郎、织女真诚不渝的爱情,并以丰富的想象,形象地反映出牛郎织女悲欢离合的复杂心情。同时也体现出秦观理想的恋爱观,这在当时如同空谷足音。

相传织女织造云锦,是纺织能手。民间风俗,七夕之夜,女孩子们陈设瓜果向织女乞巧。"纤云弄巧"就从这一点入手:那散布于天际的轻盈多姿的彩云,映着落日的余辉,仿佛是织女用灵巧的双手编织出来的优美的图案。将初秋的彩云与织女的巧手联系起来,马上进入一种特定的情景,这也为牛郎、织女的七夕相会布置了一个美丽的背景。"飞星传恨"写牛郎。牵牛星在夏末秋初之际光彩特别明亮,与织女星的距离也最近,故有渡河相会之说。"飞"字极写牛郎赴约的迫切情景。在古人看来,只有"飞"才能解决巨大空间距离所造成的困难。此外,星在飞动,似乎就能传递一些信息,牵涉到牛郎、织女这特定的对象,所传递的就只能是离别的愁恨,其中包含着对破坏美满爱情婚姻的顽固势力的愤恨情绪。所以,"恨"字也是照应写双方。开篇极其工整的对偶句,将时令、环境、乃至人物的神情风貌都生动地传达出来。至此出现"银汉迢迢暗渡"一句,可喜可贵。"迢迢",形容河面辽阔和双星间隔之遥远,相见之不易,也表现出他们愈急于相见、愈觉得长途漫漫的心情。《古诗十九首》说"河汉清且浅,相去复几许",正好从秦观词相反的角度去表现牛郎织女的爱情,却有异曲同工之妙。"迢迢",同时还可以形容牛郎织女相思的迢递久远。七夕相会一年一度,来之确实不易,他们不仅要忍受漫长时间的离别相思的痛苦折磨,而且还要克服"银汉"这一广袤空间所带来的困难。词人正抒写着迢迢不断的、如银河秋水一样的离愁别恨之时,在关键处妙笔突然一转,滔滔不绝的恨波里翻起了欢乐的浪花。久别固然可恨,但在这"金风玉露"的大好秋季里,佳侣重逢,就珍贵异常。那岂是一些凡夫俗子之酒肉追逐、寻欢作乐所能比拟万一?初恋者的甜言蜜语、山盟海誓并不可信,他们或者仅仅迷恋于对方的外貌,或者是初尝禁果之时心醉神迷的胡言乱语。只有这种宁静下来的深沉反思,才是真正动人心魄的。结尾两句是对牛郎织女爱情的评价,是秦观爱情观的表达,使人耳目一新。这里,借高爽的秋风与纯白的露水来烘托牛郎织女高尚纯洁的爱情,以及他们坚贞的品格。世人认为牛郎织女会少离多,枉为仙人,还不如人间男女朝夕相守。秦观不以为然,他认为牛郎织女既然有坚贞的爱情，在此秋风白露的夜晚相逢一次，自然要胜过人间那许多没有爱情而生活在一起的男女。在两性观念中，秦观将爱情推为首位，这在只知道门当户对、光宗耀祖婚姻观念盛行的古代有着振聋发聩的作用。宋代恋情词虽多，无非是欢场的及时行乐，是"人欲"的横行，像这样的爱情观念的表达实属罕见。

下片承此，对相会时的柔情蜜意展开描写。首三句写相会时的爱恋以及疑真疑假、似梦似幻的感觉，惟恐一年一度的短暂相会转瞬即逝等复杂情感。牛郎织女的温柔恋情似银河水波一样清洁荡漾，源远流长。美好的相会又像梦境一样迷离。分别太久，见面时就有了"乍见翻疑梦"的感觉。何况，相聚短暂，一刻千金，更有好梦不长的忧虑。所以，他们怎么忍心回头去看鹊桥上的归路呢？不忍心看，就更不忍心走了。一个"忍"字，千回百转，无限辛酸，把难舍难分的情景真切地表现了出来。见面时恨不得飞渡银河，分手时不忍回顾归路，两相形成强烈的对比。恋恋不舍之情至此达到高潮，离人的情感似乎又要坠入痛苦的深渊。然而，词人笔锋再次陡然转变，迸发出全词最高亢的音符："两情若是久长时，又岂在朝朝暮暮"！事实确实如此。人情易变，人寿有限，人间男女即使朝暮相处，不免也有离异以至长别之事发生。天上双星尽管一年只有一度相会，但他们情高意真，天长地久，年年重逢，永无尽期。这是何等的幸福！写仙侣离别之苦并无特别之处，关键是这峰回路转的一笔，才是"化腐朽为神奇"的绝妙佳境。高亢的声响使全词为之一振。而且，它与上片绚丽的环境气氛、下片柔情似水的爱恋结合得如此完美和谐。有了这两句，词人超凡脱俗的爱情观更加大放异彩。"两情若是久长时，又岂在朝朝暮暮"，是相互的期望，也是相互的誓言，更是彼此强自的排遣和无可奈何的安慰。其中交织着种种欢乐和悲哀，只觉得意味深长，咀嚼不尽。

这首词有两个值得注意的特点。一是作者在有限的短篇内，几乎把有关牛郎、织女的神话传说全部集中起来，并根据主题的需要把它们巧妙地组成和谐统一的画面，构成优美动人的意境。如"纤云弄巧""银汉迢迢暗渡""金风玉露""鹊桥归路"等，这些词句，不仅有力地提示出词的主题，而且还增强了词的神话色彩与感人的艺术魅力。另一个值得注意的特点便是直接的抒情，并因此而展现出一种崇高的精神境界。自魏晋以来，以七夕为题材的诗歌并不少见，但一般旧作均为牛郎、织女一年相会一次而深表惋惜。秦观这首词却不落常套，别具一格。它既写出了长期分隔后偶一相会时的期待与欢乐，同时又寄寓了作者的进步恋爱观。千百年后，这种进步的恋爱观与婚姻观，也仍有一定的道德价值与美学意义。这首词之所以广泛流传，与此密切相关。

秦观贬谪之后依然在写离别的愁苦，但此时与"艳情"的联系更加疏远，"身世之感"被凸现出来，词中更多反映的是谪宦中的生活和心态，词人也因此走向痛苦的深渊。如著名的《踏莎行》：

> 雾失楼台，月迷津渡。桃源望断无寻处。可堪孤馆闭春寒，杜鹃声里斜阳暮。　　驿寄梅花，鱼传尺素。砌成此恨无重数。郴江幸自绕郴山，为谁流下潇湘去？

这是一首写于贬谪途中饱含着个人身世之感的抒情诗。词中也在诉说着离别的苦痛，其诉说的对象更像是志同道合的友人。哲宗绍圣初年，秦观因受元祐党人的牵连，一贬再贬，他先为杭州通判，继又被贬监处州酒税，后又贬往郴州。政治上接连不断的打击，生活上相继而来的变化，使词人感到理想破灭，前途渺茫，因而处于幻灭与极度哀伤之中。这首词形象地刻画了词人被贬往郴州时的孤独处境和屡遭贬谪而产生的强烈不满与绝望。词中反映了作者幻想与破灭、自振与消沉之间的内心矛盾。

上片写孤独的处境。首三句便勾勒出一个夜雾凄迷、月色昏黄的画面。弥漫的大雾遮蔽了词人居住的楼台，遮掩了今夜的月色，使行船停泊的渡口也变得迷蒙难辨。"失"与"迷"二字用得极其生动，使整个布景充满了词人的主观情感。此夜所迷失的不仅仅是现实中的"楼台"与"津渡"，更重要的是词人生活上的方向感。所以，下一句明确点出："桃源望断无寻处"。首先，这一句是补充说明，前两句所描写的景物原来是词人登楼眺望"桃源"时的所见。其次，写出眺望的结果是彻底绝望。陶渊明笔下的桃花源世界已经成为文人士大夫心目中的理想圣地，成为他们失意后的最好抚慰。词人屡遭贬谪之后，当然也期待着寻找如此一片"净土"，以歇息身心。然而，由于浓雾的遮盖，使一切都变得不可能。今夜的浓"雾"，就具有了现实的象征意义。词人心情凄苦已极之时，却还要忍受独处驿馆的孤寂、初春寒意的侵袭、昏暗暮色的降临、凄厉杜鹃的啼叫等等外界景物的压迫，词人不禁惊呼起来。"可堪"即哪里经受得起，这是词人对自己的现实处境与自我承受能力的清醒认识。

下片写被贬谪的愤懑。被贬独居，只有内心世界依然是自由的，所以词人的思绪飞向了远方的友人，希望通过"驿寄梅花，鱼传尺素"，互通音讯，彼此宣泄愁苦，以图获得安慰。但是，事与愿违，"梅花"与"尺素"所寄达的全部是怨"恨"，重重堆"砌"，让人更加无法承受。"砌"字新颖、生动而有力，有此一"砌"字，那一封封书信仿佛变成一块块砖头，层层垒起，以至到"无重数"的极限。不过，词人始终没有说明所蓄积的"恨"的具体内容，这是秦观词婉转含蓄之处。结尾反而用两句更形象、同时也是更含蓄的景语作结："郴江幸自绕郴山，为谁流下潇湘去"。这是即景生情、寓情于景的警句。表面上来看，这里仍然在写远望思乡、思友的羁旅相思之情；实际上，是词人悲苦已极、无可挽回的颓败心绪的流露。"郴江"流向"潇湘"，是如此的无可奈何，词人的命运又何尝能由自己做主呢？据传苏轼"绝爱此词尾两句，自书于扇云：'少游已矣！虽万人何赎！'"（见惠洪《冷斋夜话》）黄庭坚等也极称赏此词。秦观的悲慨，引起了有共同遭遇的师友们的共鸣。

这首词语言清新洗练，寓意深沉。其结构的匀称与构思的精到也令人叫绝。这首词上下片的字数、句式、平仄、韵律完全相同，下片实际上是上片的重唱。不妨把这首词上、下片之间的关系当成一副对联来加以分析：上片（可视作上联）是收束式的，即作者把自己当成一个很小的、孤立存在的单位，处于浓雾的重重包围之中，在孤馆里孑然独处；下片（即下联）与上片不同，它是开放式的，词人通过"虚"（如"砌成此恨"）与"实"（如"梅花""尺素""郴江"）两方面的描写，把"闭"在"孤馆"中的自我与广大现实世界联系了起来，抒发了超越时、空拘限的怨恨之情。上下片形成了强烈的对比。

反映贬谪羁旅生活的名篇，还有《如梦令》：

遥夜沉沉如水，风紧驿亭深闭。梦破鼠窥灯，霜送晓寒侵被。无寐，无寐，门外马嘶人起。

词写旅途中夜宿驿亭的凄苦情境，反映了长途跋涉的艰辛。词中对此并无一语直接申诉，而是借助所描绘的客观形象表达出来的。头两句虽也写出了驿站中的环境特点和气氛：长夜漫漫，北风凄厉，驿门紧闭。在这样的环境与处境之中，一种"幽闭"感自然而生。这也一定是一个无眠的长夜，词人才能敏感地捕捉到这一切。下文再接以"梦破鼠窥灯，霜送晓寒侵被"两句，整首词便立即活跃了起来。读者眼前仿佛出现了这样的画面：青灯一盏，荧荧如豆，无所忌惮的老鼠直竖起全身，用骨碌碌的小眼睛在窥视着那半死不活的灯焰。这阴暗的小生物映衬着词人此时的心境，是灰沉沉的，阴森森的。就是这种恶劣的心情使词人从残梦中惊醒过来，上面的描写即是梦醒后的所见所闻。五更的寒气袭人，似乎一直渗透到词人内心。他对此又无可奈何，于是便掩紧薄衾，睁大双眼，直到"马嘶人起"。新的一天开始了，等待着词人的又是一整天的长途奔波，每日所经历的苦痛又要周而复始了。没有经过多次贬谪、没有遍尝旅途中各种况味的人，是无论如何也写不出这样的词作来的。

此外，秦观偶尔还有咏史之作。所咏无非是古人的"艳情"，自己的"身世之感"依然隐约可见。《望海潮》说：

秦峰苍翠，耶溪潇洒，千岩万壑争流。鸳瓦雉城，谯门画戟，蓬莱燕阁三休。天际识归舟。泛五湖烟月，西子同游。茂草台荒，苎萝村冷起闲愁。　　何人览古凝眸？怅朱颜易失，翠被难留。梅市旧画，兰亭古墨，依稀风韵生秋。狂客鉴湖头。有百年台沼，终日夷犹。最好金龟换酒，相与醉沧州。

词咏范蠡、西施旧事，并连带古会稽郡的其他古人往事。古人的那一段轰轰烈烈恋情曾经让吴国覆灭、越国中兴，如今也只落得"台荒"与"村冷"了。惟有潇洒自在的范蠡，"泛五湖烟月"载"西子同游"。真正让今日"览古凝眸"的词人羡煞。词人感慨"朱颜易失，翠被难留"，物是人非，好景不常。想起此地的墨客骚人王羲之、贺知章等等，决心也向他们学习，"金龟换酒，相与醉沧州"，去过舒适自由的隐逸生活。这显然是词人仕途屡遭挫折后的一种牢骚感慨，字里行间透露出来的还是"身世之感"。

与小令相比，秦观慢词的题材稍微开阔一些，除上述的咏史之外，另有一首《望海潮》写"扬州万井提封"的繁华，说："花发路香，莺啼人起，珠帘十里东风。豪俊气如虹，曳照金紫，飞盖相从。巷入垂杨，画桥南北翠烟中。"题材方面也明显受柳永影响。

三、"情韵兼胜，为倚声家一作手"

对于词的创作，秦观首先有两方面值得注意之特色。其一，感情的真挚投入。秦观是一个感情丰富且愿意付出情感的词人，无论是突出恋情相思还是凸现"身世之感"，他都能够全身心地投入。他自己首先是被感动了的，当这些情感艺术地表现出来以后因之也能打动读者。冯煦称秦观为"古之伤心人也"（《宋六十一家词选例言》），就是被秦观深深地所打动。这与柳永对待歌妓多数时候只是戏谑、玩耍的态度不一样，柳永词容易流于肤浅、流于色情，秦观类似题材的作品就显得纯净、专情、深挚了许多。"欲将幽事寄青楼，争耐无情江水不西流"（《虞美人》）、"人人尽道断肠初，那堪肠已无"（《阮郎归》）、"绿荷多少夕阳中，知为阿谁凝恨、背西风"（《虞美人》）、"人去空流水，花飞半掩门"（《南歌子》）、"夕阳流水，红满泪痕中"(《临江仙》)等等,都是沉挚感人的"天生好语言",是词人情感真实含蓄的流露。所以,秦观虽然承继了柳永词风,在题材、形式、作风上都不同程度地接受柳永的影响,但是,作为一位"纯情"词人,秦观要远远胜过柳永。上面所例举的作品,都具有"纯情"的特色。然而,秦观的"纯情"是耽于自我情感的"纯情",无论是对歌妓还是对友人所流露出来的缠绵之意,其终结点都是自怨自怜、自我感伤。《虞美人》说:

> 碧桃天上栽和露,不是凡花数。乱山深处水萦回,可惜一枝如画、为谁开? 轻寒细雨情何限?不道春难管。为君沉醉又何妨?只怕酒醒时候、断人肠!

词人自我赏识,自我怜惜,词中"天上"的"碧桃"与人间的词人已经浑然一体。这株孤寂地栽在"乱山深处"、美丽"如画"地绽放而无人欣赏爱惜、且要承受"轻寒细雨"侵袭的"碧桃",不就是词人空负一身才华而不得所用、反而一再被贬远去,经受了仕途上的许多风风雨雨的象征吗?至此,读者就可以理解词人为什么不惜"沉醉",为什么"酒醒时候断人肠"了,他是为自我身世而落泪、而沉醉、而断肠!"将身世之感打并入艳情","身世之感"才是词人情感的落实之处,"艳情"之类往往成为词人抒情的背景烘托。这种沉湎于自我的"纯情",出之以幻想或理想之笔时,显得更加奕奕生辉,《鹊桥仙》对理想爱情的表述就是很好的一个例证。秦观有《好事近》记录梦境,就是在写幻觉世界,自然真切,十分感人,词说:

> 春路雨添花,花动一山春色。行到小溪深处,有黄鹂千百。   飞云当面化龙蛇,夭矫转空碧。

醉卧古藤阴下，了不知南北。

梦的境界被写得绚丽多彩而又奇幻迷惘。梦中词人是欢快的：春雨润物，小溪潺潺，满山花色，黄鹂鸣啭；梦中词人又是凄迷的：飞云幻化，龙蛇夭矫，心惊胆战，不知所措。只有在梦境中情景与情绪才会有如此巨大的瞬息转变，"笔势飞舞"（陈廷焯《别调集》卷一），令人叹为观止。梦是现实情感的延续，上片中出现的梦境是词人所渴望的，下片中出现的梦境是词人所现实遭受的。结尾"醉卧"两句，才点明上述一切都是梦中幻境。这首词写于被贬郴州期间，词中所流露的依然是一种自我怜惜、自我怨苦的情感。这首词因此深深地打动了秦观的友人，黄庭坚跋此词说："少游醉卧古藤下，谁与愁眉唱一杯？"

其二，深得歌词之特质美。词是在花前月下、酒宴之间发展起来的，传唱于歌儿舞女之口，即使是男性作者也模仿女性口吻创作，这一切注定了词的浓厚的女性文学特征。秦观多愁善感，女性气质偏浓，这些性格特征恰恰帮助他更深入地理解词的女性文学的本质特征，更容易体察词的"要眇宜修"的幽微特性。秦观的词敏锐细腻，精微幽美，温柔委婉，在表现词的阴柔美方面达到了至高的境界。冯煦称赞说："他人之词，词才也；少游，词心也。得之于内，不可以传。"（《宋六十一家词选例言》）秦观的个人气质与文体特征已经融而为一。秦观的一首《浣溪沙》，是表现词之特质美的经典之作，词说：

漠漠轻寒上小楼，晓阴无赖似穷秋。淡烟流水画屏幽。　　自在飞花轻似梦，无边丝雨细如愁。宝帘闲挂小银钩。

这首词所抒发的情感十分含蓄隐约，词人不做直接抒发，而是通过不断迭变的画面委婉透露。那是一种时光流逝、情人离去、春来无聊的无奈"闲愁"，形象的画面给人以广阔的想象空间。这首词以抒情的轻灵流畅、清婉幽雅见长。全词没有一处用重笔，没有痛苦的呐喊，没有深情的倾诉，没有放纵自我的豪兴，没有沉湎往事的不堪。只有对自然界"漠漠轻寒"的细微感受，对"晓阴无赖"的敏锐体察，对"淡烟流水"之画屏的无限感触。词人所抒发的到底是怎样一种情感呢？下片首两句以新颖精巧、自然得体的对偶句做了回答："自在飞花轻似梦，无边丝雨细如愁。"这里将两组意象牵连到一起："飞花"与"梦"，"丝雨"与"愁"。经过词人的妙喻连接，我们才发现"春梦了无痕"，"梦"确实有"飞花"般的轻扬飘忽的特征，转瞬即逝；莫名的"闲愁"也确实如同迷迷蒙蒙的"丝雨"，来势不是那么凶猛，却是无休无止，无处不在。两组意象之间又共同具有轻巧凄迷的特征。将极其抽象的情感用非常形象的画面做表达，秦观是十分成功的。末句"宝帘闲挂小银钩"又是一幅画面，那是抒情主人公居住的环境，与前面的情景融为一体，在百无聊赖的情景中，思绪悠悠，淡淡的幽怨不断地从中渗透出来。以这首词所抒发的轻灵的情感来推测，应该作于前期。周济说："少游意在含蓄，如花初胎，故少重笔。"（《宋四家词选目录序论》）便特别意识到秦观词的轻灵柔美。

从写作角度观察，秦观词在艺术上有三个值得注意的特点。第一是成功地运用我国诗歌传统的情景交融的艺术手法。他的词比较习惯运用借景抒情与寓情于景的手法。这类词，几乎没有直接抒情的词句，词人的感情是靠景物描写与气氛的烘托显示出来的,清新隽永,含蓄深厚,耐人咀嚼,如《八六子》《如梦令》等。还有一类是虚实兼到,亦景亦情,情景交融。这类词既有景物描写,也有感情的直接抒发,二者水乳交融,浑化无痕,如《满庭芳》《踏莎行》《鹊桥仙》等。再一类是抚时感事,直抒胸臆,而不以客观景物与生活细节描绘见长。如《千秋岁》等。现特将此词援引于下:

　　水边沙外,城郭春寒退。花影乱,莺声碎。飘零疏酒盏,离别宽衣带。人不见,碧云暮合空相对。　忆昔双池会,鹓鹭同飞盖。携手处,今谁在?日边清梦断,镜里朱颜改。春去也,飞红万点愁如海。

　　词写作者愁情的深沉浓重。这浓重的愁情是由人世盛衰与季节变化而引起的,所以,词中很自然地要联系到人世的悲欢离合与大自然的变化。但,词中的人世与大自然并不是作者所要描写的主导方面,更不是词中的重点,而只是触发内心感情活动的一个契机,是感情突然爆发的导火线。所以,词中出现的人世与大自然并非确有所指,如"水边沙外",究竟是哪一条水?"城郭春寒退",到底是那一座城?都很难落实,而且也不必落实。这一切,只不过是想说明:"携手处,今谁在""春去也,飞红万点愁如海"而已。句中的"飞红"与"海",也不是具体的客观事物的精心描画,它在句中只不过是一种比喻,目的在于抒写内心的愁情。这首词作于贬谪期间,词人已经对现实完全绝望,无边的愁苦铺天盖地地压将下来。其词情之愁苦,时人甚至认为"秦七必不久于人世,岂有'愁如海'而可存乎?"(《艇斋诗话》)末句巧喻时常被人们与李煜的"问君能有几多愁,恰似一江春水向东流"相提并论。另外一些词，在抒写感情方面，不仅概括了生活的常理，甚至还具有某种哲理的意味。如"两情若是久长时，又岂在朝朝暮暮！""郴江幸自绕郴山，为谁流下潇湘去"等等。

秦观词艺术的另一特点便是结构的富于变化。一般慢词（包括小令），由于艺术表现的需要和传统的影响，往往上片写景，下片言情；或者上片感今，下片忆昔，当然也有颠倒过来的。而秦观的词有时却与此不同。根据内容的需要，他的词，有时打破上、下片之间的疆界，对词的结构加以重新调整，进行新的安排。如《望海潮》：

梅英疏淡，冰澌溶泄，东风暗换年华。金谷俊游，铜驼巷陌，新晴细履平沙。长记误随车，正絮翻蝶舞，芳思交加。柳下桃蹊，乱分春色到人家。　西园夜饮鸣笳，有华灯碍月，飞盖妨花。兰苑未空，行人渐老，重来是事堪嗟。烟暝酒旗斜。但倚楼极目，时见栖鸦。无奈归心，暗随流水到天涯。

这是一首怀旧词。词中通过重游洛阳，回忆旧时游踪，以抒发感旧伤今的复杂情感。词大约作于被贬后重经洛阳之时，词中因此又充满了词人痛感世事沧桑的抑郁情怀。就结构看，全词可划分为三个组成部分。开篇三句自成一段，写目之所见的时令景物，以引起对往事的回忆。所见之早春风光有：梅花稀疏凋落，残余的花瓣已暗淡无光，河里的冰凌已经溶解，化作流水潺湲，东风吹拂，又悄悄送来了新的一年。其中"冰澌溶泄"与词尾"暗随流水到天涯"前后衔接呼应。而"东风暗送年华"一句则是贯穿全篇的主题。正因为"暗送年华",才有以下"行人渐老,重来是事堪嗟"的慨叹。从"金谷俊游"到"飞盖妨花"十二句是第二段。这是全词的重点,写当年畅游洛阳时难以忘怀的生活。洛阳的往事是那样令人神往,词人游赏洛阳的名胜古迹,与友人彻夜豪饮。其中不乏供人回味无穷的旖旎小片段:"长记误随车,正絮翻蝶舞,芳思交加。柳下桃蹊,乱分春色到人家。"还算不上一次真正的艳遇,只不过是认错了人、跟错了车而已;或者是被对方美色所动,故意跟错车。对此,词人便常常回忆,连细节都十分清晰,因此又生发出多少温柔的遐想。在这种遐想中,会随着词人处境的愈益艰难,而不断地增加虚构安慰自己的幻觉成分。豪饮之时,则有"华灯碍月,飞盖妨花",意气飞动,神采焕发。这一段把洛阳旧日的生活写得形象逼真,气氛浓烈,研词琢句,精美绝伦,极富诗情画意。从而就更加衬托出"重来是事堪嗟"的凄凉落寞了。从"兰苑未空"到结尾为第三段。这八句笔锋陡转,极写当今之悲慨,这是全词主旨之所在,前文的忆旧就是为了烘托这一段。悲慨的内容由三个方面组成:一是"行人渐老",岁月无情流逝,留给词人的时日已经不多了;二是"重来"洛阳,物是人非,满目凄凉,"是事堪嗟";三是虽然"归心"依旧,却身世"无奈",只得随同"流水",飘零"天涯"。很明显,这首词打破上下片之间的疆界,也不顾及一般所说的"换头"的作用,而是根据感情的发展,情绪的起伏,把上、下片揉在一起,按内容重新加以区分,使重点更加突出。同时,通过换头,使重点之中的重点("西园夜饮")更加引人注目。

近似这种结构的还有《雨中花》,词曰:

指点虚无征路，醉乘斑虬，远访西极。正天风吹散，满空寒白。玉女明星迎笑，何苦自淹尘域。正火轮飞上，雾卷烟开，洞观金碧。　　重重观阁，横枕鳌峰，水面倒衔苍石。随处有、奇香幽火，杳然难测。好是蟠桃熟后，阿环偷报消息。在青天碧海，一枝难遇，占取春色。

　　这是别具一格的游仙词。词人对尘俗不满已极，借"玉女明星"之口自问"何苦自淹尘域"，企图摆脱人世烦恼，到"西极"仙境，与仙人同游，过潇洒自在的生活。全词只可以分为两段。第一段从开篇至"满空寒白"，写游仙的愿望与环境。第二段从"玉女明星"至篇末，一气贯注，是游仙的正文。词人以奇情异彩的词笔，描述了天界玄怪的景色，与人世间明显拉开距离。这首词作者又是出之以擅长的幻想笔调，灵动飞舞，完全突破了上下片的分界。

　　第三，清丽婉转的语言特色。首先，秦观依然有部分深受柳永影响、以俚俗语著称的作品。《望海潮》说："奴如飞絮，郎如流水，相沾便肯相随。"新颖别致的比喻出之以口语，富有民歌风味。《河传》说："若说相思，佛也眉儿聚。莫怪为伊，底死萦肠惹肚。为没教、人恨处。"俗艳浅白，与柳词几无区别。再如宋代有《品令》一调，专写俚俗情调，秦观就留存二首，词云"好好地恶了十来日，恰而今、较些不。""人前强不欲相识，把不定、脸儿赤。"都与《品令》特色相合。秦观词风是沿着柳永的道路发展下去，必然地会在各个方面受到柳永的深刻影响，语言方面也不例外。

　　然而，秦观在苏轼等师友面前竭力否认自己"学柳七作词"，本身也说明了秦观对柳永词风的理性批判与明确的拒斥态度。从总体风格上来看，秦观词的语言与柳永词的语言有很大的不同，秦观有意追求典雅，避免俚俗，多数作品已经从俗艳中脱胎而出，其语言具有一种清新俊爽与流丽婉转的风格。上文例举的作品几乎都有这种特色。《风流子》说："见梅吐旧英，柳摇新绿，恼人春色，还上枝头。寸心乱，北随云黯黯，东逐水悠悠。"《江城子》说："韶华不为少年留，恨悠悠，几时休？飞絮落花时候一登楼。便做春江都是泪，流不尽，许多愁。"皆清新流畅，含蓄婉转。即使是被苏轼批评的"销魂，当此际"等词语，其表达的欲说还休也与柳永"彩线闲拈"等句的赤裸裸倾诉有所不同。蔡伯世说："子野辞胜乎情，耆卿情胜乎辞，情辞相称者，唯少游一人而已。"（沈雄《古今词话》）夏敬观也说："少游词清丽婉约，辞情相称，诵之回肠荡气，自是词中上品。"（《淮海词跋》）前人对他在语言上博采众长，融铸古今，自成一家的特色，评价是很高的。

  可以看出，秦观不仅接受了柳永词的影响，还比较全面地继承了唐、五代词的成就，特别是接受了李煜和晏、欧、张先、宋祁等人的影响。从内容方面看，秦观词沿袭了花间以来婉约词的传统，以描写恋情相思、离愁别恨和迁愁谪怨为主，但他的词已不再是无病呻吟，也不再是对酒应歌玩弄词藻，而是富有个人的真情实感。不仅如此，他笔下的恋情与别情往往与个人的不幸身世交织在一起，终于形成了一种秦观所特有的那种深沉浓重的哀愁。就这方面讲，他又很像李煜，他在自己的词里较多地化用李煜的词句，并不是偶然的。他学习柳永，在慢词创作上有了进一步的发展。但他对柳永并不亦步亦趋，而是有所继承，又有所摒弃。他继承了柳永的铺叙手法，在铺叙中发展情景交融的表现技巧，同时还特别注意织进身世畸零的憾恨，并有意避免柳永部分词中出现的粗露与俚俗。这就使秦观的词形成了一种典雅凝重与流丽婉转的风格。后人对秦观词赞不绝口，很大程度上是因为他博采众长，自成一格。张炎说："秦少游词，体制淡雅，气骨不衰，清丽中不断意脉，咀嚼无滓，久而知味。"（《词源》卷下）刘熙载说："秦少游词得《花间》《尊前》遗韵，却能自出清新。"（《艺概·词曲概》）况周颐说："少游自辟蹊径，卓然名家。盖其天分高，故能抽秘骋妍于寻常濡染之外。……直是初日芙蓉，晓风杨柳。"（《蕙风词话》卷二）周济说："少游最和婉纯正。"（《宋四家词选目录序论》）《四库全书总目提要·〈淮海词〉提要》说秦观词"情韵兼胜，在苏、黄之上。流传虽少，要为倚声家一作手"。

由于身世的影响与性格的软弱，秦观既不可能像苏轼那样对词的内容和风格进行大胆的革新，也没有像柳永那样在词的形式或艺术技巧方面进行大胆的探讨和新的尝试。这就使秦观只能在婉约词的传统影响之下，在比较狭窄的生活范围里向反映内心生活这一方面进行开掘。所以，秦观词虽有自己的特色，艺术上也有所前进，但在那新旧交替与名家辈出的时代，他只能成为有特色与有影响的词人，却不能成为第一流的大家。

秦观词以自己鲜明的艺术特色，在词史上产生了较为深远的影响。秦观直接影响到后来的周邦彦、李清照和南宋雅词作家。周邦彦继承柳永慢词的创作传统，他同样有意摒弃柳词的俚俗，而发扬柳词中"不减唐人高处"的一面，致力于词的典雅工丽，这显然是接受了秦观的影响，并在此基础上巩固秦观在创作中已经获得的成果。陈廷焯说："秦少游自是作手，近开美成，道其先路。"(《白雨斋词话》卷一)李清照远师李煜,近学秦观,尽管她在自己的《词论》中批评秦观"专主情致而少故实",但她师承秦观的痕迹却是很明显的。南宋雅词作家清丽淡雅的词风,显然也是承继了秦观的成就。

第四节　成绩斐然的其他慢词作家

宋仁宗朝以后，柳永慢词的影响逐渐显示出来，凡涉足词坛的文人，多数都曾以慢词的形式来填写歌词。慢词形式渐渐得到文人们的认可，形成创作风气。这里集中介绍几位慢词创作成绩斐然的作家。

一、王安石

王安石（1021—1086），字介甫，抚州临川（今江西抚州）人。宋仁宗庆历二年（1042）进士，授签书淮南判官。后历任扬州、鄞县、舒州、常州、饶州等处地方州县官达十余年之久。因政绩卓著，颇有声名。他目睹时弊，立志改革，嘉祐三年（1058），入京为三司度支判官，上万言书于仁宗，提出变法主张，未被采纳。神宗即位，王安石以知制诰知江宁府，召为翰林学士兼侍讲，积极赞助神宗变革主张。熙宁二年（1069），他先任参知政事，设制置三司条例司，主持变法，颁农田、水利、青苗、均输、保甲、免役、市易、保马、方田等新法。次年拜相。他力图通过财政、军政两方面的重大改革，以达到富国强兵、抑制兼并的目的。由于保守派的反对和新党内部的纷争，王安石曾一度被迫辞职，新法的推行也受到严重阻挠和破坏，效果不甚显著。熙宁九年（1076），王安石再度被迫辞职，退居金陵（今江苏南京市）城外半山园，自号半山老人。封荆国公，世称王荆公。神宗去世后，哲宗以幼龄登基，太皇太后高氏执政，全面起用司马光等旧党，明令废除新法。王安石在痛苦中辞世。谥文，故又称王文公。

　　王安石不仅是北宋伟大的政治家，也是宋代著名的文学家，散文、诗歌都有相当的成就，为后人推崇的"唐宋八大家"之一。有《临川先生集》100卷。他的散文和诗歌反映了许多社会问题，长于说理，目光敏锐，辨析精到，富于洞察力，充分显示出一位政治家的风采。但多刻露而少含蓄，往往形象不足，情韵兼胜的作品并不多见。王安石并不以词名世，有《临川先生歌曲》流传至今。《全宋词》共辑录29首。其中多意理与形神兼胜之佳作，最负盛名的是《桂枝香·金陵怀古》：

　　　登临送目，正故国晚秋，天气初肃。千里澄江似练，翠峰如簇。征帆去棹残阳里，背西风、酒旗斜矗。彩舟云淡，星河鹭起，画图难足。　念往昔，繁华竞逐。叹门外楼头，悲恨相续。千古凭高，对此漫嗟荣辱。六朝旧事随流水，但寒烟、芳草凝绿。至今商女，时时犹唱，《后庭》遗曲。

　　这是一首登临怀古之作。作者用托古喻今的艺术手法，隐曲地指出北宋王朝潜伏着的现实危机。然而，面对这一现实，统治集团却仍在寻欢逐乐，置国家民族命运于不顾，词人为此深深地忧虑。这首词反映了作者对国家前途的关怀，以及作为一个进步的政治家所应保持的那种清醒的头脑。这与词人在诗文中所表现出来的革新精神是相一致的。

上片写金陵的深秋景色，热爱祖国河山的情感充溢于字里行间，气象开阔宏大。首三句写季节与登眺。词人"登临送目"，又值"晚秋"肃爽时节，眼界开阔，放眼千里，襟怀豁朗，古今同慨。以这样的气局和心胸怀古，才装得下历史的兴亡盛衰。"故国"二字，从漫长的历史着笔，金陵曾是六朝的故都，登临眺望，自然无限感慨。"晚秋"则兼及当前，立足于现实。这二者拍合在一起，吊古伤今与借古喻今的情感与主题便被暗中托出了。"千里澄江似练，翠峰如簇"，是"送目"之所得，见出金陵河山之胜景与地势之险要，确有"钟山龙蟠，石城虎踞"的气象。长江雄伟壮美，给词人留下了深深的印象，"征帆"二句将目光转向近处：长江里"征帆去棹"，人来人往，依然是如此繁忙喧闹，历史的脚步就是在这样匆匆的忙碌中过去。江边酒楼中的眺望者冷眼旁观，便对历史与现实多了一层感悟。这里突出"征帆""酒旗"的形象，而以"西风""斜阳"为衬，舟中人的奔波与楼中人的闲逸形成对照。"彩舟"三句目光再度转向远方，以"彩舟""白鹭"为主，"云淡""星河"为宾，歇拍以"画图难足"总赞一句，略作收束，长江景色美不胜收，很自然地引出了下片对历史兴亡的慨叹。

下片集中写吊古伤今之感叹。换头以一个"念"字振起，直贯篇终。所"念"的是"往昔"如同今日，也是如此"繁华竞逐"，但转眼间就被"门外楼头"的家国破灭之悲剧所替代。杜牧《台城曲》有"门外韩擒虎，楼头张丽华"之句，一方面是隋朝大将韩擒虎已经兵临城下，另一方面陈后主依然与宠妃张丽华在楼上寻欢作乐，两相对照，亡国的原因不言自明。这是六朝小王国一个接一个覆灭的根本原因，所谓"悲恨相续"，这也为后人敲响了警钟。词人沉重的"叹"息，充分流露出对现实的隐忧。就是这种忧患意识,敦促词人以大无畏的气概投身到变法革新的运动中去。"千古凭高"二句,写后人徒叹兴亡,对历史和现实都无可奈何。这是词人抱负不得施展的深自惋惜,胸中磊落不平之气喷薄欲出。"六朝旧事"二句从怀古中跳回,人世全非,故国依旧,眼前惟有"寒烟芳草"。窦巩《南游感兴》说:"伤心欲问前朝事,惟见长江去不回。日暮东风春草绿,鹧鸪飞上越王台。"词人用其诗意而略加变化,寄慨遥深。末三句用杜牧《泊秦淮》"商女不知亡国恨,隔江犹唱《后庭花》"之诗意,向醉生梦死的政治集团再度鸣响警钟。

这首词是王安石的代表作。在北宋词坛正侧重于描写男女恋情与伤离念远这一类题材之际,王安石把国家兴亡这一重大题材带进词的创作领域,同时还以他那骨肃风清的格调而独树一帜。这对词的发展无疑是健康而有益的。正因为如此,这首《桂枝香》才被誉为登临之绝唱。不仅如此,从艺术上看,这首词,境界阔大深沉,景物雄浑壮丽,音节高亢响亮,词语精警,用典妥贴,抒情与写景相互映衬对照,怀古与鉴今密切结合,充分显示出王安石词作的艺术特点。《历代诗余》卷一百一十四引《古今词话》说:"金陵怀古,诸公寄调《桂枝香》者三十余家,惟王介甫为绝唱。东坡见之,叹曰:'此老乃野狐精也。'"这首词在当时就获得了极高的声誉。

与《桂枝香》题材相近的作品还有一首《南乡子》:

  自古帝王州,郁郁葱葱佳气浮。四百年来成一梦,堪愁。晋代衣冠成古丘。 绕水恣行游,上尽层城更上楼。往事悠悠君莫问,回头。槛外长江空自流。

这首词是晚年退居金陵所写。词的基调跟前首《桂枝香》

一样，也是怀古慨今的。前首讲"六朝旧事随流水"，这首说"四百年来成一梦"。总而言之，六朝以来四百年间的历史都像面前的长江一样滚滚东流，去而不返。"往事"，主要指作者一生的遭遇，其中包括作者的变法与实行新政，这一切也都梦境一般地消失了。表面看，这首词与《桂枝香》比较，似乎较为消极，其实，词中包含许多难言之痛，包含作者对现实的强烈不满，心情也因之难以平静。这些，都是两首词相通的地方。不同的是，前首主要吊古伤今，讽谕现实；而后一首则主要思古兴悲，慨叹自己事业无成。王安石强烈的政治家怀抱被带入词中，在慢词与小令中都时有表现。

综观王安石词，积极用世，反映现实的作品虽然很少，但在北宋词坛上却是不可多得的上乘之作。值得指出的是，王安石传世的词作，相当多数是发议论、谈佛理的。这一类词不仅缺少词的意境和诗的韵味，而且语言乏味，难以卒读。这实际上是王安石诗歌中的缺欠在词里的反映。此外，王安石现存词中，只有《桂枝香》一首慢词，其余都是小令，唯独也只有《桂枝香》的艺术成就最高，远远在其他作品之上。可见到王安石之北宋中期，慢词形式已经被人们所熟练掌握。王安石词的艺术水平很不平衡，他依然是以漫不经心的游戏态度来对待词的写作，情感澎湃、感慨深沉时偶有《桂枝香》之类的佳作。所以，李清照在《词论》中批评他说："王介甫、曾子固，文章似西汉，若作一小歌词，则人必绝倒，不可读也。"这一批评是比较中肯的。

二、王观

王观（生卒年不详），字通叟，海陵（今江苏泰州）人，一作如皋（今属江苏）人，为胡瑗门人。宋仁宗嘉祐二年（1057）登进士第。元丰二年（1079）任大理寺丞。坐知扬州江都县枉法受财，除名永州编管。后累官翰林学士。相传元祐年间王观曾应制作《清平乐》，有"黄金殿里，烛影双龙戏""折旋舞彻《伊州》，君恩与整搔头"等句，高太后以为亵渎了神宗赵顼，第二天便被罢职，世人称他为"王逐客"（吴曾《能改斋漫录》卷十七）。王观最推崇柳永，并有意向柳永学习，因此把自己的词集称为《冠柳集》。这是北宋少有的公开标榜喜爱柳永词风的。词集已散佚，存词仅16首。

王观与柳永最为近似的作品是《庆清朝慢·踏青》：

调雨为酥，催冰做水，东君分付春还。何人便将轻暖，点破残寒？结伴踏青去好，平头鞋子小双鸾。烟郊外，望中秀色，如有无间。　　晴则个，阴则个，饾饤得天气，有许多般。须教镂花拨柳，争要先看。不道吴绫绣袜，香泥斜沁几行斑。东风巧，尽收翠绿，吹在眉山。

这是一首春天的赞歌。作者通过"踏青"这一活动，把春天的景色、春天的气氛与人的青春活力都形象地表现出来了。词中跳动着春天的旋律，同当时常见的伤春伤别的题材有明显的不同。作者成功地运用柳永开创的铺叙手法，多侧面地描绘新春的景象。开篇三句写春雨、春水：春雨如酥，冰雪消融，一派春回大地、滋润旺盛的景象。次二句写春暖之"点破残寒"，春意逐渐降临人间，残冬的寒意在消失。再二句点题"结伴踏青去好"，这一切春天美好的景色都是"踏青"时所见，融融的春意也是"踏青"时的感受。"平头鞋子小双鸾"，这是女子的装饰打扮，"结伴"者无疑是有着春天一般美好年华的青春女子。原来词人所描绘的是春天里所见到的一幅"仕女踏青游春图"。末二句写郊外春色,化用韩愈"天街小雨润如酥,草色遥看近却无"(《早春呈水部张十八员外》)诗意。换头四句写初春天气的阴晴不定,变化多端,这是季节性的特征。就在这阴晴不定的变化中,滋润着大地,万物欣欣向荣地生长出来。接二句写初春万物中最具春天象征意义之花枝柳条,红绿相间,分外妖娆,所以踏青女子"争要先看"。一时间,人面桃花,争相辉映。再二句写踏青的兴致极高,竟不顾"香泥"浸湿"吴绫绣袜"。踏青女子的欢欣、活泼、可爱,与生机勃勃的春色溶为一体,成为春天里的又一景观。结尾三句点明春风"尽收翠绿,吹在眉山"。春风所舒展的是踏青游女的"眉山",也是旁观者词人的"眉山",给所有的游人带来无限的宽慰与愉悦。词人对生活有着浓郁的兴趣,充满着热爱,这一切通过层层的铺叙,充分地展示了出来。

王观另一首慢词《天香》,多用俗语,同样深受柳永词影响。词曰:

霜瓦鸳鸯,风帘翡翠,今年早是寒少。矮钉明窗,侧开朱户,断莫乱教人到。重阴未解,云共雪、商量不了。青帐垂毡要密,红炉收围宜小。　　呵梅弄妆试巧,绣罗衣、瑞云芝草。伴我语时同语,笑时同笑。已被金尊劝倒,又唱个新词故相恼。尽道穷冬,元来恁好。

与意中人守岁过"穷冬",屋外虽然是"重阴""云雪",室中依然暖意融融,"语时同语,笑时同笑",趣味盎然。从作品来看,王观真是一位乐观豁达的词人,无论是穷冬还是初春,他都能发现生活中美好的一面。

更加口语化的作品是《红芍药》,词曰:

> 人生百岁,七十稀少。更除十年孩童小。又十年昏老。都来五十载,一半被睡魔分了。那二十五载之中,宁无些个烦恼。　仔细思量,好追欢及早。遇酒追朋笑傲,任玉山摧倒。沉醉且沉醉,人生似露垂芳草。幸新来、有酒如渑,结千秋歌笑。

词中及时行乐的颓放口吻,也与柳永极其相似。《全宋词》只辑录《红芍药》一首,可能还是王观的自度曲。王观又有《高阳台》写闺妇"一半悲秋,一半伤春"的思别情怀,从题材、语言风格到写作方式,都明显受到柳永影响。

王观还有一首小令《卜算子·送鲍浩然之浙江》,在当时广为传诵,词曰:

> 水是眼波横,山是眉峰聚。欲问行人去那边,眉眼盈盈处。　才始送春归,又送春归去。若到江南赶上春,千万和春住。

这是一首春天里送别友人之作。词有两点突出的成就值得注意:一是构思别致。作者把送春与送别交织在一起来写,充分表现出作者对友人的深情和对春天的留恋。二是比喻新颖。作者以眼波和眉峰来比喻浙东的山山水水,仿佛这位美人正期待着他的到来,贴切、自然,富有真情实感。"若到江南赶上春,千万和春住"二句,表现出作者对春天、对友人的留恋。这比之一般的惜别与祝愿更加深刻、形象而又美好,为千里远行增添了乐观情调。这首词以抒情见长,在北宋词坛上是不可多见的佳作。

小令之佳作还有《菩萨蛮·归思》:

《单于》吹落山头月，漫漫江上沙如雪。谁唱《缕金衣》？水寒船舫稀。　　芦花枫叶浦，忆抱琵琶语。身未发长沙，梦魂先到家。

情思凄切，语意惨淡，高古浑成，有唐诗意境。王灼称赞说："王逐客才豪，其新丽处与轻狂处，皆足惊人。"(《碧鸡漫志》卷二）上述的每一首词都显示出这种特征。王观是一位学习柳永词风而颇有成就的优秀词人。

三、王雱

王雱（1044—1076），字元泽，临川（今江西抚州）人，王安石子。天资敏慧，未成年前已著书数万言。治平四年（1067）进士，调旌德尉，累官至天章阁待制兼侍讲，迁龙图阁直学士。王雱才高志远，助父变法，惜英年早逝，卒时仅33岁。陈善《扪虱新话》卷下称王雱一生不作小词，或有人笑之，"遂作《倦寻芳慢》一首，时服其工。""此词甚佳，今人多能诵之，然元泽自此亦不复作。"词云：

露晞向晚，帘幕风轻，小院闲昼。翠径莺来，惊下乱红铺绣。倚危墙，登高榭，海棠经雨胭脂透。算韶华，又因循过了，清明时候。　　倦游燕，风光满目，好景良辰，谁共携手？恨被榆钱，买断两眉长斗。忆高阳，人散后，落花流水仍依旧。这情怀，对东风，尽成消瘦。

这首词虽写暮春时节伤春伤别之情，但有自己的深刻感受，有完整的艺术构思，有情景相符、色彩清丽的具体画面，还有感受的直接抒写。上片写春去之惋惜。首三句是晚春渐趋落寞萧条的环境，以及自身独处"小院"整日孤寂无聊的苦闷。"翠径"二句写落英缤纷，春日无多。于是，"倚危墙，登高楼"，眺望春色，以寄托情思。然"海棠经雨"红透，一切都在告诉一个残酷的事实："韶华""因循过了"，春光转眼即逝。下片交代伤春皆因伤别引起。其实，即使有"好景良辰"，也同样因无人"携手"共游而更觉得痛苦伤感。忆及分别时刻，也是这般"落花流水"的景象，物是人非的感触难以遏制。结尾"这情怀"三句总束全篇，余味无穷。词人将伤离意绪缓缓说出，层层揭示，沉挚感人。王雱是一个很有才华的文人，只是过早去世，又对填词不太用心，他的才能在词的创作上未得充分发挥。

四、司马光

司马光（1019—1086），字君实，号迂夫，晚号迂叟，世称涑水先生，陕州夏县（今属山西）人。宝元元年（1038）进士，签判武成军，累迁大理寺丞、起居舍人、同知谏院。神宗初，官翰林学士、御史中丞，因反对王安石新法求去。后居洛阳，专修《资治通鉴》。元祐初拜相，主持全面废除新法。在相位八个月而卒，赠太师、温国公，谥文正。有《司马文正公集》80卷。存词3首，均写艳情，与其诗文以及平日做人时的严肃面孔大相径庭。其中，以慢词《锦堂春》最为出色。词曰：

> 红日迟迟，虚廊转影，槐阴迤逦西斜。彩笔工夫，难状晚景烟霞。蝶尚不知春去，谩绕幽砌寻花。奈猛风过后，纵有残红，飞向谁家？　　始知青鬓无价，叹飘零官路，荏苒年华。今日笙歌丛里，特地咨嗟。席上青衫湿透，算感旧、何止琵琶？怎不教人易老，多少离

愁，散在天涯。

词写暮春伤离意绪。上片叹息春光将逝。词人面对"红日迟迟，虚廊转影"，消磨了一整天无聊的时光。春日里的一切景色都是秀丽宜人的，即使是晚霞笼罩的"烟景"，也"彩笔难状"。蝴蝶还在自得其乐，"绕幽砌寻花"。身处其中的词人，却没有感到半丝的慰藉。因为他不似"蝶"一样无知，他已经预感到"猛风过后"，"残红"飘零，春日无多。"飞向谁家"的诘问，是情感与前景的双重迷惘。下片感伤时光流逝，更感伤与情人离别，解释了上片伤春情绪的真实原因。从春光易逝，进而联想到自己的岁月匆匆，过片为此致以深深的叹息："青鬓无价"。然而，词人却身不由己，宦海浮沉，"飘零官路，荏苒年华"，依然在浪费着剩余的不多的时光。因此，词人转向"笙歌丛里"寻找安慰，不意又勾引出"同是天涯沦落人"之伤感。"席上青衫"二句，用白居易《琵琶行》诗意，伤离意绪中或许牵涉到一位曾经钟情过的青楼女子。在伤春、伤别、思念旧日情人诸多愁绪的侵扰下，自然"教人易老"。那无休尽的"离愁"，也终将伴随词人"散在天涯"。词中有艳情，同时又深致"身世"感慨。全词情景相融，闲雅含蓄，已经显示出慢词"雅化"的强劲势头。反而是司马光的小令语言较浅俗，接近柳永，如《西江月》说："相见争如不见，有情何似无情。笙歌散后酒初醒，深院月斜人静。"

五、曾布

曾布（1035—1107），字子宣，建昌南丰（今属江西）人。嘉祐二年（1057）与兄曾巩同登进士第，任宣州司户参军、怀仁令。神宗时，除崇政殿说书、集贤校理，进翰林学士、三司使，帮助王安石进行变法改革，属新党中坚分子。元祐年间遭排斥，出任地方官，历知真定、河阳及青、瀛二州。哲宗亲政，招回朝廷，为知枢密院事。徽宗继位，以定策功拜相。后与蔡京不合，遭陷害责授舒州司户。卒谥文肃。《全宋词》存其词八首。

曾布所存词中，有七首是组曲《水调歌头》，咏唐代冯燕之事，语意慷慨激昂，如云："魏豪有冯燕，年少客幽并。击球斗鸡为戏，游侠久知名。""僚吏惊呼呵叱，狂辞不变如初，投身属吏，慷慨吐丹诚。"言及冯燕艳事时，或旖旎动人，如云："绿杨下，人初静，烟淡夕阳明。窈窕佳人，独立瑶阶，掷果潘郎，瞥见红颜。横波盼，不胜娇软倚银屏。"或凄愁欲绝，如云："凤凰钗，宝玉凋零。惨然怅，娇魂怨，饮泣吞声。还被凌波呼唤，相将金谷同游。想见逢迎处，揶揄羞面，妆脸泪盈盈。"这一组曲叙事成分浓，抒情成分淡。以组曲咏历史题材，在当时比较罕见，曾布词因此显得别具一格。说明当时慢词形式已经比较熟练地被文人士大夫所掌握和运用。

六、张耒

张耒（1054—1114），字文潜，号柯山，祖籍亳州谯县（今安徽亳县），生长于楚州淮阴（今江苏淮阴）。"苏门四学士"之一。熙宁六年（1073）进士及第，授临淮主簿。元祐初召试学士院，授秘书省正字，累迁起居舍人。绍圣初谪监黄州酒税，再贬竟陵郡酒税。徽宗即位，起为黄州通判，历知兖州、颍州、汝州。崇宁初入元祐党籍，贬房州别驾，黄州安置。在"苏门四学士"中，张耒存词最少，只有六首。张耒为贺铸《东山词》作序时盛称贺铸"满心而发，肆口而成"的风格，自己作词却掩抑吞吐，缠绵悱恻，其作风则近似秦观。其中《风流子》最为人称道：

亭皋木叶下，重阳近，又是捣衣秋。奈愁入庾肠，老侵潘鬓，谩簪黄菊，花也应羞。楚天晚，白苹烟尽处，红蓼水边头。芳草有情，夕阳无语，雁横南浦，人倚西楼。　玉容知安否？香笺共锦字，两处悠悠。空恨碧云离合，青鸟沉浮。向风前懊恼，芳心一点；寸眉两叶，禁甚闲愁？情到不堪言处，分付东流。

这首词写伤秋伤别之情。依据词中所叙述及其语调，应该作于词人失意之晚年。上片写悲秋。将近重阳，秋色已深，落叶萧萧。词人老而有病，即使强打精神，"簪黄菊"赏秋，容颜的衰颓、心情的萧条依然与此极不相衬。词人已经没有了赏花的兴致，然却转折一层表达，说"花也应羞"。无奈中词人眺望远景，水边"白苹""红蓼"相映，应该还是一片诱人的景色。词人则由此再度牵引出对心上人的思恋之情。上片结尾处"芳草有情，夕阳无语"四句不仅融情入景，状景如画，同时还兼用拟人手法，衬托出词人胸中细腻的感受，自有迷人之处。而上片所叙种种，原来都是"人倚西楼"时的所见所闻。词人借落叶、重阳烘托晚秋气氛，借庾肠、潘鬓，叹年华已逝，进入衰年而一事无成。"芳草"四句又转现生机，托出一线乐观景象。失意困顿之时最容易回味当年的美好时光，对离人的思念就包含着往日的一段旖旎风光，一经牵动，就不可遏制。下片因此转为抒发对"玉容"的思恋之情。分手以后总是牵肠挂肚，只能靠"香笺共锦字"传递"两处悠悠"的恋情。然"青鸟沉浮",时时音信无凭,叫人更难寄托愁思。况且情深"不堪言",只得"分付东流",滔滔不绝的河水带去悠悠不断的思念。这首词抒情细腻深婉,清人万树对此格外赏识,说:"此词抑扬尽致,不板不滞,用字流转,可法真名手也。"(《词律》卷二)

张耒小令也是这种风貌,《秋蕊香》说:

> 帘幕疏疏风透,一线香飘金兽。朱栏倚遍黄昏后,廊上月华如昼。 别离滋味浓于酒,著人瘦。此情不及墙东柳,春色年年如旧。

《能改斋漫录》卷十七载:"张文潜初官许州,喜官妓刘淑奴……其后去任,又为《秋蕊香》寓意。"写欢场风情,情意绵绵,曲折反复致意,构思、用语、抒情方式,都与柳永、秦观相似。

七、阮逸女

这一阶段女子创作的慢词也颇为可观,以阮逸女为代表。阮逸,字天隐,建阳(今属福建)人。宋仁宗天圣五年(1027)进士。景祐初,典乐事。皇祐中,为兵部员外郎。阮逸女留存《花心动》一首,词曰:

> 仙苑春浓,小桃开,枝枝已堪攀折。乍雨乍晴,轻暖轻寒,渐近赏花时节。柳摇台榭东风软,帘栊静、幽禽调舌。断魂远、闲寻翠径,顿成愁结。 此恨无人共说。还立尽黄昏,寸心空切。强整绣衾,独掩朱扉,

簟枕为谁铺设？夜长更漏传声远，纱窗映、银缸明灭。

梦回处，梅梢半笼淡月。

这首词写春日到来之后所引发的内心幽隐婉曲的情感。词人对自然界的变化感触体验深入细微，叙述内心的愁绪又极隐约朦胧，大约是一种不可明白诉说的思春之情。上片写春来愁亦来。首三句以桃花枝枝盛开点春意浓浓。"花开堪折直须折，莫待无花空折枝"，词人是在告诉读者春意堪怜，同时又有一种隐隐的自我怜惜之情。"乍雨乍晴"三句写季节气候，阴晴变化，冷暖不定，催绽花卉，也摧残花卉。"柳摇台榭"三句不写"渐近赏花时节"的喧闹，反写出一片寂静世界，已经显示出词人与环境的十分不协调。她不能呼朋唤侣，踏青游赏，而是躲在静静的"帘栊"后面，听着"幽禽"的"调舌"声响。所以，"断魂远"三句将这种情感进一步揭明。原来，这种不协调的伤感是因为思念远行的"断魂"所引起，春日里的种种景色都归结到"顿成愁结"。下片诉说"此恨"。过片沿"顿成愁结"，欲说"此恨"，然终因无人诉说、无人理解而"立尽黄昏，寸心空切"。"强整绣衾"三句，写躲避户外春色，回到房中，欲在睡梦中忘却，岂知对着"簟枕"又发出"为谁铺设"的痛苦一问。这一问同时也确定了所思念的对象只能是曾与她同床共眠的心上人。在这样的愁绪折磨之下，今夜无疑是一个不眠之夜。失眠的人愈益感觉到"夜长"难熬，只是在数落着清晰的"漏"声远远传来，看着昏暗的"银缸明灭"。难得朦胧睡去，却又好梦苦短，很快惊醒，唯见"梅梢半笼淡月"。作为女词人，感触是这样的细腻，表达又是如此的委婉。同样是将词之"要眇宜修"的文体特征发挥得淋漓尽致。语言之婉丽典雅，则与柳词有明显的不同，而与北宋后期的大晟词人近似。

　　北宋仁宗朝后期以来，慢词形式已经被词人普遍接受，而且，填写时越来越得心应手。杰出的作家，往往是慢词与小令并重。这一阶段的慢词，从题材到手法大都笼罩在柳永的影响之下，都以层层铺叙手法描写男女恋情、离愁别恨。同时也表现出一种"趋雅"的发展走势。

北宋词史 下

陶尔夫 诸葛忆兵 著

北方文艺出版社

苏轼词风与苏门创作群体

第三章 叁

北宋词坛因为苏轼的出现,再度掀起风起云涌的改变。自苏轼以来,词的诸多创作成规纷纷被打破,前人迂徐曲折的突破至此演变为大张旗鼓的革新。苏轼的作为,给词坛带来全新的风貌,深深地影响了周围的一批词人,词坛风气也随之缓慢转移,为南宋词创作重镇之转移做好了充分的准备。

第一节　词风的革新家苏轼

苏轼是一位多才多艺的艺术家。他不仅在诗、文、词之文学创作方面有骄人的成绩，而且还擅长绘画、书法等等。苏轼的出现，是宋代文风郁盛、人才辈出的一个必然积累的结果。

一、屡遭挫折而又幸运的一生

苏轼（1037—1101），字子瞻，一名和仲，号东坡居士，四川眉山（今属四川）人。他出身于一个下层知识分子家庭，7岁知书，10岁能文。宋仁宗嘉祐元年（1056），21岁的苏轼随父苏洵进京，次年，与弟苏辙中同榜进士。苏氏父子皆能文，在当时皆负盛名，世称"三苏"，其中以苏轼的影响为最大。

苏轼踏入仕途时已经是北宋中叶。北宋社会经过将近一百年的生息、发展，一方面政局稳定，天下比较太平，社会财富有了相当的积累。这给每一位进入仕途的知识分子以充分的信心，促使他们跃跃欲试，尤其是像苏轼这样来自下层、对赵宋皇朝感恩戴德的知识分子。另一方面，社会矛盾也在不断积累，内忧外患日益剧烈。对外方面，宋廷一再败于入侵的辽、夏等少数民族之手，只能用"岁币"换得边疆的暂时安宁，同时又要不断地支出系列战争的费用并承担战败的严重后果，且在守卫边塞方面花费许多钱财。对内方面，宋廷为了维持政治平衡，供养了众多的官吏、兵卒，"冗官""冗兵"之弊端日益突出。种种财政负担、经济危机都转嫁给普通百姓，繁荣的社会表面掩盖着实质上的日趋贫困。"冗官"带来的人浮于事、相互扯皮、推诿了事的官场通病，更是让每一位有志报国的士大夫不堪忍受。北宋厚待文人士大夫的宽松的政治环境，也使得人们敢于表达政见。苏轼就是这一类有志报国的文人士大夫中的佼佼者。

苏轼登进士第当年，即因母丧返乡。嘉祐四年（1059），苏轼服丧期满，与父亲苏洵、弟弟苏辙一同再赴京师。经欧阳修等推荐，参加了朝廷特设的制科考试，这种考试是朝廷为了精英人才的脱颖而出所特意设置的，苏轼以"制策"入三等，授大理评事、签书凤翔府判官。北宋建国以来，制策入三等的只有吴育与苏轼两人。长篇大论之《进策》《进论》就是在参加"制科"考试前献给皇帝的。苏轼已经敏锐地看到了当时社会"有治平之名而无治平之实"（《策略第一》）的潜在性危机，提出厉法禁、抑侥幸、专任使、决壅蔽、教战守、厚货财等等变革主张。

英宗治平二年（1065），苏轼回京任职，判登闻鼓院。皇帝召试秘阁，再入三等，直史馆。次年，父苏洵卒，苏轼扶丧再度还乡。神宗熙宁二年（1069），守丧期满还朝，差判官告院。此时，神宗正重用王安石，全面启动变法革新运动。苏轼一回京都就被卷入了这一场政治斗争之中，并且对他今后的人生道路发生了深远重大的影响。

苏轼虽然主张变革朝政，但要求是渐进的。他认为"天下有二患：有立法之弊，有任人之失"，其中"任人之失"是矛盾的主要方面。这与王安石大刀阔斧的"变法"举措就有了明显的距离。所以,苏轼曾多次上书陈述新法的弊害,并因与王安石政见不合而要求外放。熙宁四年(1071)六月,出为杭州通判。大约在这一时期开始创作歌词。后迁知密州(今山东诸城)、徐州(今属江苏)等地。元丰二年(1079),朝中新党罗织罪名,弹劾他以诗讪谤朝廷(史称"乌台诗案"),苏轼因此被捕入狱,遭受了平生的第一次大磨难。经多方营救,苏轼才得出狱,被贬为黄州(今湖北黄冈)团练副使。苏轼词之创作也进入一个高峰期。

宋哲宗继位,太皇太后高氏听政,全面起用旧党,苏轼被召还京,除起居舍人,累迁中书舍人、翰林学士知制诰,知礼部贡举。苏轼根据自己任地方官的经验,对旧党领袖司马光全部废弃新法表示了不同意见,要求保留"差役法"。因此,他又遭到来自旧党内部的不断攻击,并被指实陷入洛、蜀党争。苏轼再次主动要求外放,元祐四年(1089)出知杭州,六年召回。在苏轼"乞除一郡"的坚决请求下,太皇太后同意苏轼出知颍州(治所在今安徽阜阳),后改知扬州、定州(治所在今河北定县)。在各地任职期间,苏轼做过一些有益社会的好事。如在杭州时之疏浚西湖、兴修水利,在颍州时之赈济灾民等等。哲宗赵煦亲政,起用新党,罢斥旧党,绍圣元年(1094)苏轼被贬英州,再贬惠州(今广东惠州市),四年再贬儋州(今海南岛儋县)。徽宗赵佶即位,遇赦放还,卒于常州旅舍。

苏轼胸襟开阔,为人坦荡。其"回首向来萧瑟处,也无风雨也无晴"的超然洒脱,"日啖荔枝三百颗,不辞长作岭南人"的积极乐观,早已为人们所熟知。这样的胸襟气度和性格特征,与其早年教育和家庭环境有关,也与后来的仕途经历有关。以往读者关注苏轼生平,总是更多地关心他仕途的挫折坎坷,从熙宁年间的自求外放,到"乌台诗案"锒铛入狱,到元祐年间屡遭攻击、不安于朝,终至哲宗亲政之后之一贬再贬,给人们印象最深的是:苏轼一生与磨难、灾难、不幸联系在一起。以如此的遭遇来阐述苏轼的为人和性格,确实能够充分彰显其个性特征。但是,却未能说明苏轼何以如此乐观豁达。

宋代相当部分的知识分子,都具有乐观豁达的个性,这是由那个时代特殊的政治文化政策和社会氛围所造成的。[1]苏轼于其中是最为显眼的佼佼者。苏轼早年的成长环境,资料较少,难以详细叙说。从嘉祐元年随同父亲及弟弟苏辙进京,到建中靖国元年病逝常州,整个人生经历非常清晰。换个角度观察苏轼的仕途经历或一生遭遇,苏轼一生是何其幸运!甚至可以称之为幸运的苏轼。

嘉祐元年苏轼来到京城,恰逢个性刚强、敢作敢为的欧阳修登上政坛,主持科举考试。欧阳修喜爱且倡导清新朴素、流畅通达的文风,贬黜考场中险怪佶屈的"太学体",来自四川大山沟、未受京城太学风气影响的苏轼兄弟,脱颖而出,双双高高中第。比之欧阳修、曾巩等文坛大家屡次考试落第的过程,苏轼当然是非常幸运的。而且,苏轼兄弟立即在京城名声鹊起,广受政坛和文坛名流及前辈的注意,好评如潮。随即苏轼兄弟丁忧回乡,守丧三年。嘉祐四年苏轼兄弟再次来到京城,欧阳修等名流在政坛和文坛上的地位如日中天,得其揄扬和荐举,苏轼兄弟参加制科考试,再度脱颖而出。其后苏轼在仕途上一帆风顺,很快被调回京城,俨然成为政坛和文坛万人瞩目的新星。宋英宗对苏轼青睐有加,屡屡要破格提拔苏轼,期待苏轼

---

[1] 详见诸葛忆兵《宋代士大夫的境遇与士大夫精神》,《人民大学学报》2001年第1期。

在政坛上有更多的作为。宰相韩琦多次劝说英宗，不能过快破格使用苏轼，要按部就班。韩琦的劝说，依然是从爱护年轻人才的角度出发，苏轼对此非常感动。元祐年间，苏轼名满国中，深受垂帘听政的太皇太后高氏的喜爱，在政坛上和文坛上都被视作领袖式的人物。

即使身处逆境之中，苏轼个人经历还是与众不同。"乌台诗案"之后，苏轼首度被贬黄州，除了新旧党争的政治因素之外，据说神宗另有更深的用意。即：磨炼苏轼，将苏轼作为特别政治人才，留给儿子登基后使用。"天将降大任于斯人也，必先苦其心志，劳其筋骨"，神宗用意如此深远！元祐年间，太皇太后高氏将这一切告知苏轼，苏轼为之热泪盈眶。换言之，宋神宗与仁宗、英宗一样，都是分外赏识苏轼。苏轼被贬黄州、惠州、儋州，都得到当地官员的种种尊重与呵护，得到当地百姓的崇拜和爱戴，且有铁杆"粉丝"追随而至。这对苏轼是多大的心理安慰，这对苏轼维持贬谪期间良好的心态、保持乐观的性格同样起到重要作用。

总而言之，性格与环境关系密切。研究苏轼，必须注意到历史上那个幸运的苏轼。

苏轼是文学艺术上有多方面成就的大家，在历史上产生过巨大的影响。苏轼的诗，涤荡了宋初纷华绮靡的习气，为宋诗的发展开辟了新的道路，奠定了宋诗的独特面貌。著有《东坡全集》150卷、《东坡乐府》3卷。存诗2700多首，词350余首。

二、"以诗为词"的变革

"以诗为词"是宋人对苏轼词创新的一个综合评价，由此也成为词史上一种重要的创作现象,成为词学研究中的一个重要命题。今人对"以诗为词"之理解,众说纷纭,有许多误解。所以,对"以诗为词"的讨论虽然已经很多,却仍有必要回到宋人的语境中,对"以诗为词"重新进行正本清源之辨析。在正本清源辨析前提下,"以诗为词"创作之特征、得失、地位,才能够得到科学之认识。

1. "以诗为词"之涵义

评说古代文学所使用的概念或术语,有的是今人的概括,当然由今人对之下定义。更多的概念或术语则是古人提出来的,那么,就必须回到古人提出此概念或术语时的语境中,把握其比较确切的涵义,由此做出较为科学的判断。"以诗为词"是宋人提出的,今人的研究也在努力还原宋人的词学观念。然而,由于古今所关注的词学重点或热点问题有相当的距离,以致今人在一定程度上误解宋人,造成今天学术界对"以诗为词"涵义讨论的混乱。或曰:"以诗为词"之根本在音乐一项;或曰:"以诗为词"的核心是"诗人句法",[1] 或者干脆否定"以诗为词"的命题意义。[2] 如此以来,辨明"以诗为词"之涵义,就成为这项词学研究命题的首要任务。

对"以诗为词"正本清源之辨析,首先关系到宋人的文体学观念。即宋人认为诗与词有何不同文体特点?宋人在使用"以诗为词"概念时,具体涉及到哪些诗的文体特征在填词过程中得到体现?其间,宋人认定的"以诗为词"最重要的特征是什么?明了上述命题,方能纲举目张,把握"以诗为词"之实质。

其一,诗词之辨质疑:合燕乐歌唱。

---

[1] 孙维城:《宋韵》,安徽大学出版社,2002年,第128页。
[2] 崔海正:《东坡词研究》,山东大学出版社,1992年,第5—21页。

唐宋词是配合燕乐歌唱的歌词，词为音乐文学，音乐是词体的重要特征之一。这样的观点已经得到专业学者的一致认同。所以，许多学者就从是否合燕乐歌唱来辨别词与诗之不同。当代学者对此有非常明确的辨析："'诗''词'之间的区别从根本说来仅在音律一项。就词与徒诗来说，在于合不合乐，就词与其他合乐诗（如乐府）来说，在于合什么乐。"[1] 学者发现仅以是否合乐作为诗与词的区分界线并不科学，因为《诗经》、汉乐府等大量诗歌皆合乐可歌，于是特别提出"合什么乐"的问题。唐宋词是合燕乐歌唱的，燕乐形成于隋唐之际，如此，就将唐宋词与先前合乐诗区分开来了。上述观点在当今学界甚为流行，可称之为"主流观点"。

但是，问题并不是这么简单。

首先，唐代有大量的合乐之诗，称之为"声诗"。唐人"旗亭唱诗"的故事传播遐迩。李清照《词论》云："乐府、声诗并著，最盛于唐开元、天宝间。"任半塘《唐声诗》夹注云："揣原意：'乐府'指长短句词，'声诗'指唐代诗歌，二者同时并著。"[2] 有相当部分唐诗合乐歌唱，所合之乐即为隋唐时期流行的燕乐，这样的学术观点已经得到学界的一致认同。如果以合燕乐否作为诗体与词体的分界线，那么，"唐声诗"归入哪一文体呢？"唐声诗"是诗，而不是词，这一点相当明确。

其次，宋室南渡之后，大量歌谱不断流失乃至失传。南宋词人所创作的部分词作当时就已经不能歌唱，只是成为案头欣赏的作品。这一客观事实也已经得到学界的一致认同。龙榆生云：

---

[1] 刘石：《试论"以诗为词"的判断标准》，《词学》12辑，上海：华东师范大学出版社，2000年，24页。

[2] 任半塘：《唐声诗》上册，上海：上海古籍出版社，2006年，第8页。

"词所依的曲调，发展到了南宋，渐渐僵化了……已到了奄奄一息的地步。"①施议对不同意龙榆生的观点，订正说："词在南宋仍有其合乐歌唱的条件。"②施议对的订正，其前提是承认南宋相当部分词作不能歌唱，只是认为龙榆生夸大事实了。再读南宋人的自述。张炎《国香序》云："沈梅娇，杭妓也，忽于京都见之。把酒相劳苦，犹能歌周清真《意难忘》《台城路》二曲，因嘱余记其事。"③此序明言，南宋时周邦彦词之曲谱大量失传，能歌唱二首周词之歌妓，已经是凤毛麟角，值得特别一记。南宋方千里、杨泽民等和周邦彦词，亦步亦趋，其所作自然不可歌。张炎《西子妆慢序》云："吴梦窗自制此曲，余喜其声调妍雅，久欲述之而未能。甲午春，寓罗江，与罗景良野游江上。绿荫芳草，景况离离，因填此解。惜旧谱零落，不能倚声而歌也。"④可见，张炎所填这首《西子妆慢》是"不能倚声而歌"的。现将张炎《西子妆慢》引述如下：

> 白浪摇天，青荫涨地，一片野怀幽意。杨花点点是春心，替风前万花吹泪。遥岑寸碧，有谁识朝来清气？自沉吟，甚流光轻掷，繁华如此！　　斜阳外，隐约孤舟，隔坞闲门闭。渔舟何似莫归来，想桃源、路通人世。危桥静倚，千年事、都消一醉。谩依依，愁落鹃声万里。

如果以是否合乐歌唱作为诗体与词体的分界线，南宋"不能倚声而歌"之词作归入哪一文体呢？南宋诸多"不能倚声而

---

① 龙榆生：《词曲概论》，上海：上海古籍出版社，1980年，第10—11页。
② 施议对：《词与音乐关系研究》，北京：中国社会科学出版社，1985年，第96页。
③ 唐圭璋编：《全宋词》第5册，北京：中华书局，1980年，第3465页。
④ 唐圭璋编：《全宋词》，第3475页。

歌"之词，属于词体，而非诗体，此一事实也不会有任何学者会质疑。而且，完全没有学者用"以诗为词"来评价方千里、杨泽民、张炎"不能倚声而歌"之词作。

回到苏轼词之讨论，能否合乐及是否合燕乐，同样不可以成为"以诗为词"的划分标准。苏轼绝大多数词能歌，前人论之甚详。沈祖棻云："苏轼对词乐具有相当修养，他的词在当时是传唱人口的。"①即使苏轼"以诗为词"之作，亦依然能歌。陆游《老学庵笔记》云："公非不能歌，但豪放，不喜剪裁以就声律耳。试取东坡诸词歌之，曲终，觉天风海雨逼人。"②苏轼有"天风海雨"逼人气势的豪放词，配合燕乐能歌，当为不争之事实。这不妨碍宋人对此类词作"以诗为词"的评价。宋人更多的时候是批评苏轼词"不协音律"，很多学者据此认为苏轼词"不能歌"。王小盾说："他们便把格律和音乐这两个不同的概念混为一谈。"③总之，将"能否合乐及是否合燕乐"作为"以诗为词"的划分标准，"忽视了近体诗和长短句同样可以纳入曲子歌唱的事实，以及宋以后词往往脱离音乐而成为案头之作的事实（按：南宋已有此种创作现象）。"④

综上所述，诗体与词体在是否合燕乐歌唱这一问题上应当作如下归纳：大部分唐宋词可以合燕乐歌唱，大部分唐近体诗不可

---

① 沈祖棻：《苏轼与词乐》，见《宋词赏析》，北京：中华书局，2008年，第285页。

② 唐圭璋编：《词话丛编》第2册，北京：中华书局，1986年，第1176页。按：中华书局1997年版《老学庵笔记》单行本，卷五所载这段话，少"试取东坡诸词歌之，曲终，觉天风海雨逼人"一句。

③ 王小盾：《隋唐五代燕乐杂言歌辞研究》，北京：中华书局，1996年，第2页。

④ 王小盾：《隋唐五代燕乐杂言歌辞研究》，第2页。

以合燕乐歌唱。合燕乐歌唱不能作为诗体与词体区分的根本标准。

其二，诗词之辨实质：教化与娱乐。

批评了"主流观点"的不科学性之后，那么，宋人观念中的诗词之辨关键何在？

关于诗词之辨，前人又有另一非常流行的观点：诗言志，词言情。言情之情，指向狭义的男女之艳情，故词又被目之为"艳词"。诗言志，其功能目的为政治教化；词言情，其功能目的为声色娱乐。诗体、词体，判然有别。

《尚书·舜典》云："诗言志，歌永言，声依永，律和声，八音克谐，无相夺伦，神人以和。"为古典诗歌之创作定下基调，被后人奉为圭臬。于是，作为文学体裁之一的诗歌，被剥夺了文学的独立性，依附于现实社会和政治，成为统治者教化民众的工具。《诗经》作为儒家经典著作之一，在儒者眼中不是文学读本，而是政治和社会教科书。所以，"兴于诗，立于礼，成于乐。"（《论语·泰伯》）孔子教育子弟说："小子！何莫学夫诗？诗，可以兴，可以观，可以群，可以怨。迩之事父，远之事君。多识于鸟兽草木之名。"（《论语·阳货》）换言之，"诗三百，一言以蔽之，曰'思无邪'。"（《论语·为政》）《诗大序》对"诗言志"有了更加具体的解释和要求："诗者，志之所之也。在心为志，发言为诗。……故正得失，动天地，感鬼神，莫近于诗。先王以是经夫妇，成孝敬，厚人伦，美教化，移风俗。"

从这样的立场读解《诗经》，《诗经》中大量抒写男女情爱的篇章便被后世儒者生拉硬扯得面目全非。强调"男女授受不亲"儒家学派在"诗言志"的大前提下，又为诗歌创作划出一块禁区：诗歌创作不许谈论情爱，不许涉及男女情欲！诗歌抒写男女情爱的娱乐功能被彻底取消。因此，中国古代文人诗歌，没有描写男女情爱的传统，只有偶尔零星之作。①

"词为艳科"。燕乐乃隋唐之际人们在歌舞酒宴娱乐场所演奏的音乐，又有歌词配合其演唱。在这样灯红酒绿、歌舞寻欢的娱乐场所，歌唱一些男女相恋相思的"艳词"，那是最吻合眼前情景的。"艳词"的题材取向是由其流传的场所和娱乐功能决定的。南宋人甚至对歌词所言之情有如此具体的说明："唐宋以来词人多矣，其词主乎淫，谓不淫非词也。"②所谓的"淫"，就是被儒家学者严厉排斥的男女之情。

唐宋时期，人们对此种诗体与词体之根本区别有非常明确的认识。一提及歌词，立即就与"艳情"或声色娱乐等发生关联。唐宋词人的填词行为及其论词热点，都集中在这一方面。举数则资料以证之：

> 晋相和凝少年时好为曲子词，布于汴、洛。洎入相，专托人收拾，焚毁不暇。然相国厚重有德，终为艳词玷之。契丹入夷门，号为"曲子相公"。

孙光宪《北梦琐言》卷六

> 文章豪放之士，鲜不寄意于此者，随亦自扫其迹，曰：谑浪游戏而已也。

胡寅《酒边词序》

---

① 参见诸葛忆兵：《性爱描写与词体的兴起》，《文学评论》（北京）2004年第3期，162—166页。

② 汪莘：《方壶诗余自序》，金启华等编：《唐宋词集序跋汇编》，南京：江苏教育出版社，1990年，第227页。

晏叔原见蒲传正云:"先君平日小词虽多,未尝作妇人语也。"传正云:"'绿杨芳草长亭路,年少抛人容易去。'岂非妇人语乎?"晏曰:"公谓'年少'为何语?"传正曰:"岂不谓其所欢乎?"晏曰:"因公之言,遂晓乐天诗两句云:'欲留年少待富贵,富贵不来年少去。'"传正笑而悟。然如此语,意自高雅尔。

胡仔《苕溪渔隐丛话》前集卷二十六《诗眼》

黄鲁直初作艳歌小词,道人法秀谓其以笔墨诲淫,于我法中,当堕泥犁之狱。

陈善《扪虱新话》卷三

和凝被称之为"曲子相公"、宋人填词或"自扫其迹"、晏几道强词夺理为晏殊"未尝作妇人语"辩护、法秀指责黄庭坚作词"以笔墨诲淫",都表明唐宋词人关于词体的一个核心观念:词写男女艳情,是"谑浪游戏"之作,其创作目的仅仅是为了声色娱乐。此类文献记载,在宋代比比皆是。

苏轼"以诗为词"有推尊词体的意义,所以,从理论上宋人就会论证诗词同体,以证明词体应有的地位。北宋黄裳为自己词集作序,就以"风雅颂赋比兴"六义比拟,云:"六者圣人特统以义而为之名,苟非义之所在,圣人之所删焉。故予之词清淡而正,悦人之听者鲜,乃序以为说。"[1] 南宋胡寅《酒边集序》更加清楚地论证说:"词曲者,古乐府之末造也;古乐府者,诗之旁行也。诗出于《离骚》楚辞,而骚词者,变风变雅之怨而迫、哀而伤者也。其发乎情则同,而止乎礼义则异。名曰曲,以其曲

---

[1] 黄裳:《演山居士新词序》,金启华等编:《唐宋词集序跋汇编》,38页。

尽人情耳。……及眉山苏氏，一洗绮罗香泽之态，摆脱绸缪宛转之度，使人登高望远，举首高歌，而逸怀浩气，超然乎尘垢之外。于是《花间》为皂隶，而柳氏为舆台矣！"[①]胡寅论说煞费苦心。既要强调词曲的特征，又要与骚雅诗体相联系，以推尊词体，为下文盛赞苏轼"以诗为词"作为铺垫。宋人试图模糊"诗言志、词言情"的文体分界线，正好从一个相反的角度说明了宋人对诗体与词体区分的理解。

或曰：诗词之辨亦在风格。苏轼词以诗歌风格入词，开创豪放一派，此为"以诗为词"之一端。此说言之有据。诗庄词媚，文体不同，风格迥异。然而，推究苏轼词风之变异，问题将重新回到苏轼词之取材及歌词创作意图、功能之改变这一根本点上。脱离灯红酒绿的创作环境，摆脱歌舞酒宴的传播场所，改变男欢女爱的娱乐功能，歌词取材和功能向诗歌看齐，其词风必然发生变化。作品的风格是与其所描写的题材、所抒发的情感相一致的。即诗词风格之辨，最终落实到题材和功能的层面上。

换一个角度观察问题，宋人几乎不关心词是否可以合乐歌唱。因为，在燕乐流行的年代，这不成为一个问题。宋词，作为当代的通俗流行歌曲，没有人关心其合乐问题。如同今人并不关心流行歌曲是否合乐，而是关心其是否美听。只有到了燕乐完全失传之后，研究者逐渐开始关心词乐问题，同时亦逐渐将词乐问题推至一个过高的地位，认为是宋人提出"以诗为词"的根本依据。是否合乐歌唱，确实是诗体与词体的重要区分标准之一，却不是宋人所关心的问题。宋人最为关注的是词不同于诗的抒情内容和娱乐功能，"以诗为词"就是在这样的创作观念背景中

---

① 胡寅：《酒边集序》，金启华等编：《唐宋词集序跋汇编》，117页。

提出。换言之，宋人评价苏轼"以诗为词"，就是指苏轼词摆脱"艳情"，抒写了种种人生志向，向"诗言志"靠拢，其创作功能指向教化。

南宋孙奕云："苏子瞻词如诗，秦少游诗如词。"[①]这种说法在宋代非常流行，在宋人讨论歌词时多处可见。[②]以秦观创作为对比项，宋人所关注的诗体与词体之特征区分就非常明显。这里指的不是秦观诗能合燕乐歌唱，而是指秦观创作的"女郎诗"。元好问说："有情芍药含春泪，无力蔷薇卧晓枝。拈出退之山石句，始知渠是女郎诗。"[③]秦观部分诗题材似词，故有"女郎诗"之评价。南宋汤衡对此有过更加详尽的论说："昔东坡见少游《上巳游金明池》诗，有'帘幕千家锦绣垂'之句，曰：学士又入小石调矣。世人不察，便谓其诗似词。不知坡之此言，盖有深意。夫镂玉雕琼，裁花剪叶，唐末诗人非不美也，然粉泽之工，反累正气。东坡虑其不幸而溺乎彼，故援而止之，惟恐不及。其后元祐诸公，嬉弄乐府，寓以诗人句法，无一毫浮靡之气，实自东坡发之也。"[④]汤衡此处诗体与词体的讨论，重点落实在"镂玉雕琼，裁花剪叶"和"浮靡"等问题上，与音乐完全没有关系。宋人诗体、词体对举，或云"以诗为词"，或云"诗如词"，皆指其不同创作内容和创作功能而言，涵义

[①] 孙奕：《示儿编》卷十六，薛瑞生笺证：《东坡词编年笺证》，三秦出版社，1998年，第740页。

[②]《吕圣求词序》："世谓少游诗似曲，子瞻曲似诗。"《燕喜词序》："议者曰：少游诗似曲，东坡曲似诗。"《于湖先生雅词序》："苏子瞻词如诗，秦少游词如诗。"金启华等编：《唐宋词集序跋汇编》，128、150、165页。

[③] 元好问：《论诗三十首》之二十四，《元好问全集》，山西人民出版社，1990年，第339页。

[④] 汤衡：《张紫微雅词序》，金启华等编：《唐宋词集序跋汇编》，164页。

相当明确。

２．"以诗为词"之演进及得失

辨明诗言志之教化和词言情之娱乐为诗体与词体根本区别之所在，而后可以梳理"以诗为词"的发展演变历程，明确"以诗为词"在歌词发展史上的得失和地位。

其一，词体之形成。

隋唐之际燕乐趋于成熟，配合其歌唱的曲子词随之出现。王重民《敦煌曲子词集》收录作品161首，集中表现了曲子词的初始风貌。王重民《敦煌曲子词集·叙录》一段话被后来学者反复引用，以证实曲子词最初取材之宽泛，及最初词体与诗体之趋同。王曰：

> 今兹所获，有边客游子之呻吟，忠臣义士之壮语，隐君子之怡情悦志；少年学子之热望与失望，以及佛子之赞颂，医生之歌诀，莫不入调。其言闺情与花柳者，尚不及半。①

此一阶段，是曲子词的初创期，词体尚未独立，与诗体混淆是一种必然的现象。任何一种文体初始阶段都有过与其他文体混淆、文体特征不明显的过程。针对这一阶段的曲子词创作，不可以使用"以诗为词"的概念。因为，"以诗为词"是指词体成熟独立之后，接受诗体的影响而在创作中产生的变异现象。词体尚未从诗体中独立出来，遑论"以诗为词"？

以往学者反复引用王重民这段话，往往是为了说明曲子词在民间或在初始期是有着开阔的题材取向的，与诗歌并无二致。

---

① 王重民辑：《敦煌曲子词集》，上海：商务印书馆，1954年，第8页。

只是到了后来文人手中,才逐渐演变而形成委婉隐约叙说艳情的创作特征。此说是对词体之形成的重大误解。如前所言,词体特征之形成是由其传播之场所、演唱之环境、娱乐之功能所决定,无论是在民间持续发展还是到了文人手中,走向委婉叙说艳情是歌词的必然创作趋势。即以敦煌曲子词为例,在敦煌曲子词中写得最好、最多的依然是言男女情爱的作品。如果将《敦煌曲子词集》做一次分类归纳,就能发现言闺情花柳的作品占三分之一以上,所占比例最大。这类作品在敦煌曲子词中也写得最为生动活泼,艺术成就最高。如《抛球乐》(珠泪纷纷湿罗绮,少年公子负恩多。当初姊妹分明道,莫把真心过于他。子细思量着,淡薄知闻解好么)、《望江南》(天上月,遥望似一团银。夜久更阑风渐紧,为奴吹散月边云,照见负心人)之类,深受后人喜爱。初始阶段的曲子词创作,已经明确表现为走向艳情的趋势。

唐代的《云谣集》是现存最早的曲子词集,录词30首,创作主体已经转移为乐工歌伎,作品题材也就集中到"艳情"方面。"除了第二十四首《拜新月》(国泰时清晏)系歌颂唐王朝海内升平天子万岁,第十三首《喜秋天》感慨人生短促、大自然更替无情之外,余二十八首词都与女性有关,或者出于女性之口吻,或者直接以女性为描写对象。"[①] 这些"艳情"之作大体有三种类型:"征妇之怨""女性姿色""求欢与失恋"。[②] 至《云谣集》,词体特征初步形成。

中唐文人刘禹锡、白居易、张志和等亦填词,然拘泥于儒家

[①] 萧鹏:《群体的选择——唐宋人选词与词选通论》,台湾:文津出版社,1992年,第71页。

[②] 萧鹏:《群体的选择——唐宋人选词与词选通论》,第71页。

之"诗教",其词或写江南风光,或叙隐逸之志,与艳情无关。这样的创作不符合歌词的发展趋势,无助于词体特征之形成,故中唐文人歌词之创作便异常冷清萧条,唐代极少追随者。

唐末五代之《花间词》,收录18位词人的作品500首,男女艳情几乎成为唯一的话题。"春梦正关情,镜中蝉鬓轻","门外草萋萋,送君闻马嘶"(温庭筠《菩萨蛮》)之送别相思,"深夜归来长酩酊,扶入流苏犹未醒"(韦庄《天仙子》),"眼看惟恐化,魂荡欲相随"(牛峤《女冠子》)之宿妓放荡,几乎构成一部《花间集》。词中女子在性爱方面甚至大胆到"妾拟将身嫁与、一生休。纵被无情弃,不能羞"(韦庄《思帝乡》)的地步。欧阳炯《花间词序》云:

> 镂金雕琼,拟化工而回巧;裁花剪叶,夺春艳以争鲜。……则有绮筵公子,绣幌佳人,递叶叶之花笺,文抽丽锦;举纤纤之玉指,拍按香檀。不无清绝之词,用助娇娆之态。自南朝之宫体,扇北里之娼风,何止言之不文,所谓秀而不实。有唐以降,率土之滨,家家之香径春风,宁寻越艳;处处之红楼夜月,自锁嫦娥。[1]

欧阳炯将"花间词"的题材取向、创作环境、作品功能叙说得清清楚楚。花前月下,浅斟低唱,娱乐遣兴,与歌词创作相伴随。稍后于"花间词"之南唐词人,承续"花间"作风,充分发挥歌词的娱乐功能。陈世修《阳春集序》云:"公以金陵盛时,内外无事,朋僚亲旧,或当宴集,多运藻思为乐府新词,俾歌者

---

[1] 欧阳炯:《花间集序》,李一氓校:《花间集校》,北京:人民文学出版社,1981年,第1页。

倚丝竹而歌之,所以娱宾而遣兴也。"①至此,歌词艳情之取材、委婉之叙说、娱乐之作用等词体特征最终形成,词体基本上独立于诗体。

其二,"以诗为词"之启端。

词体一经独立,文体间的相互作用也就开始了。换言之,晚唐五代词体完全成熟,词体特征得以确立,"以诗为词"的创作随之发生。最为典型的是体现在冯延巳、李煜的部分词作中。南唐国势倾危,君臣预感到国家必然灭亡的末日一天天临近,内心深处有摆脱不了的没落感和危机感。于是,他们便在歌舞酒宴之中寻求精神的寄托和暂时的逃避。那种沉重的没落感和危机感渗透到词作中,就使作品具有了士大夫的身世家国感慨,与"诗言志"的传统暗合。冯煦评价冯延巳词云:"俯仰身世,所怀万端,缪悠其辞,若显若晦,揆之六义,比兴为多。"②明确将冯词比拟诗歌,从比兴言志的角度加以评说。李煜入宋之后的词作,肆意抒写身世家国之感,完全走出"艳情"范围,诗词同调。王国维就是从这样的角度认识冯延巳和李煜的这部分词作,云:"冯正中虽不失五代风格,而堂庑特大,开北宋一代风气。"又云:"词至李后主而眼界始大,感慨遂深,遂变伶工之词而为士大夫之词。"③所谓"堂庑特大""眼界始大""为士大夫之词",皆指冯、李词作于艳情之外别有寄寓,向诗歌靠拢。冯、李词作有此成绩,皆因身世背景使之然,非有意"以诗为词"。

---

① 陈世修:《阳春集序》,金启华等编:《唐宋词集序跋汇编》,南京:江苏教育出版社,1990年,第8页。
② 冯煦:《阳春集序》,金启华等编:《唐宋词集序跋汇编》,第8页。
③ 王国维:《人间词话》,济南:齐鲁出版社,1982年,第10、93页。

北宋建国，大力弘扬儒家伦理道德准则，通过学校、科举等多种途径推广儒家思想教育，建立新一代的士风。士风的转变直接影响到文风的转移。宋初八十余年时间里，多数歌词与诗歌取材相同。宋初八十余年之词坛创作，堪称"以诗为词"占据主流的创作时期。这是由社会风尚、政治环境、文坛风气所造成的。文人们已经失去了创作歌词的兴趣，偶尔为之，亦将词体等同于诗体，下意识地采用"以诗为词"的创作手段。歌词脱离艳情，失去其文体特征，宋人称之为非"当行本色"，其创作必然走向萧条。王灼云："国初平一宇内，法度礼乐，浸复全盛。而士大夫乐章顿衰于前日，此尤可怪。"[1] 从词体失去特征、"以诗为词"的角度，可以合理解释"此尤可怪"的创作现象。

晏、欧登上词坛之际，宋词创作进入新的全盛期。其标志是歌词重新走回歌舞酒宴，重新歌唱男女艳情，娱乐功能被重新强化，所谓"一曲新词酒一杯""酒宴歌席莫辞频"（晏殊《浣溪沙》）。晏、欧率意作词，不经意间士大夫的胸襟怀抱亦流露于歌词之中，欧阳修表现尤为突出。论者皆指出晏、欧词承继冯延巳而来。刘熙载云："冯延巳词，晏同叔得其俊，欧阳永叔得其深。"[2] 即与三者歌词中之胸襟怀抱相关。所以，晏、欧之创作，虽然在恢复歌词创作传统方面居功甚伟，但是亦不排斥"以诗为词"。李清照《词论》将晏、欧与苏轼相提并论，称他们词作为"句读不葺之诗"，就是基于对他们三人部分"以诗为词"之作的理解。

其三，苏轼之"以诗为词"。

苏轼登上词坛，带来了更多的创新之作，对词体形成更大的

---

[1] 王灼：《碧鸡漫志》卷二，成都：巴蜀书社，2000年，第32页。
[2] 刘熙载：《艺概》卷四，上海：上海古籍出版社，1978年，第107页。

冲击。苏轼在词坛上的创新作为，可以归纳为"以诗为词"。换言之，"以诗为词"之创作进入了全新的阶段。

苏轼为人为文，皆洒脱自然，不拘泥于常规。其《答谢民师书》倡导创作时"大略如行云流水，初无定质，但行于所当行，常止于不可不止，文理自然，姿态横生。"[1]清许昂霄《词综偶评》故云："东坡自评其文云：'如万斛泉源，不择地皆可出。'惟词亦然。"[2]这种自然畅达的创作态度表现到歌词创作之中，就出现了"以诗为词"之有意识的作为。苏轼《答陈季常》云："又惠新词，句句警拔，诗人之雄，非小词也。但豪放太过，恐造物者不容人如此快活。"[3]《与蔡景繁》云："颁示新词，此古人长短句诗也，得之惊喜。"[4]即：苏轼非常欣赏友人"以诗为词"之作。《与鲜于子骏》云："近却颇作小词，虽无柳七郎风味，亦自是一家。呵呵！数日前，猎于郊外，所获颇多。作得一阕，令东州壮士抵掌顿足而歌之，吹笛击鼓以为节，颇壮观也。"[5]即：苏轼对自己"以诗为词"之作亦颇为自得。信中所言"壮观"之词，乃《江城子·密州出猎》。故南宋俞文豹《吹剑录》记载一段广为流传的趣事：

> 东坡在玉堂日，有幕士善歌，因问："我词何如柳七？"对曰："柳郎中词，只合十七八女郎，执红牙板，歌'杨柳外晓风残月'。学士词，须关西大汉，铜琵琶、

---

[1] 苏轼：《苏轼文集》第4册，北京：中华书局，1996年，第1418页。
[2] 许昂霄：《词综偶评》，唐圭璋编：《词话丛编》第2册，第1575页。
[3] 苏轼：《苏轼文集》第4册，第1569页。
[4] 苏轼：《苏轼文集》第4册，第1662页。
[5] 苏轼：《苏轼文集》第4册，1560页。

铁绰板，唱'大江东去'。"东坡为之绝倒。①

由此可见，苏轼填词时时以柳永为靶子，融诗体于词体，努力追求一种新的审美风格。顺便说一句，宋人比较苏轼词与柳永词，同样并不关心其是否合乐歌唱，而是演唱的内容和风格。于是，苏轼词叙说报国志向和仕途风波险恶、关心民生疾苦、袒露人生旅程中种种复杂心态、诉说亲朋好友之真情。诗歌能够触及的题材，在苏轼笔下皆可入词。刘熙载评价云："东坡词颇似老杜诗，以其无意不可入，无事不可言也。"②诗言志，词亦言志。在这个意义上，诗词同体，"以诗为词"的作风得到了大张旗鼓的确立。

苏轼之所以能以自己的创作打破婉约词统治词坛的历史局面，并由此而为豪放词派的产生奠定基础，这是由多种原因和条件促成的。首先，是词的内部创作积累的一个过程。敦煌民间词之视野开阔、风格遒劲的作品在以后的文人创作之中虽然逐渐湮没，但是始终不绝如缕。如中唐诗人韦应物、戴叔伦的两首《调笑令》描写边塞景象，韦云："胡马，胡马，远放燕支山下。跑沙跑雪独嘶，东望西望路迷。迷路，迷路，边草无穷日暮。"戴云："边草，边草，边草尽来兵老。山南山北雪晴，千里万里月明。明月，明月，胡笳一声愁绝。"苍劲空旷，与唐人边塞诗血脉相通。到了"花间词人"手中，偶尔还是有超出"艳情"以外的创作。鹿虔扆《临江仙》说："金锁重门荒苑静，绮窗愁对秋空。翠华一去寂无踪，玉楼歌吹，声断已随风。　烟月不知人事改，夜阑还照深宫。藕花相向野塘中，暗伤亡国，清露泣香

---

① 《历代词话》卷五，唐圭璋编《词话丛编》第 2 册，北京：中华书局，1986 年，第 1175 页。

② 刘熙载：《艺概》卷四，第 108 页。

红。"痛悼亡国,悲苦已绝。毛文锡《甘州遍》说:"秋风紧,平碛雁行低。阵云齐。萧萧飒飒,边声四起,愁闻戍角与征鼙。青冢北,黑山西。沙飞聚散无定,往往路人迷。铁衣冷,战马血沾蹄。破番奚。凤凰诏下,步步蹑丹梯。"写边塞的景色与建功报国的热望,情绪昂扬。南唐词人李煜更是用直抒胸臆的手法将内心"恰似一江春水向东流"般的愁苦滔滔不绝地倾泻出来,改变了婉约"代言"的作风。入宋以来,文人的仕途开拓了,视野也随之开阔。举凡宦海风波、人生感慨、个人志向、怀古咏史等等,都可以拿来入词,而且写得气象万千,气度非凡。如范仲淹的《渔家傲·塞下秋来风景异》、欧阳修的《朝中措·平山栏槛倚晴空》、王安石的《桂枝香·登临送目》等。词的内部的这一系列创作经验积累,为苏轼的词风转移做好了充分的开拓和铺垫工作。

其次,是文学发展"求新""求变"规律之必然结果。就人们的审美心理而言,"喜新厌旧"是一条普遍的规律。所以,无论是作者还是读者,他们都期待着文学创作的"求新""求变",特别是天赋异常、个性突出的作家,更是期待着自己能够独辟蹊径,自成一格。这就是历代文学样式不断更新、题材不断开拓扩大、风格不断推陈出新的根本原因。从词的产生到苏轼的出现,已经有三百余年的历史了。但就其大致内容而言,始终没有超越闺阁庭园之景与相思离别之情的范围;就其基本风格而言,也始终没有超越委婉隐约、缠绵悱恻的框框。比之诗歌,词的题材和风格实在是过分狭窄、拘束了。柳永大量创制慢词,风格更加民间化、通俗化,不过在内容上的开拓并不太多,婉转言情的作风也没有显著地改变。长此以往,词的创作之路越走越窄,必然会被走入"死胡同"。到了苏轼登上词坛的年月,词已经不得不进行改革，否则就会停顿，便没有希望。苏轼的革新就是这一文学创作规律所驱使的必然。

最后，是苏轼个人的作用。把诗文革新精神带到词坛上来的是苏轼，苏轼是一位极富变革精神的文学家。26岁时他便向皇帝上《进策》25篇、《进论》25篇，分析了现实政治，提出全面革新朝政的主张。在散文创作领域，他承继欧阳修"古文运动"的推陈出新精神，倡导创作时"大略如行云流水，初无定质，但行于所当行，常止于不可不止"（《答谢民师书》）。随性情所至，自由表达，挥洒淋漓，以达到"文理自然，姿态横生"（同前）的艺术效果。在诗歌创作领域，他同样不拘一格，袒露心胸，"天生健笔一枝，爽如哀梨，快如并剪，有必达之隐，无难显之情"，以至于"别开生面，成一代之大观"（赵翼《瓯北诗话》）。继欧阳修之后，苏轼最终完成了诗文革新运动。苏轼是这样一位极其个性化的、天赋极高的、富有革新精神的作家，在词的创作领域，他当然也不甘心简单地沿袭、模仿前人，不甘心委屈自己去适应"艳情""隐约"等传统的创作框框，不甘心居柳永等名噪一时的词人之下。他将诗文革新运动的精神带入词的创作领域，追求别具一格的艺术表现，成为北宋词坛最具变革精神的词人。正如许昂霄《词综偶评》中所说："子瞻自评其文'如万斛泉源，不择地而出'。唯词亦然。"

苏轼"以诗为词"之作只有数十首，与其三百多首歌词相比，只是一小部分。然而，这部分词作在当时影响最大，在词史上的影响也最为深远。苏轼对歌词做如此大刀阔斧的变革，在当时就理所当然地引起广泛的关注。对苏轼词"以诗为词"的综合评价是与苏轼同时代的论者提出的。最先提出这种批评的是苏轼门生陈师道："退之以文为诗，子瞻以诗为词，如教坊雷大使之舞，虽极天下之工，要非本色。"（胡仔《渔隐丛话》前集卷四十九引《后山诗话》）陈师道的观点，获得时人及后人的广泛认同。如李清照《词论》云："至晏元献、欧阳永叔、苏子瞻，学际天人，作为小歌词，直如酌蠡水于大海。然皆句读不葺之诗尔，又往往不协音律。"彭乘云："子瞻尝自言平生有三不如人，谓著棋、吃酒、唱曲也。然三者亦何用如人？子瞻之词虽工，而多不入腔，正以不能唱曲耳。"①

与苏轼同时代的词人、词论家，多数对苏轼的作为持批评态度。他们批评的依据就是词体不同于诗体，二者不应该混淆。李清照《词论》在批评了柳永、晏殊、欧阳修、苏轼等人后云："乃知别是一家，知之者少。"所谓"别是一家"，即谓词需始终保持"本色"，不仅合乎音律，而且不同于诗和文，别具一格。苏轼门生李之仪亦云："长短句于遣词中最为难工，自有一种风格。稍不如格，便觉龃龉。"②苏轼词不合"本色""别是一家""自有一种风格"之审美要求，故导致北宋诸多词人、学者的批评。

北宋亦有为苏轼"以诗为词"辩护的声音。赵令畤转引黄庭坚语，云："东坡居士词，世所见者数百首。或谓与音律小不谐，居士词横放杰出，自是曲子缚不住者。"③南宋以后，半壁江山沦陷的家国巨大变化逼迫歌词走出风花雪月的象牙塔，将目光投向更为开阔的社会现实，苏轼"以诗为词"的作为因此得到

---

① 彭乘：《墨客挥犀》卷四，北京：中华书局，2002年，第324页。
② 李之仪：《跋吴思道小词》，金启华等编：《唐宋词集序跋汇编》，第36页。
③ 赵令畤：《侯鲭录》卷八，北京：中华书局，2002年，第205页。又，此条材料南宋吴曾《能改斋漫录》卷16转引时，称其为晁补之语，语意大致相同。

越来越多的肯定。王灼干脆认为诗词同体，不必强为区分，云："东坡先生以文章余事作诗，溢而作词曲，高处出神入天，平处尚临镜笑春，不顾侪辈。或曰：长短句中诗也。为此论者，乃是遭柳永野狐涎之毒。诗与乐府同出，岂当分异？"由此，王灼大力肯定说："东坡先生非心醉于音律者，偶尔作歌，指出向上一路，新天下耳目，弄笔者始知自振。"①刘辰翁《辛稼轩词序》亦云："词至东坡，倾荡磊落，如诗如文，如天地奇观，岂与群儿雌声学语较工拙。"②辛派爱国词人，标举"以诗为词"之大旗，在宋词发展史上留下浓重一笔，其成就早就为人们所熟知。换言之，"以诗为词"拓宽歌词表现范围，成就歌词新的审美风格，对歌词发展做出巨大贡献。

"以诗为词"之弊端，南宋人已有所言及。沈义父云："近世作词者，不晓音律，乃故为豪放不羁之语，遂借东坡、稼轩诸贤自诿。"③后人对此有更深刻的认识。明王世贞云："以气概属词，词所以亡也。"④理由非常简单，淡化或取消文体的独立性，该文体存在的意义同时被淡化或取消。即"以诗为词"是一双刃剑，从文体学的角度考察，"以诗为词"功过并存。

3. 苏轼"以诗为词"的具体表现

"以诗为词"是指词的抒情功能和创作目的都发生了改变，向着诗歌靠拢或看齐。具体表现落实为题材内容和风格的改变。

首先，以诗的内容与题材入词。诗、词的内容与题材初无区别，只是在创作、传播过程中逐渐分道扬镳，以至各自严守"诗

---

① 王灼：《碧鸡漫志》卷二，第34页、第37页。
② 刘辰翁：《辛稼轩词序》，金启华等编：《唐宋词集序跋汇编》，第173页。
③ 沈义父：《乐府指迷》，唐圭璋编：《词话丛编》第1册，第282页。
④ 王世贞：《艺苑卮言》，唐圭璋编：《词话丛编》第1册，第393页。

言志词言情"的界限。柳永、李清照等人诗、词的内容题材皆判然有别。苏轼以前,一些不甘心受此局限的有个性的作家也尝试着突破,不过,他们的突破总是零星的,没有引起广泛的注意,产生广泛的影响。苏轼是第一位对词的内容题材做了大面积改变的作家,引起了当时词坛的震动。

第一,苏轼以词抒写了爱国的豪情壮志。北宋内忧外患交织,尤其西夏、北辽的边患威胁,始终令北宋统治者寝食难安。每一位有志于现实的文人士大夫当然也牵挂着这一切,期望自己建功报国,有所作为。苏轼活跃于政坛的年代,边塞矛盾集中在防御西夏的入侵方面。苏轼在词中就涉及到这方面内容,如《江城子·密州出猎》说:

老夫聊发少年狂。左牵黄,右擎苍。锦帽貂裘,千骑卷平冈。为报倾城随太守,亲射虎,看孙郎。　　酒酣胸胆尚开张。鬓微霜,又何妨?持节云中,何日遣冯唐?会挽雕弓如满月,西北望,射天狼。

这首词作于宋神宗熙宁八年(1075)冬。当时苏轼因与新政不合,主动要求外放,任密州知州。密州在今山东诸城。作者身在东海一隅,但他的心却时刻关怀着祖国西北的安全。这首词反映了作者维护祖国统一、反对西夏入侵的强烈愿望。北宋王朝长期以来对辽和西夏的威胁采取妥协投降的错误政策。宋真宗景德元年(1004),宋王朝与辽签订"澶渊之盟",每年给辽"岁币"白银十万两,绢二十万匹。之后,仁宗庆历四年(1044),与西夏也如法炮制,签订"和约",每年给西夏"岁币"银七万二千两,绢十五万三千匹,茶叶三万斤。这种妥协的结果,一方面只是短时期地缓和了边境上的矛盾,并没有从根本上解决问题；另一方面也给以大国自居的北宋士大夫极大的心理挫折，认其为莫大耻辱。有志之士对此念念不忘。苏轼痛感辽和西夏对祖国安全所构成的威胁，于是，很自然地从射猎联想到要抗击入侵之敌，以保卫边地安全。词的爱国思想是明显而又强烈的。

　　题为"密州出猎"，所以全词紧紧围绕着"出猎"展开笔墨。上片写出猎的盛况。词人以"老夫"自居，其实这时候苏轼还不到四十岁，词人在仕途上遭受挫折之后，心理上已经产生一定的疲惫感。但是，词人毕竟处在盛年，自求外放也不是贬谪受罚，所以，豪迈之情随即发生，"少年"的豪壮与狂态不减，左牵黄犬，右擎苍鹰，千骑卷过平冈，到郊外"出猎"。太守的身后则是大队人马簇拥，倾城出动，盛况空前。足见苏轼在当地政绩之佳，深得民心。词人的"出猎"，既是为了一抒胸中豪情，又是为了报答百姓的厚爱。这一切出自词人的观察和想象，充分表明了词人政治上的自信心。这何尝不是曲折地为自己的政治立场做辩解？下片写自己宏阔的胸襟、澎湃的激情、杀敌卫国的斗志。词人开怀畅饮，壮志凌云，以"鬓微霜，又何妨"否定了"老夫"之说，剩下来的只有"少年"的豪气。词人以汉文帝时的魏尚自比，希望有朝一日能够得到起用。据《史记·冯唐列传》载，云中（今山西西北一部与内蒙托克托县）太守魏尚杀敌有功，但多报了杀敌人数六名，因而获罪削职。冯唐对皇帝陈说魏尚有功可用，汉文帝刘恒便派冯唐持符节去云中赦魏尚罪，恢复了魏的职务。苏轼是因为反对新政而外放的，其境遇与魏尚有某些相似之处，故而以魏自比。他盼望朝廷能派冯唐这样的使臣持节密州，使自己重新得到重用，以便能为国效忠。届时可以"西北望，射天狼"，而不是用于游戏"出猎"。

这首词联想丰富而又切合实际。作者通过出猎联想到北方与西北的敌人，通过词人艺术想象，一次普通的出猎活动便变成一次具有广泛群众性的武装演习。古人时常用"出猎"代替军事演习，苏轼的作为恐怕也包含了这一层意思，因此爱国的豪情随之产生。古代描写狩猎活动的诗歌为数不少，名作如林，人们比较熟悉的有王维的《观猎》、韩愈的《雉带箭》等。这些作品主要是写射猎的场面，写射猎者武艺高强，射击的准确，观众的叹服等。苏轼此词却有所不同。这首词实中有虚，以实带虚，虚实相生。作者把"倾城随太守"的壮阔场面与保卫国家的战斗联系起来。他射击的目标不仅仅是眼前真实的猎物，同时，他还把目光瞄向千里之外的敌人——"天狼"。这里的"天狼"，不能只理解为地处西北的西夏，它同时还包括北方的辽。词中所表现出的爱国思想与豪放风格均产生于此。正是这首词的出现，才奠定了苏轼的豪放词风，使豪放词和豪放词派有了一个良好的开端。而且，这首词用典准确，用比巧妙，善于烘托，加上音节急骤，韵位较密。这一切都与射猎的场面很好地结合在一起，增强了词的豪迈奔放的气势，增强了词的艺术感染力。值得注意的是，词中用了两个"射"字，既突出了"出猎"的特点，又深化了词的主题。上片射"虎"，下片射"狼"。两个"射"字，虚实兼到，重要的是通过"射"字，把千里之遥的"西北"，置于眼前的射程之内。

苏轼这次"出猎"，还作有《祭常山回小猎》七律一首，诗云：

青盖前头点皂旗，黄茅冈下出长围。
弄风骄马跑空立，趁兔苍鹰掠地飞。

回望白云生翠巘,归来红叶满征衣。

圣朝若用西凉簿,白羽犹能效一挥。

出猎场面的描写,以及用古人自比的手法,并因此所表达出来保家卫国的爱国情怀,与《江城子》几乎是一模一样。在苏轼的手中,诗与词可以表现同样的内容题材、同样的思想感情。

此外,《阳关曲》说:"受降城下紫髯郎,戏马台南旧战场。恨君不取契丹首,金甲牙旗归故乡。"在为他人扼腕叹息的同时,表现的是自己爱国志向难得施展的苦痛,"出猎"或平时激发的豪情壮志终究落空。苏轼确实一生也没有真正获得一次机会像范仲淹那样亲临前线、指挥战斗,志不得施的痛苦因此产生。

第二,苏轼词多侧面地再现了农村生活。苏轼平生在许多地方任过职,每到一地,他总是勤政爱民,努力为当地百姓干一些实事、好事,如疏浚西湖、赈济灾民、减免杂税等等。他对"民本"农田生产尤为关心,在各地兴办的实事也大都围绕着农业生产。这方面的关心表现在词中,于是出现了第一个把农村生活纳入词这一领域的做法。苏轼熙宁末、元丰初改知徐州,曾在当地组织民众抗击水灾、旱灾。元丰元年(1078),苏轼曾到徐州城东的石潭祷雨、谢雨,根据路途所见,写下一组《浣溪沙》,共五首,下面录其四首:

旋抹红妆看使君,三三五五棘篱门。相挨踏破茜罗裙。　老幼扶携收麦社,乌鸢翔舞赛神村。道逢醉叟卧黄昏。

麻叶层层苘叶光,谁家煮茧一村香!隔篱娇语络丝娘。　　垂白杖藜抬醉眼,捋青捣麦少软饥肠。问言豆叶几时黄?

　　簌簌衣巾落枣花,村南村北响缲车。牛衣古柳卖黄瓜。　　酒困路长惟欲睡,日高人渴漫思茶。敲门试问野人家。

　　软草平莎过雨新,轻沙走马路无尘。何时收拾耦耕身?　　日暖桑麻光似泼,风来蒿艾气如薰。使君元是此中人。

这组词前有一小序,说明写词的原委:"徐门石潭谢雨道上作五首,潭在城东二十里,常与泗水增减,清浊相应。"原来,这一年徐州地区发生春旱,灾情比较严重。作为一州之长的苏轼对此极为关心,他曾亲往石潭求雨,得雨后又再往石潭谢神。序中"谢雨"云云,即指此而言。这组词以朴素生动的笔触,描绘出农村的夏日风光,对受灾的农民表示同情和关怀。

求雨得雨,谢雨归来,心情是十分轻松愉快的,词人因此也有闲暇的心境去观赏周围农村的人情世态和风光景色。太守下乡,对当地的村民百姓来说也是非常新鲜的事,于是便有了"旋抹红妆看使君,三三五五棘篱门,相挨踏破茜罗裙"的场面。在这个场面里,可以显示出农村民风的淳朴可爱,农村少女的欢快活跃、自然真率。这对整日局促于官场的词人而言也是格外清新动人的。这就隐约地与尔虞我诈的官场形成对比。"老幼扶携收麦社,乌鸢翔舞赛神村。道逢醉叟卧黄昏",是词人所见的农村风光,画面上洋溢着丰收之后的欢快,一片百姓安居乐业、熙熙攘攘的快乐景象。今年的丰收,当然有词人求雨得雨的一份功劳。词人是在赏识自己努力的结果,是在赏识自我的政绩。所表现出来的还是政治上的一份自信。以这样的心境和眼光去观赏农村的风光人情,一切就被诗情画意化了。

"麻叶层层苘叶光"是目之所见,衬出时间已进入夏季。"谁家煮茧一村香"一句是从嗅觉方面写的,说明蚕茧成熟,正在煮茧抽丝。"一村香"不仅极富诗意,而且还反映出作者对农村生活十分熟悉并怀有深厚的感情。"隔篱娇语络丝娘"是从听觉方面来写的。"络丝娘"即纺织娘,其鸣声如轧轧的纺织声。这里用以代指缫丝的姑娘。因为是"隔篱",不见其人,只闻其"娇语"声声。上片三句分别从视觉、嗅觉、听觉三方面着笔,把农村中"耕""织"这两个主要方面都写到了。下片写灾情严重和作者对灾民的关怀。这次"谢雨",实际是对灾区的视察,作者自然要着眼于受灾情况,着眼于灾区人民的生活。作者首先看到的是"垂白杖藜抬醉眼",这是生活中的一个侧面,并非作者注目之所在。作者最关心的是分散在田里的农民,是"捋青捣麨软饥肠"的老百姓。捣麨,是把撸取(捋)下来的青麦炒干捣成粉。软,是充饥的意思。作者看到的是农民把青青的麦粒撸取下来,准备捣成粉末借以充饥。作为一州之长的苏轼,并不回避矛盾,他敢于正视旱灾造成的恶果。时当青黄不接,从"青"到"黄",还要经过一段时间。在这一段时间里,农民的饥苦是可想而知的,作者对此明察于心。但他仍止不住内心的焦急:"问言豆叶几时黄?"同情人民疾苦之情,跃然纸上。这首词更多地接触到农村的现实景况,苏轼也不是一味地盲目乐观。

不过,这一组词中还是以欢快的情绪为基调。"簌簌衣巾落枣花"一词,情绪再度转换过来。词人这里所写之景,并不是一般情况下通过视觉形象构成的统一的画面，而是通过传入耳帘的各种不同音响在词人意识的屏幕上折射出的一组连续不断的影像。词人在"谢雨道上"，经过长途跋涉，加之酒意未消，日高人困，不免有些倦意。突然"簌簌"之声传来耳际，并好像有什么东西敲打在身上和头巾上，词人一定神才意识到这是纷纷飘落的枣花。接着，耳边又传来"吱吱呀呀"的声响，越往前走响声越浓，从南、从北、从四面八方传来，原来这是词人熟悉的"缲车"声，村里百姓正在勤快地忙碌着。这时，一阵叫卖声传入耳鼓，定睛一看，原来是一位披着"牛衣"的农民坐在古老的柳树荫下，面前摆放着一堆黄瓜。三句专门由听觉折射到意识而构成的图景，很好地表现了这个季节农村的生活特点，质朴恬淡，引人入胜。下片写词人的感受和意识活动。"酒困路长惟欲睡"是对上片的补充。在结构上，这一句又是倒叙，说明上片三句之所以重在听觉，主要是因为酒意未消，路途遥远，人体困乏，故而写下来的仅仅是睡眼朦胧中听来的片断，并非是视觉构成的完整画面。"日高人渴"而随意"敲门野人家"，是词人口渴而急于觅水的意识活动，同时也反映了词人不拘小节、随遇而安的性格特征。这种性格恰好与乡村的朴实融合在一起。所以，词人写得真切，我们也读得亲切。

对农村生活有了如此真切亲近的认识之后，词人自然感觉到农村这种淳朴无华的生活方式更加适合自己，归隐之心油然而生。"软草平莎过雨新，轻沙走马路无尘"，清新可喜的景色对身处逆境的词人产生了无穷的诱惑力，"何时收拾耦耕身"的追问中包含未能"忘却营营"的自责。词人对乡村的喜爱已经无以复加，无论是"日暖"还是"风来"，从中词人领悟到"使君元是此中人"，自己本来就属于这个平静朴实的世界。

词人对农村生活的美化，就是对官场生活的否定，但仅仅限于牢骚而已，词人最终也是不能下决心归隐的。宋代文人士大夫"先忧后乐"的献身精神决定了苏轼必然地会在仕途上永远挣扎下去。

在苏轼以前的文人词中，偶尔也出现过以农村片断生活为题材的作品。如文人喜欢描述"渔父"的生活作为自己归隐的榜样，其中就不乏农村生活的场景。张志和《渔歌子》说："西塞山前白鹭飞，桃花流水鳜鱼肥。青箬笠，绿蓑衣，和风细雨不须归。"所描摹的就是水乡渔村的景色。但是像苏轼这样以组词的形式，多方面描绘农村生活的画面，把农民、村姑作为主要描写对象，并且敢于揭示农村的贫困一面，这在扩展词的题材方面，无疑是一重要贡献。

第三，苏轼词揭示了复杂的内心世界。广义地说，任何文学作品都可以算作是作者内心世界的一种反映，而这里所说的"内心世界"，则主要是指苏轼的词扩大了反映内心世界的范围。他的词已不再局限于伤春伤别与离情相思，而是抒写了个人的政治理想、人生态度、内心的苦闷和思想上的矛盾。千百年之后，仍可以想见其人。苏轼通过自己的创作，进一步发挥了词的抒情功能与社会功能。在苏轼以前，由于词的题材与内容的大同小异，形式、句法、口吻、声情差异有限，尽管词人们在艺术上有不同的贡献，但多数词人的艺术个性却表现得不够深刻，不甚鲜明。某些艺术风格相近的词人作品，竟相互混淆，至今尚无法辨明。苏轼的词则与此不同了。他的词里不仅跃动着一个活泼的生命，而且这个生命的性格面貌是十分清晰的，即使把它混杂在别人的作品里，也能够把它识别出来。如《定风波》：

莫听穿林打叶声，何妨吟啸且徐行。竹杖芒鞋轻胜马，谁怕！一蓑烟雨任平生。　料峭春风吹酒醒，微冷，山头斜照却相迎。回首向来萧瑟处，归去，也无风雨也无晴。

　　这首词写于被贬黄州时期，词前有一小序云："三月七日，沙湖道中遇雨，雨具先去，同行皆狼狈，余独不觉。已而遂晴，故作此。"从序中的介绍来看，这首词写的不过是途中遇雨时所持的态度和所得的感受，然而，词人是在借此表露自己的人生态度，展示自己的宽阔胸襟。面对突如其来的风雨，由于"雨具先去"，同行者皆不堪，可以想见他们通身湿透、急匆匆寻找避雨处所的"狼狈"相。而苏轼却是另一番气度：他在风雨之中"竹杖芒鞋""吟啸徐行"，另得一番乐趣。骤雨泼身，可以置之度外；"穿林打叶"之声，可以充耳不闻。自然界的风风雨雨是再正常不过的了，遇上了只需坦然对待。仕途与人生旅途中也免不了有坎坎坷坷，有了这种坦然的态度就能安之若素。词人"谁怕"之反诘与"一蓑烟雨任平生"之宣言，决不是故作姿态，那是词人奉行的人生准则且落实于行动。谪居黄州期间，词人不断地发现日常生活中的美好可爱之处。词人说："长江绕郭知鱼美，好竹连山觉笋香。"（《初到黄州》）并描述自己此时的生活方式与态度说："先生食饱无一事，散步逍遥自扪腹。不问人家与僧舍，拄杖敲门看修竹。"（《寓居定慧院之东，杂花满山，有海棠一株，土人不知贵也》）直到晚年再遭重大打击，谪居岭南、海南，诗人还是乐观地说："日啖荔枝三百颗，不妨长做岭南人。"（《惠州一绝》）"报道先生春睡美，道人轻打五更钟。"（《纵笔》）《定风波》

表面上是写词人对待风雨的态度，实际上反映了词人在政治风雨中的坦然与放达。词人被贬期间，形同罪犯，而他却能把失意置之度外，寄希望于未来："山头斜照却相迎"。"春风"吹面，既吹醒了酒意，又吹散了风雨，"山头斜照"再次露出笑脸。自然界如此，人生旅途何尝不是这样？只要坦然相对，没有什么过不去的难关。词人所期望的未来果然出现在现实之中："回首向来萧瑟处，归去，也无风雨也无晴。"雨过天晴，回首往事，这些挫折坎坷都算不了什么。这首词充分反映了作者的胸襟和气度，他能够在逆境中保持乐观情绪，解脱苦闷，充分表现出豪爽开朗的性格。这样的词在苏轼以前是没有谁能写得出来的。

与此相类似的作品还有《西江月》：

照野瀰瀰浅浪，横空隐隐层霄。障泥未解玉骢骄，我欲醉眠芳草。　　可惜一溪风月，莫教踏碎琼瑶。解鞍欹枕绿杨桥，杜宇一声春晓。

这首词与前词作于同一时期，小序中说："顷在黄州，春夜行蕲水中，过酒家饮。酒醉，乘月至一溪桥上，解鞍曲肱，醉卧少休。及觉已晓，乱山攒拥，流水锵然，疑非尘世也。书此数语桥柱上。"词写作者夜饮后醉卧溪桥之上的生活片断。酒家夜饮归来，月色明媚，醉意朦胧，这是让人淡忘尘世烦忧、全身心融入大自然的最好时机。所以，上片词人突出月夜景色之美：水面细浪涟漪，"横空"依稀云朵，在月光的笼罩下，词人被包围在这清新明丽的银色世界中。此景此情，词人当然难以割舍，漫步游览之不足，干脆"解鞍欹枕绿杨桥"，物我两忘。词中着力于抒写醒后的内心感受。作者留恋水色山光，沉浸于一个莹澈清明、安恬静穆的大千世界，反映了词人被贬黄州时期复杂内心世界的一个侧面，这反过来是对贬谪的一种抗争与抗议，性格是很鲜明的。

谪居黄州，是词人生平所遭受的第一次重大打击，词人的内心世界与情感有了很大的改变。词人虽然能够豁然对待荣辱得失，但是，对现实的不满情绪更加强烈，要求摆脱尘世烦扰、去过潇洒隐逸生活的愿望便时时浮现在脑际。《临江仙》说：

夜饮东坡醒复醉，归来仿佛三更。家童鼻息已雷鸣。敲门都不应，倚杖听江声。　　长恨此身非我有，何时忘却营营？夜阑风静縠纹平。小舟从此逝，江海寄余生。

再度夜饮归来，这已经成为词人日常生活表中的一个不可或缺的部分。上片写醉后归来情景。夜饮之"醒复醉"与"归来仿佛三更"，可以明显看出词人是在借饮酒逃避现实，忘却贬谪之痛苦。词人抓住日常生活中的一个偶然事件："家童鼻息已雷鸣，敲门都不应"，词人不是因此愤怒生气，正好将满肚子的愤恨发泄在"家童"身上；也没有焦灼不安，敲门不休。而是"倚杖"江边，静候家童醒来。有了这样宁静恬淡的心胸，词人于是就能从浩荡的江声中体会时间、空间以及人生的意义。这种感悟与体会，只可意会，难以言传。下片就是这种"意会"的生发，是写从"江声"中所得的体验和感慨。长江浩荡东流，无拘无束，这是多么令人羡慕的境界呀！词人感悟到只有摆脱名利的束缚，做到像江水一样的畅快自在，才能真正主宰自己的命运，并获得精神上的自由。面对"夜阑风静縠纹平"之景色，"小舟从此逝，江海寄余生"的愿望就再也压抑不住了。叶梦得《避暑录话》卷二载有关趣事说：苏轼"与客饮江上，夜归，江面际天，风露浩然,有当其意者。乃作歌词,所谓'夜阑风静縠纹平。小舟从此逝,江海寄余生'者,与客大歌数过而散。翌日喧传子瞻夜作此词,挂冠服江边,挈舟长啸去矣。郡守徐君猷闻之,惊且惧,以为州失罪人。急命驾往谒,则子瞻鼻鼾如雷犹未醒。然此语卒传之京师,虽裕陵亦闻而疑之。"苏轼这种心态表现之频繁、强烈,郡守与皇帝也要"闻而疑之"。这首词充分反映出作者在逆境中所采取的佛老的处世哲学。这种处世哲学有逃避现实的消极倾向,正如词所写:不如驾一叶扁舟,遨游江海,以终此有生之年。但同时,也使得苏轼在逆境之中保持理智与冷静的态度,坚持自己的人格与操守,坚持对人生、对美好事物的追求。苏轼遨游赤壁之时,面对"江上之清风与山间之明月",发出"天地之间,物各有主,苟非吾之所有,虽一毫而莫取"的感叹,何尝不是这种心境的表露?

失意而求归隐,成为苏轼贬谪期间的一个经常性的主题。《满庭芳》高唱:"归去来兮,吾归何处?万里家在岷峨。百年强半,来日苦多。坐见黄州再闰,儿童尽、楚语吴歌。山中友,鸡豚酒社,相劝东坡老。"因此劝弟弟子由也早做退隐的打算:"岁云暮,须早计,要褐裘。故乡归去千里,佳处辄迟留。我醉歌时君和,醉倒须君扶我,惟酒可忘忧。"(《水调歌头》)这种思想上的矛盾在他黄州时期所写的作品中有充分的、多方面的反映。如《卜算子·黄州定惠院寓居作》:

缺月挂疏桐,漏断人初静。时见幽人独往来,缥缈孤鸿影。　　惊起却回头,有恨无人省。拣尽寒枝不肯栖,寂寞沙洲冷。

这是一首咏物词。词中的"孤鸿",实际上也就是词人的自我形象：它傲岸不羁，又孤寂独处，这正是词人性格的写照。在冷落凄静的夜晚，唯有"孤鸿"与"幽人"相对，"孤鸿"之"有恨无人醒"与拣枝而栖，正是词人的现实处境以及对付现实的孤高态度。词中还反映了词人进不苟合、退不甘心的思想矛盾。词语虽然过分简断，但"孤鸿"的形象却鲜明突出。咏物，实际也就是在写人，写词人自己，写他自己的内心世界。黄庭坚评此词说："语意高妙，似非吃烟火食人语。非胸中有万卷书，笔下无一点尘俗气，孰能至此！"(《跋东坡乐府》)陈廷焯评此词也说："寓意高远，运笔空灵，措语忠厚，是坡仙独至处，美成、白石亦不能到也。"(《词则·大雅集》)在《敦煌曲子词》、唐五代词以及宋初词人作品中，虽也有少量咏物之作，但大都停留在设譬与小有寄托的水平之上，借物咏怀、寄慨遥深的作品，十分少见。苏轼的咏物词把内容与艺术技巧大大向前提高一步，为南宋咏物词的发展打下了良好的基础。苏轼咏物的名篇除这首《卜算子》以外，还有咏杨花的《水龙吟·次韵章质夫杨花词》。

在黄州期间，苏轼并不是一味地消沉，或要求摆脱尘世，他也经常自我鼓励，振作精神，力图再得宏图施展之机会。《浣溪沙》说：

山下兰芽短浸溪，松间沙路净无泥。萧萧暮雨子规啼。　　谁道人生无再少？门前流水尚能西。休将白发唱黄鸡！

词前小序说："游蕲水清泉寺，寺临兰溪，溪水西流。"作词的时间与前几首词差不多，情绪则有很大的不同。苏轼的思想一直是十分矛盾的。人生遭受挫折，任何人都会有所怨言、产生隐退想法。但北宋时代所赋予文人士大夫特有的社会责任感又使他们不甘心消沉、隐退，这在苏轼身上表现得非常典型。所以，他以坦然、豁达的心胸对待挫折打击，其根本原因是鼓励自己在逆境中保持朝气，不被挫折击垮，坚信自己终能施展才华，报国报民。当词人置身于山水之间，山下溪水欢快地奔流着，兰芽丛生，生机盎然，词人呼吸着雨后清新的空气，聆听着松树林里传来的杜鹃美妙的啼鸣声，词人便从大自然的万千气象中领悟到万物生生不息的真谛，个人的信心就立即被激发出来。"谁道人生无再少，门前流水尚能西"的豪迈宣言，是永远自强不息精神的体现，是对个人以及社会前途的坚定信念。这只能产生于北宋士大夫的笔下。而苏轼则以词这一崭新的形式加以表现。

第四，苏轼词诉说了真挚的亲朋情感。宋词因流行于花前月下杯酒之间，传唱于"十七八"歌妓之口，虽然以诉说情感见长，但所抒发的大都是文人或士大夫与歌儿舞女之间的游戏之情，往往是在一种逢场作戏的态度支配下创作出来的。与家人、与友人等比较真挚、庄重的情感，几乎很少入词，苏轼之前只有欧阳修等大词人才偶尔为之。到了苏轼笔下，却变得十分通常，处处可见。苏轼一生兄弟情笃，苏辙是他在词中经常抒发思念之情的一个对象。除了人们熟悉的《水调歌头·明月几时有》以外，《木兰花令》说：

梧桐叶上三更雨，惊破梦魂无觅处。夜凉枕簟已知秋，更听寒蛩促机杼。　梦中历历来时路，犹在江亭醉歌舞。尊前必有问君人，为道别来心与绪。

词前小序告诉读者：这是苏轼旅途中"闻夜雨"思念弟弟

与友人所作。词借用传统的悲秋思人手法，传达对弟弟与友人的一片深情。温庭筠《更漏子》说："梧桐树，三更雨，不道离情正苦。一叶叶，一声声，空阶滴到明。"苏词上片从此化出。被雨打梧桐声惊回之后，"梦魂无觅""枕簟"夜凉，再加上凄切的寒蛩与机杼声，离愁别绪更加令人不堪忍受。下片回顾梦境，依然是"江亭醉歌舞"之送别与越行越远之"来时路"。思念不已，只能去咀嚼回味梦境以寄托情思。那么，自然"尊前"要时时问及，并"为道别来心与绪"了。

《沁园春》则是赴密州任旅途中寄子由之作，词云：

> 孤馆灯青，野店鸡号，旅枕梦残。渐月华收练，晨霜耿耿，云山摛锦，朝露漙漙。世路无穷，劳生有限，似此区区长鲜欢。微吟罢，凭征鞍无语，往事千端。
>
> 当时共客长安，似二陆初来俱少年。有笔头千字，胸中万卷，致君尧舜，此事何难？用舍由时，行藏在我，袖手何妨闲处看。身长健，但优游卒岁，且斗尊前。

词人要求调到离苏辙较近的地方任职，获同意以后赴密州任。一路风尘仆仆，为的就是早日见到弟弟。所以，词人在"灯青""鸡号"之时便晨起早行，披寒冒霜。旅途寂寥漫长，唯有回想"往事"、思念子由方能消磨时光。词人以西晋陆机、陆云兄弟二人自比，可见当年名满京城、踌躇满志之情景。兄弟二人都有"致君尧舜"的宏伟志向，也有挥毫万字的才气，并有"此事何难"的信心。只不过不得所用，只能"优游卒岁，且斗尊前"。词中依然充满着"用舍行藏"的矛盾。

苏轼送别友人、怀念友人的词作也充满着真情实意。《临江仙》说："凭将清泪洒江阳，故山知好在，孤客自悲凉。"能够充分体会友人登程独行的孤寂与凄苦的心境。《南乡子》说："回首乱山横,不见居人只见城。谁似临平山上塔,亭亭,迎客西来送客行。"借"山上塔"抒发自己拳拳情谊,婉转情深。《浣溪沙》说:"门外东风雪洒裾,山头回首望三吴。不应弹铗为无鱼。"对友人的牵挂之情洋溢于言表。

第五,苏轼词展现了清新秀丽的水色山光。苏轼豁达的心胸也得自于湖山。每到一地,苏轼总是兴致勃勃地游览山水,陶醉其间,物我两忘。苏轼咏杭州美景的如"欲把西湖比西子,淡妆浓抹总相宜"(《饮湖上初晴后雨》)等诗篇已经脍炙人口,在词中也有出色的描写,《虞美人》说:

湖山信是东南美,一望弥千里。使君能得几回来?便使尊前醉倒、且徘徊。　沙河塘里灯初上,《水调》谁家唱?夜阑风静欲归时,惟有一江明月、碧琉璃。

词为杭州友人所作,写出了杭州城的秀美、繁华。上片没有直接写景,而是通过叙述、议论侧面烘托。柳永以"东南形胜"描述杭州,苏轼一开篇也肯定杭州湖山美冠东南,以至友人陶醉其间,流连忘返。下片转入景色的具体描摹。杭州城富丽繁华异常,甚至夜幕降临之后,灯火通明,歌声悠扬。明田汝成《西湖游览志余》载:"沙河宋时居民甚盛,碧瓦红檐,歌管不绝。"沙河,即沙塘河。夜深寂静之时,则"一江明月",清碧琉璃,另有一番情趣。

词人谪居失意期间,更加寄情于山水。《鹧鸪天》作于黄州,词说:

林断山明竹隐墙,乱蝉衰草小池塘。翻空白鸟时时见,照水红蕖细细香。　村舍外,古城旁,杖藜徐步转斜阳。殷勤昨夜三更雨,又得浮生一日凉。

词人拄杖漫步村舍古城,景致荒凉,周围都是"乱蝉衰草",但是,词人依然能发现"林断山明竹隐墙"的别致景色,仰视则是"翻空白鸟",俯看则是"照水红蕖",色彩相宜,动静相配,再加上雨后清新的空气,词人同样能够怡然自得。结句化用唐李涉《题鹤林寺僧舍》"又得浮生半日闲",表现自己从自然景色中所获得的愉悦。

此外,苏轼在词中有咏仙者,《水龙吟》上片说:"赤城居士,龙蟠凤举。清净无为,坐忘遗照,八篇奇语。"下片进一步写自己的羡慕心情:"临江一见,谪仙风采,无言心许。八表神游,浩然相对,酒酣箕踞。待垂天赋就,骑鲸路稳,约相将去。"有隐括前人诗篇诗意者,如《水调歌头·昵昵儿女语》隐括韩愈的《听颖师弹琴》,《哨遍》隐括陶渊明《归去来辞》;有以词说禅说理者,如《如梦令》说:"水垢何曾相受,细看两俱无有。寄语揩背人,尽日劳君挥肘。轻手,轻手,居士本来无垢。"词人"无垢"的是内心世界,小词借沐浴一事喻明此理。又如《临江仙》说:"人生如逆旅,我亦是行人。""此身是传舍,何处是吾乡?"都是借题发挥的说理议论。又有咏叹历史沧桑巨变者,《念奴娇》感慨赤壁历史古迹,流传甚广。刘熙载《艺概·词曲概》说:"东坡词颇似老杜诗,以其无意不可入,无事不可言也。"也就是说,苏轼词扩大了反映生活的领域。在苏轼现存三百余首词里,诸如咏史、游仙、悼亡、惜别、登临、宴赏,此外,山河风貌、田园风光、参禅悟道、哲理探讨等,几乎无所不写,无所不包。经过苏轼的创作,人们才真正看到词可以反映广阔的生活内容。也正是通过苏轼的创作，才开始摧毁词为艳科的狭小樊篱，改变了词为"诗余"、诗高"词卑"的传统偏见。苏轼对词题材与内容的拓展是空前绝后的。只有南宋的辛弃疾，在新的时代精神与社会因素的激荡下，在这方面所做出的贡献方可与东坡媲美。

其次，以诗的风格和意境入词。苏轼在词史上的另一不可磨灭功绩便是拓宽了词的意境，改变了词的风格，使词与诗气脉相通。前人曾多次总结苏轼这方面的功绩，称其创立了"豪放"词派。所谓"豪放"是针对"婉约"而言的。"婉约""豪放"之分，最早始自明人张綖。清人王又华在《古今词论》中说："张世文（即张綖）曰：词体大略有二：一婉约，一豪放。盖词情蕴藉、气象恢弘之谓耳。……如少游多婉约，东坡多豪放，东坡称少游为今之词手，大抵以婉约为正也。"明代的徐师曾在《文体明辨序说·诗余》中据此做进一步的概括："有婉约者，有豪放者。婉约者欲其辞情蕴藉，豪放者欲其气象恢弘。"苏轼本人也标举过"豪放"的风格。他在《答陈季常书》中说："又惠新词，句句警拔，诗人之雄，非小词也。但豪放太过，恐造物者不容人如此快活，一枕无碍睡，辄亦得之耳。"（《东坡续集》卷五）宋人对苏轼词的新风貌早有敏锐地觉察。俞文豹《吹剑录》所载东坡"幕下士"之言柳永词须"十七八女孩儿"演唱、东坡词须"关西大汉"高歌，便道出个中因由。这里尽管没有标举"豪放"与"婉约"，然而对比两种风格迥异词风的意图十分明显。"豪放"与"婉约"只是对北宋词风格一种粗线条的划分，还不能包括所有的词风（包括苏轼自己的词在内），但就广义的角度来讲，以"豪放""婉约"来区分北宋词坛的两大不同词风，还是符合创作实际与历史实际的。

沿着这条线索看后人词创作之走向,同样能明了苏轼在词坛上的卓越贡献。

苏轼词风的转变,首先是由于歌词抒情模式的转移。苏轼拓展词境之作,都是以自我为抒情主体的,彻底改变了前人"代言"的方式。苏轼奔放之情怀、雄伟之志向都能在词中一一得以表现。与苏轼宽阔心胸、坦荡襟怀相映衬,词中出现的景物也都显得气象宏大,气魄非凡。由于苏轼个人独特的审美趣好,所取之景多为清新明丽者,于是,清雄旷达便成为苏轼豪放词的典型特征。苏轼现存三百余首词里,属于这一类清雄旷达之豪放者,大约有四十余首。前介绍苏轼词内容与题材之扩大时所引的词,都不同程度地具有这样的审美特点。最能代表苏轼独特风貌的作品,当数《念奴娇·赤壁怀古》:

> 大江东去,浪淘尽、千古风流人物。故垒西边,人道是,三国周郎赤壁。乱石穿空,惊涛拍岸,卷起千堆雪。江山如画,一时多少豪杰。　　遥想公瑾当年,小乔初嫁了,雄姿英发。羽扇纶巾,谈笑间,樯橹灰飞烟灭。故国神游,多情应笑我,早生华发。人间如梦,一尊还酹江月。

这首词写于宋神宗元丰五年(1082)七月。当时作者已47岁,被贬为黄州团练副使已两年多了。词人在政治上遭到了"乌台诗案"的严重打击,思想异常苦闷,因此,他常常在登山临水和凭吊古迹之中来寻求解脱。但是,他不可能完全忘情政治,有时因外界事物的刺激和诱发,他便无法保持内心暂时的平静。他的热情,他的理想,他的牢骚与不平,往往要通过文学这一喷火口,火山爆发式地喷薄而出。他的著名散文前后《赤壁赋》以及其他许多著名诗词就是这种思想感情冲击下的产物。《念奴娇》正是这一时期传诵最广的名篇，也是苏轼词中的代表作。

这首词描绘了赤壁附近的壮阔景物，通过对古代英雄人物的赞美，抒发了词人的理想抱负以及老大无为的感叹。上片写景，由景入情，引出对古代英雄的怀念。开篇"大江东去"二句，大气包举，笼罩全篇，反映出词的主导思想：历史上的"风流人物"都免不了要被浪花"淘尽"，更何况无声无息的碌碌凡夫！无穷的兴亡感慨由此生发。次二句以精炼的笔墨点出时代、人物、地点，为英雄人物的出场做好铺垫。"人道是"三字，既烘托出古代战场家喻户晓、世代相传的声名，同时又暗中交代这个"赤壁"并非当年真正鏖战之地，只是人们的传说而已。"乱石穿空"三句是词人目击之奇险风光，惊心动魄：穿空的乱石、拍岸的惊涛、如雪的浪花，都似乎是在向后代显示着当时的威烈，诉说着当年"风流人物"所建树的丰功伟绩。这三句，有仰视、俯视之所见，有远景、近景之交叉，有色彩，有涛声。全词只这三句正面描写赤壁景色，但却写得意态纵横，精神饱满，古战场的声势被和盘托出，渗透到全篇的每一角落，只待人物出场了。"江山如画"两句，一笔收束，总上启下，自然地由古代战场过渡到古代英雄人物。

下片可分两段。从"遥想"到"灰飞烟灭"，刻画周瑜少年英俊，从容对敌的雄姿，抒写作者赞佩与向往之情。"遥想"二字坚承"周郎赤壁"与"多少豪杰"，过渡巧妙自然。词人抓住儒雅名将周瑜的某些具有典型性的性格行为特征，"小乔初嫁"以衬托其"雄姿英发"，"羽扇纶巾"以表现其举止风雅，"谈笑间"以显示其谋略智慧，寥寥几笔，就把人物写得栩栩如生。从"故国神游"到结尾是又一层。这五句既表现出作者对理想境界的"神游",又反映出作者对人生所持的虚无态度。就全篇而言,贯穿始终的并不是"人间如梦",而是对"风流人物"的赞美,对远大理想的追求,以及因政治失意而产生的牢骚和愤慨。瑰丽雄奇的自然风光,雄姿英发的英雄人物,对人生理想的追求,这三者有机地交织在一起,从而构成这首词高旷豪迈的风格。它那永世不衰的、激动人心的艺术力量也就产生在这里。

这首词艺术上最突出的特点之一,便是它创造性地刻画了历史上的英雄人物,把登临怀古词推进到一个新的水平。在此之前,词作为一种新兴的文体,主要是用来描写男女风情及羁旅闲愁的。柳永词在内容上已有所扩展,但幅度有限。王安石的《桂枝香·登临送目》气势恢宏,格局开张,是北宋词坛上不可多得的名篇,但在构思上仍限于吊古伤今。苏轼在此基础上,把一般的吊古伤今提高为对历史上英雄人物的唱叹与赞美。此词之所以为高,原因正在这里。《念奴娇》艺术上的另一特点,便是发展了情景兼融这一传统艺术手法。作者从眼前的自然风光起笔,引出历史人物,抒发个人感慨,险奇壮丽的赤壁风光成为词人追慕古代英雄人物、抒发个人豪情的有力烘托,自然山水、历史人物、个人感慨三者交织在一起,并以抒写词人的理想抱负与老大无为的感慨为核心。词中描摹江山如画,渲染周瑜的功绩,都是为了使这一感慨表现得深沉、悠长而又具体。这首词另一特点,便是语言精炼而有特色,用墨不多而形象却异常鲜明。写景:"大江东去""乱石穿空,惊涛拍岸,卷起千堆雪"。滚滚长江,波涛汹涌,赤壁矶头,山势险峻。在此背景里出场的历史人物却是"小乔初嫁了,雄姿英发。羽扇纶巾,谈笑间,樯橹灰飞烟灭"。看,当年的周郎何等风流儒雅,从容不迫,料敌如神。

凡此种种，均有效地增强了这首词雄奇的意境与豪迈的风格。无怪被后人叹为"古今绝唱"了。

比《念奴娇》写得略早一些的《水调歌头》，是中秋之夜咏月兼怀念弟弟子由之作，同样被人们认为是苏轼词中的杰作：

明月几时有？把酒问青天。不知天上宫阙，今夕是何年？我欲乘风归去，又恐琼楼玉宇，高处不胜寒。起舞弄清影，何似在人间！转朱阁，低绮户，照无眠。不应有恨，何事长向别时圆？人有悲欢离合，月有阴晴圆缺，此事古难全。但愿人长久，千里共婵娟。

这首词是宋神宗熙宁九年（1076）中秋作者在密州时所作。这一时期，苏轼因为与当权的变法者王安石等人政见不同，自求外放，辗转在各地为官。他曾经要求调任到离苏辙较近的地方为官，以求兄弟多多聚会。到密州后，这一愿望仍无法实现。这一年的中秋，皓月当空，银辉遍地，与胞弟苏辙分别之后，转眼已七年未得团聚了。此刻，词人面对一轮明月，心潮起伏，于是乘酒兴正酣，挥笔写下了这首名篇。词前的小序交代了写词的过程："丙辰中秋，欢饮达旦，大醉。作此篇兼怀子由。"很明显，这首词反映了作者复杂而又矛盾的思想感情。一方面，说明作者怀有远大的政治抱负，当时虽已41岁，并且身处远离京都的密州，政治上很不得意，但他对现实、对理想仍充满了信心；另方面，由于政治失意，理想不能实现，才能不得施展，因而对现实产生一种强烈的不满，滋长了消极避世的思想感情。不过，贯穿始终的却是词中所表现出的那种热爱生活与积极向上的乐观精神。

在大自然的景物中，月亮是很有浪漫色彩的，她很容易启发人们的艺术联想。一钩新月，可联想到初生的萌芽事物；一轮满月，可联想到美好的团圆生活；月亮的皎洁，让人联想到光明磊落的人格。在月亮这一意象上集中了人类多少美好的憧憬与理想！苏轼是一位性格豪放、气质浪漫的诗人，当他抬头遥望中秋明月时，其思想情感犹如长上了翅膀，天上人间自由翱翔。

上片写中秋赏月，因月而引发出对天上仙境的奇想。起句奇崛异常，词人用李白"青天有月来几时，我今停杯一问之"（《把酒问月》）诗意，用一问句把读者引入时间、空间这一带有哲理意味的广阔世界。词人的提问，似乎是在追溯明月的起源、宇宙的伊始，又好像是在赞叹中秋的美景、造化的巧妙。其中蕴涵了词人对明月的赞美和向往之情。作者之所以要化用李白诗意，一是李白的咏月诗流传甚广，二是苏轼经常以李白自比，这里也暗含此意。李诗语气比较舒缓，苏词改成设问句以后，便显得峭拔突兀。苏轼将青天作为朋友，把酒相问，显示了豪放的性格与不凡的气魄。"不知"二句承前设疑，引导读者对宇宙人生这一类大问题进行思考。"天上宫阙"承"明月"，"今夕是何年"承"几时有"，针线细密。继续设疑，也将对明月的赞美向往之情推进了一层。设问、思考而又不得其解，于是又产生了"我欲乘风归去"的遐想。李白被称为"谪仙"，苏轼也被人称之为"坡仙"。词人至此突发奇想，打算回到"天上"老家，一探这时空千古奥秘。苏轼生平自视甚高，以"谪仙"自居，所以他当然能御风回家，看看人间"今夕"又是天上的何年？仙境是否胜过人间？词人之所以有这种脱离人世、超越自然的奇想，一方面来自他对宇宙奥秘的好奇，另一方面更主要的是来自对现实人间的不满。人世间有如此多的不称心、不满意之事，迫使词人幻想摆脱这烦恼人世，到琼楼玉宇中去过逍遥自在的神仙生活。苏轼后来贬官到黄州，时时有类似的奇想，所谓"小舟从此逝，江海寄余生"，以及《前赤壁赋》描写自己在月下泛舟时那种飘然欲仙的感觉，皆产生于共同的思想基础。然而，在词中这仅仅是一种打算，未及展开，便被另一种相反的思想打断："又恐琼楼玉宇，高处不胜寒"。这两句急转直下，天上的"琼楼玉宇"虽然富丽堂皇，美好非凡，但那里高寒难耐，不可久居。词人故意找出天上的美中不足，来坚定自己留在人间的决心。一正一反，更表露出词人对人间生活的热爱。同时，这里依然在写中秋月景，读者可以体会到月亮的美好，以及月光的寒气逼人。这一转折，写出词人既留恋人间又向往天上的矛盾心理。这种矛盾能够更深刻地说明词人留恋人世、热爱生活的思想感情，显示了词人开阔的心胸与超远的志向，因此为歌词带来一种旷达的作风。"高处不胜寒"并非作者不愿归去的根本原因，"起舞弄清影，何似在人间"才是根本之所在。与其飞往高寒的月宫，还不如留在人间，在月光下起舞，最起码还可以与自己清影为伴。从"我欲"到"又恐"至"何似"的心理转折开阖中，展示了苏轼情感的波澜起伏。他终于从幻觉回到现实，在出世与入世的矛盾纠葛中，入世思想最终占了上风。"何似在人间"是毫无疑问的肯定，雄健的笔力显示了情感的强烈。

下片写望月怀人，即兼怀子由，同时感念人生的离合无常。换头由中秋的圆月联想到人间的离别。夜深月移，月光穿过"朱阁"，照近"绮户"，照到了房中迟迟未能入睡之人。这里既指自己怀念弟弟的深情，又可以泛指那些中秋佳节因不能与亲人团圆以至难以入眠的一切离人。月圆人不圆是多么令人遗憾啊！词人便无理埋怨圆月："不应有恨，何事长向别时圆？"相形之下,更加重了离人的愁苦了。无理的语气进一步衬托出词人思念胞弟的手足深情,同时又含蓄地表示了对不幸离人的同情。词人毕竟是旷达的,他随即想到月亮也是无辜的,便转而为明月开脱:"人有悲欢离合,月有阴晴圆缺,此事古难全。"既然如此,又何必为暂时的离别而忧伤呢?这三句从人到月、从古到今做了高度的概括。从语气上,好像是代明月回答前面的提问;从结构上,又是推开一层,从人、月对立过渡到人、月融合。为月亮开脱,实质上还是为了强调对人事的达观,同时寄托对未来的希望。因为,月有圆时,人也有相聚之时。故结尾"但愿"便推出了美好的祝愿。"但愿人长久"是要突破时间的局限,"千里共婵娟"是要突破空间的阻隔,让对明月共同的爱把彼此分离的人结合在一起。这两句并非一般的自慰和共勉,而是表现了作者处理时间、空间以及人生这样一些重大问题所持的态度,充分显示出词人精神境界的丰富博大。张九龄《望月怀远》说:"海上生明月,天涯共此时。"许浑《秋霁寄远》说:"唯应待明月,千里与君同。"苏轼就是把前人的诗意化解到自己的作品中,熔铸成对天下离人的共同美好祝愿。

全词设景清丽雄阔,如月光下广袤的清寒世界,天上、人间来回驰骋的开阔空间。将此背景与词人超越一己之喜乐哀愁的豁达胸襟、乐观情调相结合,便典型地体现出苏词清雄旷达的风格。

《念奴娇》与《水调歌头》内容和题材虽有所不同,但意境却同样神奇壮美,风格也同样豪迈奔放。这样的词在苏轼现存词集中还可以举出不少。如《水调歌头·黄州快哉亭赠张偓佺》:

  落日绣帘卷,亭下水连空。知君为我新作,窗户湿青红。长记平山堂上,倚枕江南烟雨,渺渺没孤鸿。认得醉翁语,山色有无中。　一千顷,都镜净,倒碧峰。忽然浪起掀舞,一叶白头翁。堪笑兰台公子,未解庄生天籁,刚道有雌雄。一点浩然气,千里快哉风。

快哉亭在黄州临皋,下临长江,江天景色,一览无遗。这首词以精炼的语言描绘壮丽的水色山光。当整个大自然处于风平浪静之时,千里碧波,莹澈如镜,两岸青山,倒映入水,优美如画。词人由此追忆起昔日在扬州平山堂所见的江南景色以及出现在欧阳修笔下的壮丽风光,用联想的方式渲染眼前的美景。然而,长江的风平浪静毕竟是暂时的现象。突然,狂风乍起,林木怒吼,山雨欲来,白浪滔天。此刻,一叶扁舟浮沉于浪涛之上,满头银发的渔翁,手把船桨,疾行如飞。有见于此,词人的心潮澎湃,豪兴满怀。他很自然地联想到宋玉的《风赋》,于是便加以批判。宋玉不懂庄子"天籁"的道理,硬说风有雌雄之分。君王之风是雄风,宁体便人;庶民之风是雌风,致病造热。而苏轼的看法却与此不同,他认为,只要人胸中豪气长存,长风千里就会使人感到淋漓痛快,而不会害人。苏轼之所以把张偓佺刚刚筑成的亭子命名为"快哉亭",其原因也正在这里。

苏轼又有《念奴娇》咏中秋,意境与《水调歌头》近似,词云:

凭高眺远,见长空万里,云留无迹。桂魄飞来光射处,冷浸一天秋碧。玉宇琼楼,乘鸾来去,人在清凉国。江山如画,望中烟树历历。

我醉拍手狂歌,举杯邀月,对影成三客。起舞徘徊风露下,今夕不知何夕?便欲乘风,翻然归去,何用骑鹏翼。水晶宫里,一声吹断横笛。

中秋开阔的夜空,万里无云,长空浩浩,冷光相射,如置身琼楼玉宇,如在清凉国。对此美景,词人举杯邀月,醉饮起舞,拍手狂歌。中秋夜的清旷与词人的狂放融为一体。词人赞美月夜壮丽的景色,向往月宫超脱尘俗的生活,对现实的不平与愤懑隐约可见。

由上可见,苏轼词的清雄旷达的风格,在通常情况下,总是和词中壮美的意境完美结合在一起的。拍岸的江水、穿空的怪石、挺拔的大树、浩瀚的夜空等等,这一类景色随处可见。如"江汉西来,高楼下、蒲萄深碧。犹自带、岷峨雪浪,锦江春色"(《满江红》);"雪浪摇空千顷白,觉来满眼是庐山,倚天无数开青壁"(《归朝欢》);"有情风、万里卷潮来,无情送潮归。问钱塘江上,西兴浦口,几度斜晖"(《八声甘州》)。这一类清奇雄健的自然景物,又往往被词人放在运动和变化之中来加以描绘,于是便给读者以强烈的感受。从人物与人世方面来看,苏轼词的清雄旷达的风格,又总是和羽扇纶巾的风流人物、挽雕弓如满月的壮士、把酒问月的诗人、乘风破浪的渔父等形象紧密结合在一起的,从而鲜明地表现出词人的理想抱负与乐观进取、积极用世的精神。除上面所列举的以外,《南乡子》说:"旌旆满江湖,诏发楼船万舳舻。投笔将军应笑我,迂儒。帕首腰刀是丈夫。"《瑞鹧鸪》说:"碧山影里小红旗,侬是江南踏浪儿。拍手欲嘲山简醉,齐声争唱浪婆词。"《浣溪沙》说:"上殿云霄生羽翼,论兵齿颊带风霜,归来衫袖有天香。"这些,都是苏轼同时代其他词人作品中很少见的。苏轼的创新精神恰恰表现在这里。这样的词,明显地跳出了"香而弱"与"艳而软"的陈旧的圈子，呈现出一种全新的面貌。

苏轼具有清雄旷达作风的词作在他传今作品中虽然所占的比例只是少数，但因其全新的风貌而引起广泛的注意。无论是当时的批评者还是后来的称颂者，都将主要注意力集中在这一小部分的作品之上，而相对地忽略了苏轼的婉约词作。所以，苏轼这一类具有阳刚之美的词作便在词坛上产生了深远的影响，以至成为豪放派的开山鼻祖。

在现存的苏轼词中，仍然以委婉言情、风格优美的作品占据大多数。这类作品流传至今的还有三百余首，约占传今作品的87%。婉约言情的词作是当时词坛创作的主流，苏轼也是在这个范围内进行创作、然后有所突破的。出于词人旷达之个性，同时也是受"诗化"词作的影响，苏轼的"婉约"词与他人之作也有明显的不同，同样显示出其鲜明的艺术个性。

第一，这类词洗脱了"脂粉气"，从"倚红偎翠"的浓艳中走出，变得明丽净洁。《洞仙歌》说：

> 冰肌玉骨，自清凉无汗。水殿风来暗香满。绣帘开，一点明月窥人。人未寝，攲枕钗横鬓乱。　起来携素手，庭户无声，时见疏星度河汉。试问夜如何？夜已三更，金波淡，玉绳低转。但屈指，西风几时来？又不道，流年暗中偷换。

据词前小序，这首词是咏夏夜纳凉之后蜀花蕊夫人的。后蜀末主孟昶生活奢靡，沉湎女色。花蕊夫人更是冠绝群芳，艳丽无比，凭其"花蕊夫人"的别号也可以想见。在他人笔下，这是写"艳词"的绝佳题材。到了苏轼笔下，却是风貌迥异。花蕊夫人"冰肌玉骨"，在清凉的夏夜里，在银白色的月光的映衬下，显得如此清雅脱俗，明丽照人。夜寂静，人无眠，携手绕户，疏星耿耿，时间在悄悄流逝，季节在暗中更换。周围的环境与人物相协调，也是如此安谧宁静、清澈光洁。词人特意不写宫中的糜烂生活，不写男女的打情骂俏，而只是写其纳凉的一个情节，所选题材的洁净化有助于词的意境的提高。在时间推移的叙述中还流露出人事无常之感慨，与咏史的题材相通。南宋张炎评价说："清空中有意趣，无笔力者未易到。"（《词源》卷下）明沈际飞也称赞此词"清越之音，解烦涤苛"（《草堂诗余正集》卷三）。

另一首《贺新郎》咏今人，与《洞仙歌》有异曲同工之妙：

> 乳燕飞华屋。悄无人、桐阴转午，晚凉新浴。手弄生绡白团扇，扇手一时似玉。渐困倚、孤眠清熟。帘外谁来推绣户，枉教人、梦断瑶台曲。又却是，风敲竹。
>
> 石榴半吐红巾蹙。待浮花浪蕊都尽，伴君幽独。秾艳一枝细看取，芳心千重似束。又恐被、秋风惊绿。若待得君来向此，花前对酒不忍触。共粉泪，两簌簌。

据杨湜《古今词话》所言，这首词是为营妓秀兰而作。而据陈鹄《耆旧续闻》卷二载，苏轼此词是写自己侍妾榴花的。但由于苏轼写得超尘绝俗，品格特高，南宋人便认定其另有寄托。胡仔说："东坡此词，冠绝古今，托意高远，宁为一娼而发邪？"（《苕溪渔隐丛话》后集卷三十九）项安世《项氏家说》卷八说："苏公'乳燕飞华屋'之词，兴寄最深，有《离骚经》之遗法。盖以兴君臣遇合之难，一篇之中，殆不止三致意焉。"关于宋词之兴寄，清人周济曾说："北宋词下者在南宋下，以其不能空，且不知寄托也；高者在南宋上，以其能实，且能无寄托也。"(《介存斋论词杂著》)这样的概括基本上准确。北宋词多数没有寄托,南宋人对苏轼此词的分析有拔高之嫌。说苏轼此词写歌妓或侍妾,更接近北宋创作事实。不过,词中将这位女子写得清丽、高洁、孤傲,并以"待浮花浪蕊都尽,伴君幽独"的榴花相比,为人们的联想提供了基础,的确为南宋词之寄托开了先路。

苏轼喜爱这一类冰清玉洁的女子,所以,进入苏轼审美视野的都是经过苏轼的审美筛选或艺术加工的。《南乡子》说:"冰雪透香肌,姑射仙人不似伊。濯锦江头新样锦,非宜。故著寻常淡薄衣。"苏轼婉约词气质、品格、作风的改变,预示着婉约词依然有广阔的发展前景。

婉约词气质的改变及词品的提高,就不仅仅用来写歌儿舞女,还可以用来表达对妻子的挚情。夫妻之情在古人眼中是人伦的一项重要内涵,庄重而神圣。用流行小调来抒发对妻子的情感,是苏轼的一大创举,这同时说明苏轼已经破除了"诗尊词卑"的文体等级差别观念。《江城子》说:

十年生死两茫茫,不思量,自难忘。千里孤坟,无处话凄凉。纵使相逢应不识,尘满面,鬓如霜。 夜来幽梦忽还乡,小轩窗,正梳妆。相顾无言,惟有泪千行。料得年年肠断处:明月夜,短松冈。

词前小序说:"乙卯正月二十夜记梦。"宋神宗熙宁八年(1075)乙卯,苏轼知密州,年四十。十年以前,妻子王弗病逝。这是一首怀念亡妻的悼亡词。词人结合自己十年来政治生涯中的不幸遭遇和无限感慨,形象地反映出对亡妻永难忘怀的真挚情感和深沉的忆念。小序标明词的题旨是"记梦",然而,梦中的景象只在词的下片短暂出现，在全篇中并未居主导地位。词人之所以能进入"幽梦"之乡，并且能以词来"记梦"，完全是词人对亡妻朝思暮想、长期不能忘怀所导致的必然结果。因此，开篇便点出了"十年生死两茫茫"这一悲惨的现实。这里写的是漫长岁月中的个人悲凉身世，生与死之双方消息不通、音容渺茫。词人之所以将生死并提，其主要目的是强调生者的悲思，于是，便出现了"不思量，自难忘"的直接抒情。"不思量"，实际上是以退为进，恰好用它来表明生者"自难忘"这种感情的深度。"千里孤坟，无处话凄凉"二句马上对此进行补充，阐明"自难忘"的实际内容。王弗死后葬于苏轼故乡眉山，所以自然要出现"千里孤坟"、两地暌隔的后果，词人连到坟前奠祭的机会也难以得到。死者"凄凉"，生者心伤。"十年"是漫长的时间，"千里"是广阔的空间。在这漫长、广阔的时空之中，又隔阻着难以逾越的生死界限，词人又怎能不倍增"无处话凄凉"的感叹呢？所以，只能乞诸梦中相会了。以上四句为"记梦"做好了铺垫。上片末三句笔锋顿转，以进为退，设想出纵使相逢却不相识这一出人意外的结果。这样的曲笔描写，揉进了词人十年以来宦海沉浮的痛苦遭际，揉进了对亡妻长期怀念的精神折磨，揉进十年的岁月沧桑与身心的衰老。这三句是以想象中死者的反映，来衬托词人十年来所遭遇的不幸和世事的巨大变化。

　　下片转入正题写梦境："夜来幽梦忽还乡"。整首词真情郁勃、沉痛悲凉，这一句却悲中寓喜。"小轩窗，正梳妆"，以鲜明的形象对"幽梦"加以补充，从而使梦境更带有真实感。仿佛新婚时，词人在王弗的身边，眼看她沐浴晨光对镜理妆时的神情仪态，心里荡漾着柔情蜜意。随即，词笔由喜转悲："相顾无言,惟有泪千行"。这对应"千里孤坟"二句,如今得以"还乡",本该是尽情话凄凉之时,然而,心中的千言万语却一时不知从哪里说起,只好"相顾无言",一任泪水涌流。梦境之虚幻,使词境也不免有些迷离惝恍,词人不可能也没必要去做尽情的描述。这样,反而给读者留下想象的空间。结尾三句是梦醒以后的感叹,同时也是对死者的安慰。"十年"之后还有无限期的"年年",那么,词人对亡妻的怀恋之情不就是"此恨绵绵无绝期"了吗?唐五代及北宋描写妇女的词篇,多数境界狭窄、词语尘下。苏轼此词境界开阔,感情纯真,品格高尚,读来使人耳目一新。

婉约词气质的改变及词品的提高,还使苏轼的咏物词看来另有寄托。《水龙吟》咏杨花,写得仪态万方、柔情无限,词云:

似花还似非花,也无人惜从教坠。抛家傍路,思量却是、无情有思。萦损柔肠,困酣娇眼,欲开还闭。梦随风万里,寻郎去处,又还被、莺呼起。　　不恨此花飞尽,恨西园、落红难缀。晓来雨过,遗踪何在?一池萍碎。春色三分,二分尘土,一分流水。细看来,不是杨花,点点是离人泪。

这首词以生动的笔墨描绘杨花的形象,并以杨花比拟人的飘零沦落,隐约寄托词人个人身世的感慨。全词写得不离不即,遗貌取神。它既是在写杨花,又是在写人。词人把自己的主观感受和对不幸遭遇的唱叹,都融入杨花形象之中。从杨花的无人珍惜,从杨花的飘零沦落,似乎可以看到词人以及与词人相类似的某些人的不幸命运。真正做到了花中有人,形中有神,虚实兼到,形神并茂。刘熙载《艺概·词曲概》说:"东坡《水龙吟》起云：'似花还似非花'，此句可作全词评语，盖不离不即也。"王国维对此词也推崇备至，他说："咏物之词，自以东坡《水龙吟》为最工。"周济所说的北宋词"无寄托"，不可一概而论，像苏轼这样少量的咏物词（包括上面例举的《卜算子》），就是另有寄托的。

第二，这类词不再多做缠绵悱恻的抒情，语气变得爽快利落，且时时做旷达之想。北宋婉约言情词，往往沉湎于一己的痛苦，越陷越深，难以自拔。晏几道和秦观被称作"古之伤心人"，就在这方面表现得格外突出。苏轼生性豪迈，在现实生活中倔强刚直，没有什么磨难能击倒他。他写相思别离的婉约词，因此也与他人的一味沉沦不同。《蝶恋花》说：

> 花褪残红青杏小，燕子飞时，绿水人家绕。枝上柳绵吹又少，天涯何处无芳草！　　墙里秋千墙外道，墙外行人，墙里佳人笑。笑渐不闻声渐悄，多情却被无情恼。

这首词作于"花褪残红青杏小"之暮春季节，这本来是一个"枝上柳绵吹又少"之花落花飞令人伤感的季节，如果作者的心境不佳，就更容易被凄苦悲愁的情绪所缠绕。词中"天涯""行人"云云，可见苏轼当时也正处在失意的旅途之中。但是，词人没有因此自怜自伤不已，而是以开阔的心胸、倔强的意志去对待自然界季节的更换与人世间的风雨变幻。"天涯何处无芳草"，何必为奔走流离而痛苦？何必为春去花落而伤心？只要你对生活保持着乐观的态度，以豁达的胸襟去接受一切，你就能在现实生活中处处发现美好的事物。苏轼生平不就是如此实践的吗？下片写"墙外行人"偶尔听闻"墙里佳人"悦耳的笑声，便产生了许多美妙的联想。终因不能见"墙里佳人"一面、也不能传递自己的"多情",而感到有些懊恼。这一段生活小插曲也可以说明词人对生活的浓厚兴趣,并没有为春归、离别、远行等愁苦所纠缠。结尾的懊恼也不是沉重的,而为画面平添一份乐趣。"天涯何处无芳草""多情却被无情恼",又隐隐包含着生活的哲理,耐人寻味。清人王士禛说:"'枝上柳绵',恐屯田缘情绮靡,未必能过。"(《花草蒙拾》)传统的"缘情绮靡"的艳词被苏轼写得如此豁达开朗,真正是前无古人。

在苏轼生活的周围,能持有如此乐观通达生活态度的人也能够特别获得苏轼的赏识。苏轼曾作一首《定风波》赠友人侍妾,自序说:"王定国歌儿曰柔奴,姓宇文氏,眉目娟丽,善应对,家世在京师。定国南迁归,余问柔:'广南风土应是不好?'柔对曰:'此心安处,便是吾乡。'因为缀此词云。"词云:

常羡人间琢玉郎,天应乞与点酥娘。尽道清歌传皓齿,风起,雪飞炎海变清凉。　　万里归来颜犹少,微笑。笑时犹带岭梅香。试问岭南应不好,却道,此心安处是吾乡。

友人侍妾的回答太投合苏轼的脾胃了,"此心安处是吾乡"不就是苏轼一直奉行的生活准则吗?所以,苏轼才在词中对这位奇女子大加赞赏,并对友人有如此出色的歌儿艳羡不已。苏轼特别强调以旷达的心胸对待生活磨难所带来的好处,这就是"万里归来颜犹少,微笑,笑时犹带岭梅香"。豁达乐观,对身心健康都特别有利。苏轼对歌儿舞女的赏识就不仅仅是因为对方的容颜、声技,还因为她的心胸、气度。苏轼在另一首《浣溪沙》词中说:"此心安处是莵裘",就是受这位女子的影响。

即使不做旷达之想,苏轼写别离之情的词读起来依然畅快爽朗。《少年游》说：

> 去年相送，余杭门外，飞雪似杨花。今年春尽，杨花似雪，犹不见还家。　　对酒卷帘邀明月，风露透窗纱。恰似姮娥怜双燕，分明照、画梁斜。

送别之际，雨雪霏霏。冬去春尽，离人犹不见回家。思念之时，只能饮酒解愁，对双燕而自我怜惜。这么一首抒写别离情思的词作，读起来却感觉到爽快利落，朗朗上口。与他人之牵肠挂肚、肝肠寸断之作明显不同。与此适应，苏轼这类婉约词所设置的境界也是比较开阔的。《南乡子》咏"春情"，上片说："晚景落琼杯，照眼云山翠作堆。认得岷峨春雪浪，万顷蒲萄涨渌醅。"其雄阔的视界与豪放之作近似。

再次，形式与技巧的诗化。诗与词文体不同，形式与技巧方面也就有诸多差异。苏轼词扩大了词的表现范围，尽量用词这一形式来反映诗歌所能反映的题材，同时又要保留词的韵味和特点。他是很注意词的"诗化"与词的韵味。就现存资料来看，苏轼曾不满意于柳永词风的柔靡，但另一方面，他又高度评价柳词中近于唐诗的高妙之境。据赵令畤《侯鲭录》卷七所载，苏轼曾说过柳永《八声甘州》之"霜风凄紧，关河冷落，残照当楼"数句，"不减唐人高处"。这里所说的"高处"，也就是指唐诗中所表现出的那种沉雄博大的气象，壮阔高远的意境，以及劲健清新的节奏。柳永"霜风"诸句立足高处，放眼远望，境界恢弘开阔，很可以使人联想到杜甫诗中的《秋兴》《登高》等名篇，故甚得苏轼赞赏。苏轼《念奴娇·赤壁怀古》《水调歌头》等所追求的也正是这一"高处"，其所以成功，也恰恰表现在这一点上。也就是说，苏轼的"以诗为词"，同时又是保留了词本身特有韵味的。所谓"以诗为词",并不是说,把诗歌的题材、立意、结构、技法、语言、韵律等等毫无选择地、一股脑儿摆到词里边来。如果这样做,其结果必然是诗不像诗,词不类词。苏轼的"以诗为词",主要是以诗的意境和韵味入词,同时又保留并发挥词之特有的艺术魅力。这才是成功之作。

"诗化"创新的结果,使苏轼词的抒情模式发生了极大的变化。词中往往以自我为抒情主人公,突出自我的主观情绪,表现个体的心灵矛盾。欧阳修以来在歌词创作方面的零星突破至此汇集成为汪洋大波,最终改变了歌词的气质。诗歌常用的诸多创作手法、技巧也被引入歌词,最为典型的是以议论入词。宋人诗歌好发议论,苏轼诗中就有很突出的表现。这种手法也被常常运用到苏轼词的创作之中。除了上述的说禅说理词以外,又如:"蜗角虚名,蝇头微利,算来著甚干忙。事皆前定,谁弱又谁强?"(《满庭芳》)"不独笑书生底事,曹公黄祖俱飘忽。"(《满江红》)"用舍由时,行藏在我,袖手何妨闲处看?"(《沁园春》)"尘心消尽道心平,江南与塞北,何处不堪行。"(《临江仙》)像"人有悲欢离合,月有阴晴圆缺,此事古难全""长恨此身非我有,何时忘却营营"等,就更加脍炙人口,传播广泛了。

苏轼词筚路蓝缕的开拓,同时也给词的发展带来负面影响。词之独特的审美魅力,在其灯红酒绿之际的婉娈言情;词之独特的诱惑能力,在其娱宾遣兴之际的娱乐作用。词的独特审美特征一经消解,就不可能再引起读者的特殊兴趣,这是南宋词渐渐走向衰亡的重要原因之一。而且,苏轼词个别篇章、辞句,奔放有余,含蓄不足,遂开南宋粗豪叫嚣一派。周济因此说:"人赏东坡粗豪,吾赏东坡韶秀。韶秀是东坡佳处,粗豪则病矣。"

(《介存斋论词杂著》）周济所看重的是保留着"韶秀"独特韵味的词作。

总的看来，苏轼词的"以诗为词"革新是成功的。他通过自己的创作，打破了诗与词在抒情功能和创作目的诸方面的严格界限，为歌词创作打开一片新的天地。苏轼的大胆探讨，为词的发展提供了成功与失败两方面的经验，在形式与技术方面丰富了词的表现能力。所以，尽管具有清雄旷达词风的作品在现存苏轼词中为数并不甚多，但它却具有顽强的生命力，在文学史上具有开宗立派的历史性作用。

苏轼别开生面的创作，是北宋词之最高成就的代表之一。苏轼的开宗立派，对同时以及后来的作家有着巨大而深远的影响。北宋后期词人对苏轼词的肯定还是零散的，只言片语的，如黄庭坚称赞苏轼词"超逸绝尘"，晁补之称赞苏轼词"横放杰出"等等。到了南宋，由于社会环境的巨变，家国面临危难沦亡之际，词人内心的慷慨悲愤之气需要抒发，苏轼词的巨大影响立即显示出来。同时，苏轼词也获得南宋词人、词论家的一致肯定。胡寅在《酒边词序》中说："及眉山苏氏，一洗绮罗香泽之态，摆脱绸缪宛转之度，使人登高望远，举首高歌，而逸怀浩气，超然乎尘垢之外。于是花间为皂隶，而柳氏为舆台矣！"王灼在《碧鸡漫志》卷二中也肯定说："东坡先生非心醉于音律者，偶尔作歌，指出向上一路，新天下耳目，弄笔者始知自振。"胡仔在《苕溪渔隐丛话》后集卷二十六中称赞说：苏轼词"绝去笔墨畦径间，直造古人不到处，真可使人一唱而三叹。"刘辰翁在《辛稼轩词序》中也说："词至东坡，倾荡磊落，如诗如文，如天地奇观，岂与群儿雌声学语较工拙。"这就是说，苏轼打破了词的狭窄的樊篱，为长短句歌词注入了新的生命，激发起豪杰志士的爱国激情。所以，在"靖康之乱"以及其后宋、金对峙的漫长历史时期（包括元灭南宋前后），爱国词的创作风起云涌，并成为词史上永世不衰的优良传统。张元干、张孝祥、陈亮、辛弃疾、刘过、刘克庄、刘辰翁无不深受苏轼的影响。直至清代，陈维崧、曹贞吉、顾贞观、蒋士铨等也都不同程度地受到苏轼的启发。

第二节　苏门创作群体

苏轼词"诗化"之变革，在北宋中后期词坛发挥了越来越广泛的影响。苏轼不仅通过自己的创作来扩大词的内容，丰富词的表现手法，开创豪放词风，同时他还以巨大的热情来从事人才的培养工作。苏轼提携晚辈，殷勤备至。在苏轼的周围聚集了一大批有才华的作家，北宋后期许多有成就的词人都曾经获得过苏轼的指点帮助，苏轼的词风对他们有着深远的影响。

与苏轼关系最密切的是"苏门四学士"与"苏门六君子"。"四学士"指的是黄庭坚、秦观、晁补之、张耒。"六君子"是在四学士之外、再加陈师道与李廌。在此六人之中，秦观的词成就最高，影响最大，然其词风接近柳永，张耒词虽少而风貌亦不同于苏轼，这些前文已经有过介绍。其他几位作家，或多或少都接受了苏轼"诗化"词风的影响。此外，贺铸、李之仪、毛滂、葛胜仲、王安中、吴则礼、叶梦得、唐庚等等众多作家，其创作都有着向苏轼"诗化"靠拢的倾向。委婉缠绵的艳情词是北宋词的主流创作倾向，这是没有疑义的。一些学者从挖掘宋词思想意义的角度出发，弘扬苏轼豪迈奔放、极富个性的词作，或揄扬过当。另外一些学者从否定苏轼开创"豪放派"的角度立论，以简单的数字统计抹杀苏轼词的影响，同样有失公允。仔细考察北宋词坛的创作流变,就能发现苏轼的创作对其周围词人所产生的影响,尤其是在苏轼去世之后、北宋灭亡之前这短短的二十多年里,影响更是十分广泛且深远。

这二十多年正是徽宗在位期间。徽宗本人就是一位杰出的文学家,在他的引导和影响下,这一时期词坛之创作也呈现出多种创作倾向并存、丰富多彩的局面。其中,苏轼词风所产生的巨大影响,覆盖面极为广泛,成为一股不容忽视的创作力量。南渡以后苏轼词风被发扬光大,即酝酿于此。但是,由于哲宗亲政与徽宗在位年间禁绝"苏学"的表面现象,以及词人这方面创作之松散零星,词史上对这一段苏词的影响总是略而不论。

一、十年呵禁烦神护

讨论苏轼词在北宋中后期的影响,首先遇到的是哲宗亲政与徽宗在位年间禁绝"苏学"的问题。

哲宗于元祐末年亲政,因为不满太皇太后高氏垂帘听政期间自己形同傀儡,执政的旧党大臣无视他的个人意志,于是接受新党的"绍述"之说,决心全面恢复其父神宗的新政,起用新党,贬斥旧党。旧党中的头面人物纷纷被贬官远谪,苏轼兄弟皆首当其冲。苏轼因此接连被贬谪到惠州、儋州,晚年在贬所度过。

徽宗继位以后曾一度放松对旧党人士的迫害打击。然而,徽宗崇宁元年(1102)朝廷复追贬元祐党人,禁元祐学术,对"苏学"迫害打击的序幕也全面拉开。崇宁二年四月,诏毁三苏、黄庭坚、秦观诸人文集,而且,"天下碑碣榜额,系东坡书撰者,并一例除毁。"(吴曾《能改斋漫录》卷十一)崇宁三年和宣和六年(1124),朝廷又两度重申除毁苏轼诸人文集的禁令。一时间，朝野谈"苏"色变，苏轼"平日门下客皆讳而自匿，惟恐人知之。"（赵鼎臣《竹隐畸士集》卷二十《书杨子耕所藏李端叔帖》）朝廷的禁令，似乎从客观上限制了"苏学"的传播，牵累到人们对苏轼文风的学习与模仿。

但是，在生活实际中，数纸禁令完全无法根除人们心目中崇敬的苏轼，也无法抵御苏轼创作在北宋文坛所掀起的狂风巨浪。苏轼对徽宗年间文坛的影响，由显而隐，无处不在。苏轼诗词文章在北宋后期继续发挥其魅力，大约有三个方面原因：

第一，一小部分端正刚直的苏门子弟和士大夫并不掩饰自己对苏轼人品、文章的景仰之情，他们对抗朝廷的文化禁令，公开学习、承继苏轼文风。北宋文网相对宽松，为他们提供了一块喘息之地。其中以苏轼门人李之仪作为最为倔强。李之仪（1048—?），字端叔，自号姑溪居士，沧州无棣（今属山东）人，后徙楚州山阳（今江苏淮安）。英宗治平年间进士，为万全县令。曾从军西北，出使高丽。元祐初结识苏轼，在诗文创作方面时时得苏轼指点。元祐末苏轼知定州时，请以李之仪佐幕府。哲宗元符年间，受苏轼牵累，诏勒停。徽宗年间，李之仪又屡遭贬谪，且曾身陷囹圄，最后被贬到太平州（今安徽省涂县）。但李之仪依然不变初衷。赵鼎臣称赞说："如端叔之徒，始终不负公（苏轼）者，盖不过三数人。"（赵鼎臣《竹隐畸士集》卷二十《书杨子耕所藏李端叔帖》）赵鼎臣与苏轼有过诗文交往，赵文作于宣和三年（1121），正是朝廷对苏文重申禁令期间，所以，赵鼎臣对李之仪的赞赏，同样反映出部分士大夫对苏轼的崇尚态度。

"苏门四学士"之一晁补之，在徽宗即位初获知苏轼病逝的消息，作祭文痛悼说："间关岭海，九死归来，何嗟及矣，梁木其摧!"(《鸡肋集》卷六十一《祭端明苏公文》)崇宁年间党论复起,晁补之便归隐金乡家园,葺归来园,超然尘外,不与世俗同流合污。被苏轼推许为"张耒、秦观之流"的李廌,也作文祭苏轼说:"皇天后土,监一生忠义之心;名山大川,还万古英灵之气。"(《宋史》卷四百四十四《李廌传》)徽宗年间,李廌便绝意进取,定居长社(在今河南长葛县)。当时另外一位著名诗人李商老(彭),题诗嘲讽朝廷下旨除毁东坡书撰之碑碣榜额一事,曰:"笔底飓风吹海波,榜悬郁郁照岩阿。十年呵禁烦神护,奈尔焚柮灭札何?"(吴曾《能改斋漫录》卷十一)

人们时而将对苏轼崇敬的情感转移为对其子女的呵护,苏轼之子苏过因此受惠不少。《挥麈后录》卷八载:"苏叔党以党禁屏处颍昌,极无憀,有泗州招信士人李植元秀者乡风慕义,岁一过之,必迟徊以师资焉,且致馈饷甚腆,叔党怀之。宣和末,向伯恭出为淮漕,自京师枉道以访叔党,留连请委,叔党道李之义风,而属其左顾之。伯恭入境,首令访问,加礼以待。"向之湮是南北宋之交的重要词人,词风深受苏轼影响。

第二,徽宗以及周围的亲信、近臣,多有喜欢苏轼诗词文章者,在不知不觉中同样接受了苏轼的影响。在他们内心深处,仍然保留着一份对苏轼的崇敬之情。出于政治斗争的需要,他们严厉禁绝"元祐之学",这种决策行为并没有真正得到他们自己内心的认同,所以,在实际操作中,这些禁令就从来也没有被认真贯彻实施过。叶梦得《避暑录话》卷下载:

> 政和间大臣有不能诗者,因建言诗为元祐学术,不可行。李彦章为御史,承望风旨,遂上章论陶渊明、李杜而下,皆贬之。因诋黄鲁直、张文潜、晁无咎、秦少

游等,请为禁科。故事,进士闻喜宴例赐诗,以为宠。自何丞相文缜榜后,遂不复赐,易诏书,以示训诫。……是岁冬初雪,太上皇意喜,吴门下居厚首作诗三篇以献,谓之口号,上和赐之。自是圣作时出,讫不能禁。

将作诗也当成元祐之学加以禁绝,未免荒唐。徽宗自己就是一位才华出众的诗人,时时不免"技痒",阿谀者乘机投其所好,禁令就成为一纸空文。

仔细推敲起来,徽宗本人也与元祐之学有割不断的联系。徽宗初与"王晋卿诜、宗室大年令穰往来,二人者皆善作文辞,妙图画。而大年又善黄庭坚,故祐陵(徽宗)作庭坚书体,后自成一法"。(蔡绦《铁围山丛谈》卷一)徽宗于艺术创作原有一份极高的天赋,苏、黄之作皆为当代精品,以徽宗的审美层次,自然也会趋之如鹜。

徽宗喜好文学,亲信近臣中多能文之士或文学侍臣,他们受苏轼的影响更为普遍,表现最为突出的是王安中。王安中(1076—1134),字履道,中山曲阳(今属山西)人。早年学于苏轼、晁说之,元符三年(1100)登进士第。徽宗在位时,极得信任,累任中书舍人、御史中丞、翰林学士、尚书右丞,官至检校太保、大名府尹。然王安中少时曾师事苏轼,徽宗年间虽谄事宦官梁师成、权贵蔡攸以进,奔竞无耻,而"其诗文丰润凝重,颇不类其为人。"(《四库全书总目提要·初寮集提要》)南宋初周必大也评价说:"时方讳言苏学,而公(王安中)已潜启其秘钥。"并进而推许王安中为"苏学"的承继者:"黄、张、晁、秦既没,系文统、接坠绪,谁出公右?岂止袭其佩、裳其环而已。"(《初寮集》卷首《序》)《艺苑雌黄》也有同样的评价:"宣政间,忌苏黄之学，而又暗用之。王初寮阴用东坡，韩子苍阴学山谷。"（转引自沈雄《古今词话》上卷）另一位深得徽宗欢心的文学侍臣曹组，其子曹勋追忆说："东坡谓先公深于明经、史学。"（《松隐集》卷十一）也就是说，曹组曾得苏轼奖掖，并以此为荣，告诉自己的子女。徽宗年间，曹组仍与苏轼子苏过保持密切过往关系，曹勋回顾说："宣政间，先子与叔党少尹乡契厚善。"（《松隐集》卷三十三）其渊源就来自早年苏轼对曹组的赏识。曹组的创作，也必然地受到苏轼的影响，明人杨慎《词品》卷二说："曹元宠梅词'竹外一枝斜，想佳人天寒日暮。'用东坡'竹外一枝斜更好'之句也。徽宗时禁苏学，元宠又近幸臣，而暗用苏句，其所谓掩耳盗铃者。"即使徽宗年间排击元祐党人最坚决的权相蔡京，其宠子蔡绦也与乃父大异其趣。蔡绦撰《西清诗话》，"多用苏轼、黄庭坚之说"（《宋会要辑稿·职官》六九之一三）；撰《铁围山丛谈》，"至于元祐党籍，不置一语，词气之间，颇与其父异趣。于三苏尤极意推崇。"（《四库全书总目提要·铁围山丛谈提要》）

行为与真实喜好、内心认同的脱节，为苏轼文风的流播，留下了可游刃的空间。朝廷的禁令，首先是徽宗君臣自己破坏的。

第三，北宋后期，朝野逐渐形成对苏轼的崇拜之风气，这就使得苏轼的影响深入人心。《邵氏闻见后录》卷二十载：徽宗即位初年，"东坡自海外归毗陵，病暑，着小冠，披半肩，坐船中。夹运河岸，千万人随观之。东坡顾坐客曰：'莫看杀轼否？'其为人爱慕如此。"这种风气弥漫于徽宗年间社会上下层，包围着朝廷的决策者，影响着他们的判断决策。

北宋崇文抑武，以文为贵，所以，执文坛牛耳者受到社会阶层的普遍崇拜，这已成为北宋社会的一种特征和风尚。这种崇拜和迷恋，有点类似今天"追星族"的痴迷。加上苏轼高尚人格的巨大魅力，这一崇拜愈益深入人心。各阶层对徽宗年间朝政黑暗腐败的不满，使他们对朝廷的禁令更有一种逆反心理。对苏轼的继续崇拜就是他们对抗朝廷的某种表现方式。徽宗年间虽禁"苏学"，然"四海文章慕东坡，皆画其像事之。"（许翰《襄陵文集》卷十一《朝奉大夫充石文殿修撰孙公墓志铭》）

东坡诗文在当时士大夫中间依然悄悄盛行，达到家喻户晓的地步，甚至以公开的方式主宰着文坛的创作风气，人们对苏轼文学创作的喜爱，已经到了无以复加的地步。朱弁《风月堂诗话》说：

> 崇宁、大观间，东坡海外诗盛行，后生不复有言欧（阳修）公者。是时，朝廷虽尝禁止，赏钱增至八十万。往往以多相夸，士大夫不能诵坡诗者，自觉气索，而人或谓之不韵。

在这样的社会与文坛风气包围下，三教九流中都不乏苏轼的崇拜者。徽宗迷信道教，便有道士借鬼神进言。《贵耳集》卷上载：

> 徽考宝箓宫设醮。一日，尝亲临之。其道士伏章，久而方起。上问其故，对曰："适至帝所，值奎宿奏事方毕，始达。"上问曰："奎宿何神？"答曰："即本朝苏轼也。"上大惊，因是使嫉能之臣谗言不入。

这位道士明显是苏轼的崇拜者，故借机装神弄鬼，以改变徽宗的看法。大约就是受这样类似的影响，徽宗始终对禁绝元祐学术、立元祐党人碑之事惴惴不安。崇宁五年（1106）正月，"彗出西方，其长竟天"。徽宗"以星变避殿损膳，诏求直言。刘逵请碎元祐党人碑，宽上书邪籍之禁，帝从之。夜半遣黄门至朝堂毁石刻。"（《宋史纪事本末》卷四十九《蔡京擅国》）徽宗的宠信宦官高俅，"本东坡先生小史，笔札颇工"。徽宗年间皇帝"优宠之，眷渥甚厚，不次迁拜"。"然不忘苏氏，每其子弟入都，则给养问恤甚勤。"（王明清《挥麈后录》卷七）对苏轼也多有维护。另一权宦梁师成，干脆攀附苏氏，自言乃苏轼出子，且为苏轼鸣冤，诉于徽宗说："先臣何罪？""自是，轼之文乃稍出"（《宋史》卷四百六十八《梁师成传》）。

下层士子、百姓，对禁绝"苏学"的抵触情绪更大，《梁溪漫志》卷七载：

  宣和间，申禁东坡文字甚严。有士人窃携坡集出城，为阍者所获，执送有司。见集后有一诗云："文章落处天地泣，此老已亡吾道穷。才力谩超生仲达，功名犹忌死姚崇。人间便觉无清气，海内何曾识古风。平日万篇谁爱惜？六甲收拾上遥宫。"京尹义其人，且畏累己，因阴纵之。

《挥麈第三录》卷二亦载：

  九江有碑工李仲宁，刻字甚工，黄太史（庭坚）题其居曰："琢玉坊"。崇宁初，诏郡国刊元祐党籍姓名，太守呼仲宁使劖之。仲宁曰："小人家旧贫窭，止因开苏内翰、黄学士词翰，遂至饱暖。今日以奸人为名，诚不忍下手。"守义之，曰："贤哉！士大夫之所不及也。"馈以酒而从其请。

凡此种种，都说明苏轼在当时声誉之隆，诗文流传之广，以及社会各阶层对朝廷禁令的普遍抵触心理。

综上所述，徽宗年间三令五申之禁绝"苏学"已成为一纸空文，由于禁令的反面刺激，反而使苏轼诗文更为流行，更受普遍阶层的欢迎。所以，苏轼对徽宗年间文坛的影响，也就更加广泛而深入人心。

二、四海文章慕东坡

苏轼"以诗为词"的革新，使其创作之抒情达意、谋篇布局、遣词造句，皆显示出与众不同的特色。从抒情达意的角度来说，其主要特征就是极力表现创作主体的自我意识，表达词人独特的人生体验，抒情说理，扩大了词的表现范围。这种新的抒情模式已经被北宋后期词人所普遍接受。

1. 仕途贬谪失意的愁苦牢骚和力求解脱的旷达情怀

北宋后期朝政腐败，党争酷烈，打击异己，不择手段。文人士大夫将所遭遇的人生旅途及仕途之风波险恶，以及由此生发的愤恨感慨，系之于诗，也系之于词，表现为诗、词趋同的发展走势。首先表现在词中的是元祐党人屡遭贬谪、他乡飘零、终至罢免回乡的悲愁苦叹和牢骚不平。

黄庭坚是"苏门四学士"中文学创作业绩可以与秦观媲美者。黄庭坚（1045—1105），字鲁直，自号山谷道人，晚号涪翁，洪州分宁（今江西修水）人。治平四年（1067）登进士第，授叶县尉。元祐初召为秘书郎，为《神宗实录》检讨官，后迁著作郎。其时，游苏轼门下。苏轼知贡举，聘黄庭坚为参详官。《神宗实录》成，擢为起居舍人。哲宗绍圣元年（1095），被控

《神宗实录》中的记载有失实之处,贬黄庭坚为涪州(今四川涪陵)别驾,安置黔州(今四川彭水),再移戎州(今四川宜宾)。崇宁初内迁知太平州(今安徽当涂),即被罢免,次年编管宜州(今四川宜山),崇宁四年死于贬所。私谥文节先生。有《山谷琴趣外编》三卷,《全宋词》收录其词190余首。从哲宗绍圣年间贬官到徽宗崇宁年间再度编管宜州,在这短短的近十年时间内,黄庭坚仍保持着旺盛的创作力,且多豪放秀逸之作。《念奴娇》代表了他词的主要风格和成就:

> 断虹霁雨,净秋空、山染修眉新绿。桂影扶疏,谁便道、今夕清辉不足?万里青天,姮娥何处?驾此一轮玉?寒光零乱,为谁偏照醽醁? 年少随我追凉,晚随幽径,绕张园森木。共倒金荷,家万里,难得尊前相属。老子平生,江南江北,最爱临风笛。孙郎微笑,坐来声喷霜竹。

据陆游《老学庵笔记》卷二载,黄庭坚此词作于戎州。作者在西南地区度过了五年的贬谪生活。这首词在一定程度上反映作者对被贬的不满心情。词前有一小序,申明作词经过。又据《苕溪渔隐丛话》后集卷三十一载,黄庭坚对这首词非常自诩,并说"或以为可继东坡赤壁之歌"。可见,这首词是有意学习苏轼《念奴娇》之豪放词风的。词以上片写景,下片抒情。开头三句描绘开阔壮丽的远景:雨后天晴,虹霓出现,秋空如洗,山峦叠翠,状如修眉,一片仲秋景色,衬托出作者开朗与快意的情怀。"桂影"以下六句写初月东升直至皓月当头的过程,其中穿插与月亮有关的神话传说,颇具诗意。末二句从月光转到美酒,为过渡到下片作好准备。下片即景抒情。换头三句点出时间、地点与人物,指出当时是在张宽夫园中与外甥辈欢聚游乐。"共倒金荷"三句借畅饮寻欢暗中反映贬谪万里之外的困顿。"老子平生"六句写心情的旷达并借笛子的吹奏来表达内在的抑郁不平。但是,词人并没有被贬谪期间的愁苦情绪所压垮,也没有一味地牢骚不平,而是努力将自身融入自然和音乐,求得身心的解脱。这首词具有一种抑郁深拙与达观豪迈交织在一起的风格。词写仲秋景色,却没有古诗词中寻常可见的"枫林""落木"之类的衰飒景象,有的只是"断虹""秋空""万里青天""一轮玉""森木"等等巨大的、色彩鲜明的客观景物。面对这样一些经秋雨洗涤的自然景物,词人又怎能不胸胆开张、精神饱满呢?这样的景物与达观的情感结合在一起,便形成了这首词苍劲、乐观、豪迈的风格。刘熙载《艺概·词曲概》中说:"黄山谷词用意深至,自非小才所能办";夏敬观《手批山谷词》说"山谷重拙",这些特点,在这首词里都有所表现。

此前在黔州所作的《定风波》,同样写贬谪的愁苦与不甘消沉的乐观。词云:

> 万里黔中一漏天,屋居终日似乘船。及至重阳天也霁,催醉,鬼门关外蜀江前。　莫笑老翁犹气岸,君看:几人黄菊上华颠?戏马台南追两谢,驰射,风流犹拍古人肩。

贬居黔州,阴雨连绵,陋室难以抵挡风雨,生活环境极其艰辛困苦。词人有时也难免有"万里投荒,一身吊影,成何欢意"(《醉蓬莱》)的悲叹,但词人却从未向困难低头,时时均能表现出一种乐观奋进的精神。及至重阳节到来,果然雨过天霁,颇有"回首向来萧瑟处"的豪迈。在困境中顽强生存并努力使自己获得超脱的词人,所依仗的是至老不衰的"气岸"精神。戏马台为项羽所铸,地在徐州。东晋刘裕北征过此,重阳登台大宴佐僚,赋诗为乐,谢瞻与谢灵运各赋诗一首。黄庭坚缅怀古人之气概,无论是作为、还是才华都觉得自己不输古人。"风流犹拍"的气度,读来虎虎有生气。黄庭坚在《鹧鸪天》里曾经这样说:"黄花白发相牵挽,付与时人冷眼看。"词人就是这样倔强地横眉冷对仕途的挫折与人生的磨难。这种倔强使他保持了对生活的信心,乐观与豪迈也因此而生。

崇宁四年,黄庭坚重阳日于宜州城楼宴席间所作的《南乡子》,据说是其绝笔之作,词曰:

> 诸将说封侯,短笛长歌独倚楼。万事尽随风雨去,休休!戏马台南金络头。　催酒莫迟留,酒味今秋似去秋。花向老人头上笑,羞羞!白发簪花不解愁。

王暐《道山清话》载:"山谷之在宜州,其年乙酉,即崇宁四年也。重九日,登郡城之楼,听边人相语:'今年当鏖战取封侯。'"黄庭坚曾经历过元祐年间的仕途通达,也经历过绍圣年间的被贬远去和作此词时的再度流落,听诸人在宴席间谈论功名,便有无限感慨。往日的抱负和对仕途的热望,都已尽随风雨飘摇而去,只剩得满腹的愤懑与牢骚,借"短笛长歌"来发泄。下阕词人故作通达,认定只有酒味与秋花依然如旧,因此不妨醉酒簪花。但是,最终还是不能排解一肚子的愁苦。苏轼被贬期间,通脱自解,并不沉湎于悲苦之中。其置身于"江上之清风与山中之明月"间时,欣然一笑,荣辱皆忘。黄庭坚个性方面有类似苏轼的地方,他也努力学习老师,欲以登高赏秋、簪花饮酒来缓解内心的苦痛。但是,黄庭坚此时的悲愤情绪过于强烈,他再也没有"老子平生，江南江北"的奔放，他的超脱更多的是故作姿态，并不能真正摆脱愁苦的缠绕，所以，这首词的结尾语意转为沉郁悲凉。以酒浇愁，恐怕是"愁更愁"。白发簪花，这又是多么强烈的反差，多么刺眼的不协调，也将词人的故作姿态展现的淋漓尽致。其实，词人是故意暴露自己的故作姿态，通过这种矛盾、不和谐的动作乃至心理的表现，抒发此刻内心的郁闷不平。黄庭坚在《虞美人》中说："去国十年，老尽少年心。"这是词人暮年的真实心境。其《西江月》又说："蚁穴梦魂人世，杨花踪迹风中。"情绪便转向消沉，将一生的荣辱起伏比作一场大梦，如同飘舞于风中的杨花一样，更有往事不堪回首、人生如梦的悲哀。

晁补之是北宋后期作词最多的苏门弟子。晁补之（1053—1110），字无咎，济州巨野（今山东巨野）人。年十七随父赴杭州，谒通判苏轼，自此受知于苏轼。宋神宗元丰二年（1079）进士，授潭州司户参军。元祐中曾任太学正、秘书省正字，迁校书郎，以秘阁校理出判扬州。苏轼由颍州移知扬州，晁补之"以门弟子佐守"。召还为著作佐郎。绍圣中坐元祐党贬监处州、信州酒税监。徽宗即位，召为吏部员外郎，礼部郎中。崇宁元年（1102）再入党籍，免官回乡闲居，建"归来园"，自号"归来子"。晚年再度起用，任泗州知州，到任不久病卒。有《晁氏琴趣外编》六卷。晁补之许多词都抒发被贬回乡的愁苦之情。元符三年（1100），晁补之遇赦北归，有《宴桃源》。词曰：

　　往岁真源谪去，红泪扬州留住。饮罢一帆东，去入楚江寒雨。无绪，无绪。今夜秦淮泊处。

遭遇了哲宗亲政时期这么一大场政治风波，即使是遇赦归来，词人情绪仍旧黯淡，对前景不抱任何希望。果然，崇宁年间风波再起，晁补之罢湖州任，被迫还金乡家园闲居。"不会使君匆匆至，又作匆匆去计。"（《惜分飞·代别》）官场上翻手为云，覆手为雨，逼迫得词人连夜匆匆来去。这情景，既有点凄凉又有点滑稽。闲居非本愿，临别湖州，词人充满恋恋不舍之情："图画他年觑，断肠万古苕溪路。"（《惜分飞·别吴作》）词人只能将湖州风景谱入画图，以供思念。在这种情绪煎迫下，牢骚与怨苦便夹杂而来。词人别湖州还乡，路过松江，作《念奴娇》云："黄粱未熟，红旌已远，南柯旧事，常恐重来。夜阑相对，也疑非是。"面对人生和仕途的盛衰变幻，有如黄粱、南柯一梦，同时也表现出词人在残酷的党派斗争中惊惧交加的心理状态。压抑之下，晁补之有时便转为颓放，《行香子》云："何妨到老，常闲常醉。任功名、尘事俱非。"这种看穿功名的口气，其实出于无奈。"倾江变酒，举斛为尊。断浮生外，愁千丈，不关身。"（《行香子》）高喊愁不关己，正是因为被愁苦纠缠得无计可施。这里夸张得极有气势，说明词人愁苦之深切。此外，晁补之有《千秋岁》吊秦观、《离亭宴》吊黄庭坚，如云"惊涛自卷珠沉海""悲歌楚狂同调"等等，深寓自身悲慨。

相比之下，李之仪遭受的迫害更为惨烈。徽宗年间李之仪两度贬官，尤其是崇宁元年（1102）坐为范纯仁作《遗表》，"下御史狱，捶楚甚苦，狱解又编管。"（徐自明《宋宰辅编年录》卷十一）因此，李之仪这一时期所作的词，其悲苦沉痛之情更为深切。其《千秋岁》用秦观词韵，说：

　　深秋庭院，残暑全消除。天幕迥，云容碎。地偏人罕到，风惨寒微带。初睡起，翩翩戏蝶飞成对。　　叹息谁能会？犹记逢倾盖。情暂遣，心常在。沉沉音信断，冉冉光阴改。红日晚，仙山路隔空云海。

秦观的《千秋岁》作于绍圣年间被贬时期，词中以"春去也，飞红万点愁如海"喻贬谪之愁苦，一时间流传甚广，苏轼及其弟子门人多有和作，也都是写贬谪之愁恨。李之仪在哲宗亲政初期，并没有受到新旧党争的牵连。直到四五年以后，才受累丢官，这是李之仪的第一次遭贬，牵累既不深，又没有被贬到荒远之地，与此词的情景不太符合。然李之仪在徽宗年间连续两次遭贬，深受政敌的迫害，并长期在姑孰（今安徽当涂）居住，这段经历与此词的情景、语意较吻合，所以，这首词应该作于徽宗年间。

这首词上阕描写环境，以景物烘托主观情感。比较独特的是词人描绘了两种情景差异很大的景物，用"欲说还休"的方式将内心的矛盾痛苦揭示出来。一种是此时此刻词人的真实感受：深秋季节，天阔云淡，地处偏远，寒风凄冷。被贬离去，与志同道合的友人音信难通，必须独自面对寒苦凄惨的环境，默默煎熬着痛苦，是隐藏于这一段环境描写背后的心绪。"迥"字所描述的，不仅仅是秋日空旷的实际空间距离，也是词人处在特定环境之中时时能感受到的一种心理距离。所以，漂浮的云絮，在词人的眼中便有了七零八碎的感觉，而事实上只是词人心碎的一种曲折表现。上阕结句突然改变语气，词人似乎是以极悠闲的心境去赏识翩翩成对的戏蝶。这是被愁苦折磨得无路可走的词人的一次主观努力，他企图努力摆脱不堪忍受的心理苦痛。这种特意掩饰，恰好从反面衬托了词人的真实心境。况且，欢快的成双的戏蝶，是否会引出词人的孤独感和沉重感，再度令词人陷入难堪之中呢？

果然，真实心境是无法掩饰的，下阕这种情绪就直接爆发出来。当隐藏于背后的愁苦被再度翻搅上来的时候，便化成一声声沉重的叹息。词人叹息的是"倾盖"故友的远隔，彼此音信的不通。而这种苦痛，又正是残酷的政治斗争所带来的。那么，这首词所包蕴的现实意义，就值得人们回味。经过一次次酷烈的政治斗争与迫害，词人已经不对前景抱有希望，"红日晚，仙山路隔空云海"，时不我有、抛掷永绝的悲痛，洋溢于言表。

悲苦之余，词人也只能借助人们常用的方式，举杯浇愁，以求解脱出来。《江神子》曰：

> 今宵莫惜醉颜红，十分中，且从容。须信欢情，回首似旋风。流落天涯头白也，难得是，再相逢。　十年南北感征鸿，恨应同，苦重重。休把愁怀，容易便书空。只有琴樽堪寄老，除此外，尽蒿蓬。

这首词写流落天涯、十年阻隔之后与友人再次相逢的情景。李之仪的友人都是哲宗亲政初被贬远去的，哲宗亲政仅仅只有七年，所以，这次相逢当然是在徽宗年间。用来表达"再相逢"的快乐，遮掩"流落天涯头白也"的愁苦，词人只有频频举杯相劝，即使"十分"醉酒，也在所不惜。其实，酒宴之间，友人难免要谈起彼此相同的"恨"与"苦"，诉说愁怀，词人在劝友的同时也是自劝。结尾归结到"琴樽寄老"以外，满目"蒿蓬"，读之令人唏嘘。词人与友人最终也没有摆脱苦恨的缠绕。李之仪有一首《满庭芳》抒写"黯然怀抱"，小序明确点出因友人"咏东坡旧词，因韵成此"，这些作品受苏轼词影响是十分明显的。

元祐党人之外，另有许多仕途失意、对前景不抱希望的词人,或者与苏轼曾经有过密切交往,同样学习苏轼作风,在词中深寓自我感慨。

这类词人中比较有代表性的是毛滂。毛滂(1060—1124?),字泽民,衢州江山(今浙江县名)人。元祐初苏轼居翰苑时,毛滂由浙入京,以诗文自通,即深得苏轼赏识。毛滂《东堂集》卷六附有苏轼的推荐状,云:

> 翰林学士、朝奉郎、知制诰兼侍读臣苏轼右:臣伏睹新授饶州司法参军毛滂,文词雅建,有超世之韵;气节端厉,无徇人之意。及臣尝见其所作文论骚词,与闻其议论,皆于时有用。今保举堪充文章典丽可备著述科。谨录奏。

元符初知武康县,改建官舍"尽心堂",易名"东堂",因以为号。毛滂徽宗年间改投门户,阿谀蔡京兄弟,混得一官半职,不过,并不为当政者所看重。虽然免去了受牵累被贬或被罢免的灾祸,却免不了仕途漂泊、沉抑下僚的苦痛。在他的词中,也就免不了有受冷落时的凄苦与四处飘零的伤感之抒发。崇宁、大观间,毛滂为求新职困居京师,作《雨中花·下汴月夜》,词曰:

> 寒浸东倾不定,更奈舻声催紧。堤树胧明孤月上,暗淡移船影。 旧事十年愁未醒,渐老可禁离恨。今夜谁知风露里,目断云空尽。

上阕借水浸冷月、咿呀舻声、迷蒙孤月、暗淡船影,写仕途坎坷、流落江湖的悲凉。下阕叹老嗟恨,无限伤心,今夜风露,又添不尽凄凉,愁绪表达得极其含蓄蕴藉。这首词应作于离京赴外任途中。毛滂在京师曾上十首谀词，奉承蔡京，指望能得重用。岂知最终仍不免离京去国，内心的凄苦怨恨可想而知。其时，又有《去国呈蔡元度》诗，云："去国黄流急，搔头白发新。牛衣还卒岁，狗监定何人？奏嫌宁妨跛，为郎正碍贫。鄙文无恙否？酱瓿盍相亲。"冷官窘状，百般凄凉，可与《雨中花》对照阅读。

毛滂的《相见欢·秋心》，寓意及语气皆与《雨中花》相近，或为同时之作，并列于此。词云：

十年湖海扁舟，几多愁。白发青灯，今夜不宜秋。
中庭树，空阶雨，思悠悠。寂寞一生心事，五更秋。

从词中语气揣度，也是作于后期。飘零一生，一事无成，"白发青灯"，秋愁不堪。词人将委婉诉说艳情相思的手法，运用于这种牢骚怨苦之表达，改变了以往直抒胸臆时喜用赋笔的做法，既有被传统审美观认可之"温柔敦厚"，又与歌词含蓄言情的特征相吻合，是对苏轼"诗化"词风的一种拓展。

抚时感时之作还有《临江仙·都城元夕》，词云：

闻道长安灯夜好，雕轮宝马如云。蓬莱清浅对觚棱。玉皇开碧落，银界失黄昏。　　谁见江南憔悴客，端忧懒步芳尘。小屏风畔冷香凝。酒浓春入梦，窗破月寻人。

词写汴京元夕之夜。上片写满城灯火，欣赏灯火的人倾城而出，极为壮观，整个都城，恍如仙界。"蓬莱清浅对觚棱"，蓬莱是传说中的海上仙山；觚棱，宫殿的屋脊。由于灯火辉煌，入夜的都城，有如白昼："玉皇开碧落，银界失黄昏"。下片写江南倦客的孤独与寂寞情怀，与上片热闹场面形成强烈对比。换头用"谁见"二字领起,孤独之情溢于言表。继之又用"端忧"二字震荡全篇。词人满怀愁绪,躲开那"雕轮宝马"的去处,在小屏风后,自斟自饮,借酒消忧。值得注意的是最后两句:"酒浓春入梦,窗破月寻人。"这两句想象丰富,诗意盎然。作者本想趁醉酒之机伴着春天进入梦境,但却被射入破窗的月光唤回人世。本来上元之夜是以欣赏新春的第一次圆月为主的,但是,人世的花灯却把都城照耀得如同白昼,甚至使天上的圆月都为之失色。这实际上已经是"喧宾夺主"了。但这上元之月却仍以它皎洁的辉光,平等地照临到每一个人。"窗破月寻人",写的就是这样一种意境。月亮既不因整个都城的沸腾而忘记这被人遗忘的孤独者,同时,也不会因你躲避在幽僻的角落而放弃"寻"找的时机。"窗破"为被寻找提供了这样的机会和条件。在作者极其孤独寂寞的境遇之中,月亮就是作者的朋友和忠实的伙伴了。这首词写的就是这样一种心境。词里没有感时抚事的牢骚,但字里行间仿佛处处可以发现作者内心的不平。这种不平大都是仕途不得志所带来的。

2. 归隐田园的潇逸与无奈

既然朝政黑暗,政治上受到排挤打击,许多词人便作归隐之计,高歌隐逸田园之乐,其中时时仍不免夹杂着的是无奈和感伤。归隐,是中国古代文人仕途失意、失望后的退路,是饱经沧桑心灵的抚慰,所谓"穷者独善其身"。此时,他们往往要突出隐居生活的清心寡欲、环境的秀丽宜人、田园的自在潇洒,以反衬官场的黑暗,以及尔诈我虞之可笑。

晁补之被罢官回家以后,"葺东皋归去来园,楼观亭台,位置极潇洒,尽用陶(渊明)语命之。自画为大图,书记其上。"

（陈鹄《西塘耆旧续闻》卷三）"自号归来子，忘情仕进，慕陶潜为人。"（《宋史》卷四百四十四《晁补之传》）平日吟咏消遣，自得其乐，创作上反而进入一个高峰期。晁补之大量优秀的词作都产生于这一时期，如《晁氏琴趣外篇》中的压卷之作《摸鱼儿·东皋寓居》，词曰：

买陂塘、旋栽杨柳，依稀淮岸江浦。东皋喜雨新痕涨，沙嘴鹭来鸥聚。堪爱处，最好是、一川夜月光流渚。无人独舞。任翠幄张天，柔茵藉地，酒尽未能去。
青绫被，莫忆金闺独步。儒冠曾把身误。弓刀千骑成何事？荒了邵平瓜圃。君试觑，满青镜、星星鬓影今如许。功名浪语。便似得班超，封侯万里，归计恐迟暮。

晁补之晚年隐居东皋，虽然偶尔还有"儒冠曾把身误""功名浪语"的愤激语，但是，总体上已经从仕途的失意中超脱出来，他是最能得苏轼"旷达"真味的苏门弟子。所以，上阕以轻快流利的词笔描绘东皋景致的清新明丽、优美恬静。在江淮、陂堂的环绕之间，杨柳成荫，鸥鹭无猜，嘉雨新痕，夜月清光，"翠幄""柔茵"上下辉映，一片澄澈。置身其间，宛如仙境般的美好。下阕是对往事的回顾叹息，用以反衬今日隐居之欢乐。词人用邵平瓜圃、班超封侯的典故做对比，自云"归计恐迟暮"，还是无奈语。不过，词人已经从被贬的悲苦中解脱出来，寄情于洁身自好的生活，悠然忘机。心胸之豁达坦荡，直逼东坡。《艺概·词曲概》评价说："无咎词堂庑特大。人知辛稼轩《摸鱼儿》'更能消几番风雨'一阕，为后来名家所竞效，其实辛词所本，即无咎《摸鱼儿》'买陂塘旋栽杨柳'之波澜也。"晁补之徽宗年间词作，承苏启辛，在词的流变过程中发挥了重要作用。

晁补之写东皋隐居之乐的词作,保存至今的还有 17 首之多,如"东里催锄,西邻助饷,相戒清晨去。"(《永遇乐·东皋寓居》)写耕作之乐;"趣腊酒深斟,菖葅细糁,围坐从儿女"(《消息·东皋寓居》)写人事之乐;"薜井出冰泉,洗瀹烦襟了"(《生查子·东皋寓居》)写消夏之乐;"何妨醉卧花底,愁容不上春风面"(《梁州令叠韵》)写宴饮之乐等等,都表现了词人清高脱俗、昂首尘外的自在生活和开阔胸襟。

李之仪身心俱受摧残仍不屈服,废罢之后,也以田园之乐抚慰身心,陶冶性情,其《鹧鸪天》云:

> 收尽微风不见江,分明天水共澄光。由来好处输闲地,堪叹人生有底忙。　心既远,味偏长,须知粗布胜无裳。从今认得归田乐,何必桃源是故乡。

从清明净洁的天光水色中悟透"此身非吾有"的舛误,因此感叹半生劳碌的无谓,宣称因此要归隐田园。细品语意,发现李之仪并没有晁补之那一份真正的超脱,更多的是无奈之中的反语愤激,可以将其理解为对世态时局的一种抗争姿态。所以,《鹧鸪天》下阕都是词人在大声宣称,在这声音的背后可以折射出词人的痛苦。其《朝中措》语意更为明了,下阕云:"功名何在,文章漫与,空叹流年。独恨归来已晚,半生辜负渔竿。"情绪焦点落实在"功名何在"之失落后的愤慨。从这种磨灭不了的愤恨中,也可以体会李之仪不屈不挠的铮铮硬骨。另一首《朝中措》说:"平生志气,消磨尽也,留得苍颜。寄语山中麋鹿,断云相次东还。"更多的是不得志的无奈,隐逸只是对这种痛苦无奈心理的化解。

黄庭坚未及退隐便卒于贬所，但在贬谪期间不乏对隐逸的向往，他同样期望以此抚慰受伤的心灵。《南乡子》说：

　　未报贾船回，三径荒锄菊卧开。想得邻船霜笛罢，沾衣。不为涪翁更为谁？　　风力裹荑枝，酒面红鳞恓细吹。莫笑插花和事老，摧颓。却向人间耐盛衰。

在现实生活中身不由己，欲进无路，欲归不可，只能对"三径荒锄"遥致愧疚之意。所以，词人理所当然地认为"邻船"催人泪下的"霜笛"是为他而发的。那么，词人就故意选择了饮酒"插花"的放纵形骸的生活，来弥补自己不得隐逸的缺憾。同样也以此来抗争现实。黄庭坚又有《浣溪沙》写自己晚年生活，词说：

　　一叶扁舟卷画帘，老妻学饮伴清谈。人传诗句满江南。　　林下猿垂窥涤砚，岩前鹿卧看收帆。杜鹃声乱水如环。

词人一直未得归隐机会，"一叶扁舟"、老妻相伴云云，都是词人渴望过的晚年生活。下片描述的与"林下猿""岩前鹿"为伍，听"杜鹃声乱"，更是一种想象中的理想生活。

3. 咏史咏古之悼古伤今的情怀

悼古伤今，必然与现实政治发生密切联系。这是历代诗歌的重大题材。苏轼以词咏史咏古，将厚重的历史感引入歌词，咏古咏史的作品在北宋后期词坛便时时可见。黄庭坚的《水调歌头》咏汉代王昭君之事，词云：

　　落日塞垣路，风劲戛貂裘。翩翩数骑闲猎，深入黑

· 351 ·

山头。极目平沙千里,惟见雕弓白羽,铁面骏骅骝。隐隐望青冢,特地起闲愁。　　汉天子,方鼎盛,四百州。玉颜皓齿,深锁三十六宫秋。堂有经纶贤相,边有纵横谋将,不减翠娥羞。戎虏和乐也,圣主永无忧。

昭君被迫出塞和番,是汉王朝无能无力的懦弱表现,在民族意识极强的文人士大夫心目中永远是极大的耻辱。到了北宋后期,边境上有辽与西夏两大威胁,宋王朝一直处于被动挨打的地位,屈辱求和。黄庭坚此时咏叹"昭君出塞",便有了复杂的现实意义,故词人出之以辛辣嘲讽的口吻。上片写秋高气爽的季节边境上的敌情警报。边境民族的"闲猎"往往是军事演习,这里代指入侵。词人渲染了来犯之敌的凶猛气势:荒凉空旷的"塞垣路"上,"落日"苍茫,边风健劲,挟此威猛声势"深入黑山头"的"数骑",锐不可挡。他们有"雕弓白羽""铁面骏骅骝"的精良装备,蓄意而来,居心叵测。词人不禁为边境的安危忧虑重重。然词人没有直接叙说自己的担忧,而是以"隐隐望青冢,特地起闲愁"两句轻轻带出。上片是昭君出塞的现实背景。对此外患束手无策,才出"和番"的屈辱下策。下片具体咏叹"昭君和番"。"汉天子,方鼎盛,四百州",有此辽阔的国土、强盛的国力,本来不应该以昭君应付来犯之敌。况且,昭君"深锁"宫中,又如何知晓国事,又有什么义务去平定入侵之敌?抵御入侵、安邦靖国,理所当然是"经纶贤相"与"纵横谋将"的分内事,最终却让昭君蒙羞出塞、远离故土。结尾两句是辛辣的反语讽刺,依靠这种下策怎么能够保证"永无忧"呢?其中透露出作者对现实的隐忧。

李之仪有两首《南乡子》咏端午节,因为这个节日与屈原的生平事迹紧紧联系在一起，所以，对历史的感慨也由此生发。第二首说：

> 泪眼转天昏，去路迢迢隔九门。角黍满盘无意举，凝魂。不为当时泽畔痕。　　肠断武陵村，骨冷难同月下樽。强泛菖蒲酬令节，空勤。风叶萧萧不忍闻。

词人的情绪十分沉重压抑，恰逢端午节，想起遭遇凄惨的古人屈原，不禁感慨万分。咏古则是为了咏怀，词中明确说"不为当时泽畔痕"，屈原只是被词人借来传达情感的一个媒体。"武陵村"的想象，为词增加了更加丰富的内涵，词人或许联想到自己理想的破灭，晚景的凄凉。"骨冷"一语，悲苦凄寒已极。结尾当然是"不忍闻"，对外界的一切侵袭都已经难以抵挡。这就是张炎在悲苦中所表现的："怕见飞花，怕听啼鹃"（《高阳台》）的脆弱心理。苏轼的门生总是很难真正学到老师的坦荡超脱。

4. 多种生活情感体验的抒发

唐末五代以来，词的表现范围变得越来越窄，男欢女爱、离情别怨、春恨秋愁，几乎成为词中的唯一话题。词中的抒情女主人公，也绝大多数是送往迎来、倚门卖笑的歌妓。苏轼率先突破传统的藩篱，做到"无意不可入，无事不可言"，但没有立即被同时代的人所认可。到了北宋后期，苏轼的开拓才逐渐被人们所熟悉、所接受，因而悄悄地成为创作习惯。这一阶段的词人，将生活中体验到的多种情感经历，都借歌词来抒发。这一种悄悄的改变，对南渡以后"苏学"在词坛的全面复苏至关重要。

首先，是对亲朋好友的思念之情。北宋后期词人，多遭废罢或贬谪，告别亲朋好友成为一件十分平常的事情，别后的思念也就随处可见。这种思念，由于搀杂了复杂的政治因素，因此变得更加耐人寻味。李之仪《忆秦娥》云：

　　清溪咽，霜风洗出山头月。山头月，迎得云归，还送云别。

　　不知今是何时节？凌歊望断音尘绝。音尘绝，帆来帆去，天际双阙。

凌歊台，在安徽当涂县西北五里的黄山上。据《太平寰宇记》卷一百零五《江南西道》载："（南朝）宋凌歊台，周回五里一百步，高四十丈，石碑见存。"贺铸通判太平时曾作《凌歊引》，李之仪为之作跋，故李之仪此词当作于崇宁年间编管太平之时。霜风秋月季节，登凌歊台思念远方友人，此地曾是与友人相聚相别之处。遥望远方，友人杳无音讯，也不知何日可以重逢，思念至此，难禁心头凄痛。词人很好地运用了入声韵，造成哽咽的声调，用以表达泣不成声的悲痛。近乎绝望的悲苦，就不仅仅是用友人之间的离别思念可以解释得了，其中所包含的可能是更深一层的对政途风波险恶的忧虑与绝望。李之仪的《采桑子》小序说"席上送少游之金陵"，词中以景衬情："细雨濛濛，一片离愁醉眼中"，深情款款。"明朝去路云霄外"的叙述又为友人的前程而忧虑，现实政治环境的险恶隐约可见。

　　这类作品中，时时还能看出词人消磨未尽的雄心。黄庭坚《品令》说：

　　败叶霜天，渐鼓吹、催行棹。栽成桃李未开，便解银章归报。去取麒麟图画，要及年少。　　劝公醉倒，别语怎向醒时道？楚山千里暮云，正锁离人情抱。记取江州司马，坐中最老。

词前小序说："送黔守曹伯达供备。"这是黄庭坚谪居黔州时所作。词中有送别时称颂政绩的泛泛之语，然"去取麒麟图画，要及年少"的热情鼓励中多少包含着词人当年的热望及眼前的不甘心。结尾以"江州司马"自比，失意之愤懑、牢骚也是呼之欲出。

其次，苏轼词中"西北望、射天狼"之类最高亢的音响，在北宋后期词坛也找到一些回响。徽宗年间，对外族的用兵曾取得某些胜利，尤其是宣和末年联金灭辽，以金帛换得一些土地，假造出一些虚妄的强盛局面，更令统治者昏昏陶醉。军旅生活、边塞战争，就出现在词人的笔下。王安中宣和末年曾出镇燕山府，为边帅。某次检阅六军，赐饮官兵，作《菩萨蛮》纪其事，词云：

中军玉帐旌旗绕，吴钩锦带明霜晓。铁马去追风，弓声惊塞鸿。

分兵间细柳，金字回飞奏。犒饮上恩浓，燕然思勒功。

军中景象，都是词人亲身经历，故上阕写来气魄宏大：六军排列，旌旗招展，铁马奔驰，刀光闪闪，弓声透云。这种壮阔的景象，也是北宋词中极其罕见的。下阕颇多谀圣之辞，建功立业的愿望也成为一种格式化的表达。但是，以这样的题材入词，便是对苏轼创作的一种承继。

随着朝廷对边功的看重，部分词人也将建功立业的热望寄托于此，在词中就有了相应的表现。如吴则礼，字子副，号北湖居士，兴国州永兴（今湖北阳新）人。以父荫入仕，元符元年（1098）为卫尉寺主簿，官至值秘阁，知虢州。吴则礼主要仕历皆在北宋后期，卒于宣和三年（1121）。他与陈师道等有诗文唱和，对黄庭坚推崇备至。所以，他也接受了苏轼词风的影响。他有《江楼令》云：

凭栏试觅红楼句。听考考，城头暮鼓。数骑翩翩度孤戍，尽雕弓白羽。　　平生正被儒冠误。待闲看，将军射虎。朱槛潇潇过微雨，送咸阳西去。

宋人向来重文轻武，徽宗则好大喜功，近臣中便有以武功博取富贵者，如童贯、蔡攸之流。统治者趣好的改变吸引了广大的文人士大夫，吴则礼这首词就代表着时人观念的某种转变。"平生正被儒冠误"，极似唐边塞诗人"宁为百夫长，胜作一书生"之类的语气。词人羡慕的是"数骑翩翩度孤戍，尽雕弓白羽"的行伍生活，"将军射虎"之场面被写得很有声威。吴则礼《木兰花慢》又云："望杳杳飞旌，翩翩戎骑，初过边头"，描摹行军阵营气势；《红楼慢》云："霜髯飞将曾百战，欲携名王朝帝"，歌颂军中勇将。同类题材的作品，在北宋后期明显增加。

再次，托物喻志的手法被更普遍地运用。苏轼在《卜算子·缺月挂疏桐》《水龙吟·似花还似非花》中借物明志，还仅仅是偶尔用之，且在有意无意之间。北宋后期朝政黑暗，苏轼弟子、友人大都屡遭打击，身处逆境。他们的内心情感不可随意表达，便更多地借用托物喻志的手法去抒发情感。在《水调歌头》中，黄庭坚就托物喻志以表现自己的高尚品格：

瑶草一何碧，春入武陵溪。溪上桃花无数，花上有黄鹂。我欲穿花寻路，直入白云深处，浩气展虹霓。只恐花深里，红露湿人衣。

坐玉石，倚玉枕，拂金徽。谪仙何处？无人伴我白螺杯。我为灵芝仙草，不为朱唇丹脸，长啸亦何为。醉舞下山去，明月逐人归。

这首词上片写景，但并非一般的实景，而是写对理想境界"武陵溪"桃源仙境的追求："穿花寻路，直入白云深处"。正因为词人有如此高远的理想，所以才有浩然之气，磅礴九霄，甚至与天上的虹霓相结。下片抒怀。词人对李白表示由衷的倾慕，这正是暗示对名利的轻蔑。"玉石""玉枕""金徽""白螺杯""灵芝仙草"都象征自己为人的清高与圣洁，同"朱唇丹脸"形成鲜明对照。这首词，实际上是一首抒情诗，与苏轼《水调歌头》有异曲同工之妙。但这首词似更注重于抒写怀抱与理想，因此，抒情性也更为显著。

北宋后期词人在作品中普遍流露出的主体意识，表明苏轼创立的抒情模式已经被人们悄悄接受，逐渐流行于词坛。"四海文章慕东坡"不是一句泛泛之辞，苏轼词之革新观念已经渗透于北宋后期词人的创作之中，歌词新的抒情功能得以确立，预示着南渡后的全面勃兴。

三、门墙肯傍大苏来

苏轼清雄旷达之词风，是一种全新的美学风格，对委婉隐约的传统词风形成冲击，在当时词坛引起普遍关注。苏轼新创之词风，与时人对歌词的审美期待心理相违背，从总体上来说，以否定意见居多。如陈师道、苏轼幕下士人的批评，这种观点代表了时人的普遍看法。苏门弟子李廌徽宗年间见善讴老翁，还作《品令》嘲讽说"是伊模样，怎如念奴"（《碧鸡漫志》卷一）。苏轼的门人弟子尚且如此，遑论其他。然而，苏轼文学创作的成功，已经成为现实存在，无论持何种创作观点的词人，都必须面对这一现实。加上苏轼巨大的人格感召力，苏轼词风也在不知不觉中改变着词坛的风气，对时人产生了深刻的影响。将苏轼以后诸多词人的创作联系起来考察，便可寻觅词风嬗变的轨迹。

　　词风之转变，首先表现在用以烘托主观情绪的客观景物描写的改变。传统词风偏于"香而软"，写景自然"狭而深"。词人们选取的大都是"庭院深深""小园香径""梦后楼台"等等狭小的空间，作细腻深长的情感抒发。苏轼则选取"明月青天""大江东去""千骑平冈"等宏大的场面作为情感抒发的背景，"一洗绮罗香泽之态，摆脱绸缪宛转之度"（胡寅《酒边词序》）。词人开阔的胸襟、奔放的情感，于是有了相衬相映的空间得以落实。其次，这种景物空间选择的变化，源于词人不同的情感需求，与之相适应的必定是"登高望远，举首高歌"之情，传统的曼声细语的吟唱得到本质的改造。再次，词风的转变，还表现在摒弃传统词风之秾艳，转以清新、清丽为主要美学特征。上述三个方面，是一个有机的整体，往往完整地表现在一首词中。

　　北宋后期词人在空间景物的选择与描写方面有了明显的转变。李之仪是苏门弟子中喜评论作词者，他历评北宋词而无一语涉及苏轼与黄庭坚，大约也并不满意老师的歌词风格。[①] 而且，李之仪论词特别强调歌词"自有一种风格，稍不如格，便觉龃

[①] 见吴熊和《唐宋词通论》第294页，浙江古籍出版社1985年1月版。

龉"(《跋吴思道小词》)。从理论上讲,李之仪不大赞同老师的作词之法,然这并不妨碍他在创作实践中或多或少受其影响。徽宗年间李之仪罢居当涂,濒临长江,受长江壮阔气势熏陶,创作自然与苏轼词风趋同。其《天门谣》云:

> 天堑休论险,尽远目、与天俱占。山水敛,称霜晴披览。
> 正风静云闲,平潋滟。想见高吟名不滥。频扣槛,杳杳落,沙鸥数点。

这首词是登采石娥眉亭览眺长江而作。登高远目,天堑长江浩渺无边,水天相连,秋霜季节,天高云淡,这是一片无比辽阔、令人赏心悦目的景色。词人对景生情,"扣槛"吟啸,心情激荡。心中的不平与愤慨,在拍打栏槛时,似乎一一洒落在江山之间。情景相融,词人奔放的情怀也展露无遗。

李之仪又有《蓦山溪·采石值雪》咏登娥眉亭览雪景,云:"匀飞密舞,都是散天花。山不见,水如山,浑在冰壶里。"处在这一幅白茫茫壮丽的景观之中,词人身心与之俱洁,故连呼:"须痛饮,庆难逢,莫诉厌厌醉!"豪迈中流露出一丝颓唐,与苏轼"人间如梦,一尊还酹江月"之消沉相似。另一首《水龙吟·中秋》咏中秋夜景,说:"晚来轻拂,游云尽卷,霁色寒相射。银潢半掩,秋毫欲数,分明不夜。"一片开阔的冰清玉洁世界,气质上受苏轼中秋词影响。只是与苏词相比,李词更多衰疲气象,如"万事都归一梦了""玉山一任樽前倒"(《蝶恋花》)等等。这是徽宗年间的社会背景所特殊赋予的。

在开阔背景的衬托下,即使书写相思别离之情感,也给人以全新的艺术感受。李之仪流传最广的词作《卜算子》,就是这样

一首佳作,词云:

> 我住长江头,君住长江尾。日日思君不见君,共饮长江水。
>
> 此水几时休,此恨何时已。只愿君心似我心,定不负、相思意。

词写相思之情,本属词中最平常的题材,但这首词却写得很有特色,原因在于构思比较新巧。作者以江水喻恋情,滔滔不绝,天长地久。以源远流长的长江连接相思的双方,空间距离之辽远、彼此思念之绵长,尽在不言之中。没有花间月下的缠绵悱恻,双方的情感融入滔滔江水,是那么的清醇、真挚。只要两地心心相印,息息相通,恋情便永远不会衰歇。这首词另一特点是语言朴素,有鲜明的民歌风味,且以淡语写情语,更加反映出感情的真挚。这种富有民歌风味的清新隽永之格调,就得力于烘托情感景物的改变。

从上述李之仪词景物的描写来看,江天一色之清明,冰雪世界之洁白,滔滔江水之绵远,都已经走出了狭小的庭院楼阁,也没有了传统歌词的香艳脂粉气。古人创作诗词,重情景交融之境界,背景的改变,当然带来词风的转移。

苏门弟子李廌在这方面也有出色的表现。李廌(1059—1109),字方叔,号济南,华州(今陕西华县)人。元丰中他曾以文章谒苏轼于黄州,以文章知名,苏轼说他的文章"笔墨澜翻"有"飞沙走石之势"。但屡试不取。存词仅四首。《虞美人令》说:

> 玉栏杆外清江浦,渺渺天涯雨。好风如扇雨如帘,

时见岸花汀草涨痕添。　青林枕上关山路,卧想乘鸾处。碧芜千里信悠悠,惟有霎时凉梦到南州。

这首词通过雨中景色的描绘,寄托了离绪别情与翩然出世之想。词人凭栏眺望,风雨连江,远至天涯,千里一片。初夏时节有此"好风好雨",词人感觉到爽朗畅快,心旷神怡。雨中的"岸花汀草",更富有勃勃生机。风雨绵延,不禁牵引出词人的"千里思悠悠"。今夜天凉气爽,正好入眠,睡梦中可以凭借"霎时凉梦"到达所思的"南州"。思念远人是传统歌词所经常抒发的一种情感,李廌则以如此开阔清爽的景物作为背景衬托,思绪悠悠而又不低沉压抑,与苏轼词气质相似。清人况周颐在《蕙风词话》卷二中对这首词评价很高,他说:"'好风如扇雨如帘,时见岸花汀草涨痕添',春夏之交,近水楼台,确有此景。'好风'句绝新,似乎未经人道。歇拍云:'碧芜千里思悠悠,唯有霎时凉梦到南州。'尤极远淡清疏之致。"景物设置的改变与词风的转变密切相关。

北宋后期,甚至有能得东坡风韵而闻名天下的文人。苏轼同乡后辈唐庚(1071—1121),字子西,元祐六年(1091)进士,为宗子博士。卒于宣和三年。主要文学活动都是在徽宗年间。徽宗年间他曾贬官惠州,经历与贬地都与苏轼相同相似。他潜心学习苏轼,最得东坡神韵,"太学诸子竞相传写其岭南诸作,称'小东坡'。"(《四库全书总目·眉山集》)存《诉衷情》一首,词云:

平生不会敛眉头,诸事等闲休。元来却到愁处,须著与他愁。

残照外,大江流,去悠悠。风悲兰杜,烟淡沧波,何处扁舟。

这首词写旅愁,是词人仕途坎坷、品尝到人生苦痛后的感慨。上阕直抒胸臆,写愁来时的难堪折磨。词人平生豁达,不知愁滋味,经受挫折后,方知愁苦的分量,这愁苦竟然无处不在,挥之不去,深沉抑郁。下阕以景衬情。傍晚的残照、悠悠的江流、淡淡的暮烟,以及漂泊其中的一叶孤舟,以极其宏大的背景反衬极度渺小的扁舟,渲染旅途之孤苦无依。词人颠倒宋词上阕写景、下阕抒情的一般结构模式,因为词人是在愁苦填满胸臆、不得不发之为文时落笔的,正是苏轼所谓"不择地而出"者。外景被强烈的主观情绪所渗透,所以,与词人这种人生挫折之大痛苦相映衬的就只有苍茫恢弘的景象。全词悲愤淋漓,苍劲高远。"残照外,大江流,去悠悠"的宏大景象,令人联想起南渡词人朱敦儒的名句:"万里夕阳垂地,大江流。"(《相见欢》)

唐庚一类的词人,年辈稍晚,他们是在徽宗年间才逐渐步入文坛。许多作家在"靖康之难"后渡江到了南方,成为"南渡词人群"中之活跃者,也自然成为南北宋词坛的过渡者。以往词史研究者过分强调南渡前后每位词人词风的截然转变,忽略了北宋末年这一批词人受东坡词风影响,创作中或多或少发生改变,已经预示着词坛风气的转移。南渡后词风的巨变,不过是借助社会之大动荡给词人形成的大冲击,加速、加剧这种演变的到来。

这一类词人中最具代表性的是叶梦得。叶梦得(1077—1148),字少蕴,号石林居士,长洲(今江苏苏州)人。哲宗绍圣四年(1097)进士,授丹徒尉。崇宁初授婺州教授,累迁至翰林学士。历知汝州、蔡州、颍昌府。南渡以后仍得重用,官至尚书右丞,两镇建康,为江东安抚制置大使,兼知建康府、行宫留守。叶梦得在徽宗年间颇受重用。他是南北宋之交的重要作家，著述繁富。他是晁补之的外甥，元祐末与苏门弟子交往密切，徽宗年间也曾闲居乌程卞山，与贺铸来往频繁。所以，叶梦得与苏门有很深的渊源，创作上也深受影响。徽宗年间，叶梦得虽依蔡京而贵，人品有可非议之处。然词作仍得东坡余韵，与南渡以后的作品保持了连贯性。他的部分作品，甚至被混入东坡集子，使后人难辨真伪。大约作于政和末年移官颍昌、与客告别的《永遇乐》，便误入汲古阁本《东坡词》，词云：

  天末山横，半空箫鼓，楼观高起。指点栽成，东风满院，总是新桃李。纶巾羽扇，一尊饮罢，目送断鸿千里。揽清歌，余音不断，缥缈尚萦流水。 年来自笑无情。何事犹有，多情遗思。绿鬓朱颜，匆匆拼了，却记花前醉。明年春到，重寻幽梦，应在乱莺声里。拍栏杆，斜阳转处，有谁共倚？

  起笔开阔。远处是天边的"横山"，近处是高耸的"楼观"，连接其间的是空中隐隐传来的"箫鼓"声。这一片气魄恢弘的背景所衬托起的就不是一般的"呢呢儿女语"，而是一种拿得起、放得下的爽快利落之友情。所以，面对"东风满院"桃李新开之美好春季和即将分手的友人，唯有"一尊饮罢"，千万语祝福、千万种离情尽在其中。此情此意，皆随"清歌"余音，潺潺流水，袅袅不绝。词人"自笑无情"是表面现象，是自我解脱，"多情遗思"才是真实感受。大丈夫临别分手，不学儿女沾巾，看似无情却有情。这种深藏于内心的情谊，已将词人引向分手之后的设想：明年春来，"乱莺声里""斜阳转处"，大约只有孤独一人，倚栏对景了。思念及此，思别之情又转深一层。词人在送别之际,仍作洒脱之态,不失丈夫豪气,深情贯注其中。清脱疏旷之词风,摩近东坡之垒。

叶梦得约作于宣和五年(1123)的《定风波》,乃中秋与友人置酒待月抒兴之作。词中描绘了"千步长虹跨碧流,两山浮影转蟠头"之清丽壮阔的景色与"袅袅凉风吹汗漫,平岸,遥空新卷绛河收"中秋月夜之清凉世界,以及倘佯其间"付与诗人都总领"的逸怀浩兴。约作于政和中与友人贺铸等言别之《临江仙》,慨叹"自笑天涯无定准,飘然到处迟留"的漂泊生活,设想"遥知欹枕处,万壑看交流"之心胸磊落开阔。这些词都共同具有清旷超逸的作风。王兆鹏先生《两宋词人年谱》编得叶梦得徽宗年间词28首,以这类风格的作品居多。

葛胜仲是南渡词人中的另一位活跃者。葛胜仲(1072—1144),字鲁卿,常州江阴(今属江苏)人。哲宗绍圣四年(1097)进士,调杭州司理参军。元符末中宏词科,除兖州教授,入为太学正。累任太常少卿、太府少卿、国子祭酒。出知汝州、湖州、邓州。南渡后乞祠归,卒谥文康。葛胜仲秉性正直,徽宗年间多得罪权贵,如宣和时在汝州曾抗宦官李彦括田,保护流民,其个性及作为有类似苏轼之处。他在徽宗年间的词作,也得东坡风韵。如约作于大观四年(1110)的一首《水调歌头》,俨然是一篇浓缩的《赤壁赋》,词云:

夜泛南溪月,光影冷涵空。棹飞穿碎金电,翻动水精宫。横管何妨三弄,重醅仍须一斗,知费几青铜?坐久桂花落,襟袖觉香浓。 庾公阁,子猷舫,兴应同。从来好景良夜,我辈敢情钟。但恐仙娥川后,嫌我尘容俗状,清境不相容。击汰同情赏,赖有紫溪翁。

月夜泛舟南溪，冷光相射，金电涵空，水天一色，洁白清澈。置身于这个透明的世界之中，心胸为之净洁。词人举杯对饮，横管相伴，流连忘返。不知不觉中又熏染了一身的桂花香浓，身心俱融入大自然。下阕回想前贤登临游玩之乐，得出的结论是"我辈情钟"这等空旷清明的自然风光，是性情使之然。葛胜仲今夜游乐，既直接得自眼前的风光，也间接地得自前贤的熏陶。其中北宋最能得自然景色之乐、且能形诸于文的就是苏轼，葛胜仲不好明言，但所塑造的境界是如此的相似。处在这明净的世界中，词人不免有点自惭形秽，这实际上是对自己混迹官场、有时只得随俗作态之处境的不满。所以，词人就更珍惜今夜所得之乐。此景此情此乐，只有脱落尘俗、表里俱澄澈者，方能潜心体味。葛胜仲作于同时的另一首《水调歌头》进而议论说："岩壑从来无主，风月故应长在，赏不待先容。"语意和语境皆从东坡《赤壁赋》中化出，前后承继关系十分明显。

表现葛胜仲这种洒脱襟怀、磊落心胸的，还有那些醉心于绿水青山之间、抒隐逸之情的词作。在明净的山水之中，词人获得心灵之愉悦。如《渔家傲》云："叠叠云山供四顾，薄书忙里偷闲去，心远地偏陶令趣。登览处，清幽疑是斜川路。"《定风波》云："千叠云山万里流，坐中碧落与鳌头。真意见嬉吾已领，烟景。不辞捧诏久汀洲。"山水之间的风物景色，必然都是清明寥廓的，词人的心灵在此豁达宁静的世界中才能得到抚慰与休息。

继苏轼之后，词人"诗化"的路子也是多样的，毛滂就是一个突出的例子，他通过自己的创作进一步促进了词的"诗化"。这里所说的"诗化"，并不是指毛滂的词像苏轼那样扩大了反映生活的内容，而是说，他的词极力舍弃柳永词中所具有的俚俗的特点，向着骚雅的境界提高，并且善于从平淡无奇的日常生活中发掘出浓郁的诗意。毛滂在艺术感受上和形象的捕捉方面有自己独到之处。如《减字木兰花·留贾耘老》：

  曾教负月，催促花边烟棹发。不管花开，月白风清始肯来。 既来且住，风月闲寻秋好处。收取凄清，暖日栏杆助梦吟。

  词里写的是月白风清的秋夜，但词人的着眼点并不在正面描写秋夜如何美好，如何迷人，而是侧重于抒写作者以及贾耘老对待这秋夜的态度。不过这态度并不是理性的叙述，而是通过词的意境反映出来的。在一个清风明月的夜晚，词人催促停泊在倒映水中的花丛身边的小船，冒着薄暮的烟霭去邀请贾耘老来赏月。然而这小船直到烟霭消散之时才出发返航。贾耘老之所以肯来，并不在于是否有花开放，而是："月白风清始肯来。"这是一种何等高雅的境界！下片，"既来且住"扣紧词题，而"风月闲寻秋好处"才是挽留友人的目的。在这风清月白的秋夜，该有多少画意诗情啊！尽管这诗情，这画意带有"凄清"的特点，但它仍是那么迷人。不仅如此，假如你能伴我留在此地，那么，当明朝旭日东升，你我凭栏远眺，这一切，甚至在梦里也会变成诗句……词的意境清幽。构思别致，词句精警。在词的"诗化"方面，还有一些作品也比较典型，不妨再举一首。如《南歌子·席上和衢守李师文》：

  绿暗藏城市，清香扑酒尊，淡烟疏雨冷黄昏。零落荼䕷花片损春痕。 润入笙箫腻，春余笑语温。更深不锁醉乡门。先遣歌声留住欲归云。

毛滂是衢州人，又曾任衢州推官，这首词就是在家乡写作的。词中抒写的是惜春送春之情。"绿暗"时节，花已凋谢，大自然的"清香"气味依然扑面而来。词人留恋这一切，便对"零落"之"荼蘼花片"伤感不已。苏轼说："荼蘼不争春，寂寞开最晚。"（《杜沂游武昌，以荼蘼花菩萨泉见饷》之一）王琪说："开到荼蘼花事了。"（《暮春游小园》）词人的恋春、惜春，就是表达这样一种与诗歌共同的意境。词人因此设想出种种留住春天的方法。词人饮酒赏春，甚至让"歌声留住欲归云"。在形容歌声美妙动人之时，其深层涵义则是要让时间暂停，使春天永驻，青春永不衰老。可以说，在苏轼大力进行词的"诗化"过程中，毛滂是一个积极的响应者。他的这一类词作首先影响到陈与义、朱敦儒，甚至影响到南宋姜夔、张炎等人的词风。

苏轼作词，"指出向上一路"，在北宋词坛也并不寂寞。后来词人，逐渐摆脱"花间"代言模式，习惯于用词抒发各种不同情感，表现更为广阔的社会画面，词风也趋于多样化。歌词，成为一种独立的新抒情诗体。不过，自苏轼开辟风气，到南渡词人的风起云涌，在创作中还有一个缓慢的认同过程，北宋后期词坛正是苏词新风渐渐得以认同的阶段。王灼说："晁无咎、黄鲁直皆学东坡，韵制得七八。……后来学东坡者，叶少蕴、蒲大受亦得六七。"（《碧鸡漫志》卷二）蒲大受词无传，其余诸家之作如上所论。缪钺先生言山谷词"门墙肯傍大苏来"（《灵谿词说·论黄庭坚词》），语意之间持否定态度，如果正面使用这句话，倒可以用作对北宋后期词坛一种创作风气的归纳。这股创作态势，日益强劲，最终为南渡词人导夫先路。

苏门弟子及受苏轼影响的词人，他们同样大量创作婉约词，其词风、气质、面貌、品格、情调，也正在悄悄地发生变化。这

与苏轼的创作仍然有着深远的关系。先读黄庭坚的一首情致深婉的作品,《清平乐》说:

春归何处?寂寞无行路。若有人知春去处,唤取归来同住。　　春无踪迹谁知?除非问取黄鹂。百啭无人能解,因风飞过蔷薇。

词写惜春之情,是宋词中常见的题材。词人对春天无限留恋,因爱恋至深,无知的春天在词人眼中竟成为有血有肉、有性灵的春姑娘。词人因此提出了"痴情"的要求:"若有人知春去处,唤取归来同住。"但这毕竟是不现实的,春天不会因为词人的留恋而停下脚步,最终还是匆匆离去。词人却并不因此消沉悲哀,他从"黄鹂百啭"中感觉到了春天的"踪迹",感受到了大自然的气息。他人无法听懂"黄鹂"的鸣叫声,词人却成为其知音。这首惜春词始终洋溢着一种乐观情怀,而不见伤春气息。其深婉含蓄与清逸峭拔之处,为其他词人所少见。这就是"诗化"变革潜移默化的结果。

李之仪的《卜算子》(我住长江头)已经非同凡响,再读他的一首《鹊桥仙》:

宿云收尽,纤尘不警,万里银河低挂。清冥风露不胜寒,无计学、双鸾并驾。　　玉徽声断,宝钗香远,空赋红绫小研。瘦郎知有几多愁,怎奈向、月明今夜。

缠绵的恋情却以空旷清疏的"万里银河"衬出,"月明今夜""瘦郎"无寐,思绪千里,一切的情感都在月色中得以传递。恋情词写得气象开阔,是苏轼以来的一种新变化。

毛滂同样是写恋情的高手。他善于汲取当代词人的诸多长处而形成自己的风格。他的词有柳永的清幽,却避免了柳的婉腻;有苏轼的疏爽,却无苏的豪纵;有秦观的明畅,却无秦的柔媚;于是便形成了他自己那种清疏明隽的艺术风格。他的词里,有恋情的歌唱,但既不狂热,也不腻味;有秋愁春恨的叹惋,但既不颓唐,也不流于应酬。苏轼出任杭州太守时,毛滂曾任杭州法曹。他爱恋歌妓琼芳,当他秩满离杭时,作《惜分飞·富阳僧舍代作别语》:

泪湿栏杆花着露,愁到眉峰碧聚。此恨平分取,更无言语空相觑。 断雨残云无意绪,寂寞朝朝暮暮。今夜山深处,断魂分付潮回去。

词写别前的情态与别后的心绪,全篇不见卿卿我我,也不见有香艳的描写,却一往情深,含而不露。这与词的构思和表现手法密切相关。词中交叉使用借代与拟人手法,这就使抒情的词句更多一层深意。上片描绘别时相对无言,用"花着露"来形容情人的泪水,用"碧聚"形容情人的深愁。下片写别后心灰意懒,长夜无眠,潮声不断骚扰,传来耳畔。作者用拟人手法:"断魂分付潮回去!"周煇在《清波杂志》卷九中评此词说:"语尽而意不尽,意尽而情不尽。"这两句评语很符合这首词的特点。还有一首《生查子》也有类似的特点:

春晚出山城,落日行江岸。人不共潮来,香亦临风散。 花谢小妆残,莺困清歌断。行雨梦魂消,飞絮心情乱。

这首词实际上也是一首含而不露的情歌,读之更耐人咀嚼寻味。上片写"春晚""落日"之时漫步在"江岸"边的苦苦等待和期盼,以及等待未果时的焦虑、痛苦、伤心和失望。下片则写闺中独居寂寞与凄苦,词人多用"花谢""莺困"等暮春景物做烘托,故语气极其委婉。恋情词之洁净化,也是苏轼词以来的新气象。

第三节 "诗化"革新的深化者——贺铸

继苏轼之后,比较全面地承继了苏轼作风且将"诗化"革新推向深化的词人是贺铸。这与贺铸的生平经历、个性特征、志趣爱好有密切关系。贺铸(1052—1125),字方回。原籍会稽山阴(今浙江绍兴),生长卫州(今河南汲县),出身贵族。17岁到汴京便因恩荫入仕,授右班殿值、监军器库门。后调外地任武职。40岁时经李清臣、苏轼等推荐才改入文阶,为承直郎。徽宗时通判泗州(今江苏盱眙东北)、太平州(今安徽当涂)等地。依然与苏门弟子黄庭坚、李之仪等保持频繁来往,且对现实保持一种不合作的态度。因为对仕途前景的彻底失望,大观三年(1109)贺铸58岁时就以承议郎提前致仕,居苏州、常州等地,自号庆湖遗老。政和元年(1111)以荐起,宣和元年(1119)再致仕。曾自编词集为《东山乐府》,今存《东山词》280余首。

一、比兴深者通物理

贺铸是一位长寿词人。他的词作最早可系年的大约是熙宁八年(1075)至熙宁十年间监临城酒税时所作的一组《减字浣溪沙》。徽宗年间贺铸退隐之后,仍以填词自娱,临老不疲。换句话说,贺铸的歌词创作经历了神宗、哲宗、徽宗三朝,前后约50

年之久。对贺铸来说，当时的词坛起码有三方面的成就可资借鉴：第一，小令创作自温、韦至晏、欧诸人，经历了百花争艳的极度繁荣期，艺术技巧已臻炉火纯青的境界；第二，柳永"变旧声作新声"，慢词形式已"大得声称于世"；第三，苏轼"异军特起"，突破歌词创作传统，开辟了"诗化"的新途径。由于这些词人的共同努力，宋词无论是从题材、内容，还是从形式、风格等诸多方面，皆呈现出繁花簇锦的局面。贺铸在他们之后步入词坛，要想在创作上做出新的贡献，不仅需要丰富的生活阅历、出众的艺术才能，而且需要高度的艺术敏感力，善于发现歌词创作的"空白区"，在那里施展自己的艺术才华。贺铸做到了这一点。

词在宋代是一种新兴的抒情诗体，它是为了符合文人、士大夫、以及广大市民阶层对生活享乐的追求而产生的。文人士大夫们既受到儒家伦理道德思想的束缚，又按捺不住要将自己享乐生活时的心灵感受描绘出来，因此，他们在创作歌词的同时又耻于言及自己的艳丽之作，甚至"自扫其迹"，或曲为之辩。就是在捕捉细腻的官能感受、描写情感生活的过程中，也是躲躲闪闪，不敢明言，极尽隐约朦胧、扑朔迷离之能事。日长月久，在词人们的反复艺术实践中，这一切逐渐被固定为宋词特有的审美特征，形成作者和欣赏者对歌词特有的审美期待。晏、欧的小令和柳永的慢词所描写的"香艳"生活以及所表现出来的柔美风姿，都吻合词的这种独特的审美特征。至苏轼则有意突破，以"诗化"的手段变革歌词，作风上表现为清雄旷逸、豪迈奔放。如此以来，苏词与传统之间就存在着一个相当大的距离。北宋人的审美趣味和欣赏习惯一下子都很难适应这样的转变，故非难之声四起。如何将"诗化"革新与歌词传统协调起来，在将"言志"传统引入歌词之时顾及词独有的审美特征,正是贺铸首先敏感捕捉到的问题,也是他艺术努力之所在。贺铸适宜地选择了这个艺术空间,发挥自己的艺术才华,深化了"诗化"变革,从而对北宋词坛做出了独特的贡献。

贺铸选择这样的创作道路,必然与"诗化"革新和歌词传统审美特征同时发生关系。因此,研究贺铸词也必须从这两方面着手。首先,贺铸接受了"诗化"革新的观念,并在自己的艺术创作中进行反复的实践。贺铸的生平与性格颇为复杂。他"长七尺,眉目耸拔,面铁色,喜剧谈当世事"[1],人称"贺鬼头",仕宦是从武职开始。于是,贺铸颇有豪侠之气。然而,贺铸平日又"喜校书,朱黄未尝去手。诗文皆高,不独工长短句也"[2]。中年之时才因此改入文阶。这就使得贺铸接触到十分广泛的社会生活面。同时,贺铸始终比较关心民生国计,具有干练的理财才能,其友人称赞他说:"慷慨多感激之言,理财治剧之方,亹亹有绪,似非无意于世者。"[3]贺铸的"于世"之意乃是"安得解民愠,苍梧理古桐"(《暑夜》)的政治与生活理想。不过,贺铸秉性耿直,时时触怒权贵,所以,他一直沉抑下僚,官职卑微。而且被东调西遣,不得安定。痛苦失意之余,贺铸只能把自己的政治追求寄之诗与词。这就使贺铸特别容易接受"诗化"的革新观念,而不愿意将自己的歌词创作仅仅局限于"香艳"的题材范围。这是贺铸词深化"诗化"变革的内在原因。

另外,至关重要的一点是苏轼已经大力倡导"诗化"革新于前,贺铸又与苏轼交往密切,耳濡目染,自然地要接受苏轼的许

---

[1] 叶梦得《石林居士建康文集》卷八《贺铸传》。
[2] 陆游《老学庵笔记》卷八。
[3] 程俱《北山小集》卷十五《贺方回诗集序》。

多影响。贺铸与苏轼的交往开始非常早，元丰年间苏轼谪居黄州时贺铸就多次写诗为其鸣不平。直至绍圣年间苏轼再次远谪，贺铸依然眷念不忘。贺铸对苏轼的政治才干与艺术才华素来推崇备至，曾有诗《黄楼歌》歌颂苏轼在徐州的治水业绩。他称赞他人的诗才，往往以苏、黄作比，说："妙翰骋遒放，抵突苏与黄。黄癯曳羸筋，苏厚凝脂肤。"（《怀记周元翁》）因此，贺铸的歌词创作也深受苏轼的影响。当贺铸依据自己的个性、阅历、志向、情感等诸多因素做出艺术抉择时，"诗化"之类积极革新的文艺观点就被突出出来。这是贺铸词深化"诗化"变革的外在原因。内与外的因素共同促成了贺铸加入到"诗化"的革新队伍中去。

贺铸曾有几句作诗的心得体会，见于《王直方诗话》：

> 方回言学诗于前辈，得八句法："平淡不流于浅俗，奇古不邻于怪僻，题咏不窘于物象，叙事不病于声律，比兴深者通物理，用事工者如己出，格见于成篇浑然不可镌，气出于言外浩然不可屈。"尽心为诗，守此勿失。

对照贺铸的诗歌创作，这八句话是比较符合其实际情况的。关键问题是贺铸不仅以此指导自己的诗歌创作，而且在填词过程中也明显受此影响，显示出一定程度的诗词同化的趋势。近人夏敬观批云："此八语，余谓方回作词之诀也。"（《手批东山词》）一语道中贺铸词"诗化"的实质。

贺铸如果仅仅实践了"诗化"的艺术观点，充其量只能算作苏轼歌词革新的附庸。难能可贵的是，贺铸接受"诗化"观念的同时，能够另寻途径，努力将"诗化"的革新融会到歌词的独有审美特征之中。

首先，词是音乐文学，其独特的审美特征与配合演唱的音乐密切相关。深入细腻地把握词的审美特征，必须是精通音乐的词人。贺铸在这方面颇有特长。他知音识律，对词之音乐文学的本质特征有深刻的理解。李清照从音韵乐律的角度提出词"别是一家，知之者甚少"，却把贺铸列入少数"始能知之"者之列（《词论》）。贺铸提倡"叙事不病于声律"，词集中又有《薄倖》《兀令》《玉京秋》等自度曲，都证明贺铸对音律的精通。其次，贺铸生活在苏轼之后，他看到了苏轼"诗化"革新的崭新成就，也听到了人们对苏轼词"要非本色"的种种批评。而且，长期以来形成的社会审美观念也顽强地制约了他的创作观念。因此，贺铸就力图将"诗化"变革融入歌词传统，寻找一条使二者比较完美结合起来的新的创作道路。后人讨论贺铸词有这样一个有趣的现象：他们似乎无视贺铸奔放激昂的词作，也不管北宋只有贺铸这类风格的词作在数量方面可以与苏轼相颉颃，非常自然地将贺铸归入婉约一途。程俱称贺铸"仪观甚伟，如羽人剑客。然戏为长短句，皆雍容妙丽，极幽闲思怨之情。"[1]薛砺若之《宋词通论》干脆将贺铸立为"艳冶派"。原因就在于贺铸不仅有大量的传统"艳冶"之作，而且还努力将"诗化"的革新融入歌词的传统风格。贺铸词符合传统审美特色的风貌给人们留下了深刻的印象，以至于因此忽略了贺铸词"诗化"的倾向。

那么，贺铸是通过何种途径将二者和谐地结合起来的呢？不妨先读两首贺铸这方面成功的词作，在感性认识的基础上再做理性剖析。

    凌波不过横塘路，但目送、芳尘去。锦瑟华年谁与

---

[1] 程俱《北山小集》卷十五《贺方回诗集序》。

度？月台花榭，琐窗朱户，只有春知处。　碧云冉冉蘅皋暮，彩笔新题断肠句。试问闲愁都几许？一川烟草，满城飞絮，梅子黄时雨。

《青玉案·横塘路》

杨柳回塘，鸳鸯别浦，绿萍涨断莲舟路。断无蜂蝶慕幽香，红衣脱尽芳心苦。　返照迎潮，行云带雨，依依似与骚人语。当年不肯嫁春风，无端却被秋风误。

《踏莎行·芳心苦》

《横塘路》是追恋理想中的美人、可望而不可即的那种怅惘凄愁的心灵怨歌。词的重点并不在这美女的本身，而是侧重于抒发由此而引起的浓重的"闲愁"，其中交织着可望而不可即的憾恨与美人迟暮的深长怨叹，寄托着词人因仕途坎坷、功业未建而产生的苦痛。贺铸一生渴望建功立业，晚岁隐退江湖，并非本愿。所以，他晚期的作品，不时流露出一种由于去国离乡而引起的悒悒寡欢的心情。如《望长安》："莼羹鲈脍非吾好，去国讴吟，半落江南调。满眼青山恨夕照，长安不见令人老。"《青玉案》写美人远去后的思恋之情，与《望长安》有明显的不同，但其中可望而不可即与美人迟暮的叹息却有某些共同之处。全词由两个相互表里的层次组成：表层次揭示美人离开词人渐渐远去、乃至完全消逝过程中词人情感的波折起伏；纵深层次则显现词人追求政治理想而终不可得之幻灭的苦痛心灵。对美人缠绵往复的情感经历了三个阶段：目送美人远去的惆怅（首二句），眷恋美人幽寂的感伤（上阕后部分），设想美人迟暮的凄苦（下阕首二句）。结处化情入景，用"怨而不怒"的委婉笔调，将难言的凄苦化解成笼天罩地的迷朦秋怨（下阕后部分）。这一连串的情感演化，还只是词人表层次的心绪纠葛。最令人目眩神迷的是表层次背后的纵深结构，它也由三个层次组成：政治理想难以施展的怅惘，政治理想不可追求的哀怨，政治理想即将幻灭的苦痛。贺铸未到中年，已经备尝了仕途坎坷的磨难、官场碰壁的辛酸，心情意绪乃至性格起了很大变化。词人自我写照说："十年泥滓贱，半生靴板忙。岂不忘事功，筋骸难自强。壮毛抽寸霜，烈胆磨尺钢。素尚意谁许？行歌追楚狂。"（《冬夜寓直》）词人清楚意识到用世志意的不得实现，身心两个方面都已十分疲倦，《横塘路》就是在这样的心情意绪支配下创作出来的。

　　本篇的主旨是写"闲愁"。"愁"，本来是抽象的东西，但作者却通过巧妙的比喻，把"闲愁"转化为一系列具体可感的艺术形象，从而使这首词具有很强的艺术感染力。词的结尾连续用烟草、飞絮、梅雨等三种不同事物来烘托"闲愁"。从修辞方面讲，这是比喻的重复，是"博喻"；从形象的构成来讲，这是意象的叠加，仿佛银幕上的叠印镜头；从化虚为实，也就是从"感情的物化"方面来讲，这三者都诉之于读者视觉，形成了视觉的和弦。因为作者把两个以上的意象叠印在一起，所以，它提供给读者的已不是单纯、明晰的普通画面，而是一个个十分醒目、刺激性很强、同时又是完全崭新的艺术镜头：溪边，烟草濛濛；城中，飞絮飘飘；天上，细雨霏霏。于是，那平川，那烟草，那城郭，那飞絮，又都融入细雨之中去了。这一连串的叠印镜头，必然迫使读者产生一连串的联想跳跃，经过相当长时间的思维活动，读者才能品尝出这种联想跳跃之中所蕴涵的无穷韵味。这首词的迷人之处，也就在这里。当然这三个意象的叠印，并非随心所欲的拼合，也非信手牵来的杂凑，而是作者当时所见的客观景

· 377 ·

物的精选与提炼。这三者既突出了江南梅雨季节的特点,又烘托出作者的愁情。反过来,正是通过这种内在的愁情,才把三个本来不相连属的意象、三个不同的镜头巧妙地串接起来。这些扣人心弦的去处,是颇有些"蒙太奇"味道的。因为它们并非单纯的比喻,而是包含着颇为广泛的"兴"的含义在内。所以,罗大经在《鹤林玉露》卷七评这首词说:"兴中有比,意味更长。"值得指出,这首词在设问这一艺术手法的使用上也是很成功的,它有助于三个比喻的深入人心。所以,刘熙载在《艺概·词曲概》中强调指出:"其末句好处全在'试问'句呼起,及与上'一川'二句并用耳。"由于这首词在艺术上有鲜明的独创性,所以贺铸在当时就获得了"贺梅子"的美称。著名诗人黄庭坚曾亲手抄录这首词放在案头,把玩吟咏,同时还写了一首小诗对这首词给予很高评价:"解道当年断肠句,只今惟有贺方回。"这首词也被推举为《东山词》中的压卷之作。

以美人之远逝或永离痛悼自己政治理想的不可追求,这是贺铸词的惯用手法。其《花心动》说:"空相望,凌波仙步。断魂处,黄昏翠荷雨。"其《忆秦娥》云:"晓朦胧,前溪百鸟啼匆匆。啼匆匆,凌波人去,拜月楼空。"其情感和格调都与《横塘路》极为相似,甚至所取的"凌波"美人的意象也完全一致。贺铸在创作意识的自觉作用下,汲取《离骚》遗韵,借"香草美人"的意象抒发内心的忧愤。三首词中共同言及的"凌波"美人,取自曹植《洛神赋》之"凌波微步,罗袜生尘"对洛水女神宓妃的描写,而宓妃正是屈原在《离骚》中三次求女过程里的第一个对象。屈原在现实中碰得头破血流之后,遂于神话中追求自己的美好理想:"吾令丰隆乘云兮,求宓妃之所在。"神话世界虽然眩彩夺目,但是终究飘渺虚无,正如屈原的政治理想既绚烂多彩,又只是水中之月。这种感受,贺铸与屈原是相同的。所以,贺铸才构思出一位稍纵即逝、不可捉摸的美人来象征自己政治上的美好追求及其幻灭。其他如《望湘人》《南歌子·绣幕深朱户》等词中也用到"凌波"美人的意象。这些词所取的美人形象极其空灵飘渺,其涵义已超出个别本事之外。格调之高,与一般恋情词相异。

《芳心苦》是一首咏物词,所咏的对象是荷花,其中却寄寓了词人的品格和志向。词一开始就设置了一个十分幽美的环境:曲曲水塘,杨柳遮掩,送别渡口,鸳鸯双飞。这是一个特定的送别环境,词人似乎是在依照传统的手法写离情别思。然而,词人面对长满水塘、"涨断莲舟路"的"绿萍",笔锋陡转,吟诵起被满塘绿萍所衬托出来的亭亭的荷花。荷花淡香清幽,不招蜂惹蝶;花瓣凋零,芳心犹存。傍晚时刻,在微风中轻摇,似乎在对人们诉说着什么。她是在怨恨"西风"的无情,还是在叹息自己华年的流逝?其中有那么一份不甘心,也有那么一份自赏清高。

唐末五代以来,词喜欢描写美女,并以精美的环境作为烘托。这与《离骚》常常用香草美人以喻忠贞的比兴手法暗合。但是,词人只是在叙说自己的享乐生活,并无更多或更深的含义。北宋词人或者在词中别有喻托,也写得似有似无,缥缈不可捉摸。贺铸由于生平的独特经历,是北宋词人中第一位自觉地运用《离骚》深邃的比兴手法的作家。《芳心苦》的表层次是咏荷花,但是,词人成功地运用了拟人手法,将其转化为一位洁身自好、不慕荣华的美人形象:她甘愿深居独处、不为世闻;甘愿洗尽秋华、清苦自任;甘愿独持节操、孤芳自赏。词中直接拈出"骚人"形象,道明词人旨归。全词同样抒写草木零落、美人迟暮的感慨,纵深层次则是词人政治理想幻灭后生活情操的写照,依然渗透了词人的理性精神。其词就表层次咏物而言，"似花非花"，已臻极品；就纵深层次寄寓自己的"心志"而言，"骚情雅意，哀怨无端，读者亦不自知何以心醉，何以泪堕。"（陈廷焯《白雨斋词话》卷一）词人的人格情操物化成荷花形象，浑然一体。贺铸对咏物的要求是"题咏不窘于物象"，即不要被所咏之物拘限，须得象外之旨。《芳心苦》就是"题咏不窘于物象"的上乘之作。它与《横塘路》都比较典型地显现了贺铸词的特定新质。缪钺先生评价说："匡济才能未得施，美人香草寄幽思。《离骚》寂寞千年后，请读《东山乐府词》。"[1]此为得其真意之言。

《横塘路》与《芳心苦》等词的共同之处在于：它们所选取的香草美人之类柔美的意象，表达的隐约朦胧，情感的缠绵纠葛，以及风格的委婉缅邈、艳丽浓至，都十分吻合歌词传统的审美特征。但是，词作的深层却已融入了词人的"心志"，或者说歌词已经发挥了它的寄寓功能。周济声称北宋词"无寄托"，这并不排除北宋个别词人的部分词作的"有寄托"。贺铸词所表现出来的"新质"，就已经为南宋词人导夫先路。

贺铸词这种"新质"的产生，是词人通过比兴的途径，将"诗化"革新的成绩与歌词的传统审美特征比较完美地结合在一起的结果。贺铸所说的"比兴深者通物理"，就可以从理论上解释贺铸对比兴途径的自觉探索，以及在歌词中将两种不同的特质结合起来的具体做法。

"比兴深者通物理"，就是要求作品通过幽隐曲折的比兴手法，寄寓作者的理性追求。"物理"是宋代理学家经常使用的哲

---

[1] 《灵谿词说·论贺铸词》，上海古籍出版社1987年11月版。

学概念,指存在于客观事物中的必然规律。依据"天人合一"的思想,"物理"不仅仅存在于客观自然物,而且与人的"心性"丝丝入扣。"性既理也,在心唤作性,在事唤作理。"① "物理"与"吾心"乃一体之物。具体地说,"物理"对应到"吾心",往往指封建社会的伦理道德原则,包括"学而优则仕"的人生价值实现和"致君尧舜"的政治理想。贺铸提出与"比兴深者"相通的"物理",是已经过词人的移情作用的、融合到客观外物里的、词人情感中所包含的理性内容,也就是词人渗透了理性追求的内心世界的对象化和客观化。用概括的语言表达,就是词人的"心志"。这种"心志"通过深隐的比兴手法在"物"的具体形象上得到显现,如"凌波"美人、荷花等等。"比兴深者"是充分理解歌词审美特征的知音之言,"通物理"则是词人超越时人、接受"诗化"影响的结果。应该看到,贺铸词的"诗化"更多的是接受唐诗的影响,他自言:"吾笔端驱使李商隐、温庭筠,常奔命不暇。"② 这与宋人以文字、议论、才学为诗的做法异趣。贺铸所追求的"平淡不流于浅俗,奇古不邻于怪僻"的"中和审美风貌,十分适合歌词优美和谐的整体风格,它与"比兴深者"所追求的艺术效果是一致的。这可以看作是"比兴深者"外部风格的具体描述。

这种表达深隐、寄寓词人"心志"的比兴,是贺铸对《离骚》优良创作传统的继承。贺铸平生深受屈原影响,在历史人物中,贺铸理想的人格就是以屈原自比:"文章俪坟诰,俛就犹诗骚。……近接屈平好,佩兰杂申椒。"(《鹦鹉洲》)他甚至将《离骚》推荐给友人以解旅途寂寞:"舟行何以尉,酌酒诵《离

---

① 朱熹《近思录集注》卷一。
② 叶梦得《石林居士建康文集》卷八《贺铸传》。

骚》。"(《送李之薄夷行之官河阴》)对自己的作品能得《离骚》神韵,贺铸更是得意:"诗解穷人未必工,苦调酸声效《梁父》。荥阳道人方外交,谓我有言追屈《骚》。"(《金陵留别僧讷》)在词人这种自觉创作意识的参予下,贺铸词就不仅仅采用《离骚》的香草美人之类的表面意象群,更主要的是吸收了《离骚》的某些深层理性精神。

如果进一步将贺铸词比兴手法的运用与《离骚》的优良传统相对比,大概可以在三个层次上讨论它们的承继和发展关系。这三个相互关联的层次分别为:注重词人内心世界的描写,是词人心情意绪的客观化与对象化;力求深隐曲折、恍况迷离,意境极其朦胧淡约;深层次里融入词人的理性追求,表达了词人的"心志"。

众所周知,比兴手法正是到了《离骚》中才有了长足的发展,它将笔触深入到个体内在心灵的更为具体、丰富、细腻、鲜明的表现上。宋词就是在这个意义上承继了《离骚》的优良传统,运用比兴手法,展示词人丰富多彩的内心世界。贺铸词运用比兴手法的第一个层次乃是将自己的心情意绪客观化和对象化,便是在上述背景中实现的。美人、荷花,都是词人心情意绪的物化形态。再以《诉衷情·画楼空》为例,词云:

吴门春水雪初融,触处小桡通。满城弄黄杨柳,著意恼春风。

弦管闹,绮罗丛,月明中。不堪回首,双板桥东,卷画楼中。

词的主题是哀悼美人的永逝,寄寓了词人理想追求无可挽回的哀痛。作品竭力展示的是词人哀怨的内心世界,采用了层层反衬的手法。先用春意融融的环境、节候来反衬词人失去欢乐后的痛苦，次用昔日欢快的情景反衬眼前的孤独凄凉。词人内心的幽怨在特意选择的"弄黄杨柳"、月夜空楼等等景物上取得对象化的效果，所以，词人就不必明言自己的心绪如何了。

  词人在心情意绪客观化、对象化的过程中，往往结合着另外一个层次，即：表达力求深隐曲折，意境极其朦胧淡约。这是对《离骚》有所取舍和发展的结果。屈原展现在《离骚》中的心灵世界是比较复杂的，故其比兴所取的喻象也相当宽泛。与飘忽迷离的表象相比，《离骚》的内涵也相对清晰。歌词首先在内容的表达上起了一个很大的变化，它把自己的目光狭缩到享乐生活的范围内。词人渴望、追恋和展现的都是享乐生活中的美好形象，所以，歌词中的比兴只取《离骚》的香草美人之类肯定性的意象群，舍弃了恶禽臭物之类否定性的意象群。同时，为了掩饰其不登大雅之堂的"艳情"内容，歌词的内涵变得更加扑朔迷离。因此，《离骚》中传达意念的明朗性，至此基本消失，代之而起的是幽约深婉的朦胧面目。《离骚》激越热烈的奔走呼号也转化成歌词中幽怨缠绵的呻吟低唱。相应的，《离骚》悲壮崇高的风格就被演化为歌词婉约精微的柔美风姿。贺铸词比兴手法运用中的第二个层次，就是在这样的特定继承和发展关系中形成的。贺铸词往往难以确指情与事，《踏莎行·平阳兴》是这样描写的：

  凉叶辞风，流云卷雨，寥寥夜色沉钟鼓。谁调清管度新声？有人高卧平阳坞。　　草暖沧州，潮平别浦，双凫乘雁方容与。深藏华屋锁雕龙，此生乍可输鹦鹉。

  抒情主人公的心事藏得很深，只有结尾句将自己与鹦鹉相比拟，才感觉到主人公内心的怨恨，同时也将全词系列貌似不动声色的客观景物串联在一起。读者到最后才能体会到前文冷静的叙述中都蕴涵着浓郁的情感,夜来风雨、清管新声、双凫乘雁等等都是为了衬托主人公的怨苦之情。至于主人公为何怨苦,又全凭读者自己去体味和补充。将自己的情感表达得如此深隐曲折、飘忽朦胧,是多数贺铸词的共同特色。可以说,贺铸词比兴手法运用中的前两个层次乃是一种表里关系,两者密切地结合在一起。

　　上述两个层次,是贺铸与五代、北宋词人共同继承《离骚》创作传统并使之得以发展的结果,这还不足以显示贺铸的独特性。贺铸词比兴手法运用中最后的一个层次:作品的深层次融入词人的"心志",则是贺铸对《离骚》比兴传统的独到承继与发展。歌词在其漫长的发展过程中,"言志"的观念已经有了一定的渗透。做一个简单的回顾,温庭筠词时常引起读者的求深之想,乃是因为它采用了类似《离骚》的意象群。晏、欧小令,便已融入自己的身世等许多复杂的质素,然往往是在无意识中完成。苏轼第一个自觉地意识到将"言志"的传统引入歌词,遂为词坛带来一场"诗化"变革。但往往矫枉过正,有时舍弃从《离骚》发展而来的比兴手法,直用赋体。贺铸则通过汲取《离骚》比兴传统的精神实质和外在审美意象群,将二者统一到歌词中,形成自己作品的新质,并把这一做法归结到"比兴深者通物理"的理性高度。缪钺先生曾例举这类作品6首,南宋王灼也例举了3首。经过对留存至今的贺铸词的全面检点,贺铸这类比兴三个层次交融呈现的作品除上述例举到的以外,还有:《人南渡》《弄珠英》《罗敷歌》(其四)《花心动》《忆秦娥》(晓朦胧)《御街行》《想娉婷》《小重山·花院深疑》《下水船》《念良游》《小梅花》(思前别)等。

　　作为筚路蓝缕的开拓,贺铸词中像《横塘路》《芳心苦》

这样出色的作品还是少数,这类作品无疑是贺铸最优秀的代表作。张耒称贺铸词"幽索如屈、宋",还只是偏重于风格的感性认识。王灼是第一个明确认识到贺铸词"新质"的词论家,他将贺铸与柳永加以比较说:"柳何敢知世间有《离骚》",只有贺铸才"时时得之",且"贺集中如《青玉案》者甚众。"(《碧鸡漫志》卷二)王灼的论词观点在当时是比较超前的,他不但喜欢柔丽婉约的传统风格,而且大声为苏轼"诗化"之作叫好,称赞苏轼"指出向上一路,新天下耳目,弄笔者始知自振。"贺铸在词中融入个人"心志",就是"自振"的一种方式。词"别是一家",贺铸"始能知之";及词可以"言志",贺铸"始知自振",对贺铸来说恰好是一个问题的两个方面。贺铸词的"新质"就根基于这里。

二、浩然之气不可屈

贺铸是一位阅历丰富、接触面广泛、性格复杂的词人,他接受"诗化"革新的影响,其表现是多方面的。他的一系列作品还没有达到"比兴深者"的地步,赋笔直抒,直接表现为豪迈奔放。

贺铸作诗重视"气出于言外,浩然不可屈",同时表现为歌词"诗化"的一个方面。中国古典文论中的"文气"概念,包涵比较宽泛,大体可分为二类:一指创作主体的气质、个性融化到作品中而形成的独特风格,即曹丕所谓的"文以气为主";一指行文时的气势,气盛者行文,字里行间就仿佛有一种驾驭语言文字的能力,所以说"气盛则言之短长与声之高下者皆宜"。在宽泛的概念使用过程中,二义常常混淆并用。贺铸提出的"气出于言外,浩然不可屈",即同时包含了两方面的意义。再进一步讨论,作家所蓄积的"文气",其实是一种情感的累积与爆发,是一种语言技巧的熟练掌握与运用,二者缺一不可。就作品的气质与风格而言,充塞着"浩然之气"的歌词必然具有阳刚健壮之美,声情慷慨激越;就行文气势而言,气势流贯的作品没有滞笔、涩笔,文随气转,自然流畅。《东山词》中就不乏这类作品。举凡咏古咏史、慨叹生平、直抒心志等等豪迈奔放、沉郁顿挫的词作,时时可见。在数量上是北宋词人中唯一可以与苏轼词相比美者。

首先是回顾生平,抒发心中抑郁不平之气的词作,以《六州歌头》为代表:

> 少年侠气,交结五都雄。肝胆洞,毛发耸。立谈中,死生同。一诺千金重。推翘勇,矜豪纵。轻盖拥,联飞鞚,斗城东。轰饮酒垆,春色浮寒瓮,吸海垂虹。闲呼鹰嗾犬,白羽摘雕弓,狡穴俄空。乐匆匆。
>
> 似黄粱梦。辞丹凤,明月共,漾孤篷。官冗从,怀倥偬,落尘笼。簿书丛。鹖弁如云众,供粗用,忽奇功。笳鼓动,渔阳弄,思悲翁。不请长缨,系取天骄种,剑吼西风。恨登山临水,手寄七弦桐,目送归鸿!

这是一首自叙身世的词作,词中抒发了词人积极用世之意志和热忱报国之激情,以及失意后的愤懑与牢骚。回顾生平,词人少年时期侠气凌云,肝胆照人,热血沸腾,重然诺,轻生死,在同辈中也是豪迈过人、骁勇著名的。那时所过的生活自在适意、轰轰烈烈。友人们联辔奔驰,车马簇拥,开怀痛饮,追逐猎物。以此个性、胸怀、气度、才能、作为,用之于为国家建功立业,词人自信应该是成绩非凡、前程远大的。上阕反复烘托突出的、隐藏于字里行间的就是词人的这种报国志向。但是，词人无论如何也想象不到理想与现实有那么大的距离，少年的美好愿望只是一枕黄粱。进入仕途后，词人只是一名低级武官，沉抑下僚，羁宦千里，到处漂泊，被繁杂无聊的事务所纠缠，才能无所用，志向成为一句空话。当年满怀豪气的少年也蜕变为眼前自伤身世的"悲翁"。即使如此，词人依然心有不甘，将满腔的热情与愤恨，寄托于琴弦，在眺目鸿雁的翱翔中，遥想自己应有的风光，悲慨今日的沦落。词用赋体，对比今昔两种截然不同的生活。作者把叙事、议论、抒情三者完美结合起来，再配合以短小的句式，短促的音节，从而很好地表现出一种激昂慷慨与苍凉悲壮的武健精神，充分发扬了《六州歌头》这一曲调的传统风格。《词品》卷一说："《六州歌头》，本鼓吹曲也，音调悲壮。又以古兴亡事实之。闻之使人慷慨，良不与艳词同科，诚可喜也。"贺铸的这首词全篇三十九句中，有三十四句押韵，而且是东、董、冻三韵与平、上、去三声同叶。这就出现了字句短、韵位密与字声洪亮这一显著特点。作者正是用这种繁音促节、亢爽激昂之声来抒写自己豪侠怀抱的，文情与声情达到和谐统一。

有时候，贺铸的苦闷是以牢骚的形式强烈地喷发出来。崇宁、大观年间，词人在泗州等处任通判，曾作《行路难》，词云：

缚虎手，悬河口，车如鸡栖马如狗。白纶巾，扑黄尘，不知我辈可是蓬蒿人！衰兰送客咸阳道，天若有情天亦老。作雷颠，不论钱，谁问旗亭美酒斗十千？　酌大斗，更为寿，青鬓常青古无有。笑嫣然，舞翩然，当垆秦女十五语如弦。遗音能记秋风曲,事去千年犹恨促。

揽流光,系扶桑,争耐愁来一日却为长。

词人认为自己论武则能"缚虎",论文则口若悬河,却过着穷愁潦倒的生活。风尘仆仆,奔走于浊世间,不得舒展才能,空有报国凌云志。在内心极度苦痛的折磨下,词人便欲大杯喝酒,与歌女舞伎为伍,在酣饮与声色中消磨愁苦。词人企图借助这些表层次的手段来解除痛苦当然是徒劳的,酒醒人散之后又怎么办呢?即使在故作放浪形骸之时,内心的痛苦依然要不时地翻腾上来。所以,词的结尾转为对时光无端流逝的愁恨。功业未立,逝者如斯,词人恨不得能拖住匆匆流逝的岁月的脚步;愁苦纠缠,无法打发一天的光阴,词人又感觉到时光的漫长,不知如何消磨。词人就是在这样焦灼矛盾中度日如年。这首词完全摆脱了花前月下的脂粉气,直抒胸臆,内心的痛苦滔滔而来,不可断绝,正所谓"气出于言外,浩然不可屈"者。自苏轼开创率意抒情的方式,逐渐在改变着北宋词人喜欢代女子抒情的"代言体"的写作方式。然在北宋后期紧紧追随苏轼,并将其大量付诸创作实践的只有贺铸。这首词在用前人成句或隐括前贤语意方面,流畅自然,充分显示了贺铸词善于驱使他人语词为自己所用的特征。

仕途既然坎坷曲折,才华既然不得施展,"心志"既然无法实现,留给贺铸的只有退隐一条出路了。能够自觉地将隐逸的愿望转变为实际行动的,在北宋后期只有贺铸这样寥寥的与众不同者。其实,早在徽宗崇宁初年,贺铸便流露出倦宦之意,其《罗敷歌》云:

东山未办终焉计,聊尔西来。花苑平台,倦客登临第几回?

连延复道通驰道,十二门开。车马尘埃,怅望江南雪后梅。

贺铸建中靖国元年(1101)秋离开苏州赴京,谋换新职,次年初春离京外补,通判泗州。这首词作于此次留京期间。贺铸自神宗熙宁元年(1068)始宦游汴京,到作此词时已有三十多年,却依然沉抑下僚。而且,崇宁初年政坛山雨欲来,新的一轮政治迫害即将开始,紧张的空气已笼罩了朝野。贺铸也已经疲倦于"车马尘埃"的宦游奔波,实际上体现在词中的是一种心理疲惫,是对仕途的失望之情。词人没有了早年的雄心,如今只是牵挂"东山未办终焉计"。在"怅望江南"之时,归隐之意甚浓。这次赴京途中,贺铸作《蕙清风》,便已有了归隐之意,词云:

何许最悲秋,凄风残照。临水复登山,莞然西笑。车马几番尘?自古长安道。问谁是、后来年少? 飞集两悠悠,江滨海岛。乘燕与双兔,强分多少。传语酒家胡,岁晚从吾好。待做个、醉乡遗老。

词人仕途失意,到一把年纪,依然匆匆奔走于京城与外地之间,满腹的牢骚再也压抑不住了。在秋日萧条悲凉的季节里,词人忍受着旅途跋涉的困苦劳累,临水登山,风尘仆仆地赶往汴京。才能不得施展,志向不得实现,却免不了劳苦奔波,想来词人既为自己感到悲伤,又为自己不值。这种悲伤,词人借悲秋来表达;为自己不值,词人则通过车马尘埃的感慨与对"后来年少"嘲讽的惧怕来表现。其实,并不是他人嘲笑,而是作者在自嘲。既然劳累大半生,仍然是处在如此悲伤、不值的尴尬处境之中,还不如干脆摆脱出来,另外安排自己的余生。下阕就在发挥这种想法。词人从己身超脱出来，观察古往今来官场上纭纭众生，也是"你方唱罢我登台"，乱哄哄一片。即使曾经权势富贵在手，也并不值得羡慕。所以，词人在思量清楚之后，决定顺从自己的心愿，去过无拘无束的日子，在醉乡中潇洒度日。贺铸后来未到年龄就自己要求提前致仕，就是这种思想愿望的实践。但是，中国古代文人一直接受的是"学而优则仕"与"达者兼济天下"等仕途、功名有所成就的观念教育，让他们真正抛弃这一切，内心将留下无法愈合的伤疤。贺铸用比兴手法一再表达志向不得实现的苦闷，就是潜藏于旷达语气背后的真实心态。读者从这首词的自我超脱中，不是依然可以品味到贺铸的无奈与酸楚吗？

贺铸对隐逸生活倒确有一份发自内心的喜爱，归隐之后，常常以安闲自得的口吻，描述宁静随意的自在生活和赏心悦目的秀丽景色。其《钓船归》云：

绿净春深好染衣，际柴扉。溶溶漾漾白鸥飞，两忘机。

南去北来徒自老，故人稀。夕阳长送钓船归，鳜鱼肥。

杜牧《汉江》诗云："溶溶漾漾白鸥飞，绿净春深好染衣。南去北来人自老，夕阳长送钓船归。"贺铸用其整篇，添声而成长短句，恰如其分地表现退隐吴下之生活环境，以及身处其中的心境。贺铸这种真正抛开官场诱惑、投身到大自然怀抱之中的心胸，则与苏轼的"超逸旷达"神似。

其次，贺铸咏古咏史的词作有7首之多，即：《阳羡歌》《凌歊》《台城游》《玉京秋》《水调歌头·彼美吴姝唱》《天门谣》《将进酒》等。这类题材词作的数量甚至大大超过苏轼。没有"诗化"的自觉意识,没有充沛浩然的蓄积"气势",这样的创作成就是很难想象的。以《凌歊》为例:

  控沧江,排青嶂,燕台凉。驻彩仗,乐未渠央。岩花磴蔓,妒千门、珠翠倚新妆。舞闲歌悄,恨风流、不管余香。 繁华梦,惊俄顷;佳丽地,指苍茫。寄一笑、何与兴亡!赖使君、相对两胡床。缓调清管,更为侬、三弄斜阳。

  此词为登临怀古之作。词人登上凌歊台,面对永远不变的滚滚流逝的长江和耸立江边的巍峨青山,对比足下荒凉破败的六朝古迹,古今盛衰兴亡之悲慨油然而生。当年,这里也曾经是"彩仗"招扬、"珠翠"满目、"千门"罗列、载歌载舞的寻欢作乐的场所,曾几何时已经变作眼前"岩花蹬蔓"的荒凉萧条和"舞闲歌悄"的寂寞冷清。"风流"已逝,繁华不再,古今沧桑,物是人非,这种巨大的历史更变引起了词人沉重的叹息。六朝至今,仿佛只有匆匆的顷刻时间,词人伫立在凌歊台上,思绪纷纷。"寄一笑",由叹古转入自身,与其说是咏史的顿悟,还不如说是平日失意郁愤蓄积的借题发挥。词人故作超脱,既然古今如梦,变化无常,自己又何苦执著追求?历史的沧桑巨变与己身功业未就的悲伤,只化作淡淡的"一笑"。所以,词人想超拔出去,过那种"量船载酒"的潇洒自在生活,与友人知音相对,清管三弄,寄托情怀。"昔人咏古咏物,隐然只是咏怀"。贺铸咏叹古迹,立足点却是现实与自身。六朝的盛衰更变为现实提供了一些什么?自己于其间又能有何作为?是词人所关心与焦虑的问题。在"惊俄顷"之余,词人当然更加为自己的岁月流逝、事业无成而焦急。这一切却都隐含在字里行间,由读者自己去品味,作品在豪迈奔放中不失含蓄沉着。焦虑之余,却化作无奈,变为故作超脱,全词也从历史悲剧转入到个人悲剧。全词从古到今,从历史到个人,一气贯注,连转而下,其行文气势深沉刚健。词中不乏秾丽的色彩,凄楚的色调,却全部被行文的气势熔铸到苍凉悲慨的基调中,组成一个浑然整体。北宋文人登临古迹也会形诸吟咏,然多数发之于诗。李之仪跋贺铸此词说:"凌歊台表见江左,异时词人墨客,形容藻绘,多发于诗,而乐府之传则未闻也。"① 贺铸此词在当时同题歌咏中是独一无二的。

再读一首《水调歌头·台城游》:

南国本潇洒,六代浸豪奢。台城游冶,襞笺能赋属宫娃。云观登临清夏,璧月留连长夜,吟醉送年华。回首飞鸳瓦,却羡井中蛙。

访乌衣,成白社,不容车。旧时王谢,堂前双燕过谁家?楼外河横斗挂,淮上潮平霜下,樯影落寒沙。商女篷窗罅,犹唱后庭花。

吟咏六朝古迹,是唐宋人诗歌中经常出现的一个题材,但在北宋词中并不多见。贺铸之前只有张昇《离亭燕》、王安石《桂枝香》等寥寥几首,贺铸此词可与张昇、王安石鼎足而三。六朝走马灯似的朝代更换,给后人留下了许多值得思索的问题。总结历史经验教训,后人一致认为六代帝王都是由于荒淫奢侈亡国。唐宋人的诗词,也都是从这个角度入手怀古感今的。贺铸此词上阕以陈后主奢靡生活为吟咏对象,将他豪华奢丽的生活与沦为阶

---

① 李之仪《姑溪居士文集》卷四十《跋〈凌歊引〉后》。

下囚的悲惨结局作对比,警示后人。下阕从怀古回到现实。眼前古迹历历可寻,然六朝沉痛的教训似乎已经完全被时人所忘记,秦淮河旁,商女再度唱起了《玉树后庭花》之类的亡国靡靡之音。这正是词人所关注与焦虑的,也是此词创作的意图之所在。北宋后期,帝王生活愈益奢华,贺铸咏史,便是对现实有感而发。《凌歊》怀古,因登临流览引起,故重在写景;《台城游》怀古则因故都引发,故重在写事。侧重点不同,却有异曲同工之妙。

从词作的风貌来说,"浩然之气不可屈"之作更接近苏轼。无论是取景,还是抒情,均能得苏轼词之神韵。贺铸的《天门谣》,与前文例举的李之仪所作同时:

牛渚天门险,限南北、七雄豪占。清雾敛,与闲人登览。

待月上潮平波滟滟,塞管轻吹新阿滥。风满槛,历历数、西州更点。

贺铸另有《娥眉亭记》,言采石镇临江有牛渚矶,"矶上绝壁嵌空,与天门相直""状如娥眉"。开篇写登临所见,突出牛渚、天门险峻无比的独特风光。长江天险,自古豪杰必争之地,词人以"七雄豪占"一笔带过,既为所咏之景灌注了厚实的历史内涵,又从侧面烘托了此地陡峭峥嵘的风貌。当轻雾散尽,游人从容不迫地登临游览,以极闲暇、极恬静的心境面对如此险峻、且有过惊天动地历史的景色风物,其中蕴涵着一段斗转星移的历史沧桑更变,衬托出今日的太平盛世,及百姓的安居乐业。下阕沿着这种思路继续发展,写在这种极度闲暇的心境中的所见所闻。天堑长江也是波光粼粼,变得祥和宁静,衬托出一轮圆润的明月冉冉升起。塞管轻吹,更点遥闻,只能使今夜显得更加静谧安详。以这样的心态去观赏险峻的风光,并不随之心潮澎湃激荡,这在古人的览景之作中也比较少见。李之仪上述之《天门谣》乃次其韵者,两首词从内容到风格都十分近似。

贺铸致仕后一度寓居及来往于毘陵(常州)、苏杭等地,借江南的山水消解不得志的痛苦。他所选择入词的景物,大都是壮丽开阔的。《荆溪咏》上阕咏毘陵景物说:"南岳去天才尺五,荆溪笠泽相吞吐。十日一风仍再雨,宜禾黍。秋成处处宜禾黍。"南岳之峻拔,荆溪、笠泽之壮阔,共同构成视野开阔、气象非凡的画面。又,其《渔家傲》咏杭州景色说:"啸度万松千步岭,钱湖门外非尘境。见底碧漪如眼净。岚光映,镜屏百曲新磨莹。"其《菱花怨》咏旅途之景物云:"叠鼓嘲喧,彩旗挥霍,蓣汀薄晚。"其《宴齐云》咏苏州繁丽云:"境跨三千里,楼近尺五天。碧鸳鸯瓦昼生烟,未信西山台观、压当年。"凡此种种,取景皆从大处落笔,完全从"花间"的狭小空间走出,给人以"大气包举"之感。同时也成为苏轼词之后"诗化"革新的最好承继者。

三、风姿多彩《东山词》

以气行文,不仅仅能铸就阳刚壮美的风格,柔婉缠绵的作品其间同样有行文气势存在。《文心雕龙·定势》说:"然文之任势,势有刚柔,不必壮言慷慨,乃称势也。"当贺铸心中所蓄积的是柔肠寸断的婉约之情感时,作品当然呈现出另一番风貌。张耒《东山词序》的概括,典型地说明了贺铸以气行文给时人留下的深刻印象。张云:"是所谓满心而发,肆口而成,虽欲已焉而不得者。若其粉泽之工,则其才之所至,亦不自知。夫其盛丽如游金、张之堂,而妖冶如揽嫱、施之袪,幽洁如屈、宋,悲壮如苏、李。览者自知之,盖有不可胜言者矣。"贺铸作词是在"气势"的驱动之下,脱口而出,形成"满心而发,肆口而成"的特色。词人接触到不同的题材,在不同的情感驱使之下,其风格必然是多种多样的。作为宋代文人士大夫,贺铸也少不了花前月下、酒宴之间的生活体验,也有与曾经钟爱过的女子离别时的忧伤凄苦、相思怀念,所以,贺铸婉约柔情的歌词中同样不乏佳作。如《石州引》,便是这类名篇:

薄雨初寒,斜照弄晴,春意空阔。长亭柳色才黄,远客一枝先折。烟横水际,映带几点归鸦,东风销尽龙沙雪。还记出关来,恰而今时节。 将发,画楼芳酒,红泪清歌,顿成轻别。已是经年,杳杳音尘多绝。欲知方寸,共有几许清愁?芭蕉不展丁香结。枉望断天涯,两厌厌风月!

赠妓送别,是一个普通的话题。贺铸这首词则通过情景的设置、氛围的渲染、细节的描述、典故的运用,给读者以新的艺术享受。初春季节,寒意袭人,夕阳黯淡,轻烟迷蒙,归鸦聒噪。就是在这样一个凄冷、阴暗、愁苦的傍晚,词人不得不踏上"出关"的旅途,再度奔波流离。与佳人分手时的悲悲切切,因环境与景物的烘托而更加令人难堪。临别时"红泪清歌"的依依不舍之细节,便让词人念念不忘、回味无穷。岂知分手之后,事与愿违,迟迟不得归来相聚,而且由于路途遥远,音信也无由寄达。满腹的思念苦痛,只能借用古人的名句来表达。这种苦痛,是离别的双方所共同体验的。可以想象，离人天涯各一方，面对各自的景色，心境将完全是一样的。这首词以极其雅丽的语言，渲染出一种极其凄清的氛围，描述一种极其悲苦的心境，卓立于同类作品之中。值得一提的，是作者艺术锤炼上的认真态度。据王灼《碧鸡漫志》卷二载："贺方回《石州慢》（即《石州引》），予旧见其稿；'风色收寒，云影弄晴'，改作'薄雨收寒，斜照弄晴'；又'冰垂玉箸，向午滴沥檐楹，泥融消尽墙阴雪'，改作'烟横水际，映带几点归鸿，东风销尽龙沙雪'。"可见作者对本篇的原文已修改不止一次。经过修改，景物的描绘更加生动，意境也更加完整了。

　　写相思离情的小令贺铸也有脍炙人口之作，《更漏子·独倚楼》说：

　　　　上东门，门外柳，赠别每烦纤手。一叶落，几番秋，江南独倚楼。　　曲阑干，凝伫久，薄暮更堪搔首。无际恨，见闲愁，侵寻天尽头。

　　这是写京城的一个离别场面，以及别后的不尽相思。词人在短小的令词中安排了三个场景，相互映衬。第一个场景是纤手折柳送别，杨柳依依，别情无限。第二个场景是游子"江南独倚楼"，在思念中度过一秋又一秋。游子对落叶的敏感，事实上是对时光流逝的敏感，是无法与意中人相聚的苦恼。第三个场景是闺中人倚栏杆眺望远方，这个场景出自游子的虚设，以己之心，度他人之情，应该是如此的。在伫立凝望中，离人愁苦渐渐弥漫开来，遮蔽了整个天地。别前与别后，是时间迁移之对比；离人双方，是空间相隔的对比，多层对比之下，离人的别情被渲染烘托得更加充分了。

当这种离别的愁绪郁积到令人难以忍受的时候，作文"气势"同样可以喷泻而出，读之肝肠寸断。《忆秦娥·子夜歌》说：

> 三更月，中庭恰照梨花雪。梨花雪，不胜凄断，杜鹃啼血。
> 王孙何许音尘绝，柔桑陌上吞声别。吞声别，陇头流水，替人呜咽。

这是一首凄苦断肠的思别词，声情的悲苦，令人不堪卒读。三更时刻，月明如昼，离人辗转难以入眠，只得步出室中，来到庭院。岂知，所见到的是如雪片般纷纷飘落的梨花，所听到的是凄厉哀绝的杜鹃啼叫。此情此景，将离人推向痛苦的巅峰。抒情主人公内心这种极度的痛苦因何而来，上阕并没有明确交代。下阕便揭示这种痛苦的根源。原来是"王孙"离去，音信杳无，叫人牵肠挂肚，思恋不已。离人的眼前，不禁闪现出送别时那最难堪的一刻。那是一个春日"柔桑"的大好季节，离人却不得不饮泣"吞声"，无语告别。在那无声的告别画面中，只有潺潺的"陇头流水"声，仿佛在替人呜咽，替人诉说离情。那一刻的痛苦，铭记在心中，不知多少次折磨得闺人中夜起床，绕庭徘徊。今夜，又是如此一个不眠的痛苦之夜。这首词从题材到表达方式都符合传统作风：代闺中人言离情别思。但情感的抒发方式依然有所不同。宋人恋情词注重含蓄委婉，怨而不怒。贺铸却是痛快淋漓，感情喷泻而出，表现为率情自然的风貌。

同时，遵循内心的情感蓄积，"气"之所至发为歌词，便有"不择地而出"的自然流畅，也必然带来题材上的广泛性，完全突破诗与词的界限。在这方面，贺铸丝毫不逊色于苏轼。用词悼亡，怀念已经去世的妻子，在北宋极其罕见。苏轼曾有脍炙人口的《江城子》（"十年生死两茫茫"）传播一时，与之先后辉映的是贺铸崇宁年间所作的《半死桐》，云：

> 重过阊门万事非，同来何事不同归？梧桐半死清霜后，头白鸳鸯失伴飞。　　原上草，露初晞，旧栖新垅两依依。空床卧听南窗雨，谁复挑灯夜补衣！

这是一首怀念去世妻子的悼亡词。贺铸中年以后曾多次路过或客居苏州，前一次是与妻子赵氏一起来的，后一次却已经是孤身一人。重过苏州城时，词人不禁百感交集，对亡妻的思念之情汹涌而来。《半死桐》就是这种夫妻深情的款款流露。词人随着情感的触发、思绪的飞越、景物的转移，缓缓诉说隐藏于心底的永远无法抹去的苦痛。这里，虽然没有悲伤的呐喊，或者是声嘶力竭的哭泣，但是，这一份铭心刻骨的哀痛在慢慢的揭示过程中，依然有着震撼人心的艺术感染力。所有的外界景物，都是随着词人的情感转移而变化。词人重到苏州城，除了妻子已经去世以外，其余的景物应该是与上次所见的相同。然而，词人的情绪改变了，便感觉到周围的一切也都不一样了。作品就是在"万事非"的痛苦回忆的基调下层层展开的。词人连用"梧桐半死""头白鸳鸯失伴"的比喻，写自己的孤独寂苦和对亡妻的思恋。这种夫妻深情，是在平日里琐琐碎碎的生活细事中积累而成的，所以，任何细微的生活小事都能触动这一份刻骨的思念和痛苦。歌词结尾时选择"谁复挑灯夜补衣"的生活细节做扪心自问，既是对这一份点滴累积而成的情感的言简意赅的归纳，也是对这一份愁断心肠的痛苦的解释。词人与妻子共同生活的日日夜夜里有多少这样值得留恋、回味的细节呢？面对这一切无时无处不在的令人凄苦难耐的外在情景，词人又怎么能从痛苦中自拔呢？这就是这首短词所一言难尽的含蓄之处，它同样留给读者回味无穷的艺术想象空间。多年的夫妻生活，平实无华，既没有少年的浪漫，也没有新婚的醉迷。但是，平实无华的背后却蕴涵着真情。与这样的生活情景相适应，这首词的最大特点就是平实无华。词人用朴素的语言、具体的细节、写实的手法，诉说感人肺腑的真挚情感。

宋代恋情词绝大多数是写给歌妓类婚姻之外的情人的，倾诉对妻子之深情的作品，如同凤毛麟角，且颇给人以惊世骇俗的感受，这也是对歌词专言艳情传统的一种突破。陈廷焯《云韶集》卷三称"此词最有骨，最耐人玩味"，就是推崇贺铸的情深意切。贺铸另有《寒松叹》，钟振振先生根据词意推测，认为可能也是悼念亡妻的。"恨女萝，先委冰霜""同谁消遣，一年年，夜夜长"等等，同样以平淡语见真情。

由于把目光转向夫妻间平常的两性情感生活，贺铸词因此接触到前人从未注意过的内容，其关注之广泛甚至超过了苏轼。其《陌上郎》云：

　　西津海鹘船，径度沧江雨。双橹本无情，鸦轧如人语。
　　挥金陌上郎，化石山头妇。何物系君心？三岁扶床女。

贺铸这首词替闺中孤独的妻子抒情，从单纯的思恋转变为无奈的牵挂与无声的谴责。这样的题材及表述方式，在宋词中是独一无二的。上阕写丈夫离别时的情景。这一幕给思妇留下刻骨的思念与苦痛，所以，时时地会在她的眼前具体而细致地重现出来。分别的时刻是那么短暂，舟船迅捷而去，根本不容人再做片刻的留恋。事实上这是离人的一种心理感受，即使是再无情的丈夫，长期离家时也难免有所依恋，一步三回头。在孤独被遗留在家中的妻子的眼中，无论离别的舟船是如何地行驶缓慢，依然显得太匆忙、太迅捷了。这种特殊的心理感受被牢牢地固定在思妇的脑海中，每次回想起来，几乎幻变为真实的情景。分手的痛苦非言语所能表达，剩下的只有两人默默相对，默默告别。而"鸦轧"难听的橹桨声，却仿佛在代人诉说离别的愁苦，如果离人能开口说话，声音也一定是这样不悦耳的。在无声的画面中插入有声的情景，相互衬托，就是词人表达时的技巧。下阕由思恋转为怨恨与谴责。对丈夫最了解的是妻子，她能够清晰地想象出丈夫不愿归家的真实原因，无非是在他乡惹花沾草，移情别恋。女子从一而终的封建伦理教条束缚她只能苦苦地等待这负心的丈夫，这样的思恋就转变为一种下意识的无奈行为。在"陌上郎"与"山头妇"的强烈情感反差对比中，对丈夫的怨恨与谴责尽在其中。悲伤的妻子知道无法挽回变心的丈夫，只能寄希望于小儿女，希望丈夫对幼女还有一份记挂，因此能回家看看。这是多么可悲可怜的场景，也是古代妇女共同的生活与社会之悲剧。贺铸在小词中能接触到如此重大的社会问题，显示了他平日对现实的关切，他的胸襟与视野的开阔。在苏轼之后，贺铸词的题材又有了进一步的开拓。

贺铸词题材的进一步开拓还表现在所作的一组《捣练子》上，共五首，反映思念边疆征人的内容，这类题材，在唐宋文人词中又是极为少见的：

收锦字，下鸳机，净拂床砧夜捣衣。马上少年今健否？过瓜时见雁南飞。

砧面莹，杵声齐。捣就征衣泪墨题。寄到玉关应万里，戍人犹在玉关西。

斜月下，北风前，万杵千砧捣欲穿。不为捣衣勤不睡，破除今夜夜如年。

边堠远，置邮稀，附与征衣衬铁衣。连夜不妨频梦见，过年惟望得书归。

  闺妇思边的题材在诗歌中是常见的，从《诗经》、汉乐府到唐诗，都有大量的思边之作流传下来。不过，在宋词中，类似题材却极为罕见。最初，宋词流行于花前月下的酒宴之间，由红袖佳人娇声曼唱，以侑酒取乐，这种生活圈子离征人思妇太遥远了。进入歌词的女主人公大都是秦楼楚馆的歌妓舞女。当这种创作方式积累成习惯以后，思妇们就很难在歌词中找到立足之地了。贺铸这几首《捣练子》之可贵处，也正在这里。思妇关心远在边塞丈夫的起居冷暖，捣征衣、做征衣、寄征衣，就寄托了她们一腔的热情和满腹的思恋。甚至一个简单乏味的捣衣动作，到了擅长运用生活细节表现人物情感的词人手中，也是如此的变化无穷。捣衣，已经不是单纯的做好征衣、寄予丈夫的妻子的贤惠表现，妻子又何尝不是借此重复单调的动作以消磨孤独寂寞的无聊时光？贺铸生活在北宋王朝边患迭起的时代，他的《六州歌头》就涉及了这方面的内容。《捣练子》从思妇方面来反映这一社会现象，更是贺铸首创。北宋中后期，与西北的西夏及羌人接二连三地发生战争冲突，北宋部队战斗力太弱，只得以军队的数量取胜，这便造成了众多家庭的分离。贺铸的思边词就接触到这个社会问题。

贺铸活跃在苏轼之后,自觉地意识到将苏轼"诗化"革新纳入传统审美风范的必要性。他既有风格接近苏轼词的豪迈壮阔之作,又有传达柔情蜜意的婉约佳作。在这两者演化融合的过程中,还有部分作品刚柔兼济,表现出鲜明的过渡性。如《伴云来·天香》描写"天涯倦旅"的凄清愁怨,下片说:"当年酒狂自负,谓东君、以春相付。流浪征骖北道,客樯南浦。幽恨无人晤语。赖明月曾知旧游处,好伴云来,还将梦去。"朱祖谋评此词说:"横空盘硬语"①。抒写羁愁,用刚健峭拔之笔,一气旋转而下。词人的"幽恨",仍然是心曲不被理解、理想追求落空的痛苦,柔婉凄怨之中却掺入"硬语",夏敬观称其为"稼轩所师"②。此外,《菱花怨》说:"露洗凉蟾,潦吞平野,三万顷非尘界。览胜情无奈。恨难招,越人同载。"离别的相思被阔大的境界所浑涵。《南乡子》说:"东水漫西流,谁道行云肯驻留?无限鲜飙吹芷若,汀洲。生羡鸳鸯得自由。"痛惜美人难留,草木凋零,以健拔畅快之语出之。这类词都给人们另一番感受。

贺铸不仅尝试着创作各种题材、各种风格的作品,而且还尝试着用各种音乐体式进行创作,令、引、近、慢诸体皆备。除上述讨论到的小令与慢词以外,《东山词》中还有《琴调相思引》《铜人捧露盘引》《簌水近》等。贺铸慢词的结构方式也突破了单一的平铺直叙之线型结构,而接近同时代的词人周邦彦。以《绿头鸭》为例,词云:

---

① 转引自龙榆生《唐宋名家词选》。
② 手批《彊村丛书》本《东山词》。

玉人家，画楼珠箔临津。讬微风，彩箫流怨，断肠马上曾闻。燕堂开，艳妆丛里，调琴思，认歌颦。麝蜡烟浓，玉莲漏短，更衣不待酒初熏。绣屏掩，枕鸳相就，香气渐暾暾。回廊影，疏钟淡月，几许销魂？　翠钗分，银笺封泪，舞鞋从此生尘。住兰舟，载将离恨，转南浦，背西曛。记取明年，蔷薇谢后，佳期应未识行云。凤城远，楚梅香，先寄一枝春。青门外，只应芳草，寻访郎君。

这首词叙情人分离后难堪的相思痛苦，从行人的角度落笔。词由三个曲折变化的层次构成：上片为一个完整的层次，回忆旧情。途中行人被微风送来的怨箫声引发出许多美好又幽怨的回忆，既甜蜜又伤魂。下片分两个层次。从过片到"背西曛"为一层，哀叹眼前之离别。这里用双方照应法：闺人"银笺封泪""舞鞋生尘"；行人"兰舟"载恨，夕转南浦。余下为一层，设想后日相觅，也从双方着笔：行人但愿明年相聚，故先寄梅报春；闺中则只能藉芳草寄相思，盼望早日相会。三个层次回旋往复，波澜起伏。中间用照应法，构成"环型"立体结构。用笔更复杂细腻。

贺铸作词在革新观念的自觉参予下、在新旧观念的撞击下，显示出多层面的复杂性。人们从不同的角度认识贺铸词，就能给出相距甚远的评价。刘体仁《七颂堂词绎》说："若贺方回，非不楚楚，总拾人牙慧，何足比数。"这还仅仅是批评贺铸词遣辞造句喜用唐人语。王国维《人间词话》批评的更彻底，说："北宋名家以方回为最次。其词如历下、新城之诗，非不华瞻，惜少真味。"贺铸创作了大量的歌词，存词数量在北宋仅次苏轼，难免有"少真味"之作。然而，贺铸词所表现出来的新的审美特质，给南宋词人以无限启发。凡是认识到这一点的词论家，总是对贺铸词推崇备至，如南宋的王灼。陈廷焯同样从这个角度肯定贺铸词，说："方回词，胸中眼中，另有一种伤心说不出处。全得力于《楚骚》，而运以变化，允推神品。""方回词极沉郁，而笔势却又飞舞，变化无端，不可方物，吾乌乎测其所至？"（《白雨斋词话》卷一）在北宋词的"诗化"进程中，贺铸是继苏轼之后最有作为的作家。

第四章 清真词风与大晟创作群体

周邦彦与其他大晟词人是北宋词坛的终结者。他们之前的词坛,已经为他们提供了多方面的创作经验与启示:从题材内容方面来说,经苏轼"诗化"革新突破,"无意不可入",同时代作家贺铸又努力将其引导到"比兴深者"的道路上去;从风格类型方面来说,婉约与豪放并存,委婉言情的作风依然是词坛的主流创作倾向,雄放旷逸的作风也如涓涓细流,不绝如缕;从歌词体式方面来说,令、引、近、慢诸体皆备,尤其是慢词兴起之后,迅速获得广大词人的喜爱,与小令一起成为词坛创作的两种主要体式;从审美风貌来说,广大词人逐渐鄙弃俚俗而回归风雅,然中间又经柳永的有意冲击,俚俗词成为词坛不可忽视的创作倾向,并在以后词人创作中多少都得到表现。周邦彦与其他大晟词人是在这样的基础上对北宋词坛进行总结,并获得了全面的丰收。他们是北宋词坛沉甸甸果实的收获者,同时也开启了南宋词坛。与北宋任何一种词风及创作群体相比,他们对南宋词坛的影响最为广泛深远。

第一节 清真词风

周邦彦是北宋后期最优秀的词人,是大晟词人中最为杰出的一位。他继柳永、苏轼之后,从歌词内部之声律音韵、结构方式、艺术手法等方面改造了北宋词,为南宋词人之创作建立起一套可供寻觅的创作程式。以他的创作为"范式"的清真词风,在南宋词坛最为流行,并汇聚成浩浩荡荡的"雅词"创作潮流。

一、生平经历

周邦彦(1056—1121),字美成,号清真居士,有堂名"顾曲",钱塘(今浙江杭州)人。周邦彦早年"疏隽少检,不为州里推重,而博涉百家之书"(《宋史·周邦彦传》)。宋神宗元丰初游汴京,为太学生,便享有文名。其后,因献《汴都赋》七千言,称颂熙、丰新法,得到神宗的赏识,由一个普通的太学生而被擢升为太学正,声名一时大振。由于周邦彦与新党关系密切,元祐年间旧党执政时期很不得志,流转各地。先被出为庐州(今安徽合肥)教授,秩满转荆州(今湖北江陵),迁任溧水(今属江苏)县令。哲宗亲政,新党复得势,周邦彦也随之回到京城,任国子监主簿。哲宗欲承继乃父神宗业绩,对获神宗眷顾的士大夫也格外施恩,命周邦彦重进《汴都赋》,授秘书省正字。徽宗即位，周邦彦改除校书郎，历考功员外郎，卫尉宗正少卿兼议礼局检讨。政和二年（1112）出知隆德府（今山西长治），迁知明州（今浙江宁波）。政和六年（1116）回京，拜秘书监。徽宗也企图承继乃父神宗遗志，对曾获神宗赏识者心存好感，召见周邦彦，再度问起《汴都赋》，周邦彦对答、进表得体，进徽猷阁待制，提举大晟府。但周邦彦不善阿谀奉承，与徽宗年间朝廷中谄媚的风气格格不入，所以，在大晟府任职不到半年，没有任何作为即被调离。出知真定府（今河北正定），改知顺昌府（今安徽阜阳）。徙知处州（今浙江丽水），未到任，又奉祠提举南京（今河南商丘）鸿庆宫。宣和三年（1121）卒于此。有《清真集》传世，又名《片玉词》，存词206首（本集127首，补遗79首）。

周邦彦生平有两点值得注意者。

其一，周邦彦有着出色的艺术天赋，生性浪漫疏放，早年不被乡里所重，这一切都与柳永相似。只是柳永碰上了为人端庄严肃，又欲力矫社会奢靡风俗的仁宗，其不被皇帝看重，终生受到排斥也就是一种必然的结果。周邦彦却幸运地遇上了注重个人才华的神宗，他对新法的颂扬投合了皇帝的脾胃，结果早早就脱颖而出，进入仕途。因此，他一生又莫名其妙地被卷入了新旧党派的纷争。其实，周邦彦并无强烈的政治倾向，也并没有执着的政治主张，他是一位生来就与政治无缘的艺术家。随着哲宗、徽宗年间新党的得势，周邦彦在仕途上要比柳永顺畅通达得许多。

其二，关于周邦彦提举大晟府的作用以及在词坛上所发挥的影响，从南宋以来就多道听途说之辞，被人为地加以夸大。如张炎《词源》卷下说："迄于崇宁，立大晟府，命周美成诸人讨论古音，审定古调。沦落之后，少得存者。由此八十四调之声稍传。而美成诸人又复增演慢曲、引、近，或移宫换羽，为三犯、四犯之曲，按月律为之，其曲遂繁。"而事实上，"大晟乐"修成于崇宁四年（1105），大晟府之"新燕乐"修成于政和三年（1113），周邦彦提举大晟府则在政和六年（1116）末，所以，大晟府的一切音乐创制与周邦彦无关。正因为周邦彦不能适应大晟府的环境与氛围，因此很快被调离。后人以讹传讹，津津乐道周邦彦在大晟府的作用，并加以自己的想象，如明徐师曾《文章明辨序说》称："周待制（邦彦）领大晟府乐，比切声调，十二律各有篇目。"这一切更是没有史实依据的[①]。关于周邦彦与其他大晟词人的关系以及影响，后文讨论大晟创作群体时还将论及。

二、传统题材的回归

正如前言，周邦彦的兴趣、才华、个性都与柳永相似，从事于歌词创作时，所选择的题材、所表现的思想感情也必然有近似之处。自苏轼以后，北宋多数词人虽然对"诗化"作风还有种种看不习惯，但都在自觉不自觉地接受苏轼的影响。而周邦彦的兴趣却完全在传统的审美范围之内。仕途的相对顺畅也给了他相对宁静的心态，使他沉浸于以秾至丽密之柔美风姿为特征的歌词艺术天地之中，深入挖掘，精益求精。所以，从内容题材方面来看，周邦彦词从苏轼扩大词反映生活领域的广阔道路又回归到苏轼以前那种"艳词"的老路上去了。虽然他所生活的北宋中后期社会现实矛盾重重、新旧党派纷争接连不断、朝廷内外交困，他本人也一定程度地被牵涉到这一系列的纷争之中，但是，他反映

[①] 诸葛忆兵：《周邦彦提举大晟府考》，《文学遗产》1997年第5期。

社会现实生活与爱国情怀的作品很少。被捧得很高的《西河》，不过是檃括刘禹锡《石头城》与《乌衣巷》两首诗而来，只是重复或加深原诗中吊古伤今、借古鉴今的基调而已。重要的是，即使像这样的词，在《清真集》中也是很少的。周邦彦词所涉及的题材，几乎被严格地牢笼在传统的范围之内。

1. "柳欹花軃"的艳词

周邦彦行为"少检"的最主要方面就是时常光顾秦楼楚馆，与形形色色的妓女交往频繁，为他们的美艳、声技所倾倒，时时形诸歌咏。宋人笔记中有多则关于周邦彦与宋徽宗为名妓李师师争风吃醋的故事，虽然为"小说家者言"，但也说明了周邦彦在宋人心目中的形象。所以，涉及"艳情"，周邦彦有许多心魄荡漾的经历想拿出来夸耀，有许多回味无穷的体验想在歌词中咀嚼，更有许多因此带来的情感折磨想倾诉宣泄。《意难忘》说：

衣染莺黄，爱停歌驻拍，劝酒持觞。低鬟蝉影动，私语口脂香。檐露滴，竹风凉。拼剧饮淋浪。夜渐深，笼灯就月，子细端相。　知音见说无双，解移宫换羽，未怕周郎。长颦知有恨，贪要不成妆。些个事、恼人肠。试说与何妨？又恐伊、寻消问息，瘦减容光。

这里所写的是与某一歌妓交往的过程，但很具典型性。它将周邦彦为何喜欢对方、两人相处时的主要活动、以及词人的感官感受，细腻详尽地描述出来。让词人心动的是对方的色艺双全。她"衣染莺黄""低鬟蝉影""口脂"飘香，而且又"解移宫换羽""知音"能歌。况且，对方还温柔体贴，"停歌驻拍，劝酒持觞"，善解人意。所以，词人不由分说地迷恋上对方。这样的"艳情"，主要是男主人公的一种淫乐情欲，对方是身份角色之需要，词人则是满足官能享受。两人在一起时，女方应歌劝酒，男方则对美色"剧饮"，秀色可餐。以至夜深之后，依然"笼灯就月，子细端相"，爱不释手。恋恋难舍间自然想起不得已分手时"恼人肠"的结果，以及"瘦减容光"的两地相思。这种感受是因为词人被对方的色艺所迷醉而生发的，却设想对方也必然如此。文人士大夫与歌妓交往，无非是拿金钱去买取对方的色与艺，所以大都停留在表层次情欲的描述上，很少有情感交流的描写，有的只是词人一厢情愿的想象。清人沈谦称此词"极狎昵之情"（《填词杂说》）。周邦彦与歌妓交往的"艳词"之出发点、过程、结局与情感流向，大抵如此。

个别"艳词"洗脱秾艳，便给人清新淡雅的感受。《少年游》说：

> 并刀如水，吴盐胜雪，纤手破新橙。锦幄初温，兽香不断，相对坐调笙。　　低声问："向谁行宿，城上已三更。马滑霜浓，不如休去，直是少人行。"

这首词写旖旎风流的恋情。上片烘托室内气氛，渲染室内的安恬静谧、纯净闲雅；下片换头"低声问"三字直贯篇终，极写对恋人的温柔体贴和婉言劝留。这首词构思别致，这主要表现在场景的布置与细节的选择上。词人没有选取离别相思之类的场面，也没有选取别后重逢惊喜的一刹那，而只是通过"并刀""吴盐""新橙""锦幄""兽香"这样一些比较简单的道具布置出一个安恬静谧的环境，然后再通过"破新橙""坐调笙"和"低声问"的动作以及"不如休去"的对话，表现爱恋与体贴之情。这样，就洗脱了脂腻粉浓、市尘偎薄的低俗气味，境界较为高雅。这首词的精彩部分主要是靠动作和对话表现出来的。如果没有下片"低声问,向谁行宿"诸句,就不可能含蓄婉转地表现出旖旎风流与温柔体贴的恋情。正如清代谭献在《复堂词话》中评这首词所说:"丽极而清,清极而婉,然不可忽过'马滑霜浓'四字。"这话是有道理的。正因为这首词是靠动作和对话来表情达意的,所以词的语言也有新的特点,即提炼口语,如话家常,纯用白描,到口即消。这样的语言特点跟他那些富艳精工、长于对句、善用动词、深谙音律的词作是截然不同的。

周邦彦艳词描写最多的还是离别后的思念和对旧情的咀嚼回味,其中更多寄寓的是个人的失意困顿。《瑞龙吟》说:

章台路。还见褪粉梅梢,试花桃树。愔愔坊陌人家,定巢燕子,归来何处? 黯凝伫。因念个人痴小,乍窥门户。侵晨浅约宫黄,障风映袖,盈盈笑语。 前度刘郎重到,访邻寻里,同时歌舞。唯有旧家秋娘,声价如故。吟笺赋笔,犹记燕台句。知谁伴,名园饮露,东城闲步。事与孤鸿去。探春尽是,伤离意绪。官柳低金缕。归骑晚,纤纤池塘飞雨。断肠院落,一帘风絮。

此词写故地重游之恋旧伤离之愁绪。男性抒情主人公故地重游时,清晰地回忆起当年在此地艳游的经历,尤其是那位与他曾经有过一段缠绵之情的青楼坊陌风尘女子。"个人痴小",言其娇小天真,玲珑可爱,初度接客,未失淳朴,这是一位雏妓。"乍窥门户",既指其初涉风月场,依然有清新之感;又指其半掩门户、欲藏还露之招徕嫖客的职业手段,给人以"犹抱琵琶半遮面"的羞涩感与朦胧美感,这是最能逗引嫖客神魂荡漾之处。"浅约宫黄",写其薄施脂粉,不掩天生丽质。"障风映袖,盈盈笑语",写其略解风情,倚门买笑,这是职业训练的结果。

当然，上述这一切，对特定的词人来说，都似乎是向他一人展示的，奉献的，卖弄的。歌妓的职业表现，在词人的幻觉中都是多情的证据。所以，"吟笺赋笔，犹记燕台句"，便用李商隐作《燕台诗》、洛阳女子柳枝闻之起爱慕之心的故事，写这位女子的知音赏诗。于是，一切解释得合情合理，原来这位雏妓对词人如此脉脉多情，是因为迷恋上词人的才华出众，诗名远播。这样一位既美丽又多情的歌妓，词人自然也是爱慕不已，别后则常常思恋，重来时就有了物是人非的"伤离意绪"。其实，"旧家秋娘，声价如故"，便透露了伊人移情别恋的现况，以及词人被冷落遗弃之后的辛酸苦涩。词人如果不是处在失意之中，就不会有这种辛酸苦涩的笔调。

2. 凄怨愁苦的羁旅词

周邦彦奔波于仕途，一生多数时间在各地辗转为官，在京城停留的时间总是相对短暂的。周邦彦并无政治才干，又不善逢迎，在新旧党争的夹缝里还受点气，奔走于各地时大约都是在抑郁不得志的情况之下。他的羁旅行役之词，就类似于柳永，更注重清幽凄冷的意境描写。《齐天乐》说：

> 绿芜凋尽台城路，殊乡又逢秋晚。暮雨生寒，鸣蛩劝织，深阁时闻裁剪。云窗静掩。叹重拂罗裀，顿疏花簟。尚有练囊，露萤清夜照书卷。　荆江留滞最久，故人相望处，离思何限？渭水西风，长安落叶，空忆诗情宛转。凭高眺远。正玉液新篘，蟹螯初荐。醉倒山翁，但愁斜照敛。

仕途困顿，他乡逢秋，周邦彦属于感伤类词人，于是，不免悲悲凄凄起来。"绿芜凋尽""暮雨生寒"，周围的环境凄神寒骨,身处异乡的词人倍感不适。清陈廷焯《云韶集》评云:"起只二句,便觉黯然销魂。下字用意,无不精练。沉郁苍凉,太白'西风残照'后,有嗣音矣。"以下"裁剪"声传来,勾引出词人对家人的无限思念,反过来陪衬眼前流落的孤寂冷清。所以,词人才有此一"叹"。"露萤清夜照书卷"成为词人摆脱寂寞、消磨时光的最好手段。羁旅凄凉中,追忆往日的友情也是一种安慰。下片便转写对"故人"的"离思"。"渭水西风,长安落叶"从贾岛《忆江上吴处士》"秋风吹渭水,落叶满长安"化出,与旧日"诗情"结合,清雅脱俗。"凭高眺远"无用,只好借酒浇愁,"醉倒山翁"了。

小令中也有写羁旅之情而佳者。《关河令》说:

秋阴时晴渐向暝,变一庭凄冷。伫听寒声,云深无雁影

更深人去寂静,但照壁、孤灯相映。酒已都醒,如何消夜永?

这首词虽短,却刻画出行旅之凄苦孤独。词原题为《清商怨》,因欧阳修有"关河愁思望处满"句,故改为《关河令》。柳永《八声甘州》有"关河冷落"之句,这首词实即将"冷落"与"愁思"捏合在一起。季节之冷、环境之冷、心境之冷、孤灯之冷、长夜之冷,都与愁思乡情融而为一,行旅之愁莫过于此。"沉挚之思,而出之必浅近"(陈子龙语),正是此词特点。

3. 清疏明快的写景词

作为一位禀赋出众的艺术家,周邦彦对自然景色有着敏锐的观察力。他擅长捕捉景物的特征,做入木三分的刻画,栩栩如生。他将家居、出游、旅途所见之景,一一纳入词中,充分展现

了大自然的景色优美。这时候,词人用比较纯净的审美眼光去看待自然景物,往往在一定程度上摆脱了秾艳与凄苦,而显示出清疏明快的风貌。《苏幕遮》说:

> 燎沉香,消溽暑,鸟雀呼晴,侵晓窥檐语。叶上初阳干宿雨,水面清圆,一一风荷举。　故乡遥,何日去?家住吴门,久作长安旅。五月渔郎相忆否?小楫轻舟,梦入芙蓉浦。

这首词本是写作者久居汴京消夏思归之情,但却以描写荷花的风神而著称于世。上片写醒后所感、所闻、所见。"燎沉香,消溽暑"是从嗅觉和触觉两方面描述的,词人醒来时依稀闻到沉香气味依旧弥漫于室中,闷热潮湿的暑气已经消失,精神清爽。这是醒后的第一个感觉。"鸟雀呼晴"是醒后的第二个感觉,是从听觉方面来写的。溽暑消失,天气晴爽,所以鸟雀也十分活跃,从争噪的鸣声中透露出雨后新晴带来的喜悦。"侵晓窥檐语"是醒后的第三个感觉,这是从视觉方面来写的,对"呼晴"做进一步的补充。词人浏览窗外景色,首先看到的是欢快的鸟雀映着晓色,在屋檐上往里窥视,嘈杂不停。夏日醒来,词人所有的感官感觉都格外爽朗。经过这样的铺垫,词人步出户外,看到的是"叶上初阳干宿雨,水面清圆,一一风荷举"的形象画面,赏心悦目。那一株株亭亭玉立的荷叶,仿佛是被高高地擎起,在晨风中摇曳生姿。这几句描写水荷极其生动,所以王国维在《人间词话》中赞美这几句说:"此真能得荷之神理者。"下片写对故乡的怀念。换头两句故作推宕,词笔由实转虚,从面前的荷花想到遥远的故乡,牵引出乡愁。家乡西湖的"芙蓉浦"也将是如此秀丽宜人?"家住吴门,久作长安旅",将空间的想象落实在两个点上:"吴门"与"长安"。"五月"三句写梦游,把孤立的空间两点进一步缩小并使之具体化。家乡的"渔郎"依稀有着自己未踏入仕途前那潇洒的身影?"梦人"一句,便把实景、梦境连成一片,眼前的"荷叶"便幻化成家乡的"芙蓉浦"。词人居住在汴京,虽然对家乡有丝丝缕缕的挂念,但词人同样看重在汴京的仕宦生涯,留恋此间的一切,所以,词中的乡愁是很清淡的。词的侧重点落实到荷花风神的描写上,传达出一种从容雅淡、自然清新的风貌。这首词也终以写景物之传神而负盛名。

这类写景传神的词都是小令。《浣溪沙》说:

　　翠葆参差竹径成,新荷跳雨泪珠倾。曲栏斜转小池亭。

　　风约帘衣归燕急,水摇扇影戏鱼惊。柳梢残日弄微晴。

短短的六句,每句都摹写一种画面:翠竹成荫,参差茂盛,小径通幽;雨打新荷,如泪珠跳溅;栏杆曲折有致,与小池亭相映成辉;风牵帘衣,燕子归急;扇影轻摇,水波荡漾,池鱼惊窜;残日斜照柳梢,透露出一丝晴意。画面之间跳跃性很大,在词人动态的浏览视线中被一一收入眼底,共同渲染出夏日的清爽。陈廷焯说:"美成小令,以警动胜。视飞卿色泽较淡,意态却浓。温韦之外,别有独至处。"(《白雨斋词话》卷一)这些写景小令最能表现这种特征。

4. 富艳精工的咏物词

周邦彦之前北宋词坛甚少咏物词,佳作更少。只有苏轼《水龙吟》咏杨花等寥寥几首好词。宋代咏物词至周邦彦方大放异彩,不仅数量大增,如《清真集》中有咏新月、春雨、梅花、梨花、落花、蔷薇花、柳等等；而且，佳作迭出，如《兰陵王·柳》《六丑·蔷薇谢后作》《大酺·春雨》等。以《大酺·春雨》为例，词云：

> 对宿烟收，春禽静，飞雨时鸣高屋。墙头青玉旆，洗铅霜都尽，嫩梢相触。润逼琴丝，寒侵枕障，虫网吹粘帘竹。邮亭无人处，听檐声不断，困眠初熟。奈愁极顿惊，梦轻难记，自怜幽独。　　行人归意速。最先念、流潦妨车毂。怎奈向、兰成憔悴，卫玠清羸，等闲时、易伤心目。未怪平阳客，双泪落、笛中哀曲。况萧索、青芜国，红糁铺地，门外荆桃如菽。夜游共谁秉烛？

这首词写于旅途之中。词人寄居"邮亭"，听春雨绵绵，不禁愁上心头。所以，"奈愁极""伤心目"是这首词的感情基调。通篇围绕着春雨作文章。首三句点题：清晨起来，"宿烟"散去，"春禽"寂静，唯有春雨飞溅声显得格外刺耳。"墙头"三句，随视野所及之雨中青竹，补足"春雨"情态：竹枝经春雨洗涤，箨粉尽去，青翠娇嫩，枝梢在微风中相互触摸。竹枝的色泽、姿态、形神，就是"春雨"神态的具体写照。以上六句写室外雨景，词人突出的是一种寂静、凄清、孤独的情调。"润逼"三句转写室内，细微到个人的点滴感受。春雨带来的潮湿空气浸润得琴弦松弛，所弥漫的寒气直逼枕席间，"虫网"在雨风中飘起粘在"帘竹"上。已经被"春雨"牵引出来的愁苦意态此时渐渐泛滥，词人既不能借"琴丝"消愁，又不能躲在被卧中消磨时光。"邮亭"以下六句是追溯，点明愁绪之所由来。"邮亭"羁旅，孤寂无聊，在单调的雨声中朦胧睡去，怎奈心中愁苦难消，顿然惊觉，在凄寒的雨声中更是"自怜幽独"。这种羁旅愁苦意绪一经点出,就不可遏制地滔滔流淌。上片隐藏在"春雨"背后的羁旅情绪,成为下片描写的重点,而"春雨"则退居为一种背景衬托。羁旅念归是人之常情,偏偏"春雨"连绵,"流潦妨车毂"。"春雨"不能给人带来一丝安慰,却反而处处给人带来困窘。词人因此可以把"憔悴""清羸""伤心"等诸多困苦都推脱到"春雨"头上。青草青青,落英缤纷,樱桃如菽,是时光无情地流逝,词人倍感"萧索"。李商隐羁旅中思念家人,对夜雨有无限美好的想象:"何当共剪西窗烛,却话巴山夜雨时?"(《夜雨寄北》)而词人今日又能与谁"秉烛"共游、"却话夜雨"呢?歌词在不尽的凄苦思绪中结束,余音袅袅。这首词通过咏春雨来写羁旅愁绪,真正做到"咏物不滞于物"。王灼将之与《离骚》的比兴手段相比拟,称其"最奇崛"(《碧鸡漫志》卷二)。

周邦彦咏物词最突出的优点就是在对所咏之物做形神俱似的刻画时,又摆脱所咏之物,别有寓意。王灼因此将之上比《离骚》。再读其《花犯》,词云:

> 粉墙低,梅花照眼,依然旧风味。露痕轻缀,疑净洗铅华,无限佳丽。去年胜赏曾孤倚,冰盘同燕喜。更可惜,雪中高树,香篝熏素被。　　今年对花最匆匆,相逢似有恨,依依愁悴。吟望久,青苔上、旋看飞坠。相将见、脆丸荐酒,人正在、空江烟浪里。但梦想、一枝潇洒,黄昏斜照水。

词咏梅花。《蓼园词选》评价说:"愚谓此词为梅词第一。总是见宦迹无常,情怀落寞耳。忽借梅花以写,意超而思永。言梅犹是旧风情,而人则离合无常。去年与梅共安冷淡,今年梅正开而人欲远别。梅似含愁悴之意而飞坠，梅子将圆，而人在空江中，时梦见梅影而已。"将自己的处境、心境与梅花融为一气，意余言外。

周邦彦擅长对所咏之物作细腻刻画，如"润逼琴丝，寒侵枕障，虫网吹粘帘竹"，能传达出人们在连绵春雨中的细腻感受；"露痕轻缀，疑净洗铅华，无限佳丽"，能描述出梅花清丽脱俗的神韵。在此基础上又别有寓意，便给读者留下"似与不似"的恰如其分的感受。然周邦彦反复吟唱的仅仅是羁旅愁绪而已，此外，也没有太多的理想与感受，难免有单调雷同之感。

三、艺术手法的深入开掘

周邦彦对北宋词坛的贡献，主要体现在艺术手法的深入开掘，乃至改变了词的创作模式这一方面。在周邦彦之前，北宋词人之创作主要是因情感蓄积，经外在事或物的触动，自然表现于歌词，叶嘉莹先生称之为"自然感发"。至周邦彦则改变为以精心构思、匠心安排为创作的出发点。周邦彦政治上既无太大理想，仕途上也没有太多欲望，一生仕宦虽不能尽如人意，倒也勉强过得去。他不必像柳永那样为人生出路或者说是一官半职浪迹天涯、奔走豪门，心态相对平静。于是，他便专心致志于歌词的创作。最初任职太学时，"居五岁不迁，益尽力于辞章。"[1]其后，在各地为官或再回京城，始终不见他仕途上的作为，而只是默默地将自己的情感、精力都倾注于歌词之创作。周邦彦对现实的关心既然比较淡漠，其歌词的内容就不会太开阔，他也无意用词去表现外在丰富多彩的世界，其作为必然与苏轼异趣。他灌注

---

[1] 王偁：《周邦彦传》，《东都事略》，卷一百一十六。

精力于歌词创作，集中体现在艺术上之开新。这主要表现在以下四个方面：

1. 格律精严，讲求四声

词乃音乐文学，不熟悉词的音乐特征，不精通词的音韵格律，就无法在艺术上有所开新。而在歌词创作方面做艺术上之开新，必然首先涉及音乐方面的创制。周邦彦恰恰是这样一位精通音律的词人。《宋史·周邦彦传》称其"好音乐，能自度曲。"他自号其堂曰"顾曲"。《三国志·周瑜传》载："瑜少精意于音乐，虽三爵之后其有阙误，瑜必知之，知之必顾。故时人谣曰：'曲有误，周郎顾。'"周邦彦是以周瑜自比，自矜音乐才能。《玉楼春》说："休将宝瑟写幽怀，座上有人能顾曲。"即是此意。周邦彦有时也在词作中自称"周郎"，一语双关，夸耀自己对音乐的精通。《蓦山溪》说："周郎逸兴，黄帽侵云水。"《六幺令》说："惆怅周郎已老，莫唱当时曲。"《意难忘》说："解移宫换羽，未怕周郎。"晚年也正是因为精通音乐的原因被徽宗任命为大晟府提举官。虽然周邦彦在大晟府任职期间无所作为，但是平日多音乐创制。词集中多与当时音乐家合作的自度曲。

兹将调首见周邦彦词集者，详列于下：《蕙兰芳引》《华胥引》《塞翁吟》《浣溪沙慢》《月下笛》《玲珑四犯》《丁香结》《锁窗寒》《垂丝钓》《凤来朝》《玉团儿》《青房并蒂莲》《双头莲》《隔浦莲》《一剪梅》《四园竹》《解蹀躞》《红林擒近》《侧犯》《大有》《绕佛阁》《渡江云》《玉烛新》《宴清都》《庆春宫》《忆旧游》《花犯》《双头莲》《倒犯》《氐州第一》《还京乐》《绮寮怨》《丹凤吟》《六丑》

《瑞龙吟》《红罗袄》《解连环》《大酺》《烛影摇红》《西河》《夜飞鹊》《拜星月》《意难忘》《扫地花》《粉蝶儿慢》《万里春》,共得46调,《扫地花》以下3调《全宋词》只存1首。周邦彦存词186首,用112调,"新声"占用调的41%。王国维在《清真先生遗事》中说:"读先生之词,于文字之外,须更味其音律。今其声虽亡,读其词者,犹觉拗怒之中,自饶和婉,曼声促节,繁会相宜,清浊抑扬,辘轳交往。"近人邵瑞彭的《周词订律序》也在细辨后加以肯定说:

>词律之义有二:一为词之音律,一为词之格律。所谓词之音律,如宫调,如旁谱,宋人词集中往往见之,然节奏已亡,铿锵遂失。……若夫词之格律,本为和翕音律而起,但音律既难臆测,不能不与字句声响间寻其格律。格律止求谐乎喉舌。音律兼求谐乎管弦,世未有喉舌不谐而能谐乎管弦者。……尝谓词家有美成,犹诗家有少陵,诗律莫细乎杜,词律亦莫细乎周。(开明书店本)

如他的《绕佛阁》:

>暗尘四敛,楼观迥出,高映孤馆。清漏将短。厌闻夜久签声动书幔。　桂华又满。闲步露草,偏爱幽远。花气清婉,望中迤逦城阴度河岸。　倦客最萧索。醉倚斜桥穿柳线,还似汴堤虹梁横水面。看浪飐春灯,舟下如箭。此行重见。叹故友难逢,羁思空乱。两眉愁、向谁舒展?

这是一首"双拽头"。所谓"双拽头",即凡是三叠词而

· 423 ·

前二叠字句相同的，称为"双拽头"。这种体式，前二叠的字数总比后一段短，有如后段的"双头"一般。这首词写的是作者宦途失意、流落他乡所引起的倦客之悲与对故友的思念。前两叠实际是第三叠的引子，好像是两支绳索牵引出一辆华贵的车子。第一叠写入夜以后，飞尘静止下来，佛寺的影子与词人所寄居的孤馆轮廓分明地呈现出来。更漏声渐渐短了起来，长时间听诵经之声与书签掀动经页之声令人十分生厌。第二叠交代前面所写乃是在月光之下"闲步露草"之所见所感。由于倦客思归，所以最后免不了要向远处遥望，心也随之飞向远方。一、二两叠，因为字句相同，实际上是一幅很好的对联（对平仄与韵脚不作要求）。正是这一幅对联引出第三叠，怀友思归之情。第三叠"倦客最萧索"：对"双头"加以总结，然后通过"舟下如箭"引出"故友难逢，羁思空乱"的感叹。就四声、韵脚与句式长短来看，前两叠完全相同，都是由四个四字句与一个九字句组成，而第三叠则变化很大，五、七、九字的句式占据主导地位，只是在后面穿插使用三个四字句。感情比前两叠有明显的变化，节奏也变得急骤而有较大的起伏。领字（如"厌闻""望中""还似""看""叹"等）在词中担负起穿针引线与转身换气的职责，更增添了音节的激越之感。这样的节奏和句法，都是随着声情变化而来的。与内容结合得十分紧密，非洞晓音律的音乐家是不能做到这一步的。值得指出的一点是，周邦彦在《绕佛阁》这首词里还进一步讲求四声，并富于变化。夏承焘在《论唐宋词字声之演变》中说："《绕佛阁》之双拽头，且四声多合。……此（指前两叠）十句五十字中，'敛'上去通读，'池'、'动'、'迥'阳上作去，'出'清入作上：四声无一字不合；此开后来方千里、吴梦窗全依四声之例；《乐章集》中，未尝有也。"并总结说："《乐章》但守'上去'、'去上'，间有作'去平上'、'去平平上'者，尚守之不坚。至清真益出以错综变化，而且字字不苟。"所以，"四声入词，至清真而极变化。"[①]字声的讲求，与词调的发展，与声调谐美、声情相宜的要求是联系在一起的，也是词律发展的必然过程。其实，从温庭筠词开始，不仅讲求平仄，而且也兼顾到四声的运用，晏殊、柳永开始严辨上、去声，柳永尤谨于入声，而且对四声的运用更加严谨。到周邦彦，运用四声已完全成熟并多变化。这是词人兼音乐家所做出的贡献，其积极面是应当肯定的。

四声之中，周邦彦又特别注意上、去两仄声的更番使用。万树《词律发凡》说："上声舒徐和软，其腔低；去声激厉劲远，其腔高；相配用之，方能抑扬有致。大抵两上两去，在所当避。"周邦彦《齐天乐·绿芜凋尽台城路》尽得上、去迭用之妙，龙榆生先生《论平仄四声在词曲结构上的安排和作用》分析此词说：

> 这里面的拗句，如"殊乡又逢秋晚"的平平仄平平仄，第三字必得用去声，"露萤清夜照书卷"宜用去平平去去平去，"荆江留滞最久"宜用平平平去去上。"离思何限"宜用平去平去。还有领头字的"叹""正"两字也一定要用去声。此外，连用两仄，如"静掩""尚有""眺远""醉倒""照敛"，都是去上迭用。（《词曲概论》，上海古籍出版社1980版）

此外，领字的运用、入声韵的选择、奇偶句的相配，周邦彦

---

① 夏承焘：《唐宋词论丛》，上海古籍出版社1956年版。

都为南宋词人提供了范例。

但是，由于要严辨四声，追求合律，有时也产生因律害意的毛病。迨至南宋方千里、杨泽民、陈允平，他们学习周邦彦，亦步亦趋，字字必依，对于四声的安排，他们也不敢轻易挪动。有时为了凑韵趁拍，甚至写出一些文字不通的词句来，这又是学步效颦的恶果。

2. 言情体物，穷极工巧

在艺术上精益求精的作家，就会力图细致准确地捕捉所叙述、描绘之事物的显著特征，借此传达自我情感。上文介绍周邦彦的咏物词时已经触及这方面的特点。周邦彦特别擅长对所选用的素材做错综之安排，通过场景、动作来反映人物的精神面貌与内心活动，也通过外在事物特征的细腻刻画来展现内心情感世界。以《蝶恋花》为例：

> 月皎惊乌栖不定，更漏将阑，轳辘牵金井。唤起两眸清炯炯，泪花落枕红绵冷。　　执手霜风吹鬓影，去意徊徨，别语愁难听。楼上阑干横斗柄，露寒人远鸡相应。

本篇纯写离情，出现在词中的是行者在秋季离家时那种难舍难分的情景。篇中没有主观感情的直抒，各句之间也很少有连结性词语，词中的离情主要是靠各句所描绘的不同画面，靠人物的表情、动作和演出来完成的。"穷极工巧"也就表现在这里。上片写"早行"前的情景。"月皎"三句自成一段，描写了两个完整的画面。其一，"月皎惊乌栖不定"：月光分外明亮，巢中的乌鸦误以为天明故而飞叫不定。这是从视觉与听觉两方面来写的，暗示行者与留者都被离情所苦而整夜不曾合眼。其二，"更漏将阑，轳辘牵金井"：点明天将破晓，这是从听觉方面来写的。更漏声将要滴尽,远处传来辘轳的转动声,吊桶撞击井口声,已经有人起早汲水了。正因为通宵未眠,所以才能清晰地听到晨起人们的汲水声。以上三句交代由深夜到将晓这一时间进程里即将离别双方之难舍难分的情感煎熬。"唤起"两句转写女方的悲伤,联系下句"泪花落枕红绵冷",可见这双眼睛已被泪水洗过,通宵不眠期间时时以泪洗面。"唤起"之后仍带有泪花,故一望而"清",再望而"炯炯"然。"清炯炯"者,非睡足后的精神焕发,是离别时的情绪紧张与全神贯注。这一句还暗中交代出这位女子的美丽,烘托出伤别气氛。"冷"字还交代出这位女子更是一夜未眠,泪水早已把枕芯湿透,连"红绵"都感到心寒意冷了。王世贞在《艺苑卮言》中说这两句"形容睡起之妙,真能动人"。下片写别时、别后。前三句写别时依依难舍之状,曲折传神。"执手"是分别时双手紧握的镜头。"霜风吹鬓影"是行者凝视女方,刻印下别前最深刻的印象:鬓发在秋季晨风中微微卷动。"去意徊徨,别语愁难听"二句,看似写情,实则是写动作。"徊徨",也就是徘徊。行者几度要走,却又几度转回来,相互倾吐离别的话语。这话语满是离愁。"难听",不是不好听,而是令人心碎,难以忍听。终篇两句写别后的景象。行者已经离去,但他还恋恋不舍地回头遥望女子居住的高楼,然而这高楼已隐入地平线下面去了。眼中只见斗柄横斜,天光放亮,寒露袭人,鸡声四起,更衬出旅途的寂寞。人,也越走越远了。通过上述分析,可以看出,这首词每一句都由不同的画面组成,并配合着不同的音响。正是这一连串的画面与音响的完美组合,才充分体现出难分的离情别绪,形象地体现出时间的推移、场景的变换、人物的表情与动作的贯串。词中还特别注意撷取某些具有特征性的事物来精心刻画,如"惊乌""更漏""辘轳""霜风""鬓影""斗柄"与"鸡鸣"等等。同时,作者还特别着意于某些动词与形容词的提炼。这一系列艺术手法的综合,不仅增强了词的表现力,而且还烘托出浓厚的时代气息与环境氛围,使读者有身临其境的真实感受。王国维评说周邦彦词"言情体物,穷极工巧",表现得十分清楚。

上面是侧重于从"言情"方面讲的。下面再看作者在"体物"方面是怎样"穷极工巧"的。如《六丑·蔷薇谢后作》:

> 正单衣试酒,怅客里、光阴虚掷。愿春暂留,春归如过翼,一去无迹。为问花何在?夜来风雨,葬楚宫倾国。钗钿堕处遗香泽,乱点桃蹊,轻翻柳陌。多情为谁追惜?但蜂媒蝶使,时叩窗槅。　东园岑寂,渐蒙笼暗碧。静绕珍丛底,成叹息。长条故惹行客,似牵衣待话,别情无极。残英小、强簪巾帻;终不似、一朵钗头颤袅,向人欹侧。漂流处、莫趁潮汐。恐断红、尚有相思字,何由见得?

据周密《浩然斋雅谈》卷下载:徽宗曾问"六丑"之义,周邦彦对曰:"此犯六调,皆声之美者,然绝难歌。昔高阳氏有子六人,才而丑,故以比。"据此,《六丑》也是徽宗时的"新声"。词题标明是咏落花,全词惜花伤春,交织着作者对美好事物遭受摧残而产生的惋惜之情,同时夹杂着词人自我身世不幸的感伤、对旧情的眷恋等复杂情感。这一题材在古诗词中并不罕见,但却很少有人写得像本篇这样细致入微而又曲折传神。首三句为侧面交代。词人旅居他乡,孤寂无聊,一直没有心情赏春作乐。匆匆之间到了春夏交替"单衣试酒"的时节,才觉得白白浪费了这许多大好春光,实在可惜,因而感到惆怅、若有所失。

"试酒"还有把酒惜春之意,也是词人的强自安慰与自我排遣。首三句固然没有涉及到蔷薇花落,却交代了特定的时令、词人客居的环境和怅惘凄凉的心情,从侧面引出惜春情感。词人意识到春光的流逝,就特别爱惜残留的春色。于是,就与"春"好好商量。"愿春暂留"是词人的主观愿望,要求很低。词人想借此弥补自己对大好春光的耽搁。但这要求依然是无理的,时光的流逝怎能以个人的意志为转移呢?所以,"春"并不理睬词人的恳留,反而"如过翼,一去无迹"。"春"之绝情,正反衬词人之多情。歌词已从侧面惜春转为正面惜春。春既匆匆归去,蔷薇自然难以幸免。"为问花何在"始至篇末,词笔再也没有离开"蔷薇谢后"的正题。"楚宫""倾国"皆以绝色美人喻蔷薇。前六句情感发展层层推进,笔势舒缓,至此忽用设问句激起情感大波澜,痛快淋漓地倾吐内心的郁积。情感的跌宕正是为了配合正题的出现。词人仍以美人比拟,展开想象:蔷薇花瓣像美人的钗钿一样散落在地上,遗留着诱人的芬芳香味,它们飘零在桃柳成荫的小路上,飞飞扬扬。这是"葬楚宫倾国"的具体化。这里视觉、听觉、嗅觉相融合,越发似真似幻,似花非花。词人用这些细节勾画出一幅春去花落的衰飒景象。"多情为谁追惜"收束一笔,以又一个的设问句激起另一次的情感波澜激荡。"多情为谁追惜"的追问,也就清楚地表明了无人怜惜花飞花落,只有蜂与蝶时时扑打着窗槅,招呼词人一起凭吊落花。无人怜惜反衬词人之情深;蜂蝶知音又从正面烘托,一反一正,揭示了词人情感的深度。

上片转换多种角度写蔷薇花落,都是多愁善感的词人心灵所展开的丰富多彩的联想。词人在室中望着户外,有所思、有所感。由于这一股惜春伤花情绪的反复纠缠,词人终于走出房门,漫步到"东园",在花丛旁留恋不舍。从时间上说,漫长的一天也即将过尽。"暗碧"色是草木茂盛所带来的,也是黄昏的阴影所"蒙胧"上的。步入"东园",完全证实了刚才的所思所感。花已落尽,春天的喧闹也过去了,周围只是一片"岑寂"。过片屏却一切声响之环境描写,透露出词人无限的伤心。在这一片死寂中,唯有词人孤独地绕着花丛来回,留恋徘徊,声声叹息,显得格外刺耳。这是人对花的留恋。人多情,花也一样。"长条"三句反写花对人的留恋:蔷薇伸出长长的枝条,用它的尖刺勾住行人的衣裳,好像也有一番情致缠绵的话语要诉说无限的离情。花为人留恋、惋惜的又是什么呢?结合"行人""别情",不难想象,或是惋惜词人流落他乡,终生困顿;或是惋惜词人与情人离别,旧情难觅等等。实际上,这是词人惜春伤花之情返回到自身,亦花亦人,亲密无间。其实,上文全部的惜春伤花之情,处处都是自我怜惜,词人所有的愁苦都是从"怅客里、光阴虚掷"引出,至此才明确点出。"残英"以下再返回到人对花的留恋。词人偶然瞥见枝头躲过风雨摧残的残花,顺手摘取插戴,以此表达惜花、惜春的情感。此时,词人再度无限伤心地想到:如果这朵花盛开时,折取过来戴在美人头上,颤颤袅袅,该是多么美妙的一番景色!男人戴残花,这是双重的不协调,因此也无法真正排解词人心中的愁绪。至此,一种时光流逝、华年不再、良辰美景已成陈迹的无可奈何之感,洋溢于言外。园中既然除了落花别无他物,词人只能寄情于此。结尾"漂流处"五句是对落花的殷勤嘱咐,用"红叶题诗"故事。词人生怕眼前被潮水飘卷而去的落花上也题有相思诗句,那么,将无人能见这些伤心的句子了。"相思字"的典故是否又牵引出词人对旧情的怀恋呢?这一切都留给读者继续回味。

这首词之所以能在"体物"方面"穷极工巧",主要表现在拟人化方面。以拟人化手法写花自古而然,但一般说来,还都停留在形象的比喻之上,还没有像《六丑》这样赋予蔷薇以人的灵魂和情感,赋予蔷薇以人的体态和动作。如韩偓的《哭花》:"若是有情争不哭,夜来风雨葬西施。"又如韦庄的《残花》:"十日笙歌一宵梦,苎萝烟雨失西施。"这些,都在以美人喻花、拟花,并没有像《六丑》这样有着透过一层次的描写。通过"钗钿堕处遗香泽""长条故惹行客,似牵衣待话"之类词句,一个佳人仿佛就伫立在读者面前。这样的描写,已经使人很难区分哪里是人哪里是花,似乎进入了花人两忘、物我交融这一艺术境地。这种以物观物,多重角度体察事物、描摹事物的方法和手法,是词发展过程中的一大创造,是"泪眼问花花不语"这一境界的发展和飞跃。作者不仅以饱满的热情对蔷薇作深入的观察,并写出了极其细腻的感受。

3. 结构细密,曲折回环

周邦彦在柳永词的基础上,大量创制慢词,进一步吸收并发挥魏晋辞赋家铺叙的技巧,特别着力于布局谋篇,注意结构上的曲折回环和前后呼应。他能够巧妙地把多层次的作品融成一片,既照顾到词的整体结构,又注意到局部的灵活自如。改变了柳永词单一依据时间的顺序安排结构的做法。近人夏敬观说:"耆卿多平铺直叙,清真特变其法,一篇之中,回环往复,一唱三叹。故慢词始盛于耆卿,大成于清真。"[1] 具体地说,柳永词多依据时间顺序作流水式的铺陈,袁行霈先生称之为"线型结构"[2]。

---

[1] 夏静观:《手评乐章集》,龙榆生编《唐宋名家词选》,第87页。
[2] 袁行霈:《以赋为词——试论清真词的艺术特色》,《北京大学学报》1985年第5期。

如柳永《雨霖铃》从"长亭"饮别写起,到"雨歇"催发、执手相看,再到别后想象。别后想象再依"今宵酒醒何处"到"此去经年"的顺序展开。从时间发展来看,是一个"线型"的连贯过程。柳永依赖别后想象对平铺直叙做层次补充,读来也是一波三折,充满艺术感染力。然而,这种"线型"结构缺乏更多的变化,没有给词人留出太多腾挪回旋的余地。艺术天赋和功力稍不如柳永者,就容易流于平淡寡味。周邦彦词则打乱时间顺序,多用"逆挽"手法,倒叙、插叙相结合,依据心灵情感的流动过程,有开有合,回环往复,袁行霈先生称其为"环型结构"(同上)。唐圭璋先生《唐宋词简释》选清真词十六首,篇篇侧重于章法结构的分析。以《兰陵王·柳》为例:

柳阴直,烟里丝丝弄碧。隋堤上,曾见几番,拂水飘绵送行色。登临望故国,谁识京华倦客?长亭路,年去岁来,应折柔条过千尺。　闲寻旧踪迹,又酒趁哀弦,灯照离席。梨花榆火催寒食。愁一箭风快,半篙波暖,回头迢递便数驿。望人在天北。　凄恻,恨堆积。渐别浦萦回,津堠岑寂。斜阳冉冉春无极。念月榭携手,露桥闻笛。沉思前事,似梦里、泪暗滴。

这是一首送别词,名为咏柳,实写别情,其中还寄托了作者宦途失意与身世飘零的喟叹。这首词共130字,分成三片,层次很多。如果没有驾驭长调的才能,没有把零丝碎线织成锦绣的深功,对这样的长调是无法展开铺叙的,也无法熔铸成统一的艺术整体。周邦彦正是在这些地方显示出他的艺术才能和纯熟的技巧。先看第一片。第一片是咏柳。开头五句写景,落笔第一个字便紧扣题面,点出"柳阴",下面又缀以一个"直"字,这就是远景。"烟里丝丝弄碧"是近景。这句用动态和色彩来描写柳丝婀娜多姿与春色的缤纷灿烂,暗示阳春烟景中猝然分别所引起的惆怅。"隋堤上",落实了分别的地点。"曾见几番",写次数的众多。"拂水飘绵送行色",是全词的关键句。它从咏柳转向别情,既交代了咏柳的原因,又交代了这首词的主旨是"送行"。所谓"送行色",也就是送行时的所见所感。事实上,词里所有的文字几乎都没有离开"送行"二字。以上五句是第一层。"登临望故国,谁识京华倦客"两句,写出了由于送别而引起的故国之思,惜别之中又揉进了宦途失意与身世飘零之感,这就使一般的别情有了鲜明的个性,并由此深化了主题。"长亭路"三句又是一层。这三句回应"柳"字,补足"倦客",又通过"应折柔条"引出下面送别的场面。第二片写饯行。这一片可分两层:前四句是"送",写的是饯别的场面;后四句是"行",写的是别时的情景。第三片写别恨。先总提一笔:"凄恻,恨堆积。"它对上是总结,对下是提示。下面接着从景、情两方面分别加以补充。"渐别浦萦回"三句是写景,"念月榭携手"五句是抒情。

通过上述分析,可以看出周邦彦发扬了柳永以来创制长调的艺术手法,不仅能层层铺叙,始终不懈,一笔到底,而且还致力于结构的严整与富有变化,呈现出一种回环曲折、前后呼应、疏密相间和不即不离的特点。之所以能如此,首先是作者善于抓住一个细节(指细小的景物而言)把全词串接起来。这一点有些像电影艺术中的"蒙太奇"。词中以"柳"字开篇,但并非简单的"托柳起兴"。第一片10句48字中,几乎字字句句都在写柳。其中有柳阴、柳丝、柳色、柳行、柳态,还有折柳送行。第二片虽然写的是饯行,但"梨花榆火"一句仍在写柳。第三片写别恨，似乎与"柳"字相距甚远，但在"斜阳冉冉春无极"这一广角镜头之中，不仅包括了行者的船帆，送者的码头，同时也摄进了隋堤上的垂柳与送行者手中尚在摇动的柳枝。其次，在多层次的结构当中恰当地注意到描写的多侧面，使全词疏密相间，开合并用，极尽曲折变化之妙。词中本来以"送行"为主旨贯穿始终，但既有较多的风景描写，又有场面的具体安排；既有一般的别情，又有客中送客的特殊感受；既写了行者，又兼顾到送者。正当饯别饮宴之时，忽然杂入"梨花榆火催寒食"；正当船帆去远、送者凝神张望之际，忽又插入"斜阳冉冉春无极"。这些都充分显示出结构上的曲折变化和丰富多彩。

曲折回环、层次丰富、变化多端、完整而又统一的艺术佳构，为数甚多，又如《浪淘沙》：

晓阴重，霜凋岸草，雾隐城堞。南陌脂车待发，东门帐饮乍阕。正拂面、垂杨堪揽结；掩红泪、玉手亲折。念汉浦离鸿去何许？经时信音绝。　　情切。望中地远天阔。向露冷风清无人处，耿耿寒漏咽。嗟万事难忘，唯是轻别。翠尊未竭，凭断云、留取西楼月。　　罗带光销纹衾叠。连环解，旧香顿歇；怨歌永，琼壶敲尽缺。恨春去、不与人期；弄月色，空余满地梨花雪。

词写离情相思，共分三片（后两片也有并作一片者）。第一片交代分别的时间和地点，说明这是在一个秋天雾气很浓的早晨，女子把行人送走了。第二片写别时依依遥望与内心的伤别情怀。地是那样遥远，天是那般宽阔，而行人却奔向"露冷风清无人处"。最难忘的就是这场轻易的离别，此后只有残月伴着自己度过孤独凄清的寒夜。第三片写别后的相思。铺叙委婉，层次清晰，转折回环，顿挫有致，都充分显示出作者驾驭长调、结构长篇的艺术才能。陈廷焯对这首词评价很高，特别对第三片。他说："蓄势在后，骤雨飘风，不可遏抑。歌至曲终，觉万汇哀鸣，天地变色，老杜所谓有'意惬关飞动，篇终接混茫'也。"（《白雨斋词话》卷一）这里讲的也是他的结构功力。

4. 词语妍炼，丰美多彩

周邦彦是驾驭语言的大师，他往往用优美的语言创造出生动的艺术形象。有时，他的语言精雕细刻，富艳精工；有时，他的词又口语白描，如话家常；他还巧妙地化用前人的诗句，不露痕迹，如同己出。前人对周词的语言评价是很高的，如沈义父在《乐府指迷》中说："凡作词当以清真为主，盖清真最为知音，且无一点市井气，下字运意，皆有法度，往往自唐、宋诸贤诗句中来，而不用经史中生硬字面，此所以为冠绝也。"张炎也说："美成负一代词名，所作之词，浑厚和雅，善于融化诗句。"又说："美成词只当看他浑成处，于软媚中有气魄，采唐诗，融化如自己者，乃其所长。"（《词源》卷下）其他南宋人推崇周词，也特别注意这一点。陈振孙《直斋书录解题》卷二十一说：清真词"多用唐人诗檃括入律，浑然天成。"刘肃《周邦彦词注序》说："周美成以旁搜远绍之才，寄情长短句，慎密典丽，流风可仰，其征辞引类，推古夸今，或借字用意，言言皆有来历，真足冠冕词林。"庞元英则具体肯定周邦彦词两次化用"红叶"事，"脱胎换骨之妙极矣。"（《谈薮》）这和他博览群书、融会贯通、运用灵活有密切关系。化用前人诗句的关键在于"如同己出"。"浑然天成""正如李光弼将郭子仪之军，重经号令，精彩数倍。"（魏庆之《诗人玉屑》卷八引《韵语阳秋》）

周邦彦达到此种境界，也是一个渐进的过程，依据罗忼烈先生《周清真词时地考略》(《两小山斋论文集》)排列,周邦彦"少年汴京之什"有《少年游》("并刀如水")[1]、《苏幕遮》("燎沉香")等等二十首。这部分词作很少化用前贤诗句,偶而用之,仿佛亦出于不经意。更多的是不失淳朴真率之气,脱口而出的天然佳句,如:

《一落索》:"莫将清泪湿花枝,恐花也,如人瘦。"
《诉衷情》:"不言不语,一段伤春,都在眉间。"
《少年游》:"马滑霜浓,不如休去,直是少人行。"
《醉桃源》:"若教随马逐郎行,不辞多少程。"
《苏幕遮》:"叶上初阳干宿雨,水面清圆,一一风荷举。"

周邦彦三十岁以后官外州县,在外地辗转达十余年。经历了宦途的风波险恶,品尝了旅舍的孤寂无聊,性格由少年的急躁、不羁转为阅尽人情世态后的淡泊恬退。这段时期的词作越来越多身世遭遇的凄苦怨愁,意境深沉。与此同时,周邦彦对前贤诗文的理解加深,在世路风波,人情冷暖等方面皆有了认同感,化用前贤诗句的现象增多,渐渐显露出"善于融化诗句"的特色。比较典型的代表作是官溧水时写的《满庭芳》:

风老莺雏,雨肥梅子,午阴嘉树清圆。地卑山近,衣润费炉烟。人静乌鸢自乐,小桥外、新绿溅溅。凭栏

---

[1] 南宋人笔记皆言美成《少年游》("并刀如水")等词与李师师、宋徽宗有关,当作于晚年。此皆为小说家附会,荒诞无稽。罗忼烈先生《周清真词时地考略》辨之甚详。龙沐勋《清真词叙论》说:"似《少年游》一类温柔狎暱之作,自不似五六十岁人所为,假定此为邦彦少年居汴赠妓之词,殆无疑义。"(《词学季刊》第二卷第四号)推断十分有理。

久，黄芦苦竹，拟泛九江船。　　年年，如社燕，飘流瀚海，来寄修椽。且莫思身外，长近尊前。憔悴江南倦客，不堪听、急管繁弦。歌筵畔，先安簟枕，容我醉时眠。

词人于元祐末曾任溧水令，多少有受旧党排斥的意味。词人于是产生了厌倦在外地卑官微职的生活。这首词借溧水风光的描述，抒发了这种无法排遣的苦闷。上片用秀丽圆融的诗句把江南初夏的景物和低湿潮润的气候条件写得形象逼真而又细致入微。首三句点明时令，渲染初夏风光。"风老莺雏，雨肥梅子"两句，措词运意，两两相对，充分体现出词人缜密典丽的词风。"老""肥"本来是形容词，这里用作动词。词性的转化与活用，增强了词的形象。"午阴嘉树清圆"，从天空写到地面：正午的阳光直射在大树上，地面上的阴影又正又圆。这本是司空见惯的景物，词人诗意地表达出来，便有无穷意味。刘禹锡《昼居池上亭独吟》中有"日午树阴正"之句，周词写得更加深细。"地卑山近"二句进一步刻画其地、其景、其事，江南梅雨季节的景色宛然入目。江南四月，树茂雨多，加上"地卑山近"，空气潮湿，衣物易霉。想要熏干衣物，是要更"费"一些"炉烟"。"费"字，一方面衬托溧水的潮湿过甚，同时又烘托词人的心情烦闷，无法排遣。"人静乌鸢自乐，小桥外新绿溅溅"，加倍烘托心情的不佳。"乌鸢"的自乐与新绿的欢快，是乐者自乐、哀者自哀，与词人无法产生共鸣。末三句承此，直接爆发出近似贬谪的苦痛之情。词人迁官溧水，自我感觉到与白居易贬窜江州类似，所以借白居易诗句写自己的处境及心境，用笔含蓄婉转。下片写漂流之哀伤。换头以"社燕"自比，暗示生活无定，四处奔波，有寄人篱下之感。漂流身世，宦海浮沉，牢骚不平又怎能不油然而生？"且莫思身外，长近尊前"两句，笔意陡转，欲借酒驱愁。这是针对上述漂流失意而产生的无可奈何的办法，其中隐含难言之苦。然而"长近尊前"仍无济于事，原因是"憔悴江南倦客，不堪听、急管繁弦。"这三句又翻进一层，叙说饮酒听歌反而更增添心中郁闷。百般无奈，设想只有进入醉乡才能暂时忘却无尽的烦扰："歌筵畔，先安簟枕，容我醉时眠。"难以排遣的忧愁经过几次转折，达到高潮便戛然收束。

这首词字斟句酌，以精策的词语带动全篇。同时在采融前人诗句入词方面又几乎不露痕迹。"风老"句来自杜牧"风蒲燕雏老"（《赴京初入汴口晓景即事》）；"雨肥"句来自杜甫"红绽雨肥梅"（《陪郑广文游何将军山林十首》）；"午阴嘉树"句来自刘禹锡"日午树阴正"（《昼居池上亭独吟》）；"黄芦苦竹"两句来自白居易"住近湓江地低湿，黄芦苦竹绕宅生"（《琵琶行》）；"且莫思身外"来自杜甫"莫思身外无穷事，且尽尊前有限杯"（《绝句漫兴九首》之四）。这首词不仅仅是简单地化用唐人诗句，而且结合唐人的遭遇、诗意，写己身流落之悲慨。上阕大段点化《琵琶行》诗意，使读者由白居易的遭遇反思词人的处境和心情，获得了"天涯沦落人"的丰厚的文化意蕴。陈廷焯评此词"说得虽哀怨，却不激烈，沉郁顿挫中别饶蕴藉。"（《白雨斋词话》卷一）此种特色之表现，正在于词人对唐诗语句、意境的化用。这就是周邦彦词语言上最大特色之一，也是他的成功之处。

化用前贤诗意如同己出之佳作，还有《西河·金陵》：

佳丽地，南朝盛事谁记？山围故国绕清江，髻鬟对起。怒涛寂寞打孤城，风樯遥度天际。　　断崖树，犹倒倚,莫愁艇子曾系。空余旧迹郁苍苍,雾沉半垒。夜深月过女墙来,赏心东望淮水。　酒旗戏鼓甚处市,想依稀、王谢邻里。燕子不知何世,入寻常巷陌人家,相对如说兴亡,斜阳里。

词写金陵怀古。全篇从刘禹锡两首诗歌中化出。其一是《金陵五题·石头城》:"山围故国周遭在,潮打空城寂寞回。淮水东边旧时月,夜深还过女墙来。"其二是《金陵五题·乌衣巷》:"朱雀桥边野草花,乌衣巷口夕阳斜。旧时王谢堂前燕,飞入寻常百姓家。"许昂霄《词综偶评》称其:"隐括唐诗,浑然天成。"

周邦彦在句斟字酌方面用力甚专,在其词作中时时可见。如《玉楼春》:

桃溪不作从容住,秋藕绝来无续处。当时相候赤栏桥,今日独寻黄叶路。　烟中列岫青无数,雁背夕阳红欲暮。人如风后入江云,情似雨余沾地絮。

词借刘晨、阮肇入天台山采药遇仙女事,写情人分手之后再无相见的绝望悲痛。以辞语的精雕细刻著称。结尾两句,备受后人称道。陈廷焯《白雨斋词话》卷一说:"美成词有似拙实工者。如《玉楼春》结句云:'人如风后入江云,情似雨余沾地絮。'上言人不能留,下言情不能已,呆作两譬,别饶姿态,却不病其板,不病其纤,此中消息难言。"这两句对仗工整,取譬恰当,构思别出心裁,充分显示了周邦彦的语言功力。前面所说的"妍炼",讲的就是周邦彦的词色彩清丽而用词又十分简洁精炼。他经常用很少的词语就能创造出鲜明的意境和浓郁诗意。前引的就有:"叶上初阳干宿雨,水面清圆,一一风荷举";"念月榭携手,露桥闻笛";"望中地远天阔,向露冷风清无人处,耿耿寒漏咽";"恨春去,不与人期;弄月夜,空余满地梨花雪"。"人如风后"两句又是一个典型的实例。

再如《菩萨蛮》:

银河宛转三千曲,浴凫飞鹭澄波绿。何处是归舟?夕阳江上楼。

天憎梅浪发,故下封枝雪。深院卷帘看,应怜江上寒。

这首词上片写旅途,从行人角度落笔;下片写闺中,从居者角度设想。羁旅愁思、情思,以双方照应之笔来写,这是很平常的。惟此词造句用语极费功力。以"银河宛转三千曲"写旅途的漫长,且喻相思的绵绵悠长以及心事的曲折缅邈,新颖别致。"何处望归舟,夕阳江上楼",其意境从温庭筠《梦江南》"梳洗罢,独倚望江楼。过尽千帆皆不是"化出,精练含蓄。过片突发奇想,将漫天"封枝"大雪的原因归结为"天憎梅浪发"。事实上是闺中人孤独而没有赏梅心情,且无法折梅赠远之苦痛的委婉表达。周济评此二句"造语奇险"(《宋四家词选》),词人是以奇特的想象与"造语"来表达跌宕起伏的情绪。结尾"深院"两句再转为深情婉转,哀怨至深。

此外还有些著名的词句,也都不大使人想到它的来源了。如:

叶下斜阳照水,卷轻浪、沉沉千里。桥上酸风射眸子。立多时,看黄昏,灯火市。

(《夜游宫》)

何意重红满地,遗钿不见,斜径都迷。兔葵燕麦,向残阳、欲与人齐。

(《夜飞鹊》)

湖平春水,藻荇萦船尾。空翠入衣襟,拊轻桹、游鱼惊避。晚来潮上,迤逦没沙痕,山四倚,云渐起,乌度屏风里。

(《蓦山溪》)

周邦彦善于用对句。这也是从律诗中继承发展而来的。除前举"风老莺雏,雨肥梅子"之外,还有"褪粉梅梢,试花桃树"(《瑞龙吟》)、"风翻旗尾,潮溅乌纱"(《渡江云》)、"暗竹敲凉,疏莹照晚"(《忆旧游》)、"帘烘楼迥月宜人,酒暖香融春有味"(《玉楼春》)、"泪多罗袖重,意密莺声小"(《早梅芳》)等。他还以生动的语言创造出许多生动的形象。如"水涨鱼天拍柳桥""芳草连天迷远望"(《满江红》),"风梳万缕亭前柳"(《渔家傲》),"出林杏子落金盘"(《诉衷情》),"笼灯就月"(《意难忘》),"砧杵韵高"(《风流子》)等等,凡此种种,都带有富艳精工与清新深婉的特点,都成功地丰富了词的意境与艺术感染力,给人以美的感受。周邦彦的词风是骚雅典丽、含蓄蕴藉的。

周邦彦通过自己的创作,在词史上赢得了很大声誉。甚至被称为婉约派的集大成者和格律派的创始人。南宋末陈郁在《藏一话腴》中说:"二百年来,以乐府独步。贵人、学士、市儇、妓女皆知美成词为可爱。"他所开创的典雅醇正之词风至南宋时蔚然成风,直接影响到姜夔、史达祖、吴文英、王沂孙、张炎等人的创作。在艺术创作方面,他的词是对北宋词坛的一个总结,承上启下之功不可没。陈廷焯因此推崇说:"词至美成乃有大宗,前收苏、秦之终,后开姜、史之始。自有词人以来不得不推为巨擘,后之为词者亦难出其范围。"(《白雨斋词话》卷一)

当然,周邦彦在词史上的消极影响也是明显的。在苏轼开辟了词的广阔道路以后,周邦彦通过自己的创作,把词又拉回到批风抹月,留连光景与涂写艳情的老路上来,内容狭窄,境界不高,这无疑是词史上的一次曲折,一次反复。不过,由于周邦彦的艺术造诣很高,他深谙音律,学识渊博,技巧纯熟,经验丰富,在审定古音,整理古调,创制新曲方面,的确做出了巨大贡献。同时,在词调雨后春笋般纵横出现之时,他以个人的学术权威来进行词律的规范化工作,并以自己的作品昭示当代,嘉惠后学,对词律、词学、词作的发展无疑也是有积极意义的。但是,由于他过分地或单纯地讲求格律,制定法度和型式,这就必然忽视或戕伤词所反映的现实内容。他的某些作品并非是深受感发的有得之言,而只是在文字与音韵上刻意雕琢,美虽美矣,谐自谐矣,可惜的是不见性情,不见境界,实属无病呻吟。从他开始,北宋词中所具有的那种纯朴自然、清新隽永的面貌逐渐消失了。

第二节　大晟词人创作群体

宋徽宗崇宁四年（1105）九月，朝廷以新乐修成，赐名《大晟》，特置府建官，"朝廷旧以礼乐掌于太常，至是专置大晟府。……礼乐始分为二。"（《宋史》卷一百二十九《乐志》）这是宋代音乐发展史上的一个里程碑，是北宋词阶段性的重大事件。府中网罗一批懂音乐、善填词的艺术家，一时形成创作风气。后人称他们为"大晟词人"。大晟府罢于宣和七年（1125）十二月，前后历时二十余年。在这一段时期内，任职大晟府的艺术家人数众多。据笔者统计，保存至今的史料中姓名可考的大晟府职官，仍有29人之多。这与当时大晟府设置的规模、任职的人数相比，已是沧海一粟。而这姓名可考的29人中，仅7人有词留传，被收入《全宋词》。即周邦彦，字美成，号清真居士，存词186首；晁端礼，字次膺，存词142首；万俟咏，字雅言，号大梁词隐，存词27首（不包括残句）；晁冲之，字叔用，存词16首；田为，字不伐，存词6首；徐伸，字干臣，存词1首；江汉，字朝宗，存词1首。7人存词共计370余首。南宋以来，所讨论的大晟词人就限于这7位。7位词人在大晟府的任期或短或长，或先或后，大多彼此不相统属，甚至互不相识。所以，7位词人创作之相互影响，很难辨识，彼此间的差异也较大。"大晟词人"是一个很松散的创作倾向概念,指凡被任命为大晟府职官、有词作传世的词人。然而,处于相同的社会环境之中、艺术气质相近的大晟词人,或仰承帝王旨意,或因大晟职责之所在,其创作呈现出某些共同性。大晟词人实际上是徽宗的御用文人群,故推而广之,大晟词人创作中表现出来的共同性,也同样存在于大晟府以外的其他御用文人的创作中,大晟词人是御用文人的典型代表。周邦彦已有专节讨论,这里重点讨论另外6位词人的创作。

一、"太平盛世"中的大晟谀颂词

"文变染乎世情,兴废系乎时序"(《文心雕龙·时序》)一代之审美观念、人情世俗、帝王趣好、朝廷决策等等诸多文化背景的因素,都会程度不同地影响当时的文学创作。尤其是一代帝王喜欢舞文弄墨、推行特殊文艺政策、对文学之士格外予以奖掖之时,文化和社会背景对艺术创作的影响便显得更加突出和直接。中国古代文人以入仕为官、成功立业、光宗耀祖为最高的人生价值之实现,所谓"学而优则仕"。为了实现这一价值目标,有时不惜以扭曲心灵或行为变异为代价。文学创作是文人们通向仕途、飞黄腾达的一个便捷之阶。所以,从文学流变发展史来看,历代不乏迎合帝意、曲意奉承、混同世俗的文人或文学创作倾向。汉大赋的"劝百讽一",唐初"上官体"的"绮错婉媚",宋代"西昆体"的"穷妍极态",以及后来明初"台阁体"的吟咏太平,皆其例。

宋徽宗是位多才多艺的帝王,不但诗和词写得出色,而且精通绘画、书法、音乐等多种门类的艺术,可以与李后主相比美。

徽宗在位期间，为政方针以及处世态度，与北宋历朝君王大异其趣。他没有励精图强的志气，却好大喜功，追求事事超越前王，至少徽宗自己认定是这样的。故朝廷喜欢兴师动众、劳民伤财。他一反祖宗"尚俭之法"，公开放纵声色享乐，故朝野享乐之风甚盛。徽宗的许多政策措施和举止行为，对北宋末年的世俗风气影响十分巨大，并直接作用于文艺创作。由于徽宗的提倡和奖赏，在他的周围形成了一个"御用文人"创作圈，词坛上以"大晟词人"为代表。这一批文人的创作相当大的程度上视徽宗的喜恶而转移，是北宋末年世俗风气的最形象的表现。反过来，"御用文人"的创作又引导了时代的审美潮流，对奢靡的世风起推波助澜之作用。

1. 徽宗朝的社会繁荣和朝野心理

徽宗在位 26 年，时间之长于北宋仅次仁宗。在北宋政权崩溃之前，在徽宗君臣们的眼中，曾有过一段繁荣似锦的太平时光。社会表面的繁荣景色，给徽宗君臣以极度自信，经常表现为狂妄无知。在臣僚的一片颂谀声中，徽宗飘飘然，确实认为自己可与古圣王比肩，为显示泱泱大国之声威，为成就"圣王"之文功武绩，徽宗朝喜对外生事。崇宁二年（1103）正月，"知荆州府舒亶平辰沅猺贼，复诚、徽二州。"（《续资治通鉴》卷八十八）同年六月，童贯、王厚率兵取青唐，得四州。政和以后，又数次主动寻衅辽、夏，"贯隐其败，以捷闻。"（《宋史》卷四百六十八《童贯传》）徽宗朝一改真宗以来对外忍让妥协的基本方针，主动出击。境外辽、夏二国正趋衰败，金人则未崛起于白山黑水之间。宋军或小胜，或瞒败为胜，一段时间内没有对国家的安全产生重大威胁。徽宗君臣陶醉于自己编织的谎言,自以为国威传播遐迩,镇慑夷狄。宣和末联金抗辽,以金帛换回部分失地,更令朝廷昏昏然。"太平盛世"不仅是当时的一种社会虚象,而且还是徽宗君臣们的一种普遍心理认定。

推而广之,即使政治上受到排挤、打击的"元祐党人"或其他在野的文人士大夫,也没有更深的危机或忧患意识。翻检他们的诗文,大抵只有"官人懵不知,犹喜输租办。兴怀及鳏寡,犹愧吾饱饭"(张耒《柯山集》卷八《寓陈杂诗》)的对田家生活艰辛困苦的忧虑和"独展《离骚》吊逐臣,尚存残角报重闉"(李之仪《姑溪居士后集》卷十一《罢官后稍谢宾客》)的贬谪生涯的愤懑及牢骚。其关心的范围和程度,甚至不如梅尧臣、苏舜钦、苏轼、王安石等前辈诗人。

究其原因,与北宋推行的基本国策以及因此形成的普遍社会心理状态有关。宋太宗说:"国若无内患,必有外忧;若无外忧,必有内患。外忧不过边事,皆可预为之防,惟奸邪无状,若为内患,深可惧焉。帝王用心,常须谨此。"(江少虞《宋朝事实类苑》卷二)不以外患为威胁,而注重对内的统治,是北宋治国的基本方针。这种观念,在北宋时深入人心,成为朝野的共识。徽宗政和八年(1118),草泽安尧臣上书朝廷,尚云:"中国,内也;四夷,外也。忧在内者,本也;忧在外者,末也。"(《三朝北盟会编》卷二)所以,徽宗年间朝野对日益临近的外族入侵的灭顶之灾,浑然不觉。在这一段时期的文学创作中,很难寻觅到"夕阳无限好,只是近黄昏"的没落感和"山雨欲来风满楼"的动荡不安、大难将临之感。"太平盛世"不仅是徽宗君臣的自我感觉良好,隐隐然成为一种普遍的社会心理状态。

即使经历了国破家亡的惨痛,徽宗朝臣僚仍然拒绝深入思索危机的社会原因,依然认定徽宗朝是升平盛世。蔡绦南宋年间回忆说:"大观、政和之间,天下大治,四方向风……天气亦氤氲异常。朝野无事,日惟讲礼,庆祥瑞,可谓升平极盛之际。"(《铁围山丛谈》卷二)这种观念居然是如此的顽固。南宋人都是将徽宗时期作为繁荣鼎盛的太平岁月来怀念,除了故国之思以外,也包含着对其升平繁华的心理认可。如徐君宝妻《满庭芳》回忆说:"汉上繁华,江南人物,尚遗宣政风流。"刘辰翁《永遇乐》说:"宣和旧日,临安南渡,芳景犹自如故。"徽宗时朝廷的诸多重大举措,都是这种观念的衍生物,如铸九鼎、修新乐、祀园丘、祭明堂等等。大晟府的设立,就是这种环境的产物。它深深地影响了一代的社会风气,也直接影响了文学的创作。

2. 儒家的音乐思想和大晟府的作用

大晟府是点缀升平的产物。在儒家的文艺思想中,向来重视音乐的地位和作用。儒家理想化的社会伦理制度就是以"礼乐"为核心。孔子说:"移风易俗,莫善于乐;安上治民,莫善于礼。"(《说苑·修文》)故孔子倡导"兴于诗,立于礼,成于乐"(《论语·泰伯》)的修身之法。《荀子·乐论》对"乐"之本质特征做了解说,云:

> 夫乐者,乐也。人情之所不免也。故人不能无乐。乐者,必发于声音,形于动静。而人之道,声音、动静、性术之变尽是矣。

正因为"乐"源于人之本性,所以荀子又进一步说:"乐之入人也深,其化人也速。"具体地说,"乐"的作用表现在三个方面。其一,"乐"以歌"德"。圣王制作音乐,其主要目的是为了对百姓起道德感化作用。《左传》文公七年记载晋郤缺向赵宣子说:《夏书》曰:"戒之用休,董之用威,劝之以九歌,勿使坏。九功之德皆可歌也,谓之九歌。"晋卻缺劝说赵宣子必须"务德",方能"主诸侯"。"务德"的途径之一就是"歌德",使"德"深入人心,感化诸侯。这一点成为后代帝王制乐的堂而皇之的藉口。其二,"乐"以"善民心"。"善民心"是儒家学者所希望的"歌德"的直接效应。荀子说:"乐者,圣人之所乐也。而可以善民心,其感人深,其移风易俗。故先王导之以礼乐,而民和睦。"(《乐论》)音乐通过传播儒家的伦理道德思想,使人们喜闻乐见,不自觉中受到薰陶和教化,便自然发挥了劝人为善、调和社会、维护等级秩序的作用。其三,"乐"以颂圣。音乐易传播、易接受。统治者便用以歌功颂德,以表现一代的政治清明、圣王政绩等等,使一代统治者的思想和权威深入民心,从而达到稳固统治的目的。广义地说,这也是"歌德"的内容之一。汉儒董仲舒归结说:"王者功成作乐,乐其德也。乐者,所以变民风、化民俗也。其变民也易,其化人也著。"(《汉书》卷五十六《董仲舒传》)这一点则往往是历代统治者制乐的真实意图。

后世音乐思想,皆承上述三方面而来。《隋书》卷十三《音乐志》说:"圣人因百姓乐己之德,正之以六律,文之以五声,咏之以九歌,舞之以八佾。实升平之冠带,王化之源本。"显然,这样的音乐只能产生于太平盛世。反过来,这样的音乐也成为太平盛世的必要点缀。后代帝王往往本末倒置,所谓"乐"以化民实在只是一种藉口,真正目的不外歌颂圣德、吟咏太平,以为庙堂祭祀和朝廷娱乐之用,"功成作乐"是其精髓。

大晟府设立的根本宗旨就是"功成作乐"、粉饰太平。徽宗昏愦自负,毫无愧色地将自己认作太平盛世的英明君主。蔡京等奸佞曲意迎合，推波助澜。《续资治通鉴》卷八十八载：

> 帝锐意制作，以文太平。蔡京复每为帝言："方今泉币所积赢五千万，和足以广乐，富足以备礼。"帝惑其说，而制作营筑之事兴矣。至是，京擢其客刘昺为大司乐，付以乐政。

蔡京等推荐文人或音乐家入大晟府，其目的是要他们制作颂歌，"以文太平"。李昭玘《晁次膺墓志铭》说："大晟乐即成，八音克谐，人神以和，嘉瑞继至。宜德能文之士，作为辞章，歌咏盛德，铺张宏休，以传无穷。士于此时，秉笔待命，愿备撰述，以幸附托，亦有日矣。……（晁端礼）除大晟府按协声律。"（《乐静集》卷二十八）《碧鸡漫志》卷二载万俟咏"政和初招试补官，置大晟府制撰之职。新广八十四调，患谱弗传，雅言请以盛德大业及祥瑞事迹制词实谱。有旨依月用律，月进一曲"。《铁围山丛谈》卷二载江汉"为大晟府制撰，使遇祥瑞，时时作为歌曲焉"。朝廷置府用人的意图十分明确。傅察《代周文翰谢赐大晟乐表》中的一段话，是对设立大晟府宗旨的说明：

> 象成作乐，用锡予于庶邦；观德乡方，将训齐于多士。……恭惟皇帝陛下盛德难名，丰功莫拟。辟土疆于万里，播声教于百蛮。用律和声，究六经之妙旨；以身为度，考三代之遗音。……将易俗以移风，因审音而知政。臣敢不布宣德意，敕厉邦人。损益更张，于以识圣神之治。铿锵节奏，非徒为歌舞之容。
>
> （《忠肃集》卷上）

从大晟府的设立及其作为来看,"移风易俗"只是一句冠冕堂皇的空话,"布宣德意"才是其实质之所在。

3. 谀颂词创作的概貌

徽宗在位期间,虽然自称太平盛世,却没有太多的政绩值得称颂。《吕氏春秋·应同》云:"凡帝王之将兴也,天必先见祥乎下民。"于是臣下便挖空心思,捏造种种祥符天瑞,以证明圣王出世,天下太平。这一股谀圣之风起于崇宁末,愈演愈烈,持续到宣和年间。甘露降、黄河清、玉圭出、嘉禾芝草同本生、瑞麦连野、野蚕成茧等等所谓的祥瑞,史不绝书。许多编造,荒诞滑稽。《铁围山丛谈》卷一载:

> 政和初,中国势隆治极之际,地不爱宝,所在奏芝草者动三二万本,蕲、黄间至有论一铺在二十五里,遍野而出。汝、海诸近县,山石皆变玛瑙。动千百块,而致诸辇下。伊阳太和山崩,奏至,上与鲁公皆有惭色。及复上奏,山崩者,出水晶也。以木匣贮进,匣可五十斤,而多至数十百匣来上。又长沙益阳县山豀流出生金,重十余斤。后又出一块,至重四十九斤。他多称是。

这类祥瑞事迹的编造十分拙劣,《挥麈后录》卷八载:"道家者流,谓蟾蜍万岁,背生芝草,出为世之嘉祥。政和初,黄冠用事,符瑞翔集。李譓以待制守河南,有民以为献者。譓即以上进,祐陵(徽宗)大喜,布告天下,百官称贺于廷。……命以金盆储水养之。殿中浸渍数日,漆絮败溃,雁迹尽露。上怒黜譓为单州团练副使。"更多的时候,徽宗则直接参与这类谎言的编造,上下沆瀣一气,乐此不疲。大晟词人或以此为晋身之阶,或专业撰写颂词。他们的创作,成为北宋末世风的直接表现。他们殚精竭思，以词粉饰现实，获取君王之欢心，博取优厚之俸禄。

当时传播最广的是晁端礼所填写的谀颂词。如他填写的《黄河清》《寿星明》二曲，蔡绦夸张说："时天下无问迩遐小大，虽伟男髫女，皆争气唱之。"（《铁围山丛谈》卷二），朝廷还将《黄河清》等曲词，赐予高丽，传唱海外。了解大晟词人创作的谀颂词概貌，可从晁端礼入手。

晁端礼，熙宁六年（1072）擢进士第，为官仅10年，元丰末即被废罢。元符三年（1100）徽宗即位时，晁端礼已经55岁，家居近20年。大约词人静极思动，一直在寻找机会重入仕途。直到68岁临终那一年，新燕乐修成，朝廷需要更多的粉饰太平、点缀现实的御用文人，政和三年（1113）他才被荐入京，以撰写谀颂词献媚君王、权臣，得以授官大晟。他回答蔡京的问候说："未尝不欲仕也，特以罪负斥伏，若将终身。不意倒屣扫门，乃在今日。"（李昭玘《晁次膺墓志铭》）充分流露出仕途求进的渴望。这一段经历很不光彩，李昭玘为其撰《墓志铭》，大约在其卒后不久，徽宗在位蔡京柄政的时候，故以其暮年得蔡京之荐、再度授官一事为荣，津津乐道。晁说之为其撰《墓表》，已是南宋初年（建炎二年九月），则曲为之辩，谓政和三年晁端礼被荐入京，"不知公者谓公喜矣，知公者谓公耻之。"（《景迂生集》卷十九《宋故平恩府君晁公墓表》）晁说之的说法是没有根据的。晁端礼的求进手段就是撰写颂词以献媚，"会禁中嘉莲生，分苞合跗，复出天造，人意有不能形容者。公效乐府体，属辞以进，上览之称善。"（李昭玘《晁次膺墓志铭》）词名《并蒂芙蓉》。晁端礼又为新补徵调曲《黄河清》《寿星明》撰词，亦大得徽宗欢心，因此才有大晟府按协声律的任命。且看晁端礼所撰的谀颂词二首。

太液波澄,向鉴中照影,芙蓉同蒂。千柄绿荷深,并丹脸争媚。天心眷临圣日,殿宇分明敞嘉瑞,弄香嗅蕊。顾君王,寿与南山齐比。　　池边屡回翠辇,拥群仙醉赏。恁栏凝思。荸绿揽飞琼,共波上游戏。西风又看露下,更结双双新莲子。斗妆竞美,问鸳鸯向谁留意?

《并蒂芙蓉》

晴景初升风细细。云收天淡如洗。望外凤凰双阙,葱葱佳气。朝罢香烟满袖,近臣报、天颜有喜。夜来连得封章,奏大河、彻底清泚。　　君王寿与天齐,馨香动上穹,频降嘉瑞。大晟奏功,六乐初调清徵。合殿春风乍转,万花覆、千官尽醉。内家传敕,重开宴、未央宫里。

《黄河清》

《并蒂芙蓉》从题材上来说是咏物词。咏物之作有一定的套路,如张炎所总结的:"须收纵联密,用事合题";"所咏了然在目,且不留滞于物"(《词源》卷下)等等。晁词的意图在颂圣庆祥瑞,功利目的很明确,故并不顾及咏物的一定常规,只有极简略的"芙蓉同蒂"的点题式之一笔带过,而将笔墨集中于宫廷宴游的描述和对君王的谀颂。在"太液波澄""绿荷深"芙蓉争媚的明艳夏日里,君王旁簇拥着美如"群仙"的后妃宫女,或醉饮赏花,或翠辇出游,或"波上游戏"。人面荷花相映,"斗妆竞美"。这种寻欢作乐的生活持续不断,一直到秋日西风起、清露下。词人不是以揭露或讥讽的口吻描写这一切,而是将其作为升平岁月里的太平盛事来歌咏,中间夹杂着"愿君王,寿与南山齐比"之类的欢呼。

《黄河清》是首咏题之作。据《续资治通鉴》统计,徽宗年间全国共有七次重大的"黄河清"记载,宋人文集笔记中所言还远远不止于此。传说黄河清而圣人出。黄河水混浊难清,所谓的"黄河清"都是各地方官夸大其辞以迎合帝王的。晁词以铺排张扬的手法歌颂圣主在位,朝政清明,感动上穹,频降嘉瑞。通过这首词我们仍可以了解到当时社会的两个侧面:其一,地方官僚热衷于编造谎言,讨取君王欢心,"夜来连得封章,奏大河、彻底清泚"。谀圣之风,炽烈如此。徽宗则欣然接受臣下的奉承,"天颜有喜"是谀圣之风的根源。其二,朝廷官僚借此哄骗君王,一起过着尽情享乐、奢靡放纵的生活。"千官尽醉"之后,内宫依然传敕,要在"未央宫里"重新开宴。地方官僚的作为,正是朝廷官僚的教唆、怂恿和帝王昏庸的结果。统治阶层上下皆在一片虚幻的太平歌舞声中,醉生梦死,不理国事。后人则能透过这一层虚象,看到当时朝纲的紊乱、朝廷的黑暗、百姓的灾难等,从而对北宋的覆亡,有更深入的了解和思考。

晁端礼还有《鹧鸪天》10首,自序说"晏叔原近作《鹧鸪天》曲,歌咏太平,辄拟之为十篇,野人久去辇毂,不得目睹盛事,姑诵所闻万一而已。"词中云"须知大观崇宁事",则这组词也应作于大观、政和之间,正是"时效华封祝"的实践。晁端礼终于因这一类的谀颂之作而得到推荐,入京授官。所以,晁端礼等大晟词人创作谀颂词,是十分自觉、踊跃的。

晁端礼所作的颂词,并可以确定为大观、政和间之作的共14首,是留存这一类作品最多的大晟词人,这与晁端礼有较完整的词集传世有关。其他多数大晟词人的词集都已散佚,故已很难窥见其当时创作的概貌。晁端礼之外,谀颂词流传较多的是万俟咏。万俟咏现有这类词作8首,占其保留至今的27首全部词作的近三分之一。万俟咏在大晟府任职时间是大晟词人中最长的,专业从事谀颂词创作的时间也最长,故这方面作品保留较多。此外,其他大晟词人流传至今的词作不多,谀颂词也只流传寥寥一二首。如江汉,流传至今的唯一词作《喜迁莺》,就是谀颂的。大晟词人以外,王安中、曹组等御用文人也有谀颂词作,惟独周邦彦例外,王国维先生称其"集中又无一颂圣贡谀之作"。周邦彦是大晟词人中最有品格者,不趋炎世风,因此很快被逐出大晟府。

4. 谀颂词的实践和认识意义

宋词天然俚俗的风貌和写艳情的创作主流倾向,都与正统的以雅正为依归的审美传统大相径庭。广大歌词作家所接受的传统教育,历史和社会潜移默化之赋予他们的审美观念,皆在他们欣赏、创作歌词时,发挥自觉或不自觉的作用。努力摆脱俚俗粗鄙,复归于风雅之正途,便成了宋代词人们之急迫而不懈的追求。在宋词的流变过程里,贯穿着一条"雅化"的红线。词的"雅化"之努力,另一方面也就是"尊体"的需求。词原来被目之为"小技""小道",到了设立大晟府,它再次从民间和文人手中转为国家乐府的正规创作,词体日益尊隆。与其品位提高相适应,词的题材和内容必须有相当的改变,方能真正登上大雅之堂。吟咏升平、歌颂盛世,被认为是时代的重大题材。徽宗时御用文人便以此入词,以求改变词的品格和风貌。

大晟词人以前,偶尔有歌颂太平盛世的词作,向来受到一致肯定。如柳永词以"骫骳从俗""词语尘下"而备受斥责,然其中一小部分再现承平盛世的作品,却屡受称赞。范镇说:"仁宗四十二年太平,镇在翰苑十余载,不能出一语歌咏,乃于耆卿词见之。"(祝穆《方舆胜览》卷十一)黄裳说:"予观柳氏乐章,喜其能道嘉祐中太平气象,如观杜甫诗,典雅文华,无所不有。"(《演山集》卷三十五《书〈乐章集〉后》)将吟咏太平的歌词与杜甫诗相提并论,品位已极尊崇。黄裳是北宋最早以"诗教"解说和规范歌词创作的作家,他的《演山居士新词序》(《演山集》卷二十)完全用"赋比兴"之义解释歌词创作,认为自己的词作"清淡而正,悦人之听者鲜"。如此重视词作思想内容的作家,肯定并高度评价歌颂太平之作,代表了时人对这一类型题材作品的态度。后人重读大晟词人的谀颂词,感觉其阿谀夸张,令人肉麻。然对当时的词人来说,则心安理得地认为自己正在描写时代的重大题材,以词服务于现实政治,发挥歌词的社会和政治效用。正如今人重读"文革"期间创作出来的大量"万寿无疆"之颂歌,很难理解这些就是当时最为重大的题材和创作者严肃庄重的态度。总而言之,大晟词人的谀颂之作,主观上有扩大词的社会效用的意图。在他们手中,词不仅仅描写男女艳情,局限于"艳科"的狭小范围,只是作为娱乐工具;而且还直接服务于现实社会政治,与诗文一样肩负起沉重的社会使命。大晟词人的这种作为,正悄悄改变着词的内质成份,为南宋词的更大转移做好铺垫。"辛派词人"以歌词为抗金斗争的号角,最大程度上发挥歌词服务于现实社会的功效,这样的创作表现并非突如其来。从歌词内部,也可以寻觅其嬗变演化的轨迹。苏轼之后,大晟词人的作为,具有相当的承上启下的作用。这便是大晟词人谀颂词的实践意义。

  谀颂词超越了"艳科"的范围,为皇帝和现实歌功颂德,必然会接触到更广阔的社会面,反映更多的社会现实或世风世俗。接受者不仅可以用"反面阅读法",深入了解朝廷的腐败和朝廷的黑暗；而且还可以用"正面阅读法"，了解徽宗年间社会生活的多重侧面。在这个意义上，大晟词人的谀颂词容纳了比传统"艳情"题材词作更多的社会信息量，其认识意义不容忽略。

第一，谀颂词再现了北宋末年都市的繁荣和经济的发达。

北宋末年社会繁华的虚像是真正可以拿得出手的太平盛世、帝王政绩的直接证据，因此也时常成为大晟词人谀颂词中的背景描绘。时人的笔记和绘画对北宋末年的都市经济繁荣有许多记载和描绘，大晟词人则以诗的语言重现这一幅幅历史画卷。万俟咏《雪明鳷鹊夜慢》说：

> 望五云多处春深，开阆苑、别就蓬岛。正梅雪韵清，桂月光皎。凤帐龙帘萦嫩风，御座深、翠金间绕。半天中、香泛千花，灯挂百宝。　　圣时观风重腊，有箫鼓沸空，锦绣匝道。竞呼卢、气贯调欢笑。暗里金钱掷下，来侍燕、歌太平睿藻。愿年年此际，迎春不老。

此调属大晟新声，《全宋词》仅存一首。陈元靓《岁时广记》卷十一引《复雅歌词》说："景龙楼先赏，自十一月十五日便放灯，直至上元，谓之预赏。万俟雅言作《雪明鳷鹊夜慢》。"词的上阕从描写清丽皎洁的元月灯节前后的夜景入手，烘托"香泛千花，灯挂百宝"的赏灯主题。下阕则转换角度，突出节日里汴京的繁荣喧闹。徽宗时"上元节烧灯盛于前代，为彩山峻极而对峙于端门"（《铁围山丛谈》卷一）。"灯山上彩，金碧相射，锦绣交辉。""奇术异能，歌舞百戏，鳞鳞相切，乐声嘈杂十余里，击丸蹴鞠，踏索上竿。"（《东京梦华录》卷六）平民百姓，以至王公贵族家的少女闺妇，都成群结队，拥挤于喧腾的人群中，花团锦簇，"锦绣匝道"，目不暇给。中间杂以鼓乐声唱、杂耍表演、呼卢赌博，欢笑声沸天盈地。万俟咏形象地再现了这一幕幕场景，旨在歌颂"太平睿藻"，与民同乐。万俟咏另有《凤皇枝令》咏景龙门灯节窃杯女子一事，词中云："端楼龙凤灯先赏。倾城粉黛月明中，春思荡，醉金瓯仙酿。"这些词客观上让人们对北宋末年京师的繁盛多一层感性认识。

上元灯节是当时一年中最繁华热闹的节日，大晟词人颂圣之作多以此为题，都市繁华的风貌也在这类题材的词作中展示得比较彻底。如：

鹤降诏飞，龙擎烛戏，端门万枝灯火。满城车马，对明月、有谁闲坐。任狂游，更许傍禁街，不扃金锁。

晁冲之《上林春慢》

车流水，马游龙，万家行乐醉醒中。何须更待元宵到，夜夜莲灯十里红。

晁端礼《鹧鸪天》

绛烛银灯，若繁星连缀。明月逐人，暗尘随马，尽五陵豪贵。鬓惹乌云，裙拖湘水，谁家姝丽？

万俟咏《醉蓬莱》

朱弁《续骫骳说》云："都下元宵观游之盛，……词客未有及之者。晁叔用作《上林春慢》云（词略）。此词虽非绝唱，然句句皆是实事，亦前所未尝道者，良可喜也。"大晟词人的这一类作品都可以从这个角度去认识。而万俟咏在大晟府时间较长，而且专业从事"以盛德大业及祥瑞事迹制词实谱"之职，所以，其节序应制颂圣的词作最多，对都城一年四季的繁荣都有所表现。其《恋芳春慢》咏寒食节前后之时景说："红妆趁戏，绮罗夹道，青帘买酒，台榭侵云。处处笙歌，不负治世良辰。"《三台》咏清明节之景物说："近绿水，台榭映秋千，斗草聚、双双游女。……向晚骤、宝马雕鞍，醉襟惹、乱花飞絮。"《明月照高楼慢》咏中秋节之景物说："明映波融太液，影随帘挂披香。楼观壮丽，附齐云、耀绀碧相望。"还有日常应制之作，《安平乐慢》云："有十里笙歌，万家罗绮，身世疑在仙乡。"与宋人的史料和笔记对照，大晟词人有关汴京繁华兴盛的描写，并无过分夸张。

第二，谀颂词反映了大晟府音乐、词曲创作的繁盛。

徽宗很有音乐天赋，所填词曲亦臻上乘。又喜创新制作，故责成大晟府求全求备，补足宫、商、角、徵、羽五音谱曲，编集八十四调并图谱。凡民间流传的美妙动听的旧曲新调，也都被收入大晟府，整理刊行。又多次通过行政命令，向全国推行大晟新乐。徽宗平日纵欢作乐，也离不开歌舞相伴。帝王的倡导和普遍追求享乐的需求使得北宋末年之音乐和词曲的创作，达到极度昌盛的地步。政和四年（1114）"六月九日，臣僚上言：一岁之间，凡一百一十八祀，作乐者六十二所，司乐章总五百六十九首"；政和八年（1118）九月二十日蔡攸奏：燕乐"大小曲三百二十三首""欲望大晟府镂板颁行"。（皆见《宋会要辑稿·乐》四之二）《东京梦华录》中频频出现"家妓竞奏新声，与山棚露台上下，乐声鼎沸"（卷六）、"都城之歌儿舞女，遍满园亭"（卷七）、"丝篁鼎沸，近内廷居民，夜深遥闻笙竽之声，宛如云外"（卷八）、"教坊集诸妓阅乐"（卷九）等等记载。大晟词人所撰写的谀颂词，大都是配合大晟新声歌唱的，如前文曾例举的《并蒂芙蓉》《黄河清》《雪明鳷鹊夜慢》《凤皇枝令》《三台》等等。它们本身就是大晟府新声创作繁盛的例证。因此，谀颂词中也必然会有频频涉及大晟音乐制作繁多的描写。晁端礼《鹧鸪天》说：

日日仙韶度曲新，万机多暇宴游频。歌余兰麝生纨扇，舞罢珠玑落绣絪。　　金屋暖，璧台春，意中情态掌中身。近来谁解辞同辇，似说昭阳第一人。

晁端礼这组《鹧鸪天》，虽然自序云“久去辇毂，不得目睹盛事，始诵所闻万一”。然宫廷里日日新曲、夜夜歌舞、争奇斗胜之情景，丝毫没有夸张。徽宗保存至今的宫词中，就有二十余首专门写宫女之演奏、歌唱、舞姿的。如云：“大晟重均律吕全，乐章谐协尽成编。宫中嫔御皆能按，欲显仪刑内治先。”“乐章重制协升平，德冠宫闱万古名。嫔御尽能歌此曲，竞随钟鼓度新声。”等等。徽宗的太平盛世处处是由歌舞来点缀的，晁端礼这组《鹧鸪天》涉及歌舞的还有多处，如：“乐章近与中声合，一片仙韶特地新”“大晟箫韶九奏成”“午夜笙歌淡荡风”“竞翻玉管播朱弦”“两阶羽舞三苗格”“依稀曾听钧天奏”等等。可以说，谀颂词中出现最为频繁的，就是歌舞昌盛的描述。

万俟咏还言及徽宗亲笔填写新词，以供歌唱。《明月照高楼慢》说：“乍莺歌断续，燕舞回翔。玉座频燃绛蜡，素娥重按霓裳。还是共唱御制词，送御觞。”《快活年近拍》说：“风送歌声，依约睿思圣制。”万俟咏又用“遍九陌、太平箫鼓”（《三台》）“有十里笙歌”（《安平乐慢》）“沸天歌吹”（《醉蓬莱》）“处处笙歌”（《恋芳春慢》）等等诗句描摹歌乐之繁荣，令后人遥想可见当年盛况。

第三，谀颂词表现了时人对军功的一定向往之情。

北宋重文轻武，文官显赫，武官卑下。宋太祖、太宗出身行伍，早年缺乏必要的文化教育。作为一代开国君主，他们确实具有较为远大的目光，深知"马上得天下，马下治天下"的道理，把建立赵宋稳固江山、治国平天下的热望寄托于文人士大夫。尹洙曾比较说："状元登第，虽将兵数十万，恢复幽蓟，逐强敌于穷漠，凯歌劳还，献捷太庙，其荣亦不可及也。"（田况《儒林公议》）太祖、太宗对文人士大夫的渴望，对读书的崇尚，以及对武人的防范，逐渐形成了"重文轻武"的基本国策，演化为宋人"以文为贵"的思想意识，并积淀成一种下意识的心理仰慕和追求。宋人求学读书之风甚盛，"为父兄者，以其子与弟不文为咎；为母妻者，以其子与夫不学为辱。"（洪迈《容斋随笔》四笔卷五）北宋晁冲之《夜行》诗说："孤村到晓犹灯火，知有人家夜读书。"风气之盛，一至于此。故北宋士人向来鄙薄武功、武职，崇尚文才、文职。

"重文轻武"的社会风气到徽宗年间有相当的改变。北宋自神宗朝以来，逐渐改变对外一味妥协退让的方针政策。元祐年间，一度恢复屈辱求和的外交政策，哲宗亲政后，再度奉行对外比较强硬的国策。至徽宗朝，则一改对外忍让妥协的基本国策，多次对外族寻衅生事。军功又一次被皇帝看重，成为晋身的又一资本。徽宗的部分宠臣，就是借军功扬名朝廷内外，跻身显贵。如内侍童贯监军取青唐，得以超拔。后率军讨溪哥、伐西夏、平方腊，步步高升，官至枢密使，封广阳郡王。蔡攸本来只是一位讨取徽宗欢心的弄臣，徽宗为了重用蔡攸，特意命他为童贯伐燕的副宣抚使，后亦领枢密院。王黼羡慕蔡京位尊，便唆使徽宗用兵，"乃身任伐燕之责，后亦致位太傅、楚国公。"（《清波杂志》卷二)《宋史》卷三百三十九说:"政和间,宰相喜开边西南,帅臣多唋诱近界诸族使纳土,分置郡县以为功。"林摅出使辽国,蔡京甚至"密使激怒之以启衅。人境,盛气以待迓者,小不如仪,辄辩语。"(《宋史》卷三百五十一《林摅传》)这种心态和表现,对宋人来说都是久违了的。皇帝用人标准的这种改变,为窥伺官职的士人提供了一条新的出路。他们对军功和武职,逐渐有了艳羡之心。宫廷风气也有明显转移,《清波杂志》卷八载:

> 政和五年(1115)四月,燕辅臣于宣和殿。先御崇政殿,阅子弟五百余人驰射,挽强精锐,毕事赐坐。出宫人列于殿下,鸣鼓击柝,跃马飞射,剪柳枝,射绣球,击丸,据鞍开神臂弓,妙绝无伦。卫士皆有愧色。

徽宗平日竟教习宫女习武,可见其"尚武"的心态和宫廷风气的改变。观念的转移最先在御用文人的创作中表现出来。他们不再耻言军功,而将其作为"圣王"的功绩来歌颂。晁端礼的《鹧鸪天》说:

> 八彩眉开喜色新,边陲来奏捷书频。百蛮洞穴皆王土,万里戎羌尽汉臣。　丹转毂,锦拖绅,充庭列贡集珠珍。宫花御柳年年好,万岁声中过一春。

崇宁年间,朝廷于宁洮、湟州一带连败羌人,此词即颂其事。词人极力夸张"皆王土""尽汉臣"的赫赫战果,且以外族降服的贡品"充庭"皆是等细节,烘托"宫花御柳年年好,万岁声中过一春"的太平盛世。其实,当时北宋境外辽、夏二大威胁依然存在。他们的军事力量虽然有所削弱,但仍在北宋之上。徽宗君臣为对个别小部落的胜战所陶醉，互唱颂歌，过高估计自己的国力，终于导致北宋的灭亡。

北宋太祖、太宗，以武开国、以武定国，却推尊文学，仰慕风雅。徽宗精通多种艺术门类，文才超众，却喜欢时而骑马弯弓，以武功骄人。人们所向往的，往往是他们所短缺的，这种心理因素不能排除。御用文人总是能迎合其喜好。大晟之外的御用文人曹组有《点绛唇》咏御射说：

秋劲风高，暗知斗力添弓面，靶分筠干，月到天心满。

白羽流星，飞上黄金碗。胡沙雁，云边惊散，压尽天山箭。

胡仔《苕溪渔隐丛话》前集卷五十四引《桐江诗话》云："彦章（曹组）多依棲贵人门下。一日，徽庙苑中射弓，左右荐之，对御作射弓词《点绛唇》一阕。"词中对徽宗射箭技艺的夸耀不足为凭。曹组宣和年间得幸于徽宗，其时，北宋秘密联金灭辽的计划正在紧锣密鼓地进行。徽宗秋日练习射箭，大约是想做出一种励精图强的表率作用。这首词结尾"压尽天山箭"一句，已暗示出朝廷用兵北方、恢复燕云的企图。

至于宣和末，徽宗的又一位宠臣王安中出知燕山府检阅六军，赐饮官兵，作《菩萨蛮》纪其事，已见前章所引论。这首词"燕然思勒功"之豪壮，虽然心理实质上不同于盛唐边塞诗人或后来的"辛派词人"，形式上却有相似之处。这种夸耀军功的豪情壮志之表达，在当时也是一种时髦。

范仲淹守边日，作数阕《渔家傲》，述边镇之劳苦，首先接触到边塞题材，然欧阳修讥其为"穷塞主之词"（魏泰《东轩笔录》卷十一）。苏轼以词抒发"西北望，射天狼"的雄伟抱负，亦被时人讥为"长短不葺之诗"。也就是说，以边塞或军事题材入词，与时人的期待心理相违背，故被普遍拒斥。这样题材和格调的词作，如何让"十七八女孩儿""执红牙拍"细声曼语歌之呢？这种作词的传统观念，到徽宗年间显然有所改变。歌词被国家乐府机关所接纳，接触的题材面开阔了，格调必然有所变化。上述歌颂军功的三首词，就是例证。这种缓慢的改变，承苏轼之后，开"南渡词人"之先。

第四，谀颂词反映了国际间的某些交往。

徽宗年间都市经济繁荣，陆路、水路交通都较发达。北宋朝廷与周边国家保持着频繁的来往关系，如高丽就多次遣使汴京，朝廷还将"大晟乐"及乐器赠予高丽。大观元年（1107），朝廷增设浙、广、福建三路市舶司提举官，"掌蕃货、海舶、征榷、贸易之事，以来远人、通远物。"（《宋史》卷一百六十七《职官志》）自古中原皇帝都将自己视为中央帝国，将国际间的交往视为附属国的朝贡。这也是"圣王"政绩的一种表现。大晟词人以此题材入词。晁端礼的《鹧鸪天》说：

万国梯航贺太平，天人协赞甚分明。两阶羽舞三苗格，九鼎神金一铸成。　　仙鹤唳，玉芝生，色茅三脊已充庭。翠华脉脉东封事，日观云深万仞青。

词人据传闻所写，不如写都市繁华、音乐繁盛那样有实切的感受，只是泛泛吟颂"万国梯航"，贡品"充庭"的盛况。晁端礼最早接触到这样的题材，且在宋词中也十分罕见。故值得提一笔。

大晟词人的谀颂词没有什么思想意义可言，《清波杂志》卷十说:"自政、宣以后,第形容太平盛世,语言工丽以相夸。"这恐怕是谀颂词的主要特色。但它在传统艳情题材之外接触到更为广阔的社会面,加深人们对北宋末年历史的认识。所表现的多重社会侧面,从不同的角度反映了北宋末年社会追求享乐的风气和朝廷上下奢侈任纵的生活。反过来,也正是大晟府设立的主要原因和大晟词产生的温床。陆游《老学庵笔记》卷三称宣和间"风俗已尚诡谲",在大晟谀颂词中有最为典型的表现。

二、趋雅风尚中的大晟醇雅词

大晟词人更多的作品是在传统"艳情"的题材范围内寻求新变,具体表现为言情体物时之炼字炼句和谋篇布局更趋精致工整,词风更趋富丽堂皇,奠定了"雅词"创作的基本格式。歌词"雅化"之嬗变,到了大晟词人手中有了突飞猛进的质变。他们的作品,被南宋雅词作家奉为创作之圭臬。后世词人更看重大晟作家的这一部分作品,将"大晟词"推许为"风雅"的代表作。

从词史的角度观察,"去俗复雅"似一条红线贯穿始终。从敦煌民间词之俚俗粗鄙,至唐五代词人之渐窥风雅之面目,发展到北宋初小令词家之闲雅舒徐及北宋末大晟词人之精工典丽,最终形成南宋雅词作家群,蔚为大观。在这一个词的"雅化"进程中,可以对"雅化"的内涵做宽狭两种意义的理解。从宽泛的意义上理解:词之创作逐渐摆脱鄙俗的语言和风貌,从"无复正声"之民间词和作为艳科、多为代言体之花间尊前之宴乐文学,渐渐演变为充满士大夫文人风雅情趣的精致的阳春白雪,这一整个过程都可称之为"雅化"进程。从狭窄的意义上理解:专指北宋后期由大晟词人周邦彦开创的、至南宋时蔚然成风的典雅醇正之词风，取代其他风格之文人词，成为词坛创作主流倾向的进程。后者是在前者基础上的点的突破和提高。前者至后者的过渡，关键的起承转合过程是由大晟词人完成的。他们在前辈作家努力的基础上，将精力集中于歌词字面、句法、布局、修辞、音韵等诸多技巧方面的精雕细琢、"深加锻炼"之上，将北宋词人创作以自然感发为主，转变为"以思索安排为写作之推动力"（叶嘉莹《灵谿词说·论周邦彦词》），为南宋雅词作家确立"家法"。

1. 徽宗年间歌词"雅化"的社会背景

大晟词的"趋雅"，又有其特定的社会历史背景，这与宋徽宗的个人喜好紧密相关。徽宗本质上是一位艺术家，不乏墨客骚人的风雅情致。他擅长绘画，其花鸟画工整富丽、精细不苟。他擅长书法，其笔姿瘦硬挺拔，自号"瘦金体"。他擅长诗词，其在位期间的作品雍容富贵、温婉典丽。徽宗的诗词和书画创作都蕴含着很高的艺术修养。高雅的文人气质使徽宗必然推崇、欣赏蕴藉典雅的歌词。吴曾《能改斋漫录》卷十七载：

> 王都尉（诜）有忆故人词云："烛影摇红，向夜阑，乍酒醒，心情懒。尊前谁为唱《阳关》，离恨天涯远。无奈云沉雨散，凭栏杆，东风泪眼。海棠开后，燕子来时，黄昏庭院。"徽宗喜其词意，犹以不丰容宛转为恨，遂令大晟府别撰腔。周美成增损其词，而以首句为名，谓之《烛影摇红》。

王诜旧词单片50字，写"夜阑酒醒"时青楼女子伤别念远之幽情。周邦彦"增损其词"后，则扩展为双片96字，词云：

芳脸匀红，黛眉巧画宫妆浅。风流天付与精神，全在娇波眼。早是萦心可惯，向尊前、频频顾盼。几回相见，见了还休，争如不见。　　烛影摇红，夜阑饮散春宵短。当时谁为唱《阳关》？离恨天涯远。争奈云收雨散，凭栏杆，东风泪满。海棠开后，燕子来时，黄昏深院。

首先，周词增加上片，描写青楼女子"芳脸匀红""黛眉妆浅""娇波顾盼"的清丽娇媚的"风流精神"，作为别后思念的铺垫，缓缓引出思恋情深。王词则开篇即写思恋情苦，仓促急迫，故徽宗有"不丰容宛转"之恨。其次，王词为青楼女子代言，该女子为抒情主人公，直接倾吐内心的怨恨苦痛，此为"花间"创作模式。周词则转为男性抒情主人公的自言，上片回忆相聚时的欢快，突出意中人的貌美；下片设想分别后的相思，突出意中人的情深。通过男性抒情主人公的回忆和设想，词意转折一层，含蓄委婉。此为文人抒情词创作模式。再次，改动个别字词，使语意更为丰满。如改"泪眼"为"泪满"，"庭院"为"深院"等。这首词还不能典型地表现周邦彦精工典丽的作风，然已表现出力求词意"丰容"、转折层深的"雅化"趋势。徽宗特别喜爱周邦彦这类富丽精致的雅词，周邦彦能短期任职大晟府，与此密切相关。张端义《贵耳集》卷下载徽宗因听李师师演唱《兰陵王》，大喜，召周邦彦，使其任职大晟；周密《浩然斋雅谈》卷下载徽宗因听李师师演唱《大酺》《六丑》，不明《六丑》之义，召周邦彦问之，喜，欲其任职大晟等等。这些本事记载虽有后人凭想象虚构演义之处，但是说徽宗喜爱周邦彦词应该不假。帝王的审美追求和倡导，对大晟词的"趋雅"起了导向作用。

换个角度考察，大晟府是国家的乐府机构，从理论上讲，它必须肩负起对音乐和词曲创作的正面导向作用。也就是说，大晟府必须立足于儒家的正统立场制定文艺政策，以官府的名义颁布冠冕堂皇的政令，以排斥俚俗、倡导高雅。《宋史》卷一百二十九《乐志》载：崇宁五年（1106）九月诏曰"宜令大晟府议颁新乐，使雅正之声被于四海"；政和三年（1113）五月，尚书省立法推广大晟新乐，"旧来淫哇之声，如打断、哨笛、呀鼓、十般舞、小鼓腔、小笛之类，与其曲名，悉行禁止。违者与听者悉坐罪"。大晟乐的修制就是以典雅为宗旨的。大晟府的官方性质规定大晟词人的群体创作必须向典重高雅看齐。这是大晟词趋雅的最根本的社会原因。

2. 大晟词人"雅化"创作的业绩

歌词的"雅化"应该是一个完整的概念，包括题材内容的改造，使其品位提高、趋于风雅；音乐声韵的改造，使其八音克谐、和雅美听；表现手法的改造，使其含蓄委婉、精美雅丽等等。大晟词题材内容方面的改造，正如前言，以颂圣、歌咏升平入词，往往流于阿谀奉承，夸大失实，空泛无物。大晟新声，到南宋以后渐渐不能演唱。南宋词人推崇大晟词人的音韵协美，格律谨严，也是从抒情诗创作的角度出发。如方千里、杨泽民、陈允平等人填词辨明四声，严格遵守清真词格律模式等等。大晟雅词对南宋词影响最为深远的集中体现在表现手法的改造方面，大晟词人这方面的作为，被南宋雅词作家奉为创作典范。至南宋末《词源》《乐府指迷》《词旨》等著作出，大晟词人的作为更是得到了条理性的归纳和总结。以下分四方面分析。

第一，融化前人诗句以求博雅。

北宋人作诗，喜欢"以文字为诗""以才学为诗"，发展到江西诗派，形成"无一字无来历"的创作理论。这与北宋自上而下逐渐形成的一个仰慕风雅、以儒雅知文自命的传统密切相关，南宋魏庆之《诗人玉屑》等书为这一现象列出专卷，详析为"沿袭""夺胎换骨""点化"等多种门类，说明这一创作现象存在的普遍性和宋人的充分重视。宋代印刷术发展，为广大文人的"读万卷书"提供了充分便利。宋人浸淫书本之中，仰慕前贤，喜融化前人语句以求博雅。这样的创作风气对歌词的填写之影响也是十分深刻的。

文人填词喜融化前人诗句，经历了一个从不自觉到自觉的过程。唐"曲子词"脱胎于民间，文人学习写作，最初也以清新自然为尚。白居易《忆江南》说："江南好，风景旧曾谙。日出江花红胜火，春来江水绿如蓝。能不忆江南？"脱口而出，无所依傍。唐末五代文人填词越来越普遍，他们也开始从前贤的诗文中汲取养分，直接化用前人诗句。如温庭筠《菩萨蛮》"门外草萋萋，送君闻马嘶"，化用《楚辞·招隐士》"王孙游兮不归，春草生兮萋萋"等。这样的化用不是词人的特意追求，仅仅是文化修养在创作中的一种表现。而且，化用前人诗句的创作现象在唐末五代文人的词作中也比较少见。宋人填词化用前贤诗句的现象明显增多，以柳永为例，其词虽靡曼谐俗，却仍不乏化用前贤诗句的古雅篇章。如《凤栖梧》"对酒当歌，强乐还无味"化用曹操《短歌行》"对酒当歌，人生几何"；《玉蝴蝶》"指暮天，空识归航"化用谢朓《宣城郡出新林浦向板桥》"天际识归舟，云中辨江树"；《八声甘州》"是处红衰翠减"化用李商隐《赠荷花》"翠减红衰愁杀人"等等。宋人不仅化用前贤个别诗语，而且还点化前人的诗意，以前贤的名篇作为再创作的题材。寇准的《阳关引》以王维的《送元二使安西》为题材，苏轼的《哨遍》以陶渊明的《归去来兮辞》为题材等等。于是，在宋词中形成了一种专以前贤诗文内容、辞句为创作题材的特殊文体，称之为"檃括体"。

仔细分辨，北宋仁宗、神宗以前，填词时化用前贤诗语的现象仍然比较少量，词人们这方面作为介于有意无意之间，是不自觉向自觉过渡的阶段。神宗朝以后。宋诗以"文字""才学"为诗的特征基本成形，宋词中化用前贤诗文的现象也骤然增加。以苏轼为例，《水龙吟》说"梦随风万里，寻郎去处，又还被、莺唤起"，用金昌绪《春怨》"打起黄莺儿，莫教枝上啼。啼时惊妾梦，不得到辽西"；《满庭芳》说："百年强半，来日苦无多。"用韩愈《除官赴阙至江州寄鄂岳李大夫》"年皆过半百，来日苦无多"；《水调歌头》说："明月几时有，把酒问青天。"用李白《把酒问月》"青天有月来几时，我今停杯一问之"。细检苏词，多数篇什皆有点化前贤诗语的痕迹，而且，多数集中在对唐诗的化用上。这种作法使歌词的面貌和气质大为改观，它自然脱落了来自民间的"俚俗气"，前贤的雅丽篇章或高雅情趣被融解于词，产生了刘熙载等人所强调的"复古"趋雅的审美效应，这也是苏词向诗歌靠拢的一个重要方面。

经苏轼等大量词人的不断实践和探索，填词时化用前贤诗语、且喜用唐诗语句的创作现象被北宋文人普遍接受。神宗朝以后，逐渐沿袭为一种创作传统，词人喜自矜其才，以示渊博雅致。大晟词人周邦彦在这方面也有突出的表现，前文已有详论。南宋词人、词论家对周邦彦这方面成就的大力宏扬、及其创作中的认真学习，使其深入人心，这样的创作传统也被牢固树立起来，成为"雅词"创作的主要标志之一。

周邦彦善融化前贤诗句的成就已得到多数后人的肯定，而大晟其他词人于这方面的作为,则只字未被提及。大晟词人化用前贤诗词,大致采用三种方式:化用个别诗句、沿用前贤成句、点化整篇诗意。有时则三种方式同时运用,融合无间,古人今人,浑然一体。试各举其例:

其一,化用个别诗句。田为《探春》"烟径润如酥,正浓淡遥看堤草"化用韩愈《早春呈水部张十八员外》"天街小雨润如酥,草色遥看近却无";晁端礼《洞仙歌》"怎生得、今宵梦还家,又譬如秉烛、夜阑相对"化用杜甫《羌村三首》之一"夜阑更秉烛,相对如梦寐"。

其二,沿用前贤成句。万俟咏《忆秦娥》"天若有情天亦老,此情说便说不了"沿用李贺《金铜仙人辞汉歌》成句;晁端礼《南歌子》"香雾云鬟湿,清辉玉臂寒"沿用杜甫《月夜》成句;晁冲之《临江仙》"别来不寄一行书"沿用杜甫《寄高三十五詹事适》成句。

其三,点化整篇诗意。万俟咏《长相思》"一声声,一更更。窗外芭蕉窗里灯。此时无限情。梦难成,恨难平。不道愁人不喜听。空阶滴到明"点化温庭筠《更漏子》"梧桐树,三更雨,不道离情正苦。一叶叶,一声声,空阶滴到明";晁冲之《如梦令》"花落鸟啼风定"点化孟浩然《春晓》"春眠不觉晓,处处闻啼鸟。夜来风雨声,花落知多少"。

钟振振先生分析宋词创作中这种现象时说:

> 一则减少自家撰制时的脑力劳动强度,易于成篇(如果是在酒席歌筵上当场创作,交付妓乐演唱,尤有速成的必要),二则增加作品的渊雅气质,且能够调动同一阶层读者或听众本身所固有的文学阅读积累,俾其

于"乐莫乐兮新相知"之余复得"潇湘逢故人"的喜悦，事半功倍，何乐而不为？（《北宋词人贺铸研究》第148页，台湾文津出版社1994年8月版）

这种创作现象渐成风气后，与北宋词"雅化"的趋势相一致，被南宋人归结为"雅词"创作的"字面"审美要求。沈义父说："要求字面，当看温飞卿、李长吉、李商隐及唐人诸家诗句中字面好而不俗者，采摘用之。"（《乐府指迷》）

第二，推敲章法结构以求精雅。

歌词文人化气质越浓，对章法结构的推敲就越精细，这也是北宋词内部结构发展的一种走势。至大晟词人，因两点原因将这一做法推向登峰造极的地步。

其一，自柳永以后，拍缓调长的慢词形式越来越多地受到词人们的青睐。它适宜于表达更丰富的生活内容和更复杂的情感变化，更适宜于"太平盛世"的歌颂渲染。所以，大晟词人"复增演慢曲、引、近，或移宫换羽，为三犯、四犯之曲"（张炎《词源》卷下）。徽宗年间，朝廷应制或重大场合下大晟词人的创作大多数是慢词形式，大晟"新声"也绝大多数是慢词形式。相对而言，柳永以来慢词的句法、章法结构比较平淡乏味。或以小令句法为之，缺少铺叙和变化；或多为平铺直叙，缺少波澜起伏之离合。大晟词人如果追求创作中的精致工整，必须在章法结构上对前人有所突破。

其二，大晟词人是第一批、也是南北宋唯一的一批由官府任命的专职词人。他们的生活圈子相对狭窄，在苏轼之后，他们很难寻求歌词内容方面的突破，朝廷应制的要求也容易使他们的作品流于空泛。于是，他们就将较多的注意力转移到歌词章法结构的推敲方面，力求精益求精。将前人反复表现过的情感内容以新的结构方式重新表现，同样给接受者以新的审美感受。如周济评周邦彦《瑞龙吟》说："不过桃花人面，旧曲翻新耳。"(《宋四家词选》)《瑞龙吟》能获得历代读者的喜爱，关键在"翻新"。经过大晟词人的努力，终变北宋人创作之以自然感发为主，而"以思索安排为写作之推动力"。

后人充分意识到大晟词人在章法结构推敲上所达到的成就，他们将注意力集中在周邦彦一人身上。品味其他大晟词人的作品，周词中所运用的多种章法结构手段同时也出现在他们的作品中。可以明确地说南宋雅词作家作品之章法结构深受周邦彦等大晟词人的影响，却很难说明大晟词人相互之间是谁影响了谁。或许是共同审美追求驱使下的一个共同努力过程。以下分别以田为和晁冲之的两首词为例加以评析。

玉台挂秋月。铅素浅，梅花傅香雪。冰姿洁。金莲衬，小小凌波罗袜。雨初歇，楼外孤鸿声渐远，远山外、行人音信绝。此恨对语犹难，那堪更寄书说。　教人红销翠减。觉衣宽金缕，都为轻别。太情切。销魂处、画角黄昏时节。声呜咽。落尽庭花春去也。银蟾迥，无情圆又缺。恨伊不似余香，惹鸳鸯结。

田为《江神子慢》

目断江南千里，灞桥一望，烟水微茫。尽锁重门，人去暗度流光。雨轻轻、梨花院落，风淡淡、杨柳池塘。恨偏长。佩沉湘浦，云散高唐。　清狂。重来一梦。手搓梅子，煮酒初尝。寂寞经春，小桥依旧燕飞忙。玉钩栏、凭多渐暖,金缕枕、别久犹香。最难忘,看花南陌,待月西厢。

晁冲之《玉胡蝶》

《江神子慢》(又称《江城子慢》)是从小令《江神子》增演而来,《全宋词》只存二首,因为此篇是首作,大约此调也是大晟新声。此词抒闺中别思,开篇便用"逆挽"法,回溯到分手之前。闺人日日精心梳妆打扮,淡施脂粉,冰清玉洁,以"颜"事人,以"颜"留人。其中也包含着分别时的刻意修饰,期望自己的美貌给"行人"留下不可磨灭的印象,使其早早归来。"雨初歇"以下陡转,以气候的骤变喻人事的难测。掀起情感上的第一次波澜激荡。此所谓用笔"顿挫"之处,"顿挫则有姿态"(陈廷焯《白雨斋词话》卷一)。词人将笔墨跌回现实,以孤鸿渐远、音书断绝、行人更在远山外的三层递进,写独守空闺孤寂煎熬的况味。"此恨"二句转进一层,此情此恨,"对语犹难",恐怕也只能是一幅"执手相看泪眼"的无声场面,所以,即使鸿雁能到、音书可通,仍然是无从下笔、无由诉说。这其中包含闺人盼音书、怨音书、对音书绝念的一个心理转变过程。而且,自别后这种矛盾复杂的心理活动就要一直周而复始地重复下去。词情越转越悲苦,格调越转越呜咽。末二句又隐含分手之际"对语犹难"的凄苦场面,隐隐照应前文,对上阕起收束作用。

过片对应开篇,写不堪别思折磨之今日闺人的"红销翠减""衣宽金缕",与"铅素冰姿""梅花香雪"的艳光照人形成鲜明对比。有了章法结构上的对比,方能明白上阕的"逆挽"笔法,此所谓"勾勒"之笔,即在作品的关键处,以一二语描绘出结构的大致轮廓,交代清楚来龙去脉,指明词意和意象演变的方向与轨迹。歌词"或发端,或结尾,或换头,以一二语勾勒提缀,有千钧之力。"(周济《宋四家词选》)以下紧承点题之笔:今日"情切""都为轻别",掀起情感上的第二次波澜激荡。"销魂处"至篇末,用周围的景物分三层渲染"轻别"后之"情切"。其一是听觉:"黄昏时节""画角呜咽",声情悲切;其二是视觉:春光老去,"落尽庭花",画面凄暗;其三是嗅觉:"不惹余香",了无踪迹,一片死寂。调动一切感官感觉写别恨,这是柳永词最擅长的铺叙之中的"点染"笔法,大晟词人同样有出色的运用。以视觉、嗅觉结尾,再度照应开篇的"梅花香雪"之类视、嗅觉。圆融回环,浑然一体,此所谓"环型结构"。

晁冲之是"江西诗派"中的著名诗人,然其歌词更负盛名。《苕溪渔隐丛话》后集卷三十六引《诗说隽永》曰:"晁冲之叔用乐府最知名,诗少见于世。"《玉胡蝶》换从行人的角度抒写别思,章法结构上却与前词十分相似。"目断"三句统摄全篇,起势不凡。全词即写遥望"目断"的别离苦痛。自别江南,思恋不已,时而极目千里,以寄相思之情。所见惟渺茫烟水,重重阻隔。这三句同时为全词定下凄怨迷蒙的基调。虽然望而不见,却难禁思绪之飞扬。"尽锁"以下,是心绪的翻腾,是"目断"后的想象。为虚设之笔,与开篇的"千里一望"构成虚实相衬。"尽锁"二句,是眺望江南的动作与对别后江南之情景的设想之间的过渡。因为是虚设想象之辞,故不妨作夸张之笔。重门尽锁,江南之寂寞,仿佛都在为"人去暗度流光"而黯然魂伤。"雨轻轻"二句过渡到江南昔日风光的回想,词笔逆转,思绪飘忽,回到往日旖旎之中。晏殊曾以"梨花院落溶溶月,柳絮池塘淡淡风"句自豪,晁冲之用其入词,以回味雨丝轻柔、春暖花开、风和日丽、杨柳婀娜之大好季节里的两情相悦,与今日"尽锁重门"形成强烈反差。"恨偏长"三句跌落现实,收束上阕,照应开篇。词人用郑交甫汉皋佩亡、楚襄王高唐云散两个典故归纳上文,说明愁绪翻腾,皆因与情人分手导致。结处"恨偏长"是开篇"目断江南"情绪的连续发展,中间经往日旖旎风光的铺垫,转深一层,体味更细腻、真切。

过片陡转,"包袱"忽然抖开,原来上阕盘旋往复的种种思绪都是"清狂一梦",都是梦中虚景,都是梦醒后的追忆。至此,我们才明白全词的结构轮廓,上阕依然用"逆挽"之笔,只是不易为人们觉察。上阕相对下阕是虚景,是逆笔,然上阕之中又自有虚实相生、顺逆结合,重构叠架,别有洞天。下阕实写梦醒后的惆怅。"手捻"二句写日常琐事,以消遣无聊时光。"寂寞"二句写风景依然,物是人非,淡淡说来,处处哀伤。这一切又都是"人去暗度流光"的具体感受。"玉钩"二句,词笔再转,从己身的感受出发设想对方:佳人亦应愁苦难堪。或登临凭栏送目,期待行人归来,凭久而玉栏生暖;或无聊回房,睹物思人,枕上余香又牵引出一缕相思、万种柔情。虽然是虚设之辞,却有真切的生活细节,让人虚实莫辨。"玉栏""金枕",是词人"目断"处,却可以通过思绪将两地连结。"最难忘"三句,词笔再度逆入,以两情相聚时的美好场面作结,这是"目断江南"心绪翻腾的原因,暗示着行人在今昔对比中将陷入无休止的痛苦,不断重复"目断江南"的动作和"清狂一梦",相思之情将与日俱增,余音袅袅,意余言外。下阕实写时笔笔回应上阕的梦境,结构谨严。

通过时间上的错综跳跃、顺逆环型穿插,慢词结构确实显得灵动变化。然仅仅是不断改变时间结构,多读以后,依然会有乏味之感。大晟词人的作法是辅之以多种写作手段，使整个结构显得肌肤丰满、缤纷多彩。如分析上两首词所提到的顿挫、递进、勾勒、点染、对比、虚实、设想、夸张、用典、化用、细节描写等等手法。还有《玉胡蝶》中多处工整的对偶、"玉台秋月"的比喻、"孤鸿声远"的象征、"红销翠减"的拟人之类的修辞手段。诸多写作手段的运用，能保证歌词不断翻出新意，不落陈套。

　　寻求章法结构的多变，又必须收纵自如，有离有合，这就必须讲究伏笔、照应、点题，讲究章法中之句法。张炎说："词中句法，要平妥精粹。一曲之中，安能句句高妙，只要拍搭衬副得去，于好发挥笔力处，极要用工，不可轻易放过，读之使人击节可也。"（《词源》卷下）避免"有句无篇"，句与句之间大致匀称，且有气势流贯其中，伏笔、照应、点题恰到好处，浑然一体，方可称"平妥""拍搭衬副得去"。一篇之中，"好发挥笔力处"，又必须有"精粹"之句，以带动全篇，方显得精策而不平庸。大晟词人也是这方面的行家里手。《玉胡蝶》中"寂寞经春，小桥依旧燕飞忙"一句，淡淡落笔，往日的旖旎风光和今日的惆怅失落，以及时光飞逝、景物无情的无可奈何之感，皆在不言之中。"极要用工"，却让人不易觉察。其他如周邦彦《兰陵王》"愁一箭风快，半篙波暖，回头迢递便数驿"，《六丑》"长条故惹行客，似牵衣待话，别情无极"，徐伸《二郎神》"闷来弹鹊，又搅碎、一帘花影"，万俟咏《木兰花慢》"纵岫壁千寻，榆钱万叠，难买春留"，晁冲之《汉宫春》"无情渭水，问谁教、日日东流"，晁端礼《绿头鸭》"路漫漫、汉妃出塞，夜悄悄、商妇移船"等等，都是"平易中有句法"者。

　　南宋雅词作家歌词的章法结构，完全是承袭大晟词人的创作传统而加以发展变化。姜夔出之以"空灵"之笔,清丽疏淡中意脉不断。吴文英则将时空结构的交错跳跃推向极端,因此获得"七宝楼台,眩人眼目,碎拆下来,不成片段"(《词源》卷下)之讥评。今人借鉴"意识流"的某些构思方法,方能对吴词做更深入的理解。可见,大晟词人作品的章法结构,为后人开辟了施展艺术才能的一片新天地。

第三,追求韵外之旨以示风雅。

词"雅化"的一条根本性要求是对题材内容、情感表达所提出的。大晟词人除了引入"颂圣"之类所谓时代的重大题材外,还对传统的艳情题材加以改造。在善于体物言情的基础上,力求表现的含蓄化、深沉化,时而"将身世之感打并入艳情",触动墨客骚人江湖流落、仕途不遇的愁苦之情,使歌词仿佛若有喻托,别具象外之意、韵外之旨。

大晟词人这方面的艺术追求,可以分为两个层次,即善于体物言情和仿佛若有喻托。文学作品首先要表现真感情,且善于传达真感情,引起接受者的艺术共鸣,然后方可追求"余音绕梁"之更佳的艺术效果。歌词这种特殊文体擅长表现个人生活中的细微曲折情感,北宋又有许多成功的言情创作经验可借鉴,大晟词人浸淫其中,皆为体物言情之专家。他们最擅长的表现手法是通过场景的设置,将情感隐约揭示,而不做作明白无误之直接倾诉,避免柳永式的"浅易"。田为《南柯子》写再逢清明、旧情不断、愁苦难消之"凄凉怀抱",下阕完全是场景描绘,使词人的情感在不言不语中,得以传达。下阕云:

柳外都成絮,栏边半是苔。多情帘燕独徘徊,依旧满身花雨、又归来。

"多情"的是词人，但他却隐身于景物之后。柳絮纷飞，春将凋残；栏边苔生，人去寂寞。这"满身花雨"、依旧"归来"、独自徘徊的帘燕，成了词人的替身，在诉说孤寂无奈的愁苦。田为存词不多，却多场景设置、传达情思的佳句。如"望极楼外，淡烟半隔疏林，掩映断桥流水"（《惜黄花慢》）、"帘密收香，窗明迟夜，砚冷凝新滴"（《念奴娇》）、"帘风不动蝶交飞，一样绿阴庭院、锁斜晖"（《南柯子》）等等。

大晟词人又经常通过主人公的动作，以"身体语言"默默诉说情思。徐伸的《转调二郎神》在当时脍炙人口，词云：

闷来弹雀，又搅破、一帘花影。谩试著春衫，还思纤手，薰彻金炉烬冷。动是愁多如何向，但怪得、新来多病。想旧日沈腰，而今潘鬓，不堪临镜。　重省。别来泪滴，罗衣犹凝。料为我厌厌，日高慵起，长托春醒未醒。雁翼不来，马蹄轻驻，门闭一庭芳景。空伫立，尽日栏干倚遍，昼长人静。

南宋王明清《挥麈余话》卷二有此词本事记载。言：开封尹李孝寿来牧吴门，徐伸喻群妓对其讴此曲。李询之，徐云有一色艺冠绝之侍婢，为苏州兵官所得，感慨赋此，李果为其致还。徐伸复得侍婢，赖此词之艺术感染力。李孝寿时称"李阎罗"，也为之感动。歌词主要以"身体语言"传说情思。失去侍婢后之终日厌厌无聊，情思困扰，用"闷来弹雀""谩试著春衫""栏干倚遍"等动作表达，且设想对方也有"日高慵起"的相应动作。作品以动作始，以动作终，获得"无声胜有声"的艺术效果。

大晟词人写"身体语言"的佳句很多，如：

万俟咏《卓牌儿》:"相并戏蹴秋千,共携手、同倚栏干。"

晁端礼《蓦山溪》:"独携此意,和泪上层楼。"

晁端礼《金盏子》:"背著孤灯,暗弹珠泪。"

大晟词人言情佳作,还往往能够烘托渲染出一片清雅净洁的艺术氛围,言情而不失高雅情趣。万俟咏《诉衷情》说:

一鞭清晓喜还家,宿醉困流霞。夜来小雨新霁,双燕舞风斜。　山不尽,水无涯,望中赊。送春滋味,念远情怀,分付杨花。

语言圆美如珠,画面清新淡远,香奁泛语吐弃殆尽。南宋黄升《花庵词选》卷七评论说:"雅言之词,词之圣者也。发妙旨于律吕之中,运巧思于斧凿之外,工而平,和而雅。比诸刻琢句意,而求精丽者远矣。"所指的就是这类作品。

言情是词体的专长,大晟词人在此基础上,追求"味外之味",使人读来若有喻托,则是新的艺术追求。这与"花间词人"以精美物象、客观上"引人生诧喻之联想"(叶嘉莹《灵谿词说·论温庭筠词》)者不同。因为大晟词人创作时有一定的自觉意识,其艺术追求有一定的目的性。

大晟词人追求"韵外之旨",与北宋词坛的审美风尚的逐渐转移密切相关。随着北宋词"雅化"程度的深入,当歌词由"花间"代言体演变为词人抒情达意的自言体时,就不可避免地出现"身世之感"。这种"身世之感"被隐于作品背后,然又明确无误地表现出来时,就构成兴寄喻托。苏轼词是北宋词的一个转折点,苏轼之后,歌词中的喻托成份明显增加。苏轼以"一蓑烟雨任平生"(《定风波》)喻己坦荡胸怀,以"拣尽寒枝不肯栖"(《卜算子》)喻己孤高情怀,成为北宋词中最早有明确喻托意向的作品。

北宋后期,对词提出了更高的"雅化"要求。努力使歌词所抒之情含蓄化、朦胧化,与兴寄喻托的文学传统挂上钩,已渐渐成为词人们的自觉意识,并表现为创作实践。最早将比兴传统与歌词联系起来讨论的是黄裳。黄裳(1044—1130),字冕仲,号演山。元丰五年(1082)进士第一。黄裳是徽宗年间十分活跃的一位文人士大夫,其自序词集说:

> 风雅颂诗之体,赋比兴诗之用,古之诗人,志趣之所向,情理之所感,含思则有赋,触类则有比。对景则有兴。以言乎德则有风,以言乎政则有雅,以言乎功则有颂。采诗之官收之于乐府。荐之于郊庙。其诚可以动天地、感鬼神,其理可以经夫妇、移风俗。有天下者得之以正乎下,而下或以为嘉。有一国者得之以化乎下,而下或以为美。以其主文而谲谏,故言之者无罪,闻之者足以戒。然则古之歌词,固有本哉!六序以风为首,终于雅颂,而赋比兴存乎其中,亦有义乎?以其志趣之所向,情理之所感,有诸中以为德,见于外以为风,然后赋比兴本乎此以成其体,以给其用。六者圣人特统以义而为之名,苟非义之所在,圣人之所删焉。故予之词清淡而正,悦人之听者鲜,乃序以为说。

(《演山集》卷二十《演山居士新词序》)

黄裳所论不出儒家"诗教"陈套,理论上并无新建树,而且其所论与其创作实践并不相符合。但是，黄裳第一次以赋比兴之义解说向来被视为"小技""小道"的歌词，将词曲创作与"古之歌词"相提并论，强调"志趣之所向""情理之所感"，倡导"清淡而正"的词风，皆有筚路蓝缕的开创之功。张炎所说"词欲雅而正，志之所之"，张惠言所说词乃"诗之比兴、变风之义、骚人之歌"（《词选序》）等等，黄裳所论皆已启其端。黄裳能公开站在"比兴"角度解释歌词创作，本身就说明北宋后期词坛审美风尚的某种转移。这种审美风尚的转移，也表现在创作实践过程中。贺铸即擅长以香草美人之类的柔美意象，寄寓不得志于世的苦闷，与黄裳的理论相互呼应。

大晟词人对"韵外之旨"的追求，便发生在词坛已经自觉意识到比兴喻托之义的重要，并在创作实践中有所表现的背景之下。王灼喜欢将周邦彦与贺铸并提，说"柳（永）何敢知世间有《离骚》，惟贺方回、周美成时时得之。"（《碧鸡漫志》卷二）注重的就是贺、周二人能得《离骚》比兴之义。王灼举周邦彦《大酺》《兰陵王》诸曲为例，称其"最奇崛"。大晟词人追求"韵外之旨"最具代表性的作品是咏物词。刘熙载说："昔人词咏古咏物，隐然只是咏怀，盖其中有我在也。"（《艺概》卷四）叶嘉莹先生全面回顾咏物篇什的发展历史，将"喻托性"列为其"两种重要特质"中之一种（《灵谿词说·论咏物词之发展及王沂孙之咏物词》）。咏物咏怀表里两个层次，便构成喻托。以万俟咏为例，其流传至今的词作中有7首咏物词，所咏之物有桂花、李花、瑞香、雨、陇首山、荷花、春草等，占传今27首完整词作中的四分之一。其咏物之外，颇多感慨。《春草碧》一调咏春草，《全宋词》只存1首，大约也是大晟"新声"。词云：

又随芳绪生,看翠霁连空,愁遍征路。东风里,谁望断西塞,恨迷南浦。天涯地角,意不尽,消沉万古。曾是送别长亭下,细绿暗烟雨。 何处,乱红铺绣茵,有醉眠荡子,拾翠游女。王孙远,柳外共残照,断云无语。池塘梦生,谢公后、还能断否?独上画楼,春山暝、雁飞去。

千里萋萋、漫无边际、"春风吹又生"的碧草,"行人"春日里自别离启程,及至整个漫长孤寂的旅程,随处能见,迁客骚人频频以之入诗入词,以寄托别离情思和身世感伤。词中佳句便有李煜《清平乐》"离恨恰如春草,更行更远还生",秦观《八六子》"恨如芳草,萋萋划尽还生"等等。万俟咏《忆秦娥》也有佳句云:"千里草,萋萋尽处遥山小。遥山小,行人远似,此山多少。"以这样读者熟悉的、有相对固定涵义的意象为所咏之对象,本来就很容易引起人们的喻托联想。开篇以"愁遍征路"点明咏物之题外意,以下表层咏春草,深层处处写旅愁。这种愁苦在空间上弥漫"天涯地角",在时间上横亘"万古",人生无可逃避地被笼罩在愁苦之中,真可谓"出亦愁,入亦愁"。这样蓄积沉郁的"愁苦",就不仅仅是"别思"所能解释,它融合进作者人生的经验和无限的感慨。万俟咏为"元祐诗赋科老手",考场屡屡失意,"三舍法行,不复进取,放意歌酒,自称大梁词隐。"(王灼《碧鸡漫志》卷二)后以谀圣,得入大晟府,始终是一名粉饰太平、点缀朝廷的御用文人,且一直沉抑下僚,至绍兴五年(1135)方补下州文学。词人内心那种"不得时"的隐痛可想而知。这首词就是用比兴喻托手法,将内心的愁苦宣泄出来。李调元《雨村词话》卷三称万俟咏"长篇多流丽瑰伟"，这首词就很有代表性。全词或用典，或化用前人诗意，咏物而不触及题面，造成极蕴藉含蓄的艺术氛围，给读者以无限的想象空间。这正是南宋雅词作家推崇的咏物词的上乘境界。

大晟词人传今的咏物词数量并不多，晁冲之三首，周邦彦十余首，晁端礼约八首，然多名篇佳作。晁端礼《绿头鸭》咏中秋月，南宋胡仔评价说："中秋词，自东坡词《水调歌头》一出，余词尽废。然其后岂无佳词，如晁次膺《绿头鸭》一词，殊清婉。"（《苕溪渔隐丛话后集》卷三十九）晁冲之以咏梅之《汉宫春》献蔡攸，得以任职大晟府，《蓼园词选》评此词"借梅写照，丰神蕴藉"。

摘取大晟词人的咏物佳句，也多见喻托之意。晁端礼《菩萨蛮》咏梅说："孤标天赋与，冷艳谁能顾"；晁端礼《水龙吟》咏桃花说："元都观里，武陵溪上，空随流水。惆怅如红雨"；晁端礼《喜迁莺》咏飞雪说："气候晚，被寒风卷渡，龙沙千里"；晁冲之《汉宫春》咏梅说："空自倚，清香未减，风流不在人知。"万俟咏《蓦山溪》咏桂花说："不自月中来，又那得、萧萧风味。"万俟咏《尉迟杯慢》咏李花说："无言自啼露萧索。夜深待、月上栏干角。"等等。叶嘉莹先生概括周邦彦咏物词，言其表现了"言外寄慨的微意"（《灵谿词说·论咏物词之发展及王沂孙咏物词》），这实在是大晟词人的一种共同创作倾向。所以，大晟词人的咏物篇什"虽然数量并不太多，但却确实为后来南宋词人之咏物者，开启了无数变化的法门"（同上）。南宋灭亡后的遗民词人，多以咏物之作寄托家国哀痛，都是直接秉承大晟词人的创作传统。

大晟词人没有南宋词人那样惨痛的亡国经历，又处在歌词

"喻托"传统形成阶段,"词为艳科"的传统对每一位词人都仍有着巨大的左右力。所以,大晟词人就没有南宋词人的寄托遥深和开阔胸襟。其"喻托"也都是一己之荣辱得失。然他们共同努力开创的创作传统,在词史上有着深远的实践意义和理论意义。

第四,注重音韵声律以示醇雅。

大晟词人精通音乐声律,他们的作品讲求格律音韵,有时甚至注重四声搭配,后人据此立论,有称他们为"格律词派"者。前文言及"雅词"有两条标准,其一为音乐声律。近人沈曾植《全拙庵温故录》归结此条标准说:"以协大晟音律为雅也"。

大晟府乐谱南宋时已未闻有用以填词演唱者,或许是这方面的资料失传。然而,即使有这方面的创作承袭,数量上也应该是微乎其微的,否则就无法解释大量流传至今的南宋人诗话、笔记中何以没有这方面记载。所以,后人无法对大晟词的音乐性质做更多的研究,而将注意力集中在大晟词人创调之多、格律之严、音韵之美等方面。

大晟词人创调之多,张炎的《词源》就有概括叙述。清人《词谱》中又详细罗列出"调见清真乐府""调始清真乐府""创自清真"(《词谱》归结其他大晟词人用调情况的术语同此)等几类词调。今人亦有将其直接指定为某某大晟词人"自度曲"的,这一点需略加辨说。

自度曲,指不依照旧有的词调曲谱填词,而为新词自撰新腔者。自度曲包括新谱、新词双重著作权。宋王观国《学林》卷三"度曲"条说:"《赞》所谓'自度曲'者,能制其音调也。"宋人也称自度曲为自撰腔、自制腔,名殊义同。顾名思义,词人为新词自谱新曲者,称自度曲。姜夔《角招序》云:"予每自度曲,吟洞箫,商卿辄歌而和之,极有山林缥缈之思。"张先《劝金船序》云："流杯堂唱和，翰林主人元素自撰腔。"

　　流传开来的宋人"自度曲"一定是音韵美听者。倘若使新制的曲谱广泛传播，又必须配以新词、付诸歌喉。于是，宋人"自度曲"便有了双重著作权，即新谱和新词的著作权。在宋代这双重著作权往往不同属一位作家，往往是音乐家和文学家的成功合作。音乐家不一定擅长文学创作，文学家不一定兼通音乐制作，每一个人的才能总是有所偏专。然而，宋人的音乐文本绝大多数没有流传下来，"自度曲"的音乐家也因此湮没无闻。流传下来的只有当时配合"自度曲"演唱的歌词，后人所知道的也往往是这些歌词作者的姓名。如此一来，理解上的歧义就产生了。后人经常依据新词的著作权反推新曲的著作权，将某一"自度曲"的著作权遽断给某一词人。并据此立论，推崇某词人的"创调之才"。今人研究中，更是以大量笔墨论证柳永、周邦彦等人创制词调之功绩。所得的结论都很值得商榷。

　　翻检宋人笔记史料，发现后人指实为某某词人自度曲者，多臆断之辞。宋代许多自度曲，制谱和作词并不同属一人，往往是音乐家和词人的成功合作。叶梦得《避暑录话》卷三说："教坊乐工每得新腔，必求（柳）永为辞，始行于世。"王灼《碧鸡漫志》卷二说："江南某氏者解音律，时时度曲，周美成与有瓜葛，每得一解，即为制词，故周集中多新声"。这两条记载说明《乐章集》和《清真集》中的众多"新声"，并不一定是柳永和周邦彦的自度曲，只是他们"妙解音律"，为当时音乐家新创制的曲调填写新词而已。后人率意将这些"新声"指实为柳、周二人的自度曲，据此论证二人的创调之才，结论就值得商榷。

　　自度曲之新谱、新词著作权分属音乐家和词人的创作现象，在大晟府中表现得最为典型突出。大晟府的音乐制作和歌词创作途径不同,故特设按协声律、运谱、制撰文字等不同官职,各司其事。王易《词曲史》等皆将《舜韶新》《黄河清》《寿星明》指实为晁端礼的自度曲。据《宋史》和《宋会要辑稿》记载,《舜韶新》是平江府进士曹棐所撰;又据蔡绦《铁围山丛谈》记载:当时有新曲《黄河清》《寿星明》,"音调极韶美",晁端礼为之填词。可见这些"新声"皆非晁端礼自度曲。这种创作现象也发生在另一位大晟词人田为身上,吴坰《五总志》载:"马氏南平王时,有王姓者,善琵琶。忽梦异人传之数曲,仙家紫云之亚也。及云此谱请元昆制叙,刊石于甲寅之方。与世异者有:《独指泛清商》《醉吟商》《凤鸣羽》《应圣羽》之类。余先友田为不伐,得音律三昧,能度《醉吟商》《应圣羽》二曲,其声清越,不可名状。不伐死矣,恨此曲不传。"可见田为也有与音乐家合作度曲的经历。所以,在没有证据的情况下,不可遽断某词某调为某人的自度曲。

然而,词人能为"新声"合节合拍、韵律协和地填写新词,本身就必须精通音乐。所以,《咸淳临安志》卷六十六《周邦彦传》称其"妙解音律";王灼《碧鸡漫志》卷二列万俟咏等制撰官后,云"众谓乐府得人"。音乐家新制的"自度曲",只有通过词人为其填写脍炙人口的新词,才能传播遐迩,流传于世。李清照《词论》称许柳永"变旧声作新声",也应该基于这样的角度去理解。叶梦得《避暑录话》卷三说:"凡有井水饮处,即能歌柳词。"就是时人对新词、新曲完美结合的肯定。后人则完全可以根据"调始见"之多寡,来推断该词人的音乐才能。而不一定非将"自度曲"的著作权归之该词人,才足以说明问题。

词人兼通音乐,必然"技痒",直接自度新曲,填写新词,集作曲、填词为一身。据周密《浩然斋雅谈》卷下载,《六丑》

便应该是周邦彦的"自度曲"。所以,《宋史》卷四百四十四《周邦彦传》又称"邦彦好音乐,能自度曲。"不过,词人集谱曲、填词为一身,终究只是偶尔为之,并不常见。

能流传开来的大晟"新声",总是"音调极韶美"者,它已经显示出大晟词人追求音韵之美的成就。兹将调首见大晟词人词集者,除周邦彦见上节所引以外,详列于下:

晁端礼:《上林春》《金盏倒垂莲》《黄鹂绕碧树》《黄河清》《寿星明》《舜韶新》《吴音子》《脱银袍》《并蒂芙蓉》《庆寿光》《春晴》《玉叶重黄》,共得12调,《并蒂芙蓉》以下4调《全宋词》只存1首。晁端礼存词142首,用73调,"新声"占用调的16%。

万俟咏:《梅花引》《芰荷香》《三台》《卓牌儿》《雪明鹁鸪夜慢》《凤凰枝令》《明月照高楼慢》《钿带长中腔》《春草碧》《恋芳春慢》《快活年近拍》,共得11调,《雪明鹁鸪夜慢》以下7调《全宋词》只存1首。万俟咏存词27首,用25调,"新声"占用调的44%。

田为:《探春》《惜黄花慢》《江神子慢》,共得3调。田为存词6首,用5调。"新声"占用调的60%。

晁冲之:《传言玉女》,得1调。晁冲之存词16首,用9调,"新声"占用调的11%。

根据上述统计,大晟词人十分频繁地为当时的"新声"填写歌词。将所有"调始见"大晟词人集子的"新声"相加,竟得73调之多。或许其中有一小部分"新声"并非大晟词人"始填",然经大晟词人填写而失传的"新声"数量肯定更庞大。今天我们已无法恢复大晟"新声"的音乐原貌,只能依据其格律声韵做隔一层的品味。如领字之运用,万俟咏《木兰花慢》开篇便以

"恨"字领起，诉说"莺花渐老""芳草绿汀洲"的春暮苦愁。以下又以"纵"字领起，写"难买春留"的怨情。以去声字振起，提挈下文，是大晟词人以后慢词创作中最常用的方式。又如上引万俟咏的《春草碧》用仄声韵，与词中所要表现的那种深沉绵邈的情思结合得完美而又紧密，在声情相宜与声调谐美方面也是比较成功的。

晁端礼的《绿头鸭·咏月》也是这方面的佳作，词云：

晚云收，淡天一片琉璃。烂银盘、来从海底，皓色千里澄辉。莹无尘、素娥淡伫，静可数、丹桂参差。玉露初零，金风未凛，一年无似此佳时。露坐久、疏萤时度，乌鹊正南飞。瑶台冷，栏干凭暖，欲下迟迟。
念佳人、音尘别后，对此应解相思。最关情、漏声正永，暗断肠、花影偷移。料得来宵，清光未减，阴晴天气又争知？共凝恋、如今别后，还是隔年期。人强健、清尊素影，长愿相随。

词咏中秋之月。上片铺写中秋赏月时的愉快心境："一年无似此佳时。"下片转笔写伤离念远。值得注意的是，作者在自度曲与填词之时，很注意音节与内容的相互配合，所以这首词才真正达到了"声情相宜"与"声调谐美"的高标准。全词共139字，用3、4、5、6、7等各种不同的句式参差交叉结构而成。这既显示音节上的丰富与抑扬骀荡之美，同时又很好地反映出文词在内容上和感情上的变化。这是平声韵长调，跟其他平声韵长调一样，它的音节是很美的。由于是和调，所以在句式的穿插安排上，一定要注意整体的布局和"奇偶相生"，注意句式的开合变化。只有安排适当，才能获得词与音乐之间的"声情相宜"与

"声调谐美"的艺术效果。这首词上、下片在中心部位都安排了两个七言偶句。上片是"莹无尘素娥淡伫,静可数丹桂参差。"下片是"最关情漏声正永,暗断肠花影偷移。"但是,它们并不是一般律诗中上四下三的句式,而是采用了上三下四的结构,这就给人以突兀、不同凡响的感觉。由于这两个偶句都处于各片的关键性部位,所以对全词的格局、风格有很大影响。上四下三的句式变成上三下四,也不外是"奇偶相生"的另一种表达方式,变中又有不变。又如上片的"玉露初零,金风未凛"与下片"料得来宵,清光未减",原来都是四言偶句,而此处却一对一不对,这也是另外一种变化。再如每句中的平仄安排,除上片"皓色千里"四字和"露坐久"三字,下片"对此应解"有些拗犯外,其他轻重平仄都很和谐,并很好地配合着从上片的愉快平和转入下片的悲凉感慨,音节始终保持温柔婉转之致。因此,全词是非常谐婉动听的。

大晟乐失传,使我们难以更深入地品味大晟词音韵之美听。后人从诗词格律入手,终有"隔靴搔痒"之恨,这也是无奈的。

由于徽宗的趣味多样,大晟词人又有承柳永绪风、极其俗艳的歌词创作。这一部分内容留待下一节集中讨论。

第三节　御用词人与北宋后期的俗词创作

大晟词人是宋徽宗时期御用文人的代表，此外，还有曹组、王安中等等，形成宫廷词人创作圈。如前所言，这些词人创作中以雅相尚，大致树立起一个风雅词的创作传统。然而，御用文人的创作又是复杂的，他们的审美趣味是随着徽宗的口味而变化。徽宗作为一国之君，是正统、伦理道德的化身，他必须倡导雅正。况且，对雅词他也是有所嗜好的。作为一个享乐的个体，徽宗生活奢靡荒淫，他同时又嗜好俚俗谑浪的格调。不同的角色、不同的场合，徽宗表现出不同的嗜好。于是，御用词人的创作也就呈现出两种趋向：在创作雅词的同时，不避声色与俚俗。这股俗词创作的风气影响了北宋后期的整个词坛，俗词创作蓬勃发展，形成空前绝后的盛况，是北宋俚俗词创作的黄金时段。由于徽宗年间同时存在着强劲的"风雅词"之创作倾向，而且，这种创作倾向得南宋词人大声弘扬，南宋朝野又普遍抵制徽宗年间蔚为壮观的俗词创作，所以，北宋末年这种俗词创作现象始终没有引起词论家的重视，成为词史研究中的一个空白点。

一、徽宗的喜好与世风的转移

宋徽宗从本质上讲是一位耽于声色之乐的纨绔子弟。他在位

26年，尽情享乐，奢侈糜烂。作为帝王，他既无治国方略，昏庸无能；又好大喜功，愚昧自负，最终导致北宋政权的崩溃。徽宗所为，一改北宋历朝帝王的规制，同时带动世风的转变。

徽宗年间的社会财富之积累，达到令人羡慕的程度，朝野呈现出繁华似锦的虚像。北宋自太祖开国，至徽宗朝已涵养生息一百五十余年。虽然北宋社会内有"冗官""冗兵"之积弊，外有辽、夏"岁币"之支出，但是，社会经济仍在不断向前发展。真宗景德二年（1005）十二月，宋、辽"澶渊之盟"订立，此后，北宋内外一直没有较大的战争骚扰破坏。在相对稳定的环境中，人口迅速增长，"以史传考之，则古今户口之盛，无如崇宁、大观之间。"（《文献通考》卷十一《户口》）国库也日益充裕。朝廷在元丰、元祐库的基础上，增设了崇宁、大观、宣和等库。当时仅京师一地，就有府库92座。金人攻陷汴京，遣使检视内藏府库，共74座，"金银、锦绮、宝货，积累一百七十年，皆充满盈溢。"金人"役禁军搬三日不绝。"（皆见《三朝北盟会编》卷七十一）都市经济的繁荣，更是盛况空前，孟元老《东京梦华录序》概言崇宁年间京师的富丽昌盛：

> 辇毂之下，太平日久，人物繁阜。垂髫之童，但习歌舞，班白之老，不识干戈。时节相次，各有观赏。灯宵月夕，雪际花时，乞巧登高，教池游苑。举目则青楼画阁，绣户珠帘。雕车竞驻于天街，宝马争驰于御路。金翠耀目，罗绮飘香。新声巧笑于柳陌花衢，按管调弦于茶坊酒肆。八荒争凑，万国咸通。集四海之珍奇，皆归市易；会寰区之异味，悉在庖厨。花光满路，何限春游；箫鼓喧空，几家夜宴？伎巧则惊人耳目，侈奢则长人精神。

张择端的《清明上河图》为孟元老的叙述做了形象的注释。这一幅幅生动具体的历史长画卷，再现了汴京都市风采。

徽宗即位之前，北宋皇帝对生活之享受大致采取双重政策与态度。北宋初年，太祖"杯酒释兵权"，劝石守信等臣下"多积金，市田宅，以遗子孙，歌儿舞女以终天年。"（《宋史》卷二百五十《石守信传》）因此，北宋君主并不限制臣僚的生活享乐。这是君主控制臣下的一种手段，以此化解上下矛盾。北宋多数帝王自身的生活则相对简朴，以保持励精图强的形象，维持国计民生，平衡财政收支。周煇《清波杂志》卷一载：宰臣吕大防等对哲宗解说祖宗法："本朝百三十年，中外无事，盖由祖宗家法最善。"其中之一乃"前代宫室多尚华侈，本朝宫殿止用赤白，此尚俭之法也。"而且，"不好畋猎，不尚玩好，不用玉器，饮食不贵异味，御厨止用羊肉，此皆祖宗家法，所以至太平者。"宋人史书、笔记多言北宋诸帝俭朴之事。李焘《续资治通鉴长编》卷七载：太祖"躬履俭约，常衣浣濯之衣，乘舆服用皆尚质素，寝殿设青布缘苇帘，宫闱帘幕无文采之饰。"卷二十四载：太宗"未尝御新衣，盖浣濯频所致耳""盖念机杼之劳苦，欲示敦朴，为天下先也"。卷一百九十八载：仁宗"所御幄帟、裀褥皆质素暗敝，久而不易"。《燕翼诒谋录》卷二载：真宗一再下诏，要求"宫院、苑囿等，止用丹白装饰，不得用五采"。江少虞《宋朝事实类苑》卷四亦言仁宗"器服简质，用素漆唾壶盂子，素瓷盏进药，御榻上衾褥皆黄袍，色已故暗"。等等。北宋帝王一般都能遵循"祖宗家法"，以身作则，抑制社会享乐风气的过度蔓延。

徽宗的作为恰恰与此相反。北宋后期社会财富的积累和繁华的虚像，给统治者的纵情声色提供了充分的物质基础和口实。在一片升平歌舞、阿谀奉承声中，统治者失去了理智，文恬武嬉，朝野对日趋恶化的内外矛盾和危机很少觉察。徽宗年间，正色立朝、直言进谏之士，都被远远排斥出朝廷。徽宗听不到一点不同意见，臣僚奏章中充斥着谀颂之辞，社会的繁华虚像也仿佛在证实着“圣王”业绩。因此，徽宗自我感觉良好，毫无愧色地认定自己可以追迹尧舜，治下乃太平盛世，国力异常强大。出现在这一时期文人诗词中最为频繁的词语就是“太平”“升平”，如“歌太平睿藻”（万俟咏《雪明鳷鹊夜慢》）、“岁熙熙、且醉太平”（曹组《声声慢》）、“升平歌管趁飞觞”（王安中《鹧鸪天》）等等。于是，君臣生活奢靡，挥霍无度，放纵享乐。蔡京等奸佞也以享乐为手段，诱导徽宗不理朝政，沉湎于声色歌舞。宋太祖用来控制群臣的手段，被蔡京反过来用以控制徽宗。《九朝编年备要》卷二十六载：

> 崇宁元年七月，以蔡京为右仆射。时四方承平，帑庾盈溢。京倡为丰亨豫大之说。视官爵财物如粪土。累朝所蓄，大抵扫地矣。上尝出玉盏、玉卮以示辅臣，曰：“朕此器久已就，深惧人言，故未用耳。”京曰：“事苟当于理，多言不足畏也。陛下当享太平之奉，区区玉器，何足道哉！”

徽宗初始也不敢任性所为，经蔡京等奸佞怂恿、鼓励，且曲为之解说，才日益放肆享受。蔡京说：“陛下无声色犬马之奉，所尚者山林竹石，乃人之弃物。”（《续资治通鉴》卷九十二）蔡京子蔡攸也说：“人主当以四海为家，太平为娱。岁月能几何？岂可徒自劳苦。”（同上，卷九十三）这些言论深得徽宗欢心。于是，徽宗不以国家为己任，而是以四海天下供奉一己之享受。崇宁元年（1102）三月，命童贯“置局于苏、杭，造作器用。诸牙、角、犀、玉、金、银、竹、藤、装画、糊抹、雕刻、织绣之工,曲尽其巧。"(《宋史纪事本末》卷五十《花石纲之役》)后愈演愈烈,如筑艮岳以像杭州凤凰山,都人称万寿山等。徽宗甚至多次轻车小辇,微服出行,出入狭邪,因此与名妓李师师之间便有了说不清、道不白的关系。《清波杂志》卷六记徽宗君臣宴乐说:

> 女乐数千陈于殿廷南端,袍带鲜泽,行缀严整。酒行歌起,音节清亮,乐作舞入,声度闲美。……东望艮岳,松竹苍然;南视琳宫,云烟绚烂。其北则清江长桥,宛若物外。都人百万,邀乐楼下,欢声四起,尤足以见太平丰盛之象。

上行下效,徽宗年间奢侈成风。蔡京"以金橘戏弹,至数百丸"(张知甫《张氏可书》),王黼"于寝室置一榻,用金玉为屏,翠绮为帐,围小榻数十,择美姬处之,名曰'拥帐'"(《清波别志》卷三)。君臣朝歌暮嬉,酣玩岁月。徽宗年间世风趋于浮靡。

淫靡世风表现在歌舞娱乐方面,就是俚俗词风大为盛行。徽宗虽然有很深厚的艺术修养,很高雅的欣赏趣味,但是,由于耽于淫乐的天性使之然,他又特别喜爱淫俗谑浪、靡丽侧艳的风调。平日与群小相互戏谑、游乐,无所不至,群小也因此获得高官厚禄。蔡攸得宠于徽宗,"与王黼得预宫中秘戏。或侍曲宴,则短袖窄裤,涂抹青红,杂倡优侏儒中,多道市井淫媟谑浪语,以献笑取悦"(《续资治通鉴》卷九十二)。王黼后来官至宰相。宣和间讨徽宗欢心的另一位宰相李邦彦,"本银工子也,俊爽美风姿,为文敏而工。然生长闾阎,习狎鄙事,应对便捷,善讴谑,能蹴鞠。每缀街市俚语为词曲,人争传之,自号'李浪子'。"(《宋史》卷三百五十二《李邦彦传》)这些都十分投合徽宗嗜俗嗜艳的口味。徽宗的喜好与臣下的迎合,使北宋后期世风为之一变,词风为之一变。所以,北宋末年唱曲填词,皆不避俚俗,且为时尚所趋。

宋词起于民间,流行于酒宴歌席,迎合了宋人的享乐要求,以俚俗语写艳情是其必然的倾向,所以,宋词与市井俚俗有着天然的联系。与散文、诗歌相比,歌词更容易与徽宗年间追逐声色的淫靡世风融为一体,以俗白靡曼的口吻表达难以遏制的"人欲"。经柳永大量创作,北宋俚俗词风得以确立。但是,俚俗词风一直受到宋词"雅化"倾向的压抑,不得舒眉一搏。北宋末年新的社会环境和淫靡世风,为俚俗词的发展提供了大好时机,柳永词风得以张扬。以俗语写艳情,以至滑稽谐谑,盛行于宫廷和社会上层,并影响到整个词坛的创作风气。这是柳永之后俚俗词最繁荣的一个时期。《碧鸡漫志》卷二描述徽宗年间词坛创作概况说:

沈公述、李景元、孔方平、处度叔侄、晁次膺、万俟雅言,皆有佳句,就中雅言又绝出。然六人者,源流从柳氏来,病于无韵。

田中行极能写人意中事,杂以鄙俚,曲尽要妙。

政和间曹组元宠,……每出长短句,脍炙人口。……组潦倒无成,作《红窗迥》及杂曲数百解,闻者绝倒,滑稽无赖之冠也。夤缘遭遇,官至防御使。同时有张衮臣者,组之流,亦供奉禁中,号曲子张观察。其后祖述者益众,嫚戏汙贱,古所未有。

由此可见，宫廷审美趣味的转移，影响面极为广泛。原来流行于民间下层的艳曲俗词，堂而皇之地进入了宫廷和社会上层。作俗词、唱艳曲，不仅不妨碍仕进，而且有可能"夤缘遭遇"，飞黄腾达。所以，词人们再也不必自我掩饰、自扫其迹，或曲为解释，而是大张旗鼓地创作俚俗小调。同时，从边地流入中原的俗曲也再次备受青睐。曾敏行《独醒杂志》卷五说："先君尝言，宣和间客京师时，街巷鄙人多歌蕃曲，名曰《异国朝》《四国朝》《六国朝》《蛮牌序》《蓬蓬花》等，其言至俚，一时士大夫亦皆歌之。"社会上下层的共同趋尚，汇集成一股声势浩大的创作潮流，构成宋代俗词创作最为昌盛的壮观。流风遗韵，一直延续到南渡之后。《碧鸡漫志》卷二又说："今少年妄谓东坡移诗律作长短句，十有八九，不学柳耆卿、则学曹元宠。"时风浸染，积重难返。南宋词坛后来强烈的"复雅"呼声，便是对这一创作倾向的全面反拨。有为之士，还将这种创作现象与北宋亡国联系在一起抵制。宋高宗于南渡初年战乱频仍之时，特意下诏到扬州，销毁曹组词集的刻板（《碧鸡漫志》卷二），就反映了南渡之后朝廷态度的根本性改变。此后，俗词就失去了适宜创作的环境，就再也没有如此辉煌的时光。

二、俗词创作之概况与成就

徽宗年间俗词创作的涉及面极其广泛，以下拟从三个方面评介。

1. 俗词作家队伍之广泛

正如前言，徽宗年间俗词创作的潮流汇卷了社会上下层，所以，参与到俗词创作之中的作家，数量极其庞大。不同社会地位和阶层、不同政治观点、不同风格流派的作家，都被卷入到俗词创作之中，他们的歌词都自觉或不自觉地打上了那个时代的烙印。从皇帝的近臣和御用文人，到一般的士大夫文人，乃至被排挤出朝的元祐党人，以及释道神仙与民间艺人，都以自己的方式，创作出不同内容、不同风貌的俗词。

首先是徽宗亲信近臣。上文言及蔡攸、王黼、李邦彦等人，出将入相，位极人臣。他们的升官秘诀就是善伺人主意，投其所好。以俗词相谑浪调笑、献媚讨好，就是诸多手段之一。蔡攸政和末提举大晟府，一度主持供奉朝廷的词、乐之修订与创制工作，在这方面花费了不少精力（详见《宋史》卷一百二十九《乐志》）。李邦彦等人当年"人争传之"的俗词，今天已经全部失传，这大约与他们的作为给北宋带来灭顶之灾有关，或许南宋人士对他们的唾骂、痛恨而殃及池鱼。然而，从徽宗其他近臣的作品中，依然可以窥豹一斑。

王安中，政和间以善写阿谀颂圣文章而得徽宗擢拔，官至尚书右丞。为文丰润敏拔，"以文辞自显，号为杰出"（周紫芝《初寮集序》），有《初寮集》传世。王安中的词应制谀颂成分很浓，他的审美趣味是紧随着徽宗转移的。其《洞仙歌》云：

> 深庭夜寂，但凉蟾如昼。鹊起高槐露华透。听曲楼玉管，吹彻《伊州》。金钏响，轧轧朱扉暗扣。　　迎人巧笑道，好个今宵，怎不相寻暂携手？见淡净晚妆残，对月偏宜，多情更、越饶纤瘦。早促分飞霎时休，便恰似阳台，云梦归后。

这首词写一次艳游的经历。上阕写所游之秦楼楚馆清幽高雅的环境和美人的歌乐一曲，是初到歌楼的一段熟悉、应酬过程，双方都还有点温文尔雅。下阕则转入两情相悦、携手相亲、梦入巫山云雨的艳事记载，语言风格也转为浅俗流利。词人用口语恣意描写歌妓娇媚依人、巧笑玲珑、情意缠绵、楚楚动人的形象，以至分手之后仍时时回想。徽宗游李师师家，感受大概亦如此。

其次是朝廷的御用文人。这批词人的创作趣好及职能，与上述亲信近臣相似，都是以颂圣逢迎为其主题。不过，他们的地位则远远不如徽宗的亲信近臣，他们是依靠阿谀攀附权贵进身的。他们的词作风格，最受徽宗的审美趣向支配。历代词论家都从"风雅"的角度观察大晟词人的创作，多数人故意忽略了他们大量靡曼谐俗的艳情小曲。先来读两首大晟词人的作品：

草草时间欢笑，厌厌别后情怀。留下一场烦恼去，今回不比前回。幸自一成休也，阿谁教你重来？　　眠梦何曾安稳？身心没处安排。今世因缘如未断，终期他日重谐。但愿人心常在，到头天眼须开。

晁端礼《河满子》

几日来、真个醉。不知道，窗外乱红，已深半指。花影被风摇碎，拥春醒乍起。　　有个人人、生得济楚。来向耳畔，问道今朝醒未？情性儿，慢腾腾地，恼得人又醉。

周邦彦《红窗迥》

晁端礼虽未到大晟府任职而卒，但他的词作则已随同流俗，且时时依据大晟府的要求从事创作。《河满子》写男女相思艳情。当年聚散匆匆，别后烦恼无限。日日盼望重逢，嘴里却要强自支撑："阿谁教你重来？"这种种假意掩饰，最终被苦痛所冲破，下阕转为对天的祷告与对重逢的期望。整首词都是由俗语组成，浑似备受离别煎熬的市井歌妓脱口而出的肺腑诉说。与柳永词相比，更少了一些文人化的修饰，平白朴实的口吻倾诉出满腹真情。其俚俗化程度更为彻底，将柳永的俚俗格调更向民间推进了一层。

周邦彦的这首《红窗迥》十分具有时代典型意义。《红窗迥》是徽宗年间十分流行的、适合以俚俗语言与戏谑口吻叙事抒情的一个词调。王灼曾言及曹组有大量的《红窗迥》之作，但一首也没有流传下来，周邦彦的这一首词就弥足珍贵，它保存了当时词坛创作盛行的一种风貌。全词以浅俗口语组成，写与歌妓厮混之惬意。两情相悦，相守相伴，温馨和美，不关心窗外春已老去，"花影摇碎"，乱红满地。每日再伴之以醇酒，酒不醉人人自醉。伊人善解人意，娇语解颐。结尾更因伊人之调情弄俏，再度醉入温柔乡，全词有着浓厚的色情味。这首词口语化程度同样十分彻底，如喜用对话问语、民间俗语"济楚"、儿化音句式等等，平白如话。张炎批评清真词"淳厚日变成浇风"（《词源》卷下），刘熙载指责清真词"只是当不得一个'贞'字"（《艺概》卷四），王国维比较欧阳修、秦观和周邦彦说："便有淑女与娼妓之别。"（《人间词话》）都是对周邦彦词风浅俗艳冶的不满。这些评语"头巾"气过浓，不足为凭。

《全宋词》只存五首《红窗迥》，有二首作者名失传，另二首作者为柳永、曹勋，都是用特别浅俗的语言、戏谑的口吻叙事抒情。由此可以揣想曹组失传《红窗迥》的风貌，以及徽宗年间词坛创作风气之一种。而且，这五首《红窗迥》字数各不相同，分别为53字、55字、57字、58字、63字，说明《红窗迥》是流行于民间下层的一个非常活泼多变的词调。

大晟词人的俚俗词，大都专写男女艳情。他们设想歌妓"翻思绣阁旧时，无一事，只管爱争闲气。及至恁地单栖，却千般追悔。"（晁端礼《玉胡蝶》）思念至极，便会转为怨恨，"别来不寄一行书。寻常相见了，犹道不如初。"（晁冲之《临江仙》）与情人相对时，又有了千种娇媚风情，"孾娇不易当，著意要得韩郎。"（万俟咏《钿带长中腔》）面对如此情深之佳丽，男方也不免"拚今生、对花对酒，为伊泪落。"（周邦彦《解连环》）这类题材和风格的词作，大晟词人写来总是那么细腻真切、自然感人。也有个别作品流于无聊恶俗。晁端礼《滴滴金》上阕说："庞儿周正心儿得，眼儿单，鼻儿直。口儿香，发儿黑，脚儿一折。"雕琢过分，已失去俗语的天然韵趣。这也是淫靡世风的极端表现。

《碧鸡漫志》卷二认为晁端礼、万俟咏"源流从柳氏来"，况周颐《历代词人考略》卷十六评晁冲之慢词"纡徐排调，略似柳耆卿"，再加上前文所引王灼之语，个别词论家也注意到大晟词作之靡曼谐俗一面。

御用文人并不仅仅限于供职大晟府者，在徽宗周围还聚集着一批以文字供奉朝廷的文人，他们的作为就与大晟词人一样，围绕着徽宗的喜好逢迎创作。最典型的例子是曹组。曹组字元宠，颖昌（今河南禹县）人。六举未第，著《铁砚篇》自励。宣和三年（1121）特命就殿试，中五甲，赐同进士出身，徽宗在玉华阁亲自召见，赐书曰："曹组文章之士。"官至阁门宣赞舍人。有《箕颖集》20卷，不传。《全宋词》录曹组词36首。关于曹组被召殿试，《名贤氏族言行类稿》卷十九载：

> 亳人曹元宠，善为谑词，所著《红窗迥》者百余篇，雅为时人传颂。宣和初召入宫，见于玉华阁。徽宗顾曰："汝是曹组耶？"即以《回波词》对曰："只臣便是曹组，会道闲言长语。写字不及杨球，爱钱过于张补。"

帝大笑。球、补皆当时供奉者,因以讥之。

从这一条记载中可以看出,曹组是靠自己的才思敏捷以及投合徽宗嗜俗的审美心态而得帝王欢心的,其作用类似于朝廷弄臣。这首《回波词》《全宋词》漏收,可以让读者窥见曹组作词的风格,略略弥补百余首《红窗迥》失传的遗憾。曹组的《红窗迥》虽然已经全部失传,但流传至今的作品中仍不乏浅俗艳冶者,大致也能展现他这方面的创作才华。以《醉花阴》为例:

九陌寒轻春尚早,灯火都门道。月下步莲人,薄薄香罗,峭窄春衫小。　梅妆浅淡风蛾袅,随路听嬉笑。无限面皮儿,虽则不同,各是一般好。

这首词写元宵灯会之夜晚出游。词人不是欣赏火树银花的灯火,而是将目光凝聚在今夜外出赏灯的千姿百态的美貌女子身上。她们颤袅的"步莲"行姿、时髦的"峭窄春衫"穿戴、适宜的"梅妆浅淡"修饰,都一一展现在词人笔下,细腻真切,令人目不暇接。结尾词人将这种浏览姿态各异、各有千秋之佳人所获得的审美愉悦,用最浅俗明白的语句来表达"无限面皮儿,虽则不同,各是一般好"。生动活泼,与词人此时世俗的审美心态也相吻合。曹组作品中如此以口语、俗语做生动描绘的,随处可见。如写细读佳人之来信说:"香笺细写频相问,我一句句儿都听。"(《忆瑶姬》)写窗外景致的微小变化给人带来的感触说:"窗儿外、有个梧桐树,早一叶、两叶落。"(《品令》)写奔波的无奈与归隐的念头说:"田园有计归须早,在家纵贫亦好。南来北去何日了?"(《青玉案》)等等。又如咏写蜡烛"待得灰心,陪尽千行泪"还是从李商隐《无题》中化出,而

"照人欢醉,也照人无睡",则全用口语,自铸新词,妙喻天成。曹组当时流行于词坛的,就是这种风格的作品。

浅俗的作风贯穿于曹组的各类题材作品之中。离开酒宴与歌妓,即使是柳永也能写得十分高远古雅的羁旅行役题材,在曹组手中依然多用口语,通俗流畅,如《忆少年》说:

> 年时酒伴,年时去处,年时春色。清明又近也,却天涯为客。　念过眼、光阴难再得。想前欢、尽成陈迹。登临恨无语,把阑干暗拍。

再次是在野的作家群。朝廷以外,也有大量的俗词作者。徽宗年间党争残酷,元祐党人纷纷被贬出京。元祐党人及门生,学术见解和政治观点虽然与执政者完全不同,作词则依然深受时风影响。《碧鸡漫志》卷二说:"赵德麟、李方叔皆东坡客,其气味殊不近,赵婉而李俊,各有所长。晚年皆荒醉汝颍京洛间,时时出滑稽语。"赵令畤字德麟,元祐年间苏轼爱其才而荐之于朝,徽宗时坐与苏轼交通,入党籍,罚金。他叹息老来处境,自慰道:"少日怀山老住山,一官休务得身闲,几年食息白云间。"(《浣溪沙》)又发牢骚说:"人世一场大梦,我生魔了十年。明窗千古探遗编,不救饥寒一点。"(《西江月》)这二首词都是用直白的语言抒发情感,与赵令畤"清超绝俗"的总体风格截然不同。

李廌字方叔,少以文章见知于苏轼,为"苏门六君子"之一。早期词清疏淡远,徽宗年间,受世风影响,逐渐创作了一些靡曼谐俗的作品。如政和年间,李廌见一善讴老翁,便戏作《品令》云:

> 唱歌须是，玉人檀口，皓齿冰肤。意传心事，语娇
> 声颤，字如贯珠。　　老翁虽是解歌，无奈雪鬓霜然。
> 大家且道，是伊模样，怎如念奴。

不仅从观念上坚持认为歌词须十七八女孩子持红牙板娇语曼唱，而且通篇用口语，如同对平常人做平常解说。词中所用的戏谑口吻，也是徽宗年间词人所具有的共同特征。

此外，还有其他社会各阶层的人参与到俗词的创作之中来，如民间艺人、释道神仙、下第举子、市井歌妓等等，下文在讨论其他方面问题时将继续涉及。

2. 俗词题材内容之多样

徽宗年间的俚俗词是淫靡世风的产物，主要迎合人们贪图享乐的需求，所以，题材偏于写艳情相思，如上文所例举的多数词作。然而，俚俗词的广泛流行和普遍阶层词人的参与创作，必然带来歌词内容上的突破。部分词人已经习惯用俗词表述自己的种种情感，他们的创作往往超越艳情的范围。结合苏轼开创的"无事不可言、无意不可入"的创作传统，徽宗年间俚俗词内容方面的突破同样是广泛且深远的。

第一，是对社会现实针砭批判的愤世之情。徽宗年间朝政黑暗，权奸当道，民不聊生，仁人志士不得施展抱负，社会矛盾蓄积重重。用俚俗词斥责现实，有其犀利直接的优点，许多词人便借俗词抒愤，表达对现实的极端不满。沈作喆《寓简》卷十载：

> 汴京时，有戚里子邢俊臣者，涉猎文史，诵唐律五
> 言数千首，多俚俗语。性滑稽，喜嘲讽，常出入禁中。
> 善作《临江仙》词，末章必用唐律两句为谑，以调时人
> 之一笑。徽皇朝，置花石纲，取江淮奇卉石竹，虽远必

致。石之大者曰神运石,大舟排联数十尾,仅能胜载。既至,上皇大喜,置之艮岳万岁山下,命俊臣为《临江仙》词,以"高"字为韵。再拜词已成,末句云:"巍峨万丈与天高。物轻人意重,千里送鹅毛。"又令赋陈朝桧,以"陈"字为韵。桧亦高五六丈,围九尺余,枝柯覆地几百步。词末云:"远来犹自忆梁陈。江南无好物,聊赠一枝春。"其规讽似可喜,上皇忍之不怒也。内侍梁师成,位两府,甚尊显用事,以文学自命,尤自矜为诗。因进诗,上皇称善,顾谓俊臣曰:"汝可为好词,以咏师成诗句之美。"且命押"诗"字韵。俊臣口占,末云:"用心勤苦是新诗。吟安一个字,捻断数根髭。"

邢俊臣以词曲为武器,对现实与权臣进行辛辣的讽刺,言人所不敢言。由于徽宗喜爱这种格调的作品,所以就不会"龙颜大怒",在逗趣一乐中邢俊臣也逃脱了朝廷的惩罚与权贵的报复。这种寓庄于谑的进言方式要比直言进谏相对安全,因此也从另一个方面鼓励了俗词的创作。

徽宗年间,民间词人更善于用通俗滑稽的政治讽刺词抨击社会弊端和腐败政局。徽宗即位初,下诏求直言,崇宁元年政局再变,上书直言者俱得罪,京师流传《滴滴金》云:

> 当初亲下求言诏,引得都来胡道。人人招是骆宾王,并洛阳年少。　自讼监宫并岳庙,都一时闲了。误人多是误人多,误了人多少?

龚明之《中吴纪闻》卷五

词人以极诙谐的口吻,似乎是在嘲弄那些不知好歹的上书言事者,事实上矛头直指朝廷。"误人多是误人多",是留给轻信皇帝诚意者的沉痛的教训。政局如此翻手为云、覆手为雨,怎能叫人有什么指望呢?

徽宗还有许多随心所欲的怪诞举动,也是民间嘲弄的对象。徽宗崇信道教,排斥释佛,"政和间改僧为德士,以皂帛裹头项,冠于上"(洪迈《夷坚志》卷七),不伦不类,有无名氏作词两首说:

> 因被吾皇手诏,把天下寺来改了。大觉金仙也不小,德士道:却我甚头脑。　　道袍须索要。冠儿戴,恁且休笑?最是一种祥瑞好。古来少,葫芦上面生芝草。

《夜游宫》

> 早岁轻衫短帽,中间圆顶方袍。忽然天赐降辰毫,接引私心入道。　　可谓一身三教,如今且得逍遥。擎拳稽首拜云霄,有分长生不老。

《西江月》

和尚光头,道士蓄发,将和尚改为道士,就得掩饰此尴尬景况。朝廷居然能够异想天开,让和尚用皂帛裹头,将光秃秃的脑袋遮盖起来。《夜游宫》就抓住这一滑稽可笑的举止,尽情嘲讽。徽宗年间君臣为了证明确实是太平盛世,圣王再世,又大量编造祥瑞事迹,如甘露降、黄河清、玉圭出、嘉禾芝草同本生、瑞麦连野、野蚕成茧等等,史不绝书。词人在结尾便抓住这一点,让和尚蓄发,如同"葫芦上面生芝草",也不是旷世难遇的"祥瑞"?这样的嘲讽,够犀利辛辣的。《西江月》嘲讽的对象,则最初是秀才者,后削发为和尚,最终又被迫作道士,可谓儒、道、佛三教合一。拜君王所赐，居然也有长生不老的希望。全部是正话反说，揶揄嘲讽。

宣和时，徽宗又下旨逼迫"士人结带巾，否则以违制论，士人甚苦之"（《中吴纪闻》卷六），士人便作词讥刺说："头巾带，谁理会？三千贯赏钱，新行条例。不得向后长垂，与胡服相类。法甚严，人尽畏。便缝阔大带向前面系。和我太学前辈，被人叫保义。"（失调名）朝廷政务甚多，不去理会正事，却在这些小事上斤斤计较，且大动干戈，悬赏奖惩，确实可笑。只要将这些可笑现象罗列出来，就是最辛辣的针砭。

宣和三年，宋廷侥幸收复部分燕云失地，朝廷内外一片升平歌颂之声，不知灾难将至。于是，都门盛唱小词说："喜则喜，得入手。愁则愁，不长久。忻则忻，我两个厮守。怕则怕，人来破斗。"（胡仔《苕溪渔隐丛话》卷三十九）这些词浅俗易懂，无所顾忌，容易流传入口，有很强的战斗力，能产生广泛的社会影响。南渡后，词人们时而用俗词讥讽、批判现实，形成一个良好的传统。这是徽宗年间俚俗词留给后世最光辉的一章。

第二，是友人间戏谑取乐的朋友之情。宋人喜幽默，友人之间经常开开玩笑，以博轻松一笑，抖落生活的沉重，同时表现相互间融洽的情感。苏轼、黄庭坚等等显示这种个性特征的趣事，在宋人笔记中俯拾皆是。所以，宋诗多幽默，江西诗派、诚斋体等都以此为显著创作特征之一。宋人的这种个性特征，到了徽宗年间，结合俗词盛行的环境，才进入词的创作领域。可以陈瓘为例。

陈瓘（1057—1124），字莹中，号了翁，又号了斋、了堂，南剑州沙县（今属福建）人。元丰间进士，调湖州掌书记，签书越州判官，历秘书省校书郎，出通判沧州，知卫州。徽宗时，召为左正言,迁左司谏。崇宁中因得罪蔡京入党籍,除名远窜,安置通州,徙台州、楚州等。卒谥忠肃,学者称了斋先生。《全宋词》录陈瓘词22首。陈瓘为官以端正持重著称,以尚气节闻名。徽宗年间任谏职时,抨击蔡京兄弟,不遗余力。因此屡遭迫害,被贬远方,但又始终不屈。贬谪期间,与友人邹浩"以长短句相谐乐"(胡仔《苕溪渔隐丛话》卷三十九)。有《蝶恋花》嘲戏邹浩长髭,词曰:

有个胡儿模样别。满领髭发,生得浑如漆。见说近来头也白,髭须那得长长黑。 (落一句)篦子锼来,须有千堆雪。莫向细君容易说,恐他嫌你将伊摘。

邹浩(1060—1111),字志完,元丰五年(1082)进士。累官至右正言。哲宗亲政时因直言谪新州。徽宗立,复召为右正言。后坐党籍,谪永州。与陈瓘交情甚笃。徽宗即位初年,故作开明姿态,下诏求言,陈瓘立即上书为邹浩的罢职鸣不平。后来两人又同遭贬谪,彼此关心呵护。这首词以老友的黑髯长须为戏谑题材,由须发的色泽黑而变白,揣摩友人贬居期间抑郁的心情。用"千堆雪"的极度夸张,写友人苦痛之深沉,与对友人身心的摧残。这种揣摩,事实上是以自己为原型的,所以,同时表现的是陈瓘贬居期间的处境与心境。词中流露出对友人的款款深情。在艰难的岁月里,友人间相互戏谑,逗得开怀一笑,也是保持精神乐观的一种方法。这样的戏谑词,是词人不屈服于环境的一种表示。

第三,是宣扬宗教的出世之情。释、道二教为了使自己的宗教理论为广大民众所接受,常常用白话俗语说理,力求通俗易懂。他们利用多种民间文学形式传播学说,如变文、说书、俗讲、鼓子词、诸宫调等等。徽宗佞道,北宋末年道教因此异常兴盛，小词又是当时人们所喜闻乐见的文学样式，部分道士就用歌词布道。流传词作最多的是张继先。

张继先，字家闻，嗣汉 36 代天师，崇宁四年（1105）赐号虚靖先生，有《虚靖词》，存词 56 首。其词多写道家修炼之术。张继先词中有许多浅俗的作品。如徽宗曾戏问张继先所带的葫芦为何不开口，张继先便作《点绛唇》答之，词曰：

小小葫芦，生来不大身材矮。子儿在内，无口如何怪？　藏得乾坤，此理谁人会？腰间带，臣今偏爱，胜挂金鱼袋。

这首词从题材分类应该是咏物词，所咏之物又是针对徽宗的提问。其实，徽宗的问话就带戏谑成分，词人以同样语调作答，最能博取皇帝欢心。事实上，它并没有说明多少道家学说。其他如写自己的日常生活："独自行兮独自坐，独自歌兮独自和。日日街头走一过，我不识吾谁识我。"（《度清霄》）这是一种修道寂寞的生活，修炼到一定境界，已经物我两忘，不知己身为何物。张继先又回答他人有关修炼的提问时说：

长生之话口相传，求丹金液全。混成一物作神仙，丁宁说与贤。　休噇气，莫胡言，岂知造化玄。用铅投汞汞投铅，分明颠倒颠。

语气之间对道家的炼丹也有隐隐的不信任。恐怕张继先身在其中，最能明白个中奥秘，故以此戏谑口吻劝说世人不必过于固执。张继先与其他释道的小词，更多的是抽象说理，语言枯燥乏味，不堪卒读。虽然直白如话，却依然不能给人以深刻的印象。

3. 俗词表现方式之新变

柳永用俚俗真率的语言，描写市井歌女的情感和生活，为宋词创作开辟出一片新天地，至北宋末年蔚然成风。与新的社会环境与审美需求相适应，徽宗年间俗词的表现方式也有了不同于柳永词的新变，这就是上文屡屡涉及的以戏谑入词。常见的方式有：幽默、讽刺、揶揄、俏皮、自嘲、滑稽等等，有时多种戏谑方式掺杂在一起，共同获得审美效果。

俗词这种新的表现方式之出现，首先是迎合了徽宗喜调侃逗乐的寻欢作乐之本性，其次也是民间文学善幽默讽刺特征的弘扬，再次则与宋人好开玩笑取乐的个性有关，"皆可助尊俎间掀髯捧腹"（《夷坚三志》卷七）。其中有的作品，低级庸俗，浅露无聊，仅仅是逗趣调笑，没有任何意义，甚至拿对方的生理缺陷取乐。然而也有部分作品自觉继承了中国古代滑稽文学"谈言微中"的传统，"批龙鳞于谈笑，息蜗争于顷刻，而悟主解纷。"（郭子章《谐语序》）即使君主执迷不悟，这种轻松诙谐中寓针砭讥刺的方式也不会招惹杀身之祸，上文所言邢俊臣所为就是一个典型的例子。而友人之间的互嘲互谑，以及己身的自嘲自谑，能够"在失意中见出安慰，在怨苦中见出欢欣"，是"轻松紧张情境和解脱悲凉与困难的一种清凉剂。"（朱光潜《诗论》）以《夷坚三志》卷七所载的一首《青玉案》为例，词作描绘了政和间举子赴试的可怜相，词曰：

  钉鞋踏破祥符路，似白鹭，纷纷去。试盏幞头谁与度？八厢儿事，两员直殿，怀挟无藏处。　　时辰报尽天将暮，把笔胡填备员句。试问闲愁知几许？两条脂烛，半盂馊饭，一阵黄昏雨。

这首词用贺铸《青玉案·凌波不过横塘路》韵，连个别句子如"试问闲愁知几许"等也用贺铸词成句。举子赴试,风尘仆仆,趋之若鹜。欲作假挟带,以备考场中偷看,保证激烈的竞争中自己可以稳操胜券,又在"直殿"等的严密搜寻下无处藏身。考场中的几天煎熬,只有冷烛、馊饭,以及凄凉萧萧的黄昏雨相伴。腹内空空,只得胡乱搪塞。考试的结果与前景的暗淡,似乎已经可以预见。赴试、应试过程体验之真切细腻,肯定是夫子自道。欲作弊又不敢,费尽心力不成文,饮食起居多艰辛,一一道来,便有《聊斋》般的戏剧效果。自嘲中更多的是讽世。

戏谑词最忌油滑,王国维说:"诙谐与庄重二性质,亦不可缺之。"(《人间词话》删稿)就是要求寓庄于谐,亦庄亦谐。徽宗年间戏谑俗词,便时时有流于油滑的通弊,最为后人诟病。尤其是涉及歌妓舞女时,轻薄的调笑口吻处处可见,如上文例举的晁端礼的《滴滴金》。这样的戏谑词同时失去俗词的天然韵趣,堕入恶俗一流。徽宗年间的俚俗词湮没无闻,与这种创作弊病密切相关。

徽宗年间俚俗词中部分佳作所确立的对现实无情针砭的优秀传统,被南宋词人所继承。南宋社会内外矛盾加剧,词人便常常以戏谑入词,批评朝政的黑暗,如无名氏《一剪梅·宰相巍巍坐高堂》、陈郁《念奴娇·没巴没鼻》等等。辛派词人喜欢以戏谑为词已是众所周知的事实。

但是,南宋时期,徽宗年间的俚俗词更多的是人们攻击的对象,上面已经引述了《碧鸡漫志》和《词源》等所记载的资料与直接的批评。此外,徽宗年间词人的俚俗创作甚至祸及子孙。绍兴中,曹组之子曹勋出使金国,不辱使命,好事者依然作词讥刺说:"单于若问君家世,说与教知,便是《红窗迥》底儿。"(《夷坚志》卷八)北宋末年大量俚俗作品的失传,已经很难再见当年俗词创作的盛况了。

第伍章 李清照及北宋后期其他词人

在两宋时期，李清照是独一无二的。她卓然于诸大家之外，自成一体。后人无法将之归属于某一群体或流派，她那独立不羁的个性和艺术风格，新人耳目。所以，这里单独设章节，讨论李清照的前期歌词创作。

李清照的创作成就，毫不逊色于任何一位男性词人。宋代文人对李清照就已经拳拳服膺。王灼说："若本朝妇人，（李清照）当推文采第一。"（《碧鸡漫志》卷二）朱彧说："本朝女妇之有文者，李易安为首称。"（《萍洲可谈》卷中）历代众多心高气傲的文人墨客更是倾倒于她的卓越才华。"男中李后主，女中李易安，极是当行本色。前此太白，故称词家三李。"（王又华《古今词论》引沈去矜词论）将李清照与后主李煜、诗人李白相提并论，推崇至极，无以复加。清代执文坛牛耳者王士祯，也自豪地说："张南湖论词派有二：一曰婉约，一曰豪放。仆谓婉约以易安为宗，豪放惟幼安称首，皆吾济南人，难乎为继矣。"李清照俨然为婉约词的宗派大师。其他赞美之辞，比比皆是。"易安在宋诸媛中，自卓然一家，不在秦七、黄九之下。词无一首不工，其炼处可夺梦窗之席，其丽处直参《片玉》之班。盖不徒俯视巾帼，直欲压倒须眉。"（李调元《雨村词话》卷三）"李易安词风神气格，冠绝一时，直欲与白石老仙相鼓吹。妇人能词者，代有其人，未有如易安之空绝前后者。"

（陈廷焯《云韶集·词坛丛话》）"易安跌宕昭彰，气调极类少游，刻挚且兼山谷。篇章惜少，不过窥豹一斑。闺房之秀，固文士之豪也。才锋大露，被谤殆亦因此。自明以来，堕情者醉其芳馨，飞想者赏其神骏。"（沈曾植《菌阁琐谈》）李清照以其天才的文学创作、无穷的艺术魅力，确立了自己在中国古代文学史上的崇高地位。王僧保作《论词绝句》总结说："易安才调美无伦，百代才人拜后尘。比似禅宗参实意，文殊女子定中身。"（《古今词辨》）

第一节　李清照的个性与成因

宋代出现如此一位杰出的女作家，有其一定的必然性。与唐人比较，唐代也有许多女诗人，却没有一流的作家。佼佼者如薛涛，充其量也不过是二三流诗人。宋代则出现了李清照这样的超一流的女词人。究其实质，这首先与词的文体特征有关。宋词具有浓厚的女性文学之特征，词之柔婉低约的审美特征，就与古代女子的群体性格相互吻合。唐末五代北宋时期，大量的男性词人代女子"作闺音"，以女性口吻抒情达意。而且，男性词人越具女性气质，歌词就写得越出色，如秦观、晏几道等。但是，这毕竟隔了一层，有隔靴搔痒之遗憾。李清照以一女子，知音识律，用词抒写女性心灵，当然是得心应手。这就决定了歌词这种文体应该产生一位超一流的女作家，李清照于其间应运而生。

这仅仅是问题的一个方面。宋代又何以只产生李清照这样一位杰出的女性作家呢？这就与李清照独特的家庭出身、生活经历、以及因此形成的个性特征密切相关。文体的适应与个性的突出两方面结合，造就了宋代一位卓越的女性作家。

一、李清照的生平

李清照（1084—1151？），自号易安居士，济南（今山东济南市)人。李清照出生于书香门第。父亲李格非,字文叔,是当时著名的学者,"以文章受知于苏轼",继黄庭坚、秦观、晁补之、张耒等"苏门四学士"之后,与廖正一、李禧、董荣等名列"苏门后四学士",《宋史》为其立传。李格非的文学创作,受到人们相当高的推崇。南宋韩淲《涧泉日记》卷下转引他人评价说:"李格非之文,自太史公(司马迁)之后,一人而已。"虽为过誉之辞,但能说明宋人对其文章的推崇备至。《宋史·李格非传》的评价比较平实,说:"格非苦心工于词章,陵轹直前,无难易可否,笔力不少滞。"李清照的母亲王氏,则是仁宗朝重臣状元王拱臣的孙女,[①]

[①] 关于李清照母亲王氏的出身,有多种说法:《宋史·李格非传》称其是"王拱臣孙女";庄绰《鸡肋编》卷中则称李格非为岐国公王珪之父王准的"孙婿",似乎李清照的母亲是岐国公王珪之父王准的孙女。王仲闻先生《李清照集校注·附录·李清照事迹编年》辨析说:"庄绰与清照同时,且例云秦桧与孟忠厚为僚婿,与史实合,疑庄绰所言为是。"当代学者大都认可王仲闻先生之辨析。陈祖美先生的《李清照评传》也采用王仲闻先生之说,认为李清照母亲更可能是当时宰相王珪的侄女。然陈祖美先生近期又撰文,依据李清臣《王珪神道碑》所言"……女,长适郓州教授李格非,早卒"之说,断定:"王准孙女是他(李格非)的前妻,前妻早卒后,又娶王拱臣孙女为继室。"于是,史料文献中的两种矛盾记载,便可得到合理的解释。应该说,这是根据史料做出的更具说服力的判断。不过,陈祖美先生又推断:李格非在前妻去世后,曾鳏居七八年之久,李清照为前妻所生,出生后不久母亲即去世,父亲在京师为官,李清照一直寄养在原籍,与今天唯一见诸记载的小弟李远乃异母姊弟,"大约是在16岁的花季,来到父亲和继母所在的汴京'有竹堂'。"(《对李清照身世的再认识》,《文史知识》1998年第10期)这样的推断,有两点可疑之处:其一,李格非曾鳏居七八年之说没有任何史料证据。在男尊女卑的封建社会,男子早年丧偶,续弦就成为头等大事,这里不仅仅是一个人伦的问题,而且还涉及到生殖养育、广大门庭的封建孝道。所以,以常情常理推测,李格非长期过着鳏夫的生活是不可能的。其二,李清照如果早年丧母,父亲又不在身旁,孤苦伶仃地寄居在原籍,一直到16岁,怎么在李清照早年的诗词里一点也读不出"林黛玉式"的身世孤苦、凄凉,有的只是少女的浪漫、欢快。因此,我认为"李格非先娶王准孙女,早卒,再娶王拱臣孙女"之说成立。然前妻早卒,不曾生育,李格非丧偶不久后当再娶,李清照与李远都是李格非续弦王氏所生,李清照早年是幸福地生活在父母身边的。

同样出身名门，有着极高的文学修养，《宋史·李格非传》称其"亦善文"。父母双方的家学渊源，为李清照奠定了深厚的文化底蕴，缪钺先生因此称"易安承父母两系之遗传，灵襟秀气，超越恒流。"（《诗词散论·论李易安词》）

李清照大约出生于家乡济南章丘，①童年时代随父居住在都城汴京。宋徽宗建中靖国元年（1101），18岁的李清照与21岁的赵明诚结为伉俪。赵明诚是宰相赵挺之之子，以父荫，历任州郡地方官，是著名金石收藏家。婚后，夫妻伉俪情深。两人之间有相聚的甜蜜，有别离的思念。婚后第二年，即徽宗崇宁元年（1102），政坛上的风云动荡再次波及到她的家庭。这一年，徽宗受蔡京的鼓惑，决意继承父亲神宗、兄长哲宗的变法遗愿，再度全面推行新法。崇宁者，追崇熙宁之意也。李清照的父亲李格非，被打入"元祐党人"之列，赶出了京师。李清照第一次经历了生活的风波打击。崇宁二年（1103），赵明诚结束太学求学生活，出仕为官。夫妻两人有了自己的经济收入，生活变得滋润自得。

大观元年（1107）七月，赵挺之死后被罢免官职。李清照经历了再一次的生活风波打击。在政敌蔡京的指使下，朝廷大兴刑狱，因父丧去官的赵明诚兄弟锒铛入狱。所幸的是这场暴

---

① 李清照出生于宋神宗元丰七年（1084），这正是李格非奉调回京的前一年。宋代下层官员，俸禄低微，有时甚至连保证基本生活都有一定困难。有县尉曾题诗自嘲说："五贯九百五十俸，省钱请做足钱用。妻儿尚未厌糟糠，童仆岂免遭饥冻？赎典赎解不曾休，吃酒吃肉何曾梦。"（《墨客挥犀》卷二）而且，宋代一任官员考评升迁期间，一般都有进京述职或等待新任命的空闲时间，他们往往利用这段空闲时间回家探亲。很难想象此时俸禄微薄的李格非会拖着产后不久的妻子与尚在襁褓之中的幼女旅途奔波。合理的解释应该是李格非在京师生活安定之后，才将她们母女接回一起居住。此前，李清照与她的母亲一直生活在济南家乡，李清照也应当出生在家乡——济南章丘。

风疾雨很快就过去了。赵挺之的三个儿子一齐被罢免官职，赶回老家闲居。李清照陪伴着赵明诚，婚后第一次回到山东青州居住。这一次回青州，李清照与赵明诚夫妻共同乡居了十年时间。政和元年（1111）初，赵挺之夫人郭氏奏请朝廷恢复其已故丈夫被罢落的观文殿大学士之职，徽宗诏令同意。赵挺之的三个儿子，应该就是在这一年陆续恢复官职，再度跨入官场。大约在政和七年（1117）前后，赵明诚再度离家，开始了新的一轮仕途奔波生活。直到宣和三年（1121），才出任莱州郡守。这时候，赵明诚已经有能力将李清照从青州接出，到任所团聚。这一年的秋天，李清照离开居住了十几年之久的青州，风尘仆仆，前去与赵明诚相聚。依据宋代官员三年一任的惯例，赵明诚结束莱州任期后，应该是宣和六年（1124）转守淄州（今属山东淄博）。

赵明诚在淄州任所，迎来了北宋动荡乃至灭亡的最后一场大灾难。靖康年间，金灭北宋，44岁的李清照举家南渡。两年之后，赵明诚在赴任湖州途中中暑病故。在颠沛流离之中，夫妻一生辛勤收集的金石文物损失殆尽，李清照在孤苦无依的生活中结束了作为词人的一生。

以上所述，详于北宋，略于南宋。李清照南渡之后的作为，《南宋词史》还将继续涉及。

二、李清照的个性及其成因

作为一位一流的艺术大师，必须具有鲜明的个性特征，方能塑造出"这一个"，形成与众不同的风格。中国古代的女性与男性相比，更多地受到封建礼教的束缚，她们没有读万卷书的必要，没有行万里路的机会，只能静守闺中，老死牖下。"妇人专以柔顺为德，不以强辨为美也。"（司马光《家范》卷八）相比之下，古代女子更缺乏个性特征。所以，中国古代不乏女性作家，却多数是二三流的，只有李清照能够卓立于众女子之上。从李清照的一生所作所为来考察，她是一位个性鲜明、超越尘俗的女性，是一位别开生面的独创性作家。李清照能够卓立于众多女性之上，在中国历史上留下光辉的篇章，这与她始终真率地面对自己的生活，保持爽直、自由、不羁的个性密切相关。这种个性特征表现于文学创作，成为李清照跻身于一流作家行列的重要原因。

个性是一种"具有意识性"的构成物，"是由个体的活动参加于其中的客观社会关系系统的运动而产生的。"① 在这种"客观社会关系系统"中，个体通过社会活动或教育等等习染而形成个性。一个人的童年、少年、青年之成长期，同样是个性逐渐形成、最后定型的时期。个性一经形成，其内质则很难改变，所谓"江山易改，本性难移"。探索李清照个性之成因，必须把目光回溯到她早年的生活及其环境。

首先李清照有着良好的早期教育和宽松自由的家庭环境。李清照自幼便生活在一个学术空气与文学艺术空气都十分浓厚的家庭环境里，耳濡目染，李清照早年便接受了良好的家庭教育，为后来的文学创作打下坚实的基础。少女时代的李清照便显露出与众不同的艺术才华。她精通音乐，而且，还擅长书法、绘画，

---

① [苏]列昂节夫：《活动与个性》，社科院心理所编《心理学参考资料》第8期。

她的作品，明清之际还较多地见诸记载。①当然，李清照最为擅长的还是文学创作，《碧鸡漫志》卷二称李清照"自少年便有诗名，才力华赡，逼近前辈。在士大夫中已不多得。"才华横溢的李清照，在少女时代便显示出与众不同的文学天赋，也在这一阶段逐步形成了卓尔不群的个性。

历代士大夫家庭不乏聪慧的才女，却很少能像李清照那样脱颖而出。这里更关键的原因是李清照生活在一个宽松开明的家庭环境之中，天真少女之身心都得到相对自由的发展，率真的心灵较少受到扭曲。这与其父李格非的学术渊源有关。李格非为苏门"后四学士"之一，其仕途沉浮与苏轼休戚相关，流传至今的《洛阳名园记》，颇有纵横家的议论气概，与苏轼文风一脉相传。可见，李格非的学术思想、人生态度都深受苏轼的影响。苏轼所论，崇尚真情与个性，鄙视程颐等理学家所倡导的"灭私欲则天理明"等违背人之本性的伦理规范。苏轼尤其反对将人的本性与欲望割裂，他说："人生而莫不有饥寒之患、牝牡之欲，今告乎人曰：饥而食，渴而饮，男女之欲，不出于人之性也，可乎？"②苏轼所说，顺应人的自然真性，个人的语言行为乃至人格都可能得到比较健全的发展。因此，苏门师生的文学创作，较多地流露出创作主体的真情本性，经常如"万斛泉源，不择地而

---

① 明·张丑《清河书画舫》申集载："易安词稿一纸，乃清密阁故物也，笔势清真可爱。"又称："李易安、管道升之竹石"。巳集引《画系》云："周文矩画《苏若兰话别会合图卷》，后有李易安小楷《织锦回文》诗，并则天《璇玑图记》，书画皆精。藏于陈湖陆氏。"明·宋濂《芝园续集》卷十《题李易安所书〈琵琶行〉后》说："乐天谪居江州，闻商妇琵琶，揾泪悲叹，可谓不善处危难矣。然其辞之传，读者犹怆然，况闻其事者乎？李易安图而书之，其意盖有所寓。"明·陈继儒《太平清话》卷一云："莫廷韩云：'曾买易安墨竹一幅'，余惜未见。"清人所编的《玉台书史》《玉台画史》中都载有李清照之名。

② 苏轼：《扬雄论》，《苏轼文集》，卷四，中华书局1986年3月版。

出"，少有现实或世俗的顾忌。道貌岸然的理学家们对此深恶痛绝，苏轼的政敌也多以此为口实，攻击苏门师友。例如，元祐三年（1088），后来成为李清照公公的赵挺之攻击黄庭坚"恣行淫秽，无所顾惮"（《续资治通鉴长编》卷四百十一）；元祐六年（1091），杨康国攻击苏辙"所为美丽浮侈，艳歌小词"，苏轼尤过之（《续资治通鉴长编》卷四百五十五）。这与南宋人士对李清照创作的指责，如出一辙。李格非置身于苏门这样一个相对自由通脱的学术环境之中，思想意识与行为方式深受影响。表现于家庭管理与子女教育方面，李格非并不轻视或束缚女性，任随李清照自由发展身心，为李清照的成长提供了一个宽松的家庭环境。

李清照有《如梦令》词，描述自己少女时代的生活，是最好的文献资料。词云：

> 常记溪亭日暮，沉醉不知归路。兴尽晚回舟，误入藕花深处。争渡，争渡，惊起一滩鸥鹭。

这里的"溪亭""藕花""鸥鹭"都是泛指，是李清照某次出游时的所见所闻。这时，李清照应该已经来到汴京父亲的身边，歌词所写的是汴京周围某处的景色。这首词记载了李清照自在浪漫的闺中少女生活。词写自己由于醉酒贪玩而高兴忘归，最后误入"藕花深处"。由于不期而来的划船赶路少女，却把已经栖息下来的"一滩鸥鹭"吓得四下飞起。小词的笔调极其轻松、欢快、活跃，语言朴素、自然、流畅。令人诧异的是一位大家闺秀，居然可以外出尽兴游玩到天色昏黑，而且喝得酩酊大醉，以致"不辨归路""误入藕花深处"。迷路之后，没有迷途的惊慌，没有归家惟恐父母责怪的惧怕，反而又兴致勃勃地发现了

"鸥鹭"惊起后的另一幅色彩鲜明、生机昂然的画面，欢乐的气氛洋溢始终。这样自由放纵的生活对少女李清照来说显然并不陌生，也是充分地获得父母家长许可的。否则，只要一次严厉的责骂，美好的经历就可能化作痛苦的记忆。这首词显示出少女李清照的任性、真率、大胆和对自然风光的喜爱，这样的作为及个性与李格非自由的家教、家庭环境的宽松密切相关。

与李清照同时代的袁采记载说："司马温公（光）居家杂仪，令仆子非有紧急修葺，不得入门中。妇女婢妾无故不得出中门，只令铃下小童通传内外。"（《袁氏世范》卷下）如果李格非也像司马光一样，甚至像《牡丹亭》中陈腐不通的杜宝，不允许女儿到自家花园游玩，李清照当然就没有上述的机会和情趣了。即使当今社会，许多父母对未成年女儿的牵肠挂肚之管束，也要比李格非严厉，更多一些规范和戒条。遥想一千多年前，古人有如此通达开明的态度，真是令人钦佩。李清照自主、自强、自信的品格在这样的环境中缓慢形成。成年之后，李清照始终不肯"随人作计"的独立性格，对爱情的大胆率真追求与表达，就根植于早年这样的家庭环境与教育。

其次，李清照的第一次婚姻生活美满、幸福。古人通常早婚，结婚时往往性格还没有最后定型。作为一位18岁的少女，李清照结婚时性格不能说是完全成熟了。婚姻，对于任何时代的女子来说，都是生活环境的巨大改变，是人生旅程的一大转折。她们不得不结束有父母可以依傍、可以撒娇的天真烂漫的少女生活，承担起一定的家庭义务与责任，要以新的角色身份去面对陌生的公婆与丈夫。这种巨大的转变和陌生的身份，对一位稚嫩的少女来说，往往是前期的心理与经验准备不够，而显得突兀。尤其是对古代女子而言，婚姻，意味着在重重的束缚之外，又增加一条"夫权"的锁链,许多家庭因此埋下悲剧的祸根。这在封建社会是司空见惯的。婚姻状况,对女子个性的最后成型,影响至深。古代封建社会青年男女婚姻,全凭"父母之命,媒妁之言",一对彼此陌生的男女青年骤然间被组合到一起,成立一个新的家庭,相互之间在兴趣、性格、爱好、文化修养等诸多方面经常存在着巨大反差,夫妻之间很少有恩爱可言。古代女子更多的是"所嫁非偶",婚姻就是青春生活的坟墓。在婚后凄风苦雨的煎熬中,许多女子被渐渐消磨去才气与个性,憔悴枯萎,在凄凉无告中默默离去。宋代另一位著名的女词人朱淑真,就是一个典型的例子。朱淑真的才华与创作成绩在宋代女作家中仅次于李清照。她"早岁不幸,父母失审,不能择伉俪",所嫁非人,只能在断肠悲苦中吟咏自己的余生。没有这一段婚姻的不幸经历与非人折磨,朱淑真的创作成绩或许不在李清照之下。因此,李清照有了自己称心的丈夫,满意的婚姻,李清照确实是幸运的。

从李清照与赵明诚后来对待婚姻生活的态度来看,两人都是感情比较投入、比较真诚的。他们都具有率真的个性、对美好事物执着追求的纯情。他们的结合,是这种个性与纯情在现实社会中所得到的某种体现。两人真是十分的幸运。他们的婚姻,从整体格局上没有摆脱"父母之命、媒妁之言"的模式,但是,两人在婚前有了一定程度的互相了解,乃至彼此产生倾慕之情,这为他们的婚姻奠定了良好的感情基础。这在男女隔绝的封建社会里就显得非常难能可贵。中国古代封建社会里那种一见钟情、生死相恋、白头偕老、海枯石烂永不变心的催人泪下的爱情故事,只能到戏曲、小说中去寻找,只存在于文人的幻想世界之中,现实人生则要平淡实际得许多。而李清照与赵明诚这样一些朦胧的婚前感情交往,就是那个平淡实际的现实社会里的一束束火花，是平淡中的惊奇。李清照与赵明诚的婚姻，虽然不如戏曲、小说中的故事来得离奇，却完全可以套用一句老话："有情人终成眷属"。

李、赵二人情趣十分相投，婚后生活美满。他们节衣缩食，共同收集金石古玩，校勘题签，以读书为娱乐。夫妻诗词唱和，堪称神仙眷侣。崇宁初，李格非入"元祐党籍"，政治上遭受迫害打击，赵挺之则附和蔡京新党，成为朝廷新贵。在这一场政治风波中，李清照与赵明诚的政治倾向也完全相同，一起站在"元祐党人"的一边。李清照向赵挺之进言说："炙手可热心可寒""何况人间父子情"。赵明诚政治态度同样明朗。陈师道《与鲁直书》说："正夫有幼子明诚，颇好文义。每遇苏、黄诗，虽半简数字必录藏，以此失好于父。"（《后山居士集》卷十四）李清照作于晚年的《金石录后序》，以大量的篇幅回忆与赵明诚情投意合的恩爱生活，夫妻深情，款款流露。

相对美满、幸福的婚姻生活，为李清照的个性持续发展提供了又一种良好的氛围环境。李清照对生活更加充满信心，其自主、自强、自信的性格最后定型。终其一生，这种性格品质没有改变。

三、自强自信个性的表现

虽然李清照幸运地获得了父母之爱和丈夫之爱，但她仍然无法摆脱那个窒息女子才华的社会给她带来的无形压力。李清照从来都是以强烈的自信与之做不屈的抗争。她的《渔家傲》最能说明这种个性特征，词云：

> 天接云涛连晓雾，星河欲转千帆舞。仿佛梦魂归帝

所，闻天语，殷勤问我归何处？　　我报路长嗟日暮，学诗谩有惊人句。九万里风鹏正举。风休住，蓬舟吹取三山去。

李清照通过写梦游太虚、谒见天帝来抒写现实中的内心苦闷，并表露出自我的倔强追求。今夜的梦境是奇特的，天空中弥漫着云涛与晓雾，变成了云雾蒙蒙的朦胧世界。在恍惚之中，词人已经置身于天上银河如此一个虚无飘渺的神话世界里，迷蒙的银河中闪烁的群星如同挂满蓬帆的航船，点点片片飞舞。词人的梦魂似乎就是乘此"星帆"进入天帝的居所，受到天帝的热情接待。天帝的殷勤问语，表明词人是天上"谪仙"似的人物，是天之骄子。事实上，这还是李清照自信、自强个性的流露。李清照自视甚高，人称李白为"谪仙"，李清照就是以此自拟。"归何处"的问语，又流露出李清照在现实世界中的迷惘彷徨。今夜星河弥漫的浓浓云雾，似乎又成为现实世界的一种投影。现实人生路途漫漫，暮色沉沉，云雾重重。李清照在庞大的现实阴影下奋力地挣扎，但世乏知音，"学诗谩有惊人句"，孤独寂寞感油然而生。这是脱落了少女、少妇时代的天真无邪、单纯幼稚之后的人生感受，其中凝聚着词人丰富的人生阅历，充满着现实生活中频遭挫折的悲剧感。倔强的李清照并不甘心在这种寂苦中沉默，而是依恃天帝的鼓励，如鲲鹏展翅，欲乘风高飞远举，奔向理想中的"三山"仙境。李白说："大鹏一日同风起，抟摇直上九万里。"（《上李邕》）李清照就是有李白那样开阔的胸襟、强烈的自信，以及卓然于世俗之上的优越感。后人以李清照比拟李白，两者之间在个性方面也有极其相似的地方。梦境中的天帝，其实就是李清照自强不息的个性，支撑着她永不向命运之神低头。南渡之后的李清照，国破家亡，丈夫去世，孤独一身，晚景凄凉。又受到再婚与离婚的打击，频频遭受世人冷眼，心境趋于灰冷。再也没有"九万里风鹏正举"的豪情和自信。所以，这首词也不可能作于南渡之后。

　　李清照这种自强自信的个性，与"女子无才便是德"的封建规范相违背，李清照与现实观念、周围社会的碰撞、冲突也就不可避免，在现实生活中表现为种种叛逆的方式。简单梳理，大约有以下五个方面：

　　第一，李清照敢于作诗讥刺公公赵挺之，以下犯上。崇宁元年定"元祐党籍"，赵挺之时官尚书左丞，为朝廷执政之一，乃当朝新贵。李清照诗"炙手可热心可寒"，化用杜甫《丽人行》"炙手可热势绝伦，慎莫近前丞相嗔"，以杨国忠比拟赵挺之，官职身份相当。杨国忠是历史上遭人唾弃的祸国奸臣，应该为导致唐朝由盛转衰的"安史之乱"负相当的责任。李清照的大胆比拟，完全无视上下尊卑的家庭等级观念，其大义灭亲的勇气，令人瞠目。袁采《袁氏世范》卷上说："有小姑者，独不为舅姑所喜，此固舅姑之爱偏。然为儿妇者，要当一意承顺，则尊长久而自悟。或父或舅姑终于不察，则子为妇，无可奈何。加敬之外，任之而已。"李清照所为与之公然相背。

　　第二，李清照始终关切国事，不愿默守闺中。上诗赵挺之，是对徽宗年间的政坛发表意见。南渡以后，面对沦陷的北方家乡，李清照更是难以抑制内心的忧愤。她以沉痛悲愤的心情写下了"南来尚觉吴江冷，北狩应知易水寒"的诗句。对小朝廷君臣的软弱恐惧、屈辱退让，李清照愤恨满腔，她以典故讥讽说："南渡衣冠欠王导，北来消息少刘琨。"同时，她以历史英雄人物鼓舞时人斗志，《乌江》说："生当作人杰，死亦为鬼雄。至今思项羽，不肯过江东。"朱熹批评说："如此等语，岂女子所能？"（《朱子语类》卷一百四十）正是立足于性别歧视的立场，不满李清照的锋芒毕露，恰好从相反的角度突出了李清照的叛逆性格。

第三，李清照在《词论》中敢于批评男人世界中之名流。宋代重文轻武，许多著名文人兼为朝廷重臣，誉满国中，如晏殊、欧阳修、苏轼等。李清照则从不随众，她以"知音"的身份，冷静分析词坛名家的创作，一一指出他们的疵病之所在，笔锋涉及苏轼、秦观、黄庭坚、王安石等16位词人，其中许多是父执长辈。

第四，李清照晚年的再嫁与离异。李清照在绍兴二年（1132）夏再嫁张汝舟，婚后便发现"以桑榆之晚节，配兹驵侩之下才"①的错误，毅然讼张汝舟妄增举数入官，②与之离异。李清照再嫁至离异，为时不过百日。这一段史实，有李清照的自述，史籍中也言之凿凿。后人曲为之辩，否认李清照再嫁的事实，都没有令人信服的确证。另外许多学者也列举大量宋人再嫁的实例，以为李清照再嫁的旁证，具有相当说服力。然而，北宋自司马光便倡导"忠臣不事二主，贞女不事二夫"（《家范》卷八），至程颐甚至说"饿死事极小，失节事极大"。要求寡妇守节的呼声越来越高，伦理规范也越来越不通人性，越来越严厉。北宋中叶以后，士大夫家妇女少有再嫁者。唐代公主再嫁者28人，宋代除宋初的秦国公主以外，以后公主八十余人没有再嫁者。③李清照

---

① 李清照：《投翰林学士綦崇礼启》，王仲闻校注《李清照集校注》，卷三，人民文学出版社1979年版。
② 李心传：《建炎以来系年要录》，卷五十八。
③ 董家遵：《从汉到宋寡妇再嫁习俗考》，高洪兴等编《妇女风俗考》，上海文艺出版社1991年版。

在这种社会风俗的转变之中，再适张汝舟，继而讼夫离异，举止确实惊世骇俗，故后代学者对此屡生疑问。但是，这种行为方式，恰恰与李清照的个性相一致。

第五，文学创作独辟蹊径，敢于流露真感情，将内心世界坦陈在作品之中，自成一家。李清照真率地描写自己少女时期欢快的生活和对爱情的朦胧向往，尤其是婚后毫不遮掩地将对丈夫的爱恋、思念之情倾诉于笔端，招致"自古搢绅之家能文妇女，未见如此无顾藉也"（《碧鸡漫志》卷二）的斥责。无论是对李清照持推崇或贬斥态度的评论家，都异口同声地肯定李清照词"往往出人意表"（朱彧《萍洲可谈》卷中），"创意出奇如此"（罗大经《鹤林玉露》卷十二），"独辟门径"（陈廷焯《白雨斋词话》卷二）等等。李清照文学创作之巨大成功，相当大程度上得力于她"无顾藉"的个性。如果李清照稍稍堕入"温良恭俭让"的魔道，文学史上必将少一位光彩耀人的女作家。

李清照在她的那个时代是独一无二的。陆游《夫人孙氏墓志铭》载云："夫人幼有淑质。故赵建康明诚之配李氏，以文辞名家，欲以其学传夫人。时夫人始十余岁，谢不可，曰：'才藻非女子事也。'"（《渭南文集》卷三十五）一位女童竟受封建礼教毒害如此之深。李清照的前前后后，有多少才华横溢的女子，在封建礼教的扼杀之下个性泯灭，被默默吞噬。只有倔强自信的李清照留芳青史，李清照是幸运的。

第二节 李清照前期词作

李清照存词47首。她的诗和散文也都有较高成就,但却以词著称于世。她的词以金兵攻占汴京为分界线,约可分为前后两个不同历史时期。前期,她的词爽朗明快,善于描写自然景物,反映爱情生活,歌唱离情别意。南渡以后,她备尝国破家亡与颠沛流离之苦,生活视野有所扩大,词的内容多为思旧怀乡或反映个人身世的今昔之感,对国家前途与民族命运的关怀也时有流露。其过于凄苦哀伤之情调,是那个时代与家国苦难在歌词中艺术地体现。

"国家不幸诗人幸,话到沧桑句便工。"应该说,最能体现李清照词的思想深度和艺术成就的作品出现于南渡之后。然而,李清照卓越的艺术才华,在前期词作中同样有着熠熠闪光的表现。词人之大胆真率的心灵描写和清丽自然、流转如珠的语言运用等艺术特色,也贯穿于前后期词作之中。纵观李清照的前期词作,大致表现了她闺中少女的生活情怀、婚姻的甜蜜与夫妻的深情、对丈夫的别后相思等几方面内容。

一、少女烂漫情怀的表露

少女李清照纯真、自由的个性,充分地展露在对自然山水的喜爱中。有了《如梦令·常记溪亭日暮》的叙述，就可以知道少女李清照外出游玩是比较随意、尽兴的。家庭的诗书教育是一个方面，山水景物的陶冶成为李清照早期教育的另一个方面，这就培养了李清照对生活的热爱与极其敏捷独到的审美感受能力。李清照总是欢欣鼓舞地投入到大自然的怀抱之中，品赏美丽的景色风光，生活是如此的美好而灿烂。《怨王孙》说：

湖上风来波浩渺，秋已暮、红稀香少。水光山色与人亲，说不尽、无穷好。　莲子已成荷叶老，清露洗、苹花汀草。眠沙鸥鹭不回头，似也恨、人归早。

文人墨客向来有"悲秋"的传统，所谓"悲哉秋之为气也"。面对秋天枯萎憔悴的花草，萧条冷落的景色，人生不如意之事就会涌上心头，多愁善感的文人不免就凄凄惨惨、唏嘘感涕、伤心不已。宋代之前，只有极个别心胸开阔的诗人跳出"悲秋"的传统，以欣喜的眼光赏识着秋天的美景。中唐诗人刘禹锡一生频遭挫折，却始终不改倔强刚硬的个性，他对秋天的景色就有另外一幅眼光，《秋词》说："自古逢秋悲寂寥，我言秋日胜春朝。晴空一鹤排云上，便引诗情到碧霄。"晚唐诗人杜牧出身名门，才华出众，自视甚高，一生积极想有所作为，他对秋日景色也有另一番赏识，《山行》说："远上寒山石径斜，白云生处有人家。停车坐爱枫林晚，霜叶红于二月花。"

李清照作为女子世界中的豪俊，其豁达的胸襟、爽朗的个性、开阔的视野，毫不逊色于前辈优秀诗人。面对"红稀香少"的暮秋季节，词人不是在为荷花稀落、荷叶枯萎等流逝的风光景色而惋惜感伤，而是兴趣盎然地与"水光山色"相亲，品尝大自然"无穷"的美妙，以充满诗意的画笔勾勒出一幅优美动人的深秋湖面风景图。这里，湖水浩渺，波光粼粼，清澈的绿波与岸边的"苹花汀草"掩映成辉。整个画面的色调清新秀丽，景物疏落有致。少女的欢欣，使得"莲子已成荷叶老"的深秋湖面也透露出勃勃生机。词人是这样地喜爱自然山水的美好风光，以至流连徘徊，依依难舍。然而，词人却转折一层表达，不直接写自己流连忘返的情思，而是写"眠沙鸥鹭"对早早归去游人的埋怨，以表述自身对"水光山色"的无限依恋之情。可以设想，词人今天又是一次"兴尽晚回舟"，临别之际却再度留恋，词人完全陶醉于迷人的风光景色之中。只有感觉到现实生活的美好灿烂，对现实生活充满了热情，对未来充满了信心，词人才会用如此轻灵欢快的笔调去描绘暮秋景色，以如此爽朗开阔的胸襟去拥抱自然。

李清照一生中留下了许多题咏花卉的词作。这些作品同样显示出词人对自然景色的无限喜爱之情，对美的事物的敏锐捕捉与表达能力。品味词作情调，其中一些比较舒畅欢快的作品，应该是少女时候的创作。如一首《渔家傲》说：

> 雪里已知春信至，寒梅点缀琼枝腻。香脸半开娇旖旎。当庭际，玉人浴出新妆洗。　　造化可能偏有意，故教明月玲珑地。共赏金尊沉绿蚁。莫辞醉，此花不与群花比。

这首词写雪里赏梅的情趣，突出雪梅晶莹的外观和高洁的品格。在大雪覆盖的严寒冬季，透过雪中一枝"寒梅"，词人已经感觉到"春信"的即将来临。少女的欢快和浪漫，洋溢在这酷冷的日子里。为了好好端详这一片雪白背景中独自傲放的"寒梅"，词人准备了"金尊"美酒，放怀畅饮。冬日的景色，因这一枝"寒梅"而平添数分"旖旎"风光，变得妩媚多姿。词人以

"玉人新浴""新妆"写"寒梅"的净洁、清丽、高雅,对此"寒梅"同样流连忘返,以至明月升起,天地间一片晶莹玲珑剔透。"此花不与群花比",雪里"寒梅"的秀丽、高洁、孤傲,都是超然于群芳之上,这又隐隐是少女李清照卓然独立、桀骜不驯性格的写照。对生活充满了热情向往的少女李清照,在她的笔下,写秋景而不萧条,写冬景而不严酷,处处挥洒着少女的青春活力。

李清照少女浪漫的情怀,还展现在对未来爱情的朦胧追求上。她的《点绛唇》词,隐约透露出李清照与赵明诚这两位对幸福爱情与婚姻充满了憧憬的青年男女,婚前曾利用机会彼此见过面。词说:

蹴罢秋千,起来慵整纤纤手。露浓花瘦,薄汗轻衣透。

见客入来,袜刬金钗溜。和羞走,倚门回首,却把青梅嗅。

李清照的闺中生活真是无忧无虑,充满了开心与欢乐。这首词的上片描写少女李清照荡秋千尽情嬉戏的场面。自由自在的少女宛如一只快乐的小鸟,在"露浓花瘦"的暮春季节,气候冷暖适宜,着"轻衣"而荡秋千,以至浑身"薄汗",玩得酣畅淋漓。下片写外客来访、李清照匆忙躲入闺中这样一个忙乱的小场面。"蹴罢秋千",稍作休息,却正好碰上了客人来访。为了躲避外客,慌张不知所措到"袜刬金钗溜"。像李清照这样大胆、真率、任性的少女,有如此过度的害羞与紧张,暗示着来客与她有着密切的关系。李清照毕竟不同一般少女,临进闺房之门的一刹那,她寻找借口"倚门回首",峰回路转,佯装"却把青梅嗅",暗地里端详来客。"青梅"的细节描写则将李清照如此忙乱慌张的原因点破,原来客人就是她"青梅竹马"的未来夫君。这一"回首",再次显示出少女李清照的任性和与众不同。赵明诚是李清照的同乡,两人从小不一定玩耍长大,"青梅"的典故是一种诗意夸张的运用。但这里典故用得天真、俏皮,闺中少女的羞怯、活泼与对未来夫婿的心仪,尽在这一"回首"中。所以,清代李佳称"倚门回首,却把青梅嗅"之句"酷肖小儿女情态"(《左庵词话》卷上)。

这首词脱胎于晚唐韩偓的《偶见》,诗曰:"秋千打困解罗裙,指点醍醐索一尊。见客人来和笑走,手搓梅子映中门。"韩偓的诗场面比较单一,李清照词的描写则深入细腻、生动活泼得多了。后人仅仅依据这首词的"词意浅薄",词中女子的举止不像是名门闺秀,而与市井妇女之行径相似,便否定这是李清照的作品,这样的推断是不能成立的。李清照一生中写过许多被同时代封建迂腐夫子们骂为"闾巷荒淫之语,肆意落笔"(《碧鸡漫志》卷二)的大胆率真的好词,体现了李清照独立不羁的个性。所以,在没有确凿证据之前,应当仍然将此词认定为李清照即将出嫁时的作品。李清照的父母,就是没有拿封建的条条框框去约束、规范他们的女儿,这再一次说明李清照的少女生活是健康幸福、自由自在的,她的大方开朗性格就是这种家庭教育环境的产物。

二、闺中寂寞情绪的表达

在父母的温馨呵护下、在有着浓郁文化气息的家庭环境中、在风光秀美的湖光山色景致里,无忧无虑长大的李清照,对美的事物有一份独特的敏锐和细腻的情感，这一切同时也培养了李清照感情的丰富细腻。随着年龄的增长、性别的觉醒，少女李清照少了一些天真烂漫，多了一些难以言说的心事。面对春去秋来的景色，李清照渐渐变得娴静而更多一份婉转的深思。闺中生活是自由的，但也不能免除少女内心深处的寂寞。《浣溪沙》说：

小院闲窗春色深，重帘未卷影沉沉。倚楼无语理瑶琴。

远岫出云催薄暮，细风吹雨弄轻阴。梨花欲谢恐难禁。

独处小院，独对闲窗，春色深深，词人领略了一份不可捉摸的寂寞孤单。"重帘未卷"，是词人没有心思、没有情绪的结果。而重帘遮挡之后，闺中光线越发昏暗，词人的寂寞又更深了一层。这样无言的寂苦，只好通过"理瑶琴"来排遣。"理瑶琴"，是少女李清照所接受的早期教育的一个方面，是她的日常活动之一。从李清照后来的所作所为来看，她十分精通音乐，早期的全面教育为她奠定了良好的基础。词人倚楼之际，还看见室外薄暮时候缕缕缠绕于远山的云絮，微风吹拂下的蒙蒙细雨。敏感的少女立即联想到：春色已深，春光将逝，在这风雨之中，梨花恐怕要纷纷飘谢了。户外景色的逐渐暗淡，春天美景的逐渐凋零，使少女心头那一丝丝飘忽的愁绪更加拂之不去了。一味的天真烂漫，反而显得肤浅。有了这一缕缕说不清楚的愁绪纠缠，少女李清照显示出安闲宁静的一面，李清照成熟了。

李清照此时会留恋自己喜爱的即将消逝的春日美景，惋惜美好时光的短暂，这闺中寂寞愁绪的背后，隐然飘荡着一丝少女

"思春"的情怀。《如梦令》说:

　　昨夜雨疏风骤,浓睡不消残酒。试问卷帘人,却道"海棠依旧"。"知否?知否?应是绿肥红瘦!"

　　昨夜一场"雨疏风骤",摧残海棠,催送春天归去,敏感的词人不用到户外观察,用细腻的心灵去感觉,就能知道肯定是一幅"绿肥红瘦"的狼藉景象。以淡淡的愁怀去体察自然景致的细微变化,也是由词人的特定心境决定的。昨夜的饮酒入睡,是否有什么宽慰不了的私人情怀呢?结合下文对春日景色渐渐离去的着急,不难体会出少女对自己虚度闺中光阴的焦虑。"伤彼蕙兰花,含英扬光辉。过时而不采,将随秋草萎。"(《古诗十九首·冉冉孤生竹》)这一份对青春美好年华的珍惜,是古往今来的感情敏锐细腻的女子所共有的。古代女子的唯一好出路就是寻觅到一位如意郎君,嫁一位好丈夫。所以,少女珍惜青春年华之时,就抑制不住内心的丝丝缕缕的"思春"情怀,李清照也不例外。日后,李清照对自己的婚姻有如此深沉的一份情感投入,在早期这些伤春伤怀的作品里已经可以看出端倪来了。这首词的构思也十分巧妙,词人用对话构成情感的递进深入,用粗心的"卷帘人"来反衬自己的敏感细腻,将少女幽隐不可明说的情怀含蓄展示在读者的面前。

　　词中所表达的意境,前人、今人诗词中也屡屡涉及。盛唐孟浩然《春晓》说:"春眠不觉晓,处处闻啼鸟。夜来风雨声,花落知多少?"春眠是舒适的,酣恬沉睡的诗人不知拂晓已到,是处处啼鸟声惊醒了诗人。春天清晨的勃勃生机透过"啼鸟声"显露出来。醒来后,诗人立即想起昨夜的风雨,于是便关心有多少花瓣被摧落。诗人听闻啼鸟声的欣喜,对落花的关心,都表现了对大自然的热爱。这首五言绝句着重表现的是抒情主人公春晓之际的舒适甜畅,语意缓缓,对"花落"的担忧也是淡淡而来,渐见深情的。晚唐韩偓将这一番诗意改用问句表达,《懒起》说:"昨夜三更雨,临明一阵寒。海棠花在否?侧卧卷帘看。"对落花投以更多的关注,但"侧卧"的从容姿势说明诗人的心情并不那么紧张迫切。与李清照同时的大词人周邦彦也有过类似的艺术构思,其《六丑》说:"为问花何在?夜来风雨,葬楚宫倾国。"吐辞典雅的词人,将落花比拟作"楚宫倾国"般的美人,语意又婉转一层。李清照的词显然直接从韩偓作品中变化而来。这种被他人反复表述过的诗意,李清照出之以全新的构思。对话的双方身份明确了,反衬的作用更加明显。"绿肥红瘦"的比拟,令人耳目一新。小词用语浅近平白,语意却深沉含蓄,表现了花季少女的朦胧淡约愁思。宋人对这首词就非常赏识,《苕溪渔隐丛话》前集卷六十说:"近时妇人能文词如李易安,颇多佳句。小词云:(词略),'绿肥红瘦',此语甚新。"《藏一话腴》甲集卷一则说:"李易安工造语,如《如梦令》'绿肥红瘦'之句,天下称之。"

这样朦胧淡约的愁思,在李清照其他一些游赏景物的小词中也时时流露。《浣溪沙》说:

　　淡荡春光寒食天,玉炉沉水袅残烟。梦回山枕隐花钿。

　　海燕未来人斗草,江梅已过柳生绵。黄昏疏雨湿秋千。

寒食清明,春光融和,春风和煦。这是闺中少女一年中最忙碌、最欢快的季节,可以招呼女伴一起踏青出游,或斗草比试,或荡秋千嬉戏。江梅虽已凋残,杨柳又是依依,景色秀丽宜人。然而,一丝拂之不去的愁绪缭绕于词人的心头。从清晨玉炉沉香的袅袅残烟里,从依恋"山枕"而久久回味的昨夜梦境中,少女淡淡的愁思隐约可见。春日里,有什么事情能令性情活泼欢快、生活自由自在的李清照发愁呢?大约就是到了性别觉醒年龄的少女的思春情怀了。昨夜的梦境恐怕也与这样一位心目中的如意郎君有关。词人不明明白白地将愁绪的具体所指道破,少女有少女的害羞、矜持,词人只是通过黄昏时刻、疏雨稀落、打湿秋千如此一幅迷蒙的画面,将深藏心底的愁绪略略说出。待字闺中、到了嫁娶年龄的李清照,由于这一份少女的思春情怀,少了一些早年的雀跃,而显得娴静成熟。

李清照毕竟是开朗活泼、大胆真率的,她很少也不愿意受封建礼教的规范。对少女内心最羞于启齿、最隐秘的那份思春情感,有时竟然脱口而出。《浣溪沙》说:

绣面芙蓉一笑开,斜飞宝鸭衬香腮。眼波才动被人猜。

一面风情深有韵,半笺娇恨寄幽怀。月移花影约重来。

词写一位获得爱情滋润因而显得熠熠生辉、艳丽照人的青春少女幽会前后的情感体验。期待幽会时的喜不自禁、幽会后的寄信重约再见日期,都说明这次幽会给女主人公带来非常甜蜜的感受。上片写幽会前少女的动人情态:面如芙蓉,清丽秀美,掩饰不住的内心喜悦化作满脸灿烂的笑容。尤其是斜靠在"宝鸭"香炉上默默回味爱情的甜美时的那秋波一转,更是将心底的秘密暴露无遗。"眼波才动被人猜"一句,得历代评论家的赏识,清人田同之称其"真色生香"(《西圃词说》)。思春少女娇媚、多情的神态，被词人绘声绘色、惟妙惟肖地刻画出来。下片写幽会回来之后的情思。满脸的"风情"韵致，说明这位少女还沉浸在幽会的甜蜜之中。才分手不久，立即对意中人思念不已，分别的愁恨便阵阵涌来。于是，少女将这"娇恨"写入信笺，寄予对方，焦急地重约在"月移花影"的朦胧美好夜晚再度相见。词人非常巧妙地将笔墨落在幽会前后的期待与回味之描写上，而将幽会的过程轻轻地放过。既含蓄隐约，又细腻深入地写出思春女子情感体验、情态表现的丰富多彩。因为幽会时的喜悦与幽会前后的情感微妙变化相比，反而显得单调。

李清照本人是否真正经历了这样一场甜蜜的幽会，还值得商讨。或许这仅仅是李清照借题发挥的题咏之作，然其中必然渗透了李清照的个人情感体验，或者说是她对美好爱情的向往。儒家卫道士往往由于这首词的感情写得过于流露而否定其为李清照的作品，这正是不理解李清照大胆真率、独立自信的个性而造成的误会。

三、夫妻款款深情的展现

"有情人终成眷属"，李清照夫妻因此有了婚后的一段甜美时光。婚后两年以来共同爱好的培养、彼此的爱慕、时而分离的思念，都加深了两人的情感。与心爱的丈夫朝夕相处，李清照时时表现出楚楚可爱、娇媚依人的神情。她的词记录了这段生活与情感。《减字木兰花》说：

> 卖花担上，买得一枝春欲放。泪染轻匀，犹带彤霞晓露痕。

怕郎猜道，奴面不如花面好。云鬓斜簪，徒要教郎比并看。

李清照喜爱梅花，常常通过咏梅自我比拟。这首词不是咏梅词，却仍然以梅花的形象比喻自己。春天的时候，从卖花担上买得一枝含苞欲放的梅花，鲜艳的花瓣上还带着薄薄的晨露。青春妙龄的少妇李清照，买花是为了赏花，是对美的欣赏；同时也是为了装饰自己，珍视自己的青春年华。花季女子，最爱美丽的鲜花。这时候的精心化妆，当然是为了博得丈夫赵明诚的赏识，所以，买花、戴花的动作中又多了一层对幸福爱情执着追求的含义。一心想获得丈夫全部爱情的女子又是"小心眼"的，她会对周围一切与自己比美的事物发生莫名其妙的嫉妒，这种嫉妒又转过来表现她对丈夫的深爱。因此，买得鲜花的李清照，忽然多出了一个心眼：不知丈夫是否会更赏识这梅花，认为"奴面不如花面好"。对自己青春容颜充满信心、争强好胜的李清照，便一定要与梅花比个高低，特意将梅花"云鬓斜簪"，让丈夫仔细端详，究竟谁更漂亮。通过这种对丈夫撒娇的动作，表现出小夫妻之间的亲昵和温情。充满了自得、自信的语气里，透露出李清照婚后的愉悦欢欣。实际上，李清照并不担心丈夫分心到梅花上，只不过借这样一个题目与丈夫逗趣撒娇。少妇的柔情婉娈在这些夫妻日常生活画面中得到徐徐展示。

赵万里辑《漱玉词》时，又以"词意浅显"为理由，否认这是李清照的作品。其实，李清照众多作品皆深得民歌风韵，活泼清新。"易安体"之清丽自然的特色，就是从民歌中汲取了相当的养分。这首词从民歌中脱胎而出的痕迹非常明显。唐无名氏词

《菩萨蛮》说:"牡丹含露真珠颗,美人折向庭前过。含笑问檀郎,花强妾貌强?　檀郎故相恼,须道花枝好。一面发娇嗔,碎挼花打人。"李清照用其意,语言变得相对雅丽。在写夫妻日常生活甜蜜恩爱的同时,突出了自己自信、争强的个性,这与李清照的为人非常吻合。

与《减字木兰花》格调、语意相近的小词还有《丑奴儿》,清代王鹏运四印斋本《漱玉词》注也认为这首词"词意肤浅",不像是李清照的作品。这类猜测如果没有证据的话,都不足为凭。这首词说:

晚来一阵风兼雨,洗尽炎光。理罢笙簧,却对菱花淡淡妆。

绛绡缕薄冰肌莹,雪腻酥香。笑语檀郎,今夜纱橱枕簟凉。

闺中少妇的日常生活是平淡的,无非是梳妆、弹琴等一些琐碎小事,而且每日重复。但如果有了一位心爱的夫君常伴身旁,平淡的生活将闪耀出奇异的光彩,一切琐事都将蕴涵着夫妻绵绵的情谊。李清照就是选择了这样一个日常生活画面来写夫妻生活的无穷乐趣。这是一个酷热的夏季,黄昏时刻一阵的"风兼雨",消除了大地的炎热,带来了夜晚的清爽凉快,李清照与赵明诚有了一个纳凉消闲的好时光。于是,李清照对夫君而"理笙簧",这是李清照从少女时代以来就喜欢的日常消遣。在自己心爱人的面前,又不免格外投入。一次演奏结束,恐怕是"薄汗轻衣透",脸上妆饰略显凌乱。李清照兴致勃勃,她仍然不想卸妆入寝,仍然想延续与赵明诚倾心相对的旖旎时光。她便对着"菱花"镜子再施"淡淡妆",时时要以最光彩美丽的形象出现在丈夫面前。"女为悦己者容",对镜梳妆,丈夫在身后偎依相看,这是夫妻生活中多么亲昵甜蜜的小场景!妆饰完毕,穿着"绛绡缕薄"的丝织衣裳,如冰雪般洁白晶莹的肌肤隐约可见,阵阵"酥香"淡淡传来,赵明诚一定会陶醉其中。下片开头两句的描写,是李清照对自己肤容美貌的非常珍视与自信。女子梳妆打扮之后,总是要好好自我欣赏一番,这大约是古今相通的。而李清照的这一份珍视与自信,就与欣赏她、热爱她的丈夫赵明诚密切相关。只有在心爱与爱她的异性之前,今夜的梳妆、穿着、美丽,才有其特殊的意义。古代女子"出嫁从夫",一生中只能面对这样一位特定的异性,如果没有丈夫的爱意和赏识,对一位妻子的容貌自信与生活兴致都将是极大的打击,她将只能在"雨横风狂"的环境中默默地"泪眼问花"。李清照是幸福的。所以,她又能够"笑语檀郎,今夜纱橱枕簟凉"。今夜的凉爽,将宜于寝眠入睡,其中暗示着夫妻的欢娱恩爱。李清照就是这样真诚大胆,闺中亲昵语、亵狎语敢于形诸笔端,她是在由衷地表达恩爱夫妻生活的无穷乐趣。与李清照同时代的王灼在《碧鸡漫志》卷二里斥责李清照说:"闾巷荒淫之语,肆意落笔。自古搢绅之家能文妇女,未见如此无顾藉也。"指的就是这类语言的作品。而李清照能够卓然于纭纭女子之上,成为文学史上不朽的作家,也得力于她的真性情与坦率大胆。

李清照现存唯一的一首咏牡丹花之作《庆清朝》,语调从容和缓,对雍容富贵、秾艳盛丽的牡丹充满着赞叹之情,与词人这个时期的生活格调相侔。词说:

禁幄低张,彤阑巧护,就中独占残春。容华淡伫,绰约俱见天真。待得群花过后,一番风露晓妆新。妖娆艳态,妒风笑月,长殢东君。　　东城边,南陌上,正日烘池馆,竞走香轮。绮筵散日,谁人可继芳尘?更好明光宫殿,几枝先近日边匀。金尊倒,拚了尽烛,不管黄昏。

上阕正面咏花,写出牡丹的容颜、姿态、仪表、风貌、神采。牡丹是娇贵的,需要有低低垂挂的帷幕和朱红栏杆的悉心精巧呵护。这样,在暮春时节群花凋零之际,牡丹才能艳丽开放,"独占残春"。唐人皮日休《牡丹》说:"落尽残红始吐芳",李清照用其诗意。牡丹绽放时的美丽是天然的,她容颜淡雅,姿态柔婉,纯真无暇。"待得群芳过后",风吹露洗,牡丹如同拂晓新妆的美人,更加显示出清丽妩媚的迷人姿容。这二句也是对"就中独占残春"的详细解释。"妖娆艳态,妒风笑月,长殢东君",惟独牡丹盛开之际才有这番艳丽雍容的仪态。在风月丛中,在春天的相伴之下,牡丹傲然怒放。从唐朝以来,人们就有倾城观赏牡丹的习俗。唐人刘禹锡《赏牡丹》说:"唯有牡丹真国色,花开时节动京城。"北宋邵雍《洛阳春吟》也说:"须是牡丹花盛发,满城方始乐无涯。"所以,下阕就转写满城赏花的盛况。"东城边,南陌上",赏花的人群熙熙攘攘。人们或者乘坐"香轮"小车,竞相奔走,观赏牡丹;或者张罗"绮筵",歌舞相随,花中作乐。池塘四周,别馆旁边,牡丹盛开之处都笼罩在和暖的阳光之中,也被兴致勃勃的人群"烘"挤得分外热闹。"绮筵散日,谁人可继芳尘"二句是过渡,从民间的纵情狂欢过渡到宫廷的高雅清赏。当宫外的牡丹渐渐开尽,游人渐渐散去,喧闹渐渐消逝,宫中的牡丹依然匀称地开放着。宫内依然可以举"金尊",点红烛,"不管黄昏"的到来,尽情赏花。汉朝有宫有殿，俱名明光。《三辅黄图》卷二引《关辅记》说："桂宫在未央北，中有明光殿。"卷三又说："明光宫，武帝太初四年秋起，在长乐宫后，南与长乐宫相连属。"后世用来泛指皇家宫殿，苏轼《虢国夫人夜游图》说："金鞭争道宝钗落，何人先入明光宫？"李清照这里用来代指北宋京城汴梁。所以，这首词非常可能作于与赵明诚一起居住京城的这段时间内。

四、婚后离情别思的抒发

李清照的婚姻是幸福的，因此，词人更加不堪忍受离别相思的折磨。南渡以前，赵明诚需要求学、求仕，需要离家奔波，夫妻离别是不可避免的。作为一个感情细腻丰富、渴望获得异性爱情的女性作家，李清照内心的离愁别恨汹涌而来，留下了诸多脍炙人口的名篇佳作。

北宋年间，李清照与赵明诚有过多次离别。新婚燕尔，李清照夫妻都居住在汴京，但是，赵明诚当时还在太学读书，平日寄居在校舍，只有初一、十五等日子方可请假回家。这一对涉世未深的青年男女，刚刚品尝了新婚的情爱，就不得不分手。相聚短暂，分别日久，使纯情的李清照第一次咀嚼了离别的苦涩滋味，写下了许多动人的抒写相思别离的词章。《怨王孙》说：

> 帝里春晚，重门深院，草绿阶前。暮天雁断，楼上远信谁传？恨绵绵。　　多情自是多沾惹，难拚舍。又是寒食也。秋千巷陌，人静皎月初斜，浸梨花。

这首词写春暮时节闺中独处的寂寞，相思怀人之意，含蓄透露。"帝里"，即指当时的都城汴京。这表明词人当时也居住在京师，那么，这一段分别的痛苦，应该是赵明诚寄居太学斋舍、闭置不出而带来的。爱人不在身边，闺中寂寞无聊，又正是花红衰败、"草绿阶前"的暮春时候，闺中少妇更提不起兴趣外出赏春游玩，只是深院重门紧闭，独对空闺，任凭离别的思绪纠缠环绕于心头。这与少女时代"兴尽晚回舟"的李清照，有了很大的区别，愁思使人变得稳重宁静。几乎是下意识的，词人重复了登楼眺望的动作。赵明诚回家探亲的日子是固定的，登楼眺望也是无济于事。更何况天色已昏黑，连能够为人传达书信的大雁也看不见，所以，即使是将自己一腔的相思情怀写成书信，也无由寄达。赵明诚与李清照同在京城，"远信"云云，是一种夸张手法，突出的是心理距离。由于相思的痛苦而拉大了两人相隔的距离，哪怕在生活中实际距离并不太遥远。欧阳修《蝶恋花》说："庭院深深深几许？"所描述的也是一种心理距离，否则，再大的庭院，距离也是有限的，哪至于"深深深几许"。这种将实际距离夸张成心理距离的手法，在古诗词中比较常见，如五代毛文锡《醉花间》说："银汉是红墙，一带遥相隔。"就是一个典型的例子。内心的相思愁绪无人诉说，无处寄达，无法排解，自然是离恨绵绵，无休无尽了。词人自知"多情"无法"拚舍"，只得默默忍受。这时，闺房外面的"秋千"无人问津，周围静悄悄的，唯见明月升起，将银辉洒向梨花，也洒向大地。词人在闺楼里枯坐了一天，从白天到昏暮到皎月升起。对丈夫感情之深厚，思念之愁苦，于此可见。

更加长久的夫妻分离生活出现在徽宗政和年间。赵明诚大约在政和七年（1117）前后再度出仕，直到宣和三年（1121）才接李清照前去团聚，其间夫妻大约有四年的分离时间。这一次，是李清照与赵明诚结婚十几年之后的第一次时间较长的离别。新婚之际,赵明诚回太学读书,两人也曾有过离别。但是,一方面两人还共同居住在汴京,另一方面分离是短暂的,重新相见的时间也是确定的。所以,李清照那段时间并没有表现出太多的愁苦之情。这一次就不同了,宦海浮沉,四处奔波,对身在官场者是很平常的事。李清照不知道赵明诚在外为官需要多少时间,要辗转多少地方,也不知道赵明诚何时才有相对稳定的职务,自己可以前去团聚。相亲相爱,默默相守,在青州度过了近十年的时光,忽然面临了这么一场离别,李清照是非常不适应的。李清照许多抒写离情别思的真挚感人的篇章,应该都作于这一时期。《一剪梅》说:

红藕香残玉簟秋,轻解罗裳,独上兰舟。云中谁寄锦书来?雁字回时,月满西楼。　花自飘零水自流,一种相思,两处闲愁。此情无计可消除,才下眉头,却上心头。

元代伊世珍的《琅嬛记》卷中对这首词的创作背景有过一段记载:"易安结缡未久,明诚即负笈远游,易安殊不忍别,觅锦帕,书《一剪梅》词以送之。"今人王仲闻在《李清照集校注》中则指出:"清照适赵明诚时,两家俱在东京,明诚正为太学生,无负笈远游事。此则所云,显非事实。"(第25页)王说甚是。这首词肯定不会写于新婚后不久。李清照与赵明诚结婚后的前六年时间,两人共同居住在汴京,后来近十年时间又一起屏居山东青州,一直到李清照34岁左右,赵明诚起复再次出来做官,两人才有了分手离别的时候,这首词应该作于这一段时间。

婚后,李清照与赵明诚志趣相投,相互爱慕,多年的婚姻生活使他们之间建立起深厚的夫妻感情。丈夫外出做官,分离是无可奈何的事情。但是，李清照还是无法忍受离别所带来的相思痛苦折磨，她将这种情感淋漓尽致地倾吐到这首作品之中。起句"红藕香残玉簟秋"，就为相思怀人设置了一个凄艳哀婉的场景：色彩鲜艳、气味芳香的红色荷花已经凋零殆尽，坐在精美的竹席上可以感觉到秋的凉意。秋的萧瑟枯萎，叫离人更难以抵御相思愁绪的侵袭，这秋凉，甚至一直穿透离人的心扉。"秋风萧瑟天气凉，草木摇落露为霜，群燕辞归雁南翔，念君客游思断肠"（曹丕《燕歌行》），自古以来，冷落的秋天就是一个典型的悲伤怀人的环境。在这样的季节里，丈夫只身赴任，将自己留在家中，离别的愁苦意绪就时时涌上心头。"轻解罗裳，独上兰舟"，暗含对轻易别离、独自登程的怨苦之意。为生计、前程奔波，离家为官，这在普通夫妻之间都是十分平常的事情，而且还是一件为家庭带来光明前景的令人高兴的事情。对丈夫一腔深情的李清照却并不注重光宗耀祖或丈夫的前程，在乎的只是夫妻的恩爱。所以，她才会埋怨丈夫的轻易离别，将自己独自留在家中。这种埋怨是没有道理的，正是词人这无理的埋怨，才透露出夫妻之间的深厚情感。既然离别已经是必须面对的现实，李清照只能盼望着早日重聚。"云中谁寄锦书来？雁字回时，月满西楼"三句，充满着热切的期待之情。自从夫妻分手之后，李清照经常翘首遥望"云中"。其间，或许也有"误几回、天际识归舟"之类的误会，有满怀的希望和时时的失望，但是，李清照坚信丈夫对自己的爱情，坚信丈夫牵挂自己如同自己对他的思念。当"雁字回时，月满西楼"的时候，大雁会捎来丈夫的书信，夫妻团圆的日子便指日可待。这种期待与自信，是对丈夫的深情眷恋，是对美满婚姻的最好回味，是对未来生活的无限希望。李清照在古代社会里是幸运的，她有了一位心爱的丈夫，有了一段美满的婚姻。甚至是分手之后牵肠挂肚的思恋，也令人羡慕不已。

下片写别后的相思，脱口而出，自然感人。"花自飘零水自流"，写别离已成事实，令人深感无奈，就像春花不由自主地飘零、随着流水消逝而去一样。如花美眷，似水流年，词人感觉到一种"长恨此身非我有"的无法把握自己命运的悲苦。况且，舜华转眼即逝，人生又有多少如春花一般的美好时光呢？词人不禁为此长长叹息。李清照深深懂得丈夫对自己的思念也是相同的，所谓"一种相思，两处闲愁"。对丈夫的理解，更增添了思念之情。于是，这种恋情别思就再也没有办法排解了。"此情无计可消除，才下眉头，却上心头"，说明词人不堪相思的折磨，也曾做过多种努力，想把自己从痛苦中摆脱出来。然而，所有的努力都归之失败，表面上眉头虽然舒展开来了，但心头的愁结依然如故。相思之情从外在的"眉头"深入到内心的深处，无论如何也是无法解脱了。李清照注定要在相思愁苦中煎熬下去，一直等到丈夫归来的那一天。

这首词集中抒发了作者对丈夫的深挚情感，吐露了不忍离别之情以及别后的相思之苦，将一位沉湎于夫妻恩爱中独守空闺备受相思折磨的妻子的心理刻画得细腻入微。作品的语言自然流畅，清丽俊爽，明白的叙述中包孕了无尽的情思。

与赵明诚分手之后，往来的书信就成为李清照日常的慰藉，"云中谁寄锦书来"，是词人每日的等待。古代交通通讯落后，一封书信往往要在路上辗转多时，这就增加了离人的痛苦，叫李清照越发难以忍受别情的折磨。何况，赵明诚也不可能日日修书，疏朗迟缓的来信总是不能令备受离别之情煎熬的李清照满足。于是，每日的焦灼等待，以落空为多。一旦等待落空，周围的环境就变得更加不堪忍受。《菩萨蛮》说：

归鸿声断残云碧,背窗雪落炉烟直。烛底凤钗明,钗头人胜轻。

角声催晓漏,曙色回牛斗。春意看花难,西风留旧寒。

这首词的情感触发点就在于"归鸿声断",全词的感情由此引出。在一个单调重复而又深情绵绵的一天,词人遥望远方,痴心盼望着"归鸿"带来丈夫的消息,痴心盼望着"雁字回时,月满西楼"的日子,一直等待到"残云碧"的黄昏时刻。但是,依然是"归鸿声断",等待落空。词人只能孤独地回到房中,面对静静的炉烟,准备着再度煎熬长夜的寂寞无聊时光。窗外,已经是落雪纷纷,寒意逼人;室内,闺妇还在红烛灯下精心打扮自己,她为自己插戴上"凤钗""人胜"之类的首饰,明亮轻盈,婀娜多姿。凤钗,是古代妇女的一种首饰,又称凤凰钗,钗头作凤凰形状。人胜,则是古代妇女在"人日"这样特定的节日里所插戴的首饰。古时正月初七为"人日",剪彩为人形,故名人胜。宗懔《荆楚岁时记》说:"人日剪彩为人,或镂金箔为人,亦戴之头鬓。又造花胜以相遗。"李商隐《人日》说:"镂金作胜传唐俗,剪彩为人起晋风。"可见这种风俗由来已久。今夜,李清照插戴上"人胜",就隐隐暗示这又是离别后的一个"人日",又是一个初春的日子,又是一年的等待落空。按照常情常理,夜晚临睡之前,应该是除去"凤钗""人胜"的卸妆时候,卸妆才是李清照此时应当做的事情。词人却反其道而行之,睡前反而精心妆饰,其用意或许是为了消磨无眠的时光,但这种举动的涵义决不仅仅是这些。词人在"烛底"的刻意打扮,是否还依然包含着对突如其来相逢的渴望,期待着丈夫在没有预料之中的突然归家？"女为悦己者容""烛底凤钗明，钗头人胜轻"，必然还蕴涵着那么一份期盼。"归鸿声断"，词人却没有失去希望，哪怕口头上有所怨恨，心底则永远是牵挂。

上阕写了一天一夜的漫长等待，失望与期盼相互交替，词人的情感也随之起落跌宕。下阕写又一个黎明的即将到来。词人听到了"角声催晓漏"，看到了"曙色回牛斗"，周围声响、光线的变化词人都是如此敏感，可以推想，昨夜必定是一个失眠枯坐的长夜。新的一天来到，心情却没有任何改变。户外虽然已经有了春意，但是百花还是迟迟未能绽放，词人更是无心游览。词人为这一切找到了一个解释，说是"西风留旧寒"，仿佛这就是初春季节春寒料峭、无处看花的所有理由。事实上，作者与读者都明白，词人的心情恶劣和无意游春，都是因为离别相思所带来的。虽然时时期待着"归鸿"乃至重逢，但就是这么一份每日里的牵肠挂肚，也足以令人憔悴。

多情多才的李清照，于是经常将这些充满深挚情谊的词篇寄给丈夫，鸿雁传情，以寄托自己的相思情怀，同时也是在婉言劝说丈夫早早归来，或早日接自己前去团聚。这些作品中，以《醉花阴》最为著名，词说：

薄雾浓云愁永昼，瑞脑消金兽。佳节又重阳，玉枕纱厨、半夜凉初透。　　东篱把酒黄昏后，有暗香盈袖。莫道不消魂，帘卷西风，人比黄花瘦。

伊世珍的《琅嬛记》卷中也记载了这首词的一段故事："易安以重阳《醉花阴》词函致明诚。明诚叹赏，自愧弗逮，务欲胜之。一切谢客，忘食忘寝者三日夜，得五十阕，杂易安作，以示友人陆德夫。德夫玩之再三，曰：'只三句绝佳。'明诚诘之，答曰：'莫道不消魂，帘卷西风，人比黄花瘦。'政易安作也。"不论这一故事的可信程度如何，单从这一故事的流传，就足以说明，李清照的生活体验不是一般文人所能有的。这一故事所传达的李清照对赵明诚的相思之情，以及两人之间的才华差异，也都是非常真实的。

  这首词同样是早期李清照与丈夫分别之后所写，也是通过悲秋的环境设置来抒写自己的寂寞愁苦。然而，词人选定了一个特定的日期来写自己铭心刻骨的相思情怀。"每逢佳节倍思亲"，人同此心，心同此理。以往的重阳佳节，一定是夫妻共同登高赋诗，或者是把酒赏菊。所以，离别以后，再逢重阳，千万种思绪涌上心头，词人就难以自我把持了。词的上片先写重阳秋日凄凉冷落的情景。虽然说是节日，但今天的气候实在恶劣，"薄雾浓云"布满了整个天宇，整整延续了一天，始终没有见到晴朗的阳光。在这种暗淡阴冷的日子里，愁云布满心头的词人，只能枯坐闺中，点燃"瑞脑"，凄苦地消磨时光。她不敢跨出房门，怕经受不住室外的寒冷，经受不住"物是人非"的刺激。开篇，词人就借助气候、景物的描写，传达出离人浓浓的愁苦意绪。"瑞脑消金兽"一句，写出时间的漫长无聊，同时又烘托出环境的凄寂。这是在写白天，以下转写夜晚。词人以一句"佳节又重阳"作为过渡，点明节令，也点明佳节思亲的愁苦。接着，就从"玉枕纱厨"这样一些具有特征性的事物与词人的特殊的感受中写出了透人肌肤的秋寒，暗示词中女主人公寂苦的心境。词人完全可以通过加厚被铺之类的措施抵御秋寒，之所以没有如此做，根本原因在于这种寒冷实际上是从内心冒出的，无法排除，无法抵挡。词人故意借外界的秋夜凄寒来掩饰自己的真实心境，抒情婉转曲折。上片依照时间的顺序，一一说来，贯穿于"永昼"与

"半夜"的,是"愁"与"凉"二字。在这个重阳节日,无论是白昼还是黑夜,李清照都深深地纠缠在愁苦意绪之中。上片已经陆续写出深秋的节候、物态、人情,这是构成"人比黄花瘦"的原因。

下片补叙白天的其他活动。到了黄昏时候,词人觉得不能让节日如此轻易过去,何况自己也需要转移注意力,从愁苦中解脱出来。于是,便步入花园,赏菊饮酒。这举动是随众随俗的,也是特意安排以转移视线的。这次"东篱把酒",一直饮到"黄昏后",词人想摆脱愁苦的心情比较迫切。"东篱把酒"的举动,还令人联想起"采菊东篱下,悠然见南山"的潇洒自在的陶渊明。屏居青州时期,一定是夫妻两人共同的行为。李清照是在极力模仿古人,希望自己能够洒脱一点。重阳日菊花的幽香盛满了词人的衣袖,环境还是与陶渊明时代相仿,也与当年丈夫陪伴在自己身旁的时候相仿,然而词人却哪里还有往日的情怀:"莫道不消魂,帘卷西风,人比黄花瘦。"前后对比,物是人非,今昔异趣。相思离情,油然而生。作为闺阁妇女,由于封建社会的种种束缚,她们的活动范围有限,生活阅历也受到种种约束,即使像李清照这样上层知识妇女,也毫无例外。因此,相对说来,她们对爱情的要求就比一般男子高些,体验也更细腻一些。所以,当作者与丈夫分别之后,面对孤寂单调的生活,便禁不住要借春恨秋愁来抒写自己的相思情怀了。从字面上看,这首词并未直接写独居的痛苦与相思之情,但这种感情却渗透在词的字里行间,无处而不在。

值得指出的是,比喻的巧妙也是这首词广泛传诵的重要原因。古诗词中以他物喻人瘦的作品屡见不鲜,如无名氏之《如梦令》"人与绿杨俱瘦"、程垓之《摊破江城子》"人瘦也,比梅花，瘦几分"、秦观之《水龙吟》"天还知道，和天也瘦"等等，但却不及李清照"人比黄花瘦"生动感人。原因是，这个比喻与词的整体形象结合得十分紧密，切合女主人的身份和情致，读之使人感到亲切。词中还适当地运用了烘云托月的手法，有藏而不露的韵味。例如，下片写菊，并以菊喻人，却始终不见一"菊"字。词人用"东篱把酒"这样的典故与"暗香盈袖"的描写，突出咏菊的话题，"菊"的色、香、形态，俱现笔端。清代陈廷焯《云韶集》评价说："无一字不秀雅，深情苦调，元人词曲往往宗之。"

李清照这段时间虽然被相思愁苦所包围着，但毕竟是一种生离之愁。与丈夫往日恩爱的情景给李清照无限美好的回忆，也给了她对丈夫归来的信心与信任。在歌词中，李清照会向赵明诚传达"人比黄花瘦"的消息，期望引起丈夫的怜爱，以图早日团圆。她本人更是翘首期盼着"雁字回时，月满西楼"的美好时光。有时，她也通过小词婉言劝说丈夫早日归来，夫妻一起消磨冬去春来的大好春光。《小重山》说：

  春到长门春草青，江梅些子破，未开匀。碧云笼碾玉成尘，留晓梦，惊破一瓯春。　花影压重门，疏帘铺淡月，好黄昏。二年三度负东君，归来也，著意过今春。

这首词大约作于宣和元年（1119），赵明诚离家已经有"二年"的时间了。对丈夫的思念之情，丝丝缕缕，萦系心头。歌词通过写春来的情思，含蓄地向丈夫表达自己的心愿。春日的景物被写得韵味深长。首句用"花间词人"薛昭蕴的成句，薛昭蕴《小重山》说："春到长门春草青，玉阶华露滴，月胧明。"化用前贤成句，自然将其诗意融化在自己的作品中。薛昭蕴词写宫怨,李清照借宫怨写己身独守空闺的怨苦,为全词奠定基调。长门即长门宫,是西汉长安宫殿名。汉武帝皇后陈氏失宠,便被贬入长门宫,后来用之代指冷宫。这个典故同时恰如其分地传达出李清照当时孤寂的处境和愁苦的心境。以下写初春景物,无不围绕着首句隐约点破的主题。初春的景物,只有春草青青、江梅含苞欲放。词人煮碧云团茶,品清瓯而回味拂晓的美梦。梦中是丈夫的已经归来,是夫妻的携手赏春,是妻子娇嗔的倾诉,这一幕幕,又历历浮现在李清照的眼前。不知不觉中,一天的光阴就这么在沉思回味中消磨过去。黄昏来临,花影映照,淡月朦胧。户外春光,在这一时刻反而显得绰约多姿。面对此情此景,李清照内心的千言万语,汇聚成一句深情的呼唤:"归来也!"如果丈夫不早日归来,即将到来的灿烂春色又将被再次辜负。赵明诚离家两年,李清照已经有两次这样期盼与失望的体验,曾经两度辜负春色,当第三个春天来到的时候,李清照多么希望这次的愿望不再落空,两人可以"著意过今春"啊!"著意",就是要精心安排,不让每一寸春光虚过。词中,李清照有寂寥凄苦的情怀,但并不沉闷消极,而是充满了热情的渴望与对未来的精心安排。

但是,一次又一次、一天又一天的期待落空,使李清照渐渐生出怨苦之情。这时候的怨苦之意,指向阻挠夫妻重聚的一切外界势力,也潜藏着对赵明诚迟迟不归的一丝埋怨。《行香子》说:

> 草际鸣蛩,惊落梧桐,正人间、天上愁浓。云阶月地,关锁千重。纵浮槎来,浮槎去,不相逢。　　星桥鹊驾,经年才见,想离情、别恨难穷。牵牛织女,莫是离中。甚霎儿晴,霎儿雨,霎儿风。

这首词咏天上牛郎织女的故事，通过神话传说，写人间的离别相思，应该是"七夕"的作品。全词都是在设想天上仙人被银河隔绝的生离痛苦，以及期盼相聚的重重困难。牛郎织女重逢的七夕之夜，已是初秋季节，枯草之间有了蟋蟀的鸣叫声，梧桐树叶片片飘落。"草间蛩响临秋急"（王维《早秋山中作》），这种凄苦的音响，是一个寥落空旷季节来到的提示，总是给人一种萧索寂寞的感受。梧桐叶落，萧瑟满地，更是秋已来到的明证，《淮南子·说山训》因此有"见一叶落而知岁之将暮"的说法。在这样一个"悲秋"的环境里，无论是天上还是人间，都在为离别而愁苦，这浓浓的愁意笼罩了天地万物。"云阶月地"即云为台阶月作地，代指天上，那是牛郎织女居住和相见的地方，平日却是"关锁千重"，将情侣相隔一方，相思不得相见。词人设想：即使能够乘坐木筏，在银河上自由来去，恐怕也难以相逢。据张华《博物志》记载：传说中银河与大海相通，有人因此乘木筏到了一处城郭、屋舍俨然的地方，遇见织妇以及牵牛人。回家以后才知道自己已经到了天上，见过牛郎织女星了。又说这位"浮槎"人就是西汉通西域的张骞。词人这里反用这个典故，纵然"浮槎"来去，依然一无所遇。相思久远，要见心爱的人一面，太不容易了。好容易盼到七夕"星桥鹊驾"相聚的日子，由于"经年才见"的长期分隔，使情侣之间有了诉说不尽的"离情别恨"。不过，这只是词人幻想重聚的场面。回到现实，依然发现，"牵牛织女，莫是离中"。词人的怨苦之情再也无法遏止了，她埋怨自然界的"甚霎儿晴，霎儿雨，霎儿风"，阴晴风雨变化不定，人为地带来重重阻挠，将有情人相隔一方。

李清照借神话故事诉说自己的怨苦，天上仙人相隔痛苦的叙述中充满着个人的切身感受。其中，"关锁千重"的苦恨，"甚霎儿晴，霎儿雨，霎儿风"的担忧，是指向现实中一切妨碍他们夫妻聚首的因素。词中"浮槎"来去的寻觅，是相思情怀的追随。屡屡落空之后，怨苦之意当然就不可避免了。好男儿志在四方，李清照又无法明白地阻拦赵明诚的出仕。这里的"关锁"，是丈夫治国平天下的志向，是光宗耀祖的传统观念，是家庭的期望，是不允许选择的选择，总而言之，是无形的逼迫和压力。这如何不叫李清照既怨苦又无奈呢！词人通过神话和自然风雨的描述，含蓄朦胧地表达了"悔教夫婿觅封侯"的心情。

随着离别日子的越来越久远，相思痛苦的积淀变得越来越厚重，怨苦之言中夹杂了怨恨之意。《凤凰台上忆吹箫》说：

> 香冷金猊，被翻红浪，起来慵自梳头。任宝奁尘满，日上帘钩。生怕闲愁暗恨，多少事、欲说还休。今年瘦，非干病酒，不是悲秋。　　休休！这回去也，千万遍《阳关》，也则难留。念武陵人远，云锁秦楼。惟有楼前流水，应念我、终日凝眸。凝眸处，从今又添，一段新愁。

这首词还是写闺中的离别相思之苦。词中蕴涵的愁苦意绪之浓郁，心情之悲苦，又超过了上面的几首词。上片写闺人慵懒的神态和憔悴的外表。到了"日上帘钩"的时候了，闺中"金猊"香炉中的熏香早就燃尽，且已冰冷。经过一夜的不眠或噩梦折腾，起床之后竟然让红色的被子随意堆叠。无心整理床铺，就更没有心情梳妆打扮了。而且，这种慵懒无力、兴意阑珊的情景，已经延续了许多日子了，以至于精美的梳妆盒上布满了灰尘。《诗经·伯兮》说："自伯之东，首如飞蓬。岂无膏沐，谁适为容？""女为悦己者容"已经成为一种固定思维与行为模式，也成为诗词里表现闺中思妇不堪相思折磨的特定手段。温庭筠《菩萨蛮》说:"小山重叠金明灭,鬓云欲度香腮雪。懒起画娥眉,弄妆梳洗迟。"柳永《定风波》说:"日上花梢,莺穿柳带,犹压香衾卧。暖酥消,腻云嚲,终日厌厌倦梳裹。"都是在写这样一位处于相思痛苦中而慵懒不愿起床、不愿梳妆的女子。李清照的自我叙述,立即令人联想到她的这种特殊处境。不堪"闲愁暗恨"的折磨,李清照欲采取躲避的方式,将"多少事"都故意压下不提,强迫自己忘记。但是,这种一厢情愿、自欺欺人的方式毕竟是无用的。嘴上可以不说,心里却不会忘记,痛苦则不会减轻丝毫。尤其是在形体上已经有了明显的表现:"今年瘦",词人告诉我们:"非干病酒,不是悲秋。"原因具体而落实,就是丈夫离家日子的久远,相思痛苦蓄积的厚重。从前,李清照或许经常用"病酒""悲秋"之类的借口自我安慰、自我排遣,而将思念丈夫的真正原因忽略不提。到此时,词人知道这些排解方式都是无效的,包括前面的"欲说还休",这些都不能真正摆脱愁苦,所以干脆将内心痛苦点明了。

下片词人尽情倾诉相思之情。过片"休休",倾吐了离别的痛苦以及长期等待丈夫不归之绝望。万事皆休,这次离别,李清照在感情上与内心中,当然有过无数次的挽留,然而,在言语和行动方面必定是无所作为。怎么能阻拦丈夫出仕,自毁前程呢?这种内心情感与言行的矛盾,只能通过"千万遍《阳关》"曲来表达。缠绵留恋至深,别后痛苦更切,而久盼的不归,又使得郁积的愁苦意绪渐渐转变为隐隐的怨恨。以下李清照用典故含蓄描写自己的复杂情感。南朝宋刘义庆《幽明录》记载:汉明帝时,刘晨、阮肇入天台山采药,沿武陵溪而上,得遇两位美貌仙女,共同生活半年。刘、阮回家之后,见到的居然是第七代子孙了。又西汉刘向《列仙传》记载:秦穆公女弄玉,喜欢善吹箫的萧史，结为夫妻，后夫妻吹箫技能皆出神入化，遂一起登仙而去。弄玉所居后人称之为"秦楼"。"萧史弄玉"的故事，后人又赋予一层离别的悲苦情思，李白《忆秦娥》说："箫声咽，秦娥梦断秦楼月。秦楼月，年年柳色，灞陵伤别。"这两个典故中，相恋的男女彼此都是非常恩爱的，情感都是十分真挚的。李清照借此表达她与赵明诚之间的伉俪情深。同时，这两个典故本身具有或后人赋予了离别的凄悲情调，李清照用来表达自己眼前的心境。人间、仙境的隔绝，又使词人有了"从此一别两渺茫"的隐隐绝望，这正是李清照长期独守空闺期间一丝一丝蓄积起来的怨恨情绪的表达。理解词人、永远记得词人这一番深情的"惟有楼前流水"，每天见证词人的倚楼"终日凝眸"。"凝眸处，从今又添，一段新愁"，已经成为词人必须承受、无法回避的痛苦。"凝眸"之际，虽然还有一种期待，但是，希望变得越来越渺茫，悲苦怨恨之意也就难以遏制。所以，唐圭璋先生评价说："此首述别情，哀伤殊甚。"（《唐宋词简释》）与前面几首作品相比，应该是离别有一段日子以后的作品了。

这首词感情绵密细致，音调哀怨低婉，语言清新流畅。以平常言语诉说内心深情是这首词的一大特色，如"欲说还休""这回去也"等等。这些普通词汇经词人精心提炼、巧妙安排，便具有无穷的艺术魅力，堪称"点铁成金"。再辅之以"武陵""秦楼"的典故运用，使作品显得雅俗相称，雅俗共赏。

有时，李清照也能自我控制情绪，可以淡淡说来，渐渐流露相思之情。《好事近》说：

风定落花深，帘外拥红堆雪。长记海棠开后，正是伤春时节。　　酒阑歌罢玉尊空，青缸暗明灭。魂梦不堪幽怨，更一声啼鴂。

　　这首词写伤春思别情绪，淡淡说来，渐见深情。词人对春天美景的留恋和闺中孤寂的幽怨，都在画面中得到含蓄展示。春末时节，窗外风已停止，而这一场无情的风所摧残的花瓣，飘零大地，堆满帘外，叫人分外怜惜。一年一次，就是这样的"海棠开后"的"伤春时节"，每每都要引起词人无限的伤感，无限的悲悼，让人"长记"而难忘。风的停息，使闺中闺外一片静谧，词人的思念愁绪也仿佛随之沉寂。然而，仔细品味每一句话，发现这种思愁深入到词人的内心，永远无法磨灭。词人虽然也喝酒、也听歌，但"酒阑歌罢玉尊空"的时候，面对着"青缸"光线的或明或暗的跳跃变化，独自忍受着长夜的寂寞与无奈，深埋在心底的愁怨就会一丝丝地翻搅上来。即使在朦胧中睡去，梦魂也自然会停留在那种"幽怨"的状态之中，也非常容易被那"一声啼鴂"所唤回。整首词没有特别剧烈的感情喷发，没有出人意表的比喻夸张，没有声嘶力竭的痛苦诉说，在从容平静中，缓缓揭示内心的离别愁思。这是李清照表达离情别思的又一种方式。

　　李清照在南渡之前与之后都写过大量的抒写离愁别恨的词篇，虽然无法为其作出比较确切的系年，但是，品味词中语意，还是可以做出大致区分的。南渡之前，是写生离之愁苦，悲伤中包含着期盼，冷清中又有热烈的渴望。她的一言一行，都是要引起赵明诚的充分注意，都是指向团聚的那一时刻。无论是这里谈到的《一剪梅》《醉花阴》《小重山》《行香子》《凤凰台上忆吹箫》《好事近》《点绛唇》，还是上面章节谈到的可能作于赵明诚在太学期间的分离之作《怨王孙》之类，都共同具有这样的情感特征。而南渡之后则是一种死别之悲苦，是人生了无趣味的生不如死的煎熬，是过得一天是一天彻底的绝望。这部分词作，就要由《南宋词史》来加以介绍了。

总体来看，在北宋词坛上，李清照词的艺术成就是很高的。她善于从书面语言和口头语言中精心提炼，自铸新词，鲜明准确，生动活泼，短短几句就往往能创造出鲜明的形象和激动人心的意境。她虽然常常以白描手法直抒胸臆，但又含不尽之意见于言外。她的词风婉丽恬美，被认为是婉约派的代表作家之一。清王士祯在《花草蒙拾》中说："婉约以易安为宗。豪放幼安（辛弃疾）称首。"

第三节　压倒须眉的《词论》

李清照平生有一篇非常重要的文学理论专著——《词论》，大约创作于屏居青州期间。首先，李清照一生中只有这一时期心境最平和、时间最充裕，有心情、有闲暇评点文字，批评时贤，提出自己鲜明的词学主张。其次，到这一时期为止，李清照已经有了相当的歌词创作经验积累，对词的创作有了自己独到深刻的见解。再次，《词论》中论述批评的作家，从唐末五代一直到北宋中叶，大约截止于哲宗朝。北宋后期的重要词人周邦彦以及相关的"大晟词派"，《词论》根本没有涉及。综合分析，《词论》作于屏居青州期间是最为可信的。

此外，从元祐以来，受苏轼影响，苏轼门下喜欢论词：晁补之有《评本朝乐府》，李之仪有《跋戚氏》《书乐府长短句后》《跋吴思道小词》《跋山谷二词》《跋〈小重山〉词》《再跋〈小重山〉后》《题贺方回词》《跋〈凌歊引〉后》等，黄庭坚有《小山词序》《跋子瞻〈醉翁操〉》《跋东坡乐府》《书王观复乐府》《跋王君玉〈定风波〉》《跋秦少游〈踏莎行〉》等，张耒有《东山词序》，陈师道有《书旧词后》。其中尤以晁补之和李之仪的见解独到而成体系。晁补之所论还没有摆脱"摘句品评"的基本模式，然他能够进一步捕捉词人的总体特征，如言东坡词"横放杰出"、晏几道词"风调闲雅"、张先词"韵高"等等。这一步的深入，就把词论家的目光从一位词人的个别篇章或佳句扩展到全部词作，在感性的感悟之外，多了一层理性的回味。李之仪则已经摆脱了"摘句品评"的方式，如《跋吴思道小词》，开宗明义，确定了词与其他文体之间的区别，所谓"自有一种风格，稍不如格，便觉龃龉"。这篇小跋最为突出的成绩是回顾了歌词从唐人发轫直至北宋中叶的大致发展历史，是最早的词史述略。在阐明词史演变过程时，以极精练中肯的语辞，评价了重要词人的创作，如评柳永词"铺叙展衍，备足无余，形容盛明，千载如逢当日"；评张先词"才不足而情有余"；评晏殊、欧阳修、宋祁等人词"风流闲雅"等等。李之仪还根据自己的创作经验，为后人揭示作词途径："苟辅之以晏（殊）、欧阳（修）、宋（祁），而取舍于张（先）、柳（永），其进也，将不得而御也。"又指点作词应追求神韵，力图做到"语尽而意不尽，意尽而情不尽"。这种以具体词人为范例，为后学揭示作词法门的方式，平易浅近，细致得法。

李清照夫妇得到苏轼门下的一致好评，李清照与这些父执们交往甚多。浸淫其间，李清照难免跃跃欲试。她对这些父执辈既尊敬，又不敢轻易苟同，便作此《词论》，自树一帜。从《词论》所表述的词"别是一家"的观点和举具体词人以为范例的论证方式来看，李清照更多地接受了李之仪论词的影响。但是，李清照对词本质特征的捕捉、分析、讨论，远远要比李之仪深入，更具有理论总结的意义。李清照词作成就远远在李之仪之上，对歌词当然有更加深入细微的体验，所论必然超越李之仪。这篇《词论》，还明显表现出李清照不甘心随声应和、独立不羁的个性。全文如下：

乐府、声诗并著,最盛于唐。开元天宝间,有李八郎者,能歌擅天下。时新及第进士开宴曲江,榜中一名士先召李,使易服隐姓名,衣冠故敝,精神惨沮,与同之宴所,曰:"表弟愿与坐末。"众皆不顾。既酒行,乐作,歌者进,时曹元谦、念奴为冠。歌罢,众皆咨嗟称赏。名士忽指李曰:"请表弟歌。"众皆哂,或有怒者。及转喉发声,歌一曲,众皆泣下,罗拜曰:"此李八郎也。"自后郑、卫之声日炽,流靡之变日烦,已有《菩萨蛮》《春光好》《莎鸡子》《更漏子》《浣溪沙》《梦江南》《渔父》等词,不可遍举。五代干戈,四海瓜分豆剖,斯文道熄。独江南李氏君臣尚文雅,故有"小楼吹彻玉笙寒""吹皱一池春水"之词。语虽奇甚,所谓"亡国之音哀以思"者也。逮至本朝,礼乐文武大备。又涵养百余年,始有柳屯田永者,变旧声作新声,出《乐章集》,大得声称于世。虽谐音律,而词语尘下。又张子野、宋子京兄弟、沈唐、元绛、晁次膺辈继出,虽时时有妙语,而破碎何足名家。至晏元献、欧阳永叔、苏子瞻,学际天人,作为小歌词,直如酌蠡水于大海,然皆句读不葺之诗尔。又往往不协音律者,何邪?盖诗文分平侧,而歌词分五音,又分五声,又分六律,又分清浊轻重。且如近世所谓《声声慢》《雨中花》《喜迁莺》,既押平声韵,又押仄声韵;《玉楼春》本押平声韵,又押上、去声,又押入声。本押仄声韵,如押上声则协,如押入声则不可歌矣。王介甫、曾子固,文章似西汉,若作一小歌词,则人必绝倒,不可读也。乃知别是一家,知之者少。后晏叔原、贺方回、秦少游、黄鲁直出,始能知之。又晏苦无铺叙,贺少典重。秦即专主情致,而少故实,譬如贫家美女,虽极妍丽丰逸,而终乏富贵态。黄即尚故实,而多疵病。譬如良玉有瑕,价自减半矣。

(见《苕溪渔隐丛话后集》卷三十三)

李清照作文,娓娓道来,引人入胜。词是音乐文学,论词必须从其本质特征出发。李清照用唐代李八郎故事入手,追溯了唐玄宗开元、天宝年间乐曲昌盛的局面,这是宋词繁盛的渊源。从这个故事里,可以看出音乐感人的特殊魅力,这又是宋词蓬勃发展的根本原因。以下,李清照简单回顾了唐末五代至北宋中叶以来歌词发展的历史,以及重要作家在其间的作为。如柳永的"变旧声作新声",张先等人的"时有妙语"等等。在总结前人创作经验的基础上,分析了歌词的平仄、声韵、音律等文体性特点,得出词"别是一家"的根本性结论。李清照生动活泼的叙述和细腻深入的分析,为诗与词划清了界线,明确了词作为音乐文学所应具备的艺术特性,对词创作的发展以及艺术表现力的提高,都是大有益处的。

此外,在论述批评的过程中,这篇《词论》还有两点引人注目的成绩:第一,从文体特征出发,对歌词的创作提出一系列严格要求,即协音律、重铺叙、贵典雅、有情致、尚故实。《词论》所言,李清照在创作中倒不是一一严格遵循,自由不羁的个性使得李清照时有突破。而南宋雅词作家,几乎完全遵循李清照所提示的法则进行创作,他们对歌词的体认与论述,也都是从《词论》发展而来。从这个意义上来说,李清照的《词论》对后人的影响至深至远。第二,大胆率直地批评男人世界里的成名人物。宋代重文轻武，许多著名文人兼为朝廷重臣，誉满国中，如晏殊、欧阳修、苏轼等。社会上普遍崇拜这些朝廷要员兼文坛领袖，甚至形成一种类似当代"追星族"式迷恋的大众心理。李清照从不随众，她以"知音"的身份，冷静分析词坛名家的创作，一一指出他们的疵病之所在，笔锋涉及苏轼、秦观、黄庭坚、王安石等16位词人，其中许多是父执长辈。种种批评，都是一针见血。如批评柳永"词语尘下"，批评张先、宋祁兄弟"破碎何足名家"，批评晏殊、欧阳修、苏轼"皆句读不葺之诗"，晏几道缺少铺叙，贺铸缺少典重，秦观缺少故实等等。李清照父执辈论词，虽然也有批评的言论，但以揄扬为主。李清照反其道而行之，眼光、胆识皆不同于众人。

如此大胆直率的批评，真叫那些"大男人"们难以接受。南宋胡仔斥责说："易安历评诸公歌词，皆摘其短，无一免者。此论未公，吾不凭也。其意盖自谓能擅其长，以乐府名家者。退之诗云：'不知群儿愚，那用故谤伤。蚍蜉撼大树，可笑不自量。'正为此辈发也。"不能具体说明李清照"未公"在何处，而只是肆意诋毁漫骂，这就是封建社会"大男人"的作为。清人裴畅则评论说："易安自恃其才，藐视一切，语本不足存。第以一妇人能开此大口，其妄不待言，其狂亦不可及也。"（见冯金伯《词苑萃编》卷九）李清照的文学批评是否公允，可以展开学术讨论。但从性别角度加以歧视，则是封建卫道士的眼光，同时从反面证实了李清照与众不同的胸襟和胆识过人的勇气。

词，作为新的诗体形式，从它诞生的那天开始就同女性结下了不解之缘。写女性，歌女性，塑造女性形象，代女性立言，开掘女性深层次的内心情感，抒写女性情爱与婚姻中的欢乐、幸福、悲痛，直至愤怒的指斥与控诉，产生过许多名篇佳构。然而，这些作品几乎都出自男性词人之手，是典型的"男子而作闺音"。所以，其中相当数量的作品，表现出对女性的扭曲、丑化、狎弄与污辱，往往是男性褊狭视角与某些阴暗心理的一种外化与宣泄。这种现象又与当时歌女即席演唱以"娱宾遣兴"密切相关。所以，词的特色就被认定为"香而弱"（王士禛《弇州山人词评》）了。广大的女性世界，任凭男性去随意描写、刻画，由男性代言，又怎能避免扭曲、丑化与变形？李清照的出现，打破了这一沉闷窒息的历史格局。这不仅是词史上，也是整个中国文学史上具有划时代意义的大事。在中国漫长的文学演变历史进程中，很少出现击败须眉男子且令男性文人膺服的女性作家。李清照便是这漫漫长夜里辉煌灿烂的启明星。

第四节　北宋后期其他词人

北宋后期，词的创作已经成为文坛的普遍行为，众多词人都有大量词作传世，这与北宋前期词人、词作寥若晨星的创作现象形成鲜明对比。这林林总总的词人与创作，在前文讨论苏轼词风影响、大晟作风时，已经涉及许多。这一节选择其余的成绩斐然的作家，做一个集中介绍。

一、宋徽宗

赵佶（1082—1135），即宋徽宗，神宗第十一子。其兄哲宗早逝，无嗣，建中靖国元年（1101）佶以弟继位。徽宗在位26年，建元建中靖国、崇宁、大观、政和、重和、宣和。在位期间，政治上昏庸无能，重用奸佞小人，无端发动对外战争，将国家拖入水深火热之中。生活方面荒淫奢靡，以天下之财富供一人之挥霍，导致国库的空虚与国力的贫弱。最终招致了国家的灭亡。金兵入侵，徽宗匆匆内禅皇太子，被尊为教主道君太上皇帝。靖康二年（1127）为金人所俘北上，在荒凉边地度过了近十年的亡国之君的囚徒生活，绍兴五年卒于五国城（今黑龙江省依兰县境内），终年54岁。徽宗后半生所经历之凄惨也为其他亡国之君所无。

从另一方面来看，徽宗又是一位天分极高的诗人和艺术家。他能诗能词，有大量优秀诗词传世；他精通书法，自创"瘦金体"；他擅长绘画，又工花鸟，存世画迹有《芙蓉锦鸡》《池塘秋晚》等；他熟谙音律，长于演奏，其他犬马游乐之事也无不精擅。他平生著作极多，但无刊本行世，存词只12首（《月上海棠》及《失调名》二首只剩残句，不计）。吴曾《能改斋漫录》卷十六称："徽宗天才甚高，于诗文外，尤工长短句。"

前后期生活的巨大变化，使徽宗的作品明显可以被俘为线分为两期。除《眼儿媚》和《燕山亭》两首为被俘之后的作品以外，其余十首全是被俘前所作。在这十首词里，写的全是表面承平的宫廷生活，内容不外是宴乐、祭飨与赏花等等。如《探春令》说：

帘旌微动，峭寒天气，龙池冰泮。杏花笑吐香犹浅，又还是、春将半。　　清歌妙舞从头按，等芳时开宴。记去年，对著东风，曾许不负莺花愿。

词写宫廷赏春与饮宴生活。"清歌妙舞"中，时光过得非常快，从"峭寒天气"的初春到"杏花笑吐"的春半，词人日日笙歌，夜夜歌舞。结尾将时光回溯到"去年"，去年的日子也是过得如此优游欢快，并约定今年春来时的"不负莺花愿"。如今，得以偿愿。可见，徽宗年年、日日都是过着这样歌舞升平的生活。词中帝王的尊崇与富贵情态却表现得不多，全词仍较为清丽。这是徽宗写作之际的高明处。其中"杏花笑吐香犹浅"不失为颇有诗意的佳句。

这类点缀升平、写欢歌曼舞的作品中，涉及到北宋后期的一些社会现象，如写都市的繁华、节日的喧闹等，可与前文大晟词人的词作对照阅读。其《声声慢》写春日景象，下阕说："触处笙歌鼎沸，香鞯趁，雕轮隐隐轻雷。万家帘幕，千步锦绣相挨。银蟾皓月如画，共乘欢、争忍归来。疏钟断，听行歌、犹在禁街。"徽宗真的是昏聩地认为自己治下乃太平盛世，所以才越发肆无忌惮地享受起来。

前期词中，也有意境比较清幽、洗脱喧哗者。宣和七年（1125）冬，因金兵入侵而匆匆出逃，途经亳州，作《临江仙·宣和乙巳冬幸亳州途次》词，说：

过水穿山前去也，吟诗约句千余。淮波寒重雨疏疏。烟笼滩上鹭，人买就船鱼。　　古寺幽房权且住，夜深宿在僧居。梦魂惊起转嗟吁。愁牵心上虑，和泪写回书。

词写去亳州旅途的感受。当一个终年生活在九重深宫的皇帝走出皇宫，走出汴京以后，呈现在他眼前的是壮丽开阔、优美如画的自然世界。作为一个有艺术感受的诗人，他也止不住诗兴大作了："过水穿山前去也，吟诗约句千余。"在创作上，他从来没有像这一次这样获得巨大丰收。"烟笼滩上鹭，人买就船鱼"，这样的诗句即使放到唐宋诗人、词人作品之中，也该是上乘的名句。下片写夜宿僧房的感慨。"愁牵心上虑，和泪写回书"，几乎同常人一般，在"僧居""幽房"里忧愁下泪。这时候的徽宗已经知道愁苦为何物，世事艰难的体会，使这位皇帝和常人之间的距离缩短了。

徽宗流传最广的作品则是被俘北去以后所写的《眼儿媚》和《燕山亭》。由无上尊贵的帝王沦落为任人宰割的囚徒，生活环境的变化过于巨大，其凄苦怨愁的体验也就不同于常人。《眼儿媚》写于东北荒凉的流放途中，风格与以前的作品迥然不同：

玉京曾忆昔繁华，万里帝王家。琼林玉屏，朝喧弦管，暮列笙琶。　　花城人去今萧索，春梦绕胡沙。家山何处？忍听羌笛，吹彻《梅花》。

词人只能凄凉无告地回味着昔日"玉京"的帝王家"繁华"生活，当年"琼林玉屏，朝喧弦管，暮列笙琶"的景象恍如一梦，已经永远离词人而去。如今人去萧索，万里胡沙，"家山"难觅。词人在悲苦的羌笛《梅花》怨曲声中，煎熬着痛苦的时光。这与前期的生活实在有天壤之别。这样的词，很近似李煜亡国被俘后所写的《虞美人》和《浪淘沙》。

写亡国愁苦与囚徒凄怨的最有代表性的作品是他的《燕山亭·北行见杏花》：

裁剪冰绡，轻叠数重，淡着胭脂匀注。新样靓妆，艳溢香融，羞杀蕊珠宫女。易得凋零，更多少无穷风雨？愁苦！问院落凄凉，几番春暮？　　凭寄离恨重重，这双燕，何曾会人言语。天遥地远，万水千山，知他故宫何处？怎不思量，除梦里有时曾去。无据，和梦也新来不做。

这首词是咏杏花的，作于词人被俘北上途中。词人借盛开之后便不得不凋零的杏花，寄寓了自己国破家亡的哀思，以及对故国的凄苦追恋。上片前六句用拟人手法极写杏花无比艳丽，笔触轻灵浓艳。词人先将杏花比喻作神仙女子，盛开时冰清玉洁，靓妆艳香。这令人联想起赵佶在位时的无限风光。很快的，杏花遭受风吹雨打，春暮季节，凋零而去，这又是词人目前悲苦处境的写照。后五句笔锋顿转，写杏花的凋零，实际也就是北宋王朝的零落残败。"无穷风雨"不只是大自然的风雨,也是政治上的骤雨狂风。"愁苦""凄凉""春暮",哽咽之声不断,是不折不扣的亡国哀吟。下片便直接转为对故国的思恋。换头以"凭寄离恨重重"承上启下。作者先把"离恨"托付给"双燕",想借它们那不受拘囚的双翼载走这深沉的故国之思。然而,第一,它们不"会人言语",无法表达;第二,"天遥地远,万水千山",它们无法知道"故宫何处"。从"怎不思量"到结尾是第二层,在令人绝望与无可奈何之际,作者只好把希望寄托于梦中。但可悲的是,近来连做梦的机会都不可得,借助梦魂归国的希望也完全破灭了。此词写得纡徐曲折,沉郁顿挫,全由肺腑而发,故千百年读后,仍有感人的艺术力量。王国维说:"后主之词,真所谓以血书者也;宋道君皇帝《燕山亭》词略似之。"梁启勋《词学》下篇也评曰:"下半阕愈含忍,愈闻哽咽之声,极蕴藉之能事。"

二、陈师道

陈师道(1052—1102),字无己(一字履常),号后山,徐州彭城(今江苏徐州)人。早年从曾巩学文,后见知于苏轼,名列"苏门六君子"。元祐初,经苏轼等人推荐,起为徐州教授,改教授颍州。罢归。元符三年(1100)召为秘书省正字。存词49首。

陈师道是个苦吟诗人。平时出行,偶有诗的感受,便匆忙归家拥被而卧,苦思冥搜,呻吟之声如重病患者,甚至累日而后起。当时流传两句话说:"闭门觅句陈无己,对客挥毫秦少游。"(《词林纪事》卷六引)他这种苦吟精神不能不影响到他的词，所以王灼在《碧鸡漫志》卷二中说："陈无己所作数十首，号曰语业，妙处如其诗。但用意太深，有时僻涩。"这样的优点和缺点，在词中均体现得比较充分。如《菩萨蛮·七夕》：

行云过尽星河烂，炉烟未断蛛丝满。想得两眉颦，停针忆远人。

河桥知有路，不解留郎住。天上隔年期，人间长别离。

词与秦观《鹊桥仙》内容相同，但构思与艺术手法则相去甚远。秦观写的是牛郎织女之间纯真的爱情，寄寓了作者不落尘俗的恋爱观。词里有和谐的画面和优美的意境，是一首虚实兼到、情景交融的抒情词。而陈师道的《菩萨蛮》则有所不同，词中的"七夕"只不过是一个遥远的背景，只是触发词中"停针忆远人"的一个契机而已。"七夕"，主要是被用来贬斥人间的不幸："天上隔年期，人间长别离。"尽管天上的牛郎、织女被分隔在银河两岸，但他们还可以隔年相会一次，而人间却连"隔年期"都难以得到。全词以抒情为主，几乎没有什么景物的描写。风格近似其诗，感情寓于理智的分析和判断之中。但是他的《清平乐》却颇有韵味：

秋光烛地，帘幕生秋意。露叶翻风惊鹊坠，暗落青林红子。

微行声断长廊，熏炉衾换生香。灭烛却延明月，揽衣怯怯微凉。

这首词写秋日来临的感受。词人的体验非常细腻，秋光银烛，"露叶翻风""青林红子"，色彩暗淡，景物萧条，处处透露出冷落凄寒的秋意。词人徘徊于"长廊"，感受着无眠的秋夜，情绪略现低沉。全词将"悲秋"之意淡淡说出，情意深婉。但词人用笔力戒轻熟，意象翻新，仍以拗峭惊警见长，与其"苦吟"诗风相通，颇能代表他的词风。

三、魏夫人

魏夫人，名玩，襄阳（今湖北襄樊市）人，魏泰之姊，曾布之妻，曾巩之嫂。徽宗时曾布为相，她被封鲁国夫人，故以魏夫人称之。博涉群书，工诗。朱熹曾说："本朝妇人能文者，惟魏夫人及李易安二人而已。"（《朱子语类》卷一百四十）存其词14首，有《鲁国夫人词》。以《菩萨蛮》最为著称：

溪山掩映斜阳里，楼台影动鸳鸯起。隔岸两三家，出墙红杏花。

绿杨堤下路，早晚溪边去。三见柳绵飞，离人犹未归。

红楼斜倚连溪曲，楼头溪水凝寒玉。荡漾木兰船，船中人少年。

荷花娇欲语，笑入鸳鸯浦。波上暝烟低，菱歌月下归。

第一首词写女主人公每天去溪边遥望"离人"归来："绿杨堤下路，早晚溪边去。"这溪边柳下，也就是当年送别远行人的地方。然而，她不仅朝朝失望，月月失望，甚至年年失望了："三见柳绵飞，离人犹未归。""三年"在古代并不是确数，乃泛指多次之意。尽管如此，这位妇女的内心仍充满柔情："溪山掩映斜阳里，楼台影动鸳鸯起。"这两句很富诗情：远山与清溪掩映在斜阳之中，楼台倒影在溪水中而微微荡漾，其间有成对飞起的鸳鸯。"隔岸两三家，出墙红杏花"又饶有画意：隔岸错落有致的"人家"的点缀，"出墙红杏"色彩的重笔渲染，使画面显得有层次，有生活情趣。作为一个女词人，魏夫人的感受是细腻的，捕捉形象的能力也是很强的。在这样秀美的风光中虚度年华，苦苦等待着恋人的归来，女子所承受的精神折磨要更深入一层。

后一首写荡舟清溪，直到鸳鸯之浦，入夜，才唱着菱歌，沐浴着月色返程，颇有江南民歌的余韵。这仿佛是一次荡舟嬉游，又仿佛是水乡的一次采莲劳动。南朝以来的民歌中，早就赋予"采莲"以特定的情爱意义。"莲"谐音"怜"，有爱怜之意。在南国水乡的柔波里，似乎又荡漾着青年男女的喜悦与情爱，含蓄而耐人寻味。芳香的"木兰船"，俊美的"人少年"，娇艳的"荷花"，动听的"菱歌"，以及"鸳鸯浦"地名的暗示，都透露出情歌的气息。这是女词人有意识地模仿民歌所写的一首生动活泼的情诗。对于封建时代的女性来说，敢于追求情爱且形诸笔墨，就已经具有了非凡的勇气。

魏夫人存词不多，但值得吟玩的作品却为数不少。魏夫人在词中所体现的心态，与男性词人为女子"代言"者相去甚远。这里，不是对一位男性恋人的念念不舍，不是迷醉于男子的风流才貌，而是作为一位封建社会的弱女子的特有悲哀。如《定风波》说：

不是无心惜落花，落花无意恋春华。昨日盈盈枝上笑，谁道，今朝吹去落谁家？　把酒临风千种恨。难问。梦回云散见无涯,妙舞清歌谁是主?回顾。高城不见夕阳斜。

这首词借落花为喻,以花喻人,妙想天成。上片写落花,是从闺中人的眼光出发。"落花"的随风吹去,无端飘零,预示着佳人红颜老去,却又无可奈何。这是一种无法把握自己命运的悲苦。下片写佳人。怀着青春流逝的焦虑,佳人"把酒临风"。现实中,佳人命运如同"落花",无人怜惜,在寂寞中凋谢。所以,只有在梦中方有所回味,"梦回云散"时,旧情无觅。"妙舞清歌谁是主",女子一生只能依托于人,词中女主人公又不知能向谁托付终身。这是那个社会女子身世不由自主的悲剧。上下片人花相映,同病相怜,皆因时光的无情,世人的冷漠,知音的难觅。这才是古代女子的心里话。与李清照相比,魏夫人的创作要含蓄委婉了许多,毕竟有受宰相夫人身份制约的地方。然而,词中顽强突破重重束缚,坚定地透露出来的"情思",表现出古代妇女的执着情爱追求,依然难能可贵。

魏夫人写得最为出色的还是"别情"词。它能够传达出女子特有的细腻、敏感。除上述《菩萨蛮》以外,又有《点绛唇》:

波上清风,画船明月人归后。渐消残酒,独处凭栏久。

聚散匆匆,此恨年年有。重回首,淡烟疏柳,隐隐芜城漏。

人生聚散匆匆的憾恨,集中到这首词中。清风、明月、画船,本来应该是赏心悦目的。但是,词人所面对的却是难堪的别离,秀美的景色反而更加招惹离人的愁苦。所谓"以乐景写哀,一倍增其哀乐"。所以，"人归后"，在孤独中消磨光阴的词人只能以酒消愁，百无聊赖。当"残酒"消尽，"独处凭栏"的寂寞将再次淹没词人。周围的景物虽清新秀丽，纠缠主人公的愁思因此却永远拂之不去。下片就转为直接的愁绪抒发。"此恨年年有"，扩展了时间与空间，将今日所遭受的别离之苦与曾经所遭受的及即将要忍受的折磨联系了起来。以"淡烟疏柳"之景语与"隐隐芜城漏"的声响做结，将人生不如意时的愁苦含蓄委婉地表达了出来。"淡烟"迷蒙，"疏柳"依依，"芜城漏"断声隐隐传来耳际，蓄积得越来越多的愁绪也弥漫在景物与空气之中，无处不在。词人真正无法躲避这种离思的折磨了。

魏夫人的成就显然远不及李清照，与宋代另一位著名女词人朱淑真相比较也还是有所欠缺。她既没有李清照这样独特的个性与生活的波折起伏，也没有朱淑真那样惨痛欲绝的个人经历，才华也不如她们两人。但是，在中国古代女诗人词人当中，她和她的词仍应占有较为突出的位置。在此以前，很少有女诗人或女词人能像她那样留下众多的作品，也很少有人能像她那样，比较广泛地反映出闺阁妇女的生活内容与内心感受，在艺术上，诗意的追求，画面的构筑，色彩的涂抹，音节的变化，在自然之中可见匠心独运。毫无疑问，魏夫人是一个很有才华的女词人。陈廷焯《白雨斋词话》卷二评云："魏夫人词笔颇有超迈处，虽非易安之敌，亦未易才也。"

四、谢逸

谢逸（？—1113），字无逸，号溪堂，临川（今江西抚州）人。少孤，多次参加科举考试，都未考中。遂绝意仕进，终身隐居。以诗文自娱,与其弟并称"二谢",名列《江西诗社宗派图》。南宋刘克庄慨叹"其高节亦不可及"(《后村先生大全集》卷九十五)。有《溪堂词》,存词60多首。

谢逸词远承花间的艳丽,又兼有晏、欧之婉柔,标致隽永,轻倩可人,名篇甚多,在北宋后期词坛独树一帜。如《蝶恋花》:

豆蔻梢头春色浅。新试纱衣,拂袖东风软。红日三竿帘幕卷,画楼影里双飞燕。 拢鬓步摇青玉碾,缺样花枝,叶叶蜂儿颤。独倚栏干凝望远,一川烟草平如剪。

词里有新春的景色,但这只不过是舞台的背景。词的重点在于写人,这个人是"豆蔻梢头"的少女。杜牧《赠别二首》中有"娉娉袅袅十三余,豆蔻梢头二月初"之句。词中的"豆蔻梢头"一语双关,既指新春,又指少女。这个少女的形象是很鲜明的:她试着纱衣,拂动着衣袖,到"红日三竿"之后,卷起帘幕,忽然看见画楼影中有燕子双双飞过,于是引起了她的孤独之感。下片写少女的装饰,不仅有步摇、玉碾,而且还插着独出心裁的花枝,引得蜂儿向头上扑来。如花似玉的少女,倚栏遥望,心也随着一川烟草飞向远方了。这种情感写得很委婉,很含蓄。这一特点,与前面晏殊《破阵子》《山亭柳》相比较,则更加鲜明了。这首词很像是一幅工笔的簪花仕女图,既秾艳,又柔婉。

再看他的《千秋岁》:

楝花飘砌,簌簌清香细。梅雨过,萍风起。情随湘水远,梦绕吴峰翠。琴书倦,鹧鸪唤起南窗睡。 蜜意无人寄,幽恨凭谁洗。修竹畔,疏帘里。歌余尘拂扇,舞罢风掀袂。人散后,一钩淡月天如水。

词里写的是一种"幽恨"与"蜜意",这种情意是那样绵长、执着,直至无人可以叙写,无法可以解脱。歌,不能消除;舞,不能驱散。特别是酒阑人散之后,在"一钩淡月天如水"的画境中,更加使人感到空虚和寂寞。情寓景中,耐人咀嚼。《蓼园词选》评论说:"笔墨潇洒,自饶一种幽俊之致。"

流传最广的是他的《江城子》:

杏花村馆酒旗风。水溶溶,飏残红。野渡舟横,杨柳绿阴浓。望断江南山色远,人不见,草连空。　夕阳楼外晚烟笼。粉香融,淡眉峰。记得年时,相见画屏中。只有关山今夜月,千里外,素光同。

词写千里怀人,情意缠绵。杏花春水,村馆酒旗,绿柳阴浓,野渡舟横,自是一派春机。乡野的淳朴,景色的秀丽,环境的清幽,已经在一幅幅隽美的风景画面上展现。但词人却心向江南,怀人而生无限怅惘。情景的抒写中,自然融入唐人诗意,淡远高雅。下片回忆意中人,寄希望于共赏"素光",以了此深微的心愿。平实写来,摇曳生姿。结拍三句,尤觉隽妙:"只有关山今夜月,千里外,素光同。"清新蕴藉,婉转多姿。"我寄愁心与明月",普照千里的明月将两地相思恋人紧紧地联系在一起了。据《复斋漫录》载:"无逸尝于黄州关山杏花村馆驿题《江城子》词,过者必索笔于馆卒,卒颇以为苦,因以泥涂之。"(《苕溪渔隐丛话后集》卷三十三)可见当年此词之受人爱赏了。

北宋后期文人填词已经成为一种普遍的文学创作现象，许多作家都有数量可观的作品传世，在内容与艺术上也有独到之处。这里，既有群体的创作影响，也有个体的自主行为。这与北宋前期词人的偶尔为之大相径庭。这些星罗棋布的词人，共同构成了词坛繁荣似锦的盛况。这里只是择其要而介绍之，以窥北宋后期词坛的概貌。

结　语

　　徽宗宣和末年，金兵入侵，中断了宋代社会缓慢演变、发展、腐朽的过程，迫使一个朝代的崩溃提前到来。宋代三百多年的历史，从此被分成两段：北宋与南宋。

　　北宋与南宋的社会环境完全不同。北宋是从分裂走向大一统，社会曾经一度繁荣昌盛，这种"太平盛世"的观念一直顽固地延续到北宋末年。北宋词人生活得安逸，生活得有朝气，生活得有追求。南宋则由统一走向分裂，始终苟全于北方强大的军事胁迫之下，一直承受着异族随时入侵的巨大精神压力。南宋词人生活得窘迫，生活得忧愤，甚至生活得失去希望。所以，南北宋词人的创作内容、创作心态、创作风格都发生了诸多变异。宋代词史也因此分成两段：北宋与南宋。

一、南北宋词的不同特色

　　《北宋词史》写到结束的时候，南宋词人的创作已经隐约可见。这里应该对南北宋词不同特征做一个回顾与总结，以为进入《南宋词史》阅读的过渡。

　　首先，南北宋词的不同来自于音乐的演变。词，就其本质而言是一种音乐文学,词的诸多变化都与音乐的嬗变息息相关。古代社会,缺乏科学的音乐曲谱记录方法,音乐的传授或教学也带有很大的随意性,许多优美的曲调都是依赖歌妓和乐工之口耳相传。于是,新的曲谱乐调的不断涌现,必然淹没大量的旧曲调,许多当年盛极一时的流行音乐,最终消失在历史的河流之中。南宋许多词虽然还可以合乐歌唱,但是"旧谱零落,不能倚声而歌也"[1]已经成为一股不可逆转的潮流。南宋末年词人张炎《国香·序》说:"沈梅娇,杭妓也。忽于京都见之,把酒相劳苦。犹能歌周清真《意难忘》《台城路》二曲,因嘱余记其事。词成,以罗帕书之。"可见"旧谱零落",时能唱周邦彦某几首曲子者,便是凤毛麟角。"诗歌总是先从歌中借来适当的节奏,并直接继承其抒情的性格。在适应了这种节奏以后,诗和歌便进入一种若即若离的状态,最后变成不歌而诵的徒诗。"[2]北宋词人,多应酒宴之间歌儿舞女的要求,填词当筵演唱。北宋词人作词,是随意性的应酬,是业余的娱乐消遣,是逢场作戏,是私生活的真实描写,是无遮掩性情的流露。南宋词作,越来越脱离音乐的羁绊,走上独立发展的道路,逐渐成为文人案头的雅致文学。另一方面,南宋社会环境的巨大改变,迫使歌词创作不得不走出象牙之塔,把目光投向更为广阔的社会现实。南宋词作,很多时候是文人墨客间相互酬唱或结词社应酬的结果,有时还是抗战的号角,是服务于现实的工具。南宋词人作词,是高雅的艺术活动,是精心的组织安排,甚至是庄重的情

---

[1] 张炎:《西子妆慢·序》,唐圭璋编《全宋词》,中华书局1980年12月版,第3475页。

[2] 张国风:《传统的困窘——中国古典诗歌的本体论诠释》,商务出版社1999年8月版,第94页。

感表达。所以,《介存斋论词杂著》说:"北宋有无谓之词以应歌,南宋有无谓之词以应社。"

其次,与这种音乐背景的演变和创作环境的改变相关联,北宋词人多率情之作,往往就眼前景色,抒写内心情感,自然而发,生动感人。南宋词人则费心构思,巧妙安排,精彩丰富,门径俨然,句法章法可圈可点,警策动人。周济说:"北宋主乐章,故情景但取当前,无穷高极深之趣。南宋则文人弄笔,彼此争名,故变化益多,取材益富。然南宋有门迳,有门迳故似深而转浅。北宋无门迳,无门迳故似易而实难。"[①]又说:"北宋词多就景叙情,故珠圆玉润,四照玲珑。至稼轩、白石,一变而为即事叙景,使深者反浅,曲者反直。"[②]两者各有春秋。北宋词即见性情,易于引起阅读者的普遍共鸣;南宋词巧见安排,值得阅读者的反复咀嚼。这种作词途径的根本性转变,肇始于北宋末年的周邦彦,在大晟词人的创作中已经广泛地看出这一方面的作为。《白雨斋词话》卷三更是从这个角度讨论词的发展与盛衰:"北宋去温、韦未远,时见古意。至南宋则变态极焉。变态既极,则能事已毕。遂令后之为词者,不得不刻意求奇,以至每况愈下,盖有由也。亦犹诗至杜陵,后来无能为继。而天地之奥,发泄既尽,古意亦从此渐微矣。"这种"古意",恐怕就是率情,就是"自然感发"。

再次,北宋词率情而作,浑厚圆润,表达个人的享乐之情,就少有意外之旨;南宋词匠心巧运,意内言外,传达词人的曲折

---

① 周济:《宋四家词选目录序论》,唐圭璋编《词话丛编》,中华书局1986年1月版,第1645页。

② 周济:《介存斋论词杂著》,唐圭璋编《词话丛编》,中华书局1986年1月版,第1630页。

心意，就多用比兴寄托手法。周济说："北宋词，下者在南宋下，以其不能空，且不知寄托也。高者在南宋上，以其能实，且能无寄托也。南宋则下不犯北宋拙率之病，高不到北宋浑涵之诣。"[1] 南宋词就在这一方面，最受清代词人的推崇。最能体现南宋词人比兴寄托之义的当推咏物之作，词人结社之际也喜欢出题咏物。因为古人咏物，"在借物以寓性情，凡身世之感，君国之忧，隐然蕴于其内，斯寄托遥深，非沾沾焉咏一物矣。"（清沈祥龙《论词随笔》）《芬陀利室词话》卷三说："词原于诗，即小小咏物，亦贵得风人比兴之旨。唐、五代、北宋人词，不甚咏物，南渡诸公有之，皆有寄托。白石、石湖咏梅，暗指南北议和事。及碧山、草窗、玉潜、仁近诸遗民，《乐府补遗》中，龙涎香、白莲、莼、蟹、蝉诸咏，皆寓其家国无穷之感，非区区赋物而已。知乎此，则《齐天乐·咏蝉》，《摸鱼儿·咏莼》，皆可不续貂。即间有咏物，未有无所寄托而可成名作者。"重大的社会与政治题材，通过比兴寄托的手法表现在歌词之中，南宋词的境界自然不同于北宋词。清人就是立足于这一点改变对南宋词的看法。

二、南北宋词优劣论

关于南北宋词的不同创作特色、优劣比较，是历代词人、词论家热心关注的问题。这种关注，首先来自对南北宋词作的感性认识。众多作家，根据个人喜好，或浸染于北宋词之中，或细心揣摩南宋词，各有心得，各抒己见，有时还形成交锋与争论。

---

[1] 周济：《介存斋论词杂著》，唐圭璋编《词话丛编》，中华书局1986年1月版，第1630页。

大致说来，截止到清初朱彝尊，北宋词更受人们的喜欢与推崇，创作中北宋词更多地被学习与模仿。《词苑萃编》卷八《品藻》说："容若自幼聪敏，读书过目不忘，善为诗，尤工于词。好观北宋之作，不喜南渡诸家，而清新秀隽，自然超逸。海内名人为词者，皆归之。"喜好北宋词作，是当时词坛的普遍情况。

朱彝尊以后，清代词坛上崛起的"浙西词派""常州词派"，都以南宋词人为创作之圭臬，南宋词受到空前的尊崇。朱彝尊《词综发凡》第三条说："世人言词，必称北宋。然词至南宋，始极其工，至宋季始极其变，姜尧章氏最为突出。"宗尚南宋词，以姜夔、张炎词风为正，是朱彝尊的一贯审美追求，也是浙西词派的创作圭臬。朱彝尊在《水村琴趣序》中说："予尝持论，谓小令当法汴京以前，慢词则取诸南渡。"《鱼计庄词序》又说："小令宜师北宋，慢词宜师南宋。"持论似乎南北兼顾。然而，在创作过程中，朱彝尊偏好南宋词的趣味就明显地流露出来，他自言："不师秦七，不师黄九，倚新声、玉田差近。"（《解佩令·自题词集》）《词综发凡》所揭示的编纂宗旨，明确体现出朱彝尊偏尚南宋词的爱好。朱彝尊推尊南宋词，除了时代、身世、审美趣好等复杂因素以外，还有其明确的理论目的，这就是要倡导南宋词的"辞微旨远"，以推尊词体，达到救明词之弊的目的。吴衡照说："'词至南宋，始极其工'，秀水创此论，为明季人孟浪言词者示救病刀圭，意非不足乎北宋也。苏（轼）之大、张（先）之秀、柳（永）之艳、秦（观）之韵、周（邦彦）之圆融，南宋诸老，何以尚兹。"（《莲子居词话》卷四）

北宋词多娱宾遣兴之作，自然感发，托意确实不高。这本是由词的文体特征所限定，未可论优劣。南宋词适逢时代风云际会，词人极尽安排之能事，其词旨若隐若现，别有寄托。好之者便可将其上接《风》《骚》，归之诗教，通过"香草美人"的喻托传统，推尊词体，提高词的地位。朱彝尊《红盐词序》说："词虽小技，昔之通儒巨公往往为之。盖有诗所难言者，委曲倚之于声，其辞愈微，而其旨益远。善言词者，假闺房儿女之言，通之于离骚变雅之义。此尤不得志于时者所宜寄情焉耳。"就是在这个意义上，朱彝尊特别赏识姜夔和张炎的词作。宋翔凤《乐府余论》剖析说："词家有姜白石，犹诗家有杜少陵，继往开来，文中关键。其流落江湖，不忘君国，皆借托比兴，于长短句寄之。如《齐天乐》，伤二帝北狩也；《扬州慢》，惜无意恢复也；《暗香》《疏影》，恨偏安也。盖意愈切而辞益微，屈、宋之心，谁能见之？乃长短句中复有白石道人也。"陈廷焯《白雨斋词话》卷二也阐述了相同的观点，指出白石词的特点是"感慨全在虚处，无迹可寻，人自不察耳。感慨时事，发为诗歌，便已力据上游，特不宜说破，只可用比兴体。即比兴中，亦须含蓄不露，斯为沉郁，斯为忠厚。"张炎词的特色也在此，《四库全书总目提要·〈山中白云〉提要》说："炎生于淳祐戊申，当宋邦沦复，年已三十有三，犹及见临安全盛之日，故其所作往往苍凉激楚，即景抒情，备写其身世盛衰之感，非徒以剪红刻翠为工。"易代之际的词人有许多身世家国感受，都属难言之隐，只能托物寓意，借水怨山。姜夔、张炎寄托幽隐的表现方法，非常投合朱彝尊等浙西词派的脾胃。清人郭麐对此解释并告戒说："倚声家以姜、张为宗，是矣。然必得胸中所欲言之意，与其不能尽言之意，而后缠绵委折，如往而复，皆有一唱三叹之致。"（《灵氛馆词话》卷二）

仅仅着眼于南宋词的思想内容，时代所赋予南宋词的，当然要远远超过北宋词。《莲子居词话·序》称:"王少寇述庵先生尝言:北宋多北风雨雪之感,南宋多黍离麦秀之悲,所以为高。"这也是清代众多词人推尊南宋词的重要原因。清代中叶,词坛创作甚至是"家白石而户梅溪"(《赌棋山庄词话》卷十一),南宋词人之影响几乎一统天下。

清代浙西词派和常州词派推尊南宋词,是着眼于"比兴寄托"的理论立场。离开这种理论上的有意识倡导,立足于感性的体悟,即使派中代表人物,仍然抑制不住自己对北宋词的特殊喜爱。如周济是常州词派的中坚人物,通过上文引述的周济话语,可以看出周济在强调南宋词的比兴寄托之同时,却表现出对北宋词的更多爱好,甚至有隐隐贬低南宋词的倾向。陈廷焯作《白雨斋词话·自序》称:"伊古词章,不外比兴。"因此对南宋词人推崇备至,声称:"北宋词,沿五代之旧,才力较工,古意渐远。晏、欧著名一时,然并无甚强人意处。即以艳体论,亦非高境。"(《白雨斋词话》卷一)然代表他早年词学观点的《词坛丛话》,则明显流露出偏颇北宋词的倾向,说:"词至于宋,声色大开,八音俱备,论词者以北宋为最。竹垞独推南宋,洵独得之境,后人往往宗其说。然平心而论,风格之高,断推北宋。且要言不烦,以少胜多,南宋诸家,或未之闻焉。南宋非不尚风格,然不免有生硬处,且太着力,终不若北宋之自然也。"

而后,况周颐以"重、拙、大"论词,夏敬观据此评价南北宋词,说:"北宋词较南宋为多朴拙之气,南宋词能朴拙者方为名家。概论南宋,则纤巧者多于北宋。况氏言南渡诸贤不可及处在是,稍欠分别。况氏但解重拙二字,不申言大字,其意以大字则在以下所说各条间。余谓重拙大三字相连系,不重则无拙大之可言,不拙则无重大之可言，不大则无重拙之可言，析言为三名辞，实则一贯之道也。王半塘谓'国初诸老拙处，亦不可及'。清初词当以陈其年、朱彝尊为冠。二家之词，微论其词之多涉轻巧小，即其所赋之题，已多喜为小巧者。盖其时视词为小道，不惜以轻巧小见长。初为词者，断不可学，切毋为半塘一语所误。余以为初学为词者，不可先看清词，欲以词名家者，不可先读南宋词。"（《蕙风词话诠评》）

清末民初的王国维，以"境界说"论词，《人间词话》开卷明宗："词以境界为最上。有境界则自成高格，自有名句。五代、北宋之词所以独绝者在此。"基于这样的立场，王国维一反清代浙西与常州两派观点，抑南宋而扬北宋。他指责朱彝尊推尊南宋，以及"后此词人，群奉其说"。"境界"之表现，王国维认为有"隔与不隔"之区分。南宋词人的经意安排，便比北宋词人的"自然感发"隔了一层。《人间词话》说："白石写景之作，如'二十四桥仍在，波心荡、冷月无声''数峰清苦，商略黄昏雨''高树晚蝉，说西风消息'，虽格韵高绝，然如雾里看花，终隔一层。梅溪、梦窗诸家写景之病，皆在一'隔'字。北宋风流，渡江遂绝，抑真有运会存乎其间耶？"而且，"南宋词虽不隔处，比之前人，自有浅深厚薄之别。"南北宋词的优劣高下自此判然有别。王国维还从文学发展的角度观察南北宋词，指出每一种文体都有其自身的盛衰变化，"诗至唐中叶以后，殆为羔雁之具矣。故五代北宋之诗，佳者绝少，而词则为其极盛时代。即诗词兼擅如永叔、少游者，词胜于诗远甚，以其写之于诗者，不若写之于词者之真也。至南宋以后，词亦为羔雁之具，而词亦替矣。此亦文学升降之一关键也。"（《人间词话删稿》）

甚至，进一步认为南宋"如玉田、草窗之词，所谓'一日作百首也得'者也"。（《人间词语删稿》）

三、南北宋词平议

后人读词、论词，总体上来看是推尊北宋者居多。大约是北宋词的"自然感发"更能打动后代阅读者，引起直接的情感共鸣。南宋词的刻意安排，需要沉吟其中，精心品味，反复咀嚼，才能有所心得、有所感悟。尤其是乐谱失传之后的大量歌词作者，更能从南宋词中体会出句法、章法之妙。吴文英的词，甚至连一部分文化修养极高的专业词人也难以回味其妙处之所在，更不用说广大的普通读者。前面引述《人间词话》"隔"与"不隔"的讨论，接触到的就是这样一个问题。这种阅读中的限制，使人们更加喜爱发展阶段的北宋词，而冷落鼎盛阶段的南宋词。

北宋词的率情，使之容易走向艳情，更多"性"之描写，失之肤浅；南宋词的推敲，使之容易走向雕琢，人工痕迹过浓，因而显示其俗态。但是，北宋词的肤浅是创作环境所必然导致的，带有文体本身的必然性。读者阅读"艳词"，就有这种"猎艳"的心理期待。所以，北宋词写艳情之肤浅，并不招引读者的反感。《人间词话删稿》从这个角度评价说："唐五代北宋之词家，倡优也。南宋后之词家，俗子也。二者其失相等。但词人之词，宁失之倡优，不失之俗子。以俗子之可厌，较倡优为甚故也。"这应该也是人们对两宋词有所取舍的一个原因。

北宋、南宋之词，各有所长，不可偏废。清人对此亦颇多公允之见。《赌棋山庄词话》卷十一转述王时翔词论说："细丽密切，无如南宋；而格高韵远，以少胜多，北宋诸君，往往高拔南宋之上。"《艺概》卷四《词曲概》说:"北宋词用密亦疏,用隐亦亮,用沉亦快,用细亦阔,用精亦浑。南宋只是掉转过来。"两宋词在抒情手段、风格表现、意境构造等诸多方面,自具特色。读者可以有喜好之选择,论者却不可不一视同仁。

清代陈廷焯对两宋词各有推崇与批评,从理性的立场出发,他是主张两宋词并重的。《白雨斋词话》卷三针对当时尊奉南宋的词坛风气说:"国初多宗北宋,竹垞独取南宋,分虎、符曾佐之,而风气一变。然北宋、南宋,不可偏废。南宋白石、梅溪、梦窗、碧山、玉田辈,固是高绝,北宋如东坡、少游、方回、美成诸公,亦岂易及耶。况周、秦两家,实为南宋导其先路。数典忘祖,其谓之何。"卷八又说:"词家好分南宋、北宋,国初诸老几至各立门户。窃谓论词只宜辨别是非,南宋、北宋,不必分也。若以小令之风华点染,指为北宋;而以长调之平正迂缓,雅而不艳,艳而不幽者,目为南宋,匪独诬北宋,抑且诬南宋也。"《词坛丛话》直接用比喻说明问题:"北宋词,诗中之《风》也;南宋词,诗中之《雅》也,不可偏废。世人亦何必妄为轩轾。"

具体而言,北宋词处于歌词的兴起、发展、逐渐走向全盛的时代,在歌词之题材、体式、风格等多重角度做了诸多的尝试与开拓,为后代歌词之创作开启了无数法门。后起作者,可以根据各自喜好,沿着北宋词开拓的某一途径,继续深入下去,如辛弃疾之于苏轼、姜夔之于周邦彦等等。南宋词则承继其后,最终将歌词引导向全面鼎盛的阶段。南宋词人,于题材方面,艳情与社会政治并重;于体式方面,令、慢并举,引、近穿插其间;于风格方面,优美与崇高并存,且渐渐发展出清醇和雅的新风貌。尤其在艺术表现手法方面,南宋词千变万化,穷极工巧。"词至南宋，奥窔尽辟，亦其气运使然。"（《赌棋山庄词话》卷十二）所谓"气运"，就是词史发展的必然。《赌棋山庄词话续编》卷三引凌廷堪论词观点说：词"具于北宋，盛于南宋"，最是符合词史发展的实际情况。

四、北宋词的贡献与词史地位

北宋词在中国文学史的发展历程中处于一个关键性的历史阶段，它前承唐、五代词的传统，后开南宋词风，甚至对宋以后词的发展也有不可低估的影响。陈匪石《声执》卷下《宋词举》总结北宋词概貌与渊源说："周邦彦集词学之大成，前无古人，后无来者。凡两宋之千门万户，清真一集，几擅其全，世间早有定论矣。然北宋之词，周造其极，而先路之导，不止一家。苏轼寓意高远，运笔空灵，非粗非豪，别有天地。秦观为苏门四子之一，而其为词，则不与晁、黄同赓苏调，妍雅婉约，卓然正宗。贺铸洗炼之工，运化之妙，实周、吴所自出。小令一道，又为百余年结响。柳永高浑处、清劲处、沉雄处、体会入微处，皆非他人屐齿所到。且慢词于宋，蔚为大国。自有三变，格调始成。之四人者，皆为周所取则，学者所应致力也。至于北宋小令，近承五季。慢词繁衍，其风始微。晏殊、欧阳修、张先，固雅负盛名，而砥柱中流，断非几道莫属。由是以上稽李煜、冯延巳，而至于韦庄、温庭筠，薪尽火传，渊源易溯。"陈氏的归纳，以标举重要作家为支撑点，将整个北宋词联系起来评论。然所论表现出显著的与众不同的审美眼光，不免有过度揄扬周邦彦之处。本书通过北宋词的全面讨论，可以看出北宋词在词史上的如下贡献，其词史地位也因此奠定：

第一，在词体形式上为南宋词的发展做好了充分准备。北宋早期词人多数致力于小令的创作，小令的形式日益丰富多彩，创作技巧已经达到炉火纯青的高水平。同时，慢词形式也正逐渐引起柳永、张先等文人的注意，声势浩大地登上词坛，并迅速为词人们所熟练掌握。北宋中期，慢词已经取得了与小令并驾齐驱的重要地位，成为词人抒情达意的主要方式。到了大晟词人手中，令、引、近、慢诸体具备，声韵格律变化繁多而又规范整饰。这一切都为南宋词的发展做了必要的准备。没有这样的准备，南宋词的发展是不可能的。

第二，婉约词的纵深发展与豪放词风的创立是北宋词坛的重要建树之一。北宋词继承"花间"、南唐的传统，使婉约词的创作呈现出缤纷多彩的繁荣景象，从秦观到周邦彦，婉约词的创作出现了一个高峰，它始终左右着北宋词坛的创作，成为词坛创作的主流倾向。与此同时，苏轼又以他博大的襟怀、雄放的词笔，把词引向抒写个人豪情与面向社会现实的广阔道路，为长短句歌词注入了新鲜血液。北宋中后期的词人不同程度地、悄悄地接受着苏轼新词风的影响，词坛风气正在缓慢地改变。宋室南渡以后，爱国豪放词的创作风起云涌并由此而形成词史上永世不衰的优良传统。这一传统的建立是从北宋开始的。

第三，歌词"雅化"过程的基本完成，树立了典雅精美的审美风范。宋初词人晏殊、欧阳修等承继南唐词风，其小令别具一种雍容富贵的气度、平缓舒徐的节奏、雅致文丽的语言，使歌词向典雅净洁的方向迈进一步。苏轼则成为文人抒情词传统的最终奠定者。从整体上观照，词的"雅化"进程，某种意义上也是词逐渐向诗靠拢的一个过程，这个过程至苏轼却是一种突飞猛进的演变。在北宋词"雅化"进程中贡献最大、成就最高的是大晟词人，尤其是集大成的词家周邦彦。大晟词人在前辈作家努力的基础上，将精力集中于歌词字面、句法、布局、修辞、音韵等诸多技巧方面的精雕细琢、"深加锻炼"之上；他们广泛地吸取了前辈婉约词人的种种长处，促使宋词朝着精致工整的醇雅方向发展；他们将北宋词人创作以自然感发为主，转变为"以思索安排为写作之推动力"，为南宋雅词作家确立"家法"。从唐代到北宋末众多词人的"雅化"努力，已经为南宋风雅词创作之风起云涌做好了充分的准备。

第四，柳永以市井生活与俚俗语言入词，有意识地将词拉回到民间通俗浅易的创作道路上来，从而开创了俗词流派。柳永以后的词人，虽然都自觉地抵制、批判柳永的"词语尘下"，但是在创作中却不自觉地接受其影响，呈现出雅俗并举的风貌。至徽宗年间，由于宫廷的倡导与社会风气的改变，更使俗词的创作风起云涌，形成庞大的创作流派。南宋词人时而以戏谑俗词批判现实政治，就是承继了北宋末年俗词的优良传统。

第五，百花齐放的词坛与批评空气的形成。尽管北宋时期出现过"乌台诗案"这样的文字狱，也出现因填词而仕途上备受打击之事。但就整体看来，北宋重文轻武，文人士大夫的社会地位甚高，待遇也优于历代，文学创作空气比较自由。所以，北宋词也是在比较自由的空气中发展起来的，因此才能出现多种流派与多种风格之间的相互比较和竞争，呈现出百花齐放的繁荣局面。与此同时，文艺批评也比较活跃。这种批评不仅表现为不同流派之间，同时也表现在师生之间。如苏轼批评过秦观，而苏轼的门生晁补之、张耒却褒秦而对苏则有所贬抑，陈师道甚至说苏词"要非本色"，而苏轼却不以为是忤己。这种文学创作讨论的民主空气与自由批评是很有利于词创作发展的。

正是在这种自由批评的空气中才出现了李清照的《词论》，敢于对成名的男性词人一一加以批评。南宋词创作的进一步繁荣，风格流派的众多以及词论的大量涌现，都与北宋这种健康的、活跃的风气有着密切关系。

  北宋词史的结束，就是南宋词史的开端，两者之间还有许多不可断然分裂之处，如对"南渡词人"创作的讨论等。与南宋词史关联更大的诸多问题，将放到南宋词史中去讨论，本书即以此"结束语"以为南宋词史的导读。

《北宋词史》书后

《北宋词史》是《南宋词史》的姊妹篇。其前身是《北宋词坛》。

《北宋词坛》写作于20世纪80年代前期,是陶尔夫为宋词爱好者撰写的一本简淡疏朗、雅俗共赏的小书。从选题到出版,留下一段清纯古朴的往事。

1985年春夏之交,我系青年学者张安祖兄赴大连出席楚辞研讨会,会间有幸与山西人民出版社资深编辑任兆民先生同处一室。任先生清峭雅健,安祖兄磊落持重,于是一见如故并渐至神交。当时,任先生正运作一套中国文学史知识丛书,少数选题(如"北宋词坛"等)的撰稿人尚在物色中。安祖兄推荐了陶尔夫。一年以后,便有了《北宋词坛》,还有了陶任之间恬淡如水的君子之谊。只可惜直到1997年5月陶尔夫猝然辞世之前,二人竟无缘谋面。

《北宋词坛》的理性建构与写作心路,激活了陶对南宋词坛的追寻与思考。六年以后,《南宋词史》悄然落地。

《南宋词史》的出版,得到学术界师友的厚爱与鼓励。从1993到2000的八年间,有诸多知名学者和青年才俊如吴小如、张锦池、关四平、王兆鹏、朱德才、钱鸿瑛、陈洪、王钟陵、许建平、蔡厚示、胡明、张炯、刘扬忠、费振刚等先生，先后在其相关著述中，从不同角度、不同层面，对《南宋词史》的探索勇气与学术个性勉勉有加。同时，建议拓展《北宋词坛》，重写北宋词史。

直面师长与朋友策励的目光，陶尔夫开始了北宋词坛的细心爬梳与知性重构。1996年获准列入国家教委人文社科"九五"规化项目。

《北宋词坛》的扉页及每个章节的字里行间，以备忘录及眉批、夹批、脚注、尾注形式，缀满了密密麻麻的行楷，标示着"拓展"与"重写"的一个个兴奋点。

许多章节如"宗教与词体的兴起""词，是音乐文学""北宋词初祖晏殊""小令的最后一位专业作家晏几道"，已以个案研究形态逐一完稿并刊出[①]。

整个儿重写工作，计划到1999年底搁笔。

不料，1997年5月14日上午10时许，陶在省文史馆主持的一个座谈会上，猝发心疾，撒手而去。

一段骤然降临的黑色日子开始了。我尝到了不测风云、旦夕祸福带来的五内俱焚、六神无主、万念俱灰的全部滋味。

尽管从一开始我就是这一选题的知情人与参与者，但我从不曾全身心投入到词学研究中去。没了陶的支撑，无论知识积累、艺术体验还是创造心态，我都难以将"重写"进行到底。

[①] 陶尔夫：《论宗教与词体的兴起》，香港浸会大学"诗歌与宗教"国际研讨会论文，狂健行主编《中国诗歌与宗教》，中华书局1999版，第135—162页。《词，是音乐文学》，《北方论丛》1999年第3期。《珠玉词：诗意的生命之光》，《北京大学学报》1998年第5期。《晏几道梦词的理性思考》，《文学评论》1992年第4期。

1999年秋，预期的完稿时限即将来临。出版社及上级主管部门委婉的敦促声频频传出。无奈之中，决意选择李代桃僵的做法，请诸葛忆兵君援之以手，接替我继续陶所未竟的事业。

诸葛君早年读硕期间曾从陶学词，其硕士论文是《贺铸词研究》。后追随郁贤皓先生读博，其博士论文是《徽宗词坛研究》。后又师从黎虎先生研治宋史，其"出站报告"是《宋代宰辅制度研究》。近年来凡宋词系列论文，无不在北宋范畴演绎其研究热点。

一位至为理想的同志与同道。

倘为诸葛君着想，这一不情之请是名副其实的额外负担。不过，诸葛君一向是友情至上主义者。教务的繁冗，笔耕的劳顿，家事的艰窘，都不能淡化他玉成《北宋词史》的热忱。他慨然应允了。

一年半以后，一个春意盎然的日子，诸葛君为《北宋词史》画上最后一个句号。他竭尽心力，最大限度地去靠拢陶的治学轨迹。

如今的《北宋词史》，在诸多方面，已全然不同于由陶独撰的《北宋词坛》。在风格上也不尽同于由陶主持的《南宋词史》。甚至可以说，倘陶在世，由陶主笔到底的那部书与眼前的这部书之间，也必定存在某种差异。

我们手中的《北宋词史》贯通着陶与诸葛两代学人的心志，活跃着诸葛与陶两代学人的神髓。年纪、阅历、性情、志趣、文化积淀、思维惯性、研究方法的相同或相异，给这部书以天然的多元互补、繁复开放的优势，有益于它远离武断与偏浅，还有助于它贴近客观与精微。

当然，也不排除因审美兴奋点的差异而留下的难以弥合净尽的某种痕迹。这痕迹如同默契一样，都是可宝贵的。试想，两代人的合作，尤其是一位生者对逝者的续写，假如果真达到天衣无缝、了无痕迹的境地，岂不是太古怪、太离奇、太神秘吗？

不知道人走了以后究竟有没有灵魂。

我总是以为，匆匆离去的陶由于携带着太多的遗憾而难以瞑目。《北宋词史》的未了，便是他一大牵挂。

多么希望能在农历七月十五日的那一天，捧上一册飘着墨香的《北宋词史》，去陶栖居的陵园焚化，以告慰逝者在天之灵，并为至真至善的诸葛君祈求永远的神佑。

2002年7月于哈尔滨市
刘敬圻